汶水潮

第一卷

杜焕常 著

青岛出版社

目录

题　记　001

回　村　001

建　议　014

重　托　027

新思路　038

排　涝　048

口　粮　060

初进公社　072

谣　言　086

团支书　099

换　届　110

忙　年　123

赶　集　135

重　逢　148

过　年　161

丧　事　173

度春荒　189

分　地　203

打井积肥　216

招　工　228

麦　收　241

抽水机　256

试验田　272

盼回信　285

现场会　299

开山打石　317

说　亲　332

金榜题名　346

偷猪贼　359

“四清”运动　375

哑巴打人　391

忆苦思甜　406

引进良种　420

买　煤　436

订　婚　453

婚　礼　467

宴　席　484

牺　牲　498

领导视察　514

受表扬　527

难　产　540

题记

汶水滩是位于鲁中平原的一个普通村庄。

这个村庄古老、文明而美丽。村内有几百年的祠堂，有上百年的古树。村里人虽然是四大姓，大都和睦相处，极少有打架斗殴的，历史上也没有过犯罪的。大汶河由东往西从村北流过，地下水资源丰富，全村近两千亩耕地，旱能浇涝能排。按理这样的自然条件，养育着二百多户人家，正常年景应该能丰衣足食，可原来绝大部分户并不富裕，每到春天青黄不接的时候，少不了外出讨饭的。直到改革开放以后，汶水滩才真正改变了贫困面貌，人们的日子一天天好了起来。

本书的主人公潘忠地，就出生在这里。但是，他生不逢时，从小过着吃不饱、穿不暖的日子。上小学的时候，他还能勉强填饱肚子，可到了上初中那几年，正赶上“三年困难时期”，实在是难熬了。村里几乎家家缺粮断顿，不少人拖儿带女逃荒去了，还饿死了十几个老人。中学在县城，离家近三十里路，需要住校，自带吃食。带什么？奶奶每星期给他准备一篮子野菜窝头，学校统一给馏，那也不能可着肚子吃。就这样，家里人也得勒紧腰带，有时只喝稀汤，才能保证他带。这时有些上小学的孩子都辍学了，父亲也想让他退学。爷爷不同意，说:“咱村里从来还没出过中学生，他和李向东一块考上了，人家能上咱就得供他上。这孩子有出息，不能误了他的前程。”家里连每学期几元钱的学杂费也拿不出，幸亏学校照顾，每月发给困难学生两元的助学金，不然，他真是没法上了。

总算熬到了初中毕业。他和李向东商量，为了减轻家庭负担，不再考高中了，要上就上个国家能包生活费的学校。于是，两个人分别报考了地区农校和县师范。结果如愿以偿，两人都考上了。全村人为他们祝贺。

潘忠地进了农校学习，梦想着将来要当个农业技术员，那可是正式国家干部的待遇，不仅再也不用和土坷垃打交道了，还能拿工资吃国库粮，真是一步登天了，能不高兴吗？他孜孜不倦刻苦学习，想着将来即便到公社或县里农业部门工作，也得抽空到村里帮着乡亲们种好地，多打粮，不让众乡亲再饿肚子。

那几年国家正是国民经济调整时期，不少学校下马停办，地区农校是第一批。潘忠地他们才上了一年，上了两年的也同样，都必须回家乡务农。一切梦想都成了泡影。

潘忠地只好打起铺盖卷，回汶水滩来了。从此，他再也没离开这里，和村里的人们共同编织着一个个改变家乡面貌的梦，演绎出一个个动人的故事……

回村

潘忠地刚读了一年的中专，突然回家来了。

他不继续读下去，不是因为个人学习成绩不好或受了什么处分，也不是因为家庭困难，而是学校下马了，所有学生都得回家。

初秋的正午前后还那么燥热。火辣辣的日头，挂在蓝湛湛的当空，使劲发着淫威。满坡的玉蜀黍像吃了败仗的士兵，强打精神排着阵势，已经敞怀的棒子，头顶红缨努力伸出细长的脖子，蜷曲的叶片，在微风中懒洋洋地摇曳。谷子、高粱摇晃着瘦弱的身躯，一副久病未愈很无奈的样子。地头上的野草也没精打采，开几朵说红不红说黄不黄的小花，低着头，连只蜜蜂蝴蝶都引不来。路旁杨柳树上的叶子有些已提前变黄，摇摇摆摆，开始随风飘落。密枝中落下寥寥几声蝉鸣，听上去似乎嘶哑了嗓子。

汶水滩又遇上大旱了。

潘忠地背着小铺盖卷和一个鼓鼓囊囊的背包，手里提个网兜，网兜里装着脸盆、搪瓷碗和洗刷用具，蔫头耷脑，慢腾腾走向汶水滩。他才离开一个多星期，走的时候就已经十多天没下雨了。瞧这满坡的庄稼，老天真够狠的！还要继续旱下去吗？

汶水滩村位于大汶河南面，全村共有近两千亩耕地，村西、村北是沙地，村南、村东是黄土地，地下水水位不深，按理应该旱涝保收。可是，由于井不多，提水工具更少，遇上大旱，就要严重减产。“大跃进”时期，县政府从全县调集劳力，开挖了条“引汶总干渠”。说是开挖，实际是疏通。据当地《县志》记载，早在明代，就曾在这里引汶河水补南四湖，只是年久失修，渠道淤积了，渠底种起了庄稼，夏季能保收，就是秋季，只要遇不上大涝，也能收几成。这是项利国利民的好工程，虽然上游减少了渠底那点收成，可下游支渠配套后，能自流灌溉三十多万亩耕地。总干渠就从汶水滩村东经过，但属于上游，渠道较深，难以利用，人们也只好望渠兴叹。

潘忠地沿着引汶干渠西面的道路往村里走，心里像拴了个秤砣，坠得脚步沉甸甸的。

看看庄稼，想想自己，潘忠地简直是心灰意懒，万念俱灭，再也鼓不起奋斗向上的勇气。再往前就有些干活的人们了。他上了干渠堤，在东面的斜坡上坐下来，休息一会儿。有大堤和外面的庄稼挡着，没人看得见。其实他从刘集下了汽车就一直没走快，带的东西也不算沉，并不累，只是不急于进村，更不想见人说话。

堤上的花簪草生命力顽强，根部大概没多少水分了，开着白色碎花的枝条依然参差不齐地挺立着。几个小蚂蚱受到惊吓，纷纷往四处蹦跶。他没有心思管它们，脑子里转悠的是怎么和乡亲们，尤其是那些年轻的伙伴们见面。想想几天前，也就是暑假期间，参加生产队的一些劳动，人们对他都是另眼相看。他是在地区农校读书的学生，那是什么地方？泰山脚下，专署所在地，全村也没几个人去过。更重要的是两年后就成了国家干部，吃国库粮，拿工资，再也不用干这又脏又累的庄稼活了，谁不羡慕！他自己也整天憧憬着美好的未来。当时看着生产队满坡粗耕粗种的庄稼，品种和种植方法还是老祖宗延续下来的，想，这个样子下去怎么能高产？怎么能让社员吃饱肚子？想归想，不能说出来，自己是个学生，在大伙眼里还是个毛头孩子，不能充"大人吃瓜"，只好暗下决心：回学校一定要更加努力地学习，多掌握知识，毕业后即使分不到当地，也要抽空多回家看看，帮助家乡提高种植水平。到那时候成了响当当的农业技术员，说话谁还不听！可是，人算不如天算，那些想法都打了水漂。一切都彻底完了，今后只能和村里的其他人一样，老老实实当一辈子地里刨食的农民了。

再想这些还有什么用！算了，丑媳妇早晚也得见婆婆。回村，走一步算一步，到什么时候说什么时候的话，慢慢熬吧。

潘忠地起身拿起东西，加快了脚步。

潘忠地是地区农业技术专科学校的学生，这个新学期就应该是二年级了。他在班里担任团支部书记，还是校学生会学习部部长。过完暑假入校的第二天，学校召开全体师生大会，校长主持，党委书记讲话。从国际形势到国内形势，"一片大好"的颂词后，又讲到农村、农业，最后强调，农村是一个广阔天地，知识青年到农村去，大有用武之地，希望同学们要树立正确的思想，今后为农业的发展，为建设社会主义新农村贡献力量。校长要求，会后要用两天的时间，以班为单位组织讨论，重点就是围绕书记的讲话，端正态度，统一思想。和以往不同的是，对加强学校纪律、认真学习之类的话，两位领导一字没提。散了会在回教室的路上，有些同学议论，这学不让上了，学校下马，全体学生都得回家种地了。潘忠地这才注意到，原来听说今年新招四个班一百五十二名新生，全都没有入校。

潘忠地找到班主任，直截了当地问道："老师，有人说咱学校要下马，学生都解散回家，是真的吗？"

年轻的班主任慈祥地看着跟前这个品学兼优的学生，欲言又止。随后他拍了拍潘忠地的肩膀，说："走，跟我到操场转转去。"

偌大一个操场没有一个人。周边两行白杨树傲然挺立，叶子轻轻摇动，为师生二人哼着小曲。班主任在树荫下慢慢走着，潘忠地紧随身边。

“本来两天后才能公开，你是团支部书记，刚才问到这事，我就先给你透透气。希望你一定要沉着冷静，全面领会校党委的要求，协助我做好全班同学的思想工作，确保咱这个班不出任何问题。”

潘忠地停下了脚步。班主任也站住了。

“看来真的要下马？”

“真的，正式文件二十几天前就下来了。”

潘忠地稍一犹豫，立即向班主任表态：“没问题，都是农村出来的，老辈子就种地，回去就回去，这个思想工作好做。”

“不要看得那么简单。你想想，从入校那天你们的户口就转到了学校，成了城镇户口。别看咱是中专，按规定你们毕业后由国家统一分配，身份就是国家正式干部，也就端起了铁饭碗。你们这一级上了一年，那四个班已经读了两年，再有一年就毕业了，学校一下马，全部都回家又成为农民，这个弯子不好转啊！别说学生，有的老师也有一些思想问题，前几天校党委组织全体教职员工学习了一周，有不少同志想不通，个别的还发牢骚。因为都有个下一步的工作去向问题。”

“学校办得好好的，为什么要下马呢？”

“原因是多方面的。关键一条，就是国家出现了暂时困难。凡是国家全包办的学校，都要采取措施，以减轻国家负担。这措施之一，就是要精简停办一批。地区行署直管的中等专科学校共四所，这一次就下马三所，不下马的学校今年也要减少招生。”

“怪不得呢，俺县里去年高中招生是三所学校共招了八个班，听说今年只有一中招，还是招两个班，总数少了四分之三。”

“这是上级的统一部署。”

“那样咱这个学校就永远不再办了？”

“文件讲的是暂时停办。可这个‘暂时’要多长时间？三年五年，还是更久？谁也说不清。”班主任长叹一声，摇了摇头。

潘忠地反复咂摸班主任的话，没来得及想太多，只是考虑到自己的家庭状况，心里话，家中缺劳力，年年是缺款户，回家干活正好，能多挣点工分。于是说："这件事同学们至多一时有些想不通，反正不是一个人，都一起回家，又不是咱一个学校，不会出什么问题。班里需要注意些什么？"

"相信多数同学不会出问题。但是，要注意平时表现比较活跃的那几个，防止他们挑动其他同学一起闹事。再就是要留心观察，一旦发现他们与别的班级，特别是比你高一级的同学串联，就要立即制止，并及时告诉我，好跟上做工作。担心的是有人破坏公物，以泄私愤，要保证所有公共财产不能有丝毫损坏。"

潘忠地点了点头。

"还要注意，在学校领导没公开讲之前，一定要保密，不能向任何同学透露。即便有同学议论，也不要随和他们。"

"我知道。按您说的，我心里有数就是了。"

"好了，回教室去吧。"班主任又拍了拍潘忠地的肩膀。

两天后学校又召开大会，正式宣布了上级的决定，并明确要求，所有同学三天内全部离校，个别有特殊情况的，由班主任安排。虽然学校及各班班主任认真负责，有几个班还是出现了砸窗玻璃、摔坏桌凳等现象。潘忠地所在的班没出任何问题。

几天里潘忠地不停地帮助同学们收拾东西，一拨拨送走，第三天下午，他才准备去给老师们告别。这时班主任来了，叫着他到了办公室，说："忠地，我要谢谢你们，咱班的同学们表现都很好，你和其他几个班干部发挥了重要作用。"

"还是感谢老师一年来对我们的教育。虽然同学们都不愿意离开，临走时不少同学都哭了，但是，都能够听老师的话，服从大局。"

"是啊，人都是有感情的，毕竟相处一年了，我也舍不得你们走。"班主任长舒一口气，接着说，“有件事和你商量一下，你能不能晚走两天，帮我处理处理一些善后事情。”

“晚走多少天都行，有什么事需要我做的，您吩咐就是。”潘忠地对老师的信任十分感激，听了这话满心欢喜。

“今天下午同学们就全走了，从明天上午，咱俩把教室里的桌凳和宿舍里的床铺归并到一块，摞起来，让学校后勤的同志来清点验收。再就是帮我整理一下办公室里的东西，有些资料需要搬回家，有些需要交给学校。你看这一段忙的，我还没来得及拾掇哩。”班主任好像想起了什么，又说，“差点忘了问你，你个人还有什么事情需要我帮忙吗？”

“教室和宿舍的整理我一个人就行，不用您动手。我个人倒没什么大事。”潘忠地有些不好意思，停了停才说，“这学期的新书没发，以后不可能来上学了，我想买一套咱二、三年级的全部教材，回去后自己学学，就是不能完全学懂我以为也有好处。昨天中午我到新华书店问了问，没有，工作人员说是咱学校预定的教材全部拉回来了。您能不能帮我买一套？还有，您以前让我们课外读的几部书，其中有《毛泽东选集》，您多次讲，要政治上成熟，树立正确的世界观、人生观，这是必读的书。我上学期从学校图书馆借了第一卷，看完还上了，因为当时临近期末考试，想这学期再借第二卷。这套书书店里也没有，您给管理员说说，能不能让我一块借着后几本，回去抓紧看，看完一定还回来。”

班主任欣慰地笑了笑，说：“你的想法很好，基础又不错，回去后一定要坚持自学。有多少著名人士都是自学成才的呀！要永远记住，其他东西都是身外之物，不可能永远是自己的，唯独掌握的知识，才是自己的真正财富，个人丢不了，别人也抢不去。你放心，二、三年级的课本我这里就有全套的，还有几本参考书，我找好，临走时你来拿。”

潘忠地一听高兴了，立即说：“太好了。老师，我给您留下钱吧。”

“留什么钱，这书又不是我买的。你说的《毛泽东选集》我去问问，管理员要是不同意借给你，我就以我的名义借，一定让你带回去看。”

第二天下午，潘忠地来到办公室，看到班主任面前摆着三摞书，其中一摞最上面放着一全套《毛泽东选集》。潘忠地拿起来边看边说：“第一卷不用借了。”

“不是借，这些书全归你了。”潘忠地疑惑不解，班主任接着说，“图书馆正在清理登记图书，借书手续一律停办。因为图书馆有五套《毛泽东选集》，我介绍了下你的心情，说能不能卖一套给你，让他们作为丢失图书登记，咱把书钱补上。他们商量后同意，这样我就买下了，你带回去愿意什么时候看就什么时候看，这不更好吗？”

“太好了。多少钱？”潘忠地说着掏口袋。

班主任摁住他的手，说：“就几块钱，不用给我了，算我送给你留个纪念吧。我知道你口袋里装着几十块钱，那是学校发给你们这学期的生活费，拿回去给家里补贴补贴。今后就全靠在生产队劳动挣工分了，不容易，这点钱也要省着花。”

潘忠地感激得不知说什么好。

就这样，潘忠地回来背的那包书比铺盖卷还沉。

潘忠地坐上了回家的长途汽车。

几天来忙忙活活，心里一直牢记着班主任的重托，认真做好离校前的所有事情。至于个人今后的事儿还真没细想，所以也没感到什么失落。只是到拾掇好东西要走了，才有些难舍难离的感觉。刚才班主任推着自行车，驮着他的行李，送到汽车站，临走时又对他一番嘱咐。他说不出更多感激的话，强忍着泪水没有流出，深深地向老师鞠了一个躬，回头走向检票口。汽车开动起来，他目送老师骑上自行车走远了，这才擦了擦含着泪花的眼睛，靠在座位后背上。这时他突然感到，心里像瘪了的篮球，空空落落，没抓没挠。

就在去年，比现在早几天，大体就是上星期开学的日子，坐着公共汽车第一次来到这个城市，那是一种什么心情？别提当时多兴奋了！那还是头一回坐汽车，头一回离家这么远，并且是来上学的。同学中第一志愿报考这个学校的五六个，据说加上第二志愿有二十多个，就只录取了他自己。老师为他高兴，同学们对他羡慕，村里人都夸他有出息，全家人更是喜笑颜开。当时下了车，先在汽车站转了转，找人问了问去学校的路怎么走，忽然看到有个妇女坐在路边乞讨，身旁还有个五六岁的孩子，他过去掏出了一毛钱给她，感激得那妇女拉着孩子给他磕头，他什么话没说，赶忙扭头离开了。他曾想，将来参加了工作，有了工资，一定拿出更多的钱给这些穷苦人。想想三年后国家就正式分配工作，真可谓前途一片光明！

那时的想法全都成了泡影。从今往后，死心塌地当个农民吧，再也不会有其他门路可走了！悔不该当初报考这个学校。记得入校后的第一次全校师生大会上，班主任安排他作为新生代表发言，曾经慷慨激昂地表态：一定充分利用这三年时间，刻苦学习，努力提高为人民服务的本领，今后就是当不了农业科学家，也要做一名合格的农业技术员。都见鬼去吧！这一辈子只能和乡亲们一样，一年到头脸朝黄土背朝天，和土坷垃打交道了。

天底下没有卖后悔药的。就是抱怨，怨谁呢？只能怨自己！

他第一次对去年初中毕业时的选择后悔起来。

他和李向东一起考上初中时，他们村还从未有过中学生，当时全村着实议论了一阵子。那正是“大跃进”时期，他两个家庭都比较困难，大队党支部还研究决定，给他们每人救济了五元钱。初一至初二上学期，虽然参加劳动多一些，学校的教学风气还是很浓的。尤其令人难忘的是，学生们的生活费学校全包了，每生每月七元钱，三十二斤标准粮，其中百分之四十的细粮，粗粮也是以玉米为主。雪白的馒头，黄澄澄的窝头，每天一顿咸菜两顿炒菜，有时菜里还有一两片子猪肉，每星期还吃顿大包子，说是改善生活。就是不改善，也和天天过年差不多。这些农村长大的孩子，哪里享过这样的福？当时刚实现“人民公社化”，生产队都办起了公共食堂，人们高举着“三面红旗”要“跑步进入共产主义”了，两个公社才这么一处中学，还能亏了这一群孩子？同学们当然是情绪高昂，干起活来，像初生牛犊，争先恐后；读起书来，摽着劲儿争头名，你追我赶。那是一段多么美好的日子！

可惜好景不长。随着大队、生产队的食堂陆续解散，学生们的伙食也差下来了。白面见不到了，一星期只能吃到一两次玉米面窝头，地瓜面成了主食。后来，地瓜面也不够吃了，学校就发动学生到坡里挖野菜，掺上一些豆饼糁蒸菜窝窝。别说肉了，偶尔吃顿青菜也是白水煮的，看不到一点油星，孬好还算有点盐味。随后，这样的标准也坚持不下去了，学校正式通知，同学们必须回家自带吃食，就是平日里喝开水，也要收每人每月两角钱的炭火费。

这时候，农村各家各户的日子也不好过。大办食堂时，各家的柴米油盐都交给了集体，做饭的铁锅都收起来送到公社“大炼钢铁”。到了解散食堂时，集体可分配的柴粮已经不多，虽然分户吃饭能够节省，可毕竟都没了家底，缺柴断粮成了正常。潘忠地和李向东两家又是人口多劳力少的户，那就更困难了。带什么吃的？只能是掺有很少粮食的野菜窝窝，要用篮子盛着，用包袱就挤坏了。每个班一扇笼屉，同学们把各自的干粮用碗或是小网兜盛好，放上面统一加热。有的同学能带几斤鲜地瓜，到学校蒸一蒸，那就算是美食了。家中咸菜也没有，每次潘忠地回来，奶奶就给他炒把煳盐，让他带上每天喝碗盐水。盐也舍不得放多，有点咸味就行。

好歹坚持到了初中毕业。

临近毕业，报考什么学校成了老师和同学们关注的大问题。学校负责人在大会上讲，考生有三个选择，一是高中，全县招八个班，其中一中四个班，二中、三中各两个班，如果想继续深造考大学，那就要选高中，成绩好有把握的最好报考一中。但是，读高中书费、学杂费、生活费全部自理，个别困难同学可以享受助学金，但数量有限。其次是县师范，招两个班，一切费用学校承担，毕业后国家统一分配，基本上是到农村小学当教师。三是地区农业专科学校，面向全地区招生，共招四个班，待遇和师范一样，只是分配去向不同，大部分要到基层当农业技术员。会后，老师们对学习成绩比较好的部分同学进行了个别谈话，动员他们报考高中。

当时潘忠地属于班里的尖子生，在全级二百多名学生中，学习成绩也一直稳定在前几名。班主任找他，要他报一中，他没有答应。学校教务处主任又找他，他还是没答应。李向东学习成绩也不错，在班里属于前十名，老师也希望他报考高中。回家路上，两个人商量，都觉得凭家庭状况，无论如何不能上高中了，必须尽早减轻家庭负担。在是报考师范还是农校的问题上，两个人产生了分歧。李向东的想法是，农校面向全地区招生，肯定报考的人比较多，担心考不上。再就是，将来当个农业技术员也是和土地打交道，没什么出息。潘忠地说，还是技术员好，技术员是正儿八经的国家干部，当小学老师虽然也按干部对待，可就是个孩子王，没意思。

最后的结果，潘忠地考上了地区农业专科学校，李向东考上了县师范。

现在看来，李向东的选择是对的。师范不下马，以后即便当个孩子王也是吃公家饭拿工资，总比回家当社员强。

潘忠地越想情绪越低落，一直到了刘集停车点下车，他也没打起精神。

第三生产队队长潘士金上身穿着背心，下身穿着用旧长裤截去了半截裤腿的短裤，褂子搭在肩上，吸着纸条子卷的烟卷，从西边拐上了这条南北路，老远看见潘忠地，高声说："那不是忠地吗？不是刚开学啊，你怎么也回来了？"

"大叔呀，您干么去？"潘忠地停住脚，不想立即回应。

"咳，到地里转了转，看看玉米浇得如何。该收工了，回家。"潘士金说着紧走几步，来到潘忠地跟前，伸手要接他手里的提兜，"来，我替你拿，累了吧？"

“不用，没多少东西，不沉。”潘忠地接着说，“我看庄稼太旱了，有的地块眼看要绝产了。”

“是呀，老天爷也不长眼，这都二十多天了没落一个雨点，能不旱吗！咱队里就那四挂水车，有两挂还老出毛病，就这百多亩玉米还顾护不过来，别的庄稼只能干瞪眼了。”两个人慢慢走着，潘士金看到他把被子和洗刷用具全都带了回来，又问，“哎，你怎么连铺盖都带回来了，该不是恁那个学校也下马了吧？”

潘忠地犹豫了一下，低声说：“是下马了，同学们都回家乡参加劳动。”

“国家这是怎么搞的！昨天在大队里开会还有人议论，县里的师范下马，一队的向东回来了。后来说起你来，都说恁那个学校是专署的，下不了马，这不也一样！”

“向东回来了？”

“前天就回来了。”

两个人边走边说话的工夫，一帮收了工的男女社员赶了上来。妇女队长兼团小组长李春莲，听清了他们说的话，心中窃喜，靠到跟前，风风火火地说：“忠地，回来好呀，咱团小组这可有了骨干力量了！你暑假里帮我们办的那两期黑板报，别的小组没有比得上的，前两天公社团委书记来检查工作，看了你临开学弄的这期，还大加赞扬哩！”

潘忠地笑了笑，没说什么。

砖头和狗剩两个小伙子，都是潘忠地小时候光屁股的伙伴，跑上去抢过潘忠地肩上手里的包裹，狗剩说：“这下好了，忠地，别看写黑板报我不如你，干庄稼活你得认我老师，以后好好跟我学吧！”

潘忠地说：“那是，不光跟你学，我得向所有的人学习。”

砖头说：“回家种地比上学强，就算将来能吃上国库粮有什么意思？人家不是说吗，‘七级工，八级工，不如农民种的两沟葱’。你看那些前几年出去当了工人的，不少都跑回家来了。”

李春莲说:“是啊，还是种地牢靠。别说了，快回家喝点水去，渴死人了。”

潘忠地随大伙走着，脸上舒坦多了。在汽车上还羡慕李向东，后悔没报考师范。这下好了，两个人一样的命运，也算是有了伴儿。想到这里，心里轻快了许多。

建议

当，当，当，当……队长潘士金敲响了下午上工的钟声。

潘忠地中午没有休息，吃完饭就在西屋里拾掇。这间小西屋是他和弟弟一起住的房间，弟弟今年考上了五年级，到离家十几里的完小读书，住校，不在家。他先整理了一下床铺，然后把弟弟读过的书用绳子捆起来，放在后窗台上，又把自己的书整整齐齐地摆在床头边的单桌上。嘴里哼着歌儿，心里的不快已经烟消云散了。师范也下马了，再也不后悔报考了农校。再说了，回家干活又不是什么不光彩的事儿，同伙们不仅没一个说风凉话的，还都真心支持他回来，全家人也没有丝毫抱怨。吃饭的时候爷爷说："回来干活好，上了这十个年头的学，识的字也够用了，放全村也是大学问的人。庄户人家的孩子，就得干庄稼活，还是种地本分，念再多的书也没什么用。"父亲说："恁弟弟上高小了，恁妹妹才上二年级，一家里供三个学生的还有谁家呀！你也算是个整劳力了，该回来挣工分，明年咱就不是缺款户了。"奶奶、母亲虽然什么也不说，可一个劲儿地让他吃这吃那。满家人没有不高兴的，好像早就盼着他回来干活，他还能再有什么忧虑！

年轻人的情绪，就像六七月的天空，一瞬儿阴一瞬儿晴，变得快着哩！

正忙活着，听到了外面的钟声，他摸起草帽，出了大门。

家南边十字路口的东北角，有一棵百多年的老槐树，胸围足有一搂多，虬干曲枝，浓荫蔽日。就算眼前这么旱，它仍枝叶葱茏。附近的一些老人把它当成神树，除夕夜要给它烧香，元宵节要给它上灯。正因为这一点，“大跃进”时为了支援大炼钢铁，全村的大树基本杀光了，唯独保住了这一棵。当时也不是没人想杀，刚有几个年轻人抡起大镢要刨时，有老人在一旁说：“刨吧，刨完就得回家等着发丧去！”一听这话，没人敢动手了。大槐树周围的三十多户人家，都属于第三生产队。三队的生产，在全大队八个生产队中一直领先，分配也最高。前两年全村饿死了十几口子，三队也出现不少断顿的，可没死一个人，有些人就说是得到了神树的庇佑。

大槐树的树杈上，拴了一根粗铁丝，为保护树皮，铁丝底下垫了一块旧鞋底，下面吊着个废犁铧，犁铧的上边铁丝扣里，插着一根长耙齿。犁铧吊的高度适中，大人踐踐脚才能抽出耙齿，孩子们跳起来也够不着。犁铧就是钟，耙齿就是钟锤。生产队开会、上工，凡是集合社员的事儿，队干部敲这犁铧就是号令。

社员们都陆续朝槐树下走来，准备凑齐人下地，或是听听队长会不会调整分配新的活儿。副队长潘忠良、老会计李光斗，都聚在潘士金跟前，吸着烟商量着什么。潘忠地和大伙一一打着招呼，来到队长身边，说：“大叔，给我安排点什么活？”

“你上午刚回来，在家歇息半晌吧，以后有的是活干，明天再下地。”潘忠良笑嘻嘻地说。

“不用歇，坐汽车回来又不累，下午就开始干吧，什么活都行。”潘忠地恳切地要求。

潘士金扔掉手里的烟屁股，说：“也好，今后就是咱队里的正式社员了，下午叫恁光斗老爷领着你，所有的地块都走走，认认咱的地边，看看今年的年景。你是文化人，又上了一年的农校，以后要对咱队的生产多参谋参谋。”

“行啊，跟着我转一圈，咱爷俩也好好叙谈叙谈。”老会计说。

老会计快五十岁了，从初级社就当会计，一直没有间断，是全大队所有会计中资格最老的。别看他只读过村里的扫盲班，识字不是很多，可头脑清楚，算盘珠子拨拉得溜溜的，办事也认真公正，不论是社员们的往来账，还是队里的现金、财务账，从没出过差错。另外，一年四季的庄稼活计，都装在他心里，耕、耙、耩、扬，样样农活拿得起放得下，是名副其实的庄稼把式。当时，农村干部很少参加劳动，特别是会计们，整天以摆弄账目为名，轻易不下地。他却不，除了半年的预分、年终的决分，需要坐在家里弄几天，平时的账目不是晚上整，就是凑到下雨天不能出工时整，大部分时间都和社员们一起下地，经常是锄、镰、镢、锨不离手。

前年放寒假回来，潘忠地和一伙青年人凑在一起，议论起村里的事儿，个个一肚子火气，这也不顺眼，那也看不惯，尤其是对干部们的作风，更是一包意见。难怪，小伙子们一年到头累得灰头土脸，还时不时挨干部的呵斥，到头来还要饿肚子，都处在血气方刚的年龄，发发牢骚实属正常。当时伙伴们曾说过，全村里这些干部们，如果都能像光斗老爷这样就好了。从那时潘忠地就把这位长辈当成了心中的偶像。

老会计今天穿件粗布短褂，也不系扣子，后背腰带上插一把芭蕉叶蒲扇，把褂子撑了起来，远看像个大罗锅。其实他腰板挺直，走路稳健，身子骨硬朗得很。他还有个特点，别看头发只剩了大半圈，头顶光光的，再热的天，再毒的日头，从没戴过草帽，头顶和大方脸膛晒成了一色的栗皮样，人们送他个外号——“铁头”。他在前头大步流星地走着，微风吹着他的褂子飘起来。潘忠地跟在后面，想：还是他这样子好，风吹进去凉快，出汗再多也溻不湿衣裳。穿上背心多难受，一出汗就贴在了身上，不舒服。以后也弄把蒲扇学学老会计的样子。

“咱先到西南坡、南坡看看，然后再上干渠东，北坡没有咱的地，最后咱去西北坡。”老会计边走边说。

“南坡不用去了，我假期里随大伙干活去过，那几块地的地界都清楚。”

“不，去看看庄稼。咱队里成气的地块都在南坡。本来今年的玉米长势不错，可遇上这样的年景，如果再旱下去，收成怎样就很难说了。”

老会计脚步不停。

潘忠地紧随其后。

西南坡这块地十八亩，大约三分之一种了地瓜，三分之二是花生。两个人来到地头，看到地瓜秧都已萎蔫，叶子匍匐在地，花生叶子更是统统翻了白眼，一片白茫茫要干的样子。

“你看这花生，再这样旱下去，要不了几天，花生仁子就得脱壳，就是再下雨也白搭了。如果到了那种地步，恐怕连花生种也难收回来了！地瓜还好点，耐旱，绝不了产。”老会计说着直摇头。

“这么一片地怎么没眼井呢？”潘忠地不解地问。

“打井有什么用？你看这都是沙地，水车辘轳的，一天浇不了一畦子，浇的没有渗的快。”老会计用手指画着继续说，“南边种地瓜的这片沙层浅一些，也有二三十公分厚，越往北沙层越深。咱这地算是个边，整个西坡、西北坡，一直到汶河大堤，全大队八九百亩，加上两道河堤中间属于大队的一百多亩沙滩，接近一千亩，都是这个样子，只能一年种一季，不是花生就是地瓜，十足的靠天田。”

“那也该想法浇浇保命水，特别是花生，正像您说的，如果脱了壳，就基本上绝产了。地瓜还好一些，眼下正处在第二个瓜块膨胀期，一般情况旱不死，一下雨它还能继续生长。”

“保命水？哪来的水！咱真正必须保的是南坡那几块地，因为那也是保咱命的，全体社员的主要口粮就靠那一百四十多亩玉米。那里原来只有五眼井，今年春天又打了两眼，可是水车太少，加上麦后新买的一挂才四挂，这几天只能几个井上来回倒腾。走，到那边看看。”老会计说着往东走去，忽然回头问道：“你刚才说的那个‘膨胀期’是咋回事？”

“是这么回事，”潘忠地跟上步子，认真地解释，“膨胀就是指的瓜块生长。因为昼夜温差越大越有利于地瓜生长，因此，它的生长期内有两个阶段瓜块长得快。第一个阶段是春末夏初，天气越来越热，晚上还比较凉快，瓜块开始快速膨胀。进入伏天以后，夜间也很热了，白天黑夜温度相差不大，瓜块也就长得慢了，甚至基本停止了生长。进入初秋，白天的温度依然比较高，可夜里逐渐变凉了，这时候它又恢复了快速生长，也就是进入了第二个膨胀期。”

“有道理。看来虽然只上一年农校，还是学了点真东西。”老会计回头朝潘忠地笑了笑。

学到的知识刚回来就排上了用场，潘忠地不由得生出了一种自豪感。他觉得老会计对他的话蛮重视的，于是又说：“您老人家刚才说保花生没水，怎么没有水呢？东边干渠里不是淌着水吗？”

这回老会计哈哈大笑起来，头也没回，说：“俗话说，‘远水解不了近渴’，东干渠里的水也解决不了咱西南坡花生的旱呀！别说渠里的水离地面四五米，在一边挖道子安水车也挺费事，就是容易，四挂水车都安到那里，从渠边到花生地接近三里路，还要现修渠道，水能淌过去吗？要是和人家说的县农场那样，一部抽水机抽上来的水就是个小水渠，能顶十几挂水车，将来咱要有部抽水机就好了！”

潘忠地用心琢磨着，停了一会儿又解释道：“我说的不是这个意思。我是想，咱队里一百五十多口人，七八十个整劳力，再加上老少能干点活的，不下一百人。当前抗旱是最重要的事儿，咱就来个全面发动，肩挑人抬，能保一棵是一棵，能保一亩是一亩。一棵花生浇上半瓢水，就能管它三五天，倘若几天后下场雨，就有可能保住产量了。如果能保住十来亩，不就是好几千斤吗？”

老会计听着听着脚步慢了，最后停下来，从腰里抽出烟袋，把烟锅插进烟包里，看也不看，窝扭了几下子，装满了，点着吸了几口，说：“是个好主意，晚上让队委会议议。”随后又说，“走，到前边看看浇玉米的。”

五十年代推着转的老水车早就淘汰了，现在的水车是一个架子两个把儿，架子中间立一个直径不到四十公分的生铁齿轮，齿轮上挂着铁链子，链子上每隔一米左右固定着一个橡皮垫，橡皮垫直径略大于上水筒的直径，上水筒是白铁皮卷的，一节一至二米，根据井深接起来，底部是个喇叭口，深入水下半米左右。两人站在两边拧把子，随着链子的上下，水就被带上来了，所以也叫“二人拧”。由于地下水位下降，上水筒需要加长，拧起来更费力，二人拧都变成了三人拧。每挂水车六个人，两班倒，男女搭配，就这样，一天也浇不了三亩地。凡是四五天以内浇过水的，玉米叶子黑油油、滋生生，一派丰收景象。可是，有一半以上的地块相隔时间长了，叶子就打起绺来，没精打采的。

来到干渠边上，渠里的水很浅了，只能没到脚脖。水缓缓流着，一簇簇水草在清澈的水中轻轻摇摆，偶尔有几条小鱼出没在水草间，听到动静就哧溜跑远了。两个人脱了鞋，挽起裤子蹚了过去。

上了岸，潘忠地一面穿鞋一面说：“如果我说的那个法子可行，咱得赶紧在南边闸个坝子，尽量多拦些水。”

“对，也许过不几天这水就断流了。”老会计赞成。

渠东这二十多亩地一半种了谷子，另一半是大豆。其他生产队还有种高粱或地瓜的，不论是什么，这片庄稼都已经旱得不成样子。

“全大队这边共一百八十多亩地，八个生产队平均分的，从南往北排序，咱是第三块。看庄稼就明白，地界很清楚。”老会计站在地头上，又抽出了旱烟袋。

“这片可不是沙地，怎么也没眼井呀？”

“这片地都是好黄土，就是种起来不方便。你看，从村里直线到这里，也就半里路，可是隔了这条大干渠，种地要绕到北边柳家庄村头的桥上才能过来，一转就是五里多，来回一趟十里多路，都打怵过来干活，所以都不当好地待了。再早没挖干渠的时候，这片庄稼年年长得不孬，那时候有好几眼

井，多年不用都废了。”

潘忠地听着点了点头。

来到西北坡，日头已经点地。从汶河大堤往南，这片地各生产队插花种植，每个生产队都有四五块。由于全是沙滩地，几百亩地同样没有一眼水井。作物也比较单一，不是地瓜就是花生。个别花生地有间种芝麻的，芝麻棵子也是面黄肌瘦，同周围的地瓜花生一样，耷拉着脑袋。几块地转下来，满眼全是惨相。四下望望，看不到一点生机。潘忠地越看心里越急落落的，一瞬儿攥拳头，一瞬儿搓巴掌。

年轻人呀，急有什么用呢？人祸天灾造成了眼下这境况，你就算有天大的本事，能改变得了吗？你现在还是没长成身个的牛犊子，满头是角，看到什么都想抵几头，等到把犄角都断没，头皮磨出了茧子，就知道啥事该急啥事不该急了。

“回去吧，今天下午咱爷俩的任务算是完成了。今后就是让你一个人来干活，也不至于找不着地边了。”

“咱的地块还真不少哩，我算了算，总共十一块。”

“是呀，这还是大队统一调整了的。刚实现公社化成立生产队时，各队都种本生产队各家各户原来的地，当时咱队就有五十多块。”

“那太不方便了。”

“其实有些地块还可以合并，像西北坡这片地，一个生产队一块就行。土质条件差不多，归并一下各生产队不会有什么意见。只是大队里不愿意操这份心，生产队就没办法了。”

看到年轻人一下午的性情，老会计心里恣悠悠的，心里话，不赖，能用脑子想事，是庄稼人的好后生！

快到村头时，老会计命令似的说：“忠地，别回家了，晚饭跟我吃去。”

“不了，家里人等着我。”

“回去说一声接着到我家来。恁大奶奶中午就说好了，晚上给我改善生活，烙油饼。另外，你要去了她得炒几个鸡蛋，我也能跟着沾沾光。你不知道，老嬷子会过日子，鸡蛋攒起来换油换盐，平时舍不得让我吃。可是，只要有外人来吃饭，有什么好吃的她也舍得做。哈哈！”

潘忠地也笑着说：“那好吧，我回家给奶奶说声就过去。”

“奶奶，我不在家吃晚饭了，光斗大老爷让我到他家去吃。”潘忠地来到东屋门口，大声告诉正在屋里做饭的奶奶。

“去吧，光斗不是外人，恁大奶奶待人也挺好的。”奶奶没停手里的活。

潘忠地放下草帽折身就走。正在栏圈旁切猪草的爷爷拿下嘴上叼着的烟袋，在鞋底上磕着烟灰，说：“你这刚回来人家就叫你去吃饭，还能空着手呀！上代销点打半斤酒拿着，窗台上有瓶子，我床头木匣里有钱。”

“哎，我兜里还有钱。”潘忠地答应着回屋拿上瓶子，走了。

潘忠地花六毛二分钱打了一斤散装地瓜干子酒，提着去了老会计家。一进门就闻到了葱花油饼的香味儿，口中不由得生出了涎水，强忍着没有表现出来。老会计站起来，看到他手中的瓶子，说：“你这孩子，打酒干么？我就一两的酒量，平时一个人又不喝。”

“俺爷爷让给你打的。”潘忠地放下酒瓶，笑着说。回头看到手里捧着五六个鸡蛋从里屋出来的老太婆，赶紧上前：“大奶奶，您好！”

“好，好！刚才听恁大老爷说，你上午回来的，不再上学了？”

“不上了，学校下马了。”

“不上好，回来种地，恁家里正缺劳力呢。”老太婆说着去厨屋，刚迈过门槛又回头说，“老头子，你泡张粉皮，盐罐子里还有块腊肉，我切几片，炒完鸡蛋再给恁爷俩炖碗粉皮。”

老会计到里屋转了一圈，空着手出来，站到门口咋呼：“你把粉皮放在哪里了？我找不着！”

“不就在里屋门后边小瓮里吗？算了，你别找了，一会儿我拿去。”老太婆在厨房里回话。

老会计嘿嘿着坐下拿起烟袋。

老太太端过来半碗焦黄的大葱炒鸡蛋，放到桌上，看着潘忠地说："恁这个大老爷呀，别看在外边都说他勤快，回到家倒了油瓶不兴扶的，属猪的，就知道个吃！"边说边去里屋拿粉皮、腊肉，出来接着说，"恁爷俩先吃，油饼在筐里盖着。"

"别听她的，越有人她越埋汰我。"老会计笑着说，起身找出两个酒盅，"拿酒来了咱就喝点。"

潘忠地接过盅子洗了洗，打开瓶倒满一盅放到老会计跟前，说："这一盅等大奶奶过来再倒吧。"

"她从来不喝酒，倒上，咱爷俩喝。"

"我也没喝过，您自己喝吧。"

"学着点，少喝。"

老会计拿过瓶子要给潘忠地倒酒，潘忠地赶紧夺过来："我自己倒。"倒了小半盅。

"先吃点菜再喝，转一下午得饿了，空肚子喝酒不行。"

吃了几口菜，老会计端起盅子，轻轻咂了一口，说："这酒还行，没掺多少水，来，喝一盅！"

潘忠地一口把那点酒喝了下去，立时呛得脸红脖子粗，忍不住咳嗽起来。

"慢一点，喝习惯就好了。"

"我可不喝了，辣乎乎的。"潘忠地把酒盅放到了一边，一个劲地摇头。

这时老太太端着菜碗进来了，没好气地说："孩子不能喝酒你让的嘛？什么好东西！多吃点菜比喝酒强。忠地你吃油饼，趁热吃香，我给你盛糊涂去，叫他自己慢慢喝。"

"我去盛吧。"潘忠地跟着老太太端来一碗糊涂，老会计递给他一块油饼。刚咬了一口，老会计问："怎么样，香不？"

潘忠地赶紧嚼几下咽下去，说：“可香了，里边暄软外边脆，还一层一层的。我还是头一回吃这么好的油饼。”

老会计喝了一口酒，说：“要说擀油饼，全村没有比上恁大奶奶的，同样的面，别人擀出来就没这么好吃，这里边学问大着哩！”

老太太说：“什么学问呀，只要面别和硬了，第一遍擀薄点，油、盐和葱花摊匀，卷起来拧个麻花再擀，层数就多了。烙的时候要小火，火大了就会皮焦骨头生的。”

老会计说：“你也就擀个油饼，擀单饼就不中用了。”

老太太说：“那是，论单饼还是忠地他奶奶，她那本事，满鏊子的单饼，一斤面能擀十六张，一张饼卷起来和大拇指头那么粗。”

潘忠地点点头，说：“嗯，我吃过。”

正说着，队长潘士金来了。

“哟，大叔真行，不年不节的还喝二两呀！”

“行什么行，你还不知道我那点酒量！从坡里回来，我让忠地一块来吃饭，他回去拿来的酒。恁婶子和忠地都不喝，我怎么也得抿两口吧。快坐下，陪我喝点。”

潘忠地还有半碗糊涂没喝完，端着碗站起来，把座位让给潘士金，说：“大叔，你坐这里。”

“你吃饭，我刚放下饭碗，不喝了。”

“我吃饱了，还有这两口糊涂，喝了就完了。”潘忠地边说边抓紧喝下去，把碗放下坐到了一边。

“别充有出息的了，这还是在别边？有饭垫底不更能喝啊！”老会计说着拿过个茶碗，接着摸酒瓶。

潘忠地赶忙拿过瓶子，朝着潘士金问：“大叔你用茶碗喝啊？”

潘士金笑笑，不吱声。老会计说：“他酒量大，用小盅子不过瘾。给他倒满！”

潘忠地听话地倒上满满一茶碗，递给潘士金。

“说好了啊，就一碗。”潘士金端起来一口下去了一半，然后伸筷子夹了口菜。

“走，把小凳子拿到院子里，咱到外面凉快，让他俩喝吧。”老太婆对潘忠地说。

潘忠地搬着两个凳子到了当院，老太婆又说：“都搬出来，他们也快来了。”

“谁呀？”

“队委会的，每天晚上都来商量事。”

潘忠地把七八个小凳子都拾掇出来，站在屋门口说：“大老爷，大叔，您过会儿还开会，我走了。”

“别走，今天商量的事你得参加。”老会计说。

“对，忠地，我正想今晚说说，让你以后参加咱的队委会。”潘士金说。

那年头生产队穷得叮当响，大都没有正经像样的办公室。要开个社员会，夏天在场院，冬天就到饲养棚。队干部们开会，一般是到队长家，也有的谁家里清静去谁家。李光斗闺女出嫁了，大儿子结婚生子后另立宅院搬了出去，二儿子在煤矿当工人，找了个当地的媳妇，平常很少回来。家里就剩下老两口，老太婆待人又热情，所以三队的干部们有事都到这里来商量。

自从潘士金当了队长，形成了个不成文的规矩，只要没有特殊情况，每天晚饭后，所有队委成员都要来凑凑头，说说当天的生产情况，议议第二天的活计。按照一般做法，队委会成员包括队长、会计、副队长、民兵排长、妇女队长、贫协组长、保管员。三队队委会实际只有五个人，因为民兵排长由副队长潘忠良兼任，保管员由贫协组长李庆祥兼任。另外，还有一人是经常参加会的，算是列席吧，就是饲养员潘士宝。

潘士宝是潘士金前任生产队长。三年前他找大队主动提出，因年龄偏大（其实才刚过五十），又有个腿疼的毛病（也不是多么严重），所以要辞去生产队长，建议由当时的副队长潘士金接任。真实的原因他没有说，因为不能说。他觉得经过“大跃进”的折腾，生产队的家底折腾光了，各家各户也没有存粮了，一到春天，不少户连锅都揭不开了，人心散了，以后的生产难搞了。这些年这个队长当得不能说很好，也还将就，在大队没挨过批评，在社员面前也算有威信，起码背后没说闲话的。再干下去就很难说了，不如见好就收，还能留个好名声。别看生产队的头头们不是什么官，那年月还都是争着当，他主动提出辞职，全大队还是首例。大队党支部慎重研究，同意了他的意见。

潘士金担任队长后，为了照顾老队长，让他当了饲养员。饲养员虽然责任心强些，可还是有不少人眼红，争着想干。因为大小总共六七头牛，捎带着喂几头猪，饲草饲料都是另派人整治好的，累不着，还能全年记整日工分，并且耽误不了忙活家里的事。至于有的偷了饲料拿回家去，生活困难的时候人可以吃，生活好了能喂猪，那是个别贪小便宜的人办的，躲不开大伙的眼睛。让潘士宝当饲养员，从干部到社员，没人能提出异议。只是当时潘士金对他提出了个附加条件：“大哥，我跟着你干了这些年，我的本事你清楚，现在你让我领头了，你必须支持恁兄弟。”

“这还用说？我心里有数，你一定能比我干得好。你放心，不论叫我干什么，我保证都好好干，绝不扯你的后腿。”

“那倒是！我是想，只要我干着，凡是队里商量事，你得参加，好给我们当当参谋出出主意。”

“那可不行，我这算是下台了，再参加队里的会，名不正言不顺，让外人笑话。”

“谁笑话？你虽然不是队委成员了，可还是共产党员呀！咱队里就三个党员，除了咱俩还有光斗叔。我已经跟光斗叔透过话了，他也有这个意思。党员列席队委会，名正言顺着哩！”

潘士宝看着潘士金也是掏心窝子的话，就答应了。

重托

老会计家的堂屋门口上方，斜安着一个带搪瓷灯罩的灯泡，虽说只有六十度，可也照亮了大半个院子，格外显眼。因为全村除了大队办公室大院里还时常亮着个大灯泡，其他地方屋外还没有安电灯的，就是屋内安上电灯的户，也不到三分之一。村里通电还不到一年，买电线、电灯需要钱，还有交电费，有的手头没钱，有的也算计着不如点煤油灯省，所以安的很少。老会计家不仅院子里安了一个，每个屋里都安上了，电线、灯具都是在煤矿上班的儿子拿回家来的。

一些蠓虫、青草虫、小蛾子，还有些不知名的虫儿，从四面八方奔着亮光聚拢来，不顾死活，扑扑棱棱扑向电灯。院子中央有块上面平整周围不规则的大石头，算是个简易石桌。桌边燃着一根艾蒿绳，艾蒿烟的香气把周围的蚊虫都熏跑了。初秋的傍晚已有些凉意，老太太放在石桌上的几把蒲扇闲了起来。

老会计一手端着茶壶，另一只手拿着几个茶碗，边往石桌上放边说：“谁喝谁倒，刚冲上的老干烘。”

李春莲跟在后边，提了个暖水瓶，放到石桌旁边。

潘忠地起身过去给大家倒茶，然后一碗碗递到每人手中。潘士金接过茶碗喝了一口，说："我先说件事。忠地学校下马了，正式回来当社员，这可是咱的大知识分子，咱们要欢迎。他这一年学的是如何种好庄稼的知识，在学校里又是学生干部，我想，以后只要大队不安排他做别的事情，就让他参加咱的队委会，大家不会有意见吧？"

"没意见，队长说了咱赞成。人多力量大，三个烂皮匠还顶个诸葛哩，多个人总比少个人好。"潘忠良抢先表态。

"不是烂皮匠，是臭皮匠。也不是诸葛，是诸葛亮。充你会说话的！"李春莲笑着给他纠正。

"咳，反正就这么个意思。忠地，今后就帮着我干。要不给大队领导说说，把我的民兵排长让给你。"潘忠良说着摸出自己口袋里的纸条子，伸手要过老会计的烟包，倒出来一小撮，卷起了纸烟。

"帮我也不能帮你，你年轻力壮的，别想偷懒耍滑。我这眼都开始花了，以后就帮我总总工分走走账，等到我不能干了就接我的班，干会计。"老会计也点着了自己的烟锅，继续说，"别看忠地在地区农校才读了一年书，可学了不少种地的学问，又肯用心，以后是咱队里的好帮手。今天下午俺爷俩转了一圈，在坡里他就讲了不少好主意。忠地，把你的想法说说，让大家合计合计，能行就马上动手。"

"还是你说，我不了解情况，说不好。"潘忠地坐在一边，有些不好意思。

"好吧，我说。其实这是忠地的点子。"李光斗把如何发动群众，肩挑人抬，利用东干渠的水浇花生、地瓜的想法说了一遍。

大伙都认真听着，李光斗的话音刚落，潘忠良就接了过去，说："好办法！这是老太婆坐花轿——摺下的营生。'大跃进'时期，咱还不是整天男女老少齐上阵呀！"

"那时候大伙上阵是参加劳动，你可是围着全大队的工地游街哩！我记得你脖子上还挂着半把子烟叶，还有个纸板子做的大牌子，转到有人的地方就低着头，跟大狗熊似的。"保管员李庆祥揭他的老底。

大家都笑了起来。李春莲在一旁推了潘忠良一把，说："你再能！"

老会计抬起一只脚，在鞋底上磕了磕烟锅，说："庆祥呀，打人不打脸，揭人不揭短，这都过去好几年的事儿了，不能老是哪壶不开提哪壶，就算忠良的脸皮再厚也不得劲呀！"

又是一阵笑声。

"没事，不就是因为咱贩卖了几斤烟叶嘛，又不是偷窃、抢劫、搞女人，当时士宝叔还到大队给咱讲情来哩。恁知道大队书记怎么说的？'让他当当反面教员，对全体社员是个教育'，别管反面正面，咱是教员，不算是英雄也不能是狗熊。再说了，咱早就改邪归正了，要不还能让咱当干部！"潘忠良不当真不当假地说。

都知道，潘忠良的确没把这事当回事儿，只是逗个乐。

"好了，说正事吧。把群众发动起来保保花生、地瓜，特别是花生，的确是个好办法。正像忠良说的，前些年搞运动，什么事都讲声势，经常是男女老少都上阵。可那时候只看形式不重效果，大伙出工不出力，工没少出，活没多干，到头来没什么效益。这几年没再那样搞，一是不时兴那种做法了，再就是因为各家各户都还没返过劲来，口粮紧，年头到年尾填不饱肚子。出工多就吃得多，平时吃得多了，明年春天就没粮了，到时候揭不开锅，年轻人上工也没了力气。"作为队长，潘士金考虑问题一直比较细心，比较全面、长远。

坐在一边老是吸烟的饲养员潘士宝收起烟袋，说："士金说的有一定道理。不用说远了，就今年春天青黄不接那阵子，全队有接近一半的户断了顿，十几个老人得了浮肿病。其他生产队比咱还严重。今年麦季咱队的分配比上年多了二十多斤，全大队最高，人均也只有八十斤麦子。秋季能分配多少口粮，现在还说不准。"他停顿一下，咳嗽两声接着说，"可是眼前这个旱法，如果不把苗子保住，能赶上去年的分配也难。俗话说，没有不下雨的老天，当前抗旱保苗是正事，庄稼只要旱不死，就还有多收成多分配的盼头。"

“士宝说得对，现实家家户户还有吃的，多出点工没啥。要是眼下保不住苗子，秋季就会大减产，明年春天更要挨饿。现在多出力，虽然费些粮食，就是为了多分些口粮。前两年那么困难都熬过来了，到时候没有过不去的火焰山！”李庆祥附和。

“我赞成！我保证把团员、青年和家庭妇女发动起来，各家都有水挑子，还有盆盆罐罐，不信斗不过老天！”李春莲说话做事火气十足，她分管的工作在全大队从来没落后过。

“我再提一条，咱有三个拉氨水的大铁桶，一桶能盛六七担水，把桶装到大车上，拉一趟就能顶几个人挑一天的。”潘忠良说。

潘士宝立即接过他的话头：“你这算出了个正道点子。明天我早一点喂牲口，赶车就算我的了。”

潘士金已经接连卷了三支旱烟，不停地吸着，看到大家的情绪，说道：“好吧，就这么办。今天晚上都按自己的分工，到各户去做工作，明天早晨就行动。除了水车上的劳力不动，其余的都去运水。忠良和庆祥恁两个，负责渠边上的组织工作，选几个壮劳力下去灌水，提到岸上，让年龄大的只管挑就行。光斗叔负责地里，保证浇水质量，不要浪费了水。咱就先保西南坡的花生，来得及再浇地瓜。春莲，你继续负责二人拧浇地，给大家鼓鼓劲，也要再加快些进度。”

听完队长的安排，大家就要起身。潘士金说：“别慌。忠地，你一直没言语，还有什么想法？说说。”

“是还有个想法，不一定可行。”潘忠地说，“下午在南坡我看到，那百多亩玉米不蔫叶子的不到一半。可咱就四挂水车，顾不过来。现在浇地的是正常上工，到时候一起收工回家吃饭，一天只能干七八个小时。如果每挂二人拧增加几个劳力，吃在井上，休息在井上，‘歇人不歇马’，再来个夜战，昼夜不停，效率起码能提高一倍。”

“真是蛤蟆嘴大，人小鬼大，忠地，你肚子里装了多少鬼点子？”潘忠良打趣。

“你肚子里才是鬼点子哩，人家忠地这是献计献策，是好主意！”李春莲经常与潘忠良斗嘴，别人很少接他们的话茬。

沉了一会儿，老会计说：“是个好主意，忠地你下午怎么没说呢？不过，那要增加很多人，现在是一挂二人拧六个，再增加一半，壮劳力就占用差不多了。另外，在井上吃饭，饭怎么送？还能一家一户凑粮食，队里一块做？”

又都不吱声了。

待了一会儿，潘忠良沉不住气了：“那不行，整劳力都上了二人拧，剩下些老弱病残，还怎么挑水浇花生？要不我和春莲换换，让她去负责挑水。”

李春莲刚想回话，潘士金却说：“忠地说的是个好办法，可光斗叔说的也有道理。大家都想想，有没有两全其美的法子？”

李春莲十几天来一直靠在井上，对潘忠地的话从心里赞成。刚才一听老会计的发言，她又认真琢磨了一阵子，然后才说：“我觉得不用那么多人，每挂二人拧再增加两三个人就行，把两班倒变成三班倒，带上草苫子、席片，中午晚上能轮换着歇息一会儿。别管多少人，反正咱是按浇地多少记工分。我们几个团员分分工，狗剩、瓦子、砖头、秀花，一人负责一挂水车，来个劳动竞赛！另外，不能队里集体做饭，那样容易浪费，还要耽误劳力。还是个人吃个人的，谁吃什么自己带，也可以到吃饭时派个人回来去各家敛。”

“那也不能光吃不喝呀！啃着干粮就凉水？”潘忠良故意与她顶嘴。

“喝水还不好办？带个黑壶，凑点柴火，在井边烧就是。”

李春莲的话刚说完，李庆祥就接了过去：“咱祖辈的老习惯，吃饭不喝汤就和没吃一样，一天三顿喝开水可不行。”他看了看潘士金，接着说，“咱仓库里还有一百多斤玉米，那是多留的种子，用不着了，以后也只能作饲料，不如磨成面，每顿烧锅糊涂汤，给他们送到井上，省着点够十几天用的。”

“好，就这样了。咱再排一下劳力，搭配好。庆祥大哥你就负责给他们送糊涂，明天再到卫生室买点金银花、甘草，每天烧两锅败火水，送到坡里，让所有干活的喝。”

三队的社员心里都有数，几个队干部是诚心实意给群众做事的。就说春天挨饿那阵子，大队分给有限的那点救济粮、救济款，都及时给了断顿户。后来陆续有些老人身体浮肿起来，包括潘士金的老爹，也得了浮肿病。潘士金叫着李光斗，不知往公社跑了多少趟，才争取到指标，从粮所买来几十斤黑豆。他又叫上潘忠良，来回一百多里路，到东乡山里买来半口袋大枣，连同黑豆平均分给了六十岁以上的老人。麦收前那两个多月，全大队接连死了几个人，只有三队没发一口丧。尽管当时都瘪着肚子，干部们坚持和一些壮劳力一起下地，去浇那百多亩麦田。到了麦收就看出成色了，三队的分配最高，有的生产队口粮还不抵他们一半。

老天却这么捉弄人。去年春旱连夏旱，今年上半年算是下了两场透地雨，可眼下又二十多天滴雨不见了。社员们知道，这时节庄稼已形成籽粒，到了需要水的节骨眼上，怕的就是个旱。干部们和大伙一样，都急得火烧火燎。

当队里要求凡是能行动的人都要出工抗旱的时候，几乎是一呼百应，没几个答应不脆声。

当晚，上井浇地的人排好后，李春莲叫着潘忠地，把狗剩、瓦子、砖头、秀花喊到一起，先是说了说队委会的决定，然后布置：“咱分成四个小组，恁四个就是各小组的组长，狗剩第一组，瓦子二组，砖头三组，我和忠地在秀花这个组，算是第四组。原来所在的水车不动，从明天开始，各组就开展比赛，两天一评比，哪个组浇地多，浇得到头到边质量好，谁就是优胜。明天把仓库里那面大红旗扛上，谁优胜就把红旗插在谁井上。得了红旗要是两天后落后了，组长要亲自把红旗送到别的组。”

“比就比，谁怕谁？红旗一定是俺三组的，俺那是挂新水车。”砖头说。

“比可以，最好先有个小组提出挑战，其他组再应战，这样也好发动大家。”瓦子提议。

“对，先有挑战的，再有应战的，挑战组要提出挑战的条件，各组都同意应战后就作为评比的标准。”狗剩说。

在哪个组提出挑战的问题上，三个小伙子都推托，最后秀花说：“别心虚了，没胆量挑也得有胆量应，四组明天早晨就给你们下挑战书。”

“应就应，男爷们还怕个小妮子！”砖头伸胳膊撸袖子。

“谁是小妮子？我是恁姑！没大没小。”秀花装着生气。

“姑也是小妮子，早晚嫁人。还充大人啃瓜皮，论年龄我比你大一岁半哩！”砖头不服气。

“别闹了，就这样定下来，都快回去通知自己的人去吧。忠地受受累，帮着秀花把挑战书写出来，一式三份，明天一早发给各组。同时还要写在街头黑板上，让全队人都知道。”李春莲又交代秀花，“你一早去找庆祥叔，带上红旗，先插到咱井上。”

“那不行，凭什么插到恁井上？俺得先插。”砖头说。

“凭俺组提出的挑战，恁都是应战，有本事两天后你夺过去！”秀花说。

“好！你等着吧，到时候叫你老老实实给我们送过去。”砖头说。

年轻人就是有生气。第二天东方刚放亮，四挂二人拧就都呼呼啦啦转了起来。

这时候潘士金和潘忠良也来到了东干渠。潘士金掏出纸条，卷了支旱烟卷，递给潘忠良，自己也卷了一支。

“怎么样？有不乐意出工的吗？”潘士金问。

“没问题，都响应，就是大胖子娘儿们嘟嘟囔囔，强调孩子上学，没人做饭，不想来。我说了，做好饭再来，不能担挑子就端盆子，不能端盆子拿个水瓢也行，只要不是老弱病残都得出工。”

大胖子叫王桂兰，三十多岁，中等身材，一身的肉膘，整天打扮得也比其他妇女周正。两个孩子都上小学，男人李庆富是煤矿上的下井工人。别看她一年混不了几个工分，就凭男人的工资，小日子过得还挺滋润，所以她经常不是这理由就是那原因，借故不参加队里劳动，干部们也不愿意和她计较生闲气。人们一说大胖子或懒汉娘儿们，就知道是她。

“别和她一般见识，一个两个的不干搅不了大局，也没人攀扯她。”潘士金说着下到了水边，回头对潘忠良说，“昨天光斗叔就说干渠的水已经不多了，还真是。你先带上几个人，往下走五六十米筑个坝子，多存点水，这里水位高了往上提也方便些。”

“好，我这就回去拿铁锨，喊人。”潘忠良说着走了。

没大工夫，人们陆续地来了，挑着筲桶的，提着罐子的，不到太阳出山，就集合了五十多口子。潘士宝也赶着牛车来了，车上绑好了三个大铁桶。等潘忠良和几个劳力堵好坝子回来，潘士金和李庆祥已经把人员安排妥当，第一拨挑水的快到花生地了。

这阵势已经几年不见了。七八十名整半劳力，挑的挑，抬的抬，你追我赶，热情高涨。人们没有多高的觉悟，但是明白一条，眼下多出力流汗，秋后就能多收成，多收成了就能多分点口粮，明年春天不至于闹饥荒。要是大减产，分配上不去，工分再多也不值么，以往的劳动也就白费力了。所以人人劲头十足，没有怨言。

两天下来，挑水的就浇了五亩多花生。凡是浇上一瓢水的，花生叶子立时变了样子，滋生生的，格外精神。井上浇玉米的更喜人，两天超过了原来五天的进度。四个组差不多，就是第三组多浇了一分多地。砖头咋咋呼呼，让秀花给他们送红旗。秀花不服气，对李春莲说：“不行，他们是新水车，定的标准应该比其他组高。”

“算了，条件弄太细了不好办，争红旗又不是目的，只要多浇了地就行。”李春莲说。

“那我也不给他们送。”秀花说。

“你别送了，我送过去。”李春莲把红旗送到了砖头他们那里。

砖头兴高采烈地把红旗插在了井旁。觉得旗杆太短，又回家找来根木棍，接到旗杆上，这样老远就看到了那飘扬的红旗。

潘忠地觉得李春莲的话有道理。都是年轻人，谁不争强好胜？竞赛只是形式，过程并不重要，关键是看结果。如果形式太复杂，或者因为争红旗而影响了团结，那还有什么意思！

三队的行动全村人都看到了，有的生产队也学他们的样子，开始发动群众。但是，多数生产队无动于衷，没有行动。党支部书记张义生提议，在三队召开了个全体大小队干部会。会议要求，各生产队都要向三队学习，全面发动，在全大队掀起抗旱救灾的新高潮。

发动归发动，其他生产队没有一个像三队那样上阵人员多，组织得好。尽管这样，全大队算是发动起来了，满坡里人声鼎沸，轰轰烈烈，几天后庄稼也看出了成色。这期间，周围大队还没有这么搞的。

刘集公社的几个主要领导检查生产，看到汶水滩热火朝天的抗旱场面，被感动了，当即决定下发通知，第二天一早在这里召开全公社五十二个大队的党支部书记、大队长会议。会上，看完现场后让张义生、潘士金分别介绍了经验。潘士金发言时讲得很实在，他说，开始队干部们没想到用这种人民战争的方式抗旱，是刚从地区农校回乡劳动的小青年潘忠地，提出了这么个建议，队委会研究采纳了，才发动群众干起来。如果提前几天就这么干，效果肯定好得多。这引起了公社党委书记杨森林的注意。散会后，他说要见见这个提建议的小青年，让三队队长潘士金领着，也叫张义生跟着，到坡里去找潘忠地。

潘忠地正在南坡玉米地里摇二人拧。来到地头，潘士金喊："忠地，过来一下，杨书记找你。"

在一旁休息的李春莲听到这话，立即跑上去替下了潘忠地，说："快过去，那是公社的书记。"

潘忠地没弄清怎么回事，懵懵懂懂来到三位领导跟前。杨书记上前一步跟他握手，他迟疑半天才伸出了右手。

“你就是潘忠地，多大了？”杨书记问。

“快十八了。”

“听说你们学校下马了，什么时候回来的？回来参加劳动有什么想法？”

“回来还不到一星期。没什么想法，就是干活呗，挺好的。”

杨书记笑了笑，说：“回村参加劳动就是接受锻炼，要有吃苦受累的思想准备哟！看样子你能经受住考验。恁队长在大会上说，是你给队里提了个好建议，当时是怎么想的？”

潘忠地更不好意思了，红着脸，有些语无伦次：“不是什么建议，具体怎么干还是队长他们决定的。”

“不错。”杨书记掏出半盒“泉城”香烟，递给张义生一支，又抽出一支给潘士金，潘士金说这个没劲，他吸旱烟。张义生打着火机，给杨书记点着，杨书记吸了口烟，拍拍潘忠地的肩膀，接着说，“咱交个朋友吧，以后有什么事情你可以直接到公社找我。今天我先给你交代个任务，围绕你们生产队、大队的生产现状作些调研，对今后的发展有什么意见建议，你好好动动脑子，写成个书面材料。不用急，三两个月弄出来就行，再长点时间也可以，写完后交给我。这既要应用你学过的知识，更要详细了解你们村的实际，尤其要注意向村里的老干部、老农请教。要敞开思想，怎么想的就怎么写，对不对都不要紧。可以吗？”

潘忠地两手搓着衣襟，低着头，不言语。

“哎呀，这可是领导看得起咱，快答应啊！”张义生沉不住气了。

“是呀忠地，你要有什么困难，叫恁光斗老爷帮帮你。”潘士金在一旁给他鼓劲。

“我刚回来不了解情况，恐怕完不成任务。领导交代了，我一定尽量努力。不过，得请大队、生产队的领导们多帮助。”潘忠地抬起头，瞅杨书记。

“忠地说得对。义生、士金，我说的这件事本来就应该你们去做，可是，咱这些人，包括我，脑子死，框框多，很难出新思路。会上听士金同志说到这个情况，给我很大启发，青年人热气高，火气大，思想活跃，受约束少，我想，能不能让年轻人帮咱换换脑筋？你们两个一定要全力支持忠地同志。但是有一条，不要限制年轻人的思想，他们的想法不论合不合实际，对我们研究工作都会有启示。”杨书记看着身旁的两个基层干部，又说，“这是个好苗子，你们既要保护又要注意培养。”

“领导放心，我们一定注意发挥知识青年的作用。忠地一回来，我们就让他参加队委会了。”潘士金说。

张义生也附和说：“是呀，咱农村里就是缺这样有知识的青年。”

“忠地同志，好好干吧，在农村一样有出息。对你来讲，这是个新课堂，一定要和贫下中农打成一片，虚心向周围的人学习。别看他们不识字，可为人忠厚，办事朴实，要论起干庄稼活来，更是我们的老师。希望你扑下身子，扎扎实实，争取全面发展，干出成绩。”看来杨书记喜欢上了这个年轻人，这话是语重心长。

潘忠地一个劲儿地点头。

新思路

柔情温顺的汶河水，规规矩矩地匍匐在绵软的河床中间，像一条闪光的玉带，不急不躁，静静地由东往西流淌。眼下水面宽不足五十米，流量已经很小。河堤两旁一行行茂密的紫穗槐，几乎都成了直挺挺的光杆儿，只剩下顶上几个蔫不拉唧的叶片，摇摇欲坠；那些婆婆丁、扒拉秧、刺蒺藜、狗尾巴草，还没来得及结籽就都枯黄了，提前等着人们搂回家去当烧柴；稀稀拉拉个头低矮的杨树、槐树，和滩边上那几棵大柳树，眼睁睁遥望着清澈的河水而得不到滋润，干干巴巴垂头丧气。一丝风也没有，树叶打起卷儿，枝条纹丝不动。开阔的河滩，敞开胸膛，接受着炽热日头的暴晒，使金色的细沙像炒过一样，热得烫人。

从岸边到水边的沙滩上，有一些密密麻麻来来回回的脚印，仿佛这里走过不少人。近前看看，只有潘孝林老汉一个人。他身穿老粗布裤衩、褂衩，躬着腰，提个水罐，一趟一趟吃力地在滩地上走着。看他那露在外面的胳膊和腿，像燥了皮的树棍，黑黑的，硬硬的。脸上沟壑深深，一副饱经风霜的样子。快二十天了，他每天都要提十几罐水，也就是说，沙滩上每天应该留下他二三十行脚印。这几天一直没刮风，河水又一个劲地往里缩，脚印也就零乱地保留下来了一些。

这里太清静了。这些天他还没遇到过一个人。当全大队掀起轰轰烈烈抗旱高潮的时候，潘老汉也在提水浇地。不，他早就开始行动了，只是没被别人发现，也没有加入生产队众人的行列。像他这个年龄的老人，已经长年不参加生产队里的劳动了，这次发动全体劳力上阵抗旱，队干部也不会安排他。他独自一人，坚持不懈地天天到这里来提水，没有受任何人指派，也不是为了集体，而是自愿地浇灌自己开荒种植的一小片蔬菜。

汶水滩村正北的汶河大堤，是一段险堤，因为往上的河道有二三里稍微偏向西南方向，河水直冲着这个位置流来，然后再向正西方向奔去。每年汛期洪水一到，这段堤受冲刷格外严重。据说，历史上这里曾经多次决口。当地有种说法，“汶水滩决了口，往南冲着三县走。”一九五七年八月上旬，上游连降暴雨，河水暴涨，这一段又出现了险情。县政府从全县调集防汛物资、青壮劳力，县领导亲临现场指挥抢险，拼搏了十几个昼夜，总算保住这段大堤没出问题。接受这次的教训，汛期过后，县政府组成专门班子测量设计，并拨付粮、款，组织一千多名劳力上阵，实施了大堤加固工程。工程搞了两个多月，除了加高加宽原堤外，又在南面筑起了一道两千多米长的弧形大堤，叫二道堤。当时，工程技术人员提出的标准是“保七防八”，即一道堤要确保七千流量的洪水不决口，二道堤要防备八千流量的洪水。

就在两道大堤中间，形成了一块三角地。因筑堤取土，挖得坑坑洼洼，高低不平，不重新整治无法耕种了。政府当时对这片毁坏的土地适当给予了补贴，施工结束后，归属了村集体。村干部们觉得要整地费工太大，离村庄又远，也就没把这片地当回事，撂了荒。一九五八年春天，各级都号召植树造林，村里组织一些青年，在这里栽上了一千多棵杨树苗。起初栽的质量就不是很好，后来又没跟上管理，成活率就不足二分之一，活了的也逐渐长成了“老头树”，有一些陆续干枯死亡。

前段时间还没遇上干旱，一个下午，潘孝林老汉背着草筐，筐里放把镰刀，转转悠悠来到这里。一看，这片树长得不成样子，满地青草却很旺盛，茅草、莠草、花簪草……都是牲畜喜欢吃的。想道：大概是因为离村庄太远，没人愿意跑三四里路到这里来割草，不然，早被人们割光交给生产队换工分了。他坐在大堤上，从腰里抽出旱烟袋，吸了一袋烟。不用慌，用不大会儿就能割三四十斤。多了也背不动，要是少上十来岁年纪，一筐背个五六十斤也没事。老了，不中用了。

潘孝林进入腊月就该过六十八岁寿日了。这个年龄，在当时的农村已算是高寿，该是享享清福不再干什么活的。可是，一人有一人的脾性，各家有各家的景况。一辈子吃苦受累惯了，老了也闲不住。另外，虽然大孙子忠地到地区农校上了学，可家中还有六口人参加生产队分配。老伴比自己还大一岁，年老体弱，家务活拾掇起来都挺吃力。儿媳也是长年病恹恹的，挣工分顶不了个半劳力。二孙子和孙女都在上学，不上学也年龄太小，算不上劳力。全家人主要靠儿子士敏一个人挣工分，就算一天工不缺，年底分配也是缺款户。为了给家庭添补点工分，少欠生产队点款，他就力所能及干些活，坡里有草的时候下地割草，净了坡就围着村庄拾粪，草、粪交给生产队都能记工分。

不到几袋烟工夫，潘老汉就把草筐填满了。他把筐背上堤，日头还老高，就又下去在这片荒草地里转了一圈。来到西南角，发现有半亩多地的一片比较平坦，并且一棵树也没有了。用手扒拉扒拉，只有浅浅的一层沙。他忽然产生了一个念头：如果把这片地开起来，种什么也长不赖呀！

荒草茂盛，野花烂漫。潘老汉叼着烟袋，来回查看了几遍，把那些恬静的蝴蝶、忙碌的蜜蜂惊动了，嗡嗡嗡嗡……陪伴在他的身旁，绕来绕去。面对这些小精灵，他嘟念道：等着瞧吧，过不了多少天，我就让这里变变样！

第二天上午，他不仅背上草筐，还带着铁锨，兴冲冲来到这里。他要按自己的想法开荒种地了。到地方没歇息就动了手，先把一小片的草割净，才坐下吸袋烟，准备喘口气就翻地。这时，他突然犯起了寻思：这年头，只要属于集体的东西，瞎了坏了没人管不要紧，可是，如果个人伸伸手，那就成了什么主义（资本主义），轻者被制止，重者要挨批斗。这可是大队的地，个人开荒能行吗？别费半天力大队又不让种，或者种了给收去充公，说不定还会惹上大麻烦。有一户人家自留地挨着大田，去年耕种时侵占了集体一犁地，不是还被大队叫去进行批判吗！这么大年纪了，如果摊上那种情况，就算不挨批斗，让人家说上几句难听的也下不来台，可丢不起这个人。

在农村，讲究“忠厚传家远”，脸面比什么都重要。

潘老汉犹豫了。坐在地上点着烟锅，吧嗒吧嗒吸个没完。随着从嘴里、鼻孔连续不断冒出呛人的烟雾，这两年饿肚子的情形呈现在眼前，心里顿时涌起一股难以言说的滋味。

不管那一套！这里轻易没人来，干部们发现不了。就算是他们发现了，还能把我这么个老头子怎么着？荒着也是荒着，反正不是偷不是抢，靠自己的力气，多少收点就是赚的。但是，也不能把这片地全开了，那样太多，多了就扎眼，容易让人眼红。分到各家的自留地才每人半分，这片地开上一半，就和全家人的自留地差不多。如果在中间开一小片，种上蔬菜，周围有荒草遮挡，不走到跟前看不清。种粮食作物不行，秸秆高，老远就能发现。再说，时令过了，再有两天就是夏至，只能种点萝卜、白菜，孬好收成点，到春天就能填填肚子充充饥。

潘老汉下了决心，在身旁一块小石头上磕磕烟灰，起身开始翻地。毕竟年老体弱，大半上午才翻了有两间屋地面大的一片，还歇了两三次。

功夫不负有心人。几天过后，他把翻过的地步量一下，约莫有三分了。就这些吧。整好畦子，等老天下场小雨就能播种。可是等了三天，别说下雨了，天上连块云彩也没出现。季节不等人，不能再拖了。潘老汉在草筐里带来水罐和茶缸，一罐罐到河里提水，一茶缸一茶缸地浇水点种。他不能担水挑子来，那样会被人怀疑，加上在沙滩上行走困难，太费劲。用罐子提是慢些，可这样种用不了多少水，只要保证出来苗就行，一罐子就能种几十棵。临回家把罐子、茶缸藏到草丛里，省事。

二分胡萝卜，一分大白菜，五六天后已是苗齐苗壮。谁知老天爷却瞪起眼来，滴雨也不下了。没办法，潘老汉只好天天不停地提水保苗。来回一趟将近二里路，即便不慌不忙，提回一罐也是气喘吁吁。看看眼前这些绿油油的菜苗，倒也不觉得累了。

就在公社开完抗旱现场会的第五天，老天终于下了场大雨。人们都松了口气，可以在家里好好歇一天了。这雨下了多半夜，第二天上午还没有停的意思，只是雨点小了些。潘忠地吃完早饭，一个人躲在西屋看书，忽然听到爷爷在院子里的动静，起身一看，爷爷披着蓑衣，拿起铁锨走向大门外。他戴上草帽，跟了出去。

爷爷出门往北，一直出了村。潘忠地紧走几步，赶上，问："爷爷，您这是干什么去？"

"我到坡里转转，没事，你回去歇着吧。"爷爷头也没回。

爷爷年轻时在汶河北边梁家庄一户地主家里当长工，落下心口疼（胃病）的毛病，天一凉就容易犯。年纪大了，平时不参加生产队劳动，也很少关心集体的事，这还下着雨，一个人拿着铁锨出去干什么？去看自留地？那几分自留地，除了浇水是父亲一早一晚打辘轳，其他活都是爷爷拾掇。不对，自留地在南坡，他这是往北边大汶河方向去呀！忠地想不明白，一直跟在爷爷后头，爷爷也没再撵他回去。

上了二道堤，爷爷说："我估摸着会存水，看看吧，下半畦子胡萝卜苗都淹没了。"说着下去放水。

潘忠地跟过去才看清，草丛中有片蔬菜，也没问怎么回事，就从爷爷手里要过铁锨。爷爷说："在畦头挖个豁口就行，小心点，别伤了苗子。"

潘忠地按照爷爷的吩咐，认真挖着，边挖边问："爷爷，这是您种的？"

"嗯，我开的荒。"

"这不是属于大队的地吗？你开荒人家同意？"

“白荒着，栽的树都死了，又不能种庄稼，没人管。”

“离家这么远，费这么大劲，种这点菜干吗！”

“你这孩子，不懂！人勤地不懒，这地长年不种，第一季不用施肥也长不孬。别看只有二三分，只要旱不死涝不死，少说也收几百斤。菜也能顶粮食吃，到春天，胡萝卜缨子也是好东西！”这些简单的道理潘忠地当然懂。潘老汉点着烟，吸了一口，接着说，“你不知道啊，今年春天咱家里有十多天没见一粒粮食，我和恁奶奶都饿得爬不动了，我的腿、脚和小肚子都肿了起来，眼看就不行了。恁爹怕我见不上你了，想给学校写信让你回来，我说不能耽误你学习，没让他写。后来要不是恁士金大叔、光斗老爷送来几斤黑豆，几斤大红枣，俺两个早就入地变成黄土了。”

这还是第一次听说家里发生过这么严重的危机。自寒假结束开学，潘忠地整个学期都没回家。在学校曾经听老师讲，全国不少地方出现了灾荒，有的地方还饿死了人。他怎么也没想到家乡会这样。放暑假回来时，看到爷爷、奶奶身体比较虚弱，以为都是年纪大了，也没往这方面考虑。况且当时家里还有队里分的几百斤小麦，怎么会想到春天断粮那么长时间呢？刚才听爷爷这么一说，心里十分难过，挖着水沟没有抬头，强忍着没让眼泪掉出来。

社员们辛辛苦苦一老年，到头来还要挨饿，这生产是怎么搞的？共产党、毛主席领导穷苦百姓打土豪分田地，后来又号召组织起来，互助组，合作社，现在是人民公社，为了什么？还不是为了让老百姓吃饱穿暖过上好日子！再说了，全村近两千亩耕地，全是大平原，地下十几米就有水，应该能够旱涝保收，怎么就产不够口粮呢？潘忠地边干边思考着，手中的活不仅没停下，而是更用力了。

年轻人呀，虽然你读了十年书，懂得了一些道理，可是，社会时事复杂着哩，农村、农业的事更不是那么简单。吃饭是小问题吗？别说你了，北京的领袖们也为这事犯愁呢！你这才刚刚踏进社会这个大学校的门槛，用心学吧，好好历练吧，学问大着哪！也许若干年后你能够从这所学校毕业，也许一辈子混不及格。

所有畦子头上都扒了个小沟，畦内的存水陆续流进荒草丛中。可是，这片地总体比较低洼，畦子里的水排了不到三分之一就流不动了。雨虽已停止，天空还被乌云覆盖着。爷爷说：“前段旱了这么长时间，说不定下起来就没个完，又秋涝呢。得挖条深点的沟，把水引到东北面那个坑里去，不能让地里存一点水。”

潘忠地拿着锨，朝爷爷指的方向走去，也就百多米远，就是一个接近半亩地的大洼坑，最深处足有两三米。把地里的水引到这里来，是万无一失的。可是，中间要经过一片高土冈，那要挖多深呀！忠地拄着铁锨有些犹豫。又一想，那些菜可是爷爷的心血呀，无论如何也要保住。于是就要动手。

爷爷也过来了，打量了一阵子，手拿烟袋比画着说：“不能走直线，出来地边先往北，绕过高冈，再往东，水就淌过来了。这样虽然距离长点，可是不用挖太深，省劲。”

还是老人家经验丰富办法多。潘忠地心里想，嘴里却说：“好，先从这里往西挖吧。”

“不行，从那边开始，引着水头挖，知道个深浅。看地势，大概东西向不用挖太深，这边几十步一点不挖差不多水就能淌进坑里来。”

的确如爷爷说的，南北沟大约挖了四五十公分深，拐到东西向，越挖越浅，最后二三十米不用挖，水就自然地流进坑里去了。回去一看，不仅菜地里没水了，周围那些荒草里的水也淌得干干净净。爷爷满脸的笑容，吸着烟说：“走吧，下再大的雨也没事了。”

天空的乌云群马一般，滚着个儿往北狂奔。

“看这云多黑，又要下阵大的了。”潘忠地说。

爷爷抬头看看天，边起身走边说：“一时半会儿下不了，‘云彩向北一阵黑’，吓唬人的，没雨。要是调了风向，再翻上来向南，就要下大雨了。”

经过十多个小时的雨水滋润，满坡的地瓜花生都返过劲儿来，茎叶挺立，碧绿水灵，格外精神。

爷俩也很精神。爷爷拿着烟袋，迈着坚实的步子。一上午他的烟袋都没往腰里插，因为没用他动手，全都是孙子干的。潘忠地跟在爷爷屁股后面，扛着铁锨，锨把上挂着爷爷用高粱叶编的大蓑衣。看着一望无际的地瓜花生，潘忠地问："爷爷，咱村里这些沙地从老辈就不能种别的庄稼吗？"

"怎么不能！我年轻的时候，村西全是上等的黄土地，没一点沙。靠汶河大堤一些地，说是沙地，沙层也不厚，深的地方也就半犁。那时候，谷子、高粱、大豆、小麦，什么都能种。你没注意，二道堤边上有眼大井，因为多年不用坍塌了，以前可是好水。那是村东头大地主展家的，长年安挂老式水车，当年展春旺的爷爷还在井边种了二亩多菜园哩！人家会算计，自己能吃多少菜？主要是卖，又赶集又下乡，一亩菜卖的钱能顶三亩粮食的收入。"

"现在怎么都成沙地了呢？沙还这么深！"

"还不都是北边河滩里刮出来的！上游是山区，夏天发大水，就把山里的沙带下来。冬天春天水少了，沙就存在滩上。咱这一带又经常刮北风，起大风时就把沙刮了出来。特别是冬春，刮起风来人都没法睁眼，那沙子打得人脸生疼。长年累月，一拨一拨往南赶，这些好地就慢慢变成沙地了。"

"照您说的，几十年前还没这么多沙，可是这河流淌了几百上千年了，为什么原来没刮出这么多沙来呢？"

"原来有树挡着呀！听老人们讲，早些年的时候，河道外边的滩上是大片树林，一眼望不到边，有些大树都上搂粗。林子又密，里边能藏很多野兽，还有狼群呢。那么多树就是一堵厚厚的墙，再大的风也不要紧，沙跑不出来。"

"怎么现在没树了，那些树呢？"

"说起来话就长了。大约百十年前，咱这一带也闹起了捻军，和官府作对。他们有一次吃了败仗，跑到这片树林里藏身。官府为了灭他们，派人从四面点火烧树林。三面都是大量官兵，北面是水，火势又大，他们只好过河逃生，有些不会游水的，被活活淹死了。据说那场大火着了一天多，幸亏老天爷下了场大雨，才灭了火，保下了一部分树没烧死。我年轻时这里大树还有一些，后来来了日本鬼子，纠合伪军修工事，就把大树几乎杀光了。刚解放时，村里盖小学，缺檩条，还有过年唱戏搭戏台，这么说吧，只要村里需用木料，都是到这里来刨树。本来树就不多了，没几年就刨了个差不多。再后来就是生产队办食堂，缺柴烧，队长又派人来刨树，干活的人图省劲，开始先刨大点的树，大树没了再刨小点的，也就半年的工夫，这里就变成了现在的样子，剩下的就只有滩边那几棵树了。前几年村里也栽过一次，你看看活了几棵？树越少越挡不住沙。等着瞧吧，往后这片地越来沙越多，总有一天连花生地瓜也别想种了。”

潘忠地听得心里沉甸甸的。常言说，天灾人祸，这人祸和天灾结合起来，可就给人们带来大灾难了。

看来老天是想把大半年的雨积攒到一块，一次性落下来。半下午又是瓢泼大雨下个没停，到了晚上，还是一阵大一阵小，丝毫没有停下来的意思。

屋顶啪啪啦啦，紧紧慢慢，好像一种单调而无限重复的演奏。潘忠地躺在床上像烙烧饼，翻来覆去睡不着。

他一直思考着上午爷爷讲的事情。

还想到公社杨书记交代的任务。

“民以食为天，吃饭第一”。怎么看待目前大队、生产队的工作？不用说别的，社员们还在饿肚子，这就是最大的问题。具体怎么解决？“有土斯有粮”，好好的土地无休止地被沙化着，还指望什么多打粮食？可是，这么多的沙如何处置？更何况河滩里的沙还源源不断往外刮呀！再就是，“水利是农业的命脉”，没有水井，再好的土地，遇到大旱，也是眼睁睁地没收成，干渠东那片地就说明了问题。可是，打井需要一定资金，还要有提水工具配套。现在一个生产队只有三四挂二人拧，个别农户还有辘轳，也只是浇浇自留地，真要抗旱保丰收哪够用啊！如果能有几部抽水机再好不过，但是，还没听说哪个大队用上了抽水机，国家造的少，没处买，即便买得到，那得需要多少钱呀！

从长远看，还是得从根本上解决问题。如果在河滩上植树造林，三两年后就能起到防风固沙的作用，挡住里面的沙不再往外跑了。打井也不该是多么难的事，以前地主一家就能打大口井，现在是集体的力量，难道就不行？一个生产队要是一年能打一两眼，全大队就是十多眼，要不了几年就能实现水利化。提水工具也可以逐年增加，每个队每年买挂新水车，也就几十块钱，不能算是多大的困难。可说起来不算多，这点钱有些生产队也不一定能筹措到。另外，这些事先干什么后干什么，怎么张罗？别说社员们了，大队小队的干部们对这些想法能接受吗？如果自己提出来，肯定会有人说，“别‘站着说话不腰疼’了，你才吃几天干饭，懂什么！多少年了就这个样子，说改变就能变了？吹‘哈气’呀！”

怎么办才能改变现实这落后的面貌呢？起码不能再让户家断顿呀！真要做起来，实在太难了。

越想脑子里越是理不出头绪……

大汶河堤岸两旁出现了大片的森林，林木葱郁，野草葳蕤，各色花儿盛开，群群蜂蝶曼舞，野兔在草丛中奔跑，鸟儿在树上鸣唱……河堤外的沙地变成了良田，水井数不清，水车哗啦啦响，不，还有抽水机，抽出的水灌满了小渠，清莹莹汩汩流淌……

潘忠地进入了梦乡。

排涝

黑沉沉的夜，分不清天和地，四野黝黝森森，咫尺难辨。又是一阵闷热，即便站在这四周没点遮挡的花生地头上，也感觉不到一丝儿风，让人憋得简直喘不上气来。突然，头顶天空的闪电像奇形怪状的藤蔓，瞬间伸向四面八方，将整块黑幕切割得七零八碎。紧跟着是惊天动地的雷声，震得人肝胆欲裂，魂魄出窍。随后，狂风挟着倾盆大雨，疯狂般冲向大地，似乎对万物实施鞭笞的刑罚。潘忠地和狗剩紧跑几步，钻进窝棚。

狗剩摸索着卷了支旱烟卷，划了两根火柴才点着，问潘忠地："吸两口吧？"潘忠地斜倚在窝棚里边，说："你吸吧，我不会。"

不断的炸雷，肆虐的暴雨，还有那忽儿耀眼的闪电，让潘忠地心里生出些微恐惧。还好，窝棚很牢固，风雨这么大，整个棚子纹丝不动。刚才狗剩又拉了两捆秫秸把门挡严实了，里边倒也平静。狗剩蹲在窝棚门口，嘴上的烟一明一灭，还不停地说话，使他心里踏实了许多。

这是下午刚刚搭起的窝棚，在西南坡花生地边上。

队长潘士金上午发现，地里的花生被人拔走了两片，有十几棵，于是找到副队长潘忠良，要他安排加强白天的看护，同时要抓紧在花生地边搭个窝棚，和往年一样，晚上派两个小青年去睡觉，防备夜里有人偷花生。他看到，有几个生产队的窝棚已经搭起来了。潘忠良带着几个人，扛来了七八根檩条，十几捆秫秸，又从仓库里拿来一块春天盖地瓜育苗炕的塑料布。他指挥着先支起架子，再蒙上塑料布，然后用秫秸把外面遮挡起来，不到半下午，窝棚就搭起来了。大伙歇息，他对狗剩说："你再把四周外面用土培一培，挖个排水沟，免得下雨淌进水去。完了去场院背捆干麦秸来，铺在里面，防潮。晚上还是你来睡觉，老规矩，一晚上记半个工。"

"往年都是两个人，今年就我一个呀？我不来。"狗剩说。

潘忠良说："还是两个人，那一个你想让谁来自己挑。"

狗剩看了看身旁一圈几个人，眼睛盯在了潘忠地脸上，说："忠地，咱俩吧？"

潘忠地点了点头，说："行。"

潘忠良又嘱咐一句："要真来睡呵，晚上我来检查。如果再少了花生，就是恁俩的责任，别想再要工分了。"

吃了晚饭，牛毛雨还下着，狗剩披上一块剪开的化肥袋子，拿起粪叉子，去喊潘忠地。潘忠地也正想起身，爷爷让他披上新编的大蓑衣，他说："不用，这点小雨，那里还有窝棚。"

"披上，这雨说大就大，蓑衣又挡雨又挡寒，夜里冷了盖身上暖和。"爷爷的话带有强制性。

潘忠地就披上了。

"拿上个家伙。"狗剩说。

潘忠地不解，问："还拿家伙，干么用啊？"

"找根棍子也行，有个物件壮胆。"狗剩有经验，说着晃了晃手里的粪叉子。

潘忠地真的提了根推磨棍子，跟着狗剩出了大门。还没出村，雨就彻底停了，只是天上的云层好像越来越厚了。这老天真是多变，两个人刚来到地头站了没大会儿，还没进窝棚，突然就雷电交加下起来了。

也就过了半顿饭的工夫，外面风停雨止，静了下来。狗剩拨开门口的秫秸捆，钻出窝棚，伸伸腰，望望天，喊道："忠地，出来看看，要晴天了。"

潘忠地随后出来，一看，真的亮堂多了。天空有些地方一会儿露出了星星，一会儿又被奔马似的云彩遮住。刚进入农历八月没几天，东边的月牙儿也捉迷藏似的，一瞬儿露露脸，转眼又没了踪影。不知是什么虫子，"吱吱吱"扯开嗓门唱起单调的曲儿。紧接着又有一些别的虫子叫了起来。单纯一种虫儿叫不动听，多种声音交织在一起，便组成了悦耳的大合唱。潘忠地欣赏着，心里很熨帖。

起风了，东北风，凉丝丝的。狗剩说："'东北风不倒，别嫌雨小'，看来这雨还得下。下这阵子雨凉快多了，睡觉。"

两个人钻进窝棚，狗剩把麦秸靠里摊了摊，拉了个秫秸捆子当枕头，贴一边躺下，随手把粪叉子放到身旁。说："安生睡吧，没事，这几年都是我看夜，那些偷花生的也就是白天路过顺手牵羊，没有真正的大偷。只要队里派了看坡的，夜里更没人敢来偷了。"

潘忠地学他的样子，挨着他躺下，把棍子也放到身旁。

潘忠地还没躺稳当，狗剩就响起了鼾声。

潘忠地长这么大还是第一次在这种地方睡觉。虽然大睁着两眼什么也看不清楚，可怎么也闭不住。听听外边，好像有什么异常动静，抬起头竖起耳朵，又什么也听不到了。慢慢有了困意，刚想睡，又觉得有些冷飕飕的。真是"立秋以后三场雨，麻布衫子高搁起"，到了"白天热晚生寒"的时候了，来时身上还直冒汗，这阵雨过后，立时就凉了。对，爷爷说了，盖上蓑衣暖和。于是起身拉过蓑衣，轻轻地给狗剩盖上一半，搭在自己身上一半。狗剩翻了个身，接着又呼噜起来。

这是爷爷昨天才编好的蓑衣。前几天，爷爷凑不下雨的空儿，到坡里去了两趟，劈来两筐高粱秸底部黄蔫了的叶子，摊在屋里晾着，又用拨槌打了一卷细麻线，开始编蓑衣。他让潘忠地给他打下手，在一旁整理好高粱叶，一个一个递给他。高粱叶都带着裤儿，要把叶子捋顺，从裤和叶子交接处折起来。爷爷就用麻线在折叠处系牢，从领口开始，逐渐加宽，压茬往下编。用了大半下午的时间，才算完成。爷爷叫潘忠地披上试试，呵，到膝盖以下了，领口大小和肥瘦正好。

潘忠地说："这么费事，还不如到供销社买一个。"

爷爷看了他一眼，说："买要花钱，买的那塑料布、帆布的也不如我编的这个挡雨。你要在坡里遇上大雨，披上它，再戴个草帽，蹲到个地方别动，下半天也湿不了你一点衣裳。"

还是爷爷有经验。这蓑衣虽然笨了点，可比买的雨衣实用。潘忠地翻了个身，想睡。

就在这时，潘忠地发现窝棚外有亮光闪了闪，抬头仔细看看，没亮了，却出现了"扑嗒扑嗒"的脚步声。他推了推狗剩，小声说："快起来，外面好像有人。"狗剩折起身，仔细一听，小声说："肯定是忠良哥来了，别答他的腔，睡。"说着又躺下了。

还真的是潘忠良。他来到窝棚门口，往里边照了照，大声吆喝："天这么早就睡得跟死狗似的，有来偷花生的怎么办？"随后把雨衣搭在外面秫秸上，弯腰进了窝棚。

潘忠地已经坐了起来，说："忠良哥，你还真怕俺不来呀！俺这是刚躺下，还没睡哩。"

"我哪能不相信恁两个。你知道，我还兼着民兵排长哩，每天晚上我都得到庄稼地里转一圈，过一会儿还得去南坡玉米地看看，这是责任！"边说边掏出烟包，抽出纸条开始卷烟，"狗剩，别装死狗了，起来，吸支烟，去拔几棵花生。"

潘忠地问："拔花生干吗？"

潘忠良说："你别管，狗剩知道。"

狗剩也不答话，起来接过烟，点着吸了几口就往外走。潘忠良又说："别光图近便，离窝棚远一点，隔几棵拔一棵，不能挨着拔，拔了平平土。也别拔多了，一人两三棵就可以。"

"你以前都交代过多少次了，还用老嘱咐！"狗剩的声音消失在黑暗中。

潘忠良吸了口烟，问："怎么样啊忠地，害怕不？"

潘忠地说："没事，又不是一个人。"

潘忠良说："过会儿恁放心睡觉就行。虽然各队都得派看坡的，也就是做做样子，吓唬吓唬人，黑更半夜的，谁来偷那几棵花生！"

潘忠良一支旱烟卷还没吸完，狗剩抱着一抱花生回来了，往地上一撂，说："你看看雨淋得这么湿，怎么烧？"

"你知道什么，不是有麦秸吗？忠地，拿过几把来。"潘忠良说着从一旁的秫秸捆上抽出几根秫秸，折断，又抓过两把麦秸，用打火机点着。拿起两棵花生，甩甩上边的水，用秫秸架着，花生果朝下，在火上烧，边烧边说："忠地，就这个样子，你也烧。"

潘忠地也开始烧起来。转眼工夫，花生果都落到了火里，秫秸和花生秧子也慢慢着起来了。等把几棵都烧完，潘忠良拨了拨死火，堆在一起，说："闷一会儿就熟了。"

三个人很快就把一堆熟花生吃完了。潘忠良打了个饱嗝，又卷一支烟独自吸着，说："忠地，我给您拉个呱听吧。"

狗剩说："别拉了，你也没有新鲜呱，就会个吊死鬼到阎王爷那里喊冤告状，不知拉过多少遍了。狗咬驴，不嫌絮！"

潘忠良说："你嫌絮叨忠地可没听过哩，揪两把驴毛塞上你那狗耳朵，我拉给忠地听。"

狗剩说："你这是黄鼠狼给鸡拜年，没安好心。明明知道忠地是头一回夜里看坡，你拉些鬼啊怪的，专门吓唬他呀！"

"好吧，不拉了。等一等把灰弄出去埋了，利利索索的。我走了，到南坡转转去。”潘忠良扔掉烟头，出去披上雨衣，往南坡走去。

狗剩铺开他披来的化肥袋子，把已经凉了的灰捧上，兜起来，叫着潘忠地：“走，埋了去。”

潘忠地跟在后面，找到那片被人偷了花生的空地，狗剩说：“就这里了，扒个坑。”潘忠地刚扒了浅浅的一个沟，狗剩就说可以了。

潘忠地说：“埋深点吧，免得被其他人发现。”没停手，继续用力扒。

狗剩说：“不用很深，也就挡挡人眼。都知道，谁来看坡也得捣鼓着吃，只要不往家里拿就没事。”

简单埋了埋两个人就回了窝棚。潘忠地拉过蓑衣就要躺下，狗剩说：“先别躺，说会话儿，刚吃了熟花生，接着睡觉容易涨肚子，要是生的吃这么多没事。”这时狗剩已经卷了支烟，吸起来。

天上的云彩又厚了。潘忠良一个人转悠着去了南坡玉米地，路上有些水汪，扑扑嗒嗒，不好走。不要紧，路径熟悉，闭着眼也摔不倒，所以也不用开手电筒。风吹得玉米叶子飒飒地响，他身上穿着生产队买的帆布雨衣，不觉得天凉。

正走着，突然地头里边“咔嚓”一声，紧接着又是一声，潘忠良立时警觉起来。是人还是狗？这时候往往有些饿狗跑到玉米地里，扑倒秸秆啃棒子。他定住脚，没动静了。于是上前两步，打开手电筒，向里一照。呀！玉米棵子空里怎么有红颜色？难道真的遇上吊死鬼了？

我才不信这个哩！是人是鬼都怕恶人。他略一定睛，用手电光上下晃着仔细照了照。咳，是个人，还穿着粉红色雨衣。他大声喝道：“谁？快出来！”

“照么照，我！”原来是胖娘们王桂兰，“哗啦哗啦”，边往外走边往怀里掖两个棒子。

“你个胖娘们，整天吃香的喝辣的，怎么深更半夜还来偷棒子？恁家里断顿了！”

“看你这队长说的，我是趁孩子们睡了来掰两个回去尝尝鲜，什么偷不偷的，这么难听！你又不是不知道，俺家里可不缺口粮，虽然不能说天天有肉吃，也比恁家里生活好，这不是吃个稀罕嘛！”

“说得好听，这还不是偷？你以为这是恁的自留地呀，想什么时候掰就什么时候掰。”潘忠良不关手电筒，一直照着她。

“就算是偷，不就两个棒子吗，你还能怎么着？”王桂兰说着摸了摸怀揣的棒子。

“怎么着？要么把棒子放下，走人；要么跟着我去见队长，按大队规定办，在社员会上检讨，还要每个棒子罚十个工分。”

“算了吧，又不是外人，用不着这么认真！”

王桂兰嘻嘻哈哈不当回事，要走不走的样子。潘忠良上前拉住她的胳膊，另一只手去掏她怀里的棒子。王桂兰解开雨衣扣子，拉着潘忠良的手塞向自己的胸口，说：“你翻翻吧，看我偷了多少！”潘忠良抽回了手，两个棒子掉在了地上。这时王桂兰却抓住他的胳膊不放，继续用劲拉他。

“你这是干什么？”潘忠良拨拉开她的手。

“干什么？你得摸摸我身上还有没有棒子呀！你个木头疙瘩。”王桂兰说着要拦他的腰。

“别胡闹！让别人看见像什么样子。”潘忠良一使劲把她推了个趔趄。

“真不知道好歹，大黑天的这坡里又没人，害怕什么！”王桂兰站稳了。

潘忠良心里话，不能和这种人一般见识，说：“快拿上这两个棒子回去吧，以后别干这丢人的事！”

王桂兰“哼”了一声，捡起地上的两个棒子，又随手在地头上掰了一个，什么话也没说，抱着走了。

潘忠良愣了会儿神，听着王桂兰走远了，才慢腾腾往回走。

“这娘们算是唱的哪一出？虽然平时爱偷点懒，占点儿小便宜，都知道她这毛病，可见了男人就想做那种事，太不要脸面了。自己四十多的人了，从来没和外边的女人乱搞过，要是刚才上了她的当，那可了不得！有人说这种事有了第一回就有第二回，长了没有不透风的墙，人们一传扬可就把脸面丢尽了，家里老婆孩子的，还怎么做人？不行，以后对这个胖娘们得避着点，不能沾她的边。”潘忠良边想边往回走。雨又淅淅沥沥下起来了，他加快了脚步。

这老天真惹人急，说旱旱起来没个头，说下雨又是大雨小雨，下下停停，停停下下，接连七八天了，还没有放晴的意思。再过几天就是秋分，到了这时节，正常年份应该是天高气爽，少雨偏旱，今年怎么就下起来没个头了呢？别说耕地种麦了，大秋作物也没法收呀！

潘士金又到坡里转了一遭。走到高粱地头，揽过一个高粱穗，那些成熟的籽粒被浸泡得鼓胀胀的，眼看要脱落的样子。来到谷子地边，弯腰一看，坏了，谷穗上个别籽粒已经冒出了细细的白尾巴。这要是在棵子上都发了芽，收打下来也没法吃了。他眉头越皱越紧，又向地瓜地走去，还没到跟前，就有一股酒糟的气味飘了过来。他不再往前走了，立时回转。

这可是火烧火燎的事儿，要不立即采取措施，眼看到手的丰收果实就全泡了汤，必须赶紧开个队委会，商量一下对策。

还是在老会计家里，人很快就到齐了。潘士金首先说了说看到的情况，然后让大家讨论讨论怎么办。对高粱、谷子，一致认为，必须赶紧收获。开始有人说，如果收下来堆到场院，老是不开天，没法晾晒打轧，坏得更快，不仅发芽，还会霉烂。有人提议，先按人口把高粱穗、谷穗分下去，让各家各户在屋里地上或搭铺晾起来，队里留下点晾到仓库里，作为标准，以后按标准折算出各家的粮食数，等最后把口粮决算出来，该退回队里多少就退多少。还有人说到时候标准要定得恰当，不能让户家吃亏。有的说给社员留好处太多了也不行，还要考虑集体的产量指标。大家觉得这个办法可行，唯一担心的就是大队干部知道了不同意。以往都是打下粮食在场院晒干了才分配，一斤是一斤，这样做会不会有瞒产私分之嫌？议论半天，也没有更好的办法。

潘士金最后表态："就这么定了，先不用给大队汇报，下午就行动，收完高粱、谷子接着收玉米。大队不问就算了，真找咱时我再给他们解释。"

讨论到地瓜的问题，有人说，出现酒糟味，说明有的瓜块被水泡烂了。别看那地是沙地，沙层很浅，不深就是黄胶泥，不渗水。不过现在没办法，地瓜还能生长个多月，不能这就收刨吧？也有人说，积水也就下顺头一段，烂也是深处的，多数还不要紧。还有的说，要是继续下，积水越来越多，损失会更严重。潘忠地一直没发言，听到这里，他说："能不能挖些小排水沟？隔几垄挖一条，把沟挖得窄一点深一点，毁不了地瓜，却能把地里的积水排出来。"

"是个好办法。忠良，你带上几个劳力去挖沟，让忠地也去，要抓紧，早半天把水排出来，地瓜就少受点损失。庆祥，你帮着光斗叔准备好家什，要边收边分，下午收的傍晚就让大伙都运家来，不能再淋到地里。留标准的事，你和士宝大哥恁两个负责。春莲，你去下通知，所有劳力都要出工，吃完午饭就下地，下小雨也不能耽误。"潘士金作了全面安排。

第三生产队又打起了人民战争，就连大胖子娘们也拿着镰刀背着筐去了谷子地。

潘忠良叫上七八个小伙子，和潘忠地一起，来到西南坡地瓜地头。没吸地头烟他就布置任务："隔十垄挖一道沟，一锨头深。要小心，窄窄的，不能伤了垄背上的地瓜。往里挖二十米就行。"

潘忠地先是顺着路往前看了看，回来说："那样间隔太远，排水效果不好，隔四五垄就得挖一道。另外，东南角地势洼，恐怕要往里挖远一点。"

"那好，按忠地说的，隔五垄挖一道，挖到东南角看情况再说。都要麻利点，今天下午必须完成这一块，明天上午再挖西北坡那两块。"潘忠良说着先动了手。

很快都挖完了第一道，聚在地头休息会儿。潘忠良吸着旱烟卷，看着潘忠地说：“你这门道不赖，看看，明水很快就淌完了，渗到地里的积水也开始往外流了。”

瓦子在一旁接话了：“闻闻这味儿，淌出来的别是酒吧？”

潘忠良说：“别做梦娶媳妇——想好事了，你馋酒了吧！”

瓦子说：“是想酒喝了。咱这地里要能淌酒，你就成了酒厂厂长，叫恁家俺嫂子开个酒馆，晚上没事俺就去喝酒，喝醉了就跟着嫂子睡，多好！”

“你小子胆量不小，还想睡恁嫂子，我看你是打着灯笼拾粪——找死（屎）呀，看我不揍扁你！”潘忠良向瓦子伸出胳膊，瓦子哈哈着扭头就跑。

狗剩在一旁打趣：“咳，恁听听，张嘴就是个调侃子（歇后语），这可是大狗熊夹几张白纸——充起识文解字的来了。”

轻易不和人斗嘴的“老实人”李向林开了腔：“别驴尾巴上绑斧子——撅腚就侃（砍）了，快干活吧，要不，黑天前就挖不完了。”

潘忠良说：“连你个老实蛋也骂我呀！好吧，快挖沟去，挖完了我再一个一个收拾恁！”

几个人嬉笑着又动了手。

潘忠地没听清他们闹腾的什么，从刚才挖沟的过程中，他就思考着一个“重大”问题：这片沙地，沙层多说也就二三十公分厚，有的地方半锨头下去就是黏土。如果要是从一边先挖个壕子，把上面的沙埋底边，再把下面的黏土翻到上边来，一壕一壕往前赶，就算是弄不利索混合一部分，也可以把沙地改造成壤土呀！当然，老会计说过，西坡北坡这些地，越往北沙层越厚。那也不要紧，可以把壕子挖深些。可是，这要用多少劳力多长时间才能改造完？还真算不透这个账……

天不黑就全部挖完了，潘忠良又让大伙一起把路旁的主排水沟清理一番，这才宣布收工。潘忠地埋着头干活，埋着头往回走，一句话不说。

他心里想着事儿。

不到两天时间，三队不仅收完了高粱、谷子，玉米也收了接近三分之一。其他生产队发现后，也学三队的样子，开始行动。就在这时候，张义生把潘士金叫到了大队办公室。

“你不只是三队的队长，已经是大队党支部委员了，这件事你弄得可不怎么样！”张义生拿出一盒大生产，抽出一支递给潘士金。

潘士金今年春天进了党支部，继续兼任生产队长，他当然清楚书记说的什么，却故意装作不明白，接过烟掏出打火机，边给张义生点烟边说：“你说的什么事啊？”

“别讨饭的提个罐子——装糊涂了，你把高粱、谷子不打轧就分到各家各户，就算是顶口粮，最后怎么计算产量？”

“噢，你说的这个呀，没问题，口粮还是以玉米为主。这一段老是不晴天，高粱、谷子不收又不行了，如果收了堆到场院里，非烂掉一些不可。这样分到户家，手搓棒槌砸也坏不了一粒粮食，等干了后再收起来，到时候不耽误交征购任务。”

“让一家一户的晾晒，能保证都收起来？如果有的户私自留下一部分不交怎么办？再说了，分的是带水的穗子，你收多少干粮食？”

“我们早就安排了，队里每块地都留了十斤的标准，在仓库里晾着，由庆祥和士宝大哥两个人负责，最后按标准折算各家的粮食。这是提前给大伙讲好了的，该交的谁也不能不交。你也明白，给社员适当留点好处就是。”潘士金说着笑了笑。

“还留好处？小心有人告你瞒产私分！”张义生可是一本正经。

“你放心，真要是公社追查起来，罪过是我的，我承担责任。”

“你没看见各生产队都学你了？要是全大队都这样搞，你能承担得起？”

“那就不是我的事了。”

“就是啊！这样吧，我们立即开个队长会，其他生产队再也不准这样搞了。会上我可要批评你两句。”

“批呗，反正这几年真的假的你也没少批评了我。”潘士金不当回事，“再给支烟吸，你看我的烟包里都空了。”

张义生又掏出他那半盒烟。潘士金接过去抽出一支，点着吸一口，说：“跟你老哥说句掏心窝子的话，开个会制止一下可以，狠狠地批我一顿也没问题，万一公社怪罪下来，你好脱清身。但是，眼前不采取这种办法，将要到手的粮食可要烂一大部分了。开过会去你能不能睁只眼闭只眼，别再管了，让各队自己弄去。反正再有一天俺队的玉米也全进家了，其他队不行，没个三五天收不利索。”

张义生手里大半截烟，猛吸两口就到头了，扔掉烟屁股，说：“我就是怕出事啊！只能这样了，按你说的，开个会强调一下，做做样子，生产队该怎么干就怎么干去吧。只要保住了粮食，就算到时候挨个处分也值。”

口粮

没有永远不放晴的天。连阴了半个多月，终于云开雾散，日头的光芒重新洒满了大地。人们深深舒了口气，郁闷的心情亮堂起来。

“老天湿的老天晒”。各家各户都忙活着把潮湿的东西搬腾出来，让日头赶走那些霉气。生产队的干部们，立时紧张起来，大呼小叫地吆喝社员们，赶紧上场院下田间。因为有的队大秋庄稼还没收完，有的收了也没全部分到户家，还有一部分垛在场院，高粱、谷子的穗子还没扦。有些谷穗在垛上就生芽了，像肥胖的百足虫。

只有第三生产队例外，除了潘忠良带着几个人到场院掀垛晒没打轧的大豆，其余劳力上午都不下地了，要在家里把粮食晾晒好。其实不用干部们布置，有的人已经爬上了平屋顶，有的在院子里用凳子、木棍、薄障、席片搭起了晒铺。粮食到了自己手里，怎么着也不能让它毁坏一粒。

潘士金叫上老会计一起去了仓库。李庆祥、潘士宝已把五六份粮食摆到了院子里，李庆祥正翻腾筐里的高粱，潘士宝用簸箕簸谷子。

“怎么样，快晾干了吧？”潘士金问。

“差不多了，就这么点粮食，前两天搓出粒子来，士宝哥还一份份倒腾着，弄到饲养棚在他炕上晾。今天露日头了，除了这两份玉米，其余的再晒上一天就干透了。”李庆祥直起腰，边说边掏出烟包递给李光斗。

“你那烟没劲儿，吸我的。”老会计放下胳肢窝夹着的账本、算盘，拿出自己的烟袋，让他们轮着装烟锅。潘士金掏出个纸条，也伸手捏了一撮烟，卷了支旱烟卷，点着吸了一口，说：“庆祥，你拿称来先约莫两份，让光斗叔大体算算，估摸下咱今年的产量。”

李庆祥回仓库拿出秤和口袋，把高粱、谷子、玉米各称了一份，随后说：“高粱、谷子快干了，最多再去半斤水分，玉米不行，干得慢，还得多去点。”

潘士金说：“不要紧，只是粗略算一下，咱心里好有个数。”

李光斗已经噼里啪啦拨起了算盘珠，说道：“玉米往年咱也分过鲜棒子，留过标准，今年的籽粒还饱满些，按往年的数就差不多。”

没等三个人吸完一袋烟，李光斗就放下算盘，翻着账本说：“看来今年的高粱、谷子差些，总产比去年还要低四五百斤。玉米是我在家里算过的，按去年的标准，单产能增七八十斤，总产增万把斤没问题。就是地瓜还没个数。还有玉米地间作的大豆，看长势也比去年强，好了能多打几百斤。”

潘士宝磕了磕烟锅，说：“今年咱肯定能大增产，所有地块施肥都比上年多，谷子、高粱主要是前段时间旱的，有点减产，别的庄稼补回来总的还是增。地瓜也孬不了，前几天我到地里去，扒了几墩看看，瓜块个头比去年大。力没有白下的，这和抗旱时浇那两瓢水有关系。虽然连阴雨有泡坏了的，那只是很少一点，后来挖了排水沟，就把问题解决了，影响不了多少产量。依我看，全大队也就咱能增产，其他生产队不减产就不错了。”

李庆祥高兴地说：“好啊，社员们出力多，增产了咱就多分配些口粮，明年春天可不能再让社员挨饿了。”

李光斗接着反驳：“你就知道个分，大队能让？还有国家那一头呢。”

李庆祥争辩：“凭什么不让分？国家不是有‘三包一奖’的政策吗？只要超额完成定产，完成国家征购任务，剩下的咱有权分配，国家还应该给咱奖励哩！”

潘士金说：“光斗叔说得对。你说的国家规定的政策这几年谁执行来？不如领导的一句话顶用。现在强调的是增产就要增购，‘以丰补歉’。增产了咱可以提高些口粮，我琢磨，一切算起来，人均增加的数不能超过一百斤。另外，高粱、谷子大部分收起来，用作交征购任务，好验质量，粮站也喜欢，剩余的留作饲料。口粮主要留玉米，大伙还愿意吃。再就是各家晾晒的高粱、谷子，收的时候每人留下十斤左右的好处，这个就不能对外讲了，我们心里有数就行。具体怎么办，到时候咱再开队委会商量。”

听了潘士金这番话，大伙儿都表示赞同。李庆祥说：“多分一百斤也不算少，那样人均口粮就四百多斤了。”

中秋节前后是鲁中平原最好的时节。没有冬季携着沙的寒风，没有夏季酷热的阳光，风清日朗，不冷不热，白天干活舒畅，晚上睡觉踏实。

人们忙碌着，收获汗水浇灌的果实，收获大半年来的期盼。还要整地备播，为种好小麦，夺取明年夏季丰收打好基础。

第三生产队已经大车小辆往地里运土杂肥，再晾晒一两天，就开犁耕地，并开始播种了。“三秋”大忙，主要是说的秋收、秋耕、秋种。其实还应加上“一秋”，那就是秋征，即完成秋季的粮、棉、油征购任务。汶水滩不种棉花，需要交售的只有粮食、花生。这不，大队召开由各生产队队长、副队长、会计参加的会议，传达公社秋征工作会议精神。公社要求迅速行动，保证一个月全面完成粮食征购任务，两个月完成花生征购任务。大队为了争先进，提出粮食任务要争取二十天完成，花生任务一个半月完成。

会后第三天，三队就交售了两千八百斤高粱，一千斤谷子，比原定任务还超了三百斤。公社广播站在自办节目中反复广播表扬他们的稿子，因为在全公社这也是第一个生产队超额完成了粮食征购任务。这时候，其他生产队都还没有动静。大队书记张义生沉不住气了，安排所有大队干部分工负责，分别包其他生产队，黑白催促。

又过去了七八天，全大队统计，总的任务才完成接近三分之一，有的队交了还不到百分之二十。大队干部们凑情况，分析原因。其实各生产队都没敢懈怠，这几天天天都往粮站送粮，可是，质量不过关，怎么拉去的又怎么拉回来了。为什么？别看当时他们比三队晚收了两三天，大队开会制止后，有的队又比较“听话”，没敢再往户家分，成熟了的谷子、高粱被雨淋着，几天就发芽了。拉到粮站一验，虽然水分和杂质都不超规定指标，可生芽的太多，粮食成色太差了，别说粮站技术员看不中，送粮的社员也觉得难以凑付。玉米干得慢，还太潮湿。怎么办？只能等玉米慢慢干了再交。更严重的问题是，三队麦季就超交了八百斤小麦，征购任务是全年统算，所以秋季只剩三千五百斤的任务，而有几个生产队，麦季就没完成夏粮任务，秋季必须补交，一次完成，再加上秋粮减产，完成任务更难了。

公社是按大队分配任务，最后只对大队算总账。大队没办法，只能在各生产队之间进行调节。

增产增购，以丰补歉，这是大政策，谁也顶不住。

大队干部会上，都分别汇报所包生产队的情况。潘士金一直没说话，作为党支部委员，他就负责自己所在的三队，虽然其他人没再分工包，不用说情况大家也都清楚。

其他每个人都说完了，屋里静了下来。张义生两眼盯着潘士金，想让他主动有个态度。

潘士金知道他什么意思，装没看见，丢掉一个烟屁股，接着摸出纸条又卷一支。

张义生终于沉不住气了，说：“士金，三队今年大丰收，又基本上没毁坏粮食，你们得替大队承担些责任吧？”

“本来都不该毁坏粮食……”潘士金刚说半句，张义生就截住了他的话，说：“这事别提了，全怨我，我检讨。要是一开始都按你们那个办法，确实坏不了多少粮食。可是现在检讨也没用了，还是说说怎么保证完成全大队的任务吧。”

“三队是还有几千斤谷子、高粱，那是准备作饲料的。另外，各户还有点儿，那是口粮，如果都凑起来，大约四千多斤。这样吧，我们全部换给其他生产队，反正饲料质量差点也不要紧，一斤顶一斤，我们也就吃点亏。可是户家的必须用玉米换，不然不好做工作。”其实潘士金心里早有了盘算，他觉得必须多承担四五千斤任务。但是，他不能急于亮明态度，那样很可能再给他加码。

这时副书记兼大队长潘忠国发话了：“士金叔，你别那么小气了，还让他们拿粮食换？你又不是不清楚，有的生产队如果完成征购任务，别说饲料了，口粮都保不住三百斤，你好意思让你的社员吃得饱饱的，让他们饿肚子？”

民兵连长张发树也一本正经的样子，说：“咳，咱也不能鞭打快驴，谁口粮少挨饿活该，谁让他们不好好干来！”

“你小子敢骂我？”潘士金知道张发树好胡闹，也装作生气，站起来要抓他。

张发树机灵灵站起来往一边躲，笑着说道：“我说溜嘴了，你是老叔，我怎么敢骂你呢？改过来，你不是驴，是骡子，行了吧？”

所有人都笑了。

“别闹腾了，这是研究大事。发树你得改改你那臭嘴，闹着玩也不分个场合，不管个老少。”贫协主任李光恩在这伙人当中年龄、辈分都最大，他当真地批评张发树。

可张发树那嘴贫起来没完，说：“一定改，一定改！你看我没发现，这羊群里跑出个驴来，数着你了，你的话我坚决照办！”

李光恩是真生气了，瞪了他一眼：“真是个混账小子，连老爷辈的都敢骂。”

张义生说:“发树，坐下，别闹了，说正经的。士金，忠国说的有道理，你再考虑考虑。”

妇女主任兼团支部书记潘秀菊看着潘士金，笑着说:“不用考虑，士金哥早有数了，麦季就多卖了八百斤，秋季还能不再多卖几千斤？”

大队会计展明尧说:“还是秀菊了解恁大哥。我看士金你也别叫其他生产队换了，你就再交五千六七百斤，也就是全年超额六千斤。这个数由大队掌握，最后看看，哪个生产队确实困难大，就抵顶谁的任务。另外，各队都要把粮食多扬几遍，把发了芽的漫出来，大部分还能交。我包的七队，就是采用这个办法，已经交售三千多斤了。”

李光恩说:“这事还得士金拿主意，虽然讲‘增产增购’，也不能强迫命令。”

张义生想逼着让潘士金表态，跟上说:“怎么样？按明尧说的，其他队都加快些进度，三队再交五六千斤，咱还能保证按时完成任务。”

潘士金好像有些为难，说:“这个数太大了，我得回去开个队委会商量商量。”

张发树过去掏出潘士金的烟包，装满了自己的烟锅，说:“还商量么？你是一队之主，只要你同意就行了，别推脱责任！”

张义生说:“就这样吧，让士金回去抓紧商量一下。其他人都要注意做好生产队干部们的工作，首先咱们要树立大局观念。另外，也不要忽略花生任务，等粮食交售告一段落我们就集中抓。”

潘士金听了书记这话，嘴里没说心里却嘀咕:如果不接受这个数，那就是没有大局观念了？不论你怎么抓，花生任务我们只能完成，不能再超交了。

散了会潘士金没回家吃午饭就去找李光斗，先和他通通气。老会计听说大队让超交六千斤粮食任务，闷着头一句话也没说。

下午刚收工，潘士金就让潘忠良下通知，说不要吃晚饭了，让全体队委成员到老会计家里开个紧急会。他又找到李庆祥，叫他到菜地拔两棵大白菜，再到代销点打两斤酒，晚上队委成员一块吃顿饭。安排好以后，他自己回到家里，拿了几张粉皮，又从坛子里捞出十几个咸鸡蛋，提着去了老会计家。

除了潘士宝，其他人都到了。潘士金把东西放下，大声说："婶子，又得让你受累了，给俺弄几个菜，今天晚上喝几盅。春莲，帮忙去。"

潘忠良打趣："这算喝的什么酒？拿两张粉皮几个鸡蛋就算请我们客了？怎么着鸡鱼肉的也得沾点吧！"

李庆祥接着顶撞他："那还不好办，你回去把恁家里的鸡鱼肉拿点来。"

潘忠良起身就走，边走边说："那好，我回去抓只鸡来。"

李庆祥激他："你小子别光耍嘴皮子，要是空转一圈回来，一滴酒不让你喝！"

"放心，你就等着啃鸡屁股吧。"潘忠良的话音已落在了大门口。

潘忠良直接去了潘士宝家。潘士宝的老婆正在烧火做饭，他来到厨屋门口，说："婶子，你少做点饭，俺士宝叔不回来吃了，来了个公社领导，在老会计家吃晚饭，俺都一块去陪客。没菜，士宝叔让我来把您那只大公鸡逮了去。"

"鸡刚进窝，你怎么逮？"

"好逮，伸手就抓出来。"

"你别把母鸡都折腾出来了，天都黑了，跑出来就不敢再进窝了。"

"放心吧，公鸡都是在窝门口，惊不着母鸡。"

老婆子不放心，来到院子里看着。还真是，他一下子就抓出了那只大公鸡，母鸡们连叫一声的都没有。看到潘忠良抓着两个鸡翅膀走出大门，她心里不是个滋味。十只小鸡喂了大半年，成了六只母鸡，四只公鸡，那三只公鸡都是来客人杀吃了，说好的这一只留着打鸣，怎么又让人逮了去呢？可是她不能阻拦潘忠良，男人在外面说了话，女人如果不听，那不仅丢了男人的面子，外人也要说女人不懂事。

潘忠良提着鸡，快步向老会计家走，进门就喊：“忠地，拿刀来，杀鸡。”

潘忠地拿着菜刀过去，说：“我不会杀。”

潘忠良接过刀，说：“真笨，上了十来年学连个鸡都没学会杀！去提壶开水来，看我的。”

李庆祥在一边说：“你这是逮的谁家的？先说下，队里可不支钱啊！”

潘忠良手脚麻利，边杀鸡边说：“看你说的，咱吃咱自己喂的鸡，怎么能花集体的钱？”

潘士宝给牲口拌好草，关好饲养棚门，准备去参加会。一摸烟包空了，顺便回家装点烟。进门老婆就说：“怎么又回来了？不陪客了？就那一只公鸡，你还让忠良逮了去。”他先是一愣，接着明白怎么回事了，一定又是潘忠良捣鬼，于是说：“逮去吧，公鸡又不下蛋。我是回来拿烟。”说完拿过烟筐，装满烟包走了。

潘忠良正专心在案板上剁鸡，听到背后潘士宝的声音：“怎么样？恁婶子喂的这鸡肥不？”

潘忠良头也不抬，让那刀声更响了，剁了几刀才说：“你来了叔，我去喊你来开会，给俺婶子说晚上咱一块在这里吃饭，她非让我把公鸡逮来，当侄的还能不听话？”

潘士宝说：“好你个瞎话篓子，恁婶子让你逮，那你为么还打我的旗号？还说陪客，陪你呀！”

潘忠良说：“要不假传圣旨俺婶子能听我的？再说了，我要不说是有公社的客人，就算是打你的旗号，她老人家也不会乐意让咱吃这打鸣鸡呀！你快坐下吧，等炖熟了我先给你挑块鸡大腿。”

潘士宝早不听他瞎说了，掏出烟包递给李光斗，笑着说：“这是中午才搓的，你尝尝，保准比你的有劲。”

李庆祥听得一清二楚，说：“我就知道这小子舍不得逮自家的鸡。行啊忠良，连恁婶子都敢骗，我明天就告诉她实情，看她不骂死你！”

潘忠良说：“你才不知情哩，俺婶子从来不骂人。骂也不要紧，谁骂磨谁的嘴皮子，反正骂不掉我一两肉。”满屋人都笑。

说说笑笑没多大会儿，李春莲端上来一盆白菜炖粉皮，说：“鸡也快熟了，开始吧。忠地，你去端咸鸡蛋，大奶奶还炒了碗土豆丝，一块端来，我还得去烧火。”

潘忠地跟着去了厨屋，李春莲说：“你不用回来了，先去吃吧。”

潘忠地说：“我不会喝酒，你去吧，我帮大奶奶。”

李春莲说：“我也不会喝。你又不会烧火，快去吧。”

潘忠地说：“谁说我不会？在家里锅上锅下我都帮俺娘干过。”

李春莲说：“还真没看出来，你会做饭？是不是先学几手，准备将来侍候媳妇？”

潘忠地说：“侍候哪里的媳妇，我这样的谁跟呀！”

李春莲说：“你这样的怎么了？要文化有文化，要长相有长相，等着大闺女到恁门口排队吧！”

正在和面的老太太插话了：“我看着恁俩就挺般配。”

两个人的脸都立时红了。潘忠地端起菜就走，李春莲也不再吱声。老太太也觉得失了口，虽然是真心话，也不该当着面给两个孩子说，就继续和面，没再说什么。

堂屋里已摆好桌凳，八仙桌抬到了中央，北面两把椅子，另外三面各一条板凳。老规矩，李光斗辈分高，年龄大，虽是在他家里，自然也是坐上手。潘士金、李庆祥、潘士宝三个人同辈，潘士宝年龄最大，坐在西北角椅子上，其余人就在两边随意坐了。潘忠地进来放下菜，潘忠良说：“以前倒酒的差事是我的，从今天开始，我不干了，忠地你接班，拿过酒壶来，负责倒酒。”

潘忠地有些犹豫，说：“不等等大奶奶过来再倒？”

潘忠良说:“咳,咱大奶奶从来不上桌,叫也不来,都是最后自己在厨屋吃。”

李光斗把酒壶递给潘忠地,说:“倒吧,恁大奶奶又不喝酒。”

队委会就在酒桌上开始了。

当两瓶酒剩下不到半瓶的时候,潘士金卷了一支烟,说:“这阵子喝得太急了,歇歇,吸袋烟再喝。”

潘忠良有些沉不住气了,说:“你不是说开会吗?是不是大队叫咱多卖粮食?”

“是这个意思,大队召开支部会,研究了今年的征购任务问题。”潘士金吸了口烟,接着把会议精神简单说了说。

“我估摸着咱也得多卖点,”李庆祥刚给李光斗点着烟,又点着自己的,坐下继续说,“可是给的这个数也太大了,咱全年才六千五百斤的任务,再多卖六千斤,那不就接近完成两年的任务了?咱的口粮怎么办?你别怕丢那个支部委员,顶住!要不你别出面,我和光斗叔、士宝哥去找张义生。”

大家七嘴八舌,都觉得还要再卖五千七百斤才够大队说的这个数,实在太多了。在下边小桌上擀面条的李春莲也表示不同意。不管别人怎么说,李光斗只是闷着头吸烟,一句话也没有。

潘士金平心静气地说:“咱也得替大队想想,义生哥也有他的难处。今年这老天又是旱又是涝,有两三个生产队的确是减产。征购任务公社是按大队分的,咱要不多承担点,全大队就完不成,党支部没法向公社党委交代。”

潘忠良带着火气,大声说:“生产队减产大队就没责任?张义生是干吗吃的?整天就知道瞎逛荡。有一次我和外队的几个人闲拉呱,都说要是让士金叔当书记,肯定比张义生强!”

潘士金立即制止他:“别胡说八道,说咱自己的事。还是听听恁光斗大老爷的吧。”

老会计放下烟袋，慢悠悠地说：“大家说的都有道理，可是，有句俗理，‘胳膊拗不过大腿’。大队也不是张义生一个人的，党支部定了这么个数，就是多数人的意见。从士金给我一说我就琢磨，咱多交六千斤，口粮还能比去年多分八九十斤到一百斤，只是种子、饲料要打紧些。”

“大老爷你不是‘铁头’，满脑袋是算盘珠子。行，只要还能增加一百斤口粮，咱就卖。”平常很少有人给李光斗闹着玩，也就潘忠良有时喊他这外号。

李光斗朝潘忠良“哼”了一声，别人笑了笑，潘忠良伸了伸舌头，不说话了。

潘士金说：“咱也不能多分那么多……”他一句话没说完，李庆祥就抢着说：“那不行，光多卖不多分，社员们会有意见。”

潘士金接着解释：“我不是说的那意思，我是想，只要留好种子，留足饲料，能分多少就分多少。但是，账面上不能体现太多，太多了别说大队有想法，其他生产队也眼红。”

李庆祥不解，说：“那不好办，最后报表怎么填？”

潘士宝说：“士金说得对。这事好办，就看怎么算账了，譬如地瓜，往年都是按五斤鲜地瓜折顶一斤粮食，去年公社来人让大队搞标准，在大队院子里用线串起来晒瓜干，结果是春地瓜二斤八两晒一斤，夏地瓜三斤多点晒一斤，还说是让社员沾点光，统统按三斤折一斤。如果咱不管那一套，还是按五斤折一斤，这一项每人就能少算三四十斤。”

潘忠地一晚上像看西洋景，听了刚才的话，想起了在学校有位老师讲过的内容，就说：“地瓜属于薯类作物，和东北大面积种植的土豆是一类，本来就不应该与别的粮食一样统计。”

潘忠良说：“还是忠地有学问，说得好，咱就来个地瓜不算数，那样表上的口粮就不高了。”

李光斗说：“你又胡咧咧，全国统一地瓜顶口粮，咱就能不算数？至于多少斤顶一斤，可以按老办法。不过，一定要保密，绝不能让大队和其他生产队知道。可那样咱的总产量也下来了，弄不好会被人看出来。”

潘士宝附和道：“‘大跃进’年代让虚报，报少了就挨批。现在虽说不让虚报了，可瞒产也是大错误。”

潘士金动着脑子，想了想说：“总产是不能报太少了，比实际产量少报一两千斤不要紧，如果少七八千斤，明眼人一眼就看出来了，到时候非挨处分不可。我觉得可以想想别的办法，口粮少报的，让土地和牲畜找补回来。”

李庆祥问：“怎么个找补法？”

潘士金说：“咱大豆产量三千多斤，能不能多报两千，这个数也不能空着，作为种麦施底肥，从账上一次冲出去。另外，饲料多报几千斤，咱的大牲畜比他们多，养的猪更多，两头母猪，还有十几头肥猪，当时我没让卖，一是为了多积肥，二是为了年底一次性处理，留下两头社员们分肉，其余都卖了，把钱集中起来，开春把大车换成胶皮轱辘，再添两挂二人拧。从收秋到春节，几个月的时间，让这些畜类吃几千斤‘空头粮’，账上出不了毛病。”

潘士金话音刚落，李光斗就说：“这办法可以，这是对上的报表，咱实际入库的粮食，我和庆祥再弄本账，入库出库还得有个实在数。还是那话，这种事千万不能让外人知道，忠良你那嘴严一点，别乱说，咱队的社员也不能说。”

潘忠良真的没听明白，说：“您说的这一套我还没弄清怎么回事哩，我给谁说去？社员们更没事，只要不让他们吃亏，谁还管队里报多少！”

李光斗端起盅子，说：“继续喝酒，屋里窗台上还有多半瓶，忠地，拿出来都喝了。来，先共同干这一盅。”说完首先一饮而尽。

初进公社

立冬已过，西斜的日头就像有绳儿拽着，转眼间不见了踪影。潘忠地随着大伙收工。回家路上，潘士金走过来拍拍他的肩膀，说：“忠地呀，公社杨书记交代的那事儿你可别忘了，时间不短了吧？一定要用心，这可能是公社领导对你的考验。”

“已经写出来了，我想再看一遍。”

“那好，完了先让恁光斗老爷瞧瞧。别看他没正儿八经上过学，平常喜欢看些闲书，对写文章还懂点。”

“我知道，你也得帮我修改修改。”

“我可没那本事。开个社员会让我讲讲可以，要说材料的事就傻眼了。上那几年小学，我的作文就从来没得过‘甲’。”

“关键是我写的那几条想法，不知道符合不符合咱村的实际。要论领导农业生产，我看全村谁也不如你道道多。”

“别给恁叔戴高帽！那好吧，你什么时候弄完了，我和老会计一块帮你论道论道。”

“好啊，今天晚上我就拿过去。”

潘忠地回到家里，立即进了西屋，点着煤油灯，又把那七八页材料认认真真看了一遍。他已经修改了两三遍，昨天晚上刚誊清。在给队长、会计看之前，他必须再斟酌一下，看有没有不恰当的词句。奶奶喊他吃饭，叫了两次他才去了堂屋。急慌忙速吃完，就放下饭碗，到西屋把材料装进口袋，去了老会计家。

队委会成员到齐后，简单凑了凑当天的生产情况，没有需要研究的事情，潘士金对大伙说："没什么事都早点儿回去歇着吧，我和光斗叔帮忠地商量下材料。"

潘忠良不起身，说："什么高级材料，还保密吗？恁商量恁的，俺又不插言，听听长长见识还不行啊！这刚黑天的，回去也不能钻被窝呀！"

李春莲说："斗大的字认不了半升，还长见识，你不就看着大老爷这壶茶还没喝乏，想再喝两碗！"

潘忠良说："就你小心眼！多了不敢说，咱家里好茶叶还有斤把，谁稀罕这碗茶！"

李春莲说："吹牛吧！别说茶叶，大概烟叶也吸光了，忘了前几年人家叫你什么了？"

潘忠良说："叫什么？你叫我大哥，这辈子改不了了！"

李春莲撇了撇嘴，说："大哥？'空烟锅'！这才几天没人叫了，就装好人。"

潘忠良装着生气的样子，说："什么年头的事了，那时候你还是扎豆芽辫的小妮子哩，知道个啥！"

原来当年他贩卖过几次烟叶，被当作资本主义尾巴挨了批判，当时表态再也不买卖烟叶，并且还表示把烟也戒了。他心里明白，日子拮据，没闲钱买烟吸。可吸烟的习惯难改，戒了几天就难受得坐卧不安，于是出门干活时又带上了烟袋，只是烟包里空空的。每到在地头上歇息的时候，人们都凑在一起吸袋烟。他这时也把烟锅插进空烟包，窝扭半天，看到别人点着烟了，就抽出自己的烟锅，用大拇指摁着，说"凑个火"。意思是让别人用吸着的烟给他点着，这种办法相互间经常用。别人要给他点烟，必须把自己的烟锅对准盖在他的烟锅上，并且要猛吹几口。这时，他也就跟着猛吸几口。要是他烟锅里装满了烟，几口就对着了火，可他的烟锅是空的，三两口下来，人家烟锅里的烟就全吹到他烟锅里了。次数多了，人们都知道了他这个小点子，有的不给他对火了，也有的就直接递给他烟包，说："反正你是空烟锅，别装相儿了，装一袋吧。"他也就笑笑接过烟包，装上一袋。就这样他得了个外号"空烟锅"。后来他烟包里也能经常装满烟了，有时还让着别人吸，这个外号也就被人们淡忘了。这是李春莲专门给他找碴儿，才又提起这事儿。他当然不当回事。

知道他两个叮当起来就没个完，潘士金说："别胡闹了，没事听听也行。"

李庆祥、潘士宝已经走了，潘忠良朝李春莲努努嘴，撵她走。李春莲是真想听听潘忠地写了些什么，不理他，坐着没动。

老会计已经把材料看了一页多，这时摘下老花镜，将材料递给潘忠地，说："忠地你念一遍吧，我这眼看着怪费劲。"

潘士金说："对，念慢一点，我们听听就行。"

潘忠地开始念，开头还慢些，念着念着就快起来了，心里还有些发慌。李春莲起来给大家倒水，端起茶杯递给潘忠地，小声说："队长让你念慢点，别慌，喝口水再念。"

潘忠地喝了口茶，心里稳定了许多，继续念。

潘忠地刚念完，潘忠良就说："我怎么越听越像领导人作报告呢，还一二三四的。对了，第一句怎么说的？汶水滩的发展？说咱三队就行，全大队的事咱操那闲心干吗！"

李春莲说："你懂什么？这是给公社领导写的材料，我听着太好了。"只要潘忠良一张嘴，李春莲就接他的话把儿。其实她也听不明白孬好，只觉得一条一条的挺在理儿。

老会计说："写得不错，题目也可以，'关于汶水滩发展的几点想法'，说

‘想法’比意见、建议要好。就是开头那两页长点，都是说的发展农业生产的重要性。这不是领导讲话稿，用不着，有几行字的帽把下面的内容引出来就行。”

潘士金说：“忠地你真行！我还以为你就是要要学生腔写点大道理哩，后面那几条说得很实在，都说到了点子上，合乎咱村的情况。特别是第一条，翻土压沙，对，就叫‘翻土压沙、改良土壤’，你说的是‘挖壕子把土翻上来，把沙埋在下面，改良西坡北坡的沙地’，不用这么长，用这八个字就概括了。第二条说的是在汶河滩植树造林，防风固沙，这和第一条说的是一回事儿，的确是个根本问题。第三条说的是水利化，只说到打机井买抽水机，那是将来的事。现实还得‘两条腿走路’，以后有条件就打机井，没条件就先挖土井，暂时买不了抽水机，可以增加二人拧。第四条是在东边干渠上修桥，便利生产，这也很好。”他边说边卷了支烟，点着吸了一口，接着说，“能不能再加上两条，一是要推广良种，并且要良种良法配套，尤其是几种主要作物。这事公社领导讲过多次，咱没做到。二是要发展畜牧养殖，特别是养猪，猪多就肥多，土杂肥多了才能增产。这都是提高产量的重要措施。”

这是潘士金的长处，他参加会议很少记录，可每次讨论或回来传达精神，总是一条一条说得头头是道，尤其是领导讲的关键话，一句也漏不了。有人说他的脑子是录音机。你看刚才，就听了一遍，说得多清楚！潘忠地边听边记，越听越佩服。

这时潘忠良又说话了：“我看第一条就不行，这是一亩二亩呀，千把亩，猴年马月能翻完？再说了，今年整了，明年春天一场风就把河滩里的沙刮出来盖没了。还栽树，多少年能长起来挡住沙？”

老会计却觉得很有道理，说：“‘钢梁磨锈针，功到自然成’，这是改变咱村生产条件的根本，这条意见最好。就看领导能不能下决心，带领全大队一起干了。”

李春莲说：“别听忠良哥的，就听大老爷和大叔的。”

潘士金站起来看着潘忠地，说："忠地你以为怎么样？明天别下地了，按刚才说的你再改改。改好后再让大队书记看看，然后就送到公社去，一定要亲手交给杨书记。"

"恁两位说得太好了，我回去就改。"潘忠地很兴奋。

潘忠地摸黑从窗台上拿起火柴，点着灯。这灯罩真烦人，刚擦了两天就又熏黑了。怪不得有人说代销点为了赚钱，在煤油里掺了柴油，油烟这么大。他拿下灯罩，用左手掌堵严小头，用劲从大头往里面哈了几口气，当内壁均匀布满水汽时，立即用右手的中指和食指顶进去一张干净纸，轻轻进行擦拭。他小心翼翼，因为有一次不小心被灯罩外沿划破过手指。擦了一遍，对着灯光一照，还有个别地方黑乎乎的，就又哈气，再擦。擦好了，把灯罩放上，那灯头忽闪了两下，矮下来，灯光立时变白，亮了许多。

从老会计家没出来，潘忠地对这些生产队干部们的看法就来了个一百八十度大转弯。原来以为他们整天粗粗拉拉，也就对社员吆五喝六的，没什么水平，没想到讨论问题这么有思想有深度。别人不说，起码队长和老会计水平就很高，真是出乎预料。原来还想，自己改了多遍的材料，让他们看看也就是走走过场，显得尊重他们，结果他两个都提了那么些意见，还都句句在理。以后在他们面前还真要虚心。

他拿过稿纸，要从头认真地进行修改，该删的删，该并的并，按队长说的，后面再增加两条。

时间过得真快。当他还有半页没誊完时，外面鸡窝里的大公鸡已经叫了起来。他没有停笔，一气完成，才站起来伸了个懒腰，然后和衣躺到床上，眯盹一会儿。

吃过早饭，潘忠地去了大队办公室。党支部书记和大队会计都在，两个人正吸着烟说闲话。

"大叔，这个材料我写完了，请你看看，有什么不妥当的地方我再改。"

潘忠地双手把材料递到张义生面前。

张义生没接，随口问："什么材料？"

潘忠地说："就是那次公社杨书记来时交代的，我这才写出来。"

张义生说："咳，你不说我倒忘了。他也就是随便说一句，不用当真，写不写的没关系。材料的事我不明白，让明尧看看吧，他是咱大队的笔杆子。"

潘忠地只好又递给展明尧。

展明尧接过去放到办公桌上，说："先放这里吧，我抽空看看。"

潘忠地站着没动，说："我想尽快给杨书记送去，他已经说了好几个月了。"

展明尧说："好吧，你那边坐坐，我这就看。"

展明尧开始看材料。潘忠地坐到一边凳子上。张义生叼着烟卷，问："怎么样？回来干活适应吗？"

潘忠地说："适应，就是有些活还不会干，慢慢学吧。"

张义生说："先干着，以后有机会出去当个工人。还有向东，恁两个算是咱大队有知识的人了，不能让恁老是窝在家里当社员。"

看来书记对年轻人很关心，潘忠地却实话实说："我感觉当社员不错，农村还真有干头哩。"

张义生说："什么干头？社员就是三等公民，风里雨里，一年四季没空闲，苦累不说，还缺吃少穿的，就算庄稼活都学会了能有什么出息！"

潘忠地不吱声了，心里话：党支部书记怎么能这样说呢？这和临离开学校时老师讲的，还有报纸上、广播上说的，完全不是一回事呀！回来这段时间，还从来没想过离开农村的事，只是一门心思出工，再累也咬着牙坚持，就是为了给人们留下个好印象，生怕别人说上了几年学就不安心农业生产了。难道这样做不对？

潘忠地正思考着，展明尧合上材料，说："写得挺好，句子也很顺溜。这是杨书记要的？没问题，不用改了，送去吧。"

潘忠地拿过材料放到张义生面前，说:“大叔，您还是看看吧。”

张义生推了推材料，说:“我不用看，明尧说行就行。你回去吧，我们还有事。”

潘忠地觉得这是在撵他了，于是拿起材料出了办公室。

潘忠地刚出门，张义生就问展明尧:“都写了些什么？”

展明尧说:“我也没仔细看。也就是年轻，口气不小，什么翻土压沙，植树造林，还有在干渠上修大桥，公社书记也不会提这些不着边际的事情。”

张义生说:“刚出校门没经过大世面，还不懂事。杨书记一句话，他就拿棒槌当真（针）了。我是不能看，我要看了公社领导就会以为是咱党支部的意见了。”

展明尧递给张义生一支烟，说:“是啊，这只是他个人的一些想法，大话空话，没点用处。”

潘忠地到南坡找到潘忠良，没到跟前就喊:“忠良哥，我到刘集去，借你的自行车骑骑。”

潘忠良说:“吆，你这是去公社见领导，我那破车子除铃铛不响什么都响，你骑它多丢面子！骑辆好点的，队长和老会计的都比我的好。”

潘忠地知道他好闹着玩儿，对他的话不能当真，又说:“破不破的你能骑我就能骑。你是怕我给你摔坏了，不想借给我啊？放心吧，我骑车子的本事不比你差。”

潘忠良说:“你愿意骑就骑吧，在南屋里，车子没锁，大门也没锁，自己推去就是。别忘了，不能白骑，得给我买盒烟卷来。”

潘忠地说:“想好事吧！我才没钱给你买烟哩。”说着回头走了。

公社大院在刘集南北大街的路西，大门朝东。门两侧挂着三个仿宋体字的大牌子：中国共产党刘集人民公社委员会，刘集人民公社管理委员会，刘集人民公社武装部。潘忠地在门口下了自行车，推着走了进去。他还是第一次进这个大门，进去边走边看。路北一排红瓦房，各门口右上方都钉着个小牌子，上写办公室的名称。第一个门是民政室，再往前依次是农技站、水利站、林业站、贫协、团委、妇联，除了民政室像是两间房，其余都是一间。路南也是一排瓦房，因为看到的是后窗，弄不清是些什么办公室。路的尽头有一棵大柳树，树荫足有半亩地。树西面是一眼井，半米多高的井台，井口四周用石板砌着，安着挂辘轳。树前面有条南北路，看来两边还各有院子。不知道党委办公室在哪边，潘忠地想找人打听一下。

他把自行车放到柳树旁边，回头看到从农技站出来一个人，正往这边走来，便迎上前去，谦恭地问："同志，请问一下杨书记的办公室在哪儿？"

这人上下打量了潘忠地一阵子，反问道："你是哪里的？找杨书记什么事？"

"我是汶水滩大队的，杨书记让我写个材料，我给他送来。"

"你叫什么名字？"

"潘忠地。"潘忠地想，见书记真难，想问问在哪里还查户口似的。

这时那人上来握住他的手，兴高采烈地说："你就是潘忠地呀，我是农技站的，叫王士友，王士霜的哥哥，知道了吧！"

潘忠地仔细一看，还真是，兄妹俩脸面很相似，尤其是那双双眼皮大眼睛，简直一模一样。于是高兴地说："知道，知道，士霜曾经给我说过。你就是王站长了！"

"什么站长不站长的，就两个人的站，只有一个兵的小负责人。"王士友笑了笑，"你找杨书记？他今天开党委会，我也正好给胡社长送份资料，你先等等，我去看看散没散会，顺便给杨书记说一声。"说完去了南院。

潘忠地坐在井台上等着，没大会儿王士友就回来了，过来边推自行车边说："他们还没散会，杨书记让你先到我办公室坐一会儿。"

"不用了，我在这里等等就行。"潘忠地赶紧起来逮住自行车把，不让他推。

“大老远来了，也得喝杯水呀，走。”王士友夺自行车。

潘忠地没让给他，说：“还是我推着吧。”

“那好，你推。”王士友在前面走，潘忠地跟在后面。

农技站办公室里收拾得很利落。靠北墙窗户下面摆着两张办公桌，东、西两面墙上贴着“小麦锈病的种类与防治”“玉米新品种介绍”等几幅彩图。南面靠窗有一张连体椅子，油漆虽已剥落，上面一点灰尘没有。王士友进门就倒水、让座，潘忠地坐在连椅上。

“坐这边，喝水得劲。”王士友将一杯茶水放到对面桌子上。

潘忠地过来坐下，说：“站长您别客气，我不渴。”

王站长说：“别站长站长的，叫我大哥就行。说起来咱还是师兄弟哩，我是地区农校一级，这才毕业两年多。”

潘忠地“嗯”了一声，接着说：“可是我只上了一年，这学期一开学就回来了。”

王站长说：“我知道，夏天在恁大队开抗旱现场会，我也参加了。三队队长介绍经验时就提到你，我一听就引起了注意，觉得你了不起，刚回村就能发挥作用了。星期天回家我就把你的事情告诉了士霜。”

潘忠地觉得有些奇怪，问：“你怎么知道我和士霜是同学？”

王站长笑了笑，说：“不仅知道你们是同学，还知道你们在一中是同班，你在班里担任过班长，临毕业那年又担任团支部书记，士霜是学习委员，对吧？”

潘忠地的脸慢慢有些发热，不言语。王士友又说：“你的学习成绩一直很好，是因为家庭生活困难才报考的农校。士霜当时也想报农校，我知道她的成绩也不错，所以动员她考了高中。你们最近通信了吗？”

潘忠地的脸一下子红到了脖子根，吞吞吐吐说了实话：“前一段她给我来过两次信，我没回。”

王士友拉开抽屉拿出半盒烟，抽出一支递给潘忠地，潘忠地说不会吸，于是自己点着，吸了几口后说："我怎么知道你的情况的？有一次我看到士霜书摞上放着一封信，是从农校寄来的，就问她谁寄的。她就给我介绍了你的情况，说你的学习成绩比她好，要上高中一定能考上大学。我说农校也不错嘛，她说好什么好，现在要下马了。我当时还让她给你回信做做你的思想工作，回农村一样有作为。她回没回？"

潘忠地说："回了。我是到家后才又给她写了封信，从那没再给她写过。"

王站长说："你是不是觉得回家当了社员，不好意思给她写信了？通通信怕什么，相互鼓励嘛！我说过士霜，你们是老同学，可以联系，只是不要太频繁。她现在是高二,一定要把主要精力放到学习上。"

潘忠地刚想解释什么，杨书记进来了。潘忠地立即站起来，杨书记上来握住他的手，说："忠地来了！走，到我办公室谈谈。"

潘忠地随杨书记出门，王站长送到外面。这时杨书记回头说："老王，你到伙房给吴老头说一声，给我炒两个菜，让忠地吃了饭再走。"

王站长答应着，说这就去。

潘忠地说："我回去吃就行，又不远。"

王站长在后面说："这都十一点多了，还能饿着肚子回去？"

杨书记办公室在西南角小院里。院子中央有一棵大梧桐树，叶子已经落光了。北面是"明三暗五"的瓦房，进去门，中间是三间的会议室，围着两张大案子摆放着十几把椅子。东头里间屋就是杨书记的办公室。潘忠地跟着刚到门口，通讯员就从西头里间屋端过来一杯水，递给了潘忠地。

杨书记办公室摆设也很简单，一张三屉桌，后面一把老太师椅，像是土改时收缴的地主家的，扶手已缺了一根站柱。椅子后面是文件橱，橱子里放着一些刊物、文件。旁边有个报架，上面有四五份夹好的报纸。办公桌对面有两把椅子，一侧还有条板凳。

"杨书记，您说了这么长时间了，我这才写出来，不一定合您的意思。"等杨书记坐下，潘忠地掏出材料递过去。

杨书记说:“你从学校回来时间短，我出的题目又比较大，这能写出来就挺快的。大队小队他们几个看了吗？”

“队长和老会计帮我改过，张书记没看，他让大队会计看了看。”

“你坐下喝水吧。”杨书记开始看材料。

潘忠地从报架上拿下《人民日报》报夹，回头坐到板凳上翻起来。他在学校就有每天到阅报栏看报的习惯，回来这几个月，每隔几天就到本村小学里找报纸看。小学里有一份《大众日报》和一份《中国少年报》。他也到大队办公室看过，大队也是一份《大众日报》，还有一份《大众日报（农村版）》，但是，大队办公室存不住报纸，每当来了新报，谁遇上谁就顺手拿走了，不是糊墙就是当卷烟纸，很少有人认真看。他现在又看到了《人民日报》，感到很亲切。可是，当下他无心认真看报，因为这是第一次这么接触“大领导”，又不知道自己写的东西合不合领导的心意，心里老是惴惴不安。他翻着报纸，眼睛却瞬瞬地瞅杨书记。

杨书记手拿红铅笔，聚精会神地看着，有些地方还画上了道道。看完后又从头翻了翻，然后点着烟，沉思的样子。一支烟快吸完了，才拿起烟盒说:“你看我光顾自己吸了，忠地你吸支吧。”

潘忠地放下报纸，说:“我不会吸烟。”

杨书记说:“太好了。忠地，我得感谢你，你帮我们开启了思路。你说的第一个问题，涉及沿汶河七八个大队，沙化的土地大概近万亩，要是都改造好了，对全公社的产量影响很大。你的想法不仅对这几个大队，对全公社都有指导意义，因为要想增产，都必须因地制宜改善生产条件。还有你说的修桥，是花钱较多，公社应该给予帮助，再加上大队的积极性，一定能够办到。至于后面那几条，别看是我们的常规工作，大会布置小会讲的，可并没有引起干部们重视。”

听到杨书记给予了肯定，潘忠地心里宽松了许多，不那么拘谨了，就说:“我只是根据俺大队的情况提出了这么几点想法，不一定对。再说了，我回来参加劳动时间短，有些农活还不会干，老担心提的问题脱离实际。”

杨书记说：“不，你这些意见完全符合实际，只是具体操作起来还必须研究详细的措施。另外，如果说材料本身的缺陷，就是还没有上升到理论。你这个材料我要提交党委会认真进行讨论，为制定全公社的发展计划作参考。”

杨书记正说着，王站长在门外喊通讯员：“小陶，到伙房端菜去。”随着话音，他右手端着一盘油炸花生米，左手提着个酒瓶进来了。

杨书记说：“哟，还买酒了？”

王站长说：“我让老吴炒了四个菜，说好了你支钱。我想来陪陪忠地，还能空着手啊！这不，到供销社买了瓶兰陵大曲，够咱仨喝的吧？”

潘忠地接过盘子，说：“我不喝酒。”

王站长边开酒瓶盖边说：“可以少喝点，别作假。”

潘忠地解释：“真不能喝，在家里也没喝过。”

杨书记收拾了一下办公桌，说：“忠地不喝就算了。这么好的酒别开了，一块二毛多一瓶，你拿回去再待个客人。要喝我宿舍里还有半瓶山东白干，前天来客人喝剩下的，在床头下面放着，你去拿来。”

王站长已经把瓶盖扔到了墙角，说：“买了就是喝的，已经启开了。”

小陶用托盘端来三盘菜，一盘凉拌猪肝，一盘葱花炒鸡蛋，一盘白菜条炒肉丝。盘里还有三双筷子，一头大蒜。王站长从会议室拿过来两个茶碗，先倒满一碗放到杨书记面前，又倒满自己这碗，对小陶说：“你去把馒头拿来吧，我交好票了，八个，忠地不喝酒，让他先吃着。”

杨书记已经拿起了筷子，对潘忠地说：“来，把椅子往前拉拉，坐下先吃菜。”

小陶用笼布提来了馒头，王站长接过去拿出一个，递给潘忠地：“你吃，我们先喝酒。”

两个人一茶碗酒还没喝完，潘忠地就吃完了两个馒头，放下了筷子。

王站长说："怎么放筷子了？再吃呀！"

潘忠地站起来想坐到一边去，说："我饱了。"

王站长把潘忠地摁到椅子上，又拿起一个馒头塞到他手里，说："不行，俺两个每人俩就够了，给你买了四个，得吃完！"

潘忠地勉强接过去，强着又吃了一个。

谣言

张义生这几天窝在家里，一直没出门。他走到哪都觉得背后有人议论他，可这种事又容不得个人去解释，左思右想没有办法，只好暂时躲着，尽量少见人。其实在家里同样憋气，因为房翠花也不给好脸看。这也难怪，谁的老婆听说了自己的男人在外面和别的女人胡搞，也不会当作耳旁风。好在两个孩子什么事都不知道，照常放学回来吃饭、做作业。房翠花这一条还算明白，闹归闹，都是等孩子吃完饭背起书包上学去了，这才吵吵几句。开始他还气呼呼呵斥她几嗓子，可那样她的火气更大。就算是全身是嘴也难以说清楚了！没法子，只能采取不理睬态度。她嚷嚷得厉害了，他就躺到床上蒙头大睡，不吵了他再起来吸闷烟。

事情发生在几天前。公社电影队来放映电影，日头刚落山，小孩子们就搬着凳子，来到潘家祠堂前的空场上占地方。随后，全村的男女老少，还有邻村的年轻人，带凳子的，空手的，陆陆续续挤满了整个场地。按照惯例，正式放映前大队书记要讲讲话。张义生刚才陪放映队的人吃晚饭，喝了几两酒，讲话也就来了劲头。讲什么？无非是大好形势，再就是教育社员们要热爱社会主义，热爱集体，要积极出工，不能搞资本主义，等等。本来这种讲话也就三言两语走走形式，因为都急等着看电影，没人认真听。可他乘着酒兴，讲起来没完没了。全场嗡嗡一片，民兵连长张发树大声吆喝，维持秩序，一点作用也不起。直到有人带头起哄，很多人跟着又是咋呼又是吹口哨，他才结束。电灯灭了，放映机转了起来，开始是加片，《新闻简报》，接着才是正片，《上甘岭》。张义生不喜欢这片子，因为他亲身参加过朝鲜战争，不想回味当时的惨烈景象。再加上酒后讲了阵子话，感到有点口渴，看了没几分钟就起身走了，想回家喝点水。

张义生走到潘秀菊家门口，看到她家堂屋亮着灯光，想起秀菊的婆婆病了，就想进去看看。潘秀菊的男人张义明在部队服役，两个人是在义明当兵前定的婚。本来张义明的哥哥张义光、嫂子梁玉芳跟母亲一块住，可梁玉芳和婆婆合不来，三天两头地吵嘴，后来就分家了，老太太独自一人生活。潘秀菊看到这种情况，就经常过来照顾老人。老太太却觉得毕竟是没过门的媳妇，说话行事都不方便，于是找到张义生，让他给义明写信，回来把亲事办了。张义生和张义明是同一个祖爷爷，觉得自己不仅是当哥的，还是大队书记，潘秀菊又是大队干部，这事该管，于是当即答应下来。就这样，去年春节前张义明请假回来，正式举办了婚事。潘秀菊名正言顺地搬了过来，和婆婆一起过起了日子。前天大队开会，潘秀菊请假，说是婆婆病了，请医生开了个中药方，卫生室药不全，要去公社医院拿。两天了，不知道老太太的病怎样了。按当地习俗，探视病人要在上午，下午不吉利，晚上更会带去晦气。张义生略一迟疑，又想：这是看望本家婶子，管它什么白天黑夜的，进去问候一声，老太太又比较开明，不会不高兴。

老太太在床上躺着，张义生进门就问："婶子，听说你病了，不碍事吧？"

"没事，头疼脑热的，医生说是受凉，让吃两服中药。秀菊，给恁大哥倒水。"老太太说着从床上坐了起来。

潘秀菊正在熬药，起身给张义生倒了杯水。

"没大碍就好。中药就是难喝点，治病效果比西药好，吃它三两服就行了。”张义生回头又对潘秀菊说，“不喝水了，我这就回去。”

“我这点病还让你挂心！对了，听说今天放电影，你快去看吧。秀菊，送送恁大哥。”老太太说。

张义生说：“不用送，还熬着药。”

潘秀菊说：“不要紧，刚开锅，还得小火熬一会儿。”起身把他送了出来。

也是该当出事。两个人刚走出大门，正好大胖子娘儿们王桂兰走了过来。

“哟，书记连电影都不看了，这是和妇女主任有什么机密事呀！”王桂兰不阴不阳地说。

潘秀菊知道这是个长舌妇，赶紧接话：“桂兰嫂呀，你怎么才去看电影？”

王桂兰说：“我已经看一会儿了，有点凉，回家披棉袄。张书记怎么讲完话就不看了？秀菊妹子也没去看呀！”

潘秀菊解释：“俺婆婆病了，我得熬药。这不，义生大哥来看她老人家了。”

“咳，大妹子编个瞎话也不在行，哪有黑灯瞎火看病人的？别是有什么见不得人的事吧！”王桂兰打哈哈的口气，嘿嘿笑着。

潘秀菊听她胡说八道，气得两肺直炸，说：“你……”

张义生怕潘秀菊和她顶撞起来，赶紧说：“秀菊，药锅还在炉子上哩，快回去看看。”又朝着王桂兰说：“你这娘们，就瞎咧咧，庆富不在家，没人堵住你的嘴了！”

潘秀菊回家去了。

张义生也往回走。

王桂兰紧走几步，拽住他的胳膊，娇声娇气地说：“张书记，到俺家里喝壶茶吧，李庆富一个多月没回来了，孩子们都看电影去了，你去坐一会儿。”

“看你的电影去吧！”张义生使劲一甩胳膊，把王桂兰甩了个趔趄，走了。

王桂兰讨了个没趣，悻悻地去了电影场。正赶上放映员换片子，柱子上的电灯照得场子里通亮。她瞪着两眼寻觅一圈，看到潘忠国在后面人群中站着，就没再往里面挤。电灯灭了，她悄悄偎过去，拉了拉潘忠国的衣服，轻轻咳嗽了一声，回身就走。潘忠国心领神会，等王桂兰走了一瞬儿，就跟了出去。周围的人正聚精会神看电影，没有人注意。

没风没火，万物静寂。王桂兰回头看到人跟来了，就加快脚步，回家打开大门，站到一侧等着。潘忠国一进来，她就上了门闩。

“你胆子真大，那么多人在跟前就敢拉我。”

“这个机会多好！人家书记和妇女主任还凑这时候亲热哩，你个大队长怕什么？”

“别胡说，他们真有这种事还能让你知道！”

“你还说对了，就是让我逮着了。刚才我回来拿棉袄，正碰上他两个从潘秀菊家里出来，你说黑更半夜的，不看电影跑家去干什么？”

潘忠国点着烟，深深吸了两口，没说话。

王桂兰已经解开扣子，说：“别吸了，快点吧，一会儿电影就散了，我还得回去找孩子。”

潘忠国已没有多少兴致，急匆匆完事，边穿衣服边说：“刚才你说的那事，你去给梁玉芳透个风，如果让她知道了，就没他俩的好果子吃了，她可是有名的小广播。”

“咳，我就是看见他两个一块出来，潘秀菊还说是她婆婆有病，张义生是去看病人，没凭没据的怎么说呀？”

“要是能逮到床上，不就可以把张义生送公安局了？就按你给我说的那些，传来传去还不就成真的了！”

“不行，他们要查起来追到我这里，光一个潘秀菊还不把我闹死！”

“真是憨蛋，谁追查？张义生？他神经病呀，他要是追查就说明他心里有鬼。潘秀菊那里更没事，谁也不会当着她的面说。”

“万一有人追查呢？”

“你放心，不会有人怀疑你。为什么让你给梁玉芳说？都知道她和潘秀菊不和，一定会怀疑她。真要有人问到你，你就一口咬定没说过，他们还能怎么着？所以你不能给别人说，就告诉梁玉芳一人就行。”

王桂兰有过几次想和张义生套近乎，张义生都没理她，心里一直忿忿的，于是想，是得败坏败坏他，看他还怎么充正人君子！

“好，听你的，明天我就去找梁玉芳。快走吧，别等电影散了碰上人，你先走一步。”

“一定要注意说法。”潘忠国又嘱咐一句。

“放心吧，我有数。”

两个人一前一后出了大门。

第二天吃完早饭，王桂兰就去了梁玉芳家，把头天晚上看到的情况，添油加醋、绘声绘色说了一遍。

梁玉芳知道王桂兰的名声不好，也看不惯她那大肥鹅似的走路样子，平时很少和她交往。突然看到她来了，本来不愿意搭理她，只应酬了一句，继续拌猪食。当听到她说的是潘秀菊的事情，就放下手中的活，认真听起来。

王桂兰刚停嘴，梁玉芳就接话：“我早就估摸这小娘们撑不住。张义明结婚十几天就回了部队，她一个人在家怎么能老实了？那老婆子是睁眼瞎，看不住她！”

王桂兰装模作样地说：“我知道大妹子你嘴严，这才给你说，你可千万别说是我说的。你知我知就算了，这种事也不能对外人讲，怎么说恁和她也是妯娌，传出去对你也不好。”

“妯娌怎么了？她就是满身臭屎也沾不着我一点。你看她那样子，又是大队干部，又是孝顺老人，整天人五人六的，只要人们知道她养汉子，看她还怎么张狂！”

“是太狂气了。大家伙都明白，她根本就没把你这个嫂子看在眼里！你忙吧，我得回去了。”

王桂兰像完成了一项重要任务，颠颠地走了。

就像狗忍不住吃屎，王桂兰那嘴也是有话不说难受。走到离家不远的路口，正赶上三队的社员们还没出工，她这时还在兴头上，就凑到几个女人跟前，说：“恁知道吗，昨天晚上张书记讲完话就没再看电影，偷偷溜走了，干什么去了？”没人和她答话，她继续说，“妇女主任也没去看电影，可能是两个人约好的，他去了潘秀菊家……”

这话被站在一旁吸烟的潘士金听到了，没等她再说下去，就过去呵斥道：“王桂兰，别胡扯舌头，闹出事来你可得吃不了兜着走！”

王桂兰没敢再说什么，扭头回了家。

潘士金知道王桂兰肚子里搁不住话，这事要是传扬出去，不仅张义生和潘秀菊两个人丢脸，对大队的工作也会带来很大影响。可是，也不能主动去问张义生啊，只好看情况再说了，如果王桂兰再到处乱讲，就狠狠批评她一顿。

隔了一天，张义生去公社开会。房翠花打发孩子吃完饭上学走了，正在刷锅洗碗，潘忠国进了院子。

“婶子，义生叔不在家？”

“一早就走了，说是去刘集开会。找他有事啊？”

“你看我忘了，今天公社是有个会。没事，我就来坐坐。”潘忠国说着进了屋。

房翠花擦了擦手，递给他烟：“你吸烟吧。我还没拾掇完，队长说今天还去搂麦子。”

“你也真够累的！义生叔整天不着家，光家里这一摊子就够个好人忙活的，你还参加队里的劳动。”

“谁叫恁是干部来！他经常嘟囔，干部家属不能搞特殊，得落个好名声！”

“是呀，当个村官连家里人都跟着遭罪，就是图个好口碑。有句话我不该给你说，又觉得这种事只有你劝劝他才能听得进去。适当时候你给他说说，让他生活作风检点些，千万别出事。”

房翠花一愣，仔细听着，没有接话。潘忠国继续说：“要是别的女人还好些，秀菊不仅也是干部，还是军属。军属是受法律保护的，万一出事，那可是要判刑的。”说完起身要走。

“有这事？”房翠花像自言自语。

潘忠国又补上一句：“就是些传言，你也别往心里去，让他注意点就行了。”

潘忠国走了。房翠花把他送到大门口，回到院子，鸡们围上来“咯咯咯”要吃的，她一脚踢出去，那只老母鸡打着扑棱滚了老远。她没有喂鸡，也没喂猪，没刷完的碗撂那里也不管了，更没有心思下地干活了。

下午，张义生散会回来，到家放下自行车就要出门。这也是老习惯，他平时很少蹲在家里，没事也是去大队办公室，或者到坡里遛遛。刚想走，房翠花发话了：“你别走，有个事我得问问你。”

“什么事？”张义生这才意识到，她不仅没出工，脸子也很难看。

“你和潘秀菊到底有没有事？”

张义生先是一愣，接着火了，大声嚷道：“你胡吣什么，我和她什么事？你听谁说的？”

“别装没事人！要想人不知，除非己莫为。谁说的？人家忠国也是好意，不好当面说你，这才来给我说，怕你惹出事去蹲公安局！”

“简直是胡说八道！连点影儿也没有，我是那种人吗？”

房翠花还在吵吵，他什么也听不进去了，气呼呼出了大门。

走到街头，看到梁玉芳在推碾子，旁边还有四五个女人，正叽叽喳喳说着什么。有一个看到他过来了，使劲咳嗽了一声，其他人也都扭头看到了他，接着就都低下头没了动静。这太不正常了，要是往常，都得主动和他打个招呼。

他又到坡里转了几个地方，看到不少人对他的表情都有些异样。

来到大队办公室，展明尧正在翻报纸。他刚迈进门槛，展明尧就站起来问："散会了？"

"散了。"张义生掏出烟，递给展明尧一支，自己边点烟边说，"明尧，你听到什么传言了吗？"

展明尧正要点烟，听到这话，把打火机放回兜里，咂了咂嘴，说："还真是，中午孩子他娘问我，说你和秀菊有什么事，我当时就把她熊了一顿，这不是胡扯淡吗！你说这是哪里来的风？我还想晚上找你说说来，你怎么也听说了？"

"我一回家恁嫂子就给我闹。看来这谣言传得面不窄。"

"谣言！一定有人专门给你造谣，要彻底追查，把这个人查出来狠狠地整！"作为干了多年的大队会计，展明尧对书记知根知底，这个人虽然对工作不是多么有魄力，干事还算认真，为人处事也比较公正，生活作风更是正派，绝不会有这种事，所以显得很气愤。

张义生把烟头扔在地上，用脚捻成了黄末末，长舒一口气，说："查什么查？怎么查？造这种谣谁还敢承认？折腾半天，本来没有的事外人也有了疑心，咱那不成了船不翻自己往水里跳了？我担心的是秀菊，万一传到她耳朵里，义明又不在家，别出大事。"

"也倒是。不过也得想法把这谣言压下去。秀菊那里不要紧，议论这事的都得避着她，她不会知道。"

"想什么法？见怪不怪，其怪自败，只要咱身正，大伙的眼睛是亮的，时间一长就没人传了。"张义生又点着烟，吸了两口，接着说，"这样吧，这几天我在家休息休息，有人问你就说我感冒了。”

“那好，有什么事我去家里给你汇报。”

回到家里，张义生反复琢磨，开始以为这事可能与王桂兰有关，因为那天晚上从秀菊家出来被她遇上了，她还胡说了些话。可是，仅凭这一点她就敢胡编乱造？再笨她也知道传这种事的利害，不可能！再说了，她的人品都知道，她那臭嘴瞎咧咧一阵子也没人相信。又一想，从老婆嘴里已经听出来，这话是潘忠国给她说的。潘忠国与王桂兰不清白几乎是人所共知。即便是王桂兰传的，也可能是他的主谋，没有他挑唆，王桂兰不敢瞎传。他掺和进来一定是别有用心了。早就知道这小子好使心计，没想到对自己下这毒手，真是个白眼狼！

那年朝鲜战争爆发，张义生和潘忠国一块戴上大红花参了军，坐在一个闷罐车厢里过了鸭绿江，又分在了同一个班。不到半年，参加了大小几次战斗，张义生作战勇猛，入了党，成了副班长。潘忠国整天缩着脑袋，始终打不起精神，动不动就和张义生说想家。这天战斗结束，两个人一起修战壕，潘忠国搬起一块大石头，摇摇晃晃，张义生刚想帮他，他扑哧坐到了地上，石头正好砸在右腿小腿上。张义生赶紧掀开石头，扶起他一看，坏了，小腿断了！

“你看，怎么不小心点！”

潘忠国咬着牙，却说：“没事，这样就可以回家了。义生叔，你一定给我说句好话，只有你是证人。”

张义生哼了一声，说：“想回家也不能自己作践自己呀！”随后喊过来两个战友，把他抬下了阵地。当时连指导员曾经找张义生了解潘忠国受伤的情况，张义生略一犹豫，说修战壕时不小心滑下来一块石头，压伤的。毕竟是同村老乡啊，怎么能让他戴个临阵脱逃的帽子回去呢！

几天后，潘忠国被送回国内住进了医院。伤还没好利索，他就以不给国家增加负担为由，主动要求回家养伤。就这样，他很快被批准复员，如愿以偿回了家。

朝鲜战争结束后，张义生也回来了。这时候潘忠国已当上了民兵连长、党支部委员。对他当年受伤的事，张义生一个字也没提过。开始几年，潘忠国时时和张义生亲近。自从张义生担任了党支部副书记、大队长，潘忠国就不是原来的样子了。张义生虽然感觉出来，也没表示出什么，总觉得应该以工作大局为重。后来老书记退下来，提议让他担任书记，让潘忠国担任副书记兼大队长。他心里有些不悦，可又提不出更合适的人选，最终还是同意了老书记的意见。就这样，两个人一直不亲不疏，外人看着他们还挺团结。

如果这件事真的是潘忠国使坏，那说明这个人的良心是让狗吃了！你不就是想当这个书记吗？明说呀，我可以让给你！说心里话，谁愿意当这个头？这几年工作这么难搞，老百姓吃不饱肚子有意见，工作上不去上级领导就批评，简直是风箱里的老鼠，两头受气！算了，还不如把这“夹板子官”辞了，当个普通社员一身轻！

张义生越想越憋气。

三天了，房翠花虽然没再闹，可还是整天耷拉着个脸，没好气。这天吃完早饭，她锅也没刷，碗也没洗，赌气下地干活去了。张义生还是不想出门，吸了支烟，开始洗碗。这时，潘士金进来了。

“听说你感冒了，怎么样，好了吗？”

“哪里感冒了，生闲气！明尧没给你说？”张义生擦擦手，拿起烟给潘士金。

“说了。你别当回事，也就几个娘们嚼舌头。那天在路口我还听到王桂兰瞎说，当时我就训了她几句，她没敢再说下去。这几天我注意观察她，也没发现她再给别人接触。”

“光是几个娘们胡唧咕就没事了，是有别人掺和进来了。”

“你是说忠国？”

“我估摸这事与他有关。”

潘士金愣了愣，说：“他也许是好意。他给我说过，也给明尧说过，意思都是担心外面胡传让你受影响，还嘱咐我们要注意制止这些谣言。”

“哼，好意？他就没安什么好心。恁嫂子为么跟我闹？也是听了他的话。”

“嫂子知道了？”

“那天趁我去公社开会，他到家来告诉她的。”

潘士金皱起了眉头，又接过烟，猛吸了几口才说：“我今天来就是想劝劝你，不能老是不出门。如果真像你刚才说的，那更得打起精神，该怎么干还得怎么干。怕什么？凭你的人品，几句谣言就算是狗皮膏药也贴不到你身上。还有秀菊，也是正派人，大家心里都明镜似的，没事。你这样老憋屈在家里，倒会让人们起疑心。”

“我不是怕，我是想，干脆辞职算了，让他干。”

“那可不行……”

潘士金一句话没说完，展明尧进了门。

“士金哥也在呀！”展明尧先和潘士金打个招呼，又对张义生说，“刚才公社党委江秘书来电话，说公社要派工作组，初步定八个人，杨书记亲自带队，还有组织委员，团委书记，妇联主任，武装部一位干事，农、林、水三站的站长，后天上午就到，铺盖、吃食他们自己带，让我们安排好住的地方，最好能住一块。看来床铺、锅碗瓢盆的我们得准备。”

张义生说：“多年没来工作组了，还来这么多人，没说来干么啊？”

展明尧说：“没说。江秘书说，杨书记去县里开两天会，可能其他几个同志先来，开展工作的事等杨书记来了再说。”展明尧犹豫一瞬儿，又试探着说，“别是为了谣言的事吧？要不，组织委员能下来？”

潘士金说：“不会。村里瞎传才几天的事，公社领导不会知道。再说了，如果为这点事，用不着这么兴师动众，来一两个人调查一下就行了，更用不着一把手亲自来。依我看，这是好事，是杨书记亲自来抓点了，本身就是对咱工作的肯定。”

“别管来干什么了，我们准备好就是。不过这么多人，还有个女的，住在一起，哪有这样的闲房子？时间还这么紧。”张义生吸了口烟，又说，“这样吧，开个支部会，让大家商量一下。明尧，你去下通知，叫他们几个都抓紧去办公室，快一点。”

“通知好下，忠国在大队里，我这就去叫另外他们三个。”展明尧说着起身走了。

张义生和潘士金一起去了大队办公室。潘忠国一个人在院子里转悠，看到他两个进来，上前朝张义生说：“听说你身体不舒服，好些了吧？”

张义生边进屋边说：“好了。不是公社要来工作组吗？咱开个会商量一下。”

潘忠国也跟着进了屋，说：“刚才江秘书来电话时我正好在这里，这可是个大事，所以我让会计赶紧去给你汇报。”

人很快就到齐了。张义生先让展明尧把公社的通知精神说了说，然后让大家集中讨论工作组的住房问题。议论了一阵子，却没有一处合适的。

展明尧看着贫协主任说：“光恩大叔，恁那几间旧房还能住人吗？”

潘忠国立即截住了展明尧的话头：“可不行，那几间房子又旧又破，缺门少窗的，怎么能让公社领导住！”

又闷缸了。沉默一会儿，李光恩磕了磕烟锅，说：“这样吧，反正我刚搬家没几天，再搬到老房子去，把那几间新房腾出来给工作组住。”

原来李光恩家在村东头，几十年了就三间堂屋，一间厨屋。眼看儿子快到订婚的年龄了，积攒了几年的工夫，今年秋后才在原院落后边要了块宅基地，盖了四间新房，前几天刚搬进去。因为旧房不打算再住，加上手头不宽裕，盖新房时就把旧房的门窗都拆过去用了。

张义生一听他这话，就说："要这样你可是顾全大局了。房子咱也不能白用，我看能不能大队一年记三百个工分，也算是补偿。不过，你回去可得给大婶和孩子做好工作。"

李光恩说："工分不工分的倒没啥，就是眼下我缺钱少料的，时间还这么紧，能不能帮我把旧房上的门窗修整上，只要明天整好，我接着搬过来，不耽误后天用。"

张义生说："这个想法有道理。这样，发树负责多找几个木工、泥瓦工，木料咱试验队还有几根，晚上也加加班，明天上午一定弄好。明尧，你就负责筹集床铺和炊具，忙不过来再让秀菊帮帮你。"

"没问题，我靠上，保证按时完成。"民兵连长张发树表态干脆。

展明尧又说："还有个事儿，来的人中有个女同志，不能让人家住一块啊？"

李光恩说："这还真是个事儿。我那三间堂屋是通着的，虽然东头还有个独间，我想着让杨书记住比较合适，有个女的就不好办了。"

潘秀菊说："不就是高主任吗？我和她熟，那人挺随和，叫她先到俺家住，什么也不用准备。要是他们来了不同意咱再想办法。"

"就这么办吧，都赶紧分头准备。"张义生最后定了音。

团支书

刚刚进入初冬，这天上午，没刮风，不算冷。日头张着暖洋洋的笑脸，照得场院热乎乎的，照得树枝金灿灿的，照得人们舒适、惬意。

潘家祠堂这座全村最古老的建筑，坐落在村中央最高处。庄严肃穆的院落前面，是一个七级石阶的高门台，门台南面就是一片空场地。场地南面是个水塘，塘四周几十棵年轻的垂柳，挺拔地站立着，柔韧的柳条低垂着，纹丝不动。水塘和祠堂的年龄是一样的，当年筑高台、建祠堂，就地取土，挖了个大坑，形成了现在的水塘。当时周围就栽上了柳树，那一茬在“大跃进”时全杀光了，现有的是后栽的，好在柳树临水生长快，三四年工夫就对掐粗了。附近户家的鸡正聚集在塘边觅食，被前来开会的人们吓得一惊一乍，胆小的扑棱棱跑回家去了，几只胆大的跟着一只大公鸡，慢腾腾走到离人群远一点的地方，继续在干枯的草丛中挠起来。

张发树带着一伙民兵，从附近社员家搬来两张单桌、十几把椅子。潘忠国倒背着两手，指挥着把桌、椅摆到场院最北边的石阶下面。看到有人陆续来了，潘忠国神气十足地吆喝：“都往前坐，远了听不清领导讲话！”看祠堂的潘孝彦老汉躬着腰，端着茶壶和几个茶碗，慢腾腾过来放到桌子上。潘忠国一看就拉下脸，说：“大老爷，你看看这茶碗里的茶锈，有一钱厚了，你就不知道刷刷？”潘孝彦话也没说拿起茶碗要走，潘忠国摆摆手，“算了，连茶壶都拿回去吧，叫他们到大队办公室去拿，你负责烧几壶开水就行了。”潘孝彦还是没说话，回头拿起茶壶，撅撅回了祠堂。

工作组已经进村十几天了。今天上午全大队停止一切农活，召开全体社员大会。农村早晨都是先下地干会儿活，然后回来吃早饭，一般要到九点左右，所以开会时间定在了十点。这样也好，露天会场，暖和些。大队下通知时就说，这是个重要会议，工作组的同志都参加，杨书记亲自讲话，要求所有整半劳力都不能请假，一定要到齐。这么多上级干部到会，公社书记这样的大领导讲话，这在汶水滩历史上还是第一次。出于好奇，除了能出工的男男女女都到了，一些老人也来看个究竟。

会议开得很好。接近两个小时，会场秩序井然，完全没有以往开会上面大声讲，下面嗡嗡嗡，说说笑笑，打打闹闹，爱听不听的样子，就连一些妇女带来的针线活，也各自主动收了起来。

会议由潘忠国主持，杨书记讲话。杨书记开始对大队的工作给予了充分肯定，他说今年是老天爷不平稳的一年，先旱后涝，但是，全体社员在大队党支部的带领下，克服困难，战胜灾害，夺得了大丰收。尤其值得表扬的是，汶水滩在全公社率先完成了粮食征购任务，虽然花生任务没完成，和其他大队比起来，也是交售比较多的。他特别表扬了第三生产队，因为三队粮食任务超额最多，还完成了花生任务。然后话锋一转，说公社党委决定派这么多同志来驻队，就是想把汶水滩作为一个点，有些工作在这里先行一步，再推向其他大队。搞什么？今冬明春主要是开展农田基本建设，具体讲，首先要翻土压沙，争取苦干三两年，把那一千来亩沙地改造成良田。他接着把搞好这件事的重要意义，这几天通过召开支部会、党员会、贫下中农代表会讨论的一些具体方案，一条条作了详细阐述。不少群众听得津津有味，点头称是。只是潘忠国在最后强调要落实好杨书记讲话精神时，说我们要鼓足干劲，艰苦奋斗，保证今冬明春就全面完成任务。下面一阵议论声。杨书记看了看他，也没说什么。

会议还安排了几个人表态发言，两个生产队长，一个民兵排长，潘秀菊既代表妇女，又代表团员青年，最后一个是贫协主任李光恩。李光恩的发言最短，也最利索。他说："杨书记讲的这个意见好，我们贫下中农完全拥护。说干就干，明天就动手，都带上双套家伙，挖动就用锨挖，挖不动就用大镢刨。完了。"下边一片掌声。

张义生没有参加今天的大会，他明天就要到公社农具厂去上班了。

大前天傍晚，他与武装部干事许永和一块去大队办公室开会，走在路上，许干事告诉他，可能要调他到农具厂去工作。他听了很愕然，当即问："公社党委决定了？为什么？"许干事自觉失言，赶紧说："我也是侧面听说，消息不一定准确，你千万别打听。"晚上开会时他显得忧心忡忡，这事一直在心里缠绕。回到家里，他搜肠刮肚地想：工作组进村还不到半个月，就要调整我的工作，是我接待他们不热情，安排不周到？不对，杨书记和工作组其他同志都表示很满意呀。是工作上出了什么纰漏？也不对，虽然杨书记第一次个别交谈提出翻土压沙的想法时，我谈了些具体困难，可那都是明摆的事实，杨书记也认可，特别在后来的几次会议上，我都是按杨书记的思路提要求，做工作，杨书记也很赞成呀。难道工作组听到了自己和潘秀菊的谣言？更不像，如果那样，他们就应该认真调查，弄清真相，并且给我个交代。要不，亲自问问杨书记，看他怎么说？不行，许干事只是随便说说，万一领导没这个意思，那会让领导对自己产生什么看法！躺在床上，思来想去，脑子里像塞进了一团乱麻，怎么也理不出个头绪。

直到第二天晚饭后，公社组织委员邵志敏亲自到家来和他谈话，他才算打消了顾虑，心里舒坦了些。昨天上午杨书记又和他谈了不少，最后说下午就在支部会上说开，让他交代下工作。这时，他已经是很满意了。农具厂属于大集体性质，是公社唯一的一个厂子，一百多名工人，公社领导非常关注。由于厂党支部书记兼厂长年龄偏大，有些力不从心，虽然对业务工作抓得比较好，但对党务工作顾不过来，工人思想有些散，所以党委决定，配一名专职副书记，加强一下厂子的思想政治工作。这名同志要政治上可靠，考虑问题比较细心，善于搞好团结。在公社机关里没有合适人选，于是想在村支部书记中物色。经过这一段的考察了解，杨书记提议，党委认真研究，才形成这么个意见。老邵和杨书记都是这么谈的，看来这是组织的信任，是重用，是对自己这几年工作的肯定，自己那些乱七八糟的想法都是没道理的。另外，在村里工作这些年，酸甜苦辣的也真干够了，有这么个机会离开，还是半脱产，拿工资，吃供应粮，怎么能不愉快地接受呢！

实际情况并非完全如此。

原来杨书记收到一封县委转给他的人民来信，信上反映，汶水滩大队党支部书记张义生，与军属潘秀菊有男女作风问题。当时党委已经决定工作组到这里蹲点，这件事可必须认真对待，处理不好将影响工作组开展工作。杨书记与组织委员邵志敏商量，暂时保密，工作组按原计划进驻，只是让老邵也参加，因为老邵机关上的具体工作比较多，不长驻，把这件事情了解清楚就回机关。

邵志敏是做组织工作多年的老同志，考虑问题细致周全。进村以后，他以熟悉下情况，了解党支部的全面工作为名，找各方面的人进行交谈，几天后就有了一个比较清晰的判断：信上反映的问题纯属传言，根本没有事实根据。并且基本了解清楚，谣言是出自两个多事的女人之口，没必要进一步核实。多数人对张义生的工作是赞成的，认为他思想品德好，善于团结人，对上级部署的任务都能认真落实。尽管有时做事不够大胆，显得魄力小些，但这也说明办事谨慎，偏差很少。总体分析，这个人的口碑还不错，算得上一个称职的基层干部。另外，潘秀菊更是一个众口称赞的好青年，作风正派，孝敬老人，工作积极，绝没有生活作风方面的问题。但是，这传言毕竟在群众中造成了一定影响，两个人又都是大队干部，时间长了不利于工作。原来党委议过农具厂配副书记的事，既为了保护干部，又便于各方面开展工作，可以建议把张义生调到农具厂去。

邵志敏把这些想法向杨书记作了汇报，两个人又反复进行分析，觉得这不失为一个两全其美的办法。于是让老邵回公社，向其他党委成员通了通气，大家都同意，就这么定下来了。

对于张义生的工作调动，社员们没怎么在意。在大小队干部中有些议论，有的说，多亏工作组，特别是杨书记，一来到就把张书记提拔了。也有的说，大概是工作组对张义生的工作不满意，又不能无故免他的职，所以给他找了这么个可有可无的活，也算是适当安排。只有潘忠国心中暗喜：自己的预谋总算实现了，尤其那封人民来信，没有白写。虽然对张义生没作处理，还说是重用，不论怎样，书记的位子总算让了出来。那天下午杨书记宣布让我暂时主持党支部的工作，那是因为还需要履行组织程序，过不了多久，我就是汶水滩名副其实的一把手了！

翻土压沙改造沙地的工作轰轰烈烈开展起来了。团员、青年，妇女、民兵，又分别作了发动，相互进行竞赛。各生产队更是精心组织，把凡是能出工的整、半劳力都动员起来，全大队近千人一起上了阵。满坡彩旗招展，歌声、吆喝声此起彼伏，一派热火朝天的景象。

潘忠地和几个年轻人只穿着一件单褂，脸上都汗涔涔的。这些天里，他比谁都兴奋，干起活来也格外卖力。你看，潘忠良吆喝大伙歇会儿吸袋烟，他说：“恁先歇着，我把这壕土翻上去再休息。”每天都这样，他出工在前，收工在后，别人休息了，还再干一会儿。正当他从土壕里拄着锨上来的时候，潘秀菊向这边走来，老远看到他，大声喊：“忠地，中午收工后到大队办公室去，柳书记找你有事。”

“知道了！”潘忠地答应着，擦把汗，凑到那伙吸烟的人跟前，坐到地上歇息。

“忠地，看来你成工作组的红人了，不是杨书记叫，就是柳书记找。”砖头和他打趣。

瓦子接上说：“人家忠地这就要高升了！忠地呀，当了官别忘了这些哥们呵！”

李春莲看到潘忠地被他们闹得有些不好意思，就想给他解围：“别眼馋，有那个本事让领导找恁呀！工作组为什么来了就号召咱搞翻土压沙运动？那是采纳了忠地的建议！”她发现几个人有些发愣，进一步说，“恁要是不信问问队长！”

潘忠良掺和进来：“哎呀，忠地的事你个丫头片子怎么知道得这么清楚？是不是你们两个太近乎了！”

李春莲说：“你别和疯狗似的时不时就咬人，你不知道呀？一个多月前忠地给杨书记写的报告，就说到了这个事，不光士金叔，你和老会计都清楚。”她扭头看看潘士金，“大叔，你说话呀，我说的对吧？”

潘士金在一旁和几个年长的社员拉呱，不愿意接这伙年轻人的话把儿，笑了笑说：“别胡闹了，干活吧，歇的工夫大了别着凉感冒。”

李春莲狠狠地瞪了潘忠良一眼，起身去干活。潘忠良却盯着潘忠地说：“忠地，你是大闺女托生的吧，怎么还害臊啊！”

潘忠地刚才的确是脸红了，一说干活倒没事了，于是冲着潘忠良说：“二队长别拿我寻开心了，你也不瞧瞧，今天上午咱这几个你干得最慢。”

潘忠良说：“是吗？那好，我加把劲，咱两个比试比试，看谁翻得多。”

潘忠地说：“光多不行，还得比质量。”

潘忠良说：“那是当然，我就不信还比不过你个小白脸！”

两个人都动了手。其他几个年轻人偷着笑。

收工后潘忠地直接去了大队办公室。进门一看，公社团委书记柳新水和潘忠国都在，他和他们刚打完招呼，公社妇联主任高淑娴和潘秀菊也一起来了。都坐下后，柳书记说："忠国同志，你说说吧。"

"还是你说。"潘忠国推辞。

柳书记说："不，这是你们党支部的事，你说。"

潘忠国说："那好，柳书记让我说我就说，说不全面的再请柳书记、高主任补充。这么回事，秀菊呢，现在是党支部委员，还兼任团支部书记、妇委会主任，一身兼数职，的确是太忙了。经研究，忠地，想让你把团支部书记接过来，你觉得怎么样？"

潘忠地感到很突然，犹豫了一瞬才说："秀菊姑干得挺好，我回来时间短，没经验，还是让她兼着吧。"

潘秀菊说："你还想把恁姑累死呀！别谦虚了，你大胆地干，有什么事我帮着你。"

潘忠地看了看潘秀菊，说："要不，我当个团支部委员，最多干个副书记，还是你挑头，工作的事我多出力还不行吗？"

潘忠国说："忠地说的也有道理，柳书记，高主任，是不是让他先当副书记锻炼锻炼？"

高主任说："不要变了，这是商量好的意见。忠地，干吧，我们了解，你在学校里就做过团的工作，回来后的表现也不错，相信你能干好。人家秀菊多次夸你，主动提出来让你担任团支部书记，这也算是替她分分担子。"

柳书记也说："是不能再变了，杨书记已经同意了这个意见。我们在这里驻队，还有秀菊帮你，你不要担心。"

潘忠地听出杨书记都点了头，知道不接受是不行了，就说："我是怕做不好工作误事，那就辜负了领导对我的信任了。"

潘秀菊说："别前怕狼后怕虎的，怕什么？团员、青年中一半是妇女，妇女当中的骨干力量多数是团员青年，只要咱俩合起劲来，什么困难也不怕。再说，还有高主任、柳书记亲自指导咱，绝对能干好！"她又看看柳书记，接着说，"晚上开个团员会吧，俺两个交接一下，也请柳书记参加，对我们下步的工作提提指导意见。”

看到两个人的情绪，柳书记很满意，说：“可以，如果工作组那边没其他事我就参加，你们下通知吧。”

潘忠地担任团支部书记，绝大多数团员拥护。个别人对他不太了解，但也没表示反对。至于其他社员，因为没人把团支部书记当成个像样的官，所以都不当回事，除了第三生产队，别的队连议论的也没有。只有一个人，对潘忠地算得上十分熟悉，一听这事心里就犯起了嘀咕。他就是和潘忠地一前一后回村的李向东。

“我和他是十多年的同学，在初中时一块入的团，只是最后这一年他上了农校，我上了师范。两个学校一块下马，我们又一块回村，要说参加劳动，我也是天天出工，为什么就让他当团支部书记，我什么也不是？哪怕叫我当个副书记，或者是委员，面子上也好看些，难道党支部把我忘了？”李向东越想心里越堵得慌。

第二天下午收了工，李向东没回家吃晚饭，先在村头转了一圈，思量了一阵子，最后下了决心，终于去了潘忠国家。潘忠国正在吃饭，一看到他那个情绪，就猜出了八九分，也没起身，说：“向东过来了，还没吃饭吧？来，坐下一块吃。”

李向东撒谎说：“我吃过了，恁吃吧。”

潘忠国继续吃饭，又问了一句：“有事啊？坐下说。”

李向东边坐边说：“没事。”

潘忠国的老婆刘玉兰拿烟给他，他说不会吸，坐在那里浑身不得劲的样子。没大会儿，潘忠国撂下了饭碗，说：“这次让忠地担任团支部书记，是工作组的意见，你也别有什么想法。”

李向东低着头，搓着手说：“大哥你也知道，我和忠地是一块回来的，人家干上书记了，我连个委员都不是，叫外人看起来就和我犯了什么错误似的。”他觉得有些不好意思。

潘忠国说：“怎么能这样想呢？实话给你说吧，开始商量这事，我第一个提名就是你。只是工作组坚持让忠地干，我也没了办法。你放心，我心里有数，讲个人条件你不比忠地差，你的事我会放到心上。”实际情况并不是这样，他当时只是顺着工作组的同志说，根本没提李向东，这是临时编的瞎话。不过，他倒产生了个新的想法，这两个人是全村文化程度最高的，将来能拉拢住对自己有好处。

李向东已经抬起头，脸上也舒展了些，说：“那就谢谢大哥了。”

潘忠国说：“有件事你可以考虑一下。咱小学里还缺个民办教师，空了快一个学期了，暑假里公社教育办公室就让配，当时没有合适人选。民办教师可比那团支部书记强多了，长年风不着雨不着，大队记全工，每个月公社还发几元钱的补贴。你如果想干，等过一段大队班子定了，我给其他人通通气，尽快定下来。”

李向东听了这话，当然是心满意足，笑嘻嘻地说：“您操心吧。只要大哥您安排，让我干什么都行。”

要把沙层下面的黏土翻上来，把沙捯到下面，土层至少要覆盖五十公分。这活儿虽然不复杂，可必须认真。开工后第五天，工作组的全体同志，和大队干部们一起，对各生产队翻土压沙的进度、质量进行了一次全面检查。检查结果，数第三生产队质量最好，基本上土层都在五六十公分。其他生产队就不行了，有的虽然进度较快，但质量太差，干得好的土层也就三四十公分，有一些还不足二十公分。在现场，工作组的同志提出了这个问题，可有的队长强调理由，说如果都把土层搞那么厚，今年冬天一半也翻不完，怎么能保证明年春种前完成任务？

回到大队办公室，杨书记让大家就这个问题展开讨论。第一个发言的是公社农技站站长王士友，他针对农作物栽培的技术要点，特别是生长期的管理要求，分析说：“土层必须达到一定厚度，绝不能少于半米，这是翻土压沙的关键。否则，将劳而无功。”水利站站长胡成彬跟上说：“下一步我们要打井修渠，让这片沙地全部变成水浇地。如果土层太浅，浇了水也会很快渗漏下去，那就根本没法保证丰收了。”

工作组的同志都发了言，大队的干部们却都一言不发。出现这种场面不合常理，研究大队的工作，应该以大队的同志发言为主。

其实杨书记已经心中有数。前两天他回了公社，昨天下午刚回来，工作组的几个同志就向他汇报，说潘忠国这几天有些稳不住，不像其他大队干部，蹲在一个生产队参加劳动，而是一遍遍地往各生产队跑，找着队长就吆喝：“加快进度呵，要保证春节前翻完，让社员们过个安稳年！”他这个说法迎合了部分生产队干部和社员们的思想，都觉得把土层搞那么厚太费劲了，真要是两三个冬天都干这活，那得下多少力呀，所以就只顾进度不注意质量了。鉴于此，杨书记决定今天组织检查，并要求工作组的同志在讨论时多从正面讲些道理，以进一步统一大家的认识，尤其要解决潘忠国的思想问题。

杨书记看着潘忠国，说：“不能老是闷缸啊，大队的同志也都谈谈，敞开思想，怎么想的就怎么讲。”

潘忠国早就有些坐不住了。刚才几个人的发言他听得出来，都没有讲进度，而重点是强调质量上存在的问题，这与他个人的想法，以及几天来给各生产队打的招呼，正好相反。看来矛头是对着自己了，必须顺着他们的杆子爬，不然，没什么好果子吃。听到杨书记催促，他掐灭烟，清了清嗓子，说：“是我的工作有失误。我一直认为这项工作发动得好，上阵劳力多，应该能提前完成任务，争取不影响开春种地，所以要求各生产队一定要按天算账，并且要尽量往前赶。这样一来，有些队为了赶进度，就不注意质量了。我检讨。”

杨书记说：“哎，不是要你检讨，是商量一下，这几天的工作我们存在什么问题，下一步如何解决。”

其他几个大队干部也都说，在自己所包的生产队只顾干活了，没注意质量，散会后要立即纠正。潘士金所在的第三生产队不存在质量问题，他表态：在保证质量的前提下，一定再加快些进度。潘忠地是第一次参加这样的会，坐在那里只是认真听，一言没发。这时杨书记点他的将了：“忠地，你也说说你的看法。”

潘忠地不好推辞了，只好简单说了几句：“我认为翻土压沙是彻底改变生产条件的百年大计，应该是质量第一，翻一亩是一亩，翻一分是一分。宁愿进度慢点，也不能不讲质量。咱提的土层达到五十公分以上，是有科学依据的，必须保证。不仅以后要注意质量，原来翻的土层太浅的，也要返工。不然，达不到预期效果，社员们也会有意见。”

杨书记说：“忠地讲得很好。大家还有什么意见？”他眼睛扫了一圈，都不说话了，于是作了总结。他首先肯定了几天来的工作，最突出的一点，就是群众充分发动起来了。至于出现的质量问题，是因为这项工作刚刚开始，以前又没干过，有些急于求成造成的。但从这次会议以后，要认真纠正。天气越来越冷，是要抓进度，可必须在保证质量的前提下，正像忠地说的，这是百年大计，是涉及子孙后代的工程，千万不能干劳民伤财的事情。下一步再翻，都要严格标准。现在翻过的，凡是土层在四十公分以下的，要重新再翻一遍。这方面要做好生产队干部和社员们的思想工作，讲清道理，避免出现抵触情绪。

大家都表示坚决按杨书记讲的意见办，会后认真抓好落实。

换届

“快去看看吧，五队和六队的社员打群架了！”一些好事的撂下手中的活，相互吆喝着，奔向出事的地方。

“正好好干着活，怎么说打就打起来了？伤着人没有？”聚集过来一二百人，你打听我、我打听你，围在四周看热闹。

起因很简单。五队和六队大部分地块都挨边，包括南坡、东坡，因为争地边子，以往两个队没少吵过架，弄得队干部坐不到一块，社员们之间也很生分。这不，翻地又碰到一起了。开始是六队一个沿边翻地的社员，翻着翻着斜到了五队的地里，多说不过半米，自己也没在意。一会儿被五队的队长发现了，他二话没说，喊过来两个壮实小伙子，每人窄窄的一溜儿，快速往前翻，没大工夫就斜向了六队的地里。这样一来，靠边干活的几个人挤到了一块，便争吵起来，两边的社员也都过来帮腔。年轻人气盛，吵着吵着就动了手，你拉扯我，我推搡你，越闹劲头越大。这时，五队的二愣子正和六队的三拐子对阵，二愣子双手猛力一推，把三拐子推了个屁股蹲地。三拐子急了眼，起身摸起铁锨，朝二愣子拍去，把二愣子拍了个大趔趄。二愣子觉得吃了亏，也随手操起铁锨，朝三拐子铲去，三拐子“哎哟”一声倒在了地上。其他人都惊呆了，立时停了手、住了嘴。六队的社员围向三拐子，把他拉起来，还好，这一锹铲在了他的臂膀上，把棉袄铲了个大口子，白花花的棉花露了出来，皮肉没有受伤。三拐子扒下棉袄，挤出人群奔向二愣子。有人咋呼："让他赔棉袄！"两边的人又撕扯起来。

说来也巧，因为公社机关搞年度工作总结，工作组的同志前天都回公社了，明天才回来。民兵连长张发树包六队，他正在现场，刚吵起来时，他就把两个队长叫到一边，让他们各自做本队社员的工作。可两个队长都不听，大眼瞪小眼，各吸各的烟，眼睁睁看着社员们闹。没办法，张发树就找潘忠国。因为潘忠国包五队，目前又是大队的最高领导。他喊了两声"大队长"，没人应声，于是往人群外挤。这时在一边看热闹的潘忠良跟过来，问："发树，你这是干么去？"

张发树说："咱说话还不如狗放屁哩，人家都不听，叫大队长来处理！"

潘忠良说："你上哪里找大队长去？"

张发树说："他可能回大队办公室了，我去叫他。"

潘忠良说："你那不白跑一趟吗？大队长在王桂兰家喝茶哩！"

张发树没犯寻思，急慌忙速去了。王桂兰家大门开着，堂屋门虚掩着，张发树也没喊，直接推开屋门进去了，一看，外间没人，往东间屋一瞧，立时傻了眼。潘忠国和胖娘们正在床上，听到动静都折起身看着他。他赶紧退到门外，想走，又稍一迟疑，朝屋里说："忠国哥，工地上打群架了，你快去看看吧。"说完转身出了大门。

张发树走没多远，潘忠国就跟了上来，问："怎么回事？"

"还不是争地边子！五队和六队。"张发树边走边说，头也没抬。

"咳，这种事他们不是一回两回了。"潘忠国紧走两步，靠到张发树身边，拍了拍他的肩膀，又说，"发树，今天这事你都看到了，千万别对其他人讲呵，别人知道了恁大哥就丢死人了。要是让恁嫂子知道了，她也得闹死我！"

张发树没停脚步，说："我什么也没看到，你放心吧！"

张发树走后，李光恩、展明尧几个大队干部赶过来，吆喝了几嗓子，吵架的都停了下来。李光恩指挥着几个人，在地两头界石处各插了杆红旗，又在中间插了几杆，照直以后，让展明尧用大镢顺着红旗的方向划出条直线，然后说："就按这条线，谁也别侵占谁的，都抓紧干活吧！"

潘忠国、张发树来到现场，看热闹的人们还没有离去。潘忠国倒背着手，挺着胸，站在地头大声说："争什么争？不嫌丢人啊！增产不增产还在乎那一犁两犁地边子？有本事多打出几千斤粮食来呀！"

没人搭腔，有的人开始动手干活，其他队的人陆续散去。这时王桂兰也赶了来，一看没有打架的，就以为张发树是故意到她家里找事，于是把他拉到一边，没好气地说："张发树，你安的什么心？"

张发树一听急眼了，也大声说："你说我安的什么心？我去找大队长，关你什么屁事？"

正在散去的人们又都停住了脚步。潘忠良凑过来，打趣道："哎，王桂兰，你不是肚子疼吗？是不是听说这里打架来处理呀？"

原来今天王桂兰也来翻地了，翻了没大会儿，潘忠国转悠过来，和潘士金说了几句话，临走给王桂兰使了个眼色。王桂兰心里明白，翻了几锨后，就拄着锨弯着腰哼哼起来。见没人问她的事，便扭捏着来到潘士金跟前，说："队长，我肚子疼，得回家熬碗姜水喝。"

潘士金知道这个娘们好偷懒耍滑，不愿意和她较真，就说："去吧。"

这前后的过程都让潘忠良看在了眼里。自从那天夜里在玉米地发生那事后，王桂兰经常有意无意往他跟前凑，潘忠良不仅不理她，还尽量躲避她。但是，他发现潘忠国时不时地往她家里跑，心里就有数了。等着瞧吧，早晚得出事！刚才潘忠国前脚走，她后脚就回了家，一定是又鬼混去了。当听到张发树说去找潘忠国时，他就随口垫了句话，也没多寻思。这一见王桂兰和张发树吵吵，猜想，很可能被张发树逮了个正着，就有些担心，别把事情闹大了，弄得脸面上都不好看。潘忠良本想过去说句笑话让她离开，王桂兰却瞪了潘忠良一眼，不动弹。潘忠良又说："快干活去吧，别没事找事。发树找忠国大哥，是叫他来……"

王桂兰没等潘忠良说完，气不打一处来，大声嚷道："好啊，恁两个是商量着捉奸来了！"

潘忠良也急了，朝着众人说："吆嗨，都听听，大伙都是证人，我可是一步没离开这里，怎么去捉你的奸了？"

王桂兰怒视着潘忠良，说："别充好人，别人去也是你挑唆的！"

张发树也是想把这事压下去，就说："别在这里胡咧咧了，我不就是去喊大队长吗？他在恁家里喝碗水，又没干别的。"随后向大伙摆着手说，"都待在这里干什么？还嫌歇的时间短啊，快干活去！"

没想到潘忠国的老婆刘玉兰也在场，她早就听说自己的男人和这个娘儿们不清白，一直窝着一肚子火，想大闹一场还没找着机会。刚才的话她算听明白了，就四下寻找潘忠国。潘忠国在外围站着，两个人一对眼，他转身想走。刘玉兰喊道："潘忠国你别走，说说到底是怎么回事？"

潘忠国没理她，走了。

刘玉兰朝潘忠国吐了口唾沫，说："走吧，你就跟那个养汉老婆过日子去，多咎也别进家门！"说完又扭头瞪着王桂兰，"急了上花椒树呀，偷鸡摸狗就能解馋啊！"

王桂兰知道她是朝着自己来的，就接上了话："谁偷鸡摸狗了？别嘴里不干不净的，想骂谁说明白，老娘不怕！"

刘玉兰说："没偷鸡摸狗，偷人家的男人就光荣了？"

王桂兰也不示弱："有本事管好自己的男人，别壶漾了怨炉子！"

刘玉兰劲儿更大了："母狗不撅腚，公狗瞎哄哄，好鞋别人踩不破！"

……

一来一往，两个人的脏活都出了口，骂着骂着便撕打起来，你扯我的衣领，我抓你的头发，双方滚在了地上。周围的人都看笑话，潘秀菊和张发树上去把她们拉扯开。

工作组的人回来了。

虽然潘忠国回家后刘玉兰又和他大闹了一场，可他出了家门和没事人一样，照常去办公室，去工地。王桂兰呢，也没显出什么来，只是出工比以前积极多了，也不那么快嘴快舌了。其他人没有多事的，有些社员虽然私下里叽咕两句，只要工作组的同志一在场，就都不言语了。三两天里，整个村里风平浪静。

只有刘玉兰一直觉得咽不下这口气。她本来想再去找王桂兰闹，又觉得自己不如那个娘们嘴泼劲大，闹起来难免吃亏，只好在家里一个人生闷气，也没再出工下地。潘忠国一进家门，她不是打鸡骂狗，就是摔碟子摔碗，不给他一点好脸色。潘忠国开始忍气吞声，这天傍晚回了家，看到两个孩子放学回来了，各自抱着个煎饼啃，没菜也没汤，掀开锅看看，锅是凉的。往里间屋一瞧，刘玉兰正躺在床上蒙头大睡，也不管孩子的事。他再也忍不住了，过去扯开被子，抓着她的衣服，一把把她拉下了床。

刘玉兰被摔到地上，爬起来够巴着去抓潘忠国的脸，第一把就抓出了几道血印子。潘忠国哪能让她再抓第二把，把她摁到地上，抡起拳头，没轻没重地夯起来。刘玉兰被打得“嗷嗷”叫，两个孩子吓得在一旁大声哭。邻居听到动静，跑来把他们拉开，因为都知道为啥，所以也不好劝说。他们不打了，也就都走了。

邻居们出门，刘玉兰跟了出去。潘忠国还以为她爱面子，去送人，没再管她，独自坐下吸闷烟。其实刘玉兰不是送人，她直接去了工作组。工作组的人正在吃饭，她没进屋，走到门口就一屁股蹲到地上，两手捋着腿，呼天嚎地地哭起来，嘴里还吆喝着：“打死人了……搞破鞋还有理啊……恁可得给我做主呀！”

杨书记问:“这是谁呀?跑这里来大哭小叫的。”

其他人都认识她，柳新水说:“潘忠国的老婆，可能是两口子打仗了。”

杨书记说:“小高，快把她叫起来，去那边屋里劝劝她。”

没等杨书记话音落地，高淑娴已经过去拉她。她坠着不起，柳新水又过来帮忙，两个人把她架进了杨书记住的那间屋。柳新水回去吃饭，高淑娴一个人和她谈。

潘忠国在家接连吸了几支烟，刘玉兰还没回来，他就认为邻居们把她叫家去了。也好，外人劝劝就消气了。两个孩子都趴在桌子上做作业，他也没吃东西，起身去大队办公室。出门听了听邻居家，没什么动静，一路上静悄悄的，各家各户都在吃晚饭。来到办公室一个人待了一会儿，心里没着没落的，就又去了工作组。一进门，许干事看到他脸上有几个血道子，就站起来走到他跟前，故意歪着头看了看，说:“哟，你这是弄什么来，脸上怎么破了?”

“没注意被树枝刮的。”潘忠国说着掏出烟，递给几个会吸烟的。

许干事木着脸，继续和他开玩笑:“不对，我怎么看着像是猫抓的，再不就是人抓的，你和嫂子打架了?”

潘忠国边给别人点烟边说:“打什么架呀，老夫老妻的，没事。”

杨书记说:“好了，你老婆刚才就来了，还在东边屋里，高主任正在劝她。一家人过日子，打什么架呢，当干部要注意影响。你先回去吧，别让她听到你来了再过来闹，等一会儿让淑娴把她送回去。”

潘忠国听杨书记这么一说，自己的烟没点着，愣了愣，说:“让领导操心了，那我先回去。”说完回头就走，走到院子里还扭头看了看东间屋。

“这是严重的生活作风问题，有损共产党员的形象，怎么还能配当干部!”

“农村里最看不惯这种事，当面不说背后也指脊梁骨。”

“在群众中丢失了威信，说话做事也就没人听了！”

大体明白事情原委后，工作组的同志们议论纷纷。

那天刘玉兰吞吞吐吐，向高淑娴说了个大概。当晚，高淑娴又向潘秀菊问了问情况。第二天一早，她就向杨书记作了汇报。杨书记一听很生气，说查清楚一定要严肃处理。听情节，真正了解真相的是张发树。于是安排江秘书和许干事，让他俩一起找张发树谈谈话。开始张发树还不想说，两个人做了一阵子思想工作，张发树才把那天事情的经过和看到的实际情况，说了个清清楚楚。

怎么处理？杨书记和工作组的同志们商量后，又召开了个党支部会。这个会没让潘忠国参加，会上决定，停止潘忠国的工作，让他写出检查，根据态度再作处理。这样一来，党支部的工作只能暂时让张发树负责了。

面对现状，杨书记费了心思。农村干部，出了这样的问题便威信扫地，看来潘忠国继续当干部是不行了。党支部书记岗位已经空缺，副书记兼大队长的潘忠国又出了问题，有工作组帮着，大队的工作暂时还能维持，可长期这样就不行了。工作组只是协助，不能包办一切，必须抓紧物色人选，把班子充实起来。选配干部的事本来应该由组织委员邵志敏负责，可他这一段机关上事多，已经回去了，不好再让他接着回来。江秘书考虑问题也比较仔细，但是，他分管党委的一些具体事务，要经常来来回回地跑，难以靠在村里。另外，生产的事仅靠现有几个大队干部抓也不放心，天气越来越冷，翻土压沙刚刚掀起热潮，千万不能再冷下来，工作组的同志要重新分分工，把各项工作具体抓起来。

杨书记思虑再三，安排高淑娴、柳新水与许永和三人，负责找所有党员、干部和部分普通社员座谈，广泛听取下意见，看看让谁担任党支部书记和大队长合适，然后再具体商量。王士友、曲茂山和胡成彬三人负责生产，尤其是翻土压沙的工作，要保证质量，加快进度，绝不能因为大队干部的暂时空缺而影响整体计划的完成。

高淑娴他们三个人首先排了个名单，分了工，然后分别到各生产队，逐人进行座谈。三天以后，他们坐下来凑情况。总的认为，这两个人选只能从现有大队领导班子中产生。对于支部书记人选，看法比较一致。按常规，支部成员排序轮着张发树了，但是多数人的看法，他人品不错，就是工作能力比较弱，平时咋咋呼呼的，个人没什么主见。绝大部分人认为潘士金有能力有水平，担任书记比较合适。对大队长人选，分歧就大了。有人说挨号也该让张发树干。有人建议让展明尧干，因为这个人办事稳妥，有心计。还有人推荐潘秀菊，觉得她虽然年轻，又是个女同志，但干事认真，积极性高。个别人还有提李光恩的，说他虽然过于老实，但处事实在，这样的人当领导没偏没向，大家放心。三个人把各自座谈的情况介绍完，要统一下思想，拿出个初步方案再向杨书记汇报。支部书记人选不用说了，就是潘士金。说起大队长人选，许永和坚持张发树，柳新水坚持潘秀菊。高淑娴虽然没表态，也是倾向潘秀菊，一看他二人这种态度，就说："恁两个别争了，咱把这些情况全面给杨书记说说，还是请领导定吧。"

杨书记听完三个人谈的情况，沉思了一会儿，说："这样吧，既然都赞成潘士金担任支部书记，我就先和他本人谈次话，进一步摸摸他的思想。至于大队长人选，也听听他的意见再说。"

杨书记和潘士金进行了一次长谈。

"你也清楚，张义生调动工作了，潘忠国又出了这样的事，这两个重要职位不能长时间空着。今天找你，就是想扯扯人选的问题。你虽然担任生产队长，进支部时间也不短了，对全大队的人和事都比较熟悉。不要有顾虑，怎么想的就怎么说，也算是咱两个交流下思想。"杨书记开门见山。

潘士金卷了支烟，吸了两口，说："前天新水同志找过我，我已经给他讲了。在农村推选干部，还是应该稳妥点，从现有班子中产生比较好。党支部书记可以从发树、明尧两个当中选一个，两个人比较起来，各有长短，发树工作泼辣，点子少些；明尧考虑事情全面，处理问题不够大胆。其实能力大小也就是席上地下的事儿，他两个定谁都行。大队长可以让秀菊干，别看她是个青年妇女，工作水平没说的。”

杨书记问：“你对你个人是个什么评价？”

潘士金说：“我的情况您也了解，文化程度低，能力有限。说实话，管个生产队还可以，别说三队这样的基础，就是到个条件差的队，也保证能让它两年翻身。”

杨书记说：“要是让你担任支部书记……”

没等杨书记说下去，潘士金就抢过话头：“那不行，我可没那个本事。虽然当着支部委员，只是参加参加会议，大队的工作并不具体分工。搞个生产队虽不能说是轻车熟路，可也不怵头，说心里话，我不愿意离开生产队。”

杨书记笑了笑，说：“这只是咱两个交换看法，我不是代表组织给你谈话，如果是正式谈话你这个态度就不行了。共产党员就要讲党性观念、组织纪律，不能只强调个人如何如何。”看到他没接话，又说，“‘村看村，户看户，社员看的是干部’，‘火车跑得快，全靠车头带’，党支部书记选好选不好，关系全大队的工作大局。你仔细想想，全体党员中谁任书记最合适？”

潘士金掐灭了烟，说：“反正我不合适。您说了，这个位子关系重大，弄砸了就是罪过，老百姓骂是小事，对组织没法交代。”

杨书记觉得必须首先做通他的工作，就进一步说：“别说得这么严重，事在人为，干好干不好，首先看有没有全心全意为人民服务的意识。其次，就是有没有干好的信心和决心。只要自己以身作则，团结带领大伙同心协力，没有干不好的。”

潘士金用心听着，脑子里像缺了油的车轴，一时转悠不痛快。这些年来，当队长算是得心应手，可从来没动过当书记的念头，就是副书记也没想过。这时杨书记继续说：“更重要的是群众拥护不拥护。如果多数人支持让你干，组织决定了，个人就不能讨价还价了。士金同志，明确给你说吧，今天我并不是征求你想不想干支部书记的意见，而是听听你对大队长人选的想法。”

潘士金思虑老大一会儿，抬起头看了看杨书记才说：“我懂得组织原则，组织决定的事必须执行。可是，这个担子太重，我担心挑不起来。”

杨书记说：“有这个担心是正常的，或者说有这个担心比没这个担心强。你先心中有个数吧，这还是我们的初步想法。你刚才提到了潘秀菊，如果你当书记，叫她当大队长？”

“那不行。”潘士金毫不迟疑地说。

杨书记说：“怎么了？别人当书记她当大队长行，你当书记她就不行了？”

“不是这个意思。”潘士金急巴巴地说，“杨书记你明白农村的情况，选配大队、生产队干部必须考虑到家族因素。俺这个村虽然潘姓是大族，可是个杂姓庄子，李、张、展几个姓都不算少。要是让发树或明尧当书记，大队长就可以让秀菊干，这样群众好接受，也便于开展工作。我是考虑，在姓潘的党员中比较，秀菊算是个合适人选。如果两个主要负责人都让姓潘的干了，难以服众，以后工作起来也不好办。”

杨书记明白了他的意思，说：“原来是这样。你说的有一定道理，农村不同于机关，机关选人用人是不考虑姓这姓那的。如果不让潘秀菊干，谁干更合适？”

潘士金又沉默起来，反复掂量一阵子，说：“还是让明尧干吧。如果让发树干，会让一些人认为他是故意捉奸顶忠国的位子，那样他和忠国也会结下更结实的疙瘩，一辈子就别想解开了。不过明尧干也带来个问题，就是还要再选个大队会计。”

杨书记说：“大队会计好选，据我了解，三队的李光斗当会计最明白，不仅干会计多年，也是个老党员。”

潘士金立即表示反对。杨书记问：“为什么？”

潘士金说："一是他年龄大了，跑跑颠颠的不行了。再就是，我不在三队了，不论谁当队长都需要这么个人辅佐。另外，也算是我的私心吧，我上来当书记，他再当大队会计，人家就会说这是我带过来的，大伙对我会有什么看法？"

杨书记又问："那你说谁干好？"

潘士金考虑一会儿，说："我个人琢磨，七队会计李向河就可以，年轻，前年新发展的党员，干了好几年会计了。"

杨书记虽然对李向河不了解，但听潘士金说的有道理，就说："好吧，先暂定这么个方案，咱今天就谈到这里。这些都不是最后意见，包括你的任职，还要按程序进行，最后公社党委批回来才为准。走，到工地上看看去。"

两个人一前一后，往西坡走去。已近正午，没有一点风，村内村外充满了温暖的阳光，四处只留着寂静。路边树上一群休憩的麻雀，被他们的脚步惊动，扑棱棱飞往另一棵大树。

公社纪检委员老栗来了，将与潘忠国相关的材料及个人检查看了看，又亲自和潘忠国谈了次话。几天后，公社党委形成了决定：鉴于潘忠国认识错误较诚恳，对其免予纪律处分，但由于所犯错误在群众中造成了很坏的影响，免去其党内外一切职务。同时任命：潘士金任汶水滩大队党支部书记，展明尧任副书记、大队长，李向河任党支部委员、大队会计。

潘士金担任了大队党支部书记，三队的领导班子也必须调整。到底让谁当队长，潘士金还真作了难。半月多了，他反复考虑过多次，心里总拿不准。

他找工作组，想听听工作组的意见。杨书记说："选拔生产队干部是大队党支部的事，工作组的同志们也不太了解情况，你们研究定就行。"

随后他又召开党支部会议，讨论半天，也没能形成个统一意见。会上他一提出这事，展明尧就说："咳，不用研究，你在三队干这么多年，大人孩子你哪个不知根知底？谈谈你的想法，怎么定怎么是。不过，是得早一点定下来，不能老拖着。”

潘士金说：“正因为我是三队出来的，那就更不能我一个人说了算。在一个地方时间长了，看问题难免有偏差。再说，一个生产队的班子毕竟是大事，必须集体研究决定。其实各个生产队的情况大家都熟，还是说说看法吧。”他坚持让大家发表下意见。

张发树说：“队长人选好定，让忠良挨上来就行，再从年轻人中选个副队长。”

李光恩当年与潘士宝同时当过生产队长，他觉得只要潘士宝愿意干，一定还是个称职的队长，于是说：“我看不行。忠良干事倒是积极，可他群众威信不高，一是原来私心重些，再就是处事不稳当，做什么事情都是毛毛糙糙的。还是做做士宝的工作，让他出山再干一气。”

潘秀菊发言了，她说：“咱选人也得不拘一格，忠地回来半年多了，各方面的表现都很好，能不能让他当队长？”

李光恩接着说：“忠地是不孬，有发展前途，别说在咱汶水滩，说不定将来能当个公社甚至县里的领导。只是现在还嫩点，恐怕挑不起队长这个担子。”

李向河坐在一边一直不吱声，潘士金点他的将了：“向河，你也得说说呀！”

李向河说：“我刚进支部没几天，说什么？真要叫我说，让光斗老爷当队长，忠地当会计。”

李向河话音一落，张发树立即反驳：“那可不中用，他都多大岁数了？当会计还可以，让他当队长，那还不把他累死！”

潘士金笑了笑，说：“大家谈的这些都有道理，说实话，这几条意见我都考虑过。既然看法不一致，这样吧，明尧，你和我一块去三队，多找些人座谈座谈，听听社员们的意见再下决心。”

大家都说那也好。

经过几天的工作，潘士金和展明尧最后商量，只能让潘忠良当队长了。虽然这个人不是很理想，可潘士宝坚决不干，其他没有更合适的人选。让潘忠地当副队长，大家都拥护，这对他本人也是个锻炼。好在个别谈话时，潘忠良表示：一定改掉自己的毛病，依靠李光斗、李庆祥、潘士宝这些老同志，共同把工作做好。还说，忠地是好样的，我干上一年二年的就让给他，他一定比我强。队委其他成员也都表示：眼下这个班子只能这样了，有大家帮衬着，出不了问题。

忙年

两个多月了，除了前几天下那场雪停了两天工，翻土压沙的工地上一直热气腾腾。这天吃过晚饭，潘士金去了工作组，一看人都在，就说："一冬天社员们基本上没歇工，明天就是小年了，是不是放几天假让大伙喘口气，忙忙年。虽然'大跃进'时期都吆喝'干到腊月二十九，吃顿包子再下手'，那只是口号，到了年跟前心里都不着稳，出工也不出活。"

杨书记一听就基本同意他的想法，说："是该让大伙歇歇了。不过，有些社员家里没大事儿，忙年也用不了这么多天，有的还想多挣点工分，不能一律都放假休息。"

潘士金解释："不能全放，有些活不仅不能停，这几天还要搞搞突击。集体、户家的这茬栏圈粪都出来了，要集中所有车辆，趁地里没解冻，好进车，争取年前全部运到田里去。"

杨书记说："那好，你们定吧。对于年后的工作，支部好好研究一下，翻土压沙要继续搞一阵，尽量在春种前多完成一些。开春河滩植树的问题，也要提前作出安排。"

杨书记刚说到植树，曲茂山就插话："还有规划的那几条道路，也应该抓紧修，进入三月份，不仅河滩，连同道路两旁的树，最好一起栽上，树苗我已经和县苗圃联系好了。如果路修不起来，树就要等到下一年才能栽。”

潘士金胸有成竹地说：“没问题。道路规划咱前几天一起讨论过，现场也看了，明后天大队的几个人就划线，过了年先修路，三五天就能完成。牵涉到生产队的土地需要调整，年前也落实好。”

杨书记对潘士金这一段的工作很满意，笑了笑，又叮嘱：“士金呀，也不能只注重生产，还要关心群众生活。上次会议咱已经作了安排，对困难户要进一步排查一下，看看有没有过不去年的，一定要保证让每一家过春节都能吃上水饺。工作组的同志们明天也都回去吧，年后上了班再回来。”

潘士金说：“您上次讲了以后，党支部接着研究了。各生产队都排出自己的困难户，一般情况各自负责，个别生产队有实际困难无能力解决的，由大队解决。所有烈军属、五保户，大队统一安排，大队今年没有库存粮食了，试验队也只剩种子、饲料了，我们从三队借了二百斤小麦，换成了面粉，准备再买点猪肉，过几天让团支部一家一户送上门。”

许永和就和他打趣：“我就说你这书记好当，有你那‘根据地’当后盾，没有办不好的事！”

大伙都笑了。

潘士金到了大队办公室，只有李向河在。他对向河说要开个支部会，两个人便分头去下通知。刚出门他又说：“把生产队长也叫来吧，一块商量商量。”李向河答应着走了。

参加会议的人员很快就到齐了。潘士金把工作组的意见和个人的想法讲了讲，然后问展明尧和其他大队干部，还有什么事情需要说，都说没事了。问队长们，都异口同声赞成。有的说：“这几天就有些人议论，说能不能让赶赶集倒腾两个钱好过年。这下好了，一说放假肯定都满意。”潘忠良自担任生产队长，格外积极，他说：“要是翻沙不停几天，劳力们大都靠在工地上，只有一辆大车拉粪土，还真愁年前运不完哩。放心吧，咱来个运肥、过年两不误，凡是能干的活年前都干利索，年后大队一声令下，咱再都上工地！”

生产队长们散了后，党支部的几个人又研究修路划线的事。原来的生产路曲曲弯弯，宽窄不一，既多占土地，又不利生产。开始工作组就提出，应该通过这次整地，重新规划几条路，把土地划成方田。大队干部们讨论过几次，并和工作组的同志一起到坡里察看，大家的意见比较一致。潘士金说："明天做做准备，后天开始划线，过了年先突击把路修起来。发树到试验队叫上两个青年，备点石灰，负责划线。向河和秀菊带上几杆红旗，还有皮尺和绳子。"都说这些好办。潘士金停了停，又说，"明尧、光恩叔、向河恁几个，抓紧考虑下调地的方案。这件事最复杂，历来调整土地没平稳过，都说自己那个队吃了亏，没一个承认沾光的。这一次我们要把工作做细，首先是把方案做好。你们先拿出个意见，然后咱再集体商量，不能听个别生产队干部瞎咋呼，多数同意就定下来。这项工作年前也要落实好。"

展明尧说："没问题，只要咱思想统一就好办。"

"秀菊，你明天通知忠地，后天让他也参加。"潘士金又交代。

"别让他参加了，他生产队里有些事。我还想抽空找他商量商量春节前后团支部的活动。"潘秀菊还一直帮着潘忠地抓青年工作，觉得他当了副队长还时间不长，应该多熟悉熟悉生产队的工作，所以不想拉扯他。

"我是想年后修路的任务交给团支部，让他们组织团员、青年集中干。如果让各生产队修，很容易因为占地、挖土而闹意见。"潘士金说。

大家都说这是个好办法，潘秀菊也说："那好吧，我回去就通知他。"

划线很快，一天就结束了。南北两条，东西两条，与出村的道路连接，把西坡北坡的土地划成了九大方。第二天上午，党支部召开会议，研究修路和调地的问题。潘士金建议，除了潘忠地，再从不同生产队选两个队长、两个会计、两个贫协组长，代表生产队一块参加会议，这样便于听听各方面的意见，好统一思想。

会上，修路的事很快定了下来。潘士金刚说完让团支部负责修路时，潘忠地就说："让团员青年修可以，只是我还从没组织过这么大的活动，能不能让其他领导帮帮忙，指挥一下。"

"行啊，团员青年都是基干民兵，还有一半妇女，这样吧，发树牵头，秀菊也参加，就以民兵连、团支部和妇委会的名义组织，你们三个共同负责。怎么样？"潘士金当即表态，说着看了看张发树和潘秀菊，征求他们两个的意见。

他两个都表示赞成，并建议下午就召开个民兵排长、团小组长、妇女队长会，年前把任务落实好，同时和大伙打好招呼，春节后有走亲戚的初三前走完，初四就动工，争取三天全部完成任务。

讨论起调地的事情来，问题就多了，大家七嘴八舌，意见很不一致。展明尧先介绍了他们几个昨天晚上商量的情况，他说："这几条路一规划出来，大家都很清楚了，涉及所有的生产队。现有地块有些基本一分为二，种起来还可以，但是，不少地块路这边是大块，路那边只剩下个地头，很不方便耕种了。看来不调整是不行。可调起来又很复杂，新占用的各队的地不一样多，还有旧路废除后新增加的地，八个队要相互找补。所以说工作量相当大，年前这几天很难弄明白。"

李光恩又补充："虽然土地质量都差不多，可是这一翻土压沙，翻了的和没翻的就有了差别，用工怎么找补？调起来也要考虑。"

一听他两个这么说，满屋人吸烟的吸烟，瞪眼的瞪眼，没人言语了。潘士金也卷支烟吸了起来，沉思了一会儿，说："生产队来的恁几个都说说，是调还是不调，如果调，怎么个调法？"

有的说："干脆别调了，大块小块的将就着种吧。自留地没有大块，不都种得比大田还好吗！"

也有的说："这事不用大队操心，以后谁要是想调，自己找别的生产队协商就行。协商成就办，协商不成拉倒。"

还有的说："不调不行，修了新路不只是地块零碎了，有些地块方向也成了斜的，种起来不仅不方便，也太难看了，外村人看了也会笑话咱。”

接着有的说：“还是调好。工作量是大些，再大也大不过土改时给一家一户分地吧！”

李光恩一听就接上话：“你参加过土改啊？那时候分地可比这简单，把地主、富农的地拿出来，算算总账，贫下中农按人头，各家的顺序、方位抓阄，几天就分完了，也没争地块孬好的。”

在座的所有人当中，只有李光恩参加过土改，他当时是农会委员。他这么一说，又都不吱声了。潘士金也觉得是个难题，难题也不能不解决呀！怎么解决？他一时也理不出个头绪，皱了一阵子眉头，说：“都敞开思想，有什么想法讲出来。”

潘忠地这时欠了欠屁股，又坐下了。他这个动作被展明尧看到了，于是说：“忠地是不是想发言？说说吧。”

“我有个想法，做起来可能比按照现有地块调整简单些。”他停了停，看到多数人都瞪着眼看他，就继续说，“原来各生产队的地块太零碎，最大的地块才十亩左右，小的只有二三亩，我以为可以通过这次调整，打破现状，重新分地。还是以各队现有土地总面积为基数，废旧路新增加的面积按基数比例加给各队，新路占地也是各队平均分摊，每个生产队集中成一两块，最多别超过三块，那样将来打井、修渠、耕种、管理都方便多了。”

“这倒是个好主意，只是需要把所有土地丈量一遍，把各生产队的底数弄清楚。不过，也比零零星星倒腾省事。”李向河说。

“我赞成忠地这个办法，丈量地可以多调人，叫各队的会计都参加，用不了多长时间。”潘秀菊附和。

“那不行，如果每个生产队都调成一块地，虽然土质条件差不多，可西北坡最远的地离村庄三里多路，近的就在村头上，谁也不愿意舍了近的要远的。”有个队长提出了不同意见。

展明尧接上了话：“你说的是有些道理，可忠地说的意思也不是每个队非集中成一块。咱可以按远近搭配，每个队分三块、四块，那样平均每块也三十多亩了，起码比现在这么零碎好。”

“还是年轻人脑子活，忠地说的这个法子不孬，再加上明尧说的，远近搭配，同时注意一下翻过的和没翻的，我看行。重新分地就有个先后顺序，还是老办法，抓阄。”李光恩起初是不赞成调地的。他也没别的意思，就是觉得太麻烦，听潘忠地这么一说，又觉得这样做起来难度不大，还能把各生产队的土地归并成大块，的确是个好办法。

“咱那些地是该归并归并了，到外地先进大队参观，人家都是大方田，很少有这么零碎的。要是将来有了拖拉机、收割机，这么小的地块怎么使用？”张发树说。

随后有几个人笑了起来。

有的说：“还是发树有眼光！咱是不是还要‘赶美超英’实现机械化呀？”

“虽然不能再搞‘大跃进’，社会还得发展。咱都去过县农场，人家现在浇地就是用抽水机，耕地是用拖拉机。还有人说过‘农业的根本出路在于机械化’哩！忠地，对吧？”张发树争辩，说完看着潘忠地。

接着哄堂大笑。潘忠地倒是点了点头，说：“那是毛主席说的。”

潘士金制止大家：“好了，还是说说重新分地行不行？有没有不同意见？”都表示同意。他又说，“那就这么定吧，下午明尧和向河召开个生产队会计会，把办法再商量具体些。明天就开个全体大、小队干部会，进一步统一一下大家的思想。还是那话，个别人有意见我们做工作，大原则要定下来，打破原来的界限，西坡、北坡每个生产队只保留三四块，不能再这么一袜子一鞋的了。”

潘秀菊把潘忠地叫到大队办公室，说：“我跟书记和大队长说了，咱俩不参与分地了，要好好商量一下春节期间团支部的活动。”

“我也正想问问你，记得以前过春节，你们都是组织团员、青年帮助烈军属、五保户干些活。我那时是放假在家，恁没让我参加过。今年团支部怎么个搞法，还得你出主意，我去落实。”潘忠地对团的工作真诚地依靠潘秀菊。

“那都是选部分积极分子分分工，几个人包一户，负责打扫打扫卫生，担几担水，再就是年三十帮着包包水饺、贴贴春联。今年不能只做这些事了，前几天党支部已经研究，决定今年要给每户烈属十五斤白面，三斤猪肉，军属和五保户十斤白面，二斤猪肉，要让团支部敲锣打鼓送到各家各户。我考虑，抓紧买几张红纸，写好春联，再过两三天，这几样一块送，同时把该干的活干干，个别户需要三十帮助忙活的，也一块把人安排好。”

“那太好了，我明天就到刘集供销社去买红纸，统共需要多少张？”

“全大队共两户烈属，九户军属，六户五保，有二十张红纸就够了。不用去刘集，代销点每年这时候都进，因为不少人家过年都要贴春联。你可以找向河要钱，也可以先买了拿单子找他报销。”

“这么多春联找谁写呀？”

“往年都是让小学的宫老师写，得写大半天。今年还可以叫他写，他挺热心的，字也写得漂亮。”潘秀菊说到这里猛然想起了什么，“这事我还马虎了，学校三天前就放寒假了，宫老师一定回家了。”

“不要紧，我可以带着纸去找他。”

“可不能去，他家是城南，离咱这里三十多里路，写个春联还跑那么远，人家还不笑话咱，‘恁大队就没个会写字的啊！’”

“那让谁写？”

“你写还不行吗？”

“可不行！我那毛笔字拿不出门去。对了，向东的字写得好，在学校时班里的黑板报就是他负责写。”

“向东写也行，反正要抓紧，不能再拖了。”

“我这就去学校喊他，叫他来你给他说说。”

“别去叫了，咱一块去找他吧。”

李向东十几天前正式担任了民办教师。

潘士金担任党支部书记后，第一次到公社开会，教育办公室主任就找他，让他抓紧推荐个民办教师，说是已经空缺一个学期了，如果有合适人选，最好寒假前定下来，假期里让他熟悉下情况，下学期一开学就能任教。潘士金当即表态：“没问题，我们有合适人选，几个月前从地区农校和县师范回村两个青年，都没得说，绝对能胜任。我回去党支部就研究，具体手续怎么办？”

“那太好了。你们定下来后填个呈报表，派人报来，我们批一下就行。”主任立说立办，接着回办公室拿来两张表，交给潘士金。

回村路上，潘士金琢磨，李向东在师范读了一年书，要是让他当民办教师比潘忠地合适，况且忠地已经担任了团支部书记、副队长。可是，论回村以后的表现，他不如忠地突出一些。在农村，民办教师也算是个“美差”，有些人宁愿不当村干部也愿意干这个。社员们对这个位子也都很关注，因为老师选不好，会影响自己的孩子成长。如果让向东干也可以，但必须先和忠地谈谈，不能让他有想法。

回到村里，没回家就把潘忠地叫到大队办公室，一说这事，潘忠地就说：“我和向东一块初中毕业，他考的就是师范，虽然只学了一年，咱这个学校只有一至四年级，让他去当这个老师保证能胜任。”

一看潘忠地这态度，潘士金放心了。党支部研究时，张发树又提出，这项工作应该先考虑忠地。潘士金说征求了忠地的意见，他也推荐向东。这么一解释，大家就都表示同意了。

公社教育办公室批准后，潘士金和展明尧一起找李向东谈了谈。听说让他当民办教师，当然是个惊喜。自从潘忠国受了处分，他一直心里沉沉的，因为前些天潘忠国曾经许诺他当民办教师，现在潘忠国犯错误被免了职，成了普通社员，他许的愿肯定也打了水漂。没想到潘士金担任书记才这么几天，就作出了这样的决定。自己的愿望实现了，怎么能不高兴呢！所以当即表态：一定好好干，决不辜负领导和大伙的希望。

潘秀菊和潘忠地来到学校，李向东正和另一个民办教师展春才商量备课的事情。让罢坐，李向东又给他二位倒水，潘秀菊制止："别忙活了，有个任务给恁说说，说完就走，别耽误恁的事。"

"什么任务？只要领导安排，保证认真完成。"李向东很兴奋的样子。

"到年了，我们要给烈军属、五保户送春联。往年都是宫老师写，他放假回去了，刚才忠地说你的字写得挺好，明天让忠地把红纸、墨汁拿来，你就受累写写吧。"

潘秀菊这么一说，李向东傻眼了，红着脸说："我可不敢胡来，要是钢笔字还将就，毛笔我可拿不动。往年俺家里贴春联，都是俺爹找人写的。我说的是实话，绝不是耍懒，不信恁到家里问问。"

"要不让春才哥写吧。"潘忠地看到李向东有些为难，于是说。

"可别笑话我了，您看看我这备课本，钢笔字写得都跟屎壳郎爬的样，比向东差远了，毛笔字我是更没写过。"展春才说的也是实话。

"看看恁几个大知识分子，真是把麻袋放到小车上——推吧！咱不能因为几副春联到外村去求人呀！"潘秀菊想激他们一下。

"不用去外村，春旺的毛笔字就不错，逢年过节，娶媳妇发丧，不少人家都是找他写写画画的。"展春才说。

"你是说展春旺啊，他家可是地主成分！"李向东有些吃惊的样子。

潘忠地欲言又止，想听听潘秀菊的态度。潘秀菊也一时拿不准，两眼盯着潘忠地，意思让他先说。停了一会儿，还是潘忠地开了口："我看可以，只是让他动动笔，具体写什么内容咱定。再说，春旺是个地主子弟，又不是四类分子，出不了问题。"

“是啊，贴春联是个喜兴事，既要内容恰当，又要字写得漂亮，如果写得歪歪扭扭不像样子，给人家贴上人家也不高兴。内容好办，前天的报纸就登了半版‘新春联’，咱选一部分合适的，叫他写什么他就得写什么。”展春才又说。

“好吧，不过别到他家里去写，明天让他到学校里来，春才你负责给春旺说说，行吗？”潘秀菊也觉得这不是什么原则不允许的事儿。

“没问题，回去我就找他。”展春才兴奋得翘起了嘴角，继续说，“还有件事，前几天我就有个想法，本来想到大队里找恁说说，一直没考虑成熟。今天恁两位都来了，看看这事能不能办。”

“什么事啊，你就直说吧。”潘秀菊说。

展春才接着说：“今年咱大队喜事多。工作组来了，全体社员上阵翻土压沙，这可是造福子孙后代的好事，群众都拥护。另外，党支部、团支部都作了调整，也算是大事。咱村里原来就有过年玩杂耍、唱小戏的传统，还曾经到周边几个村里表演过，只是这几年撂下了。我想今年能不能再组织起来，让大伙乐和乐和。”

“这是好事啊！我们回去给书记、大队长汇报汇报，他们肯定支持。他们同意后我就告诉你，你挑头办就是了。”潘秀菊甚至后悔自己怎么就没想到这一点。

“我可不能挑头，原来都是团支部负责组织。我可以帮着吆喝吆喝，再找那几个热心的说说，一凑合就成。”展春才当年曾经担任团支部副书记，既是组织者，又是积极参与者，那“摔二鬼”的把式年轻人中没有超过他的。

“我看这事不好办，关键是时间太紧了。就算是排一两出小戏，没半月二十天的能行吗？还有那些行头道具，置办起来也不容易呀！”潘忠地心里没底，想打退堂鼓。

“时间来得及。锣鼓家什是现成的，两头狮子、两条龙的骨架还放在大队仓库里，高跷的木拐可能还在各家里放着，弄出来修修就行。旱船、二鬼那些道具好办，凑点料半天就扎完了。排大戏是不行了，前天我找掌鼓板的孝寅大老爷问过，他说像《墙头记》《小姑贤》《盗玉杯》这些小戏，把那几个原来唱过的人拉出来，练上三五天就能登台。他可是个‘老戏母子’，大戏、小戏他肚子里装着十几出，戏词不兴忘一句的。”看来展春才动心思不是一天两天了。

“那些原来参与的人有积极性吗？”李向东插问。

展春才说：“这更没问题，我问过几个，都乐意参加，就是舞龙、踩高跷的有几个年龄太大了，上不了场。咱可以选几个年轻的上，也算是培养接班人吧。恁是没注意，拉板胡的庆昌大爷，别看快五十了，还是好热闹，他说时间长了不拉手就痒，有时傍晚自己在家里还拉几段。前几天我弄了把板胡，想跟他学学，他答应一定教会我。这也算是咱村的传统文化，如果再隔几年不搞，等这帮老人下去一些，再想玩也难以凑起人来，慢慢地就失传了。”

“这事该搞，主要活动都是集中在元宵节前后那几天，时间还来得及。就是需要的物料要全买花钱可不少，光是扎狮子就需要好多大麻皮或是苘皮，大队里可没有。另外，春才你也别推托了，大队要真同意搞，让团支部牵头也行，我也可以帮帮忙，为主的必须是你，你也是老团干了，这方面又有经验，我和忠地都没组织过，你出点子，我们给你跑腿，要弄就弄好。”潘秀菊说。

“物料花不了几个钱，以往的老办法，让大伙凑。一说搞这个，没有不支持的，麻皮、苘皮家家都有，一家凑上一绺子就足够用。扎龙、扎旱船的彩布，都是用户家的床单、包袱皮，用几天还给人家就是。最多买几张彩纸，也不贵。只要您安排，我干什么都行。”展春才越说越来劲。

“春才哥这么一说我就明白了。凑东西好办，咱发动团员、青年，不费劲。”潘忠地也想通了。

“就这样吧，大队那边的事俺俩负责，一切准备工作你今天就动手，搞不好可要拿你是问！”潘秀菊笑着说完起身要走。

展春才也笑着站起来，两手抱拳，大声说：“遵命！”

出了门潘秀菊又回头说：“找春旺写春联的事你可别忘了！”

“忘不了，我这就去找他。”

赶集

腊月二十三，俗称小年。都说进了腊月就要忙年了，其实只有到了这一天，才真正有了浓浓的年味儿。家家户户开始清扫房屋，要把屋顶、墙面以及旮旮旯旯的灰尘除掉，干干净净过大年。还要磨面发面蒸干粮，赶集上店办年货。有的人家还泡上十来斤黄豆，准备做包豆腐，既待客又自己吃。有心计又勤快的女人，点灯熬夜赶着给孩子们做件新衣裳。不论家里贫富，都要开始为过年忙活一阵子了，需要置办的东西，该干的活计，再也不能往后拖了。

多数人家没有现成的钱买年货，那就要想办法卖这卖那折变点钱。猪羊鸡鸭，粮食蔬菜，甚至木料柴草等杂物，根据自己的日子合计，到集上换几块钱，没多有少，将就着买点年货过去年就行。贫穷人家年不好过，可春荒更难熬。庄稼人过日子，不能只顾眼前，没个长远打算。

潘忠地家里喂着一头猪，有七八十斤了，他爹想赶到集上卖了。爷爷不同意，道理是，年前这段时间，除了年货，卖什么东西价钱都上不去，有钱人家会盘算的，专门凑这时候买贱货，有的买头这么重的架子猪，回去加料追上几个月，肥了卖给食品站就能赚大钱。过年的钱怎么办？不是有平时积攒的几块吗？少点，那就把开荒收的白菜、萝卜卖上二百来斤，能换四五块钱，将就着花吧。

潘士敏在家里从来不主事，都是老爷子当家，老人家这么说了，他也就不管了。这些年形成了惯例，除了扫屋、清理院子，其他事他基本不沾边。就是这点活，这几年他也是让忠地放假回来帮忙。看来今年不行了，忠地整天忙得不着家。他心里明白，年轻人求个上进，忙的是公事，家里小小不然的不能再耽误他的工作。反正今天队里不派活，大半天就拾掇个差不多。

刘集镇是方圆十几里最大的集市，平时逢农历三、八为大集，二、七为小集。从腊月二十三开始，直到二十九，则天天为集，年三十上午还有半天集。如果腊月小月，那就是二十九半天集。周围几十个村庄，凡有买卖，大都赶这个集。赶年集，男女老少都去，有买有卖必须去，没事的也去看个热闹，尤其是孩子们，哭着闹着也要跟大人去。

汶水滩翻土压沙停了工，人们不用请假就赶集去。生产队安排少量农活，队干部要挨户问劳力，谁有空谁干。多数人还是想歇几天，一老年了没闲着，临过年轻快几天不为过。可干部们心里有数，谁家里没什么大事，或者是人口多用不着都去办年货，那就硬派他去干活，理由很简单：人没有累死的，也没有攒下的力气，干一天记一天的工分，年终分配就知道好歹了。当然，也有个别算计多挣工分的，主动找队长要活。多数劳力也就赶一两趟集，家中的活一早一晚就忙活完了，其余时间还是听队干部安排。可是，二十三这天，几乎家家户户都有人去赶集，生产队也就不统一安排出工了，谁想干叫谁干。

一大早，潘孝林就起来扒菜窖，潘忠地看见赶紧过来给爷爷帮忙。菜窖是个长条土坑，一头是萝卜，一头是白菜，白菜一棵棵根朝下平摆着，上面盖了厚厚的一层玉米秸。太阳还没露脸，玉米秸上覆盖着一层霜雪，伸手扒拉，冰凉。没大会儿，潘忠地的手就红红的疼痛起来，等搬出十几棵白菜，只感觉木木的，不疼了。爷爷拿来菜刀，又重新砍了一遍菜根，扒掉外面一层菜帮，一棵棵白菜就变得白里透绿，鲜嫩鲜嫩。整了三十多棵，爷爷说够了，再多了车子装不下。又让忠地拿来个筐，装了几十斤萝卜。然后把白菜、萝卜搬上小土车，上面盖上草苫，用绳子系牢。知道老爷子今天去卖菜，忠地娘也早早做好了早饭。

放下饭碗，爷爷装上烟，吸了一口，说："小民、石榴，恁两个谁跟我拉车赶集去？"

"我不去，我的寒假作业才做了一点点。"石榴梗着脖子，不悦。

"去吧，我拉车，你跟着，做作业还有的是时间。"潘忠民说。

"哪里有时间？整天叫我推磨！"石榴的嘴噘得更高了。其实她心里并不是不想去赶集，说不去是气话，因为娘老是让她干活，尤其近几天，天天推磨，那磨道永远也走不完，一圈一圈，上去就是半天，谁不烦？别说是十几岁的孩子！

"别老是拉着个脸，恁小哥哥没比你少推一圈。昨天把面全都磨完了，放心吧，二月二以前再也不让你推磨了。"娘知道闺女的话是说给自己听的，边洗碗筷边说。

潘忠地走过去，把石榴揽到跟前，掏出两毛钱递给她，说："石榴听话，去吧，有恁小哥哥，不用你拉车，自己到集上逛逛，愿意买点什么就买点什么，钱不够再跟爷爷要。"

石榴看了看大哥，接过钱，进屋去换褂子。

爷爷拿起秤和网兜，放到车子上，又拴好拉绳，准备推车。潘忠民上前，说："我推吧。"

石榴脸上已经由阴转晴，说："爷爷，叫俺小哥哥推，我拉，你跟着就行。"

潘忠地看着笑了笑，出门去了大队办公室。

鲜红的日头，把大地照得金灿灿的。虽然微微的北风带着寒意，人们心里都暖烘烘的。特别是那些跟着大人赶年集的孩子们，都怀着甜蜜的期望，嬉闹着奔走在前往刘集镇的大路上。

越接近刘集人越多，四面八方的人流都往这里汇集。男的女的，老的少的，穿戴整齐干净利索的，棉袄露着棉絮腰间扎根草绳邋邋遢遢的，推小车的，挑担子的，赶猪牵羊的，抱鸡抱鸭的，背口袋的，提竹篮的……人们趟着路上的尘土，相互打着招呼，纷纷涌向刘集。

石榴身上早就热乎乎的了，便脱下外面罩着的红地黄花新褂子，让爷爷拿着。走着走着脸上又渗出了汗珠，就想解袄扣子。爷爷说："不能解，小心着凉。快到了，你歇会儿，我拉。"说着上前接过拉绳，把褂子递给石榴，让她穿上。潘忠民也已经满头大汗。虽说这车上总共也就二百来斤，可他毕竟不是经常干活。爷爷就想替他推，让他拉，他却说："不用，出点汗舒坦，还是我推吧。"

他们从北边来，从前赶集都是从北街口直接进去。爷爷在前面领着，却绕向镇子西。潘忠民问为什么，爷爷说："菜市在西街，走里边街道上人多，从外边转过去好走。"

街道两边已经摆开了一些菜摊，山药、芹菜、莲藕，最多的还是白菜、萝卜、蔓菁疙瘩。爷爷选了块空地方停下，从腰里抽出烟袋，把烟包递给邻近菜摊的主人，两人攀谈起菜的行情。潘忠民放稳车子，解开草苫，坐到旁边一块石头上歇息。爷爷回身让石榴扶着车子，把萝卜筐搬下来，重新摆放好白菜，对石榴说："趁着人不多，你先去玩玩吧，逛一会儿就回来，等卖个差不多，叫恁小哥哥再和你一块去。"

石榴看了眼潘忠民，说："不用和他一块，我又不是小孩了，让他帮你卖菜吧。"说着走了。

往东，过去菜市就是鱼肉市。只有三家肉架子，因为政府不允许个人宰杀，都是食品站的，两处卖的是猪肉，一处卖的是牛、羊肉，架子跟前挤了不少人。十几个鱼贩子，一溜儿排在路边，面前都放个大水盆，盆里游着几条活鲤鱼。盆外边是领席片，席片上一顺头摆满了各类鲜鱼。卖鱼的手中拿个刷帚，不时沾了水往那些摆着的鱼身上洒，不知道是为了让鱼保持新鲜还是水珠结了冰好增加鱼的斤两。再往前是鸡蛋市，卖鸡蛋的基本上都是女人，跟前摆个篮子，少数篮子里盛满了鸡蛋，多数只有半篮子，也有的只在篮子底上摆了一层，只有十几个。

到了十字路口，四面路边都是临时搭起的百货棚，里面的商品大同小异，布匹、鞋帽、毛巾、袜子，还有日用百货、各类文具，等等。买东西的人不多，卖布匹的跟前人更少。不论买什么布都需要交布票，这几年国家困难，一人一年才发几尺布票，还不够做一件衣服的，哪能有多少买布的！石榴在几个棚前转了转，看到里面那几个年轻的女售货员，打心眼里羡慕。她知道，这些大棚是供销社搭建的，所有售货员都是吃公家饭领工资的国家正式职工。定睛着看得时间长了，有位年长的售货员过来问她："姑娘，想买什么？"她立时脸红了，低头挪到文具摊前，花一毛钱买了两本写字本，一块橡皮。

不知道前面那三条街上都是卖什么的，石榴迟疑片刻，看着往南去的人多，也就随大溜往南街走去。路两边是些杂货摊，锅碗瓢盆蒜臼子，擀饼轴子擀面杖，菜刀案板杌扎子……有两个摊子是卖干菜的，木耳、蘑菇、海带、黄花菜，还有大茴香、小茴香等作料。最热闹还数那卖五香面的，四十多岁的个红脸汉子，一只脚踩在凳子上，一只手掐腰，另一只手拐着摊子上的小石磨，两眼寻觅着过往的人们，一个劲地吆喝。拐一会儿就把磨下来的粉子盛到铜丝箩里，筛下的细面再用方纸片包成一个个的小包，摊子上已经摆了一大堆。他不停地忙活，嘴里不停地拖着长腔招徕顾客："快来瞧呀快来看，咱的五香面材料全。大茴香，小茴香，砂仁桂皮加丁香。包包子，调馅子，炒菜炖肉炸丸子，放上咱的五香面，保您口味不一般。也不贵，也不贱，一包只花五分钱，您要舍得花两毛，咱再白送一包不要钱。赶年集谁要忘了买，保准回家落埋怨！"石榴看了一会儿，不少人随手要上几包，她的手在口袋里紧紧捏着那一毛钱，想买一包，又觉得这人嘴太甜，怕是骗人，犹豫一阵子，想，还是问问爷爷再说吧。

再往南走就接近镇子的出口了。路西是个大湾坑，坑底还存着少量的水，全结了冰。坑北面斜坡上，是卖家畜家禽的，她没有兴趣去看。南面坑崖上是一个个爆仗、礼花摊子，挨着长长的一排。那些摊主，比着劲地咋呼，有的站到桌子上，用竹竿挑起一挂爆仗，夸赞一番，接着噼噼啪啪放了起来，石榴赶紧两手捂住耳朵。响声一停，一些孩子就拥向前去，在地上寻找截捻的，一般是落个两手空空。石榴从来不敢放爆仗，看了一会儿就转身走了。

回到十字路口，石榴又往东街走去。这一条街全是卖小吃的。有一个卖水煎包的刚开始出锅，一股香气袭来，石榴不由停住了脚步。身旁一个男孩拉着他爷爷要煎包吃，老头上前问价，卖包子的说："一毛五分钱十个，这可是头一锅，快尝尝吧。"

老头说："不是一毛钱十个吗？怎么贵了？"

卖包子的说："老爷子，这是白菜猪肉馅的，下一锅就是白菜粉条的，那才一毛十个。"

老头递过去一毛钱。卖包子的找给他一分，说："九分钱买六个。"

老头说："别找了，给七个吧，你就亏五厘。"

"好吧，这是刚开张，又是童男子儿吃，图您爷俩个吉利，给您七个！"卖包子的好像狠了狠心，边说边拿根秫秸莛，串上七个包子递给男孩。男孩接过去就咬了一口，烫得直咧嘴。卖包子的笑了笑，说："小子，慢点吃，小心烫着。"

石榴看着那包子，一个个两面焦黄，面翅飞薄透明，油晃晃的，让人拉不动腿。卖包子的看了她一眼，问："闺女，要几个？"石榴摇摇头，走了。

前面就是几个卖丸子汤的大棚。棚内支口大锅，锅里煮着几块猪骨头，油花子漂了一层。锅旁案板上一大盆绿豆丸子，一小盆芫荽末子，两摞大黑碗。案板后面摆几个小凳子，有人坐在凳子上端着丸子汤，边喝边啃煎饼。

这些一定是赶早集在家没吃早饭的。摊主不住地大声喊叫："喝丸子汤了！一分钱一个丸子，汤随便喝！"石榴没停脚步，转了一圈便往回走。街上已经是摩肩接踵人挤人了，石榴没了逛的兴致，便想回去看看爷爷是不是卖完菜了。

车子上已经没了白菜，筐里只剩下几斤萝卜。爷爷看到石榴回来了，磕了磕烟锅，说："石榴，斜对面有个卖灶君爷的，看到了吗？那个蹲着的老太太，她跟前摆的就是，去请一张。"说着递给她一毛钱。又转身对潘忠民说，"你先看着，就这点萝卜了，贱点也卖，我去买两条鱼。"

石榴来到卖灶君的面前，蹲下问："买张灶君爷，多少钱？"

"看这闺女，哪有这样问的？不能说买，要说请！不贵，一毛钱一张，你看这纸头、颜色，多好！"老太太边说边拿起一张给她看。

石榴脸有些红了。是呀，刚才爷爷是说的"请"，这老太婆也是说"请"，于是改口："好，不买，请一张！能不能贱点？"

老太太说："真不懂事，这东西哪有讲价的！"

石榴没再搭腔，心里话：还让说"请"哩，请的还能叫"东西"？递上一毛钱，接过卷好的灶君。

回去时正有一个买萝卜的和潘忠民讲价钱。那人问多少钱一斤，忠民回答："二分五一斤。"

那人说："都是挑拣剩下的了，还这么贵？"

潘忠民说："刚才卖的都是三分一斤，就因为剩下不多了，才贱五厘。"

那人又说："别二分五了，就二分，要行我都买了。"

潘忠民思量思量，说："好吧，卖给你！"说完过秤，"八斤整，一毛六。"

那人歪头看了看秤，把萝卜装进口袋，点出一毛五分钱交给潘忠民，说："算了，一毛五好算账，少你一分。"

潘忠民接过钱，摇了摇头，没再吱声。

爷爷提着一条一斤多的鲤鱼回来了，石榴问：“怎么就买一条呀？”

爷爷说：“忒贵，有摆供的就行了，回去再到代销点称点咸带鱼。”

潘忠民把刚才收的钱递给爷爷，说：“我把那些萝卜卖了，那个人真抠，该一毛六，只给了一毛五。”

爷爷说：“不少，就剩那点了，卖了就好。你拿着吧，去买两挂爆仗。”随手又给他两毛钱，“买挂头数多的，三十晚上放，再买挂少点的，你和石榴零星放着玩。”

石榴把手里的灶君交给爷爷，说：“我才不放哩，‘憨蛋放爆仗，伶俐听响’，叫他放，我听。”

潘忠民说：“你才是憨蛋哩！胆小鬼，自己不敢放，还找理由。”说着白了石榴两眼，高高兴兴地走了。

石榴说：“小哥哥，爆仗市在最南头，可远了！”

潘忠民头也没回，说：“我知道。”

爷爷又大声嘱咐：“买了快点回来，咱好回家。”

潘忠民想自己多转转玩玩，就说：“您先走吧，我买了就去赶您！”

爷爷又问石榴：“你还想买什么？给你钱。”

石榴说：“什么也不买了。我有钱，大哥哥给了我两毛，刚才买本子橡皮花了一毛。”于是掏出那一毛钱来给爷爷看，又说，“爷爷，那边有个卖五香面的，五分钱一包，咱买不？”

爷爷说：“咱不要，家里有恁奶奶秋天轧下的花椒面。”随后整理车子，又问石榴：“饿了吧，我去给你买串煎包来吃？”

“不饿，咱走吧，回家吃午饭晚不了。”石榴真的没觉到饿，可爷爷这句话又引出了她口里的涎水。

爷爷推着空车，石榴跟在后面，慢悠悠随着人群往回走。快到村头了，潘忠民才赶了上来。

潘忠地忙活了一上午。早饭后他叫上潘秀菊一起到了大队办公室，先是向潘士金汇报组织文艺活动的事，正好展明尧、李向河都在，几个人当即都表示赞成。又商量决定，大队拿出十元钱作活动经费，让他们掌握。潘秀菊一听简直手舞足蹈起来，立即表态："谢谢领导支持，我们绝不妄花这十块钱，保证组织好，让大伙过个热闹年。"说完喊着忠地，去了村小学。

展春旺正在写春联，李向东在一旁和他帮忙。潘秀菊问展春才去哪儿了，李向东说："刚走一会儿，去找孝寅大老爷了，说是问问他排戏的事。"潘秀菊说："那恁慢慢写吧。忠地咱走，正好让老爷子出出点子，一块定个方案。"

到了潘孝寅家，老头正和展春才说戏，一看他俩来了，十分热情。潘秀菊说明了大队的态度，然后说："老爷子，搞这样的活动，俺这帮年轻的就春才还明白点，我和忠地什么也不懂，能不能搞好就看您老人家的了。"

潘孝寅生就爱热闹，且有一副热心肠。刚才听展春才说村里想过年唱戏玩杂耍，立马来了精神。又听了潘秀菊这番话，更是喜不自禁。他使劲吧嗒两口烟，放下烟袋，说："我还以为肚子里装的那点戏文只能带进棺材里去了，没想到恁有这份心，看来还能排上点用场。放心吧，只要恁真心张罗，我老头子就不留力。春才说了，今年着手晚点，咱就排几出小戏。明年咱早动手，用不了多少工夫，就能把我那点老本全部传给恁年轻人。"他看了看潘忠地，接着说，"忠地啊，恁爷爷玩杂耍可是行家，回去给他说说，让他也得出山。只要俺两个给恁当后台，保准玩不孬！"

潘忠地当即打保票："没问题，我就说是您老人家说的，他一定参加。"

于是几个人就如何凑物料准备道具，怎么组织人员，怎么排练，怎么演出，商量了个仔细。潘忠地一条条记在本子上。最后又从一队到八队，排了个详细名单。潘秀菊提议，下午召集这些人开个会，明天就正式行动。然后三个人分了分工，分头去下通知。潘忠地回到家里时，爷爷和弟弟、妹妹赶集已经回来了，一家人正准备吃饭。

潘忠地看到屋里院子都干干净净的，知道是爹一个人干的，就想解释两句，一看爹挺正常的脸色，没再说什么，赶紧帮忙盛饭。爷爷端起碗吃起来了，他才说："爷爷，大队里决定，今年过春节再玩玩杂耍唱唱戏。"

爷爷说："好啊，好几年没办了，是该热闹热闹。"

潘忠地说："这件事让我和秀菊姑负责，刚才俺找孝寅大老爷，请他排两出小戏，他可乐意了。"

爷爷说："他是个'戏母子'，鼓板掌得也好，只要他挑头，错不了。"

潘忠地说："他老人家说了，杂耍你是内行，要是你也参加就更没问题了。"

"老了，不中用了！"爷爷长出一口气，"放在头几年，踩高跷、摔二鬼、舞狮子、耍龙头，哪一样我也不怯乎。现在啊，最多跑跑旱船还许行。"

爷两个正说得投机，奶奶插进来一杠子，说："别瞎胡闹了，都多大年纪了还跑旱船哩，不怕人家笑话！"

石榴一直认真听着，突然问："我记得跑旱船的是个小媳妇，爷爷您怎么跑啊？"

一家人都笑了。潘忠民笑得最厉害，差点喷了饭。

石榴朝潘忠民大声嚷道："笑什么笑，我说的不对吗？"

爷爷笑着解释："傻闺女，跑旱船的小媳妇都是男人扮的，也就是戴上女人的头饰，上身穿上女人的衣裳，脸上搽点胭脂，船上那女人的腿、脚都是假的。"

奶奶一听来气了，说："可别提衣裳了！每年都把我那夹袄拿去，玩完拿回来就像从土里扒出来似的，好几盆水才洗干净。"

潘忠地说："放心吧奶奶，今年的服装、道具由俺春才哥负责，不用爷爷拿你的衣裳了。"又看了看爷爷，接着说，"下午我们把参加的人都集合到大队，一块开个会分分工，爷爷您也去吧？"

奶奶依然拦挡："不行，得让他在家里扎个马，晚上好打发灶君爷上天。"

爷爷说："不就是用根秫秸扎个马吗？小民就行。"

潘忠民也支持爷爷，说："就是啊，去年就是我扎的，高头大马，扎完再用碗盛点草料喂好它，让它驮着灶王爷上天好有劲！爷爷您去吧，过会儿我扎。"

忠地娘在一旁帮腔："娘，你就叫爹去吧，年纪大了也就是张罗张罗，累不着，这也是帮忠地的忙呀。"

奶奶不言语了。

太阳刚落山，大队院子里就响起了锣鼓家什。原来下午开会大伙情绪很高，都说越快越好，赶紧行动，今晚就得有动静。张发树也参加了，因为他也是这方面的积极分子，舞龙、舞狮子都参与过。上午潘秀菊给他一说，他立即表示，不仅要参加，还保证帮助他们安排好。本来潘秀菊和潘忠地商量从明天正式开始排练，排戏的在大队办公室，练杂耍的在祠堂前的场院里，张发树却说："别明天了，吃了晚饭就都过来，各人家里有什么乐器、道具都带来，先响响家什，再合计合计还缺什么，好分头筹备。"就这样，他回家扒拉了几口饭，约上几个青年，到仓库里搬出锣鼓敲打起来。

潘忠地放下饭碗就走了。爷爷吸了袋烟，从床底下摸出一副尘封多年的高跷拐子，擦了擦，夹在胳肢窝里出了大门。潘忠民正在喂猪。奶奶喊石榴，让她堵鸡窝。石榴说："让俺小哥哥堵吧，我上大队里看看去。"

奶奶说："这去看什么，等他们排演好了少不了你看的。一会儿帮我给灶君爷烧香、上供，打发灶君爷走了你就可以吃灶糖了。"看来她老人家今天一直想着送灶君爷上天的事儿。

上午，奶奶在锅台旁贴了一年的灶君和两旁的对联上洒了些水，湿透后轻轻揭下来，拿到院子里晒干，然后折叠好放到屋里。晚饭后，她找出香炉，里面装满小米，放到锅台上。等石榴娘洗完碗刷完锅，她就让潘忠民把扎好的马拿过来，让石榴把香拿过来，嘱咐着要拿三根，她自己摆好了三碗供，一盘灶糖。一切准备妥当后说："石榴，把恁娘喊过来，给灶君爷磕头。"

石榴娘过来站到一旁。奶奶把晒干的旧灶君像和对联放到马背上，先是点着香插进香炉，接着点着了马和灶君。回头说："磕头吧。"石榴娘不声不响在婆婆后边跪下了。

石榴问："我也磕吗？"

娘说："小闺女子磕什么。"

石榴又问："叫俺小哥哥过来磕吧？"

奶奶说："男人又不站锅头，不用磕。"

娘随着奶奶磕了三个头，回堂屋去了。奶奶还在那里嘟囔："灶君老爷您走好，可别忘了对子上的话，'上天言好事，回宫降吉祥'。一老年了，俺娘们做饭不利索，免不了泼泼撒撒，您就装作没看见，千万别给天上的神们说，免得神们怪罪俺。"石榴听了偷偷地笑。

奶奶板着脸，一本正经地说："别嘻嘻哈哈的，要当真。灶君是小神，可是管锅头的，每年都要回天宫一次，说说人间的情况。为什么平时只给灶君烧一炷香，上一碗供，磕一个头，今天要烧三炷香，上三碗供，磕三个头？就是为了求灶君上天多说好话。"

石榴问："为什么还供灶糖呢？"

奶奶说："灶糖不仅甜，也粘牙，让它吃了甜甜心，粘住嘴，到了天上少说不好的话。"接着端起那盘灶糖，递给石榴，"给恁小哥哥分开吃去吧。"

石榴说："我把新灶君拿来贴上吧？"

奶奶说："憨妮子，今天不能贴，等到年三十再贴。"

石榴又问："为什么？"

奶奶解释："上天路远呀，灶君爷来回得走七天，也就是三十才能回来。"

石榴说："那要是腊月小月呢？"

奶奶说："走快点就是了，灶君爷和咱是一家人，无论如何也要赶回来跟咱一块过年。”

石榴又笑了，接过糖盘到西屋去找潘忠民。潘忠民正在做作业，石榴给他一个灶糖，然后自己也拿起一个吃，边吃边把刚才奶奶说的讲给他听。潘忠民放下笔，看着石榴，说：“你怎么信这一套？都是些迷信话！”

“谁信来？我知道是迷信，只是觉得挺好玩的，才说给你听听。”石榴又拿起一个灶糖，噘着嘴走了。

重逢

这几天汶水滩热闹起来了。

几十口子人集合起来，大体分成了两伙。排戏的一伙，潘秀菊负责，地点在小学校，孩子们都放假了，有两间教室，可以分头排练，互不影响。排练杂耍的一伙，潘忠地负责，在祠堂前的场院里，空间大，舞得开。因为张发树主动提出要参与，潘秀菊就提议让他任总指挥，并且说："你熟悉情况，有经验，人员安排、演出场地、舞台搭建，还有物料凑集，都得由你拿主意，我和忠地就负责召集召集人，跑跑腿，具体事宜全由你说了算。"张发树推辞一阵子还是应承了下来，潘忠地也很高兴。锣鼓家什只有一套，主要靠在排戏组，插空到杂耍组演练演练。人一凑起来就都闲不住了，敲的，拉的，吹的，唱的，比画的，一派欢腾景象。孩子们也成了两头忙，在学校里挤闹一会儿，又跑到祠堂那边乱腾一阵子，不散场没一个回家的。

在去祠堂的路上，潘忠地一口一个"发树哥"地叫着，说："不论唱戏还是杂耍，我都不懂。你就靠在这边吧，我给你打打下脚，那边撂给秀菊姑他们几个就行了。"他这是出自内心的话。

张发树满口答应："没问题，有咱兄弟俩你放心，保准比他们弄得好。"

张发树还就是内行。人员到齐后，他数算了一圈，接着分派：踩高跷的八人；舞龙的十一人，包括一个引领的；舞狮子的五人，其中一个舞绣球的；跑旱船的两人，其中一个划船的；还有一人摔二鬼。他一一点到了人头，然后问潘孝林老汉：“大老爷，您看这样安排行吗？”

潘忠地也在一旁看着爷爷。

“行啊，这里边有些都是前些年玩过的，练练就能上场。有几个新手，跟着学几天就行了。不过，挑龙头是个累活，恐怕玩起来一个人撑不住，得安排两个人轮换着。”潘孝林成了他们的总导演，刚才虽然和潘孝彦老哥俩说着闲话，对张发树的安排却是用心听着仔细盘算着。

张发树拍着胸脯说：“不要紧，有我呢，到时候我可以替换替换。”

潘孝林说：“就是啊，怎么把你忘了。开始我还想，要说舞龙头、耍狮子，这帮人里还没一个能赶上你！”说着拿出烟袋，潘忠地赶紧接过去替他装烟。

潘孝彦接上说：“其实发树摔二鬼也是好样的！”

张发树说：“您二老别给我戴高帽了，我那点玩意儿还不都是跟您学的！咱现在人全了，关键是抓紧把道具拾掇起来，时间太紧了。”

潘孝林说：“这个你放心，扎龙、扎狮子的恁孝彦老爷最拿手，有俺两个，再找几个年轻的当当帮手，只要物料齐备了，用不了两天就弄好。就是还缺几副高跷，多年不玩了，大部分没存着，说是当劈柴烧了，得找木匠做新的。”

张发树说：“需要的东西春才已经带着人到各家各户去敛了，如果还缺什么包在我和忠地身上，保证两天内全凑齐。我一会儿就去找木匠，让他们到试验队去做高跷，那里有现成的木料，也就半天的事儿。”

正说着潘秀菊来了，没走到跟前就喊：“发树，学校那边正在排演员，那些角色我可不懂，你去帮着参谋参谋。”

张发树说：“你那里有孝寅大老爷，还有庆昌叔，他俩都比我明白，还用我去瞎参谋？算了，我和忠地就负责这边了，你们那边的事我不管了。”

潘秀菊说："是孝寅大爷和庆昌大哥让你过去一下。你不是答应当总指挥吗，怎么还没半天就变卦了？你不管也行，可你得亲自去给他两个说一声，让他们答应下来。"

"那好吧。"张发树答应着又回头对潘忠地说，"你和两位老人家先商量着，看看需要的物料各多少，记个数，中午春才回来对对还差什么，咱好再抓紧筹备，我去去就来。"说完随着潘秀菊走了。

学校里几个人正围着潘孝寅老汉，认真听他说戏。张发树一进门，李庆昌就一本正经地说："发树，你还记得不？《小姑贤》一开场老婆婆上台，她那几句台词怎么说来？"

原来他们刚才在商量演员时，找不着合适的人选扮演《小姑贤》中的婆婆，李庆昌提议让张发树演，潘孝寅说他没登过台，潘秀菊说他能行，平常他就好来几口这戏中的台词，潘孝寅说那就叫他来试试吧。于是让潘秀菊立刻去喊他。潘秀菊临出门，李庆昌又嘱咐："你千万别说让他扮角儿，那样一说他就不来了，你想法把他叫来再说。"

张发树不清楚他们商量好的点子，听了李庆昌的问话立马来了精神，二话没说，摇摆着身段走了两步，往前一探腰，伸出右胳膊，手中像拿着烟袋或什么物件，挥了挥，扯着长腔念道："千年的大道走成河，多年的媳妇熬成婆——不就是这样吗？"只这一个架势两句道白，惹得人们都笑了起来。

潘秀菊站在后面抿着嘴不出声。

潘孝寅接连点了几次头。

李庆昌放下手中的板胡，站起来说："怎么样？我说了嘛，这个角色非发树莫属！就让他扮'婆婆'好了。"

张发树虽然好热闹，往年排戏也跟着咋呼几嗓子，可从来没正式唱过，一听到让他扮角儿登台，简直有些急了，说："这是唱的哪一出？不是说叫我来帮着排演员吗，让我顶什么角色？我那嗓子跟破锣似的，别说唱戏了，骂街都不好听。再说了，我答应帮忠地弄好杂耍那摊子，不能再掺和这边的事了。”

有几个年轻人在一旁敲边鼓。一个说：“你那嗓子好啊，一吆喝就像泼妇骂街，演恶婆婆正合适！”

另一个说：“你刚才那一招一式就像个五六十的老娘们，挺是那个样哩！”

张发树说：“咱以前年年唱这出戏呀，这个角儿不都是……”说了半截忽然停下了，他想起，以往扮这个角色的，就是刚才第一个说话的年轻人他爹，就在去年春天，因长时间断粮，老人得了浮肿病，加上原来心脏不太好，没几天就去世了，临死全身肿得没个人样，谁看了都可怜得掉泪。不能再往下说了。

这时潘孝寅吧嗒两口烟，说：“咱就排《墙头记》《小姑贤》两出小戏，再让以前登过台的排几段折子戏，凑合着就能演两场。其他角色都有合适的人了，就缺《小姑贤》中的婆婆。你也知道，这出戏中只三个人，婆婆没多少戏，只是道白多点，唱腔很少，主要是小姑和她嫂子唱，用不了一天你就差不多能排下来，误不了那边的事。”

潘秀菊激他：“老爷子都发话了，你还拿什么糖！是不是觉得离了你这摊狗屎就不能攒粪了？”

张发树瞪着潘秀菊，说：“我就知道恁几个没安好心，要知道你骗我我就不来了！”寻思了一瞬儿接着说，“我扮婆婆也可以，你得扮小姑或儿媳妇，别看现在你是姑，上了台你就得喊我娘，从此咱就改辈分，我就是你的长辈了。”他心里接受了，觉得登登台没啥了不起，不过，得给潘秀菊胡闹两句。

潘秀菊狠狠地朝他背上拍了一巴掌，说：“别没大没小的，小心老天爷打雷劈了你！”

张发树回身想抓她，她躲开了。这时她突然看到，大门口有个女青年，推着自行车，朝这边东瞅西望，像是找人。她过去问道：“你找谁？”

那女青年说："潘忠地没在这里吗？"

潘秀菊仔细打量着人家，问："没有。你是从哪里来的？找忠地干吗？"

女青年被她看得有些不好意思了，腼腆地说："我是忠地的同学，放假了来看看他。我在村头打听，有人说他在这里排节目。"

潘秀菊心里有数了，说："他在祠堂那边。走，我领你去。"

女人的心就是细。潘秀菊听女青年这么一说，立时想：忠地你小子行啊，在学校就处下对象了！不错，还算有眼力。她仔细端详，这简直是见过的女孩子中最秀气的。你看，细高挑的个儿，身材匀称，不算胖也不显瘦弱。鸭蛋形的脸面，白皙、晶莹，跟画儿似的。两道弯弯细长的眉毛，微显皱褶的双眼皮，下面嵌着两只明亮的大眼睛，水汪汪的，格外有神。鼻子小巧挺秀，大概是骑自行车被风吹的，鼻尖略微透红，更显得俊俏。端庄的小嘴，厚薄适中的双唇，一说话便露出一口洁白整齐的牙齿。乌黑的头发，梳成两条齐肩的短辫，系着两个简洁的粉色蝴蝶结。蓝地紫碎花的可身棉袄，大方而不俗气。从脖领和袖口可以看出，里面还穿着一件绿毛衣，像是自己织的。

潘秀菊感到，这女孩子怎么看都让人觉得顺眼。

潘秀菊边走边观察，心里高兴，话也就多了，查户口似的，把女青年的情况问了个详细。原来她叫王士霜，和潘忠地是初中同学，现正在县一中读高中，还是公社农技站王站长的亲妹妹。这让潘秀菊对她更增加了一分亲近感。快到祠堂时，潘秀菊说："士霜，你是第一次来俺村，到忠地家里吃饭不方便，中午就到俺家吃吧。"

王士霜说："不用了，我和忠地说几句话就回去。"

潘秀菊说："那怎么行？你要是不吃饭就走，回到家里老人还不说俺汶水滩人忒不热情了！你也别见外，恁哥哥他们在这里驻队，公社妇联的高主任就住俺家。俺家里没别人，就我和婆婆俺娘俩，吃饭说话都随便。"随后老远就把潘忠地喊了过来。

“士霜来看你了，恁两个说说话吧，我那边还有事。”潘秀菊说完回头就走，没走多远，又扭头喊道，“忠地你过来，我给你说件事。”

潘忠地赶紧过去，她悄悄地说：“你个熊孩子，才几天不吃奶，就搞对象了？我早想给你介绍一个，就觉着你还太年轻，不到时候。”

潘忠地脸红红的，低声说：“谁搞对象了？就是同学。”

潘秀菊说：“别嘴硬！你要明白呵，人家还念着高中，以后还要考大学，可别误了人家的学习。我刚才给她说好了，中午你领她到俺家吃饭，快去吧。”并且又朝着王士霜大声说：“听话，一定到俺家吃午饭，我一会儿就回去做。”说完扭身走了。

潘忠地让王士霜先向村头走着，回去对爷爷说：“秀菊姑找我有事，咱下午再商量吧。”爷爷答应一声，继续和潘孝彦说话。

王士霜是犹豫多日才下决心来汶水滩的。

初中阶段，潘忠地和王士霜都是班干部。第三学年潘忠地任团支部书记，王士霜任学习委员。临毕业时，王士霜劝潘忠地考高中，并且说要争取以后一起上大学。由于潘忠地坚持要考农校，王士霜也改变了主意，想报考农校，还对潘忠地说上农校也不错，她哥哥就是农校毕业，分配到刘集公社农技站，干了几年就提了站长。

可是，当王士霜回家说出这想法时，她哥哥立即表示反对，说：“当年我之所以上了农校，是因为那时家庭太困难，不然就应该读高中考大学的。现在咱条件好了，我一个月有几十块钱的工资，完全有能力供你上高中。你的学习成绩又挺好，只要别泄劲，一定能成为咱村里第一个大学生。”一家人都赞成哥哥的意见，她也没了办法。回到学校她没好意思立即给潘忠地讲，直到临报名才向他作了解释。潘忠地听了没当回事，因为从一开始他就想：各人考各人的，你报什么跟我有啥关系！不过，他嘴里还是说了些赞成的话。

潘忠地到地区农校没几天，就收到了王士霜的信。出于礼貌，他立即回了信。一来一往，便经常有联系了。开始，两个人无非是谈些学习的情况。可是，一年下来，相互通信五六次，逐渐地无话不谈了。虽然没明说，潘忠地对王士霜也产生了爱慕之心。当班主任透给潘忠地农校要下马的消息后，他第一个要告诉的就是王士霜。于是当晚就给王士霜写了封信，第二天一早寄了出去。那次在公社农技站，王站长问到他们通信的事，回家后潘忠地再三考虑，还是没有回信。

王士霜记得清清楚楚，自从潘忠地回村半年来，她给他写了五封信了，可他一封也没回。如果说原来两个人通信对学习还有所激励，这几个月就不行了，她的学习成绩已明显下降，期末考试后退了好几名。

王士霜很苦恼。

她不知道潘忠地生活得怎么样，她更不知道潘忠地在想些什么。

放了寒假，回到家的第二天，王士霜就想来找潘忠地。可转念一想，一个女孩子，突然跑到人家村里去找个男孩子，外人会是什么看法？家里人知道了也不会同意。几天来，她一直心事重重，干什么也提不起精神。

直到昨天，哥哥回家，吃饭时说到在汶水滩驻队的事情，王士霜问了一句："你认识那个潘忠地吗？"

王士友说："怎么不认识，你这个同学真不错，回村没半年就当上了团支部书记，还兼着生产队副队长。我听大队书记潘士金说，明年春天就要发展他入党哩。其实，工作组没去汶水滩之前我就认识他了。"边吃着饭边把潘忠地回村后的情况详细介绍了一番。

王士霜慢腾腾地吃，认真听着哥哥的话，浑身有些燥热起来。晚上躺到床上，一个劲地翻烧饼，思来想去，怎么也想不明白潘忠地为什么不给她回信。也许是他觉得当了农民，不好意思再与她联系了；也许是觉得当了村干部，看不上她了……不论是什么原因，明天也要去找他问问，哪怕从此一刀两断，也得弄个明白，以后心里就踏实了。至于会不会给外人落下话把，管他呢！

第二天王士霜吃罢早饭，给爸妈说了声去看个同学，就骑上自行车直奔汶水滩来了。

蓝湛湛的天空没有一丝云彩，金黄色的日头虽没有多少热力，却也温柔地照着大地。一群在路旁寻找食物的雀儿，被潘忠地、王士霜的脚步惊动，呼啦啦飞上墙头，瞪着眼看着二人走远，又扑棱棱飞回地上。人们都在忙年，街上冷清清的。不知道谁家蒸熟了干粮，一股香甜的发面味儿弥漫着。

出了村口，潘忠地接过自行车，替王士霜推着，两个人朝干渠方向走去。

“我给你写的信收到了吗？”看到潘忠地只是默默地走，一句话不说，王士霜沉不住气了，先开了口。

“都收到了。”潘忠地没有抬头。

“那为什么一封也不给我回？”

潘忠地无语。

姑娘呀，你哪里知道，你的每封信潘忠地都有回信，只是没有寄出去。没离开农校时你的那封信，他是准备回村后给你回的，可回来后写了撕撕了写，反反复复，总觉得说什么都不妥帖，最后一遍没撕，放进抽屉搁置了起来。去公社时你哥哥让他给你回信，他回来思虑半晚上，还是没有动笔。正在抗旱紧要关头时，收到了回村后你的第一封信，他在口袋里藏了好几天，趁着一个人到地那头看水的空儿，一遍遍地看，不知看了多少遍，直到一次被一个青年发现，问他偷偷看的什么，还弄了他个大红脸，才回家后放起来，没再带在身上。等到老天终于下了雨，他回到家里，躲到西屋就给你写回信，开始想第二天就到刘集寄出去，可是晚上又变了主意，于是连同你的信，一并放到了抽屉里。就这样，每次你来信，他都是看了一遍又一遍，然后认认真真写回信，写好后就放起来。有过多少个晚上，他一个人趴在煤油灯下，把信拿出来，伴随着甜蜜和苦涩，一封封地看……他对你的思念一直在心里缠绕着，可怎么向你解释呢？

“你倒是说话呀！是不是当了官就看不起人了？”

“当什么官，农村里什么职务也算不上官，别说是我这团支部书记、副队长了，就是党支部书记、大队长，说不定哪一天就下台，照常当普通社员。”

“那就是工作太忙了，没时间给我写信？”

“也不是。事情是多点，写封信的时间还能没有啊！”

“那是为什么？”

“我现在在村里干活，你还正在读书，怕老是通信影响你学习。”

潘忠地的确有过这想法。可他内心深处，考虑的绝不仅仅是这一点。善于思考的年轻人，既看到了眼前，也设想着未来。自己回了农村，并且下决心要当一辈子社员。她呢？读高中，考大学，凭她的学习基础，上大学应该没什么问题，那么将来就是正式国家干部。两个人处下去，能有什么结果……

“怕影响我学习？实话告诉你吧，这次期末考试，除了数学还可以，其他各科成绩都下降了，论总分在班里我已经快落到中游了。给你说过，第一学年每次考试最差我也是前五名。”

潘忠地用愧疚的眼色看了看王士霜，心里像打翻了五味瓶。

前面到了干渠堤。潘忠地支起自行车，说：“坐一会儿吧，这里暖和些。”说着掏出手绢，铺在一片干草坡上，自己直接坐到了一旁。

“你坐这边吧，我有手绢。”王士霜也掏手绢。

“不用了，我经常在地上坐，习惯了，你坐吧。”

王士霜坐下了。

“士霜，我现在回来当了社员，将来也不会有什么变化，咱还是别再联系了。”这回是潘忠地先说话了。

“那好吧，你要觉得我继续读书不好，下学期我就退学，也回家当社

员。”王士霜说得很干脆。

“可别胡闹！有这个机会必须珍惜，有多少人想上高中捞不着呀。你得静下心来认真学习，争取后年考上大学。”

“要不我把高中的书给你找全，你个人自学，到时候咱一块考大学。”

“那是不可能了。高中的课程我从来没接触过，正式的高中生每年考上大学的都为数不多，靠自学能有什么指望！再说，现实这种情况，哪有自学的条件，平时看点书，也都是实用类的。”

王士霜沉默。

“我知道你一直在关心我，特别是学校下马后，你担心我想不通，回村不适应。放心吧，我一点思想顾虑没有，当社员也没什么不好，虽然累点苦点，祖祖辈辈都熬过来了，咱还能不行！人一生走什么样的路，是命里注定的，强求也没用。”

“什么命不命的，你这是迷信。”

潘忠地笑了笑，说：“你说是迷信也行，现在的科学还没有弄明白，我总觉得有些事情好像有种神秘的力量在支配着。就说我吧，正好好上着学，怎么学校说下马就下马了？如果我大几岁早两年上学，不就和恁哥哥一样被分配了吗！再说，如果当时听你的话不考农校，现在也就和你一样了。还有咱班里那个刘安鲁，整个初中阶段几乎每次考试都是全级前十名，结果却没考上高中，早就回家当社员了。这还不是命吗？”

“别说这些了，你爱怎么想就怎么想，反正我心里和你想的不一样。我把话说明了，不论你干什么，我会一直给你写信，至于回不回那是你的事。好了，我该回去了。”王士霜生气地想站起身，看着潘忠地不动，也就没动。

“这样吧，写信可以，但不能写太多，绝不能影响你的学习。”潘忠地寻思一阵子，想起了王站长给他说过的话，才这么说。

“只要你给我回信，一个学期就写一两封，多了不写。”

“那好，我一定回。你吃了饭再走，秀菊姑说了，咱上她家里去。”

“我又不认识人家，不去。”

“那上俺家里吃也行。快晌午了，到恁家还有二十多里路哩。”

“更不去。老人们见了我还不把我轰出来！”王士霜笑着站起来，随手把手绢拿起来甩了甩，叠好放进兜里，“这块手绢归我了。”

“不行，我都用好长时间了，又不干净，还给我吧。”潘忠地伸手要。

“一块旧手绢还舍不得呀，脏也不要紧，我回去用它擦自行车！”

潘忠地没了办法。

潘秀菊正在切土豆丝，听到潘忠地进门，立即放下刀站起来，一看就他一个人，问：“士霜呢？怎么没一块来？”

“她回去了，我就是来给您说一声，别忙活了。”

“你个傻蛋，人家大老远地来看你，怎么能让她走呢？”

“我留她了，她坚决要走。”

“是不是谈崩了？”潘秀菊坐下继续切土豆丝，“崩了好，她那样的条件，将来比咱有前途。现在你们还太年轻，不定性，别看她现在说得怪好，到时候有个高枝攀上就把你甩了。沉住气，姑给你物色一个，保准你满意。”

“哪里，真的就是同学关系，没别的。”

“不用说了，真的假的我心里有数。坐下吧，壶里有水，自己倒上喝。她走了你在这里吃，尝尝我的手艺。你看那边，面条我都擀好了。”

“我回去吧，没给家里说。”

“不用说了，我回来时给恁爷爷打了个招呼，说你有事中午不回家吃饭了。”

“还是回去吃吧。”潘忠地有些不好意思。

“犟的么，我的话也不听了？你先出去看看恁大奶奶，她到别人家去借鸡蛋了，觉得有你的同学，想多炒个菜。算你没这个口福，去把她老人家喊回来，别让她借了，咱自己有什么吃什么。”

潘忠地刚想出门，老太太用瓢子端着几个鸡蛋回来了，进屋就问："忠地怎么你自己呀，恁同学呢？恁姑还说是个女同学。"

潘秀菊说："他同学走了，我留下忠地在咱家里吃。娘，你把鸡蛋还给人家去吧，他又不是外人。"

老太太说："还什么还，忠地来了也得吃，他是头一回在咱家吃饭，算是走姑家哩。咱家里还有两个，我就从恁大婶子家借了五个，明后天咱的鸡下了再还她。"说着去了厨屋。

潘秀菊朝潘忠地努努嘴，说："还是恁大奶奶疼你。"

潘忠地说："我知道，你更疼我！"

潘秀菊说："别贫嘴，谁疼你这样的半吊子！"由于有点分心，差一点切了手指头。

过年

今年过年，汶水滩人格外喜兴。大队领导班子调整了，新班子关心群众生活，对困难户都给予了适当照顾。虽然家家户户置办的年货多少有别，可毕竟都能买点肉吃上白面饺子了。去年、前年，有几户人家入冬不久就出去讨饭，过年时也没回来，今年没有一户不在家过年的。另外，多年没见的杂耍、大戏又捣鼓起来，已经敲锣打鼓地准备好几天了，外村过路的看到这情景都眼馋。全村大人孩子喜气洋洋，贴春联，挂年画，穿新衣，放炮仗，热热闹闹过大年。

本来根据张发树的提议，杂耍从正月初一开始上街，初二、初三和十五、十六再玩几天，唱戏安排在十四、十六两个晚上。前天潘士金把张发树、潘秀菊、潘忠地他们几个叫到大队办公室，说："咱俗话叫'过年'，外边的人说是'过春节'，今年的年才真正叫'春节'哩，因为年三十正好是'立春'，这可是多年不遇啊。立春是一年二十四节气中的第一节，咱要一块好好过过。是不是从三十开始，杂耍就上街演示演示。忠地再去买两挂炮仗，在大街上放放，让全村喜兴喜兴。"

张发树首先赞成，说："太好了，三十咱就开始，既迎年又迎打春。炮仗一响，驱走了鬼祟邪气，也预祝明年各项事儿都顺畅红火。"

潘忠地说："三十上午我们还要组织部分青年给烈军属五保户干干活，打扫院子挑挑水，给几户鳏寡老人包包水饺，我正寻思怎么弄得更好些哩。"

潘秀菊说："是呀，往年都做，今年应该做得更好。不要紧，这些事我帮你，咱俩安排。杂耍的事撂给发树就行了。"说完看了看张发树。

张发树说："没问题，咱分头行动，恁忙恁的，杂耍表演和放炮仗我负责。"这一段他大部分时间靠在潘家祠堂，帮着潘忠地指挥杂耍组训练，心里有数。

三十这天天气格外好，一丝风没有，日头暖烘烘地照着，真有了迎春的感觉。锣鼓家什响起来了，龙灯、狮子、高跷、旱船、二鬼一齐上了街。男女老少都出来了，拥挤在路两旁观看。有些妇女正在家中准备过年的饭菜，听到外面的动静，也沉不住气了，撂下手中的活，跑出来看两眼，再急速速地回去忙活。

张发树在前面引领着，拿根长竹竿，上面挑着两挂接在一起的炮仗，挥舞着撵孩子们往后撤。来到村中心十字路口，龙和狮子先耍了些花样，然后靠向四周，围了个大圈，接着跑旱船的上了中心场地。别看李向林平时老实木讷，少言寡语，这一上场就给人们挤眼努嘴，博得了一阵掌声。他上身穿件红棉袄，脸上抹粉搽胭脂，扮作小媳妇，架着旱船，轻飘飘还真像那么回事儿。砖头斜穿棉袄，腰扎草绳，扮作摇船老汉，颠颠地跑前跑后，起身哈腰，也挺像样。他两个都是新手，潘孝林老汉在一旁叼着烟袋，指挥道："船尾翘高一点，摆一摆，别太稳当了。砖头，你那橹再活泛些。"场上两个人更加卖力，一阵子就都满头大汗了。潘孝林说了声"下去吧"，旱船靠边，摔二鬼的上来了。一人手脚着地，手上也穿两只鞋，背上驮两个对着脸的鬼相假人头，左倒右歪，前翻后滚，惹得人们一阵阵大笑。二鬼靠边了，踩高跷的登场，唐僧师徒四人，还有老头、老太婆，小媳妇、大姑娘，扮相各不相同，手持不同的物件，变换着队形，玩着花样，由中心逐渐向四周散去。这时张发树来到当中空地，"噼里啪啦"放起了炮仗。他刚放完收起竹竿，准备引领队伍继续前行，不知哪个捣蛋孩子，点着一个炮仗扔了过来，正好在他头顶上响了。他装着一脸怒气的样子，吆喝着四处寻找肇事者，人们嘻嘻哈哈挤来挤去，哪里找得着。

潘秀菊在后面拽了拽潘忠地的衣裳，潘忠地会意地点点头，站到路旁一个土堆上，大声喊道："参加今天活动的团员青年不要再看了，各团小组抓紧按分工分头活动。"

一伙伙年轻人叽叽喳喳奔向相关的人家。

一对狮子已经蹦蹦跳跳地往前走了。

潘忠地在外面忙了大半天，日头偏西了才回家吃午饭。进门一看，家里一切都拾掇好了。院子角角落落都打扫得干干净净，还洒了些水；大门、堂屋门都贴上了春联，石磨、水缸、粮囤、桌椅板凳上，也都贴上了"酉贴"；大门里边东墙上钉两个长木橛，放个搁板，板上摆个香炉，香炉后面是黄纸叠的牌位，上写"门神之位"；堂屋门前东侧的香台用新秫秸箔围了起来，顶上盖了领席片，前面开口处两侧各插上了一把柏树枝，香台上摆着香炉、牌位，牌位上写着"天地三界十方万灵真宰之神位"；堂屋里八仙桌、条山几擦得明明亮亮，条几上摆满了列祖列宗的牌位，每个牌位的右侧都整齐地放着两根香。潘忠地知道，这香代表筷子，请祖先们回家过年吃饭用的。一家人早就吃完了饭，爷爷正在糊元宝，奶奶和娘忙着包晚上和明天吃的水饺，妹妹擀皮，父亲在擦洗茶壶茶碗，弟弟在院子里摆弄窗台上晒着的炮仗。爷爷在屋里喊："小民，一会儿拿上酒壶、香、锞子，跟我去请家堂。"潘忠民郎当着脸，没回声。

潘忠地知道，家里这些活都是父亲指使着弟弟一起干的，弟弟一定是累了，闹情绪。于是说："叫小民歇歇吧，我和您去。"

奶奶说："你先去吃饭吧，扁食在锅里馏着，要是凉了再热热。"

潘忠地答应着去了厨房。

中午吃的是杂面水饺。虽然今年瓮里的小麦比往年多点，可是一春天客来人往的，没了白面到时候作难，还是得匀和着吃。前几天生产队杀了两头猪，每人八两肉，不算少，可要留下节后待客的，还有一斤多肥肉熬了油，自己过年就不能多吃了。所以包水饺和了两种面，做了两种馅，除夕晚上这顿是细白面，白菜粉条馅，不放肉，说是吃素馅预示着来年素净；今天中午和初一吃的是粗白面，还掺了少量的豆面、玉米面，萝卜油渣馅。潘忠地掀开锅，箅子上满满两大碗，没用筷子就拿起一个尝了尝，温乎乎的，于是端起碗吃着去了堂屋。

石榴边擀饺子皮边说："哥哥，我给你剥个蒜瓣吧。"

"不用了，这就挺好吃。"潘忠地狼吞虎咽，一气吃净了两大碗。

爷爷已经糊完元宝，坐在椅子上吸烟。潘忠地放下碗洗洗手，往酒壶里倒了一点酒，拿了个酒盅和一把香，一起放到托盘里。爷爷又拿起一串小元宝（锞子）放进去，说："走吧，不早了。"

来到林地，按照爷爷的吩咐，潘忠地在几个坟前各点上三炷香，奠了几滴酒。爷爷在后面跟着各烧了两个小元宝，然后点着一根香，右手举着，嘴里嘟念道："列祖列宗们，新年到了，一年一个时候，都跟我回家过年了。"说完回头便走。

日头快落下去了，原野上空蒙起一片晚霞，林地那几棵柏树、柳树的影子在迅速扩大，天空的蔚蓝也在变成灰色。潘忠地端着托盘，随着爷爷庄重的步子，不声不响地跟在后面。他明白，这时候是不允许说话的。

回到家里，爷爷把那根燃了大半截的香插进八仙桌上的香炉，随后挪了挪两边的椅子，又搬一条板凳打横放好，说："老的们都回来过年了，这座位不能再动了。"

其实不用说也都知道，从三十傍晚请了家堂，到初一下午送了家堂（也有初二下午送的，再早的年代，大户人家还有到十四下午才送的），这段时间不能再动八仙桌周围的座位，更不准往上坐了。潘忠民曾经问哥哥："死了的人真的都回来坐到那里过年吗？”

“人死如灯灭，哪里还能回来！不过，这是活着的人对祖先的一种尊敬，成了风俗就都这样办了。”潘忠地这么解释，也是以前听母亲这么说过。

“石榴，恁爷爷的话你听到了吗？”父亲把刚泡好的茶倒了三茶碗，恭恭敬敬放到桌上，回头嘱咐石榴。因为去年除夕夜石榴看着八仙桌上的蜡烛明亮，趁别人没注意，坐到椅子上看起了连环画，惹爷爷生了一阵子气。

石榴说：“听到了。”抬头看着潘忠地伸了伸舌头，潘忠地笑了笑没说话。

傍晚，整个村庄溢满了孩子们的嬉闹声。大人们有的在准备年夜饭，有的边喝茶，边开始一炉炉地烧香。孩子们都约伙到一起，到大街上玩耍。男孩子兜里掖几个炮仗，一会儿点一个，扔向半空，“乓”，响了。这个的刚响，那个的又扔了上去，相互比试着谁扔得高，谁的响。偶尔有个截捻的，不用别人数落，自己就觉得倒了大霉了，便赶紧再多放几个。女孩子们不和男孩子掺和，她们一伙伙聚在一起，一根接一根地放滴滴金，比试着谁的出花多，谁一根放的时间长。

潘忠民不愿意和小孩子们入伙了，黑了天没事干，一个人在西屋里看《武松大闹东岳庙》，这是昨天从同学那里借的，说好两天后要还人家。爷爷在外面喊：“小民，黑天了，出来放几个炮仗。”他不声不响出来放了两个，又回屋了。石榴从去年就不放滴滴金了。她站到大门口看了一会儿热闹，听到家里炮仗响，就回来了。她嚷着叫潘忠民再放几个，潘忠民说：“我不放了，你放吧。”说完把多半挂炮仗放到桌上，坐下继续看书。石榴赌气过去拿了一个，放到西屋门槛上，手哆哆嗦嗦，划了两根火柴才点着，捻子急，还没来得及跑就响了，吓了她一跳。潘忠民咋呼：“远一点放去！”她没吱声，到厨屋暖和去了。

潘忠地吃完晚饭就出去了。他先到老会计家里说了会儿话，又到潘士金家里坐了坐，然后去了潘秀菊家。潘秀菊的哥哥、嫂子和侄儿冬子都过来了，妯娌俩包着水饺，亲热地说着话儿，张义光正端着一杯茶递给老太太。潘忠地进门，梁玉芳说：“忠地真有口福，恁大叔刚泡好茶，头一碗就让你赶上了。”

“我不干渴。”潘忠地来到老太太跟前，说：“大奶奶，明天早上人多，我提前来给您拜个年吧！”

潘秀菊捏着水饺，笑着说：“光嘴拜呀，得磕头！”

老太太说：“磕什么头，现在年轻人不时兴了，有这个心就行。”说着推了推跟前的孙子，又说，“冬子，你不是闹着放炮仗吗，叫恁忠地哥给你放去。”

潘忠地说：“好啊，咱到外面放去。”他从小冬子手里拿过整挂的炮仗，破开解下两个，点了根香，领着他去了院子。

冬子站在屋门口，潘忠地说：“捂上耳朵，我放了。”冬子真的两手捂上耳朵，又后退了一步。

潘忠地接连放了两个，叫着冬子回屋。冬子手舞足蹈，缠着叫他再放，张义光在屋里大声说：“好了，快叫恁大哥哥来喝茶，过一会儿我再给你放。”冬子这才不情愿地进了屋。

看着一家人和和睦睦的样子，潘忠地多坐了一会儿。起身走时，梁玉芳留他吃水饺，老太太说：“大年夜里得在家里一块吃，让忠地早点回去吧。”

农村就这样，一家人平时再生分，过年了，也都要凑到一块儿。尤其是有老人的，三十、初一这两天，必须围着老人，亲亲热热，争着干点活，吃儿顿团圆饭。邻居间也是如此，平时闹了矛盾，哪怕是见面不说话了，到了过年也要相互走动走动。只要相互拜了年，旧事不能再提，从此一切矛盾就算是解决了。这不能不说是一种好传统。

大街上清静下来，孩子们都各自回家，到厨屋里暖和着等年夜饭。有些年轻人约在一起，开始打起了扑克，并准备玩个通宵。熬年夜，多数人还是拉拉家常，盘算盘算来年的日子。

潘忠地回到家时，潘忠良已经过来一大会儿了，正在和爷爷拉呱。奶奶半躺在炕头里，依着被子打盹。爷爷叼着烟袋坐在炕沿上，其他人都围着火盆坐在下面。

潘忠良放下茶碗，说："忠地回来了！我正和咱老爷说明年开荒的事，你看怎么样？"

"开哪里的荒？"潘忠地没弄清什么事儿，摸起茶壶给他倒水。

爷爷说："就是北河滩我种菜的地方。恁忠良哥说，明年生产队去开。这倒是个好主意，荒着也是荒着，要是多出点工，能整出几十亩好地，种大豆栽地瓜都长不孬。可不知道大队同意不同意。"

潘忠良说："大队好说，士金叔是书记，咱投工出力赚收成，他还能挡着？"他好像蛮有把握。

潘忠地说："那可不行，那块地已经交给团支部管了。"

潘忠良更来情绪了，说："好啊，你是团支部书记，你同意不就行了。"

潘忠地说："你没听说呀，工作组早就帮大队作了规划，那片地要重新栽树。还有头道堤里边的滩上，也要栽上四行树，这样才能防风固沙。"

潘忠良说："栽树也不碍事，你看原来栽的那些，三五年长不起来，只要整一整，树空里照常可以种庄稼。我是想，咱能种几年算几年，多少收点就是赚的。"

潘忠地说："你也不想想，那是大队的土地，就咱一个生产队去种，其他生产队能没意见？士金叔又不是咱一个队的书记，他能答应吗？再说了，团支部已经商量过，要通过义务劳动，把那片地先整平再栽树，保证植树的质量。正像你刚才说的，在树没长起来这两年，树空里种些矮秆作物，收入就作为团支部的活动经费。这个想法向党支部汇报后，他们也完全赞成。"

潘忠良说："忠地呀，别忘了你还是咱队的副队长，可不能胳膊肘子往外拐。"他吸了口烟又说，"要不这样，团支部负责整地栽树，咱队里去种庄稼，收成三分之一归恁团支部，五五分也行，你们省心省力，白赚。"

两个人说来说去，潘士敏听不下去了，说："忠良你别争了，忠地说得对，别说大队交给了团支部，就是没这回事，那是全大队的土地，能让咱一个生产队沾光！恁弟兄俩还是好好琢磨琢磨，怎么把咱队里那几百亩地种好，让社员们多分点口粮，也让士金脸上有光。"

潘忠民在一旁说："我赞成爹说的。忠良哥，你那个想法是私心作怪！"

其实潘忠良已经觉得这事办不成了，就故意和潘忠民闹闹，说："呦嗨，你小子也批判起我来了！我是为了全生产队，又不是为我个人，怎么就有私心了？"

潘忠民理直气壮地说："只为小集体就是扩大了的私心！"

爷爷说："好了，我就说这事不好办。秋天我种那点菜，开始就是偷偷摸摸，一直担心别人发现了让大队收了去。其实也藏掖不住，人家不是没看见，是看着我这老头子出力流汗的，不给我一般见识。明年就是有人叫我种，我也不好意思种了，不能给面子不要。要是咱一个生产队轰轰隆隆去种，保准不行。"

潘忠良说："老爷子说了我听，往后这事咱不再提了。"然后起身，朝着炕上说，"大奶奶你醒醒，我给您二老磕头拜年了。"话音没落便在炕头前跪下磕了个头，接着要走。

爷爷说："别走，让忠地倒壶酒来，咱爷们先喝两盅。"

潘忠良重新坐到小凳子上，说："好吧，我就敬您老人家两盅再回去上供。"

潘忠地到堂屋去拿酒。忠地娘说："大锅里温着供，我给恁用小锅炒碗菜吧。"

潘忠良知道鱼肉都不多，没有重要的客人舍不得吃，故意说："婶子，不用炒，你把现成的炸鱼、丸子，还有煮好的肉，拾掇两碗就行。"

忠地娘说："你就知道想好的吃！中午炸出鱼来恁大老爷、大奶奶才吃了两块尝尝，这还没上供、候客，你就能吃呀！再说，你年轻轻的胃口好，不怕凉，恁大老爷不吃口热菜行啊！”她也知道他是闹着玩，起身炒了碗白菜豆腐，又端来半碗面丸子，倒锅里一起炖了炖。

两碗菜端上小饭桌，潘忠地斟酒，爷爷和潘忠良一边一个坐下，潘忠良又让潘士敏也坐下，没拿筷子先端起了酒盅，“吱儿喳”地喝了起来。

“噼噼啪啪”，不知谁家放起了整挂的炮仗。这是开始上供祭祀鬼神了。

爷爷问：“这么早就上供，有半夜了？”

潘忠良说：“差不多了。大婶子，你烧锅热供吧，我也该回去了。”说着又捏起一撮烟，卷了个烟卷点着才起身。潘忠地、潘忠民把他送到大门外。

大锅里的水开了一会儿，供馏透了，奶奶起来掀开锅，把下午用洋红水染好的粉丝，还有切好的菠菜叶，每碗供顶上放了一小撮。忠地拿过托盘，第一趟端三碗，摆到院子里香台上，敬天地。第二趟端一碗，放到大门里边的门神牌位前，敬门神。回来时奶奶已经端了一碗放到锅台里边，敬灶王爷。别看这两个一碗供，碗里都盛着三样菜：两片肉，两块鱼，两个丸子。锅里还有八碗供，一鸡、二鱼、三丸子、四大肉……他分两趟端到堂屋八仙桌上，敬祖先。父亲在后边一处处烧香，奠酒，爷爷随着烧元宝，潘忠民把下午用杆子拴好的那挂炮仗拿到大门外放了。石榴也不怕冷，跟着潘忠地一趟趟来回跑。

水饺熟了，奶奶先盛了两个，带着大半碗汤，让潘忠民到各个上供的地方浇奠。又让潘忠地拿过水瓢，舀了半瓢汤，带上几个水饺，到十字路口去泼汤。潘忠地刚要走，奶奶嘱咐：“别忘了那句话，愿语愿语再泼。”

潘忠地说：“知道，‘没家没院的游魂野鬼来喝汤水了！’”回头又对妹妹说，“石榴，跟我去呀。”

石榴说：“我不去，怪瘆人的！”

爷爷安排石榴：“你拿根木棍放到大门槛里边去吧。”

石榴问：“放那个干么？”

潘忠民说：“这你都不懂？放个拦门棍，挡住邪魔鬼祟，不让它们到咱家里来捣乱。”

石榴说：“我不去，还邪魔鬼祟。”

潘忠民说：“胆小鬼！”嘟囔着出去了。

忠地娘又用小锅炖了碗杂烩菜，盛好放到小饭桌上，接着想盛水饺。爷爷说：“等一会儿，盛出来凉了。”回头看到潘忠地回来了，又说，“走，恁爷仨一块跟着我磕头去。”

爷爷走在前面，父亲紧随其后，忠地、忠民在父亲屁股后面，不声不响地磕。石榴在一边跟着，抿着嘴笑。一处处磕完回到厨屋，潘士敏说：“来，咱一块给恁老爷、奶奶磕个头。”

忠地娘正拾掇碗筷，没跟上，等他爷三个磕完，说：“我也给恁二老拜年了。”说着也跪下磕头。

老太太说：“别磕了，他爷仨磕了就行了。”

忠地娘边磕边说：“一年一个时候，怎么能不磕呢。”

潘忠民拉了一把石榴，说：“你也得随着咱娘磕一个。”

奶奶说：“小闺女磕什么头！”石榴朝潘忠民“哼”了一声，没动。

老太太挺高兴的，对潘忠地、潘忠民说：“恁兄弟俩也给恁爹恁娘磕个头吧。”

忠地娘说：“有您二老健在，俺年轻轻的享什么头，不用磕了。”

老太太又说：“也是，那就算了。”

潘忠地已开始倒酒，问：“爷爷，您还喝盅酒吗？”

爷爷说：“刚才喝了两盅，不能再喝了。都斟上，过年了，恁奶奶恁娘都喝点，我那盅叫恁爹替。”

一家人都坐下了，石榴拉了拉潘忠地的胳膊，小声问：“怎么磕头还不一样呀？”

潘忠地说：“有什么不一样？跪下磕就是。”

石榴说："有磕好几个的，有磕一个的。"

潘忠地说："是呀，'神三、鬼四、人一'，院子里香台前磕三个，八仙桌前磕四个，给活着的老人磕一个。"

石榴又问："为什么？"

潘忠地说："不为什么，祖辈传下的规矩，都这么磕。"

这时爷爷说话了："忠地，熬夜不熬夜的傍天明要到村头看看天气，看一下明年收什么庄稼。当干部了，种地的事要多留心。"

潘忠地问："怎么看法？"

爷爷说："看东方天边，日头出来以前那一阵，如果东方发白，那就是这一年主收麦子、棉花，如果发黄，就是主收玉米、谷子、大豆，如果发红，就是主收高粱。"

潘忠地似信非信，说："还有这讲究！"

爷爷说："这也是恁老老爷给我讲的。以前自己种地时我注意过，还真是八九不离十。还有正月初这几天，一鸡、二鼠、猫三、狗四、猪五、羊六、人七、谷八、九果、十菜，一天主一样的生日。要是初七这天天气好，当年人丁兴旺，天气不好，人有灾星。初八这天天气好，粮食丰收，天气不好，就可能是灾年……"

石榴打岔："那要是初二天气好，老鼠就兴旺，那还了得？"

爷爷说："初二天气好，老鼠多，如果初三天气也好，猫就能克老鼠了。要是初二天气好初三不好，老鼠与人争食，人就要挨饿。"

潘忠民也不相信，说："这几天就能预测全年，能准吗？玄乎！"

爷爷说："也不是很准。去年初七那天大晴天，没风没火，结果呢？春天连饿带病的就死了不少人。不过，从老辈都这么说。"

一家人正说着话，张义生来了，进门就说："大叔、大婶，我给您二老拜年了。"

爷爷说："义生啊，你什么时候回来的？快坐下喝盅酒。"

潘忠地起来让座。

张义生说："厂子里事多，我前天才回来。您喝您吃，我刚喝了几盅，也吃水饺了。"说着掏出烟卷，抽出一支递给爷爷。

"我不吸那个，没劲，你尝尝我这包里的烟。"爷爷把烟袋给他。张义生把烟卷放进去装进兜里，接过烟袋，坐下装满一袋，吸了两口，咂咂嘴："够劲头，还是这个过瘾。"

年三十晚上只有本姓近门才给长辈拜年，外姓人平时关系好的也是初一上午才走一走，一般的就不拜了。张义生属外姓人，这时候来了，让人有些意外。潘忠地又重新泡上茶，倒一碗递给他。

张义生接过茶碗，说："按道理庄里庄乡的，每年我都该给您这些长辈拜年的，可原来当那个书记，瞎忙，顾不上。现在好了，在厂子里虽然忙些，回来就没点事了。"喝了口茶又看着潘忠地说，"忠地，你在农校上学时有个叫魏鹏程的老师？"

潘忠地说："有啊。"

张义生说："挺年轻的，他在学校就是领导？"

潘忠地说："也就三十多岁，农学院毕业，是教研室党支部副书记。"

张义生说："怪不得，厉害！"

潘忠地问："怎么了？你认识他？"

张义生说："这个人调咱公社来了。前几天公社召开机关干部和部门负责人会议，杨书记作了介绍，说他三十六岁，本科毕业，原来在地区农校工作，调到县农业局待了几个月，这又调到咱公社任副书记。你和他熟悉吗？"

潘忠地说："怎么不熟悉？他不光教俺课，还是俺的班主任，一直对我很关心。"

张义生说："那就好了，过年初四上班，你和我一块去一趟，我也和他认识认识。这个人有前途，看来得接杨书记的班。"

潘忠地听了心里热乎乎的，说："行，我也得去看看他，到时候咱一起去。"

丧事

“人就是个命呀！您看潘孝林老汉，年前年后一直领着那伙年轻人玩杂要，哪里看出有什么病来，怎么说不行就不行了？去年春天连病带饿的，躺了那么长时间也熬过来了，这次说得病就是墙倒屋塌，住了十来天院也没能救过来。”

这几天，汶水滩的人们都这么议论。

潘老汉得病的确突然。

那天是正月十六，翻土压沙的工地上热火朝天地进行着。上午十点左右，张发树、潘忠地现场把玩杂要的几十号人集合起来，各自穿戴好带来的行头，进行今年的最后一场表演。干活的都撂下工具围了上来，村里的老人孩子也来了一些。表演者一个个使出浑身解数，博得人们一阵阵叫好声。潘孝林站在人群的最里边，倒背着手，还不时地点头。正玩到高潮，他却转身往外走，人们不知道他出去干什么，主动给他让路。还没走到人群外，他一下子歪倒在地上。跟前的人赶紧喊着拉他，只见他面色发黄，两眼紧闭，一动不动。这时有人说：“不好了，老爷子病了！”张发树正在附近，听到动静立即挤过来，一看，大声喊道：“忠地，快，去卫生室！”随后蹲下身弯下腰，“帮帮忙，把他扶到我背上！”背起来就往村里跑。潘忠地赶过来，说：

"我背吧。"张发树没停脚步，"不用，你在后边托着点就行。"

来到大队卫生室，张发树气喘吁吁，把老人轻轻平放到简易病床上，潘忠地趴到他耳边喊了两声"爷爷"，他只微微睁了睁眼，接着闭上了。赤脚医生李庆龙拿起听诊器、血压计，过来褪下他的棉袄袖子量了量血压，然后号号脉，又翻起眼皮看看，说："不好，赶紧去公社医院。"

张发树说："是不是先打一针？"

李庆龙说："没法打，可能是脑血管的问题，咱没有这方面的药。忠地，你快去找辆排子车来。"

潘士敏也赶来了，听到这情况，回家抱了床被子，又把家里仅有的几块钱带上，急匆匆回到卫生室。

潘忠地把排子车放到卫生室门口，潘士敏把被子一半铺到车厢里，几个人把老爷子抬到车上，把被子另一半折过来盖好。李庆龙锁好卫生室门，说："恁快点走，我回家骑自行车，前头去安排安排。"

张发树要拉车，潘忠地说："我拉吧。"下腰拉起来就走。

潘士敏说："发树，你别去了，大队里忙。"

张发树说："去吧，医院里我有熟人。"在后面跟着一起去了。

刘集卫生院在镇北头大路东边的高冈上。上去几十米的斜坡就是大门，进去大门南北向十几间瓦房，中间是个过厅，过厅南面是挂号处、收款处，北面是中、西药房。过厅两边的房子门朝东，是各科门诊。往里是个后院，院子中间栽些花草，南边几间房是办公室，靠北边一排房是病房。潘忠地他们刚进大门，李庆龙就从过厅里迎了出来，说："从北边绕过去，直接上病房，手续办好了，宋医生在那里等着。"

这个病房两间屋，摆着六张病床，西北角两张空着。他们几个把病人抬进来放到最里边的床上，宋医生立即作了认真检查，随后起身回到办公室。几个人都跟了过去。

宋医生说："庆龙你说的没错，可能是脑梗，比较严重，平常说的'中风不语’就是指这种情况。咱这里治疗条件有限，抓紧去县医院吧。”

潘士敏愣了，看看张发树，又看着李庆龙，心里没了主意。李庆龙说：“到县城四十多里路，这种情况，别在路上耽误了。再说，县医院能有更好的治疗办法吗？”

宋医生说：“就县医院目前的条件，对这样的病人也没法采取别的措施，只能进行常规治疗。可毕竟人家的临床经验比咱丰富，住院条件也比咱这儿好些。”

宋医生原来学的是中医，前几年又到地区医院进修了一年的西医，在本院是水平最高的。他从医十多年，一直把握着自己的原则：一般病人来了，一定要千方百计精心救治，用个偏方能治好的就不开药，吃几服中药能治好的不开西药，用些口服药能治好的不打针，不需要住院的绝不安排住院，以治好病为目的，尽量不让病人多花钱。如果遇到危重病号，那就动员赶紧转院，也没别的意思，就是不能让病人死在自己手上。在这一带他的口碑很好。今天这个病人，他是觉得治疗无望了。

张发树说：“宋医生，别说是咱公社，就是全县您的本事也算大的了，我知道，县医院也没几个能超过您。大老爷病得这么厉害，您就放心治吧，治好治不好都是他老人家的命。”又回头看看潘士敏说，“大叔你说是吧？”

潘士敏听了他两个的话，心里也有了数，于是说：“是这样，宋医生您就开方吧，俺不去县医院。”

宋医生轻轻摇了摇头，说：“那好吧，恁坚持在这里治疗也行，可咱丑话说在前头，恁要有个思想准备，老人的病太重了，我们就是尽了力，也不一定有好结果。当然，咱还得往好处争取。”他拿过处方签，又说，“刚才庆龙已经办理住院登记了，您去把押金交上，我这就开药，马上给他输液。”

潘士敏边摸口袋边问：“多少钱？”

宋医生说：“先交五十吧。”

潘士敏掏出钱来一数，只有八块多。潘忠地摸摸口袋，一分钱没带。

“我这里还有点。”这时李庆龙掏出一叠钱，递给潘士敏。潘士敏数了数，两个人的加起来还不到二十块。

张发树身上也没钱，于是对宋医生说：“我们来得急，没带这么多钱，能不能先少交点？”

宋医生无可奈何地说：“最少得三十，这是院里的规定，我们不敢违犯。除非让院长写条子签字。”

张发树说：“您开药吧，我去找范院长，他是俺表哥。”他觉得蛮有把握。

张发树来到院长办公室，里面正有人说话。范院长让他坐下喝水，他说：“不坐了，有个急事想和你说句话。”

“你稍等。”范院长拿起面前的一摞单子，对一旁站着的那人说，“你的病人是可以出院了，不过，各项费用算起来，还差二十多块钱，交上就可以结账走了。”

“院长，我刚才给您说了，这些天俺已经花了六七十块，暂时真的拿不出钱了。多住一天又要多花好几块，能不能俺先出院，回去立马凑钱，凑齐了就给您送来。”这是个五十多岁的老汉，站在院长办公桌前，说话艮艮吃吃，显得有些呆笨，一看就是个老实人。

看样子范院长有些为难，皱着眉头说：“这样吧，你回去让大队写个证明信来，下午再办出院手续。”

“那好，我这就回去。”老汉走到门口，又回头说了一句，“谢您了院长！”

范院长拿出烟递给张发树一支，说：“真没办法。这种情况多了，说是以后送钱来，只要回了家，就是登门去要也要不回来。”

张发树接过烟，掏出火先给院长点着，说：“大队写个证明就能要回钱来了？”

范院长说：“咳，门儿也没有，大队不可能帮医院要账，也不会替他们还账。我干院长这几年，这类情况已经欠医院七八百块了，能要回来的寥寥。

按规定医院不能赊账，可你看刚才这人，他老婆住进来二十多天了，肯定家里也折变个差不多了，就欠一二十块钱，还能不让她出院？又不能开这个口子，有大队的证明我们对外好说点。你亲自跑来什么急事？”

张发树简单说了说，让院长写个条子先给病人用上药，并强调：“你放心，只是今天来得急，没带钱，回去就拿来，不会欠账。”

范院长起身说：“别写条子了，走，我过去安排安排，先治病要紧。”

来到病房，范院长先对宋医生嘱咐了几句，又到住院处打了声招呼，没用交押金就可以拿药了。

范院长安排停当，又从伙房要了饭菜，让他们四个一块吃午饭，说自己还有事，不能陪他们了。

张发树说：“这就麻烦你了，快忙去吧。”范院长一出门，他又说，“怪不得人家说‘三个公章顶不上一个老乡’，还就是有熟人好办事。”

李庆龙说：“是呀，按规定别说用药了，不交押金院也住不上。”

潘士敏接着说：“今天多亏了恁两个。恁大老爷已经打上吊瓶了，家里事多，吃完饭恁就回去吧。我和忠地先待一晚上，明天我就回去弄钱，院长照顾咱了，咱也不能让人家作难。发树你把队里的排子车捎着，小民又不在家，回去叫恁大婶子来一趟，送点煎饼来。”

张发树说：“回去我就给大奶奶说说大老爷的病情。是得拿点干粮来恁爷俩吃，伙房里饭菜忒贵了，干粮、稀饭还都要粮票。别让俺婶子来了，我给恁送来，骑车子快。”

潘士敏说：“那又得让你跑一趟。别给恁大奶奶说恁大老爷病得这么厉害，就说没大事，住两天院就回去，省得她老人家挂心。”

张发树说：“我知道。”

张发树、李庆龙吃完饭一起走了。

潘士敏第二天回家就把圈里那头猪赶到集上卖了，接近一百斤，卖了不到四十元。他按潘忠地说的，到西屋书桌抽屉里找出潘忠地放的十几元钱和几斤粮票，一并带上回到医院，先把五十元押金交上，到病房把剩下的几块钱给潘忠地，说：“看来这些押金不够，住院处的人说，每天的药费，加上输氧、住院费，差不多七八块。你在这里侍候恁老爷，我再回去凑搭点钱。”

潘忠地说：“你去吧，我自己在这里就行。”

已经是第九天了，潘士敏又送来两次钱。一次是卖了准备翻盖房屋的几根木料，凑了三十多块。前天又拿来十多块，是卖了一百多斤粮食。昨天医院通知，让潘忠地再交五十块，潘忠地交了四十，说过两天父亲再送钱来。好在范院长打了招呼，住院处的人没说什么。

这些天里，潘忠地没让父亲在医院里待，他知道，父亲为钱的事操碎了心。他一个人细心地侍候爷爷，姑姑来过两趟，说让他回家歇一天，他说不用，坚持让姑姑当天就回去了。邻居们也有来看望的，都是说几句安慰话就走了。老爷子已经吃不下东西，宋医生让潘忠地到伙房买来小米稀饭，用调羹一口一口地喂，喂一口咽一口，不喂他也不知道要。宋医生嘱咐，不能多喂，每次半小碗，次数可以多一点。每天输两大瓶液体，吃三次药片。药片要挤碎，用水化开，再用调羹慢慢喂下去。他大小便已失去知觉，需要不时地掀开被子看，拉了尿了必须及时更换垫的布片，换下来到院子里的水龙头下面洗干净，晒干准备再用。周围病床上的人都说：“恁看这老汉，真是修来的福气，孙子和个女孩子似的，侍候得多周到！”

这天潘忠地正吃着早饭，潘秀菊来了，一看这情况，说：“你怎么才吃饭？”

“刚喂完俺爷爷。”潘忠地放下煎饼，让潘秀菊坐下。

潘秀菊坐到床沿上，两手攥着老爷子的手，喊了两声“大叔”，老爷子一点反应也没有。潘秀菊眼里噙着泪花，看到床头柜上一碗开水，大半个干煎饼，说：“你就这样吃呀，也没点咸菜，怎么不去伙房里买碗糊涂？”

潘忠地说：“没事，这样就挺好的。”

两人正说着话，李春莲来了。潘秀菊掏出三块多钱，递给潘忠地。“我兜里就这些，中午晚上的去买碗杂烩菜吃，也要注意自己的身子。”潘秀菊回头对李春莲说，“春莲，你待一会儿吧，我还有事，先走了。”潘忠地把钱还给她，她没接，也没再说什么，扭头出了病房。

送走潘秀菊，潘忠地说：“工地上正忙，你还来干么？”

李春莲说：“我给忠良大哥请假了，说来赶集有事。你都在这里待这么长时间了，我想替你两天，你回家歇歇。”

潘忠地说：“侍候病人又不累，不用替！”

李春莲说：“还说不累，看你熬的，眼圈都发黑了。”看到放着的煎饼，又说，“你还没吃饭啊，快吃吧。”

“那好，我先吃了。”潘忠地几口吃完那块煎饼，又一气喝了那碗水，说，“你赶紧回去吧，我不在家，你帮着忠良哥多管管队里的事，翻土压沙不能停，过几天就该动手浇麦子了。”

“你甭管了，昨天工作组和大队检查工地，咱队里又受到了表扬。”李春莲边说边掏口袋，“我统共就这几块钱，都拿来了，给你留下吧。”

潘忠地说：“不用，我有钱，这不还有秀菊姑刚才给我的。”

李春莲不听，掏出钱放到床头柜上，走了。

快正午了，潘忠地给爷爷喂完稀饭，再喂两口清水。这时，潘士金和公社的魏鹏程副书记来了。潘忠地立即放下碗，给爷爷擦擦嘴，站起来说：“魏老师，您怎么来了？”

魏书记说：“初六那天你和义生同志去公社，正赶上我开会，说了句话恁就走了。今天上午我去恁大队，打听你，他们说你在医院侍候恁爷爷。士金同志也说要来看看老人家，我们就一块来了。”

他二人来到病床前，看到病人滴着吊瓶，输着氧气，闭着眼一动不动，魏书记问：“老人家得病就这样吗？”

潘忠地说：“刚来时还能睁睁眼，从前天起眼也不睁了。”接着朝潘士金说，“叔，你和魏老师回去吧，你看这里没个地方坐，也没法喝杯水。”

潘士金说：“也好，魏书记，老人也不能说话了，咱到院长办公室坐坐吧。”

潘忠地把他们送出病房。

来到办公室，范院长给他们倒上水，出去把宋医生叫了来，进门先介绍：“老宋，这是公社的魏书记，这是汶水滩的潘书记，你都认识吧？”

宋医生说：“潘书记认识，魏书记是第一次见面。”说着和他们一一握手。

范院长说：“宋医生是咱医院内科一把手，这个病人他亲自管着，让他给领导汇报下情况？”

魏书记说：“不是汇报，简单说说老人的病情就行。”随后拉了拉身旁的椅子，说，“宋医生，你也坐下。”

宋医生坐下作了简要介绍。潘士金问：“看来大叔的病是没好的希望了？”

宋医生说：“不好办了。入院时四肢还有反应，喊喊他还知道睁眼看人，这两天不仅不睁眼了，下肢也完全失去了知觉。估计再过三两天，汤水也难以喂下去了。”

潘士金又问：“那不就等着饿死吗？”

宋医生解释：“还可以插胃管。不过，那也只是维持。”

魏书记说：“有些病医院也没有办法，他这还算治疗效果不错，不然，恐怕撑不了这几天。宋医生你忙去吧。”说着站起身，从口袋里掏出十元钱，递给范院长，“你把这钱给忠地，我们不去病房了。”又回头对潘士金说，“士金同志，咱走吧，你随我一块回公社吃饭。”

范院长说：“您还没吃午饭呀！别回公社了，我马上去伙房安排。”

魏书记说：“不麻烦你了，这时候公社食堂还有饭。”

潘士金说：“我还是回去吧，家里还有些事。”

魏书记说：“客气什么，都几点了？回到家里也过饭时了，吃了再走。”

两个人一起起身。范院长跟出去，给魏书记推着自行车，把他们送出大门。

潘士金回村就把潘士敏叫到大队办公室，两个人吸着烟，潘士金说："大叔的病是不行了，在医院里也是挨日子。依我看，不如把他老人家接回来，住院花钱太多了。"

潘士敏说："钱还能凑合点，我想明天把院墙外头那棵椿树和那棵槐树刨了，都长了几十年了，拉集上能卖四五十块钱。"

潘士金说："也不只是钱的事。我为么把你叫这儿来，就是怕到家里说大婶子听了受不了。上午我和公社魏书记去医院，宋医生说，尽管该用的药都用着，还黑白不离氧气，可他老人家病情一天重似一天，再过两天也许汤水都不知道咽了。如果他还有知觉能说话，也得急着回家，因为人到临终都不愿意在外面咽那口气。"

潘士敏眼圈红红的，半天才说："那把他接回来？接回来可就什么办法也没了。"

潘士金说："接回来。反正你也尽了心了，医生也尽了力了。俗语讲，'治得了病治不了命'，他老人家一得就是没法治的病。那两棵树还是刨吧，明天我安排大队的木匠过去，给他老人家准备副棺材，免得到时候抓瞎。寿衣准备了吗？"

潘士敏说："备下了，去年春上他有病时，和恁大婶子的一块做的。好吧，听你的，我这就去医院，明天一早把他老人家拉回来。"

潘士敏借了队里的排子车，傍晚赶到医院，先和潘忠地说了说潘士金的意思，潘忠地眼里噙着泪花，没说什么。他又找到宋医生，宋医生说："老人的病实在是没有好办法了，回去也好。回去也别再输液了，家里条件不行。不过，氧气还要用，这样能多维持几天，我给你开上两袋氧气带着，花钱不多，用完一袋就回来换，让卫生室的庆龙多去看看。走前和范院长打声招呼，他很关心这个病号。”

潘士敏说：“哎，我这就去给范院长说。”

潘士敏接着去了院长办公室，随后办理了出院手续。

老爷子回家的第四天中午，棺材刚刚打成还没上漆，就咽气了。虽然一家人思想上有所准备，这一刻真的来了，还是都禁不住号啕大哭起来。哭声引来了邻居众人，有的吊唁，有的帮着料理后事。

老太太坐在里间屋的床上，没有放声大哭，只是一个劲地啜泣，眼泪鼻涕一起流着，也不知道擦。几个年长的女人哭祭完，进屋来看望她，说些劝慰的话。

“大婶子，你别太难过了，俺大叔得这个病，虽说是走得快点，可没受大罪，这是他的福气。”说这话的是潘士金的女人。

“是呀，俺大哥也算是长寿了，你看他弟兄四个，他是老大，那三个不都早就走了？能活到他这个年纪，全村里也没几个。”说这话的是李光斗的女人。

“就是，大老爷撇下你自己先享福去了，你也就别心疼他了，你得放宽心，自己的身子重要，你还得好好活几年哩！”潘忠良的女人边说边从一旁拿过毛巾，给老太太擦了擦脸。

……

老爷子停放在外间屋正中央，身下铺着一领新秫秸箔，身上盖着被子，被子上面又用接到一起的两大张白纸盖了个严实。头前摆上了一碗“倒头饭”，一双筷子，还冒着轻烟的纸灰堆了一堆，三炷香已燃了大半截。

八仙桌挪到了东墙根，李光斗坐在桌南面椅子上，潘忠良坐在北面，潘士敏、潘忠地，还有刚赶来的砖头、瓦子坐在下面小凳子上。

潘忠良说：“大叔，你说说都是哪里需要送‘倒头信’，我把砖头、瓦子叫来了，让他们抓紧去。”

潘士敏说：“别的亲戚都不慌，就是得赶紧把恁大姑叫来，她来了才能入殓。”

李光斗说：“按理还有恁姥娘家，你不是还有两个舅吗？今天也该把信送到，他们有空来没空来不要紧，信送不到会怪罪你。”

潘士敏说：“也是，那就送这两家吧。”

潘忠良说：“这两个村子都不远。砖头，你到光斗老爷家骑上他的自行车，去把咱大姑驮来，我那个车子破，驮人不行。瓦子，你骑着我的车子去北王庄，要带个准信回来，问问咱舅姥爷今天来不来，要是来傍黑入殓还得等他们。”分派完又问了一句，“知道路吗？”两个人都答应着“知道”，起身去了。

砖头、瓦子出了门，李光斗又问潘士敏：“破孝的布准备了吗？”

潘士敏说：“准备了点，家里有几尺布票，前天我就叫忠地全买回白布来了，忠地他娘和几个侄媳妇正在西屋里破孝。”

李光斗说：“够今天用的就行。告诉忠地他娘，孝布破得紧一点，孝帽能戴头上就行，还可以准备些更小的，给孩子们戴，孝带二寸宽就行，布票稀罕，客人多，要好好算计算计。孝衣不能做了，到刘集去赁吧，这几年都时兴这样了，没人笑话。忠良，你安排人明天拿着大队的证明信，到公社民政去办注销户口的手续，死者过了六十岁能批给一丈六尺布票。还有，你这就给油漆匠说说，让他们打打紧，黑天前上完头遍漆，别耽误入殓，明后天再上那两遍。我刚才来时底子色还没打完哩。”潘忠良刚要出去，李光斗又说，“你接着去大队一趟吧，告诉他们，入殓后晚上议议事，让士金定定都是谁来。还有庆祥、士宝，叫他们晚饭后都过来。”

大队的潘士金、展明尧、张发树、李光恩、李向河来了，三队的队委会成员也全来了。丧事的一切安排就由这些人今晚议定了。谁进门潘士敏都得一一磕头。爹娘死了小三辈，见了外人必须下跪。潘忠地忙着给他们敬烟端水，李春莲给他帮忙。

潘忠地的爷爷弟兄四个，还有三个姐妹；老爷爷弟兄五个，有四个姐妹。只是到了他父亲这一辈，人烟不旺了，父亲弟兄一个，并且只有一个姑姑。但是，按延续下来的规矩，以死者算起，起码上三辈的亲属亲戚都要报丧信，发丧那天都要来参加丧礼。议事的人们一合计，需要来的亲戚八十多家，算得上一个大丧了。

当地习俗，老人去世一般要发“一期丧”，男人六天，女人七天。为什么？没人说得清，从老辈子传下来。有人戏说：人死了要到阴曹地府报到，男的走得快，女的走得慢，所以女人要在家多停尸一天。丧期是不用商量的，那就是第六天发丧。其他事情也好办，都有定规。全村不论谁家办丧事，都是李光恩的大总理，张发树当助手。内柜、外柜由本生产队出。三队也有老习惯，一般是李庆祥的内柜，负责一切用品的购买和钱物的收支管理。潘士宝的外柜，负责一切外事安排。帮忙人及一切临时物料由各生产队凑，每个生产队都来一个具体负责办事的，列出单子，张发树负责通知。

商量完了，李光斗说：“士敏，再想想还有什么事，该定的今天晚上都定下来。今后几天你就得装聋装瞎，大小事都不能管了。”

李春莲问：“怎么还装聋装瞎呀？”

潘忠良说：“小孩子家就不懂了吧！”他朝李春莲抬了抬下巴，见她只“哼”了一声没还嘴，继续说，“你看看大叔戴的孝帽，帽檐长长的，折下来能盖住眼睛。两边还用线吊着棉球，意思是堵上耳朵。老人死了孝子装聋装瞎，就是整个丧事期间不能管任何事，一切都由大总理说了算。以前有个人家平时处事太小气，外人都看不惯，到了办丧事的时候，有些人就专门糟蹋他家的东西，孝子气得干瞪眼。有来吊丧的，他跪在棺材旁，用哀杖敲着棺材大哭，心里却疼着被糟蹋的东西，嘴里嘟念道，‘这里边可是有孬人啊！’所以有个调侃子叫孝子敲棺材——里面有孬人。”

李春莲刚想笑，李光斗用力干咳一声，说：“你那臭嘴，这是什么场合还说笑话！快让士敏说说。”

潘士敏正犯犹豫，潘忠良的话根本没听进去，李光斗催了，他才说："其他事倒是没有，就是粮食我算计着不够。发丧那天吹鼓手来了要吃三顿饭，忙人两顿饭，中午待客还要十几桌，怎么着也下不来一百五六十斤粮食。因为住院用钱前几天我刚卖了百多斤玉米，现在缸里的麦子不到十斤，玉米多说还有五六十斤，地瓜干也不到一百斤了，都打兑干净怕也不够。队里能不能借给我点，分口粮时再扣下。"

都不吱声了。默了一会儿，李庆祥说："这是实情，谁家的口粮都有个数，士敏家算是会过日子的，能有这些粮食就不算少。都知道去年收成好些了，咱不能让客来了连个窝头吃不上。忠良和光斗叔您合计合计，咱仓库里还有百多斤麦子，玉米还有四五百斤，是不是借给士敏点。"

潘忠良看了看李光斗，说："我觉着这事可以，大春天的粮食都紧巴，有借有还，别人也不会攀比。大老爷你说呢？"

李光斗刚想表态，潘士金说话了："今天党支部成员就差秀菊，我有个想法，"他深深吸了口烟，继续说，"丧事谁家都可能摊上，摊上就是大事。一般人家发次丧，三年两年返不过来劲儿。不过，全村一年也遇不上几回。能不能这样，大队搞个规定，凡是办丧事，大队、生产队都补助部分粮食，按照客人多少划个杠杠，超过六十家客人的，生产队补助一百斤，大队补助五十斤；少于六十家客人的，生产队补助八十斤，大队补助四十斤。"

李光恩首先支持，说："这是个好主意，肯定社员们都拥护。"其他人都表示同意，只有展明尧多说了一句："办法好是好，就是眼下大队仓库里一粒粮食也没有呀！"

潘士金说："不要紧，今年春天先由生产队垫支，大队该拿的咱认账。从麦季开始，麦秋两季试验队的粮食不能全卖光了，大队必须留些储备，不足的还可以从生产队调一点，以备急需。"

李向河说："还有个品种呢，最好也规定下。"

张发树接过话头："那倒好办，麦子多时以麦子为主，至少不能少于一半，其余的是玉米。这是刚开头，生产队麦子也不多，能拿二三十斤就行了，客人、忙人吃玉米面窝头满可以，请来的吹鼓手总得吃馍馍吧。”

潘士金说：“好吧，就这么定下来。向河，你再给秀菊说说，她也不会反对。下次开生产队干部会就讲下去，以后就这么办了。忠良，你们觉得怎么样？”

潘忠良说：“忒好了，大队定了我们坚决执行。这次我们全拿了，一百二十斤玉米，三十斤麦子，大队也不用记账了，不就五十斤粮食吗！”他又看看李光斗、李庆祥，说，“大老爷，庆祥叔，恁说是吧？”

李光斗说：“行。”

李庆祥满心同意，却假装嗔怪道：“你就知道巴结大队，好人都叫你当了！”又侧过身对着潘士敏说，“士敏，你再称出二三十斤玉米，明天一早我安排人一块去打面，多准备点剩下不要紧，别到时候不够了。”

潘士敏说：“那我再次谢谢大家了。”说着起身跪下，又要给大伙磕头，张发树赶紧上前拉住了他。

潘孝林老汉的丧事办得很圆满。最令村人们惊叹的，就是公社的魏书记也来吊丧了，还上了五元钱的丧礼。

魏书记来到后先去了工作组，他说原来是忠地的班主任，他爷爷去世了，不来吊唁不好。工作组的几个同志本来不想表示，一看魏书记还专门来，就这个一元那个两元地凑了十几元。许永和连同魏书记的五元钱一块拿着，列了个单子，几个人随魏书记一起来到潘忠地家。许永和先到账桌那边上了丧礼，李光恩已经迎了出来。

“哎呀，魏书记，还有各位领导，恁怎么来了？”李光恩真是没想到，一个普通百姓去世，能惊动这么大领导前来吊唁。他主持的丧事多了，这还是头一回。当然，在场的所有人都感到惊奇，很快围满了半院子人。

魏书记说：“我们就是祭奠一下，恁忙恁的。”

李光恩问:“您是磕头还是行鞠躬礼?”他知道,在外面工作的人不兴磕头,都是鞠躬,不过,还是问一问,显得对领导尊重。

魏书记边走向灵堂边说:“鞠躬吧。”

李光恩朝门口一摆手,吹鼓手开始奏乐,屋里屋外的孝眷们齐声大哭。李光恩紧走几步来到灵桌前,烧着一摞纸,点着一炉香,然后恭恭敬敬站到一旁,看到他们几位已经站好,大声喊道:

“一鞠躬!”

“再鞠躬!”

“三鞠躬!”

又朝屋里喊:“谢客!”然后拉着魏书记的手,留他们喝水。魏书记说不用了,我们回工作组还有事。

送走魏书记他们,李光恩到屋里对潘士敏说:“你看魏书记和工作组的几位都来了,咱得单独谢客吧?”

潘士敏说:“那可是,不光要谢,中午还得提席。”

李光恩说:“提席就不用了,我估计他们不会来吃饭。”

潘士敏说:“那也得让到,不来归不来,礼数不能少了。”

按照习俗,凡是重要的客人,祭奠完要让到候客的大棚里,孝子带领所有孝眷,再专门磕头谢客。中午吃饭,要单独成桌,菜要比一般客人丰盛,叫做“提席”。魏书记他们属重中之重的客人,不担事,照顾不周让外人笑话。

李光恩说:“好吧,你安排一下咱抓紧去,他们刚回工作组,晚了魏书记就回公社了。”说完去给吹鼓手打招呼。

魏书记回到工作组,潘士金赶了过来。魏书记正向他了解麦田浇水施肥的情况,外面吹吹打打的来了,他问:“怎么吹鼓手到这里来了?”

潘士金说:“可能是孝眷们来谢客了,农村时兴这个。”

魏书记有些不高兴,说:“什么时兴不时兴的,你去让他们赶紧回去。”

潘士金解释："那可不好，这是孝子的心意，您要是不接受就是不领情，那比打他的脸还厉害。"

魏书记没办法，只好叫着其他几个人一起走出门外。李光恩大声喊："谢——客！"孝眷们呼啦啦跪了一地。魏书记上前把潘士敏拉起来。李光恩凑到跟前说："魏书记，您和各位中午去坐席吧？"

魏书记说："老李，咱这些人别按那些老规矩，恁就不该再过来，还坐什么席！恁抓紧回去侍候客人去吧。"说完想回头进屋，这时潘忠地走过来，又跪下给他磕了个头。魏书记弯腰拉他，并且说，"忠地，别这样，回去吧。"

潘忠地满脸是泪，什么话没说，起身走了。

度春荒

真应了那句老话，“福无双至，祸不单行”。农历二月初刚办完爷爷的丧事，三月底奶奶又突然去世了。不到两个月连发两口丧，殷实的人家也难应付，潘忠地家的日子就更不好过了。虽然奶奶的丧事尽量从简，办得更节俭些，可算上给奶奶买棺材，最后还是欠了几十元的债。欠债可以慢慢还，眼下一家人的吃饭已经成了大问题，所有盛粮食的囤里瓮里都见了底。前几年院墙外那棵大槐树上的叶子，一春天采摘三五次，不仅自家吃，还能分一些给四邻，现在树也没了。秋天时爷爷收起来的那些地瓜叶、萝卜缨，也吃个差不多了。

没了爷爷，按常理所有家务应该由父亲做主。可是，潘士敏养成了不主事的习惯，看着忠地已成了大队、生产队的干部，所以也就图省心，家中一切事情都撂给潘忠地。潘忠地看着母亲整天愁眉苦脸，能有什么办法？坡里的麦子还没秀穗，到成熟至少还得两个月，这时节家家户户都没多少余粮了，个别户甚至也要断顿，借也没个地方借。他知道，生产队仓库里还有些粮食，可是两次丧事已经接济他家三百斤，今春以来全队还没有第二家办丧事的，自己又是副队长，怎么还好意思开这个口？家里吃饭还好凑合，喝碗地瓜面糊涂，吃个菜窝窝将就着，可忠民上中学住校，需要带饭，那菜窝窝都拿不成团儿，怎么行呢？玉米是没一粒了，还有几十斤地瓜干，前几天母亲全磨成了面，一半留着做糊涂，一半摊成了煎饼。潘忠民星期天回来带饭，母亲让他按每天两个煎饼拿，不够再拿些菜窝窝。家里吃饭，母亲拿出两个煎饼，给父亲一个，潘忠地一个。石榴在一边瞪着眼，不想吃菜窝窝。母亲说："他爷俩都得去队里干活，让他们吃个煎饼，咱娘俩就不吃了。石榴懂事，呵！"潘忠地拿起煎饼递给妹妹，说："石榴你吃，我愿意吃菜窝窝。"石榴不接。父亲把手里的煎饼掰开给石榴一半，说："忠地吃了你那个吧。"潘忠地也把煎饼掰开，把一大半放到母亲碗里。

这天晚上，潘忠地从李光斗家回来，看了一会儿书，躺到床上准备睡觉，肚里却老是咕咕叫，心里慌慌得不好受。他明白，往地里运了一下午粪，晚饭就喝了两碗稀糊涂，两泡尿就尿没了，怎么能不饿呢！睡，睡着就不觉得饿了！他翻来覆去，一会儿睁大眼睛看黑漆漆的屋顶，一会儿闭上眼睛默默地数数，不论什么法子就是不能入睡。突然，他听到屋子西北角囤后边老鼠"吱吱"地在打架，于是悄悄起来，拿着手电筒，走到跟前猛一打开，两个老鼠跑了。他突发奇想，囤里还有没有落下的地瓜干？要是有一片充充饥多好！掀开上面的草苫子照了照，呵，真是奇迹，靠里边有一小堆，足足有二斤。他伸伸手够不着，里面靠墙又过不去，只好到院子里拿来根木棍，扒拉到跟前两片，拿出来坐到床沿上吃了。嘎嘣嘎嘣，吃完躺下，很快进入了梦乡。

事隔一天，母亲正在油灯下做针线，听到潘忠地回来去了西屋，就过来说："忠地，囤里还有点地瓜干，你天天晚上都出去开会，回来要是饿了就吃一片。"

"唉。"潘忠地答应着，眼里湿润了。过了一会儿，他把妹妹喊过来，问："石榴，还没睡觉？饿了吧？"

"不饿。"

"咱娘还留着点儿地瓜干，你要是饿了我给你拿。"

石榴眼巴巴看着哥哥，不说话。潘忠地从囤里拿出两片，递给石榴。

“我吃一片就行，那片你吃吧。”石榴接过一片吃起来，又香又甜的样子。

潘忠地一夜思来想去，数算着家里还有什么东西可以卖点钱买粮食。猪圈里空了，两只羊早就卖了，院子里还有一棵枣树，多说有一掐多粗，杀了也卖不几块钱，太可惜了。再就是那几只老母鸡，也卖不得，母亲还指望攒下的鸡蛋去代销点换灯油、火柴和盐哩。能不能到公社找找魏老师？不行，这样的事怎么好意思呢！再说，他是公社的领导，这青黄不接的季节，全公社得有多少缺粮户！

自古道，“虎恶狼恶不如饿恶”。没有饭吃，大概是人类最残酷的灾难。历史上百姓造反，推翻官府朝廷，还有一些人聚集山头，打家劫舍，还不都是因为吃不饱肚子被逼无奈！这些年各级政府一心一意为农民着想，千方百计让老百姓过上温饱的日子，为什么就是解决不好呢？难道路子不对？不！年轻人从接受的教育坚信一条，只有社会主义能够救中国。可社会主义的道路具体应该如何走法，潘忠地没有去想。当然，想也想不明白。

天灾！如果不是连续几年的旱涝灾害，生产队的收成肯定好得多，社员的口粮就能多分些。要不是爷爷、奶奶接连去世，虽然口粮不是很充足，搭配些野菜也能接下麦子来。处在这样的年代，凭潘忠地这样的年龄，能意识到这一层，也算是有觉悟的了。

最要紧的是眼前这几十天如何熬过去。真是不当家不知道柴米的珍贵，潘忠地第一次感受到这么大的为难。

都知道潘忠地家里口粮紧巴，但是，没人想到会到这种程度。这天中午，李春莲来找潘忠地有事，正赶上他一家人吃饭。看到一碗碗黑乎乎的糊涂，半筐看不见粮食的菜团子，她心里一阵难受。吃这样的饭，还和其他劳力一样推小车，肚子里怎么能撑得住？回到家里，春莲偷偷对母亲说：“娘，忠地家断顿了，咱给他家点粮食吧。”

“唉，接连发两口丧，什么日子能撑得住？”春莲娘叹着气拿出口袋，让春莲张好口，从瓮里挖了几瓢子玉米装进去，“好了，给他家送去吧。”

“再装点吧。”李春莲还张着布袋口。

“差不多有十来斤了，咱不算计着吃也接不下麦子来。”春莲娘说着又倒进去半瓢。

十几斤玉米装进口袋不显眼，李春莲知道娘说的也是实情，只好提着去了潘忠地家。忠地娘正在厨房里刷锅，李春莲进门说：“婶子，俺娘叫我给您送点玉米来，好给俺大叔烧碗玉米面糊涂。”

忠地娘愣了愣，说：“春莲，恁家的粮食也不多，恁娘还想着俺。”说着接过口袋，把粮食倒进个大盆里，“给恁娘说，秋上分了口粮俺先还恁。”

“千万别说还的话，就这么点俺还觉得拿不出门来哩，您不嫌少就好。”

忠地娘让她堂屋里坐坐，她说还有事，回身走了。

潘忠地在西屋听得清清楚楚，没好意思出来，只是心里热乎乎的。

李春莲回家放下口袋，接着去了潘秀菊家。潘秀菊刚想出门，看到李春莲有事的样子，把她让到屋里坐下。李春莲先和秀菊婆婆打了声招呼，然后说：“大姑，有件事我想给您说一下。忠地家没粮了，俺娘叫我送去几斤玉米，五口人能吃几天？你能不能开个会，发动团员青年，凑点粮食给他家？”

潘秀菊思考一阵子，才说：“那样恐怕不好。你想想，忠地是团支部书记，他会同意这样做吗？再说了，全村缺粮的不只他这一家，有余粮的户又不多。前几天恁士金叔到公社开会，还找领导要求解决点救济粮，至今没有回音。”

“开始我还想先在俺队发动发动，拿不准才来找你商量的。我就是担心他那个脾气不接受，忙活半天再惹他不高兴。可是，等救济粮也没准头，如果给的少了他也得让给别的户。”

“是呀。去年咱大队的收成算是比较好的，公社还不一定给咱，就是给也多不了。”潘秀菊这时看了看里屋的婆婆，大声说：“娘，忠地家断顿了！”

婆婆是个明白人，在屋里说：“我听见恁说的话了。还在那里愣着干什么？咱的粮食有余数，赶紧装点给他家送去。”

“春莲，先这样吧，咱再给他送点去，撑乎几天再说。”潘秀菊进屋拿过口袋，让李春莲帮着装了大约三十斤玉米。李春莲背起来，两个人一起去潘忠地家。路上遇到了李光斗，老会计问她们干什么去，李春莲把情况说了。

当晚，三队队委会成员聚到李光斗家，商量完生产的事儿，李光斗说：“忠地，家里揭不开锅了怎么不说一声？”

“不打紧，还能将就。”潘忠地没事的样子。

潘忠良一听这话，立时站起来说：“咳，这事怨我，前些日子我还和士宝叔说起过，忠地家摊上这么多事，肯定口粮接不下麦子来，咱仓库里还有粮食，得再给他家点。这几天忙活得忘了。庆祥叔，你明天称上五十斤玉米，叫忠地扛家去，算是借的，秋后还。”

潘忠地说：“那可不行！爷爷、奶奶的丧事用了队里那么多粮食，虽说是大队的规定，毕竟俺是头一户，我这还担心大伙有意见哩。我倒是想，咱应该排查排查，摸清全队还有几户缺粮断顿的。眼前的农活正紧张，咱不能让社员空着肚子出工，队里那点粮食得救救这些人家的急。俺家没事，今天春莲和秀菊姑送过去几十斤玉米，能撑一阵子。”

屋里一阵沉默。潘忠良卷了一支烟，点着坐回凳子上。李春莲端起茶壶倒了一圈水，放下壶说：“排排缺粮户可以，恁家也得算上。我和秀菊姑送去那点玉米吃不了几天，忠民还要上学带干粮，比在家吃饭费得多。”

李庆祥吸了口烟，说：“忠地说得有道理，人多嘴杂，说什么话的都有。那天在坡里就有人说，‘忠地他老爷奶奶死得多是时候呀，大队有了新规定，发丧队里给粮食。’当时砖头就驳他，‘恁家里怎么不快死人呀，让队里好给恁粮食！’堵得那人脸红脖子粗。当然，这是个别人胡说，也许是闹着玩，不能在意。不过，当干部还是注意点好，要是再借队里的粮食，难免落闲话。话又说回来，人是铁饭是钢，一顿不吃饿得慌，忠地又整天带头干重活，断了顿可不行。”

潘忠良沉不住气了，说：“哎呀大叔，你这不是白说吗？家里不能断顿，队里的粮食又不能借，你让他要饭去？”

李光斗看了大家一圈，说：“忠地和庆祥说得都有道理。我看这样好不好，队里那点粮食就匀给其他缺粮户，忠地家的问题咱内部解决，春莲家都能拿一点，咱这几家还不能再凑凑？一家凑个十斤二十斤的，就帮着把这一关过去了。”

潘士宝接过话头：“这样好，谁余粮多就多拿点，真困难的不拿也行。忠地，明天我就叫俺家恁大哥送过二十斤玉米二十斤地瓜干去。放心，咱兄弟爷几个就得有福同享有罪同受。”

潘忠良也觉得这样做比较妥当，说：“那好吧，我也能拿个二三十斤。另外，庆祥叔，士宝叔，恁两个负责到那几家困难户了解了解，弄清楚是不是真缺粮，这时候就是救急不救贫，确实要断顿的才能给他。”

李光斗说：“是得要摸准，现在粮食都不宽裕，弄不好会造成其他人家有意见。还要把话说在前头，这是借给他们，秋后要还，队里虽然不在乎这点粮食，可是为了让这些户俭省过日子，必须……”

李光斗话没说完，李春莲就抢过去：“咱给忠地家的还能再还呀？”

李光斗接着说：“我还有话呢！给忠地家是咱个人的事，不牵扯集体，当然不用还了。集体的粮食有借有还，大伙才不攀比。另外，忠良你就别打肿脸充胖子了，恁老婆这半年多病恹恹的，没少花钱，我听说年前你还卖了几十斤粮食，大伙不接济你就不错了。其他人也不用出太多，我家里粮食宽裕，能多拿点，总共凑百多斤就够了。”

潘忠良说：“还是大老爷‘诡计’多，会算计，就这么办！”

李春莲推了他一把，说：“充你会用词的，什么诡计多，这是考虑问题全面！我赞成。”

潘忠地有些坐不住了，激动地说："这时候各家日子都紧巴，怎么好意思连累大家呢！再说，也用不了那么多，能喝上糊涂吃上菜窝窝就行了。"

李庆祥说："忠地，这事你就别管了，就按恁大老爷说的，明天我就给恁送点玉米过去。"

潘秀菊来到大队办公室，潘士金、展明尧和李向河都在。她把潘忠地家的情况向他俩说了说，然后问潘士金："你说给公社要点救济粮，怎么还不下来？"

潘士金说："我们正说这事呢。上次去开会，因为新来的阴书记不熟悉，我只是给胡社长说了一句，他说上一批救济粮、款已经分下去了，只照顾了部分大队，最近县里还要下拨一批，到时候再说。我看呀，虽然去年全公社的收成比前两年好了些，可比上咱增产多的没几个大队，再来了救济粮、款也不一定摊上咱。"

潘秀菊说："要是杨书记不调走就好了，如果让胡社长或者魏书记接他当一把手也行，他们肯定能照顾咱。这又来个阴书记，他又不了解情况，就难说了。"

李向河笑着说："秀菊姑真厉害，当起县委书记的家来了，让谁当公社书记你说了算呀！"

潘秀菊说："我要能当县委书记，就先让士金哥去当地委书记！"

李向河说："我干么呀？"

潘秀菊说："你也就是跟着我去当个通讯员。"

李向河说："那行，当通讯员也能吃国库粮拿工资，比在家当这个社员强。"

两个人嘻嘻哈哈斗起嘴来。潘士金说："别胡闹了，恁两个分头去把发树和光恩叔叫来，咱商量商量这事，接着再开个队长会。眼下这节骨眼上，全大队不能出一户要饭的。"

两个人出了门，展明尧吸着烟，慢声慢语地说："刚才秀菊说的也是，杨书记提拔当副县长了，按理说这书记应该从咱公社出，怎么又派来个新书记？"

"开会时听着机关上的人也都议论，这不是明摆着的事吗？胡社长年龄大了，老乡干出身，文化水平低，干不几年就得到县里找个部门养老去了。魏书记虽然年轻，文化程度高，可毕竟下来时间短，基层工作经验少，看来还得锻炼几年再提拔。"

"一人一套工作方法，一人一个思路，主要领导一换，工作路子就不一样了，原来的一些安排也得变，不知道咱这个'点'公社还抓不抓。你看，工作组的同志回去开会，都好几天了，一个也没回来。"

"估计原来定的'点'不能撤，阴书记能不能来蹲着就不好说了。虽说他原来在公社干过，可又当了几年县委办公室副主任，刚下来得多跑跑面上，了解下全面情况。"

"其实'点'不'点'的也无所谓，没有工作组咱的工作也差不到哪里去。"

"可不能那样说。有工作组在这里，干部们的思想好统一，社员们也显得听话，咱的工作好干多了。就说翻土压沙和这次调整土地吧，如果不是杨书记和工作组，单凭咱自己能搞起来？门也没有！就算是党支部想干，生产队和群众的工作也难做。"

"也倒是，有工作组在，就是他们不说话，也给咱撑腰了。"

"另外，只要是公社的'点'，很多事情就能给予照顾。你看现在化肥这么紧张，开春时公社就拨给咱四吨氨水指标，据说是杨书记从县里专门要了照顾'点'上的，可其他领导蹲的'点'都没有咱的多，有的三吨，有的两吨。要没有这些氨水咱的麦子能长这么好！"

"那你还得去找找阴书记，提出咱的要求，工作组千万不能撤。"

"是该去一趟，不过得让胡社长或魏书记引荐一下，也不能只说这一件事。我是想，上次提出要点救济粮，可比咱困难大的单位有的是，公社一定有难处。咱不能再给领导增加压力，有个别缺粮户咱自己想法解决，去表个态度，给也不要了。”

“这个想法好。本来今年的缺粮户比前两年少多了，让各生产队自行解决没问题。”

“队与队之间也不平衡，有的生产队仓库里空了，大队还得帮帮忙。”

两个人正说着，其他几个人都到了。

“今天上午开个生产队长会，主要研究一下缺粮户的问题。眼下离麦收还有个把月，正是青黄不接的时候。尽管去年年景好了些，可由于连续几年歉收，分配口粮少，各家少有陈粮，各生产队都可能出现个别要断顿的户。昨天党支部商量了商量，想……”潘士金刚讲了几句，就听到有个女人在院子里咋呼：“大队领导们给评评理！三队分粮食了，为什么没有俺的？俺又不是四类分子，这不是看着俺孤儿寡母好欺负，专门掐亏给俺吃吗！”

潘士金听出了是王桂兰，没再讲下去，朝潘忠良说：“你出去看看，她来闹腾什么？”

潘忠良出门边迎过去边说：“咳，咳！你嚷嚷什么？不知道屋里正开会呀！还孤儿寡母的，李庆富不是在煤矿上好好的吗，净说些不吉利的话！”

“谁嚷嚷了？兴恁这些当干部的欺压人，就不兴人家说句话了？”王桂兰自知失言说了句忌讳的话，声音小了下来。

这时展明尧跟了出来，上前说：“大妹子，有话好好说，他们怎么欺负你了？”

王桂兰说：“大队长你评评，队里分粮食，为什么没有俺的？”

潘忠良说：“哪里分粮食了，我这个当队长的都不知道，你听谁说的？”他知道这个娘们又是听风是雨，故意激她。

王桂兰说：“我亲眼看见有人背家去了，瓦子也说快分完了，我到仓库去问，李庆祥说没俺的，你还装不知道？”

展明尧问潘忠良：“怎么回事？”

潘忠良不想跟这个娘们啰唆，说：“散了会我问问，要是家家分粮食，一定少不了你的。李庆祥说没你的，他不当家，我让他加倍给你。快回去吧。”

王桂兰说：“说话当真？”

潘忠良说：“当真。”

展明尧说：“那好，你先回去吧，开完会就叫忠良抓紧去给你处理。”

“我听大队长的。”王桂兰转身走了。

原来早饭后王桂兰准备出工，刚出大门口，看到有两个人背着粮食回家，就想问个究竟。正好一伙年轻人路过，她一问，瓦子说：“哎呀，怎么没通知你？一大早队里就分粮食了，俺早就领了，这差不多快分完了，你还不快去看看。”说完几个人哈哈着走了。她一听直奔仓库，李光斗、李庆祥还在，没到跟前就吵吵：“分粮怎么不通知俺呀？”李庆祥看她这样子，也没好气，大声说：“没有你的！”什么也没解释。她听了二话没说，就跑大队来了。她从大队回来也没再下地，去了几户一打听，才知道不是分粮，只是借给了几户缺粮户，是瓦子戏弄她，也就消气了。

展明尧、潘忠良回到屋里，潘士金问：“怎么回事？”

潘忠良说：“没事，这娘们就是多事。昨天队委会摸摸底，有四家要断顿了，队里还有点存粮，借给每户几十斤。她家又不缺吃的，还能给她呀，不用理她！”

“咱继续开会。”潘士金掐灭手中的烟，“前一段我是找公社领导要求给点救济粮，可到现在没有回音。大家都知道，去年多数大队的口粮分配不如咱高，县里给的救济粮、款又有限，公社一定是有难处。咱这里有工作组驻队，更应该高姿态，不能给领导出难题。所以党支部研究，上级的救济咱不要了，又要保证不能出现一户断顿的，怎么办？那就只有靠自救。具体怎么做，大家讨论讨论。”

展明尧接着说："其实也用不着讨论，士金哥说的自救，就是自己的缺粮户自己解决。刚才都听到了，三队又给我们做出了样子，他们不等不靠，工作主动，出现几户要断顿的就及时借给了他们些粮食。其他生产队也要抓紧排查一下，不能等有出去要饭的了才解决。"

有几个队长都表示没问题，回去立即办。有的还说，虽然仓库里粮食不多了，就是挤部分饲料粮亏待下牲畜，也不能让社员饿肚子。有两个队长一直闷着不发言，展明尧点名让他两个也说说。

"说什么呀，人家仓库里都有东西，俺那库里精光，饲料粮都喂净个把月了。恁看俺队里那几头牛，脊梁瘦得和搓板似的，西北风一吹就要倒了。去年分配俺队口粮最低，眼下缺粮户肯定也最多，拿什么解决？"这是四队队长的话。

五队队长接着附和："俺虽然还有百多斤饲料粮，可都是发了芽的谷子高粱，人没法吃。全队大约有六七户口粮接不下麦子来，去年春天靠的是公社给的几百斤救济粮，今年如果没有了还真难办。"

李光恩说："他两个说的也是实情，其他生产队粮食宽裕的能不能借给他们点？"

张发树说："我看这个办法行。现在借粮，秋后还账。忠良哥，三队条件最好，你先表个态吧。"

都不说话了。潘忠良瞪了瞪张发树，接着还是低着头吸烟，不吱声。过了一会儿，展明尧说："忠良，别老是吸烟，行不行的说句话。"

潘忠良急落落地说："那可不行。俺的粮食也不多了，只能解决本队那几户。大伙儿都知道，忠地家接连发了两口丧，早就断顿了，他都没能要队里的粮食，是俺队委会凑了百多斤给他家的。"他看了一眼坐在一旁的潘秀菊，"对了，秀菊姑还背过去几十斤哩。"

其他几个队长也都说，解决了自己的缺粮户再也拿不出粮食来了。

"到了这节骨眼上，各队是没多少余粮了。"张发树像是纠正刚才的话，看了看五队、四队两个队长，接着说，“恁能不能学学三队的做法，干部们凑点粮食？”

两个队长不答话。

展明尧说：“他们本身缺粮户多，靠几个队干部怕是难办。是不是团支部发动一下，让全大队的团员青年做做好事，凑些粮食支援这两个队。”

潘忠地一直低着头，听到展明尧的话才抬起头，刚想回话，潘士金发话了：“四队、五队的确有实际困难，咱要靠大家的力量帮帮他们。这事也别让团支部办了，我看这样，下午咱开个全体党员干部会，讲清楚，都力所能及，能拿多少算多少，个别有困难的该帮助还得帮助。大队干部们带头，我先报个数，拿五十斤。发树和向河恁俩负责，看能凑多少，然后根据这两个队的情况分给他们。大家看行不行？”

都没有不同意见。

生产队长们刚走，就听到院子里有自行车声。张发树到门口一看，原来来的是公社魏书记，后面还跟着一位，他不认识。

“哎呀，魏书记来了！”张发树说着迎上去接魏书记的车子，魏书记没有给他，说：“我先给你介绍一下，这是新来的阴书记。”张发树赶紧上去接阴书记的车子。魏书记边停放自行车边说：“这是张发树，大队民兵连长。”

屋里的人都出来了，潘士金先和阴书记握了握手，然后把党支部成员和潘忠地一一向阴书记作了介绍。魏书记说：“好了，进屋说话吧。”

潘士金让着阴书记走在前头，回头对潘忠地说：“忠地，你到我家里拿壶茶叶来。”又看着阴书记笑了笑，“不好意思，咱办公室里只有开水。”

阴书记说：“别客气，不用喝茶。”

张发树说：“阴书记您第一次来，怎么能不喝碗茶呢！俺士金叔家里的茶叶不孬。”

潘士金说：“哪里有好茶叶，就是大干烘。”说着给阴书记挪了挪椅子。

张发树说:“大干烘有杀口……”还想再说下去，潘秀菊在后面推了他一把，他止住了。

阴书记坐下，掏出烟抽出几支分给大家，潘士金说:“俺吸旱烟习惯了，都嫌这个没劲。”张发树伸手接过一支，说:“哎呀，‘泉城’牌的，两毛四一盒，得尝尝。”说着拿出火柴，先给阴书记点着。其他几个会吸烟的都拿出纸条子卷自己的烟。

阴书记吸了两口烟，说:“汶水滩我可不是第一次来，前几年跟着县委孙书记来过两次，不过只是在坡里看看庄稼，没有进村。两次都是杨书记，就是现在的杨县长陪着。哎，我印象中当时的大队书记不是老潘。”

潘士金解释:“我去年才担任支部书记。那时候我在三队当队长，书记是张义生大哥，他去公社农具厂后我接的他。”

魏书记说:“那个老张就是现在农具厂的党支部书记，前天咱去时介绍情况的那位。”

“哦，对上号了。”阴书记点点头，接着说:“老潘，胡社长说你找他要点救济粮，这次县里给的指标不多，昨天党委研究，给恁两千斤粮，一百五十元购粮款，你们将就着安排吧。”

潘士金说:“阴书记，不用了。我们刚散了队长会，专门研究的这个问题。全村是有几十个缺粮户，可比起别的大队来，我们的困难是小的，不应该再给公社领导添麻烦。大伙商量定了，各生产队自行解决，有两个生产队集体没有存粮了，我们准备发动党员干部凑凑，帮他们一下。您放心，从今年开始，我们保证不再要国家一斤救济粮一分救济款，还绝不能让一户社员饿肚子。”

听了潘士金的话，阴书记笑着看了看魏书记，魏书记说:“好啊，昨天党委会上有的同志就提议，按去年的收成情况不该给恁救济，是阴书记说大队书记没难处不会开这个口，所以从别的大队挤了挤，给恁这些。你们能自己解决太好了，这等于帮了兄弟大队的忙，也帮了公社的忙。”

阴书记说："魏书记说得对，你们这种精神值得表扬。其实我们今天来并不是为这事，原来杨书记带队在你们这里蹲点，党委研究，这个点继续保留。可是，由于我刚来，需要更多地了解面上的情况，所以我暂时不蹲点了，这里由魏书记带队，工作组成员大体不变，就是明确开党委秘书、组织委员和纪检委员不算数了，其他五位同志今天和我们一起来了，他们直接去了住的地方。正好你们大队干部都在，恁看看怎么样？"

展明尧急火火地站起来倒水，倒完没坐下就说："太好了！阴书记给您说实话吧，俺就担心这事呢，昨天和士金哥俺俩还商量，想这几天就去找您，要求工作组千万别撤。您没空魏书记来也很好，就是魏书记不能常来，有那几位同志在这里住着，我们的工作就好干多了。"

其他人都说了些拥护的话。两位领导很高兴，魏书记说："工作的事下午再给阴书记汇报吧，我们去工作组看看，他们几个大概忙着做饭了。"说完站起身。

潘士金真诚地说："魏书记，阴书记是第一次来，今天上午您二位到我家里吃顿饭吧。"

阴书记笑着说："刚才说了不能算第一次，就是第一次也不去你家了，先记下这笔账，等秋后你们丰收了，我到你家里去喝庆功酒，到时候你也多准备几个菜。"

几个人一起出门去工作组。

分地

再过两天才是立夏，天气说热就热起来了。光芒刺眼的日头，照得大地热气腾腾，照得麦田碧波荡漾。在田间干活的人们，上身只穿个单褂，个别小伙子光起了臂膀。各色蜂蝶伴着小麦和野草的芬芳，围着五彩缤纷的花儿翩翩起舞，不管人们欣赏不欣赏，尽情展示着自己的才艺，享受着这大好时光。麦子绿油油齐刷刷，大都头顶穗包，旗叶直挺挺伸展着，向人们透露着即将分娩的喜悦。个别浇水不及时的地块，麦棵子就有些心急的样子，三三两两开始抽穗。今年春天又是雨水偏少，前几天才下了场透地雨，人们抓紧春种。特别是花生，因为全种在旱田里，各生产队集中劳力，突击三两天就种完了，现在都已开始顶土冒芽儿。有不少被老鸹糟蹋缺苗断垄的地方，队里派几个干活仔细的劳力，认真查找补种。

今年真是邪门儿！原本全村只有几个喜鹊窝、斑鸠窝，还只是搭在几棵大树上，从来没见过老鸹窝。不知从哪天开始，也不知从什么地方，突然间搭帮结伙飞来了一群群黑老鸹，占领了汶水滩所有的高树、矮树。当人们忙完春种喘口气儿时，这才发现，村内到处是老鸹窝，有的一棵树上就有五六个，有的搭在高处，有的搭在低处，低处的人们拿根棍子站在地上就能顶下来。有些顽皮的孩子爬到树上，看看老鸹下没下蛋，有没有幼鸟，结果很失望。这才几天的事呀，当然全都空空。

人们开始议论了："别说经历过了，老辈里也没听说过这种景况，不知道这是吉兆还是凶兆！"

"黑老鸹又不是花喜鹊，能是什么吉兆？等着瞧吧，不定要出什么妖孽事儿！"

"老百姓就是种地收粮，能出什么事儿？大旱大涝，冰雪风雹，老天爷也不能只欺负咱一个村子。生老病死都是人自己的命，有阎王爷管着，老鸹当不了家。"

"可别那么说，恁看外村，连个老鸹毛也不落，这成百上千的黑老鸹，怎么偏偏就相中咱汶水滩了？这是天意，咱这些草木凡人看不透！"

……

其实没过几天就出现了不祥的兆头。这些老鸹们不仅要在这里安家，还要在附近觅食。村子里没有什么可吃的东西，它们就成群结队到野外去。看看吧，刚刚播种完的春田里，到处黑压压的，尤其花生地里，成片的一个坑连一个坑被啄开，花生种子还没涨饱就被它们吞到了肚里。有的生产队派些老人孩子去驱赶，还有的买了炮仗到田里放，全都无济于事。这边赶了飞到那边，那边赶了飞到这边，老鸹和人们玩起了拉锯游戏。有人根据以往吓唬麻雀的经验，在田里插上了很多草人，开始还管用，没过两天，老鸹们就识破了人类的"诡计"，有草人的田里落的老鸹更多了。有些生产队干部叫苦连天，这可怎么办？再下去几天，还不糟蹋两三成？就算是补种，花生种子也不够了！

大队干部们在办公室里也正议论这事，张发树说："怎么办？从根上解决，把它们的窝全都挑了，只要发现垒窝的接着赶，逼着它们远走高飞！"

"这个办法也许能行，它搭窝再快也不如咱拆得快。忠地，你找几个会爬树的年轻人，抓紧行动。现在正是缺烧柴的时候，一个老鸹窝的干树枝就够做顿饭的，告诉他们，谁挑下来柴火归谁。另外，每挑下二十个老鸹窝大队记一个工。”展明尧说完看着潘士金。

潘士金说：“试试吧，这个法子不行再研究别的办法，不能让这些野雀儿坏了咱的年成。”

潘忠地立即召开团小组长会，排出了二十多个会爬树的小伙子，一个下午，就捣毁了接近一半的老鸹窝。那些没了窝的老鸹，“啊，啊，啊”叫唤着飞来飞去，有的还朝着树上的人攻击。当一个青年被老鸹啄破头皮后，所有上树的就都戴上了帽子，或是用长毛巾包上头，疯狂的老鸹们再没了能耐，最后只好落在高枝上叽叽喳喳叫骂着，露宿过夜。

傍晚，潘忠地正想到李光斗家去，迎面碰上了潘孝彦老汉。

“大老爷，您吃晚饭了？这是干什么去？”

“吃过了。我正要找你，在这里遇上了。”

“您有事啊？到家里坐吧。”

“不家去了，你还忙，几句话的事儿，在这里说就行。我听说你带着人在挑老鸹窝？”

“是啊，捣鼓一下午了，明天还得半天。”

“可不能这么办！忠地呀，你年轻不懂，有些事儿是人为不得的。自古道，‘是野雀都往旺处飞’，别看这些黑老鸹，咱这里不拿它当好鸟，听老人们讲，南方有些地方还把它们当吉祥鸟哩！你想想，不论好鸟坏鸟，怎么一下子就飞来这么多？为什么不到别的村去？这是天意，可能预示着咱村要兴旺发达了，也许会有什么灾祸。不管好坏，老天爷安排的事儿咱不能拗，人本事再大也拗不过老天，得顺天行事儿。眼下是糟蹋些庄稼，这是咱村该有这一劫，说不定小灾过后就是大喜的事儿。放心吧，到了它们该走的时候，不用撵，说走就走了，人想留也留不住。我是担心，你们这么干别得罪了老天爷，万一惹下什么事儿，咱更得遭大殃！”

“我知道了，大老爷您回去歇着吧。”潘忠地听了没怎么当回事儿。

当晚队委会说起这件事，老会计和李庆祥也说了类似的话。

潘忠地从来不相信有什么鬼神。可回家躺到床上，他反复琢磨，觉得这事的确蹊跷。都说是天意，天意是什么？大概就是自然界一些规律性的事情。就说这大量的乌鸦集中迁徙吧，肯定是受到一种什么力量的驱使。可为什么都飞到汶水滩来安家呢？汶水滩和周围那些村庄比起来也没什么特别呀！树也不比人家多，树种也没什么两样，无非是些槐树、椿树、杨树、柳树、榆树、梧桐树，怎么它们就看中这里了呢？这自然界有些事还真是说不清楚。迷迷糊糊睡着了，他做了一个梦：无数老鸹遮天蔽日，口衔良种，纷纷把种子撒向汶水滩的所有田地，眨眼间地里长出了五光十色的庄稼，像小麦不是小麦，像谷子不是谷子，蒙蒙眬眬眼看着飞快生长，丰收在望。这到底是些什么品种，怎么转眼间就长得这么好啊？他想看个仔细，可两腿沉沉的，迈不动，无论如何也靠不到跟前，加上老鸹们的羽毛金光闪闪，耀得睁不开眼睛……

第二天早晨，当人们准备下地时，突然发现，全村的老鸹一个也不见了。没了窝的飞走了，有窝的也没了踪影。来到坡里，田野也变得格外清净。有人说，看来昨天拆它们的窝起了作用。可是，昨天晚上它们还都没走呢。一个黎明，仅仅一个黎明，神不知鬼不觉，它们就悄悄地全都转移了。飞到哪里去了呢？大伙都觉得是个谜。老鸹飞走了，剩下那些空窝也没必要再挑，潘忠地带领的那伙年轻人也都回各自生产队干活去了。

过去没几天，这事儿就销声匿迹，再没人提起。只有那些缺苗断垄的花生地，必须安排人抓紧补种。

魏书记叫着潘士金，说要看看全大队的小麦长势和春种情况。潘忠地正在南坡摇二人拧浇麦，看到他们二人走过来，就跑到地头和他们打招呼。

魏书记说：“忠地浇地呀，和我们一块转转吧。”

潘忠地有些犹豫。潘士金说：“走吧，魏书记说了，跟着去看看。”

“那好，我去给他们说一声。”潘忠地回头跑到井边，安排了一下，接着回来跟他们去了。

潘士金边走边向魏书记介绍，这块麦地是哪个生产队的，什么品种；那块麦地是哪个队的，什么品种。两个人议论着小麦长势，预测夏季的产量。潘忠地认真听着，不插言。来到西南坡一块麦田，魏书记停下了脚步，没等潘士金开口就问："这是哪个队的？"

潘忠地回答："俺三队的。"

魏书记又问："开春没施追肥吗？"

潘忠地说："年前盖了遍粗肥，量也不大。队里化肥不多，年后看着这块地苗情还可以，就没再施。"

潘士金解释："清明前后我来看过，长势还挺好，现在看是缺肥了。不过也没办法了，有肥料也不能再施了。"

魏书记走进田里，弯腰拨拉阵子麦棵，又蹲下看土壤墒情，起身说："这是'泰山一号'，看来种的基础还不错，眼下也不缺水，就是后劲不足。虽然亩穗数有保证，但穗粒数，特别是千粒重要受影响，产量肯定上不去。再大量追肥为时已晚，如果有尿素或硫铵的，采取叶面喷施的办法，每亩用上五六斤，还能弥补一下。"魏书记走出麦田，又回头扫了一眼，问："这有多大面积？"

潘忠地说："二十六亩。"

潘士金不理解叶面喷肥的道理，说："现在别说三队，各生产队都什么化肥也没一点了。"

魏书记没再说什么。

来到去冬今春翻土压沙的这片土地，魏书记仔细查看每块地的苗情。看着看着，他的眉头不由得皱了起来。

这是整地以后的第一季庄稼。没整以前是沙地，土质差，现在变成了黄土，可全是生土，缺肥少水，虽然都抢墒种上了，苗情实在不怎么样。地瓜苗儿还可以，虽是挑水插秧，栽的质量挺好，苗全苗旺，早栽的已经开始冒新叶甩秧头，晚栽的也滋生生的。有些地块是种的谷子、高粱或者大豆，出来的苗儿瘦拉巴几，又黄又弱。好在有前些时那场雨，苗子还算齐全。

魏书记问："新整的这片地有多少？"

潘士金回答："有五六百亩。还有四五百亩没整，在北坡靠汶河边，用不了一个冬天就整完了。"

魏书记说："这是一项百年大计的好措施。但是，通过这么一深翻，沙是压住了，可也打乱了活土层，恐怕今年的庄稼难以高产。要是多施些粗肥还好一些，现在看普遍底肥不足。"

潘士金说："是啊，不种上两季这地养不过来。开春倒是要求各生产队多施些土杂肥，由于这几年群众养猪不多，肥源就少了，有点好肥料还要保南坡的水浇地，这边一亩地能施上三四车就算好的。"

魏书记说："要发动群众，多积造土杂肥，定苗后追肥时尽量多施些，争取新整的这些地今年的产量好于往年，起码不能减产，这样才能体现整地的效果，对群众也才有说服力。如果收成还不如原来的沙地，大伙的积极性就会受挫，冬季再整地也难发动了。"

潘士金说："产量好于往年不成问题，原来是沙滩，好赖种上，也很少施肥，今年再差也得比往年强。"

潘忠地插话："肥料不足是个事，可是，解决水的问题更重要，这一千多亩地没一眼井，全是'靠天田'。如果变不成水浇地，土肥条件再好也拿不了高产。"

"所以老人家讲，'水利是农业的命脉'。当然，土壤是基础，'有土斯有粮'，改良了土壤，就要想办法解决水了。"魏书记说着放眼望了望，问道："这么大片耕地以前没打过井吗？"

潘士金说："没有。听老人们讲，俺村南坡属于洸河水脉，有水往南流，入南四湖。南坡出好井，一般七八米深就见水。西坡北坡属于大汶河水脉，有水入汶河，往西流经东平湖，再入黄河。水脉不同，不知道这边能不能打出井来。”

魏书记听着笑了笑，说：“看来你们村成了‘分水岭’了，村南属于淮海流域，村北就属于黄河流域。不过，沿大汶河中下游都是平原，按理应该适宜打井。以前没打过，可以让水利部门的技术员来给看看。”

潘忠地说：“不是没打过，汶河边上就有眼大口井，我看过，只是因为多年不用干涸了。我爷爷说，那是展春旺的爷爷那时候打的，水很好，当年安着架笨水车，整天套着个骡子拉，能浇几十亩地，还养了几亩菜园哩。”

潘士金也想起来了，说：“对了，是有眼井，垒砌得很好，这么些年了一直没坍塌，我也看过，就在二道堤里边。”

魏书记说：“那好，咱这就去看看。”

这是一眼直径近三米的大井，井口用长条石砌着。往下看，土淤了半截，井筒还剩四五米，井壁是用河里的大块鹅卵石垒砌，全长了青苔，完好无损。潘士金说：“这是修大堤时不注意填埋上的，当时把这片地也破坏了，所以这井也就闲置了起来。”

魏书记说：“它起码说明一个问题，这片地完全适宜打井。咱晚上开个会，一块讨论讨论吧。”

当晚，全体大队干部和工作组的同志一起开会，集中讨论两个问题：一是发动群众大积大造土杂肥，二是在新整的那片土地上打井，变旱地为水浇地。

讨论第一个问题时，大家发言踊跃，特别是大队干部们，你一言我一语，门道的确不少。总结起来，主要是这样几方面：一是由生产队统一准备土坯，把各家各户多年没更换的坑洞、锅头、烟囱全部拆换了。还有个别户将要翻盖老屋的，生产队负责垒新墙，旧墙土也交队里作肥料。二是家家户户都有猪圈、茅房，圈坑、茅坑四周和底边全是多年沤成的好肥料，生产队出工拆了再垒砌好，一户能出一两车。三是要动员群众发展养猪，这虽然不

是一天两天的事情，从长远观点看，这还是从根本上解决肥源的最好措施。

前两条好办，开个生产队干部会，统一统一思想，很快就能行动起来。群众工作也好做，因为这是对集体、个人都有益的好事，大家不会有什么意见。发展养猪就难了，“大跃进”时期号召集体养猪，不许个人再养，结果是集体没养起来，各家各户的圈里却都空了。这几年允许个人养了，由于家底都不厚实，口粮都成问题，哪还有闲粮喂猪！到现在养猪户也不到三分之一。眼下发动群众养猪，一是没钱买小猪，二是缺饲料，的确有难处。就这件事，大家议论了较长时间。

王士友站长说：“我发现生产队集体养猪也很少，有好几个生产队圈里都空着。要让社员们养，集体应该先养起来。另外，集体要以养母猪为主，生了小猪，以较便宜的价格卖给社员，这样，既积了肥，又能解决群众买仔猪的问题。”

潘士金说：“这个意见太好了，应该要求生产队养猪不能少于五头，争取更多一些，其中至少要有两头母猪。现在每人只有三厘自留地，别看这点地，也解决了群众不少问题。大家都清楚，不用集体操心，自留地普遍比大田种得好。能不能扩大些自留地，社员粮食多了，不用发动也会主动养起猪来。”

张发树附和：“是个好办法，保准群众支持。”

团委书记柳新水说：“扩大自留地牵扯到政策问题，能行吗？”

魏书记说：“这件事就讨论到这里吧。那几条措施要抓紧部署下去，让生产队立即行动，确保作物及时追肥。至于增加自留地，也是一个不错的想法。我们可以不叫自留地，是为了解决养猪饲料，每户分点‘饲料地’，总量不超过自留地。不过，这事我要回去和阴书记通通气，听听他的意见再定。大家再议议打井的事吧。胡站长你是搞水利的，先谈谈看法。”

胡成彬是地区水利专科学校毕业的，分到刘集公社水利站已经四五年了，全公社的水资源状况基本心中有数。他说：“下午我也到汶河边看了看那眼老井。另外，据我所知，不少大队近几年沿汶河新打了水井，一般七八米深就是好水。因此说，在西坡、西北坡打井，基本条件是允许的。如果是只安一挂水车的小井，用砖垒砌井壁，打一眼有五六十元钱就够了。”

魏书记问：“我听说县水利局打井队引进了一种土钻机，打井效果很好，是吗？”

胡站长说：“是，县里开会时我们到农场参观过。作为试点，打井队先在农场打了两眼机井。据介绍，适宜在平原地上使用，五六天就完成一眼，山区丘陵没法用，因为遇上石头就钻不动了。咱这周围二三十里没有山脉，估计地下十米二十米的没石层，正适用。不过，打出来的井筒直径只有六七十公分，只能安抽水机，不能安水车。另外，花钱也比较多，井管是水泥、石子预制的，一眼井的造价要五六百元。”

展明尧说：“那不行，全大队没有抽水机，打了机井也是白看着。”

李光恩坐在墙角独自吸烟，一直没发言，这时候也说话了。他说：“打小井不用那么多砖，咱这里土层都是‘平土’，挖的地瓜窨子十年二十年的不塌，井筒不用砌，撑个五六年没事，只要用百把块砖几块石头砌砌井口就行。”

潘士金说：“是啊，咱南坡也有几眼井是没砌井筒的，用上几年井壁上就长了青苔，没点问题。这样能省些钱，现在各生产队的二人拧都太少，打井的同时必须考虑增加几挂二人拧。”

魏书记说：“就按这个法子，每个生产队先打几眼小土井。不仅二人拧要增加，还应该考虑买部抽水机。眼下资金是个问题，慢慢想办法吧。明天党支部就开个生产队干部会，让大家充分讨论讨论，统一好思想就便于行动了。我要回公社一趟，工作组的其他同志都参加大队这个会。时候不早了，散会吧。”

第二天一早，魏书记回了公社。他先到阴书记办公室，正好胡社长也在。他说有几件事情回来汇报一下，于是把昨晚讨论的情况简要作了介绍。当谈到为发展养猪想分点饲料地的问题时，他看着两位主要负责人，以征求意见的口气说：“这件事涉及相关政策，我也拿不准，不知道可不可行。”

阴书记思考一会儿，说：“我看可以试一试。不过要注意两点，一是讲清楚这是用于养猪的饲料地，不是增加自留地；二是量要少一点，平均每户别超过一分地。在汶水滩先搞一年，如果确实能促进养猪业大发展，我们就在全公社推广。胡社长你说呢？”

胡社长说：“好啊，前年分自留地时我就建议多分点，当时党委讨论都说县委文件规定很明确，不好突破。饲料地这个名堂好，可以按养猪数量或人口多少来分。现在养猪的户不多，就按人口多少分几个类型，譬如，三口人以下的，五口人以下的，五口人以上的，分这么几个档次，这样还是按户分，不是按人头平均，与自留地就区别开了。”

阴书记说：“这是件大事，下次党委会再和同志们打打招呼，让大家也议一议。找机会我也和县委孙书记汇报一下，以求得县委的支持。”

魏书记说：“那行，我们等一等再办。”

阴书记说：“不用等，汶水滩可以立即办，反正是试点，不行明年再退回来。”

当说到打井时，魏书记说：“当前主要是打小土井，同时，我想让水利站的老胡到县打井队去一趟，请他们来用土钻机打两眼机井，下一步再想法买部抽水机。眼下最大的难题就是缺资金，据我了解，大队、生产队都没什么存款。”

胡社长笑了笑接过话头：“老魏，你和我想一块了。上次在县里开会，水利局彭局长找我，介绍土钻机钻井的情况，并且说，咱要是想用，可以优先安排。别让成彬同志去了，我明天亲自去找找老彭，最好让他把汶水滩也作为试点，不仅要抓紧来打井，经费上还得让他优惠些。另外，今年县里分给咱八千元的小农水经费，我考虑不能再撒芝麻盐，这点钱太分散了办不成什么事，想集中给两三个大队，帮他们买几部抽水机，这样有利于发展水利化。这个想法行不行，还得请阴书记拍板。”

阴书记接着说：“你这钱粮大总管既熟悉情况，又经验丰富，想问题这么周全，我还能不同意呀！”

三个人都笑了。

魏书记从阴书记办公室出来，接着去了供销社。供销社主任李方舟正和几个人谈事情，看到魏书记进门，立即起来让座倒水，对其他几个同志说：“就到这里吧，你们回去按刚才商量的办，遇到什么问题以后再说。”他们都走了。

“魏书记，您可是第一次到供销社来，该让办公室通知我一声。您喝茶，我把我们的工作向您全面汇报汇报。”李主任说着拉开抽屉，拿出一盒前门烟，拆开递给魏书记一支。

“早就该来看看。整天瞎忙，党委又决定让我到汶水滩驻队，今天上午刚回来。再说，我也不分管你们这一块，所以一直没来。工作就不用说了，我是有件事专门来找你。”

“知道领导忙，去蹲点我们也听说了，那是原来杨书记抓的点，杨书记提拔走了，点上的工作肯定得抓得更好才行。有什么事您安排，只要我们能做到的，一定尽力办。”

“你们还有存的化肥吗？”

“几个采购员都出发了，正想法筹集夏季追肥的肥料，现在还没进货。”

“仓库里一点也没有了？”

“和没有差不多。前段清仓查库，还有一袋尿素，是兑现去年几项奖售化肥剩下的。”

“一袋，多少斤？”

“一百斤。太少了，分不着，所以没给公社汇报。”

“不少，足够了。汶水滩有块麦田，基础苗情不错，但是后劲不足，我想让他们试验一下，搞搞叶面喷肥，看看效果怎么样。怎么办手续？还用公社其他领导批吗？”

“不用，这点肥料已经算是计划外的了，您说句话，让他们来买就是。不过我得再落实一下，看看卖没卖出去。”李主任说着走到门口，让人把仓库管理员喊过来。

管理员来了，李主任问：“老何，仓库里那袋尿素没卖吧？”

“没有，不见您的条子谁敢卖呀！”

“那好，给汶水滩留着。你给收款的说，有魏书记的条就发货。”

魏书记说：“那怎么行，还是你写个条子，我带回去让他们来办手续。”

“好吧，我写。”李主任立即写了条子，交给魏书记。

魏书记接过条子看了看，上面写道：见字售给汶水滩尿素一百斤。后面是李主任的名字，年月日。他把条子装进口袋，起身要走。李主任送到门外又说：“魏书记，今后有什么事您差人来找我就行，不用您亲自跑。”

魏书记边推自行车边道了声谢。

打井积肥

尿素，在那个年代可是紧俏货。公社分配化肥本来就不多，还大都是碳酸氢氨或氨水，硫铵、硝铵的都很少，别说尿素了。去年全大队只有他们三队超额完成了粮油征购任务，得到八十斤尿素指标的奖励，买来后全部用作秋种种肥，效果相当好，惹得其他生产队的干部们都眼馋。现在突然拿到一百斤的条子，潘忠良能不高兴吗！可是，魏书记交代，要用作西南坡那块麦田的叶面施肥，并且说还要留下几亩不施，麦收时分别收打，试验一下效果如何。他不明白什么是叶面施肥，问具体怎么弄法，魏书记说："让忠地去办，他懂，在学校里学过的。"

潘忠地也作了难。他不是不会操作，关键是没有工具。叶面施肥，必须用水稀释成浓度较淡的尿素溶液，均匀地喷洒在小麦叶片上。下午喷洒最好，有利于作物吸收。全大队只有试验队有一部喷雾器，借了来一天也喷不了几亩地。要是现买，一部喷雾器就接近二十块钱，队里现存的那点钱买这一百斤尿素就剩不下多少了。再说，时间不等人，再过几天麦子就要陆续抽穗，施晚了就不管用了。潘忠地这么一说，队委会其他人都闷了缸。潘忠良一个劲地吸烟，看到别人都不发言，急头急脑地说："忠地，这可是魏书记说的，这事让你办，你在学校里学过，俺这几个都是大老粗，不懂，别管怎么弄，行不行就看你的了。”

李庆祥说：“要不就算了，留着这袋子好化肥麦后用于玉米提苗，一样能增产。”

潘忠良知道轻重，立即反对：“那可不行，这是我领来的任务。魏书记说供销社就这么一袋子尿素了，能给咱，说明领导看得起咱。要是不按魏书记说的办，不仅对不起领导，士金叔也得熊我一头疙瘩。”

李春莲说：“士宝叔，去年夏天您自留地里的菜苗生了蜜虫子，我记得你是用刷帚洒的药水？”说着看了看潘士宝，又看看潘忠地。

潘士宝刚想回话，潘忠地说：“对呀，老师讲过的，没有喷雾器可以因陋就简，土法上马，只要能洒匀，什么工具都行。”

潘士宝说：“我就那两畦子地，几袋烟工夫就洒完了，几十亩麦子得费多大事啊！”

潘忠良来了精神，说：“好呀，人不能让尿憋死，咱就用刷帚，我就不信人多了还顶不过喷雾器。明天上午去把尿素买来，下午其他活都停下，全体劳力上阵。忠地你再到试验队把喷雾器借来，来个土洋结合，一下午就差不多搞完了。”

李光斗说：“这事可得掌握好技术，尿素劲大，别弄不好把叶子烧了，那就不是增产可要减产了。”

潘忠良说：“没事，技术上有忠地负责。”

潘忠地说：“这个问题是得注意。兑水比例要适当，一亩地掌握在五斤左右的尿素，只要基本洒均匀，绝对烧不了叶子。”

李春莲觉得替潘忠地想出了法子，解决了难题，心里乐滋滋的。她一直盯着潘忠地，当潘忠地回过脸朝她微微点头以示感谢时，她的脸刷地红了。好在灯光微弱，没人看得清。

湛蓝的天空，只挂着一缕柔丝一样的浮云。正午已过，阳光和煦宜人，照得麦田放出一层绿光。微风轻轻吹过，麦叶儿摇晃着，哗啦哗啦，似少女们窃窃私语。

三队的整半劳力都出动了。人人端个盆，拿个刷帚。几个年轻人抬来两个大水缸，放在地头。砖头和瓦子担来水桶，负责担水。潘忠地拿来一杆秤一个筦子，放下后先盛了一盆清水，进地撒净，步量下距离，又认真进行了测算。回头称了称每桶水的重量，又称了化肥，一块倒进缸里，用棍子搅匀。然后详细地交代大家操作要领，便行动起来。李向林和狗剩干活比较仔细，让他俩轮流使用喷雾器。潘忠良说这叫做歇人不歇马，充分发挥喷雾器的作用。

工作组的王站长来了，他又帮潘忠地算了算施用数量，说："可以，这样能施二十亩左右，靠西边剩下五六亩，正好作对比试验。"随后也动手忙活起来。

李春莲带领着女劳力，带头进了地。她既认真地洒着，又不时检查别人洒的质量。

潘忠良在地里来回查看，不停地吆喝："都仔细点，洒匀呵，这可是公社领导批给咱的好化肥，一个月后就变成白生生的麦子了。"

潘士宝整理完栏圈也来了，他拿出烟包，先给李光斗装上一锅子，再装好自己的，边吸边说："这个弄法能管用吗？"

李光斗说："也许能行。听说魏书记是农学院毕业的，后来又在农校教过忠地，技术上的事人家明白。"

其他队的社员不知道三队搞什么名堂，不少人跑过来看个究竟。有些多嘴的说起了闲话："还是三队会瞎捣鼓，恁说说，谁见过往庄稼叶子上撒化肥的？等着瞧吧，就算烧不死麦子也是白搭钱！"

潘忠地听到这话头也没抬。他知道，一项新技术的推广施用，农民接受起来很困难，只有让事实说话，大伙才信服。

太阳还没落山工作就全部结束了。潘忠地对潘忠良说："必须跟上浇一水，那样效果更好。”

潘忠良当即安排，让几个劳力挪到这边大井上两挂二人拧，从明天早晨就开始浇水。王站长又让潘忠地去步量一下没洒肥的麦田，算算面积。潘忠地步量完回到地头，潘忠良问：“剩下多少？”

潘忠地回答：“大约六亩半。”

潘忠良说：“还是你小子会算计，这不正好吗，一亩地施了五斤稍多点，符合魏书记的要求。”至于效果如何，他没有多想，只考虑到，这下就可以向领导圆满交差了。

一星期过后就看出了成色。同一块麦田，施了叶肥的逐渐变成墨绿色，没施的，叶子越来越黄。收打以后一过秤，每亩增产四十多斤，三队的人们都高兴，外队的社员也服气了。这是后话。

当天晚上，潘忠良叫着潘忠地去了工作组。魏书记正在看报纸，见他俩来了，掏出烟递给潘忠良一支。潘忠良接过烟没有点，急着向魏书记汇报下午麦田施肥的情况。魏书记很高兴，说：“干得不错，王站长回来给我讲了。就是要抢时间，再推迟几天就不起作用了。你们打井和积造土杂肥动起来了吗？”

潘忠良说：“动起来了。打井的我们安排了六名劳力，分两组，庆祥哥带着，他在行。其余劳力，除了十几个浇地的，都在搞积肥。”正说着，潘士金、展明尧、李向河进来了，他站起来又说，“魏书记，我们回去吧。”

魏书记也站起来，边送他们边说：“那好，你们一定要抓紧，既要加快进度，又要保证质量。过三两天，我们把队长集合起来，全面看看各队的活动情况。”

“领导放心，俺三队绝不落后！”潘忠良又看着潘士金，说：“恁几个还有事吗？”

潘士金说：“没事，走吧，我们向魏书记汇报一下分饲料地的方案。”

这时李向河掏出一封信给潘忠地，说：“今天上午邮递员送来的信，放在大队办公室了，我准备回去的时候给你捎家去，正好你在这里。”

潘忠地接过信一看，心里“嗵嗵嗵”跳了起来。他巴不得立即拆开看看，又碍着众人的面，只好装进口袋，随潘忠良出了门。

潘忠良和潘忠地来到李光斗家里，队委会再商量商量明天的活计安排。潘忠地坐在那里一直心神不宁，手一次次不由自主地伸进口袋摸那封信。他简直对这每晚必开的队委会有些烦了。有多少要紧的事情商量？正事不如闲话多，唠叨起来就没个完。以前没觉察到这一点，有了这种感觉，心思也就集中不起来了，发言也很少。总算结束了，他第一个起身走了出去。走到半路，李春莲跟上他，悄悄问：“你身体不舒服吗？我看着一晚上不大说话。”

潘忠地说：“没事，有点累。”

李春莲说：“这几天是够累的，赶紧回去休息吧，别熬夜看书了。”

“嗯。”潘忠地答应着，走得更快了。

他回到家里，朝着堂屋喊了声：“娘，我回来了。”没停脚就直接去了西屋。进门麻利地点上灯，拆开信，认真看了起来。

已经好几个月没收到王士霜的信了。自从王士霜来那一趟，他又及时给她回信了，但总的联系比较少，每次都是王士霜来信他才回，从没主动给她去过信。不是没有过主动写信的念头，只是一想到“不能影响她的学习”，就打消了想法。尽管思念之情有时在心中荡漾，甚至像一种力量在体内冲激，可他都能有效控制了。年轻的潘忠地，自制力还是很强的。他曾经无数次想起她，尤其是晚上睡不着觉的时候。特别去年她亲自来那次以后，当时两个人走出村头，后来又并排坐在干渠堤上，那情那景，经常浮现在他的眼前。每当想得近乎不能自已时，他总能告诫自己：人的思想必须有道闸门，绝不能让感情的激流任意流淌。现实，不允许他对这个正在读书的女孩有任何非分之想。

信依然很长。他反复看了几遍，几乎能背过了，才吹灭灯。躺到床上，把信放在胸口，心里像吃了薄荷糖，麻酥酥，甜丝丝。他脑子里又把信的内容过了一遍：开头介绍她学习的情况，说前段时间全级统一考试，成绩还不错，总分位次又往前挪了挪。他知道，她学习是有潜力的，只要坚持努力，明年考大学没问题。信中还说，政治课上老师讲，中央召开了“七千人大会”，县委书记都去参加了，从春节前腊月初六集合，春节后正月初三才散会，开了接近一个月。会议分析了“大跃进”中出现的问题，要求全国各地全面贯彻执行“调整、巩固、充实、提高”的八字方针。看来，全国的形势要发生大的变化了，并且会越变越好。这件事潘忠地也知道，因为前一段公社召集大队书记开了三天会，潘士金回来后作了传达，内容就是“七千人大会”的精神。信的最后说，班主任讲了，现在每个同学都要想清楚，明年考大学是报考理工、医农还是文史，根据选定的报考方向，考试的重点课要有所侧重，多下些功夫。同时要回头看看自己平时各科的成绩，个人觉得比较差的课程要加把劲，努力赶上来。虽然还有两个多学期，实际上已经到了冲刺阶段。她还说经过考虑，个人准备报考农学院，将来到农业战线作贡献。对这一点，潘忠地以为，她以往的成绩是语文最好，尤其化学比较差，应该报考文史类专业。要建议她发挥特长，避其所短，不应报考农学院。

可是，人各有志，在涉及个人前途的问题上，别人的意见她能听得进去吗？再说，她就是说说自己的想法，并没有征求意见的意思，自己有什么理由替她出主意呢？

朋友，真正的朋友之间也应该是无话不谈的。她之所以给我讲，就是信得过我。对，明天就给她回信。

潘忠地又沐浴在幸福甜蜜的感情冲动中。王士霜那双纯洁而明亮的眼睛在看着他，两个人会心地笑了。突然，另一张纯朴而温柔的面孔出现在他的面前。李春莲，这个从小和他一起长大，现在又朝夕相处的姑娘，在他的心目中占据了越来越重要的位置。

爷爷住院，她亲自去看望，还带去了钱。家中缺粮了，她第一个送了粮食来。工作上遇到难题，她帮着出主意想办法……他早就觉察出来，李春莲不仅工作上支持他，生活上关心他，心里也是真诚喜欢他的。当然，他对她也是喜欢的。同时他也看得出来，双方的父母对他们二人都有好感。虽然两个人从未“谈情说爱”，那只是隔一层窗户纸，一点就透的，只是时机还未成熟。

还有秀菊姑，那才是心目中标准的好人。如果选对象，这三个女人排排序，第一是秀菊姑，第二是李春莲，第三才是王士霜。这并不是说王士霜比她二人差，关键还有个门当户对的问题，两个人的全面情况必须般配。

这都想到哪里去了！

潘忠地收住心。还是想想眼前该办的正事吧。大队党支部部署发展养猪，强调各家各户都要养，团支部也专门召开会议，号召青年带头养，可自己家的圈至今还空着。就算大队和工作组没这个要求，父亲也曾不止一次嘟念，该买两头小猪喂着。但是，说归说，一头十来斤重的猪崽，至少也得五六块钱，眼下家里两块钱也拿不出来呀！对了，一个多月前，姑父姑母来走亲戚时说过，他们家喂的那头母猪，马上就要下崽了，估计现在小猪快满月了。明天去一趟，先要两头小猪来，等以后再还钱，姑父姑母会答应的。虽然这等于去借钱，有些不好意思开口，但这也是没有办法的办法。

潘忠地又陷入现实生活的思虑中。

碧绿的麦浪像海洋似的洪波涌起，一望无际。柳絮漫天飞舞，落到路上的那些，打着团儿翻滚，像河边的浪花。潘忠地没心思看风景，骑着潘忠良的破自行车，心事重重地前往姑家。

临出门他掖上了三斤粮票、一块钱。这是走亲戚，姑母再近还有姑父哩，不能空着手。半路上他拐了个弯，先到刘集邮政所，把一早给王士霜写的回信寄了出去。再到供销社，用一斤二两粮票，四毛八分钱，买了两斤饼干。又到饭店那边，用剩下的钱和粮票买了两斤油条，一并挂到车把上。

姑父及表弟都下地了，姑母一个人在家，正在喂猪。老母猪“咣咣”地吃食，八九头小猪胖乎乎的，黑明光亮，有几头在食槽沿上够巴着抢食吃，有几头在老母猪身子下边拱着奶头想吃奶。姑母拿根木棍撵吃奶的小猪，她是不想让它们耽误母猪吃食。突然听到自行车响，回头一看是潘忠地，惊喜地说:“哎呀，这大忙的天你怎么来了？”

“老长时间没来了，来看看恁二老。”潘忠地放下自行车，提着饼干和油条走过去。

“来就来吧，还拿东西。”姑母想接，犹豫一下又说，“你拿屋去吧，先坐一会儿，快喂完了，我把它们关圈里就给你泡茶。”

潘忠地拿着饼干和油条站在一旁没动，说:“这窝子小猪真好，一个个肉团似的，真肥实。多少天了？”

“今日就二十九天了。”她开始往圈里赶猪，关上圈门，边往屋走边说，“前两天恁姑父还说来，再喂十几天就把小猪都卖了，知道恁家里还欠人家些钱，让我到时候给恁送点去。”

“不用了，已经花了您不少钱了。”潘忠地跟着来到屋里，帮着姑母洗茶壶刷茶碗，忙活了一阵子才吞吞吐吐地说:“要不我先逮两头小猪回去喂着吧，家里的圈还空着哩。”

“行啊，明天就满月，能断奶了。吃了饭你就逮两头大点的驮回去。”

“不吃饭了，来看看您就行了。”

“大老远的来了，怎么也得吃了午饭再走啊。”

“我就抽了半上午的空，队里事多。”

“那好，喝碗水，等一会儿我给你找个筐，拦到后车架上。”

“俺姑父上哪坡了？我去给他说一声。”

“不用说，他回来我给他说就行。”

“来一趟我得见见他老人家呀！”

“那好，你就别去了，我出去找人把他喊回来。”

没多大会儿姑父就回来了，潘忠地赶紧倒了碗茶递给他。姑母说：“忠地来看你了，急着回去，我就让推粪的他们给你捎了个信儿。”

姑父接过茶，坐下说：“这么忙你还来，恁爹恁娘都好吧？”

潘忠地说：“都挺好的，他们让我问您好！”

姑父说：“不能急着走，叫恁姑炒两个菜，中午咱爷俩喝两盅。”

“他还像你这么清闲呀！又是大队又是小队的，忒忙了。”姑母把手里的筐放到门口，又说，“你看，他家自从年前卖了那两头大猪，到现在还没填上圈，咱这窝小猪不小了，让忠地逮两头回去喂吧。”

“怎么不行，挑两头大的。要是不吃饭，咱这就先去逮着，一会儿再喝水。”姑父说着找了两根小细绳，来到圈旁，把小猪赶出来，让潘忠地帮着抓了两头，捆起来，放到姑母拿过来的筐里。又进屋找来根绳子，把筐拦到自行车后架上。

姑父说：“屋里喝碗水，别慌着走。”

潘忠地说：“我喝了几碗了，不喝了。姑父，秋后我给您送钱来。”

姑父说：“送什么钱，这还是外人呀！今年恁家里摊事多，我还给恁姑说，卖了小猪给恁送点钱去添补添补。这样也好，给恁这两头猪就不再给恁钱了。告诉恁爹，咱两家不提钱的事，以后我遇上难处了恁再帮我。”

姑父的一番话让潘忠地着实感动。他不能再说什么了。

拆猪圈茅坑挖肥料，又脏又累。挖猪圈还好些，尤其是挖茅坑，屎尿淤积，臭烘烘的，别说一块砖一块石地清理了，看看想吐的份儿都有。原来垒砌的砖头石块全拆下来，把上面带着的黏乎乎的脏土刮干净，这可是最有劲的好粪土。再把坑周围及底边发黑的土挖出来，换上从坡里运来的新土，夯实，重新垒砌好，既麻烦还需要技术。开始人们不愿意干，三队队委会研究，适当增加些工分。每挖出一立方肥料，记一个工，垒砌一个茅坑记两个工，垒砌一个猪圈记四个工。如果是谁家的猪圈茅坑自己负责干，另外奖励两个工。又专门安排人用大车往家拉新土，供给各户。办法一出，大伙积极性来了。因为正常干起来，一个劳力一天能挣两个多工。都会算账，只要比干其他活多得工分就划算。有的户不让队里再派劳力，自己一早一晚地干，又能多得两个工。尽管这样，潘忠地这几天还是靠在这项活上，并且一直坚持挖茅坑。李春莲和他说笑："你整天钻到茅坑里，也不闻闻，全身都是臭味儿！"

潘忠地咧嘴笑笑，不说什么。

几天过后，全体大队干部，各生产队正副队长，还有工作组的所有同志，集合起来全面检查生产情况，第三队积造土杂肥的进度远远超过其他队。他们打井的进度也最快，已经完成了两眼，第三第四眼也已破土。最后在大队办公室讨论时，魏书记让潘忠良介绍下经验，他推辞说不会讲话，让潘忠地介绍。潘忠地推不过，先简要说了说他们积肥包工的情况，随后说到打井，这时有个队长叽咕："三队有钱买砖买石头，咱可白搭。"

潘忠良听到了，抢过去说："谁有钱呀？俺那是赊的。"

又有个队长大声说："忠良，恁从哪里赊的？也给俺赊点！"明显是信不过的意思。

潘忠良也大声回话："不用走远，在本队赊的。谁家里没几块闲置的砖头石块？队委会研究决定的，各家各户都找找。要是白拿谁乐意呀，所以就得讲明白，先赊。旧砖按新砖算钱，坏了的只要能用，两块顶一块，石头过过秤，按三千六百斤一方，价格按山上买的石头算。记下账，麦后还钱。到时候不愿意要钱的给麦子，麦子价格按国家的收购价。政策一出，一天就凑起来足够打四五眼井的了。"

魏书记说："这就是经验。做什么工作都会遇到困难，关键是在困难面前持什么态度。消极的态度就是畏难发愁，坐等观望；积极的态度就是动脑子想办法，发动群众解决。只要相信和依靠群众，再大的困难也能克服。"说到这里又看着潘忠良，说："忠良，你继续说。"

潘忠良说："我们就是觉得，工作组和大队布置的任务，钻破头也得完成。再说了，这是好事，给社员解释清楚，到末了大家都有好处，社员们没有不拥护的。说完了。"

魏书记又问潘忠地还有什么说的吗？潘忠地说没有了。然后他又让大队和工作组的同志都讲一讲。有的三言两语，有的多说几句，一致的意见，要推广三队的做法，尽快把这几项工作搞上去。

刚要散会，公社的阴书记和江秘书来了。让他们二位坐下，魏书记请阴书记给大伙讲几句。阴书记说："我就是来看看，没什么可讲的，恁继续开会吧。"

魏书记说："已经完了，这就要散会。"

阴书记说："那就散吧，士金同志留下，有事我们再交谈交谈。"

待人们都走后，魏书记说："阴书记，你是喝杯水出去看看，还是先让士金同志汇报下生产情况？"

阴书记喝了口水，说："江秘书对这里熟悉，他领着我坡里村里都看了。"然后看着潘士金，接着说，"老潘，你们工作很主动。从坡里看，麦田和春苗管理都不错，特别是各生产队都着手在旱地里打井，这可是解决低产田的关键措施。另外，积造土杂肥的思路也很好，刚才我们在三队看了几户，这样一搞就为夏苗追肥做好了充分准备。只是各生产队之间还不平衡，有些队动得慢些。"

潘士金说："这都是魏书记和工作组的同志们指导得好。我们工作还有差距，您说得对，有的生产队什么工作都跟不上趟，一样部署就是行动迟缓，今天的会就是重点解决这个问题。"

"这是很正常的，不可能所有单位的工作都一般齐。我们讲工作方法要'抓两头带中间'，就是要着力抓好先进的和落后的，带动一般的。"阴书记又对魏书记说，"老魏，我有个想法，是不是在这里召开个现场会，范围大一点，全公社的大队书记和生产队长都参加。到时候我主持会，你讲话。"

魏书记说："开个会可以，尤其把打井、积肥的活动在全公社推广一下。不过话得你讲，你不讲就让胡社长讲。"

阴书记说："汶水滩的情况你熟，你讲好。"

魏书记说："会上可以先叫士金同志作个发言，介绍下他们的工作。还是你讲好。"

阴书记说："好吧，下午你也回去，晚上咱开个党委会，再研究研究。"

潘士金沉不住气了，说："公社要开会能不能晚两天？我们再发动发动，现在这样没看头。"

"可以，初步定在两天以后吧。"阴书记好像又想起了什么，看着魏书记，"对了，上次你说让县打井队来打眼机井，还没到吗？"

魏书记说："胡社长给联系好了，明天就来。来了马上动工，到时候让大家一块看看。"

阴书记说："那好，今天晚上咱就把这事定下来，抓紧下通知。"他又对潘士金说，"士金同志，你们再进一步发动一下，争取把现场准备得更充分些。"

潘士金说："我这就去安排，请领导放心，我们一定让那几个行动差的生产队也赶上来。"

潘士金回到大队办公室，党支部几个人都在，他把阴书记讲的意见说了说。因为刚散了会，不能再集合生产队长了，就分了下工，分头到各生产队去落实。都表示一定着实抓，确保把现场准备好。

招工

公社的会议三百多人参加，参观完现场还要集中开会，汶水滩没有这么大的会议室，只能找块场地。潘家祠堂前的场院不小，可“立夏”已过，一早一晚还凉快，正午前后就不行了，在日头地里晒着太热。商量这事时，大队的几个同志犯了愁。工作组曲站长提议，可以到村北小树林里开，树荫里凉快，又是个小沙丘，也不用安排座位，坐在沙窝里脏不了衣裳，只要抬两张桌子，搬两条高凳子，让领导坐坐就行。魏书记拍板，就这么定了。虽然会场简陋，由于现场看得好，潘士金经验介绍得好，阴书记讲得也好，会议效果很不错。

会议最后分组讨论时，公社民政助理员领着县煤矿的工会主席来了。助理员把潘士金叫到一旁，说：“这是县煤矿的邱主席，恁村的李庆富出事了，他专门来作些安排。”

潘士金一听就愣了，稍微一沉，说：“会议马上就散，我得送送领导们。让明尧先和您去办公室喝点水，我一会儿就过去。”

大队干部和工作组的同志们都在会场。潘士金把展明尧喊过来，让他领着他们二人去了大队办公室。到了办公室，展明尧立即泡上茶，邱主席拿出一盒烟，说我不会吸烟，恁二位吸。然后简要介绍了下情况。原来是井下采掘面出现塌方，有两个工人遇难，其中包括李庆富。邱主席又问李庆富的家庭状况，展明尧说："本来他这个家庭在村里属于上等户，庆富这一出事可就塌天了。他家里还有三口人，他老婆倒是没病没恙的，可两个男孩都太小了，大的上三年级，小的刚上一年级。"

邱主席说："是呀，碰上这种突然事故，今后家庭困难是少不了。尽管国家有政策，我们要给予照顾，可家属一时也难以承受。因此，还请大队的领导帮助我们做好家属的工作。"

展明尧说："这样吧，他家是第三生产队的，我把三队队长也叫来，咱一块商量商量。您先喝着水，士金哥也快来了。"邱主席和助理员答应着，展明尧出了门。

展明尧和潘士金、潘忠良一块来了。其他大队干部们一听说这种事，随后也都跟了来。邱主席拿起烟分给大家，又掏出两盒放到桌子上。潘士金说："邱主席不用客气，您具体说说怎么回事，需要我们做些什么工作，党支部的全体成员和三队队长都在，我们一定办好就是。"

邱主席先介绍了矿难发生的过程，接着说："事故发生后，矿领导非常重视，立即组织全力抢救。县里分管的公县长和煤炭局吕局长也赶了来。但是，塌方太严重，那个位置当时仍有危险，十多个小时才把他们两位同志救上来。可是，当时人已经不行了。公县长连夜召集矿党委开会，除了要求我们总结教训，抓好安全生产外，重点研究了两位遇难同志的后事处理问题。一是对遗属照顾，各项补助和丧葬费，都按有关规定的最高标准；二是考虑到他二人家都在农村，政策规定外再每家一次性补助三百元；三是棺材买好一点的，让县木器厂加班给做，今天下午就能运到矿上去。征求下家属的意见，如果想见见死者，就让家属到矿上看了再入棺；要是不打算见了，我们就入殓好，明天一早送到家来。另外，我们工会决定分别送一个三十元的花圈，这还请助理员帮帮忙，在刘集买一个，钱我带来了。助理员，你看我们的安排还有没有不妥当的地方？"

邱主席说完看着助理员。助理员说:“你们考虑得很全面了。我处理过一些类似的事情，这个安排算是合情合理的，估计家属好接受，不会再提其他要求。可是花圈的事不好办，刘集有两处扎花圈的，我知道，最好的也不过二十元。”

张发树说:“那还不好办？给花圈铺说一声，扎大一点，再多插上几朵花，还不就是三十元的了！邱主席定的是个标准，对死者是个待遇，也是给活着的人一个情面，你让他把这个钱花上就行了。”

邱主席点了点头表示赞同，又看着潘士金说:“潘书记，你看矿上定的这个处理意见行吗？”

潘士金说:“这种事我们没遇到过，助理员有经验，他说行就行了。邱主席，您是不是和我们一起去见见家属？”

“那是，我必须去。”

邱主席说着就要起身，潘忠良却说:“还有件事邱主席刚才没提，我听说矿上死了人都是安排个接班的吧？”

邱主席说:“一般是这样，我们按自然减员，申请劳动部门给下达招工指标。不过，子女或家属必须是十八岁至二十五岁之间，最大不能超过二十八岁，还要身体条件合格。我们查过李庆富同志的档案，他妻子年龄太大，孩子年龄又太小，所以这件事就不好说了，只能对两个孩子给予抚恤，每个孩子每月八块钱，一直发到满十八岁。”

张发树又接过话:“这个指标可别瞎了，能不能把名额给俺大队，俺村里合格的青年有的是。”

潘士金也说:“是呀，平时招工我们很难分个指标，这次是特殊情况，就给俺吧，反正今后他家里的困难我们还得负责照顾好。”

邱主席考虑了一会儿，说:“以前还没这么办过。你们提出来了，我一定把这个意见带回去，向领导汇报。不论党委怎么定，我都会给恁回个话。”

王桂兰一看来了这么多人，不知道什么事，急忙搬凳子、泡茶。潘士金说："别忙活了，你也坐下。这是矿上的邱主席，来给你说说庆富的事儿。"

王桂兰听说李庆富遇难了，一时没回过神来，片刻工夫，就呼天抢地地大哭起来，身子也出溜到了地上。潘秀菊赶紧过去架起她，往凳子上扶。她失去了控制，两手舞挓，腰腿下坠，哭得死去活来。潘秀菊架不住，张发树上前帮忙，两个人才勉强把她按到座位上。潘忠良看她满脸的泪和鼻涕，拿过毛巾，潘秀菊接过去给她擦了擦。这震人心魄的哭声，使满屋人眼里都噙着泪花。哭过一阵以后，她已经是上气不接下气，一个劲地浑身抽搐，泪依然哗哗地流。潘士金说："你忍一忍，先别哭了，听听邱主席还有话说。"

邱主席赶紧把矿上定的意见讲述一遍，最后说："王桂兰同志，你是领着孩子到矿上见庆富同志一面，还是我们入殓好把他送回家来？"

王桂兰既不点头也不摇头，木头人一样，没有反应。其实她脑子里一片空白，什么也没听进去。

助理员看她这情况，还想抓紧处理完回去，于是对其他几个人说："已经是这个样子了，看不看那一眼无所谓。为了减少家属的痛苦，是不是别再到矿上去了。"

潘忠良急忙说："那可不行，庆富叔也是四十多的人了，孩子也不小了，不能把他舍到矿上成孤魂野鬼。不仅要去见了面才能入殓，还要带个大公鸡，让孩子把他的魂领家来。"

展明尧跟着说："是呀，不论什么情况，人死到外面，亲人都要到现场祭奠祭奠，然后抱个红公鸡领路，他才能安生地回家。从老辈过来都是这么个做法。"

邱主席说："农村都有些讲究，需要怎么办咱就怎么办，我们一定配合好。另外，明天除了亲属去，大队里最好跟几个人，如果家属还有什么想法，我们好一块商量。"

潘士金说："没问题。庆富家几辈子都是单传，他没有很近的人，明天大队生产队都要去人，也便于照顾照顾桂兰。”

邱主席和助理员走后，潘士金安排：“发树，你一会儿去通知各生产队，下午都来个人，一块议议事。虽然庆富户口在矿上，可毕竟是咱村里的人，又是因公去世，要和其他丧事一样办理。忠良，你也和队委会其他人说说。明天发树和秀菊都去，忠良你看看三队都是谁去，恁自己定。”

潘忠良说：“明天我去，再叫上两个人。”

潘士金又说：“桂兰你看这样行吗？还有矿上那边，你还有什么意见，想好了明天去给他们讲。你要是不好开口，就提前说说，让发树讲。”

王桂兰已经止住哭声，啜泣着说：“我一个妇道人家，什么也不懂，孩子又小，一切都听恁的，恁怎么安排怎么是。矿上什么规定我也不知道，刚才那人说的我没听明白。”

展明尧把邱主席讲的那几条复述了一遍，潘士金接着说：“矿上很重视，他们处理这种情况也不是头一回，这些意见是公县长在场定的，都是按国家规定的最高标准，算是不错了。”

王桂兰说：“只要恁同意就行了，人家矿上也不能掐亏给咱吃。”

大家看得出来，放到大事上，王桂兰还是通情达理的。

左邻右舍都听说了，婶子大娘的过来看望王桂兰。人一来，她又是一阵大哭。

有的说，“人都是个命，摊身上就得顶着，你得想开点，自己的身子要紧，还得照管两个孩子哩！”

也有的说，“是呀，他狠心舍下恁娘仨走了，你也就别心疼他了，以后这日子还得好好过”。

过了一会儿，突然有人说：“他婶子，别哭了，赶紧找件素褂子到里间屋换上。这一年里不能穿红绿衣裳，孩子们也得穿孝。”王桂兰穿的是件白地红碎花的褂子，听人这么说，就起身到里屋，找出件玉白色褂子。几个女人跟进来帮她换上了。

大队的人走了后，潘忠良出去把潘忠地、李光斗叫了来。路上李光斗就说："庆富家没有很近的人，我的祖爷爷和他老祖爷爷还是叔伯兄弟，俺这两家算是近的了。王桂兰平时又不大会处事，邻居们对她都有些看法。不过，庆富这人还不错，从小老实实在。当年咱村里只分到一个招工指标，因为他父母都不在了，干部们看他一个年轻人过日子怪困难的，就叫他去了。这些年他每次家来，都挨家挨户去坐坐，没忘了乡亲们。咱不能与王桂兰一般见识，为了庆富，也得帮她把丧事办好，不能让外队的人看笑话。"

潘忠良说："士金叔交代了，对庆富叔要和咱的社员一样看待。我叫您来就是先一块问问王桂兰，有什么急办的事好抓紧安排人去办。下午各队来人一起议事，晚上咱队委会再商量商量。"

来到王桂兰家里，问她什么也是摇头三不知。李光斗说："这样吧，下午先去派人买几尺白布，明天到矿上去两个孩子都要戴孝。你家里还有布票和钱吗？"

王桂兰说："还有几尺布票，钱也有。"

潘忠良说："还得买个红公鸡，明天就得抱着去，发丧那天到林地破土也得用。"

李光斗说："公鸡就别买了，我家里有喂的一只。忠地，你下午逮过来。"

王桂兰说："您是这拿着钱还是让忠地下午捎过去？"

李光斗说："这是说的什么话！你摊上事了，我这当叔的家里现成的一只公鸡还不该用？不能提钱。下午叫恁婶子过来，破孝的事让她帮你安排安排，这方面的事她比你明白。"

王桂兰以为李光斗担心她手头没钱，也不想欠人情，就说："家里还有二三十块钱，明尧也说了，矿上还给丧葬费。"

潘忠良说："不是有钱没钱的事，这是大老爷的心意，恁是近门哩。办丧事花钱的地方多了，你还得有个思想准备。不过你放心，有俺兄弟爷几个给你操办，咱既要办得体体面面，也不能让恁多花钱，以后还得领着两个孩子过日子不是！”

王桂兰不再言语了。

潘忠良又说：“明天我和庆祥叔、春莲一块去吧，办这类事庆祥叔明白，春莲去对桂兰她娘仨好有个照应。忠地，这几天生产的事你就负责了。”

李光斗说：“这样也好。”

潘忠地也满口答应。

王桂兰是个苦命人。李庆富是她的第二个丈夫，第一个丈夫结婚不到一年就去世了。

她第一个丈夫是同村的，叫阎立本。他们两个虽然算不上青梅竹马，也是从小一起长大，又一起上了两三年小学。那时候都小，同学之间常常闹架，阎立本总是站在王桂兰一边。星期天下地割草拾柴，阎立本经常帮她一把。后来又在一个互助组劳动，两个人渐渐生出了爱慕之心。当两家的家长发现时，他们已私定终身，挡不下了。当时在农村还十分讲究父母之命、媒妁之言，在家庭极力反对、众口非议的情况下，两个人偷偷到区里领了结婚证书。这可是大逆不道的事情，自此娘家不再让上门。公公婆婆也觉得很丢面子，给他们二亩地，还有一些简单的家具和生活用具，把两间南屋往外掏了个门，让他两个单门独户另过了。

虽然众乡邻指指戳戳议论纷纷，一阵子过去也就没事了。好在两个人年轻力壮，不论在自己地里还是本组其他人地里劳动，从不惜力，小日子过得还算和谐美满。谁知好景不长，结婚不久，阎立本就身体消瘦，面色发乌，浑身没劲，白天夜里都懒得动。一些年轻人给他开玩笑，说：“恁两口可得悠着点，别把力气都用到床上！”阎立本龇龇牙，不说什么。王桂兰看他这个样子，几次催他到医院看看，他都说没事。后来实在撑不住了，才让王桂兰用排子车拉着他去了刘集医院。去到一查，不得了了，怀疑是肝癌，医生建议到上头医院检查。两个人当天就去了县医院，检查结果是癌症后期，已经扩散，没法治了。阎立本坚持不住院，只拿了些口服药就回来了。三个月过后，年轻轻的阎立本就撒手人寰，撇下王桂兰独自走了。

有人说这是天意，老天爷专门整治那些不守规矩的男女。有人说王桂兰命毒，要不，这么个壮小伙子怎么结婚几个月就突然得这种不治之症呢！

……

王桂兰更加抬不起头来了。婆家不仅没人搭理她，婆婆还瞧见她的面就指桑骂槐，打狗骂鸡，叫她一瞬儿不得安生。赌气回到娘家，父母当然不能嫌弃，哥哥嫂子却整天不是鼻子不是眼的，不给她一点好脸看。事隔半年，经人介绍，认识了李庆富。那时候煤矿工人虽然挣钱比较多，但人们都说这是“干的阳间活，吃的阴间饭”，找个对象难。王桂兰处在这种状况，一心赶紧离开这伤心之地，第一次见面两个人就定下了。几天后登记结婚，来到了汶水滩。

……

王桂兰在床上倚着被子，闭着眼睛，她的泪水已经流干了。这半天来，真是天塌地陷，她不知道怎么过来的。现在人们都走了，两个孩子在床前看着她，几次叫她起来吃饭，她都没动。她想：当年人家就说得对，我就是个命毒的人，阎立本被我毒死了，李庆富要不是和我结婚，在矿上干一辈子也许出不了事。往后就自己过吧，再苦再难也不再找人了，不能再害别人！

这时大孩子又喊她：“娘，大奶奶给咱做的饭我都热两回了，你起来吃点吧，从晌午到现在你一口饭还没吃哩，你不吃俺兄弟俩也不吃！”

二孩子又哭起来。

是呀，还有孩子哩！有两个孩子在跟前，往后的日子就是难熬也有盼头。她爬起来了，不仅要让孩子吃饭，自己也要吃。

矿上安排得很周到。张发树他们一到大门口，就有两个等候的同志迎了上来，一一握手。传达室立即给办公室要电话，邱主席和刘矿长接着过来了，相互介绍后，邱主席说："另一位死者的家属也刚到，郑书记正陪他们。咱先到接待室喝水。"

张发树说："不喝水了，先去祭奠死者吧。"

刘矿长说："也好，咱先去灵棚。"于是领他们走进院子。

两位死者都已整过容，穿好了寿衣，盖着被子，分左右相隔三四米，停放在办公院临时搭起的棚子里。棚子外边放着两口棺材，油漆得乌黑锃亮。矿上的十几个职工，阴沉着脸在一旁候着。来到棚内，邱主席走到左边，说："这位就是李庆富同志。"他的话音刚落地，王桂兰就扑上去大哭起来。

李庆祥说："等会儿再哭，先给庆富净净面。"

潘秀菊、李春莲把她架起来站到一边。

李庆祥让邱主席差人端来半碗清水，然后蹲到遗体跟前，掀开被子，露出李庆富的脸，接着从口袋里掏出一个新棉花团，蘸上水，又把水捏净，递给王桂兰，说："给他擦脸净面，比画比画就行，千万别湿了他的脸。"

王桂兰一看到李庆富的样子更是哭得上不来气了，哪里还知道比画。李春莲给她捶背，潘秀菊接过棉花团，塞到她手里，拿着她的手，在李庆富脸上作了作样子。随后，李庆祥把李庆富的脸盖好。潘忠良已经点着了纸和香，拉过两个一直在哭的孩子，跪下磕头。刘矿长和邱主席也在一边鞠躬默哀。过了一会儿，张发树说："入殓吧。"

邱主席朝外挥了挥手，候着的那几个职工立马过来，动手抬遗体。李庆祥让大孩子抱着公鸡，来到遗体前，教他念叨："爹，咱回家了。"边说边走向棺材边。

棺材盖合上了，张发树、李庆祥等人齐声吆喝："庆富，躲钉！"木工"乓、乓、乓"砸上了几个钉。

那边汽车开了过来，邱主席指挥着，把棺材抬到车上。

李庆祥叫着两个孩子，说："恁弟兄俩跪下，给矿上的叔叔大爷们磕头致谢！"

刘矿长赶紧说："免了，免了，孩子小，咱也不兴这个。"这边说着，那边已经磕完了。

张发树拉过邱主席，说："咱去见见书记再走。"

"那好。"邱主席领着张发树来到办公室门口，听到里面郑书记正在和另一伙人谈话。邱主席进去，张发树站在门外等着，他听明白了，原来另一位死者的孩子已经十六岁，想接班来矿上当工人，大概矿上坚持孩子满十八岁再说，家属要求现在就办手续，两年后再来上班。

邱主席和郑书记出来，寒暄几句后，张发树说："书记，我们上次给邱主席说的那个事……"

没等他说完，邱主席就说："你是说招工的事吧，我回来就向郑书记、刘矿长汇报了，党委决定同意从恁村招收一名工人。具体情况，我今天去了再给恁讲。"

郑书记说："你们帮我们做了大量工作，家属也通情达理，我代表矿党委感谢你们！你们这个要求也合情合理，所以我们同意。"

张发树说："谢谢书记，那我们回去了。"

郑书记说："让邱主席代表我们把庆富同志送到家，我和刘矿长就不去了，你看还有这摊子事。"

来到汽车前，邱主席安排："驾驶室还能坐两个人，让家属和一位女同志坐里边，其余都上后边，骑来的自行车也搬到车上，我们一起慢慢走。"

汽车缓缓开动。郑书记、刘矿长送到大门口。

汽车进了村，男女老少围过来不少人。张发树跳下来，指挥着汽车开到王桂兰家门口，喊过四五个壮劳力，帮着矿上跟来的几个工人，把棺材抬进去停放在堂屋。一切安排妥当，他叫着邱主席去了大队办公室。

潘士金和其他大队干部都在。落座后邱主席说："潘书记，对庆富同志的后事安排，党支部替我们做了大量工作，郑书记让我代表他和矿党委谢谢你们！另外，您提的那个问题矿党委研究了，同意在你们村招收一名工人。不过有个要求，除了必须是男性、年龄和身体条件合格外，还要具备初中以上的学历。恁也知道，咱矿上一线工人大部分不识字，找个高小文化程度的都难，平常让班组提供个简报材料或是搞搞黑板报都没人。以前招工没提过这个标准，这次从你们村要个文化程度高点的，也算是请您对我们给予支持。”

潘士金看了看大伙，没人表态，于是吸了几口烟才说：“我看可以，去个这样的青年，以后就成了矿上的骨干，是好事。不过这事要拖几天再办，等办完庆富的丧事支部再研究。”其实潘士金脑子里已经转了个圈，符合这个条件的村里只有潘忠地和李向东两个，叫谁去呢？一时拿不定主意。

邱主席说：“没问题。你们什么时候定了，让本人带着大队的介绍信，到矿上找劳资科，我回去给他们打好招呼，去了就安排查体，如果身体合格，接着就办理招工手续。”

送走邱主席，几个人就议论开了。展明尧说：“矿上还真不错，人家要是留下这个指标自己照顾关系咱也没办法，咱得按人家的要求办。让忠地去吧，这是个机会。”

张发树附和：“忠地要是去了肯定干不孬，说不定几年就能混个副矿长或团委书记的当当，用不着长期下井。”

潘秀菊极力反对，说：“那可不行，忠地是咱的骨干，他要是去了他管的那摊子事谁接？”

展明尧说：“那就让向东去，反正够条件的就他俩。”

李向河说：“向东是民办教师，要是换人还得请示公社。再说，他本人也不一定乐意去呀！”

潘士金说：“今天别议了，这事不急，过几天再定。”

李向河和李向东是叔伯弟兄，当晚他就找到李向东，把这事透给了他，并且嘱咐：“你要拿定主意，就是党支部定了你也别答应。不管将来能干什么，去了就得下井，苦累不说，关键是太危险了。”

李向东听了嘴上没说什么，可已经动了心。李向河走后他反复琢磨：虽然向河哥说的有一定道理，可这毕竟是离开农村吃上国库粮的好机会。当然，民办教师这差事也令不少人羡慕，长年风不着雨不着，星期天自由安排，大队给记整劳力全工，公社每月还给几块钱的补贴。但是，学校负责人老宫好像并不重用他，只让他教一年级的课，倒是累不着，可读了一年师范白读了，学到的知识根本用不上。还强调必须备课，学区要检查，其实备一晚上的课，就能讲它两星期，只要看着这帮孩子不打仗闹架就万事大吉了，就是一个给大伙看孩子的，实在没意思。进一步想，就算是教得再好，到头来还是顶着个农民的帽子，能有什么出息？农民和工人，那可是有着天壤之别，尽管是上煤矿，也是正式工人，一旦去了就变成非农业户口，不仅名声好，待遇高，说不定今后就有了出头之日……不过，这也不是自己想去就能去了的，还有潘忠地呢！回来这个大半年，明显地看出，大队对潘忠地格外器重，让他担任团支部书记兼副队长，前几天还发展为预备党员。自己这民办教师怎么能比得过他呢？当工人可是难得的机遇，党支部肯定得让他去。

不行，就是争不过也得争一争。

第二天一早，他就到了潘士金家，直接提出想去当工人。潘士金说："党支部还没研究，到时候我把你的想法给大家说说，定了以后再把情况告诉你。"

当天中午，潘士金把潘忠地叫到大队办公室，说了说这件事，问他愿不愿意到矿上去。潘忠地考虑一阵子，说："都说下井危险，庆富哥又刚出了事，这毕竟是极个别情况，那么多人干一辈子煤矿都照样好好的。"

潘士金说："是呀，我听说咱县煤矿好几百工人，两三年了才出这么一次死亡事故，也是巧了，让庆富摊上了。矿领导抓安全生产还是很上心的。"

潘忠地说："按矿上提的要求，向东也符合条件，他会不会想去？"

潘士金说："今天早晨刚起床他就去找我了，他还真是想去。"

潘忠地说："那就让他去。我认为当工人当农民都无所谓，只要认真干就能出成绩。回来这还不到一年，我感到跟着您学了不少东西，真是觉得挺充实哩！”他没有犹豫，当即表态。

潘士金说：“有这个想法就好，安心在村里好好干吧。现在就干得不错，大家都赞成。昨天说到这事，有人一提你，您秀菊姑就不同意，她是舍不得放你走。”

潘士金看到潘忠地这个态度就放了心，党支部开会研究好定了。潘士金又找魏书记说了说，魏书记也同意潘忠地留在村里。

就这样，几天后李向东到矿上当了正式工人。接替民办教师的事，只好等到暑假期间再定了。

麦收

“咣咣哆嗦”，“咣咣哆嗦”……“咕咕咕”，“咕咕咕”……布谷鸟和斑鸠那交替不停的欢快叫声，一遍遍催促人们，“麦子熟了，快开镰收割”。

“蚕老一时，麦熟一晌”，昨天满坡的麦田还是一片青绿，大半天西南风一吹，不知不觉间就全都换了面孔，统统变成耀眼的金黄色。“春争日夏争时”，繁忙的麦收时节到了。

各生产队开始紧张起来。那时候不像现在，收割、脱粒、灭茬、播种，全部机械化，又是各家各户分散经营，不用别人操心，一户忙个三五天就过去了。当时什么机械都没有，农村管理体制是“三级所有，队为基础”，一切农活都要靠生产队组织，干活大呼隆，社员们等着听吆喝，哪个环节安排不好都会影响整个生产进度。

首先是整理场院。这可是马虎不得的，不提前弄好麦子无法进场打轧。选两三亩地，为了方便运输，下雨不积水，要靠路边，地势稍高些。先耙细耙平，然后用碌碡轧一遍，均匀地泼上水，待滋润透了，不干不湿，撒上一层上年留下的麦糠，用碌碡再轧两三遍，干了后再把麦糠扫净。这样场院平整，硬实，不裂缝，不起土。还要在场院一角搭个临时棚子，便于在场院干活的人白天歇凉，晚上看场睡觉。场间所需工具也必须备齐了，碌碡架子要让木匠整修一番，杈、耙、扫帚、木锨、簸箕，还有盖麦垛、粮堆的草苫子，不足的要抓紧置办。

劳力们早就盼着这一天，急等着打下头场分点新麦，吃顿饱饭。所以队干部还没安排，都已找出镰刀，在磨刀石上“嚯、嚯、嚯”磨得铮亮飞快，就等队长一声令下了。

让人担心的还是天气。一旦遇上连阴雨，耽误收打不说，还可能造成籽粒霉烂变质，有的品种休眠期短，麦粒露齿，在棵上就容易发芽。最怕的是下冰雹，虽然十年八年下不了一场，万一碰上，眼看到手的粮食就全泡了汤。“虎口夺粮”就说的是这个时候。因此，必须集中劳力，快收、快运、快打。

各生产队麦田面积差不多，劳力数不相上下，收打进度快慢，关键看队干部调配劳力及指挥的能力。场间的劳力不能安排少了，还必须选干活精细的，因为轧场要匀，脱粒要净，尤其需要两个会扬场的。扬场是个技术活，能摸动簸箕的每个生产队不超过三两个人。其余的劳力要全部下地，壮劳力收割，体弱的捆麦。学校里也放两个星期的“麦假”，孩子们不能干重活，就和老人们一起，到地里捡拾丢落的麦穗，每天记上三五分工。还要边收边运，大车小辆全动起来。劳力分线作战，队干部也要明确分工，各负其责。

收割运输比较快当，一般情况十来天就能完成。场间打轧慢，一个月左右才能归完垛。负责收割的劳力也闲不下来，收完麦子就接着抓紧抢种，“‘夏至’种豆子，打一蒜臼子”，“‘小暑’种薯不见薯”，“夏种无早，越快越好”，“早种一天早成熟三天”，这些农谚充分说明，违误农时将影响秋季产量。

三队队委会研究当前活路时遇到了难题。两个扬场在行的老把式，一个已病了好几个月，正卧床不起；另一个到外村给他闺女家盖房子去了，儿女盖新房是大事，他还是个半拉子泥瓦匠，不去不行，十天八天回不来。

潘忠地问："除了他们俩，咱队里再没有会扬场的了？"

潘忠良说："有啊！咱光斗大老爷什么庄稼活都拿得起放得下，论扬场比谁都强。可是，你别看他是个'铁头'，身子骨可不像原来那么硬实了，也是往六十奔的人了，这几天又有点感冒，还能靠在场里当整劳力使？"

李光斗气呼呼地瞪他。李春莲偷偷地笑。潘士宝说："你真是个没老没少的东西，恁大老爷这个外号没第二个人敢叫。"

潘忠良知道李光斗不会恼，说："你看我这嘴，就是缺个把门的。其实我要不提，他这个'名'就都忘了。"吸了口烟接着说，"我的意思是不让他老人家再干重活了。这样吧，找两个二把架子上场，将就着能把麦糠扬出来就行。忠地、春莲，恁两个负责收、种，庆祥叔、士宝叔，恁两个负责运输，光斗老爷你就管管那些老人孩子拾麦子，再安排人烧锅开水，到卫生室买点甘草、金银花，放锅里熬熬，让个年轻的回来挑，上午、下午各烧一锅就够了。我在场里，算上我七八个人满行。"

李庆祥说："晚上看场也得有个干部。另外，打井的还得留下两三个人，咱打的第四眼井已经见水了，要赶紧完成，把井口砌好，不然，一场大雨淋塌就白干了。"

潘忠良朝着李庆祥说："场间我就负全责了，夜里我在那里睡。打井的留下俩人，你还是靠一靠，再有两天就差不多了。其余的都去收麦。"

潘忠地说："昨天我上恁家去，看嫂子那个样子病得不轻，稍微一活动就喘粗气，晚上离了人可不行，你别去看场了，我去。"

李春莲接上话："你是得好好照顾照顾嫂子，别不把她的病当回事。现在你人五人六的，要是没这个人了，看你怎么拉扯着两个孩子过！"

潘忠良说："你可别说这晦气话。我可是上心给她治病的，公社医院都去好几趟了，开始只拿的西药片子，后来又加上针药，春节前让庆龙叔连续给她打了一个多月的针。庆龙叔还让我备下了杏仁、桃仁、桑白皮、芦苇根，他又配上几样中药，现在是一天一服熬着喝。虽然这么个治法，还是好一阵歹一阵。这一段又不行，不仅有时憋得上不来气，吐的痰也越来越臭了。”说起老婆的病，潘忠良不再神气。

李春莲又说：“你得主动多干点活，不能让她累着，也不能惹她生气。”

潘忠良说：“这话倒在理。她没气生，我整天护着她，两个孩子也懂事。桃花放了学就帮着做饭、洗衣裳，套子上学、回家做作业也是桃花照应，姐弟俩都很听话。我家去也没法歇歇了，她那个样子哪里还敢再让她干活？”为了缓和下气氛，他又说一句，“你没看见我都瘦了一圈了！”

没人接他的话。过了一会儿，李光斗说：“场里的活太拴人，这样吧，你和忠地换换，你负责田间，还有春莲，不用你靠那么死，抽空儿多回家看看。忠地对场里的活可能摸不着头，不要紧，我也上场，干重活不中用，安排安排还可以。烧水、送水和拾麦子的事让士宝捎带着管管就行了。”

潘忠地接过话头：“这样行，大老爷去了不用干活，只要动动嘴我们干，我黑白在那里，保证误不了事。”他稍微停了停又说，“我还有个想法，开始这几天主要任务是收割，场间先不要留那么多人，再有两个年轻的就可以了。我想让狗剩和向林上场，他两个干活上心，有大老爷当老师，俺三个一定学会扬场。会的人多了以后咱也就不作难了。”

潘士宝说：“三四个人可不行，只要麦子一进场，早晨扫场摊场，中午轧场，傍黑天归垛，中间还要翻好几遍，麦子轧出来，傍晚或第二天一早要扬场，人太少了忙不过来。再说，万一来阵子雨就要赶紧抢垛，把麦穰淋到场里麻烦就大了。”

潘忠地说：“咱可以改改老办法，排出十几个劳力，每天早饭后集合人的工夫先到场里来，帮着把场摊好再下地，下午收工后再让他们来帮着垛场，也就是给他们加记点工分。其他活我们几个就行。如果看着要下雨，所有在田间干活的都赶紧回来帮忙。另外，收工时每人捎几个麦捆子送到场里来，按捆数记工，一天三趟，满能顶辆大车运的。等麦子收完了再增加几个人，这样场里的活不耽误，还能多几个劳力割麦。”

李庆祥说："用这个办法整个进度肯定能加快，就是大伙太累了。"

潘忠良说："我觉得这个想法不错，累就累点吧，反正就这么几天，让大家多得点工分就是。"

李光斗也同意，说："那就试试吧。"

当地老习惯，早饭八九点才吃，午饭下午一两点，晚饭又是夜里八九点。这时节天明得早，清晨五点左右，蓝色的天幕就徐徐拉开，苍白的月亮悄悄隐退，满坡的庄稼、野草，该绿的绿，该红的红，该黄的黄，都慢慢现出本色。雀儿们陆续出窝飞上枝头，叽叽喳喳。老人们来到院子，咳嗽一阵儿，吐几口一夜沉积的痰，然后朝着年轻人睡觉的屋里喊道："起床吧，该下地了。"不出工的女人们也起来了，先打开鸡窝门，让鸡们赶紧出窝觅食，随后抱柴刷锅，为一家人准备早饭。

昨天队干部已经给各家各户打了招呼，今天开始开镰收麦。生产队的钟声响过，人们都拿着镰刀走出家门，集合到路口。队干部们早已观察合计好了，根据小麦成熟的程度，先收哪块，后收哪块，排好了顺序。潘忠良找好了几块磨刀石，让几个小伙子带上，看看人已到齐，吆喝一声，领着大伙出了村。

其实一天中最出活的是早晨这几个小时。晨风徐徐，带着些许凉意。麦叶麦穗被露水滋润得潮乎乎的，不拉皮肤不扎手。来到地头，几个披棉袄的脱下放到一边，准备动手。别看已近伏天，中午酷热，一早一晚仍冷丝丝的。"庄稼佬，庄稼佬，一年四季不离破棉袄。"没办法，当年多数人没有毛衣、绒衣、夹衣，冬天一身棉，脱掉棉衣后，上身就换上个破褂衩，天凉时只好再披上棉袄，天热扒下来，再热就光脊梁了。

李春莲把一伙年轻的喊过来，一人一畦占好，带头先开了镰。其他劳力依次排开，只听着"刷刷刷"像蚕吃老食。这声音悦耳动听，让人兴奋。潘忠良安排几个身体条件差的在后面捆麦，刚招呼完自己还没下手，工作组的柳新水来了。潘忠良看他手里还拿着镰刀，上前说："柳书记，您怎么来了？也帮我们收麦子呀！"

柳新水说："工作组的同志除魏书记在公社开会，其余的今天都到各生产队参加麦收，我主动提出到三队来。我这镰刀是昨天从供销社新买的，没开刃，得先磨磨。"

潘忠良说："正好咱有带来的磨石，来，我给你磨。你用我这把吧，用过多年了，镰把儿滑溜，不磨手。"说着换过了柳新水的镰刀。

等潘忠良磨完镰，柳新水已经割进地老远，快赶上其他人了。潘忠良过去说："吆，柳书记还真行啊！看你那迈步、拿把儿的架势，以前一定干过。"

柳新水没有直腰，边割边说："这可不是给你吹，近几年机关干部每年都到村里帮助麦收，我这水平没人能赶得上。来吧，咱俩比比。"

"我可比不过你。割回来时你和春莲比比吧，她是俺队割麦最快的，小伙子们都比不过她。我好腰疼，割不几把就要直直腰，所以赶不上趟。"潘忠良本来想给柳新水截截趟，两个人割一畦，一看这样，又说："你先慢慢割，我检查一下大伙割的质量。"

潘忠良在人们屁股后面转悠一遭，一会儿说这个落下麦穗太多，一会儿说那个放的麦把不整齐，不管他如何咋呼，大伙只顾干自己的，没人理会。最后他来到李春莲跟前，小声说："柳新水来帮咱割麦子了。"

李春莲头也没抬，说："我看到了。"

潘忠良说："他想和你比试比试。"

李春莲说："没问题。"手中一直没停。

陆续割到了头，男爷们吸袋地头烟歇歇，妇女们擦把汗喘口气儿。李春莲主动过去和柳新水说话。潘忠良大声说："都注意了，柳书记今天来帮助咱们收麦，大家欢迎！"几个年轻人带头鼓起了掌。潘忠良接着说，"柳书记要跟春莲比比赛，我把话说到前头，不仅要看谁割得快，还要看质量，麦茬不能留太高，麦把儿要放齐整，不能落下太多麦穗。"

柳新水笑着说：“你胡说什么，来参加劳动是应该的，用不着欢迎。我这轻易不干活的，更不能和春莲同志比赛，要说是向春莲和大家学习还行。”

李春莲说：“柳书记您别谦虚了，您是团委书记，俺是个小团员，俺得向您学习。看样子您是割麦的行家，您看刚才您割的这畦，干净利索，我可比不过您。”

潘忠良说：“恁俩都别谦虚了，快动手吧，谁占第一畦？”

柳新水说：“还是春莲同志在前面，我随后。”

潘忠良说：“那好，春莲占这畦，开始！”

李春莲二话没说，弯腰动了镰。柳新水扒掉褂子，挨着李春莲割起来。几个年轻的也跟过来，依次排开。

太阳已缓缓升起。乳白的炊烟在村庄上空飘飘荡荡。布谷鸟在人们头顶上清脆地叫了几声，拖着长音，朝远方飞去。麦田里几十名劳力呈雁翅形，偶尔有人直起腰擦把汗，接着又低头干起来。好一幅清新壮丽的麦收图画！

愈来愈明亮的阳光，预示着今天一定是个大热天。其实眼下已经够热的了，你看割麦的人们，一个个都是满头大汗。

李春莲憋着股劲，一口气割到了地中间，回头一瞧，落下柳新水七八米。她掏出手绢擦擦脸，想，往下割慢点，不能把人家落得太远。柳新水使出了全身力气，毕竟不是经常参加劳动，和机关上的人比还可以，和这些人比实在是差把劲了。割到没一半，他已经直了两三次腰，背心也全部湿透了。割麦就这样，不怕割得慢，就怕老直腰，你这一直腰的工夫，别人就割出去两三步远。几个小伙子开始不紧不慢跟在后面，一看这情况，也使足劲想超过柳新水。潘忠良发现了，赶紧跑过来给他们打手势，让他们适当慢一点。李春莲轻轻松松第一个到了头，她看到柳新水累得气喘吁吁，还有四五米没割完，立即回头帮他割了几把。

潘忠良过来说：“柳书记你还真不赖哩，看来你是让着春莲。”

柳新水说：“什么让着，我看出来了，春莲要不等我，至少落我二十米。”

潘忠良说："你这也够快的，你看其他那些人，没一个比得上你。"

柳新水笑了笑，说："实事求是，要是只和春莲同志比，她是冠军，我是亚军。要是咱这些人共同比，我恐怕连前十名也够不上。"

潘忠良说："起码比我厉害，真要比你能顶我俩。"

李春莲准备磨镰，说："柳书记，我先替你磨。"

潘忠良说："你磨你的吧，我给柳书记磨。"说着掏出纸条子，卷了支烟递给柳新水。

柳新水说："我不吸你那个，劲太大。"刚想掏烟，"咳，我的烟在褂子口袋里，还在地那头哩。"

潘忠良喊："瓦子，去把柳书记的褂子拿过来，口袋里有烟。"

瓦子答应着跑到地那头，拿回来交给柳新水。柳新水掏出一盒金菊烟，拆开散给大家，都说他这烟没劲，不接，最后只有潘忠良接了一支。

磨磨镰休息一会儿，又割了个来回，收工吃早饭去。潘忠良让大家都扛几个麦个子捎到场里，并说最后按个数记工分。柳新水也想扛，潘忠良说："你别扛了，赶紧回工作组吃饭吧，割这一早晨麦子够累的。"

柳新水就没有扛，他说："怎么没看到忠地呀？"

潘忠良说："他和光斗大老爷负责场间。"他想照顾下柳新水，又说，"饭后你别来割麦子了，去场里吧，现在只他们三四个人，忙不过来。"

柳新水说："吃过饭再说吧。"

柳新水又割了一上午，实在累得够呛。潘忠良劝他下午在家歇歇。工作组的其他同志没人像他那样下死力干，午饭后休息一会儿又都坚持下地了，他也就来到了三队场里。

别的生产队场间还清净着，有的才运进几车麦子，有的还没开始运。三队已经摊开了满满一场，中午轧了三遍。柳新水来时，几个人正在翻场。李光斗、潘忠地停下手中的活给他说话，让他先到棚子里凉快会儿，他却拿起杆杈子，看着别人的样子干了起来。

李光斗说：“中午听忠良说，你割麦挺在行。”

柳新水说：“不行，早晨还勉强可以，上午就越来越跟不上趟了。还是春莲他们几个，割得既快又好，前后一个劲儿。我才割了这么半天，中午腰就疼得简直直不起来了。我幸亏用的忠良的镰，镰把儿光滑，结果还是磨起了两三个泡，要是用我那把新镰更不中用。”说着伸出右手让他们看。

潘忠地说：“乍干活都这样。你还是歇歇去吧，水泡挤破了更疼。”

柳新水说：“没事，我用针扎破放净水了。”

李光斗说：“那也不行，要注意别把那层皮戗起来了，晚上用热水烫烫，一两天就好了。”

柳新水将就着右手不用劲，跟着翻了一阵子。一遍翻完，一起到棚子里休息。

柳新水说：“场间的活我从来没沾过边，这一段我得来好好学学。”

潘忠地说：“好啊，俺三个也是头一回真正在场里干，有大老爷当老师，咱就一起学吧。有人说‘庄稼活不用学，人家干么咱干么’，那是骗人，这里边学问可大了。刚才轧场，四头牛拉四个碌碡，前后连在一起，开始我试了试，转了还没一圈，后边的牛就往当中挤，差点没挤成疙瘩，根本转不成。”

李光斗说：“恁是把后边牛的缰绳拴错了。牛也通人性，知道偷懒，总想少走几步，所以争着走里圈。要想前后轧整齐，必须把后一头牛的缰绳拴在前边碌碡框的外边，缰绳也不能留太长，牛能抬起头跟着走就行，这样只要赶好头牛，后边就能走在一个大圈上了。”

潘忠地接着说：“翻场也讲究技术，每一杈都要翻透，既要把底边的翻到上边来，还要使所有麦穰均匀松散开。这是我们翻第一遍时大老爷讲的。明天早晨我们就开始学扬场了，你一早来吧。”

李光斗说：“扬场可不是一两个早晨就能学会的。不仅要能反正架拿簸箕，还要会借风势。同样说是会扬场，技术好的扬出来一条线，干净利索；差的扬出来一大片，粮食麦糠分不清。摸锨上簸箕也有讲究，两个人配合好才行。”

柳新水说：“让老会计也收下我这个徒弟，我一定认真学，争取和恁几个一块出徒。”说着笑了笑，又问，“这一场能打出多少麦子？”

李光斗说：“头场不是很干，又不能摊太厚，这样多翻几遍，傍晚再轧，好了能出七八百斤。”

狗剩说：“那也不少，明天先分了，一家能分一二十斤，吃两顿饱饭再说。”

柳新水说：“怎么一打下来就分呀？公社可是要求交完公粮再分配。”

李光斗说：“这几年庄稼歉收，分配的口粮少，春天就有不少断顿的，挨到现在，没几家能吃上真正干粮。眼下天热活累，先少分点，劳力吃饱肚子才出活。”

潘忠地不吱声，他心里有数，已经好几天只喝点糊涂吃几个野菜窝窝，的确有些撑不住劲了。

柳新水也没再说话。

工作组的同志们都在各生产队干了一天活，好在大都是做做样子，没感到怎么疲乏。吃完晚饭，都拿把蒲扇一起坐到院子里聊天。柳新水说起三队的情况，当说到明天他们就能分新麦时，几个人议论开了。

“怎么打下头场就分啊？上级可是既反对瞒产私分，又强调把好粮交给国家，要求先完成征购任务，再留足种子饲料，最后才能分配口粮。”

“是啊，如果我们不在这里驻队，他们先分点也无所谓。魏书记带着咱整天蹲在这里，出了问题可不好解释。”

“能出什么问题？其实谁心里都清楚，现时多数户都是吃糠咽菜，填不饱肚子。社员们挽着半根肠子能坚持出工就不错了，麦子打下来让他们看着干瞪眼，道理上讲不通！再说，又不是咱鼓动他们分的，是生产队根据民意办的，咱睁只眼闭只眼，装作不知道算了。”

“理是这么个理。但是，不论是大队还是生产队决定的事情，只要违背了上级精神，追究起来我们工作组都脱不了责任。”

“这的确是个事儿。如果不制止，等于支持他们这样做。如果制止了，不只是社员们有意见，干部们也会对咱有看法。三队老会计就说，眼下天热活累，让社员吃饱肚子才出活。不过，最好还是请示下领导。明天早晨魏书记就回来，给他汇报后听听他的意见再说吧。”柳新水这么一说，大家就不再议论这事了。

第二天一早魏书记来了。他没有进村，直接推着自行车在坡里转起来。潘士金老远看到他，赶过来接过他的自行车，边走边向他汇报麦收进度情况。说到三队已经打了一场时，犹豫了一会儿，放缓脚步说：“魏书记，有件事需要向您请示一下。”

“什么事？说吧。”

“现在各家各户都口粮紧张，生产队打下头场麦子能不能先分一点？”

“不交公粮就分呀？公社召开夏粮征购工作会议你也参加了，阴书记可是强调，完不成征购任务不能分配口粮。”

“其实年年领导都这样要求，实际却都做不到。”

“往年你们怎么办的？”

“这几年都这么办，其他大队也一样，公社领导知道了也没过问过。不过，原来俺大队没有工作组，从去年秋后杨书记在这里蹲点，现在换成您，我担心工作上出任何问题都会给您惹麻烦。真要是等完成征购任务再分，起码得十天半月以后，社员们实在撑不住劲，当前生产也会受影响。”

魏书记心里很明白。他老家在鲁东南一个小山村，老婆、孩子和父母一起在家里过日子，有空他就回去待个一两天，每次回去都和队干部、邻居们拉拉家常。农村的困难，老百姓的生活状况，他十分清楚。思考了一瞬儿，他说："这样吧，这件事不要提请会议研究，也不要再向工作组打招呼。你们给生产队干部个别讲讲，不要分得太多，先少分点吃着，大部分口粮还要等完成上交任务后再分。"

"分不多，刚打下来的麦子潮湿，虽然最后折干算数，社员还是愿意要晒干了的。"

说话间来到了三队场边，老会计正手把手教几个年轻人扬场。

"好啊，是应该让这些小青年多掌握些生产技术。"魏书记说着进了场。

麦子进场五六天了，在老会计的精心指导下，潘忠地他们三个对场间的各项活路基本上了路。每天傍晚收拾完，老会计留下来待一会儿，让他们三个先回家吃晚饭，回来后他再回去吃，晚上就不来场里睡觉了。有时候潘忠良吃完晚饭来站一站，说几句话潘忠地就撵他回去。

场东北角的棚子有半间屋大，很牢固，顶上也不会漏雨，就是四周透风撒气。这倒好，夜里南风北刮，存不住蚊虫，睡觉踏实。虽然干一天活有些累，也不能刚吃了晚饭就躺倒，总要说阵子闲话再睡。第一天潘忠地带来本书，棚子门口柱子上挂着马灯，可点的是柴油，油烟大，没大会儿就把灯罩熏黑了，风一吹，灯头忽忽闪闪，没法看书。第二天他把闲置了很长时间的笛子拿了来，吹几首曲子，还行，起初有些手生，慢慢就顺劲了。

他是初中一年级下半学期开始学吹笛子的。教音乐的是从师专毕业的青年教师，多才多艺，吹拉弹唱都拿得起放得下，还很有耐心，教学积极认真。当时从各班选了部分学生组成文艺队，平时下午自由活动时间进行辅导，每年还搞两场演出活动。潘忠地进了文艺队，老师安排他学乐器搞伴奏，二胡、唢呐、小提琴试了一遭，最后选定了笛子。他学什么都认真，老师看中他的也是这一点。选曲子由易到难，先是《三大纪律八项注意》，再是《北风吹》，后来能熟练吹奏十几首曲目。排练《黄河大合唱》，老师表扬他演奏最好。在一次全校演出时，他的笛子独奏博得了满场喝彩。开始他用的是学校的笛子，问老师多少钱买的，老师说一块多。有一次他去百货公司，看到乐器柜台上摆着好几种笛子，问问价格，最贱的一毛八分钱，还有两毛多的、三毛多的，好的标价两三块钱。他狠狠心买了支三毛多的，拿回学校让老师看了看，老师接过去试试，说个别音不太准，当即找出小刀，把音孔修了修。从此，这支笛子成了潘忠地的心爱之物。到农校上学他还带着，有机会就吹吹。自从回家参加劳动，把笛子挂在西屋墙上从未再动过。有一次弟弟想把它带到学校去，他都没同意。

这几天样样事儿顺心。扬场他学得最快，按老会计的说法，有些人学一季子也扬不了这么好。场间的其他活也都已掌握，放下扫帚就是杈，不用老会计说话，他也能干得头头是道。回到家里饭食好了，分的新麦有些湿，母亲碾成全粉面，虽然为了节省着吃，烙饼时还掺了些野菜，可比那基本不见粮食的菜窝窝既好吃又压饿。悠扬的笛声又把他带回学生时代，全身心惬意舒坦。有时候他吹了几支曲子想停下，狗剩、向林他两个都不干，让他再吹会儿。附近其他生产队看场的也过来一些人，围着他坐下听。有的说："没想到忠地还有这么一下子，吹得真不孬，比吹鼓手也差不到哪儿去。"

这天傍晚燥热，一丝风没有。三个人坐到场边碌碡上凉快，李向林说："忠地，再吹吹你的笛子吧，还怪好听哩。"

"好吧。"潘忠地到棚子里拿出笛子，一首歌曲没吹完，西北方天空突然冒出火蛇似的闪电，把漆黑的夜空顷刻间照得雪亮。接着是隆隆的雷声。闪电越来越紧，雷声越来越大。借着电光看到，乌黑的云头翻着滚儿往上蹿。

"要下雨了，检查下有没有没盖好的垛。"潘忠地说着起身，把笛子放回棚子，提着马灯，三个人围着场转起来。西南角留了块空地没垛垛，那是风口，准备明天一早扬麦子的。今天轧下的麦粒堆在中央，上面苫了一层草苫子。

潘忠地说："狗剩，再搬挂苫子来苫上，别把粮食淋了。"

还没等狗剩搬过来，突然狂风大作，把原来的苫子也刮起来半边，马灯也被吹灭了。三个人苫上这边刮起那边，摁着那边刮起这边，简直没了办法。

李向林说："恁两个先摁着，我去拿绳子。"说着跑回棚子拿出两根绳子，又滚着一个碌碡过来，把绳子拴到碌碡架子上，用绳子交叉拦住苫子。潘忠地又去滚过来一个碌碡，系上绳子的另一头。这时风也小些了，看看没问题了，潘忠地拿起马灯，说："好了，回棚子歇歇吧。"

话音还没落，头顶上亮起耀眼的电光，紧跟着一个炸雷，随后是瓢泼大雨，一个点地砸下来。李向林从小怕响雷，刚才这个雷就像落在了跟前，吓得他"哎哟"一声，回身钻进麦秸垛里。这时电闪雷鸣接连不断，潘忠地想拉起李向林回棚子避雨，越拉他越往垛里钻。

狗剩说："别叫他了，钻到垛里也淋不着。"

其实他头钻进去了，下半身还在外面淋着。潘忠地撕下几把麦秸，盖住他的下身，赶紧跑进棚子去了。就这么眨眼的工夫，两个人从头到脚全湿透了，像是落汤鸡，浑身往下流水。狗剩扒了个精光，把衣服上的水拧净晾到一边，披上被子暖和。潘忠地愣了一会儿，感到有些发冷，牙齿不由自主地磕碰起来，只好学狗剩的样子。

这雨来得急，停得也快。没多大会儿，雷声远了，雨不下了。潘忠地穿上裤衩，到外面一看，头顶上露出亮晶晶的星星，只有南边天空还不时闪着电光，雷声差不多听不见了。他大声喊："向林，晴天了，快出来吧。"

李向林不声不响地钻出来，还好，他的褂衩一点没湿，头发湿了，是汗水。潘忠地让他进棚子暖和暖和，他说："暖和个屁！你看我头上这汗。"

潘忠地点着马灯，说看看垛上的苫子有没有刮跑的，狗剩说："要看走场边，别把场里踩出些脚印子。"潘忠地围着场走了一圈，回来说没事。三个人正说笑，听到有人扑扑嗒嗒地来了。原来是老会计，来到场边就问："怎么样？麦子堆、麦垛都不要紧吧？"

潘忠地说："都盖得好好的，不要紧。"

狗剩说："就是把人淋坏了，我现在还打牙巴骨。"他仍然光着身子，出了棚子。

老会计看了笑起来，问怎么回事，潘忠地把刚才的情况说了一遍。老会计说："狗剩，跟我回去，叫恁大奶奶熬点姜汤提回来，抓紧喝下去。"

潘忠地说："不用了，已经暖和过来了。"

"怎么不用了？要是受了凉明天还怎么干活！"老会计说着回身就走，狗剩穿上衣裳跟了去。

抽水机

刚刚进入伏天，日头就发疯似的越来越炽烈，晒得整个大地像即将烧透的砖瓦窑，到处都热气腾腾。鸟儿们敛起翅膀，躲到树上稠密的枝叶间不声不响。鸡懒得觅食，挤在墙根扑扇开双翅闭着眼歇息。狗也懒得活动，找个阴凉趴下，伸着舌头流着哈喇子。人们议论这时节的凉快地方，男人说是庄稼地头，女人说是厨屋门口。这都有道理。玉米已经齐腰，高粱没过了人头，治虫、追肥、锄草，进地就浑身冒水，来到地头才能吹吹风下下汗。女人们收工进家洗把手，接着还得进厨屋，再热的天也得拉着风箱烧火做饭。厨屋房间小，一般没窗子，有也是靠近屋顶的“溜檐窗”，进不来风，加上灶膛里的火一烤，显得比任何地方都闷热。做好饭出门一站，当然觉得格外清凉。到了中午和傍晚收工后，那些男人们便都跑到庄北汶河里或庄东干渠里，洗净满身的臭汗，凉爽凉爽。年轻人泡到水里就不想上来，挨到吃饭的时候才不得不上岸回家。女人们想洗洗身上，也得等到黑了天，男人们出门凉快去了，在家里弄盆温水简单擦擦。农民又累又苦，农村的女人们更累更苦。

这样的天气人不好受，庄稼可得了势。满坡的大苗子小苗子都攒足了劲儿，突突突窜枝拔节，一天一个样。夏玉米早已张开大喇叭口儿，绿油油又肥又壮。高粱眼看长足了个子，顶上挑起个包儿，马上就要出穗。大豆陆续开花，白的紫的，清淡幽雅，点缀在浓绿的枝叶间。地瓜、花生都遮严了地，好像给黄土地盖上了青绿色地毯……除个别生产队的个别地块庄稼长势稍差些，来到田间，基本上满眼是丰收景象，让人心里舒坦受用。

这得益于前段时间的打井、积肥。人不坑骗地，地不坑骗人，没有白出的力。沉积了多年的土杂肥，全都挖出来施到了田里。前些日子旱了十来天，就连去冬改造的那些旱田也普浇了一水。尤其是打的三眼机井，虽然只买了一部抽水机，黑白不停轮换着抽，能顶十几挂水车。庄稼吃饱了，喝足了，哪有不好好生长的道理！

三队积造的土杂肥数量多、质量好，打的井也最多，庄稼也就格外茁壮。潘忠良受到工作组几次表扬，走起路来心里都美滋滋的。抽水机开动那些天，不论浇哪个队的地，他都一趟趟往跟前跑。他看出了门道，抽水机水量大、水头足，不仅浇得快，还滋润透，浇一水能顶水车浇两水。这部抽水机是大队买的，八个生产队加上试验队轮流浇地，他巴不得能多用半天。轮到三队使用时，他老早就蹲到机井旁，千方百计提前几分钟延后几分钟。为争时间，往往与其他队的干部争得面红耳赤。有个队长说："忠良，三队条件好，恁自己买一部，那样就不用跟别人争了，到时候也发扬发扬风格，借给我们用用。"他当时瞪瞪眼没说什么，可这话听在心里成了个事儿。

他琢磨着是该买部抽水机啊。

他找到大队会计李向河，问："咱那部抽水机花了多少钱？"

"柴油机、水泵，还有进水管、出水管，总计接近八百块。"

"我听说是用贷款买的？"

"不全是。公社拨给咱两千块钱的小农水款，县水利局有规定，主要用于打井修渠。请县打井队来，开始说打两眼，后来多打了一眼。人家还照顾咱，前两眼只收水泥管子钱，不收人工费，这样还花了接近一千块。又买了两万块砖，一吨水泥，垒砌了那条主灌渠。这些钱都没用咱经手，由水利站胡站长管着，大队只凭单据下账。买抽水机时一算，剩了不足三百块，没办法，魏书记给农村信用社打了招呼，让我去贷了五百块。”

“要是生产队买部抽水机，能贷给款吗？”

“恐怕不行。一次贷那么多，人家得考虑你的还款能力。”李向河以怀疑的目光看了看潘忠良，“怎么，你们想买抽水机？可得掂量掂量家底，有多大苇叶包多大粽子，千万别打肿脸充胖子。今年交完夏季征购任务，我带着各生产队会计统一去结账，恁领回的钱最多，也就三百多块。我听老会计说，光还社员们的账就需要百把块，这点钱买抽水机可差老鼻子了。”

“我也就是随便问问，哪里敢有这想法。别说现时没钱，有钱也不买，大队买了咱用，多省事！”潘忠良龇龇牙。

李向河也笑了。

潘忠良没有死心。傍晚他到代销点买了盒烟，装进兜里去了工作组。他把胡站长约出来，站到大门口，递上烟，说：“胡站长，有件事想给您拉拉。”

“什么事你说吧，需要我帮忙的我一定尽力。”

“我看着抽水机浇地真来劲，一部抽水机得顶多少二人拧啊！”

“是呀，要实现水利化，确保大旱之年不减产，只靠辘轳、水车不行，必须发展抽水机。”

“你说我们生产队买部抽水机行吗？”

“好啊！像大队这部十二马力柴油机配套的抽水机，不仅新打的机井能用，恁南坡那眼大口井也没问题。如果有部抽水机，恁那片几百亩地就是再旱也全保住了。”

“俺是想买，可眼下钱不凑手。您能不能给领导说说，也给俺解决点农水款。”

“这件事可不成。县里每年分给咱公社的农水款只有几千块，给谁我可不当家。再说，这部分资金也从来没直接给过生产队。”

潘忠良停了停，又说：“你帮俺联系联系贷点款行不？”

“那我说了也不顶用。贷款是银行、信用社当家，如果让书记、社长说句话还许管用。你去找找他们？”

“还是算了吧。”潘忠良这才死了这条心。

都说人的脾气性格是生就的，终生难以改变，也不尽然。自从李庆富去世后，王桂兰简直像换了个人儿。

以往人们都知道的，王桂兰自以为家中日子殷实，万事不用求人，丈夫是吃国库粮的工人，还生了两个虎头虎脑的儿子，在大伙面前总感觉高人一等。平时和人说句话，也是昂着头，像个准备斗架的公鸡。谁家遇到难处需要邻居们帮帮忙了，很少看到她的身影。春天不少人家缺粮断顿，更是缺油少盐，一旦来了客人，免不了东家找西家借，再难也没人到她家去张口。她还好占小便宜，生产队分粮食，她都是偎到跟前亲自看看秤，本来一两不少，她也要再抓一把放上，还说是秤杆低了。都知道她这脾性，没人跟她计较。

李庆富在矿上出了事，她立时感到塌了天，里里外外没了主张。幸亏大队、生产队的干部们关心，左邻右舍帮忙，丧事办得体面、节俭，没出任何纰漏。婶子大娘姊妹们还都来坐坐，拉拉家常话，安慰安慰她。那段时间她切身感到，众人没把她当外人。面对此情此景，心里一个劲儿犯嘀咕：以前咱做事对不起众乡邻，咱有难处了人家照常帮衬咱，这是不和咱一般见识。人心都是肉长的，以后咱也得常拍拍胸脯，良心不能让狗吃了。

头天给李庆富烧完“五七”纸，第二天一早她就来到路口，要求下地干活。从那天起，一天工也没落过。有一次潘忠地见她慌慌张张出工，说：“大婶子，别太紧张了，大宝、二宝还得上学，你要照顾好他弟兄俩，晚出会儿工不要紧。”

“没事，回家多忙活点就行了。两个孩子也听话，放学回来还能帮我干点。”王桂兰满脸笑嘻嘻的。

她干活比以前卖力、认真了，不用别人说也不再丢三落四的。跟大伙也能合群了，经常主动和人们拉拉呱。一些小伙子见她这样，也就和她嘻嘻哈哈，没大没小的，她都笑脸迎合，也不恼。只有潘忠良，好像有意避着她，很少跟她说话。

这天下午收工回家路上，王桂兰紧走几步挨到潘忠良跟前，小声说："忠良，有件事我想跟你商量商量。"

"什么事？说吧。"

"你也知道，恁庆富叔出事后矿上给了些钱，发完丧还剩了八九百块，放在家里我老是不放心。听说要是存到信用社，可以什么时候花什么时候取，还有利息，我想存上去。"

"该存上，放家里没人偷还担心老鼠咬哩。两个孩子正上学，以后用钱的地儿多了，得细水长流算计着花。"

"我也不知道信用社在什么地方，更没存过钱，你能不能凑去公社的时候给我捎带着存上？"

潘忠良略一思考，说："这样吧，明天我让忠地找你，他办事精细，让他给你存去。"

"忠地也行，那就麻烦你招呼他一声。"

潘忠良嘴里答应着，心里却转起了弯儿。王桂兰的话把他前些时的想法又勾引起来了。

他想用王桂兰这个钱去买抽水机。

晚上聚到李光斗家里，潘忠良提起这事。开始他想卖个关子，说："大队那部抽水机浇地真带劲儿，我寻思，咱要能买一部就忒好了。"

李庆祥说："你净做梦娶媳妇——想好事，那得花多少钱呀，咱哪有那么多钱？"

李春莲说："是呀，添两挂二人拧还七凑八凑的，抽水机可买不起。"

潘忠地说："忠良哥这个想法是对的，用发展的眼光看，买抽水机、拖拉机是早晚的事儿。只是现实办不到，太贵了。”

“恁听我把话说完再反对。”潘忠良胸有成竹的样子，“今天下午王桂兰找我，说她还有八九百块钱，在家里放着不放心，让咱帮她存到信用社去。我想，忠地明天去把她这个钱拿过来，咱先买抽水机，对她就说存到信用社了。反正她也不急着花，最多两三年咱就能还上，到那时再给她存。外人要是问起来，咱就说贷款买的。”

“可不行！”潘忠地一听就觉得不妥，“那是庆富叔拿命换来的钱，咱不能私自随便花人家的。再说，钱存到信用社有利息，还要给个存款折，咱怎么糊弄她？”

李春莲说：“王桂兰可不是吃亏的主儿，偷偷花她这么多钱，她要知道了还不闹下天来！”

潘士宝说：“要叫我说，王桂兰不是以前的王桂兰了，我发现她现在为人处事挺随和的，不那么傲气了。这事要是明说开，生产队先借来用用，保证不耽误她花，也许她能答应。”

李光斗一直在吸烟，突然问：“买部抽水机要多少钱？”

潘忠良答：“八百块足够。”

李光斗又问：“贷款能行吗？”

潘忠良说：“我打听过了，咱直接贷款门儿也没有，钱太多，贷不出来。咱以往贷个三十块二十块的，都是上季贷了下季还，这么个大数目可不好办。”

李光斗接着说：“我看这事可以考虑。不过，不能瞒着王桂兰，也不能让她吃亏，给她说清楚，生产队借她的，按信用社贷款利息计算，她什么时候用咱就什么时候还她。”

潘忠地认为，做事就得光明正大，既不能欺骗人家，也得让人家能接受，听了李光斗这话，就说：“这个办法好，我估计她能同意。”

潘忠良想了想说：“就这么办。忠地，你明天上午就去给她说说。”

潘忠地说："我去说不好吧？这么大的事，还是你去。"

潘忠良是不想去，又说："要不叫光斗大老爷去。"

李庆祥取笑他："看来忠良是觉得'寡妇门前是非多'，担心落闲话！"

"你这是什么话，脚正不怕鞋歪，我怕什么！"其实潘忠良真的是有这想法，可又不能认账，接着说，"这样吧，正副队长加会计，咱三个一块去找她，也显得重视，看她还好意思不答应！"

李庆祥、李春莲都笑了。

第二天早晨出工前，三个人去了王桂兰家。走到一说，王桂兰满口答应。当即从里间屋搬出盛钱的木匣子，把上边的盖板抽开，递给李光斗："叔，这是八百六十块，昨天晚上我又点了一遍，您再点点，都拿着吧。"

"别都拿着，凑个整数，你留下六十块，平日里好花。"李光斗数出六十块给王桂兰，又把木匣子推给潘忠地，"忠地，你点一遍。"

潘忠地说："大婶子点过了，还用点呀！"

潘忠良说："别，当面点钱不驳人。来，咱俩点。"说着过去和潘忠地分开点起来。

李光斗说："回去后我给你写个借条，就按信用社贷款利息，都写清楚，让忠地给你送过来。"

王桂兰说："还什么利息呀？这是咱自己队里用，到时候还我这个数就行。"

潘忠良说："公事公办，该怎么算就怎么算。你这是救了队里的急，队里也不能叫你吃亏。贷款利息比存款利息还高点，这样你也合算。"点完钱又说，"正好，两个人点的加起来八百块。忠地你找两张纸包上，拿着让庆祥叔存放好，让他写个收到条，交给大老爷好记账。"

当年买部抽水机可不是易事，虽然有了钱，还要费不少周折。这是潘忠良没有预料到的。

当天中午，潘忠良叫着潘忠地，到潘士金家里给他说了说。潘士金当然赞成，并说："这事得向魏书记汇报，让公社领导出面帮帮忙，咱自己去买恐怕不行。"三个人接着去了工作组。

正好工作组的同志们刚吃完午饭，都在。潘士金把情况一说，大家就议论开了。

王站长说："忠良有气魄！生产队买抽水机，这在全公社也是头一家。"

胡站长说："别说全公社，全县也没有。就是大队买抽水机的全县也不超过四五家。"

潘忠良听得恣悠悠的。这时魏书记说："事是好事，不过，真要买难度比较大。"

"不难，魏书记，钱俺已经筹借好了，不用贷款。"潘忠良以为魏书记担心钱的问题，急忙解释。

魏书记笑了笑，说："我不是说钱，听士金同志刚才说的那意思，你们准备好钱了。但是，光有钱不行，还必须县生产资料公司有货。即便有货，还得县政府研究指标。咱买来的这一部，是胡社长到县里开会，顺便找了县长，县长同意后又去找了县生资公司主任。据说今年只分来这么一部，就给了咱了。"

潘忠良一听傻了眼。

潘士金吸了两口烟，说："我就知道这事不好办。其实三队买了抽水机也不是他们自己用，关键时候大队统一调剂，还能帮助其他生产队浇浇地。"

潘忠良说："是呀，虽然是俺买的，俺浇完了也不能让机器闲着。兄弟队谁想用就用，也就是让他们拿个柴油钱。魏书记，您就操操心，再给咱弄一部。"

魏书记感到有些为难，说："你个忠良！这不是操不操心的事，你想想，别说全县就这么一部卖给咱了，就是还有个三部两部，全县十二个公社，六百多个大队，县领导能再给咱吗？再说，咱也不好意思开口呀！"

许永和干事一直在一旁听着，他看着大家都沉默了，说:“要是咱通过关系找找地区生资公司，让他们直接给解决一部能行吗？”

魏书记看了看许干事，说:“当然行，只要他们戴帽给咱，又不占县里指标，县里肯定赞成。关键是那边得有熟人，你有？”

满屋人都看着许干事。

许干事不慌不忙地说:“我有个亲戚在地区生资公司办公室，写材料挺棒，我在军分区当兵时他还在地区供销学校上学，毕业后直接分那去的，才五六年就提拔当办公室主任了。”

王站长问:“什么亲戚？能给办事吗？”

许干事说:“是我姑奶奶她大姑姐的孙子。今年春节后我去给姑奶奶磕头，正好和他碰一块了，喝酒时他还说，‘今后你们需要买什么生产资料去找我，一般情况我给领导说说还能办。’”

高主任说:“你这算什么亲戚？曲里拐弯的，八竿子打不着！”

许干事说:“这还算拐弯？我给你说个直接的，让你猜三猜，猜对了我请你客！”

高主任不服气，说:“你说，我要猜对了你不许反悔呵！”

许干事说:“有一个小尼姑在庵门口扫地，突然过来一个醉汉，东倒西歪的，眼看就要摔倒。小尼姑发现后赶紧上去把他扶住，并架进庵里，去了她住的房间，让他躺到床上，又立即拿了块湿毛巾敷在他头上。另一个小尼姑看见了，跑到老尼姑那里告状。这还了得，一个大男人，喝醉了躺到小尼姑床上睡觉。老尼姑气呼呼来到床前，大声问，‘你是哪里的野男人？怎么到这里来了？你和我徒儿什么关系？’这个男人微微睁开眼，说，‘我的妻弟尼姑舅，尼姑舅姐我的妻。我是实在太想她了，来看她一眼就走。’老尼姑听了叫小尼姑马上去她房间端壶茶来，好给这人醒醒酒。你说这个男人和小尼姑什么关系？猜吧。”

高主任猜了两次都不对。潘忠地沉不住气了，说:“这么直接的关系还不好猜！”

许干事立即制止他：“忠地你别说，你说出来我也不请客。”

魏书记说：“别胡乱了，说正经的吧。”

许干事说：“我和这个表弟原来就熟悉，他说话办事挺实在，不是瞎胡吹的那种人。去找找他，反正是有枣无枣打一竿，办成更好，办不成也就是跑趟腿，不搭么。”

潘士金说：“让许干事去一趟吧，忠良跟着，需要花点钱恁看着办，回来大队报销。”

潘忠良说：“叫忠地去，他在那里上过学，路熟。也不用大队报销，十块二十块的俺三队拿得起。”

许干事看看魏书记，说：“真要是去，我的花费不用恁报，这是因公出差，按公社规定，不仅能报销路费、住宿费，每天还有五毛钱的差旅费。不过，最好大队写个介绍信带着，就说我们打了三眼机井，还缺两部抽水机，请他们支援一下。这样去了我表弟找领导也好说话。”

魏书记说：“别让大队写信了，你们走时从公社写个信，再到县里找找杨森林县长，让县政府给签个字，这样把握性大些。从县城坐公共汽车还方便，上午下午各有两趟。”

许干事说：“忠地，咱俩去吧。明天一早你到公社找我，今天傍晚我先回去，让江秘书给咱写好信，争取上午一上班就赶到县政府。”

潘忠地说：“没问题。”

回去的路上，潘忠良说：“要知道这么不好办，就不张罗这事了。”

潘士金说：“别打退堂鼓了，工作组都这么支持，买就买吧。”

许干事和潘忠地到了地区汽车站下车时，已经是下午两点多了。他们先到附近的英雄山饭店，要了两碗杂烩菜，一斤粮票的馒头。潘忠地想交钱，许干事坚决不让，两个人争执半天。许干事说：“别争了，你的路费、住宿费回去让生产队报销，这两天吃饭我负责。别看我官不大，在公社机关我的工资是偏高的，一个月四十多块，管你几顿饭没问题。”

潘忠地觉得不是那么回事，说：“本来你的一切花费应该我们出，这样怎么行？”

许干事笑着说：“你要是过意不去，回去后请我到你家里喝顿酒就行了。”

潘忠地不好再说什么。

两个人简单吃完，抓紧去生资公司。他俩都在这里待过，知道地方，出饭店门往西几十米再往北，顺大街直行二十多分钟，路西的大门就是，门口有挂的牌子。快到了时，潘忠地问：“许干事，你亲戚叫什么名字？去了我怎么称呼？”

“他叫章炳元，立早章，职务是办公室主任。你称他章主任就行。”

这位章主任还真是热情。两个人按传达室那位老同志的指点，找到他的办公室，敲门进去时，他正一个人在屋里看文件。一看到他们两个，立即起来握手、递烟、让座、倒水。坐下后许干事介绍：“这是汶水滩大队的潘忠地同志，大队团支部书记、生产队长，在地区农校上过学，没毕业学校下马，就回家了。”

“农校和我们供销学校对门，他们学校的设施条件比我们还好，在校学生也多。没办法，两个学校一块下的马。我也就是早毕业几年，赶了个好时候。”章主任给他们加了加水，问，“你们是顺便过来，还是专门有事？”

“专门来找你的。原来给你说过，我跟着党委书记在他们大队驻队。县打井队帮他们打了三眼机井，只配了一部抽水机，想再买一部，可县里没指标了。书记听说你在这里工作，让我们来找你，能不能给解决一部。”许干事说着掏出信，递给章主任，“为便于你好说话，我们从公社写了个信，又让县政府签了个字。”

章主任边看信边说：“抽水机是比较紧张，全地区一年不超过二十部的计划，年初就分下去了。不过，都是留下三两部作为机动，不知道现在还有没有。你们带来这个信很好，有县政府签字就算是县里的意见了，我们领导看了会重视的。”章主任把信装好放进口袋，接着说，“这样吧，我先领你们到招待所住下，条件差些，平时主要是照顾那些业务员的，内部人员不收费。然后我去找找分管领导，问问还有没有指标，就是有，能不能给你们还得一把手说了算。”

招待所就是院子西南角的几间平房。章主任叫服务员开了一个房间，里面两张硬板床，被褥齐整。床头中间放个茶几，旁边还有张单桌，桌上有两个茶杯、一个暖瓶。一进门许干事就说：“这条件不错，你看多干净。”

“北边挨着伙房的那个大房子是澡堂，星期天全天有热水，平时一、三、五晚上七点至九点开放，今天是星期三，正好晚上可以洗洗澡。”章主任又喊服务员拿来包茶叶，换了壶新开水，“你们喝杯水休息一会儿，吃饭的时候我来叫恁。”

“你去忙吧。”许干事把章主任送出门，回头说：“这下好了，省了住宿费了。”

潘忠地说：“人家是内部人员免费，咱还能不交钱？”

“办公室主任安排还不算内部人员？放心吧，单位上吃喝拉撒睡都归办公室管，主任说了就算了。你没看，那小服务员多听吆喝！”

两个人喝着水说了阵子闲话。

“我听着好像章主任来了，在跟服务员说话。”潘忠地站起来，还没走到门口，章主任提着一瓶高粱大曲进来了。

“本来应该请你们到家里吃顿饭，我对象出差到县里去了，咱就在这里喝两盅吧。”章主任放下酒瓶，把茶几往外挪了挪，“将就着吧，坐床沿。”

许干事说：“不用客气，你这么忙，俺俩到外面找个饭店随便吃点就行。”

章主任说：“那怎么行，大老远的从老家来了，你这当表哥的觉着担事，还有小潘同志呢，俺俩可是第一次见面。”

潘忠地说：“我也不是外人。再说，我不会喝酒。”

章主任说“我酒量也不行，表哥量大，咱俩少喝，让他多喝。”

许干事说：“我更不中用，三两酒下肚就醉了。”

章主任说：“你可别谦虚了，那次在舅奶奶家吃饭，我看着你喝了足有半斤，一点事没有。”

许干事说：“那是什么酒？在代销点打的，地瓜干子酒，还掺了水，喝起来都没大有酒味。你这可是高粱烧，虽然好喝，度数可是太高了。”说着顺手拿过瓶子看了看，“嗬，六十二度呀！”

章主任笑着说：“不要紧，你愿意喝多少就喝多少，没人强灌你。”

说话间服务员用大托盘端进来四个菜，一盘油炸咸刀鱼，一盘辣椒炒肥肠，一盘芹菜炒肉丝，一盘大葱拌豆腐。还有三双筷子，三个小酒盅。章主任说：“不用酒盅了，拿几个茶碗来，倒酒方便。”服务员出去换回来三个茶碗。章主任又说，“等一会儿给我们把大包子和鸡蛋汤端来。今天巧了，伙房里蒸猪肉大包，十天半月才这么一回，恁俩算有口福。”

许干事沉不住气了，问：“我说表弟，先别说口福不口福的，咱那抽水机有希望吗？”

“刚才我去找了赵经理，他是二把手，分管物资调配和计划分配。他说指标倒是还有一部，就是现在没货，包括年初分到县里去的，还有四部没进货，估计下个月底前能进来。”章主任说着倒酒，先给许干事倒了一满茶碗，又给潘忠地倒，潘忠地坚决不要，争了一阵子，勉强倒进去一小盅。最后给自己倒了半茶碗。

许干事说：“只要有指标就行，晚个把月到货不要紧。”

“我也是这样说的，可赵经理说，这事得和孙经理商量，因为县里来要或行署领导安排，都是直接找孙经理，他是一把手，这个指标是不是答应出去还不一定。今天下午孙经理到行署开会，快六点了才回来，赵经理接着去找他了。临过来时我去看了看，两个人还在办公室没出来。”章主任端起杯，“来，喝酒。吃完饭我到孙经理家里问问，宿舍就在这个大院北边，紧挨着，很近。”

刚喝了两口，服务员在外边大声喊：“章主任，孙经理来了！”章主任赶紧起身迎出去。

“炳元，你的客人在哪里？”

“在屋里，刚开始吃饭。”

这时许干事、潘忠地也迎了出来。章主任作了介绍，孙经理说：“屋去吧，别耽误恁吃饭。”

章主任说：“经理，您一块在这里吃吧，我去添几个菜。”

孙经理拉过单桌旁的椅子坐下，说：“不用了，家里人还等着我。恁快喝。”

许干事掏出烟递给孙经理：“孙经理，我们来给您添麻烦了。”

孙经理边接烟边说：“麻烦什么，我还有件事想麻烦麻烦恁哩。”

许干事摸不着头脑，赶紧说：“有什么事您说，不是外人，炳元是我表弟。”

章主任也弄不清怎么回事，起来给孙经理点着烟。

孙经理吸了口烟，说：“是这么回事。‘大跃进’时期地区上了个硫酸厂，同时生产磷肥，当时不讲科学，从我们当地山上挖了些磷矿石，品位很低，产的过磷酸钙基本没肥效，和石头面子差不多，有的单位买了去堆在地头，根本就没往地里施。这样的产品谁还要？没办法，第二年厂子就停了产。今年春天地委决定重新上马，强调必须生产出优质磷肥。他们从云南采购来磷矿石，据说是全国含磷量最高的，生产的过磷酸钙各项指标都符合国家标准。但是，由于上一次坏了名声，群众不认识，虽然给各县下达了指标，基本没人进货。现在我们仓库里存了不少，厂里仓库也快堆满了。今天下午专员把我和农业局局长叫了去，要求我们一是抓好宣传，采取些强制措施，秋种前把存货卖出去。二是让我们两家各选一个大队，搞好试验，总结经验，明年有了第一手资料，就便于推广了。我听赵经理说，你们汶水滩是党委书记蹲的点，一定条件不错，于是想安排在你们那里搞试验。如果你们同意，我们先带三吨磷肥去，无偿的，到时候能帮我们总结好材料就行。”

许干事一听高兴了，说：“这是好事呀，没问题。今年麦季忠地他们还搞了个施肥试验，领导很满意。”

潘忠地说：“那是魏书记安排，搞了几亩地的小麦叶面施肥试验，总结报告县委办公室《工作简报》还给我们发了。”

“那太好了，你们有工作基础。恁吃饭，菜都凉了。回去商量一下，要是同意就给我们回个话。”孙经理起身要走，忽然想起了什么，接着说，“对了，还有抽水机的事，赵经理把你们的介绍信给我看了。指标倒是还有一部，就是找的单位太多了。不过，我们要是到你们那里搞磷肥试验，也就成了我们抓的个点，这个指标还是先给恁。”

许干事激动地说：“谢谢经理，我们不会辜负领导的厚望！”他简直不知说什么好了。

送走孙经理，他们抓紧喝酒吃饭。吃完饭章主任说领他们去洗澡，许干事说：“咱先去你办公室，我给公社要个电话，让他们派人去给魏书记汇报汇报，把孙经理说的这事定下来，明天走以前好向孙经理回话。”

章主任说：“那好，要完电话再去洗。”

电话要到了公社党委办公室，通讯员小陶接的。

“小陶啊，我是许永和。你喊江秘书接个电话，就说我有急事。”

“江秘书正在参加党委会。”

“开党委会呀，魏书记在吗？”

“魏书记下午回来的，也在会议室。”

“那太巧了，你就喊喊魏书记吧，我直接向他汇报。”

“你稍等，我这就去叫。”

魏书记来了，听了许干事说的情况，当即表态：“你给孙经理说，他们来搞试验我们欢迎，公社和大队都全力支持。我一会儿再向党委其他领导说一下，都会同意的。”

第二天早饭后，章主任领他二人去了孙经理办公室。许干事说了说公社领导的态度，孙经理也很高兴，问:“你们什么时候回去？”

许干事说:“今天上午就走。”

“这样吧，我们安排一下，三五天后就派两个同志去你们大队，一些具体事情去了后再和你们商量。另外，抽水机别往县里拨了，过个半月二十天的你们再来一趟，把钱带来，办好手续，货到了后有去那边的车就直接捎到恁大队去。”孙经理又看着章主任，“炳元，这事你负责安排好。”

许干事说:“那真是太好了。领导您忙，我们走了。”说完看了一眼潘忠地，示意他起身。

孙经理说:“炳元，你替我送送他们二位，我就不送了。”

许干事、潘忠地高高兴兴地去了汽车站。

试验田

转眼到了三秋大忙季节。

大地显露出生育后还未恢复体力的疲惫相，满坡黄秃秃的，到处只剩下干枯的庄稼茬子，等待着人们灭茬、施肥、耕翻、播种。人们正为一年劳作换来丰硕的果实而兴奋，准备继续精耕细作，为来年夏季丰收打好基础，老天爷却又瞪起了眼。一天连一天，天空明净无云，一碧万顷，好像忘记了阴天下雨是怎么回事儿。日头发着一年中最后的一阵余威，把土壤表层少有的水分蒸晒出来，使一些地块干渴得咧开了嘴巴。树叶们原本不愿过早结束生命，想赖在枝头多待几天，被风一摇，只好带着柄儿簌簌飘落下来。那些草虫、秋蝉们，不管人们的心境如何，躲在一旁扯着嗓子聒噪，吵得人更加心烦。

正常年份，收完秋庄稼紧跟着把备好的粗肥运进去，抢墒耕地。眼下倒好，只能洒开肥干等着，因为地里硬邦邦，插不进犁去，用大镢头刨几下都冒白烟。眼看秋分临近，靠天等雨是不行了，只好浇水造墒。日头晒秋风吹，失墒很快，水车浇的地，两三天耕不起来就要重浇。大队那部抽水机发挥了威力，浇过去五六天耕地仍没问题。

潘忠良在坡里转着，越转越急眼，找到潘忠地，发起牢骚：“怎么弄的个事？咱把钱送去这么长时间了，怎么还不送抽水机来？别是糊弄咱！”

“不会的，人家领导说得那么好，只要到了货，有顺路的车就给咱捎来。”

“也许货到了，凑不上车？要不让许干事回公社打电话问问，咱雇辆车去拉。”

“那样不好吧。前些天章主任和周科长给咱送磷肥来，还又说过这事，咱再催显得对人家不相信似的。”

“不行，再晚十天半月的，就耽误用了。走，咱去找许干事说说。”

潘忠地不情愿地跟在后边。

两个人没走多远，听到南边好像来了辆大卡车。“听，是汽车，可能是给咱送抽水机的。”潘忠地说。

“去看看，也许是。”两个人顺着大路往南迎去。

还没到跟前，汽车停下了，章主任和周科长从驾驶室下来。潘忠良老远伸出手，大声说：“哎哟，是你们二位呀，我们盼星星盼月亮，可把恁盼来了，是不是给俺送抽水机来了？”

章主任说：“是啊，昨天刚到货，原来是说凑辆车，领导考虑当前旱情严重，你们急着用，就专门安排车给恁送来了。”

潘忠良说：“真是太感谢了！走，先跟我回家喝点水歇歇。”

周科长说：“还是先卸车吧。卸到啥地方？”

“那也好，咱直接卸到俺队的大井那边吧，不远，前边往东一拐就是。”潘忠良又回头对潘忠地说，“你抓紧去把向林喊来，看看强子要是能离开让他一块过来，帮咱安装好，开起来试试。”

原来强子是大队的电工，精明勤快，平时弄电的活儿不多，没事就在大队办公室扫扫地、烧烧水，像个打杂的。大队买抽水机时，党支部决定让他开，并请胡站长带着他到县农场学习了几天。三队买抽水机的钱送到地区生资公司后，队委会就商量，叫李向林去跟着强子学开抽水机。其实三两天李向林就能自己开了，他想回生产队，潘忠良不同意，说多学几天，抽水机到了再回来，和强子搞好关系，以后咱有事好让他帮帮忙。

潘忠地答应着刚走几步，潘忠良又说：“你接着去找找庆祥叔，叫他把准备的柴油送来。”

汽车拐向东开了十几米，陷在了浇地的垄沟里，司机加了几次力都过不去。潘忠良说：“算了，就在这里卸车，我喊人来抬。”

司机问：“还有多远？”

潘忠良说：“多说半里路，快到了。”

章主任说：“还是开到跟前去，这么远抬起来挺费劲。你叫人来帮着推推汽车，这沟不是很深，能过去。”

大井上正安着三挂二人拧浇地，潘忠良跑几步喊他们停下，让十几个男女青年都过来。章主任指挥他们分散到汽车的后边和两侧，一起用劲推，一声号子就开过去了。

大井就在路边上，汽车停下，人们七手八脚就把车上所有的东西卸了下来。这时强子和李向林也来了，潘忠良说：“恁两个指挥着安抽水机，其他人抓紧把二人拧都卸了。”他又对章主任说，“您三位跟着我到光斗大老爷家喝水，中午咱就在那里吃饭。”

章主任说：“不用了，我和师傅这就走，周科长留下住几天，他要帮着你们把磷肥试验的方案搞出来。孙经理还准备过两天来一趟，到时候我再陪着来。”

潘忠良说：“那怎么行，再急也得吃了饭再走呀。”

潘士金和工作组的几个同志过来了，也都挽留。章主任笑着说：“我这趟也算是公私兼顾，顺便回家看看老人，好几个月没回去了。”

潘士金说：“真要这样就让章主任走吧。”

潘忠良说：“那周科长随我去喝水。”

王站长说：“你在这里忙吧，让周科长跟我们回工作组。潘书记，你下午叫着忠地一块过去，咱和周科长商量商量磷肥试验的事。”

潘士金说：“恁先走，我过一会儿就去，中午得陪周科长喝两盅。”他们几个人一走，他就安排潘忠良，“你差人看看谁家有公鸡，买一只，再到代销点打斤酒，送到工作组去。”说着从口袋里掏钱。

“咳，咱三队的客人怎么能让你花钱？”潘忠良回头对李庆祥说，“大叔你去转一圈，买只鸡，要是斤把重的买两只，打上二斤酒，再到后街茂泉家看看还有没有豆腐，要有称几斤。您家自留地里有茄子，你也摘上几个，这个就别算钱了，算我吃的。”

“我不光有种的茄子，还有几棵黄瓜哩，工作组吃多少都不要钱，要是你吃一分钱也不能少。”李庆祥也是说笑，刚要走，又说，“这么多东西我怎么拿得了？再去个人。”

“对了，瓦子你跟着去，盯着他，别让他打了酒先偷偷抿几口。”潘忠良的话引得大家都笑了。

“真是小人心，我什么时候像你那样没出息过！”李庆祥装作生气的样子，叫着瓦子走了。

中午抽水机就调试好了，开起来没再停。强子来回跑着，李向林和几个看水的都是吃送来的饭。下午，大队干部们，还有其他生产队的一些人，陆陆续续来看，潘忠良跑前跑后，一直合不上嘴，谁来了都热情地和人家打招呼。

抽水机正常运转了两三个小时，强子说：“向林，没问题了，我不用再过来了吧？”

潘忠良在一旁说：“不用来了，你带的这个徒弟算是出徒了。”

强子走了没大会儿，抽水机突然不上水了，李向林慌了手脚。正好胡站长来了，说：“先把机器停下。”李向林这才扒掉传送带，停了柴油机。

潘忠良急得团团转，安排人去喊强子。

胡站长说："再发动起来试试。"

李向林重新开动，又正常上水了。潘忠良露出了笑脸，龇着牙说："这家伙还欺生哩，站长大人往这一站，它就没事了。"

一句话没说完，又没水了。这时强子也到了，赶紧停下机器，卸开水泵看看，没发现问题。又趴到井口往下瞧了瞧，说："看来是水不够抽的，下边水龙头露出来了。"

胡站长也往井下仔细看了一阵子，说："水位倒是上得不慢，如果停上个把小时，就能抽两三个小时。"

潘忠良说："那不麻烦了，一天得停好几次，多耽误事呀！"

胡站长说："只能这样。还是井太浅，下一步你们得打眼机井。"

潘忠良说："现在打井是来不及了，以后再说吧。要不咱先挪到大队的机井上，虽然渠道远点，也比这样开开停停强。我去找士金叔说说。"

潘忠良跑到工作组，气喘吁吁地说了说情况，潘士金说："用机井没问题，闲着也是闲着，不过，挪来挪去的挺费事。那眼大井不该没水呀，大旱的时候安三四挂二人拧黑白不停都没事，是不是进水管没下到底啊？"

潘忠良说："我又不懂，胡站长和强子都在那里，他们这么说的。"

潘士金说："周科长，我先到井上看看，回来咱再商量。"

周科长说："咱这事不急，明天再说吧。走，我也去看看。"

王站长、潘忠地也一块跟着去了。

来到井边，潘士金问强子："进水管没全下去呀？"

强子说："上边还余一米多，水泵往前挪挪还能下，可下边已经触着底了。"

潘士金说："开起来再抽一会儿。"

李向林发动起柴油机，强子挂上传送带。抽了不到半个小时，又不上水了。潘士金一直在井口看着，他说："看来得淘，多少年了这井都没淘过，恁看里边淤积的那些柴草、泥巴，往下淘个尺把二尺的没问题，淘好了再下下进水管，也许就够抽的了。”

“听书记的，淘！狗剩、砖头，恁两个回去扛挂辘轳来，找三根木头，当井桩和辘轳架子。”潘忠良说着拿起大镢头，在井边刨坑准备埋井桩，坑没刨完又回头说：“秀花你也回去一趟，拿两个筲桶来，刚才忘了嘱咐他俩。”

潘士金说：“顺便到代销点打斤酒，井下水太凉，谁下去就先喝一口，不落毛病。”

一切准备停当，潘士金又让开机抽了会儿，不上水了才说：“好了，快下吧，趁没水赶紧淘。”

潘忠良安排：“恁几个年轻的轮流下，狗剩你第一个，以前淘过井，有经验。”

狗剩二话没说，扒了褂子，挽起裤腿，拿过酒瓶喝了一口，又倒到手心里半盅，两手弄匀，朝两腿上搓了搓，然后攀着辘轳绳下去了。下去一试就咋呼：“哎哟，淤泥太多了，一锨头插不到底。”

看到第一桶泥上来，潘士金叫着周科长、王站长，到其他地方转转去了。

两三袋烟的工夫，淘上来十几桶稀泥，里边掺杂着一些砖头瓦块和半烂不烂的柴草。潘忠良朝井下喊：“你上来歇歇，再换个人。”

瓦子准备下。潘忠地说：“你等等，我先下。”说着扒下褂子扔到一边。

潘忠良拿起酒瓶递给他：“来，喝一口。”

“你又不是不知道，我喝上一口头就晕了，下去还怎么干活？”潘忠地没接瓶子。

“那也得倒点搓搓腿。”潘忠良让他张开手，给他倒手里一点。

又淘上来十几桶，潘忠良喊：“忠地上来吧，让瓦子下去干一会儿。”

潘忠地在下边大声说：“不用，我再淘几桶。”

李春莲在井边上问：“冷不冷？”

潘忠地头也没抬，说：“咳，别说冷了，还出汗哩！”其实他只是觉得头上像冒汗，浸在水里的下半身已经感觉不到冷热了。

井下淤泥不断减少，水位不断上升，越来越不好挖了。潘忠良往下看了看，问：“水多深了？”

“快没到腰了。”

“赶紧上来，抽抽水再淘。”

潘忠地上来，裤子全湿了，头发也打了绺，往下滴着水。李春莲拿过他的褂子，让他快点穿上。

潘忠地穿上褂子，坐到一边喘口气儿，一瞬的工夫，上下牙齿不由自主地磕碰起来。潘忠良叫他起来活动活动。李春莲说：“回家吧，我去给你烧碗姜汤喝。”

“你充什么近乎的？还没过门，家里有大婶子，还用你操心！”潘忠良一句打趣的话，说得李春莲从脸红到了脖子。他觉得这玩笑过分了些，又对潘忠地说，“赶紧回去吧，也换换你的衣裳。是得喝点姜汤，要是有红糖放上点，出出汗，别感冒了。”

潘忠地回到家里，浑身发冷。石榴刚放学回来，看到他嘴唇发青，衣服都湿了，吓得大声喊道：“娘，你快来看看，俺大哥哥这是怎么了？”

“别大惊小怪的，淘井淘的。”潘忠地说着进屋去换衣裳。母亲听到动静，过来一看，说：“快躺床上去，盖好被子，我去烧碗姜汤，喝了出点汗。”

潘忠地把换下的裤子拿出去放到洗衣盆里，想洗出来晒上。母亲说：“先放那里吧，等会儿我给你洗，快躺着去。”他这时依然全身发冷，好像没点劲儿，于是回屋去躺到床上。一会儿母亲端过来一碗姜汤，叫他趁热喝了，又盖上被子出了些汗，这才感觉舒坦了。他起身来到院子，太阳快落山了，就想再到大井上去看看。刚出了村头，被风一吹，猛然间脑子像要炸开似的，疼痛难忍，身上也紧绷绷的，并且哆嗦起来。实在撑不住，只好掉头回家，朝堂屋喊了声：“娘，我再躺一会儿了。”没听到母亲回话，就进了西屋，一头歪倒在床上。

他迷迷糊糊，好像又下到了井里。井水彻骨凉，使他全身不住地发抖。又好像在学校里，不是中学，也不是农校，对了，是农学院。农学院和农校离得不远，以前光听说里边很漂亮，还有好几座大楼，那年夏天的一个傍晚，他和几个同学到了农学院，进去一看，感到非常震惊，这么大的院子，到处是花草树木，几座高楼和一排排平房掩映在树林之中，在这样的环境里读书真是享受！魏老师，不，魏书记，人家就是从这里毕业的，他是在哪个楼上学习的？王士霜要考农学院，也许已经来了，正在某个教室里自习呢。那次正转悠着，突然来了阵雨，他几个紧跑慢跑，还是全身都淋湿了……耳边又响起了抽水机的轰鸣声。

潘忠地糊里糊涂，时间、事情颠三倒四，简直是乱七八糟，没个头绪。

李春莲收工回家，急慌忙速吃完晚饭，撂下碗就去了潘忠地家。忠地娘正在厨房里刷碗，她走到屋门口，说："婶子，您忙着哩？"

"春莲呀，你喝汤了？"当地人的老习惯，管吃晚饭叫喝汤，至今老年人还这么说。原来口粮少，当家人做饭总要算计着，因为吃了晚饭就不再干活了，这一顿就只做点稀饭，没有干粮，更没菜，最多就点咸菜，每人喝两碗撑撑肚皮算完，所以不算是吃饭，只能算喝汤。到了冬天昼短夜长，农活也不那么累了，干脆一天两顿饭，傍晚汤也没得喝了。

"刚喝完。忠地怎么样了？"

"在西屋躺着哩。刚才叫石榴喊他两遍，没起。这不锅里还给他留着饭，让他睡一会儿再起来吃。"

"我去看看他。"

"去吧。"

李春莲去了西屋，喊了两声，潘忠地勉强睁开眼，哼了哼，懒得动。李春莲上前摸摸他的头，惊讶地说："哎呀，这么烫啊，你发高烧了！"

"没事儿，睡一觉就好了。井淘完了吗？"

“还没事儿，头快成刚出锅的热芋头了！得赶紧吃药，要不就得打针。井早淘完了，强子说淘下去足有二尺多，这样保准够抽的了。你好好歇着，我去叫庆龙叔。”没管潘忠地答应不答应，李春莲出了门，对忠地娘说：“婶子，忠地发烧很厉害，我喊庆龙叔来给他瞧瞧。”

潘士敏在堂屋听到了，出来说：“春莲，我去吧。”

“你歇着吧大叔，我去就行。”李春莲说着出了大门。

李春莲领着李庆龙直接进了西屋，老两口跟了过来。李庆龙坐到床沿上给他号号脉，然后量体温。几分钟过后，从他腋下拿出体温表，一看，超过了四十度。李庆龙说：“烧得不轻，我回去拿药，先给他打一针退烧，再吃几包药片就没事了。”刚要走，又问：“家里有酒吗？”

潘士敏说：“没有。”

李春莲说：“俺家里有，前天来客剩下的，得多少？干么用啊？”

“不用多，有两把二两的就行，拿来给他擦擦前胸后背，先降降温，不行再擦全身。”李庆龙说着出门，潘士敏跟到院子里，说：“庆龙，拿着钱。”

李庆龙说：“先别拿了，以后一块算吧。”

李春莲拿来小半瓶酒，忠地娘接过去，说：“春莲，你和恁大叔堂屋说说话去，我给他擦。”

李春莲说：“我给你帮帮忙吧。”

潘忠地强打精神，说：“不用，我自己来就行。”

“春莲，咱去烧壶水，一会儿庆龙来了好泡茶，让恁婶子给他擦吧。”潘士敏叫着李春莲去了堂屋。

水还没烧开，潘忠良和李光斗来了。李春莲说：“忠地发烧，挺严重。”

潘忠良说：“我知道了，刚才遇上庆龙叔，都给我说了。忠地干活忒犟，水都没腰深了，喊两遍才上来。”

李光斗说：“要不是忠良到我家里说我还不知道。一定是凉水激的，他又没淘过井。”

“不打紧，庆龙说了，打一针就没事了。”潘士敏说着水开了，“都坐下，喝茶。庆龙一会儿就拿药来。”

潘忠地昏昏沉沉睡了十来个小时，第二天早晨他娘喊他起来吃饭，这才真正醒了。起床后，仍觉得脑袋木木的，四肢无力。

“先吃了药再吃饭，恁庆龙叔嘱咐的，一天吃三回，一回吃一包，明天吃完再到卫生室去看看。”

潘忠地答应着吃药。

“小锅里有面汤，刚下出来，炝锅时我多放了点姜末，趁热多喝点。”这也是当地人的说法，面条叫面汤，吃面条叫喝面汤。

“俺爹喝了吗？”

“他又没病没灾的，早吃两个窝窝下地了。这是专门给你擀的。”

潘忠地来到厨房掀锅一看，说：“哎哟，这么多呀！”

“不多，最多三碗，两顿凑成一顿吃，都喝了。”娘在院子里边喂鸡边说。

潘忠地越吃越香，一气吃光了。他感到轻松多了，就想出门去。娘说：“别出去了，恁忠良哥刚才过来说了，让你在家好好歇一天。”

“没事，今天上午工作组里商量事，原来说的让我参加，我得去看看。”

娘听着他不是去下地，也就没再拦。

来到工作组，一进门潘士金就说：“忠地，你不是感冒了吗？我早晨过去恁娘说你还睡着，没让她喊你。刚才周科长、王站长还说待会儿去看你哩。”

潘忠地说：“昨天傍黑有点发烧，庆龙叔给我打了一针，又吃了两包药，好多了。”

王站长说：“快坐下，咱这个磷肥试验具体怎么搞法，得听听你的意见，这方面我也没搞过。”

潘忠地说：“还是听周科长的，需要怎么办我们就怎么办，保证弄好。”

周科长说："昨天下午我已经说了半截。我又不是学农的，这方面不懂，我说的都是来以前领导大体交代的。领导要求我们选几块地，每块地有一半施磷肥，一半不施，其他肥料、品种和田间管理都一样，明年看小麦产量有多大差别，总结出个试验报告。恁今年搞的小麦叶面施肥试验就很好，县里转发的材料我看了，潘书记说那就是你做的，你有经验了，说说你的想法吧。"

潘士金也说："忠地，你就说说吧，说完咱再共同商量。"

"其实不用试验，施磷肥保证能增产。在学校里老师讲过，农学院、农校配合地区农业局，对全地区土壤情况搞过抽样调查，各县大体一样，所有耕地严重缺氮，普遍缺磷，部分缺钾。而土壤的酸碱度大都属于中性偏碱，所以施过磷酸钙的效果好。"潘忠地看了看王站长，"站长，是这样吧？"

王站长说："你说的这情况我想起来了。那年我还被县农业局抽去参加调查，搞了一个多月。后来地区农业局把汇总材料发到了各县、各公社，当时看了都没当回事，要不是今天你说，我脑子里一点印象也没有了。"

周科长说："这个观点和地区领导在会上讲的是一致的。可问题是基层干部认识不到，所以我们要通过点上的试验，拿出第一手资料，用事实说服大家。"

潘忠地说："那天我听孙经理讲，群众不理解是因为当年生产的磷肥质量太差，有些用过的觉得上了当。现在选几个点作试验，这个决策很好。咱作为一个点，我认为不要只选一两块地。不是给咱运来了三吨磷肥吗？每个生产队都给它几百斤，留下一部分在大队试验田作重点试验。各生产队只作施与不施的试验，每亩地施上五十斤，与不施的作对比，这样明年不用要求，都会主动施磷肥了。但试验田要搞得复杂些，每亩地从二十斤到一百斤不等，相差十斤或二十斤一个档，最后看到底施多少增产最多，尤其是要分析投入产出比，看哪种情况效益最好。这个结果出来了，总结材料才更有说服力。"

王站长说:“好，太全面了！我赞成忠地的想法。周科长，你说呢？”

周科长说:“太好了，以试验队为主，各生产队都试一下。就是试验的点多了，情况好掌握吗？”

潘忠地说:“好办。大队要统一部署，各生产队明确一名干部负责，最好是会计。从开始就要建立档案，种植的品种，施用的其他肥料，浇水及所有管理措施，都要作详细记录，最后再统一汇总起来。”

潘士金说:“就这样定下来吧。大队开会时忠地讲讲，我再提提要求。”

潘忠地说:“还是等魏书记回来给他汇报汇报，听听他的意见再定，他是这方面的专家。”

“他回公社有事，得三四天以后才能回来。不要紧，下午我回去一趟，直接找他汇报汇报。”王站长看了看潘士金，又说，“潘书记，咱这个试验田我去过多次，觉得不像是试验田，和大田种植没什么两样。与在那里干活的人接触，也没发现有懂技术的。让现有这帮人作试验，恐怕不行。”

潘士金说:“是呀，我也担心这事。咱这试验田有其名无其实，也就是划出了几十亩地，收成直接归大队，从来没搞过什么试验。原来那里也没个负责人，发树兼管着。忠国出了问题后，他不愿意在本队劳动，提出想去试验队，就让他去了，也没明确职务，算是暂时负责。如果让他管这件事，真怕弄砸了。”

王站长说:“我倒是有个想法，别让忠地在三队干了，不如让他直接到试验队任队长，既管好试验田的事情，也抓抓各生产队的试验，那样名正言顺。”

潘忠地听了感到突然，不好说什么。

潘士金说:“那得党支部研究一下。另外，不知道魏书记什么态度。”他知道魏书记对潘忠地一直很关心。正常情况下调整生产队副队长、试验队队长，公社是不管的，大队党支部决定就是，可涉及忠地，最好听听魏书记的意见。

王站长说："魏书记会同意的。前段时间我们一块去试验田，回来路上我给他提过这个建议，他当时就表示赞成，说要等个合适的机会，到时候给你们建议一下，让你们定。这样吧，我回去连同这件事一并向魏书记汇报，明天上午回来后党支部再开会。忠地，你觉得怎么样？"

潘忠地听出魏书记有这个想法，就说："我听从组织安排，怎么着都行。"

周科长在一边插话："我虽然不了解情况，也认为这个意见不错。让忠地同志全面抓起来，我们这项任务保证能完成好。"

第二天下午党支部开会，决定了这样几件事：一是磷肥试验各生产队都要搞，每个生产队六百斤，明确一名干部负责。剩下的一千二百斤给试验队，试验的重点在试验队；二是潘忠地任试验队队长，不再担任三队副队长；三是狗剩接替忠地，任三队副队长。

盼回信

李向东骑着自行车，按捺不住心头的兴奋，摇头晃脑，哼着小曲，飞快地向县城奔去。尽管路旁的杨树叶子已开始变黄，有的开始随风飘落，地里的麦苗插香般稀稀拉拉刚离开地皮，在他眼里，似乎到处春意盎然，万物都在为他祝贺。临起身他换下了工作服，穿上了为当工人新做的一身蓝卡其制服，尤其是骑上了“大国防”，更令他兴奋。虽然这自行车是公家的，可头一回骑上这么好的车子，还是很开心的。当时这是少见的名牌，全村的自行车有二十多辆，没有一辆是这种牌子。他刚到矿办公室时，就发现了整天放在墙角的这辆自行车，他曾经偎到跟前认真看过，当时小吕告诉他，这是办公室的公车，只有何主任到矿区外面办事才骑。今天是安排他因公出差，何主任让他骑着这车子。衣着齐整的年轻人骑着这样的自行车，谁遇上都要回回头。

当然，李向东心情好，还不只是因为骑上了好车子。近期以来，很多事情都让他感到可心顺意。

初来煤矿那段时间，他的心理是矛盾的。说是一步跳出了农门，吃上了国库粮，可毕竟这煤矿工人的名声不怎么样。“远看是个讨饭的，近看是个掏炭的”，“煤黑子”，“吃的阳间饭，干的阴间活”，几乎听不到褒扬声。来到的第二天就下了井。他和班长孙平江一块坐到矿车里，矿车轰隆隆急速下降，他的心立时提到了嗓子眼。孙班长说："别害怕，马上就到，坐上两回就好了。"

到了井下，孙班长帮他打开头顶上的矿灯，然后领着他一处处地看，边走边详细介绍。尤其对如何注意安全，反反复复地嘱咐。看了一遭，便和他一起往矿车里装煤。放炮了，班长拉着他躲到一旁。蹲在巷道里，他仍是提心吊胆。看看周围的工人，一个个没事人似的，他的心才平静了些。上了井，班长又带着他去澡堂洗澡、换衣服。

几天里，班长一直不离他左右。

下一天井，吃完饭回到宿舍，其他人玩玩扑克，下下象棋，或者说说闲话，他却一头歪到铺上，一动也不想动。临来时还带了两本闲书，也没心思看。睡觉了，周围的工友很快响起了鼾声，他却像烙饼，不停地翻身，胳膊发木腿发酸，浑身没着没落，久久不能入睡。

是不是这一步走错了？别说继续当民办教师，就是在家里下地干活，也比这轻快多了，还没什么危险。不干了，回去？不行。开弓没有回头箭，好马不吃回头草，再回去，村里人七嘴八舌，说什么话的都会有，一辈子别想再抬头。好在刚报到时，劳资科长领着他见了见刘矿长，矿长的话让他心里热乎乎的。"小李呀，你可是咱工人队伍中的大知识分子，先到一线锻炼锻炼，多熟悉些情况，将来要发挥大作用。"又通知孙班长来领他，还专门交代，"平江同志，你们是咱矿上的红旗班，小李是我们的人才，我把他交给你，你可要给我带好，出任何闪失我都拿你是问。"孙班长当即表态："矿长放心吧，这些年我们班不仅产量数第一，大小事故也从没出过，全体同志团结一致，全矿的中层干部在我们班待过的就有四五个，要不怎么是红旗班呢！"个头不高的孙班长是满脸的自豪。几天来他也感觉到了，孙班长对他体贴入微，就连饭票都是亲自帮他买的。其他同志对他也都很热情。在井下，干起活来一个个拼命似的，可没人攀他，还都让他慢慢来，好像他干不干无所谓。在宿舍里，他们下棋玩牌，总是喊他让他参加。不参加是他个人的事，这说明大伙没把他当外人。这样的人际环境，就算是累点也让人心里舒坦。

干吧，咬咬牙坚持下去。老人们说过，没有苦中苦，哪来甜上甜？困难是暂时的，也许光明就在前头。

上班一个月，该休班了。班长说："小李，开始没告诉你，咱是每个星期歇一天，多数同志觉得一天两天的也没法回家做点事，就攒到一块，一个月歇四天。明天你回去看看吧，也给家里人报报平安。第四天下午回来就行，实际上能歇四天半，因为回来要倒班，咱不能光上白班。"

就在他休班的第二天，办公室的何主任找到孙班长，问："新来的那个李向东呢？"

"休班回家了。"孙班长说。

"干得怎么样？"

"不赖。看这一段的表现，这孩子能吃苦，人品也行，整天不多言不多语的，下了班就知道看看书。"

"他什么时候回来？"

"后天下午。"

"那行，回来后叫他到办公室找我。对了，让他少上天班，在办公室帮天忙，工时你照常给他记上。"

"没问题，一回来我就告诉他。"

李向东一回来，孙班长就对他说："小李，办公室何主任找你，赶紧去吧。要注意，领导安排什么都好好干，不能丢咱班的人。"

"嗯。"李向东答应着，又想让班长领着他过去，说："班长，我不认识何主任，上哪里去找他？"

"就在刘矿长办公室西边挨着的那间屋，门上有牌子，屋里就两个人，一男一女，那个四十多岁的男人就是何主任。”

看来班长不想带他去，只好一个人去了。

来到办公室门前，他轻轻敲了敲门。

“进来。”一个女人的声音。

他推门进去。不大的一间屋，靠北墙摆着两张办公桌，一男一女对着面办公，西面坐的是女的，东边坐的是男的。他走到男人跟前，说：“何主任，我是李向东，孙班长说您找我。”

“是呀，听说你回家了，家里人都好吧？”何主任边打量他边说，接着起身把靠东墙的一把椅子搬过来，放到办公桌前，“来，坐下说话。”

“家里都挺好的。”李向东说着坐下了。

这时那个女的倒了杯开水，递给李向东。李向东站起来接过去，说了声“谢谢”。

何主任说：“我给你介绍一下，这是小吕，负责宣传工作。”

那个女的说：“我叫吕冰洁。咱应该见过面，在一中咱是同学。”

这是个细高挑身材的姑娘。一头漆黑的浓发，扎两条粗粗的短辫；一双水汪汪的大眼睛，忽闪忽闪，明亮秀丽。李向东看着她，心里话：哪一辈的同学？你要是高中毕业，就算今年参加工作，也应该比我高三四级。嘴里说：“还真不认识。我只在一中上过三年初中，后来又上了一年师范，就回家了。”

吕冰洁快人快语：“我也是在那里上了三年，初中毕业没考上高中，当时也没报别的学校，就来矿上上班了。你是几级？”

李向东回答：“八级一班。”

吕冰洁说：“我是七级二班，教室隔着两排，怪不得没大印象。”

何主任接过话头：“矿党委对宣传工作很重视，每月出一期简报，两周左右出一期黑板报。我杂务事太多，基本上就小吕一个人干，平时还要分发学习材料，太忙了。想让你定期过来帮帮忙，起码先帮着把黑板报搞一搞。怎么样？”

“可以。”李向东没打艮，答应得很干脆。这件事的确是闯他学问拐子里去了。他曾经在矿区大院里转悠过几次，因为上初中时负责搞过黑板报，所以看到哪里有黑板都比较留意。他发现，整个院里有五六块大黑板，不说内容，单看那形式，办得实在太差劲了。报头报边都没美化，题目正文一样的字体，字的大小也没变化，至多换了换颜色。当时他就想，要让我来办，一定比这漂亮。没想到这差事真的到了手。

吕冰洁说：“这一期黑板报又该更换了，材料我已经准备好了，你拿回去先看看，明天登上去。”

李向东回到宿舍，坐在铺沿上翻材料。多数材料是从报纸上剪下的，都是些国际国内的时事新闻，另外有两份是表扬稿，其中一篇就是写他们班的。正看着，班长过来了，问：“何主任找你什么事？”

“让我帮着写写黑板报。”

“好啊，这是文化人干的活。何主任给我说了，明天你不用下井了，考勤照常给你记上。”

“何主任说以后要定期给他们帮忙。”

“行，只要领导需要，叫什么时候去就什么时候去，你出息了是咱全班的光荣。”

第二天，用了大半天的时间，他把所有的黑板报更新了一遍，仅彩色粉笔就用了半盒子。报头都作了美化，题目采用不同的美术字，真是面目一新，引得不少工人围过来看，还边看边啧啧称赞。吕冰洁看了，说：“小李呀，没看出来你还真有两把刷子！”随后她又叫着何主任来看了看。

隔了两天，他抽空把表扬他们班的那篇稿子略作修改，誊清后寄给了县广播站，几天后竟被采用了。这可是建矿以来县广播站第一次报道矿上的事迹，在领导层也引起了轰动。何主任对他更加赞扬，并且说：“以后有空我带你到各个工区座谈座谈，发现先进事迹就写成稿子，咱可以一稿三用，既投给广播站，又可以在咱的简报和黑板报上刊登。

就这样，他到办公室帮忙的次数越来越多了。

几个月过去，何主任找到书记、矿长，说：“把李向东调到办公室来吧，考察他这段时间，我看着这孩子不错。”

刘矿长说：“按规定，新工人至少要在井下干一年才能调井上工作，这还不到半年，时间太短了点。”

何主任说：“办公室就我和小吕，实在忙不过来。再说，这几个月县广播站广播咱的事迹三四次了，稿子都是他写的。”

郑书记说：“是不是先别说调动的事，他还算老孙班里的人，先借过来用着，这样对外好说，对他本人也是个考验。”

刘矿长同意这个意见。

何主任当即去找孙班长说了说。从此，李向东算正式到办公室上班了。每天他提前半小时进办公室，提水、夹报纸、整理卫生，到正式上班时间这些活全干完了。

今天是星期天，他没有休息，吃过早饭就去了办公室。何主任说矿长批给了一百块钱，让他拿着条子到会计那里领出钱，骑办公室的自行车，到县新华书店买部分图书，充实一下图书室。并大体交代了买哪些方面的书。

这么短的时间就有了这么大的转机，领导又对他这么重视，他能不高兴吗！

新华书店在县城东西大街中段路北，东邻文化馆，西挨百货公司。李向东在一中和师范上学时，多次来过这里。他把自行车放到书店门口，落了锁，进去走到柜台前，对工作人员说：“同志，我是煤矿办公室的，给我们图书室买部分书，要买一百块钱的，能不能进去选一选？”

工作人员是一位胖乎乎的年轻女同志，正在收一顾客的钱，一听这话高兴了。因为平时一天的营业额也就几十块钱，这可是个大买主，于是说：“可以。您稍等，我们给领导汇报一下。”接着朝正在往书架上摆书的一位男工作人员喊，“小周，你去给主任说说，这位同志要给单位图书室进一百块钱的书。”

小周看了看李向东，周围几个顾客也都把目光投向李向东。

小周答应着从后门出去，一会儿就回来了，后面跟着一位戴眼镜的中年男人。来到李向东面前，小周介绍：“这是我们桑主任。”又对桑主任说，“就是这位同志。”

“快进来吧。先在书架上挑挑，选不够我再领你到后边仓库里去看看。”桑主任打开柜台小门，让他进去，带着他选书。又让小周在后面跟着，他每选出一本，小周就接过去记下价格，放到一边。

书架上仓库里，一共挑了接近二百本书，小周说：“差不多了，还剩一毛四分钱。”

李向东说：“刚才从书架上拿的《怎样美化黑板报》《怎样写美术字》那两本不要算在里边，那是我个人用的，我另交钱。”

桑主任说：“看来你是搞宣传工作的。这类书也算是工具书，应该报销的，不用自己掏钱。”

李向东一考虑，说：“那就这些吧。”

几个人把书搬到柜台外面，小周收了钱，写好单据交给李向东，又到仓库拿来包装纸、绳子和两块木板，帮他打捆。正忙活着，突然有个女青年在一旁说：“这不是李向东吗？”

李向东回头一看，原来是初中同学王士霜，有些吃惊：“哟，王士霜啊，你也来买书？”

“我刚来一会儿，买了本高中化学辅导材料。你不是在村里当民办教师吗？怎么一次买这么多书？”

“我早到矿上工作了，这是给图书室买的。”

两个人说话间，桑主任和小周已把书捆好，又搬到门外。小周先把木板横着捆到自行车后架上，几个人一起把书摆到木板上，用绳子系牢固。王士霜也跟出来帮忙。

小周说：“太重了，还有些上晃，可得慢慢骑。”

李向东说：“没事，这车子硬邦，驮个百把斤也没问题。”

桑主任握了握李向东的手，说：“以后你们需要什么书，来直接找我，暂时没有的可以联系给你们进。”

李向东说：“谢谢主任！您忙去吧，我回去了。”

一中在县城西北角，县煤矿在县城东北方向，城里边这段路两个人顺路。李向东推着自行车，前轻后重，需要两手用力压着车把慢慢往前走，感觉有些吃力，说：“驮这么多书，还不如骑上轻快。”

王士霜说：“你骑上走吧。”

“不用，多年不见了，说会儿话。”李向东笑嘻嘻看着王士霜，边走边说，“还有一个多学期就高考了，学习很紧张吧？”

“是呀，所有课程都基本讲完了，开始集中复习，老师抓得很紧。”

“你基础成绩那么好，不用费劲，考大学没问题。”

“可别说，比咱成绩好的有的是，加劲努力也不一定能考上。”

“别谦虚了。准备报考什么学校？”

“还没考虑，到时候再说吧。”王士霜不想给他说心里话，就岔开话题，“你什么时候去的煤矿？现在做什么工作？”

“去了快半年了。当时矿上在我们村招一名工人，我就报名去了。开始下井挖煤，现在调到办公室负责宣传工作。”李向东不愿意说是在办公室帮忙，觉得这样说在老同学面前更有面子。

“好啊，还是你将来有发展前途。”王士霜听了打心眼里羡慕。她老长时间没和潘忠地通信了，就问：“潘忠地最近怎么样？”

“忠地厉害呀！入了党，担任大队团支部书记，原来还兼着生产队副队长，现在又到试验队当队长了。人家才前途无量哩！”李向东怀着嫉妒的心理说。

王士霜没再说什么。这时已出了北关，两个人就此分手了。

回到矿上，李向东把自行车停在办公室门口，往下卸书。何主任和小吕听到动静都出来了。何主任说：“回来了？先屋里喝口水歇歇吧，等会儿让小吕帮你卸。”

“不累，就驮这么点书。”李向东说着继续解绳子。

“这些书还少呀，要叫我就驮不回来。”小吕边说边过来帮着卸。

把书搬进屋里，李向东把单据和剩下的钱交给何主任，说：“全是按您的意思选的书，就有两本是我想买的，书店桑主任说这也属于工具书，可以报销，就一块结的账。”说着把关于黑板报、美术字的两本小册子放到何主任面前。

何主任翻了翻，说：“这个应该报销。小吕，你也好好看看。这两本书就留在办公室了，还有我让你买的《新华字典》，也留下，咱平时用得着。其余的你们下午送到图书室，让他们登好记。”何主任把那两本书递给小吕，又把单据和钱给李向东，“你把单据送给会计，剩的钱自己收起来，我再给你写个出差补助的单子，一块交给会计，不足的让他再给你。”

李向东不理解，问：“怎么还有补助呀？”

何主任说：“这是规定，因公出差县内一天补助三毛，出县一天补助五毛。你虽然不是一天，也够累的，按一天算吧。”

吕冰洁翻看那两本书，自言自语：“要是早有这样的书，以前的黑板报我也不至于搞得那么差劲。”

何主任说：“所以我常说要加强学习呀。向东也要再努把力，县广播站已经报道咱多次了，以后要选几篇好稿子投给省报、省电台，让我们的好人好事在全省扬扬名。”

“我一定努力。”李向东简直掩饰不住内心的高兴劲儿，克制着，装出一副谦虚样儿。

吕冰洁看着他抿着嘴笑。

秋日的黄昏，是一个宁静而美丽的时刻。湛蓝的天空，飘着几丝白云，在晚霞的辉映下，光彩夺目。一群群小麻雀在梧桐树上嚷嚷着跳跃着，临归窝了，相互交流下一天的快乐事儿。下井的工人不到交接班的时间，机关上的人们都已下班各自回家，院子里道路上几乎没人。李向东悠悠悠地转了一圈，然后到伙房买了两个馒头，一碗茄子烧肉。这是到矿上以来第一次吃这么贵的菜，三毛钱一份。今天高兴，算是改善生活吧。匆匆吃完，回到宿舍，工友们还没回来。他往床上一躺，一瞬儿又折起身，还不想坐，便在屋里来回走动着。他感觉满心喜悦，想笑，想说说话，想唱唱歌，甚至想大声咋呼几嗓子。

不大会儿人们便陆续回来了。他主动热情地给他们说话，有人就给他闲扯起来。

一个问："小李呀，今天没歇班？"

李向东带着自豪感说："哪捞着歇班了，办公室整天忙。今天是主任安排，进了趟城，给图书室买来几百本书。"

另一个问："你自己去的，还是和别人一起？"

李向东说："就买点书，用不着两个人。"

"咳，我还以为你和咱矿上一枝花一块去城里逛了逛哩！"这人说完作了个鬼脸。

李向东问："谁是一枝花？"

平时很少开玩笑的孙班长在一旁说："小李你真是根木头，天天和你在一起，还不知道谁呀？就是吕冰洁。"

李向东一听明白了。难怪有时和吕冰洁一块在路上走，碰上人往往都是带着笑脸给她打招呼，却没人搭他的腔。当时还想，人家是老人，都熟悉了，咱才来几天呀。这才恍然大悟，原来人们是冲她长得漂亮。矿上的女人也的确太少了，工会还有两个，再就是负责矿灯充电的那几个，其余再没看到女的。但是，那些都是老娘们，没一个像吕冰洁这样年轻貌美。吕冰洁虽算不上绝色佳人，可那身条，那脸蛋，还有那三天两头就换样的打扮，确实惹人的眼球。这些月把二十天见不着自己女人的男爷们，心仪这么个女同志无可厚非。

有个说："小李呀，领导给你创造了条件，千万别错过。谈恋爱要掌握主动权，该冲就冲，该上就上，这么标致的女孩可不能让别人抢了去！"

李向东以为是大伙寻开心，也就随和着说："你这说到哪儿去了，人家是城里人，咱是乡下孩子，可不敢高攀。"

另一个说："不仅是城里人，还是煤炭局长的女儿，你要是摊上这么个老丈人，将来不想出息也难。"

李向东是第一次听说这事，就说："哟，原来她是吕局长的闺女！我说矿长见了她也是客客气气的。"

那人说："怎么样，下决心追吧！"

李向东说："您这一说更不行了。领导干部的闺女，和咱门不当户不对，门儿也没有。"

孙班长却说："管她什么门户出身，搞对象就是两个人的事。凭长相，凭能力水平，哪一样你也不比她差。"

看来大伙是当真的。李向东不再顺着往下说了。

都睡觉了，他脑子里还一直转悠这件事儿。婚姻问题是该郑重其事地考虑考虑了。临来矿上时，姑表姐曾经给他介绍个对象，和表姐一个村的，比他小两岁，高小毕业，在生产队当妇女队长。两人见过一面，女孩五官还算端正，举止文静大方，就是个头矮了点。他当时犹豫着，没说同意，也没完全拒绝。上次回家，母亲还说，表姐催了，说女方要个准话，行与不行赶紧定下来。眼前这个吕冰洁，不论从哪方面讲，那个女孩也没法与她比。再不能犹豫，得把那个彻底推了，这种事也不算驳表姐的面子。可是，万一姓吕的眼眶子高，看不上咱呢？对了，今天遇上了王士霜。王士霜也是个不错的女孩。她如果考不上大学，高中毕业也很容易出来当个工人；即便考上大学，毕业后还是分到下边来，也就是个一般干部。上次孙班长说过，只要在办公室好好干，有机会就能转干。按现在情况看，努力干下去，说不定还能提拔当个负责人，到那时也不比她条件差。给她写封信，先挂上钩，以后再加强联系。有这样两个目标，到时候任选其一，都比表姐介绍的那个强。

王士霜回到学校，要给潘忠地写封信。从桌洞里拿出那半本信纸，开始写道：

忠地：你一定很忙吧！

我今天去新华书店，碰见了李向东，听他说，你又到大队试验队当队长了，祝贺你。

刚写这么两句，觉得不妥。撕下这张，重写：

忠地：你好！

听说你到大队试验队当队长了……

觉得还是不行。好几个月没通信，心里有很多话要说，却不知如何动笔了。

“哗啦啦”撕了这两张。琢磨一阵子，还是按以往写信的方式。开始介绍一下自己进入复习阶段的情况，最后问问他最近工作怎么样，让他回信说一说。

信寄出去以后，王士霜巴不能第二天就收到潘忠地的回信。就在第三天下午，课外活动时间，她来到学校信件栏跟前，眼睛突然一亮，中间那个横格里，有一封信是自己的。赶紧拿下来，一看，不是潘忠地的字。她这才意识到：不会这么快，他接到信接着回，至少也要五六天。这是谁的信呢？看看下边的地址，明白了，一定是李向东的。

他怎么给我写信了？同学三年，两个人关系一般，没留下多少深刻印象。自从初中毕业两年多来，相互一点联系也没有。虽然他和潘忠地是一个村，那次去汶水滩，潘忠地提到他，并且说他当民办教师了，她当时对他的情况也没细打听。不错，前天在新华书店遇上他了，还一块走了一段路，说了些无关紧要的话，因为见了这么次面就写信？真没意思。

王士霜没有急着拆看李向东的信，掖到口袋里，又到操场转了一圈，回到教室才拆开。信不长，一页半。看了半页，她就气得脸红脖子粗。简直是无聊，平白无故写的些什么！还“亲爱的士霜同学”，和潘忠地通过那么多信，两个人都从未用过“亲爱的”三个字。还说“在学校时印象就很好，虽然两年多没见，心中一直想念”。谁对你印象好？谁想过你？真是自作多情！没看完她就把信撕了个粉碎。

王士霜依然盼着潘忠地的回信，每天下午都到信件栏看一看。令她很失望，两个星期过去了，没见到潘忠地信的影子。

真是想要的没有，不想要的又来了。这天又收到李向东的信，内容很简单，只有几句话，说是“两星期前给你去了封信，一直没有回音，不知道是没收到，还是你学习太紧张没来得及回。盼望你百忙中回封信”。王士霜看后照样撕了，心里话：谁给你回！要是回上一次信，你还不像狗皮膏药，纠缠起来没完没了！你就死了这份心吧。

她不再去信件栏了，静下心来，好好学习。又过去没几天，她正准备去吃晚饭，一位同学拿着一封信喊她：“王士霜，有你的信。”她接过去一看，是潘忠地的，心里立时“扑腾扑腾”跳起来，赶紧回到座位拆开，是这样写的：

士霜：

实在对不起，收到你的信已经快二十天了，今天才给你回信，一定生气了吧？

这一段农村正处在三秋大忙时节。你来信时，我刚到试验队十来天，党支部还安排我去负责，当时的目的是让我搞好施用磷肥的试验，同时还要抓好各生产队的试验。后来魏书记又提出，拿出一块地，搞一下小麦优良品种的对比试验。王站长，就是大哥，带着我去了趟县种子公司，淘换来五六个品种，加上我们原有的，总共选了八个品种……

士霜：说心里话，我现在百分之百地支持你报考农业院校。这段时间我切实体会到，农村急需推广农业科技知识，什么科学施肥、选用良种、良种良法、科学管理，等等，别说一般社员了，就是基层干部们，既不懂也不考虑这些事情。农业一线需要懂技术的人来帮助……

很快就要高考了，希望你集中精力，好好准备，祝你如愿以偿……

王士霜越看越感到心里热乎乎的。仔细看了两遍才装进信封，放到课桌洞里书摞下面。

现场会

大队试验田位于南坡的中间地带。当年公社为了加快推广农业科学技术，要求各大队都要成立试验队，一些先进的耕作方式、优良品种，先由试验队试验，再普及到生产队。在当时广大干部群众科技意识不强、对新事物接受慢的情况下，这一思路无疑是正确的。至于后来多数大队的试验队都形同虚设，没能起到应起的作用，既有上头虎头蛇尾抓一阵子没再重视的原因，也有各自工作的问题。那时汶水滩大队的党支部书记张义生，对上级的各项部署，领会不领会的都贯彻非常认真。他在党支部会议上说："选百把亩好地，从各生产队抽调部分壮劳力，把试验队成立起来。发树，这事就由你具体负责吧。"之所以选在这地方，就因为这片地旱能浇涝能排，不论土质还是水利条件，在全大队都是最好的。原来就有眼大井，围着井划出了一片。当时这片地只涉及两个生产队，只好全大队统一进行调整。为了便于测量，从每个生产队匀出了十亩地。其实从集中土地那天起，也和其他大队差不多，从没搞过像模像样的试验，基本和大田一样种植，只是收成归了大队。这些年，大队的花销主要靠试验队的收入。

开始试验田划出的土地是八十亩，现在的可耕地只有七十多亩了。起初在东北角盖了三间房，作为办公室和临时仓库。西北角盖了两间饲养棚，喂起了两匹马、两头牛，还盖了一大间敞棚，存放大车和其他农具。大队打机井时，第一眼就是在这里的大井旁边，随后盖了两间机井屋，把机井盖在了屋里边，东山墙留了个洞，洞外面修了个水池，出水管引出来直接伸到水池里。大井旁有两棵大柳树，树荫下干脆留出了半亩多场地，作为人们休息乘凉的地方。加上田间道路，灌溉渠道，占来占去，净地少了七八亩。

试验队一成立就抽调了二十多名劳力，除了饲养员、使役员二人年龄稍大些，其余全是青年。开始那几年，张发树分管试验队的工作，虽然忙于大队的其他事务，平时把这里的事情撂给李长友，但他抽空就到这里来，和大家一起劳动，发现个别调皮捣蛋的，他敢于批评。大伙都是个正劲，干起活来生龙活虎，什么农活也落不到生产队后边。自从潘忠国来负责，头几天大伙还和以往一样，认真了一阵子。过去没多久，人们见他只是个甩手掌柜，整天这里转转，那里看看，不是和这个说说闲话，就是和那个吸袋烟，既不管事，也不参加劳动，就这样还不是按时来上工。如此一来，人心散了，上工不整齐了，干活也吊儿郎当起来。反正都觉得在潘忠国眼里，干与不干差不多，干好干孬一个样。人们心里都明白，孬好混着在这里记上工分就行，因为最后还得通过大队，以“大队工”的名义下到各生产队，直接参加生产队的分配。

记工员兼会计李长友，是这伙人当中文化程度最高的，高小毕业。这人忠厚实在，在生产队当记工员时就没有合不来的人，做事也认真。原来他对什么事都很负责，记工也较真，谁出工半天就记半天，出工半上午就记半上午，结果弄得都对他有意见了。时间一久，李长友也学乖了，睁只眼闭只眼，只要上午下午来点点卯，多少干上一会儿，就给记上一天的工。

潘忠国也办了两件让大家拥护的事。一是收完庄稼，除了留下牲口饲草，其余的秸秆都分掉。往年都是沤制肥料，现在各自运家去当烧柴，当然都高兴。再就是种了一亩多韭菜，明确一人专门负责管理，一年能割五六茬。割了也是由试验队的全体人员分，一茬每人能分两三斤。尽管每次潘忠国都多要斤把二斤的，人们看得出来，他这是明沾光，碍于面子，没人当面说什么。李长友有些意见，也没好意思提。

潘忠地到试验队的第一天就惹了个不痛快。这天早饭后，张发树领着他来到试验队，把所有人员都集合到大柳树底下，先宣布了大队党支部的决定，又让潘忠地说了几句，就急着到公社开会去了。张发树一走，潘忠地就来到潘忠国跟前，说："大哥，这里的情况我不熟悉，大家干什么还是你安排吧。"

"这是什么话！你是队长，今后一切事情归你管了，你看着办吧。我这几天身体有些不得劲儿，得回家歇歇。"潘忠国说完起身走了，把潘忠地晾在了那里。

潘忠国是使小心眼儿：眼下正是整地备播的关键时期，马上就要开耧种麦了，我看你怎么指挥这伙人！他是想看潘忠地的笑话。

昨天晚上潘士金给潘忠地谈话时还交代："试验队主要是伙子小青年，只要调动起他们的积极性，干活都是好样的。你是团支部书记，是个有利条件，领导他们没问题。就是忠国这人不大行，好要心眼，要多注意他。"当时他说："不要紧，他毕竟是多年的干部了，又在那里负责这么长时间，我去了多依靠他就是。"没想到一开头他竟是这种态度。

潘忠地正思考着应该怎么办，李长友走过来，说："忠地叔，不要紧，他在这里也管不了多少事，整天瞎转悠。你放心，该干什么你分派就是。"

潘忠地心里稳了稳，说："你让使役员套上大车，再叫上两个人，咱一块到大队仓库去拉磷肥。其余的活你安排吧。"

因为这些年大部分时候都是李长友安排农活，他也没推让，按潘忠地的意思，说了说就帮着去套大车。

三五天下来，人们就私下议论开了。

"别看忠地年轻，庄稼活还都行。"

"关键是像个好领导！人家不仅指挥调度有方，还和大家一样参加劳动，没一点干部架子。现在不论大队还是生产队，有几个当官的是这样的？别说自己不干了，连家属都跟着学懒了。”

“是呀，以后咱可得好好干，不能给忠地丢面子。”

……

当天上午拉回磷肥来，潘忠地叫着李长友，围着试验田转了一圈。七十多亩地才耕耙完十几亩，还有造好墒的二十多亩，边造墒边耕地，虽然误不了播种，可总体进度还不如第三生产队快。再就是土杂肥施得太少了，有的地方星星点点撒了点，有的地方直接没有，成了“卫生田”。潘忠地问：“怎么施这么点粗肥呀？”

李长友说：“没办法，以前都是用秸秆造些土杂肥，今年都分了，就指望那四头牲口攒点粪，全施到地里了。这样下去，再好的地也得越种越薄，过两年庄稼连生产队也赶不上了。”

潘忠地说：“那不行，以后还得想法多积造些土杂肥。”走了几步，他又说，“从下午耕地就要施上磷肥，耕起来的这些就作为不施的对比吧。其余的怎么施法，中午咱再合计合计。”

临收工两个人商量好，吃完午饭就早早地来了。潘忠地从家里带上铅笔、三角板、笔记本，顺路到张发树家里问问大队的皮尺在哪里。张发树说修路时用完没往办公室放，还在家里。说着从条几上拿过来递给他。潘忠地拿上皮尺，又到代销点买了张新闻纸。

李长友已经来了，潘忠地叫着他先去丈量各方地块，边量边往本子上记。饲养员李庆江是个单身汉，吃住都在饲养棚，同时兼管看护试验田。他把牲口喂饱牵出来拴到木桩上，看到两个年轻人在地里忙活，就过来帮忙。他从潘忠地手里要过皮尺，说：“忠地，我给恁拉皮尺，你只管记就行了。”

潘忠地说：“大叔，您刚忙完，歇会儿吧。”

李庆江说：“我可累不着。实话给你说吧，咱这些人要真都好好干起来，我是最轻快的。就那几头牲口，一天喂三顿，早晨出出栏，干半天闲半天，还能累了？今后有什么活你说就是，恁大叔这身体还行。”

过了没大会儿，强子也来了。潘忠地说：“荣强，来这么早！”

强子愣了愣，说：“咳，你把我喊懵了。长这么大，我这张荣强的大名还没听到谁叫几回哩，都是强子强子的，听顺耳了。”

潘忠地往本子上边记数边说：“按年龄你比我大好几岁，我可不好意思叫你小名。”

强子说：“有什么不好意思的，按庄乡辈分，我还得叫你叔哩。”

“那好，以后就喊强子。”潘忠地看着强子笑了笑，问，“下午该哪个生产队洇地？”

强子说：“轮到咱试验队了，一下午，晚上还可以拐拐弯。要是急等着耕地，用不了一晚上，就差不多全洇完了。”

李长友在那边大声说：“强子，别贫嘴了，过来替我拉会儿皮尺，我得尿泡尿。”

“懒驴上套，不屙就尿。你就是想歇歇了，好吧，看水的还没来，我先替你一会儿。”强子说着过去接过皮尺。

全部丈量完了，几个人到柳树底下歇息，潘忠地坐在一块石头上，继续在本子上划拉。李庆江“吧嗒吧嗒”吸着烟，说：“忠地，上午拉来这么多磷肥，咱还没见过这玩意儿，管用吗？”

潘忠地说：“肯定管用！咱这地从没施过，头一年更见效。”

李长友问：“你不是说下午就开始施吗，怎么个施法？”

“我正计算着。总共是一千二百斤，先要留出搞试验的，按每亩二十斤、四十斤、五十斤、六十斤、八十斤、一百斤，各一亩地，共六亩，需要三百五十斤。”潘忠地又计算一会儿，接着说：“去掉韭菜地，实有耕地不到七十一亩了，已耕完的接近十五亩，还要留下十亩春地，明年搞玉米育种，剩下的八百五十斤磷肥，平均施到四十来亩地里，按每亩二十斤就行。”

李长友以为他计算马虎了，说：“我听着搞试验的六亩按顺序每亩有相差二十斤的，还有差十斤的？”

潘忠地说：“在学校里听老师讲，每亩施五十斤左右投入产出比最好。我想验证一下，所以中间三亩只相差十斤。”

李长友又问：“是耕完撒还是耕前撒？”

潘忠地说：“最好是边耕边撒。因为磷肥和氮肥特点不同，它不淋失不流失，施得深了浅了都不利于庄稼吸收。如果撒在耕起来的活土垡上，再一耙，正好掺在了十公分左右的土层里，这也是麦根的集中层，这样效果好。”这时候其他人都陆续来上工了，大伙围在一旁，听潘忠地解释。

使役员张发田来得早，听了个全过程，他咂咂嘴，说：“种了半辈子地了，没想到还这么多学问哩。虽然有些话咱不懂，可是我听着在理，以后咱就按忠地说的办，准没错。”

潘忠地听到他的声音，回头说：“大哥，咱这些地要全部耕完，还得多少天？”

张发田说：“要是照现在这个耕法，连耕带耙，至少还得七八天。”

潘忠地说：“秋分过去三天了，虽然今年干旱，气温偏高，再过三四天也得开耧了。能不能耕快一点？”

张发田说：“可以呀。不过得抓紧洇地，抽水机浇得透，洇完得晒两天才能耕。咱现在就套一犋子，你也看到了，咱那四头牲口都壮着哩，完全可以套两犋子，两匹马耕，两头牛耙，再赶赶早摸摸晚，能够快一倍。”

潘忠地说：“洇地没问题，刚才强子说，今天下午就轮到咱了，晚上加加班，就能全洇完了。”

强子在一旁抢着说：“是啊！走，上次看水的恁两个，快摸铁锨，我这就去开机子。”

强子叫着两个青年走了。潘忠地又说：“要是套两犋子，还缺个使役员呀？”

李庆江说：“我原来在生产队就是干这个的，不用找别人，就我和发田俺爷俩的事了。”

李向平在一旁说：“大叔，你就喂你的牲口吧，这活得我干，我早就想学学了。”

李庆江说：“你小子能行吗？要是为了学活，三天两天地学不成手，那可就误事了。”

这时张发田接过话：“向平能行，平常他就没少帮我扶扶犁上上耙的，还挺像那个样，我也算正式收他这个徒弟吧。”

李向平高兴了，走到潘忠地跟前，小声说：“忠地，你发话呀！只要你同意，我这就帮发田大哥套牲口去。”

潘忠地以询问的眼光看了看李长友，李长友点了点头。潘忠地说：“好了，你去吧。”又对李长友说，“其他人分派分派，留下个撒磷肥的，随我去抬磷肥。”

随着李长友的安排，都各干各的去了。张荣利跟着潘忠地来到仓库，潘忠地说：“荣利，你到饲养棚找根绳子，找个盛磷肥的家什，没有篼子筲桶也行，这里有棍子和秤，咱先抬一袋子过去，剩下了再抬回来。”

张荣利一看那袋子不是太大，说：“不用抬，你发到我肩上，我扛着。”

潘忠地说：“可不行，这一袋子就是一百斤，还是抬吧。”

张荣利答应着去了。

潘忠地吃完晚饭，拿了件厚褂子，出门遇上了展明尧，说了句话，他就来到学校，找宫老师借了支红蓝铅笔。刚要走，看到办公室窗台上放着墨汁、毛笔，就说：“宫老师，墨汁、毛笔我也一块拿着用用，用完了就给您送回来。”

宫老师说：“你需要什么就拿，也不用送，平时我们也用不着。再说，毛笔我抽屉里还放着两支。坐下喝杯茶吧。”

“不喝了。我得去试验队，今天晚上加班洇地。”

宫老师把他送了出来。

农历八月末的夜晚，是寒凉、清新而美好的。天空如同刚刷洗过，没有一丝云雾，繁星闪烁，又高又远。劳累了一天的人们，大都不出门了，饭后歇息一会儿，准备早早睡觉。只有个别人家，分的玉米秸还堆在地头上，趁着这时候生产队里的排子车闲着，大人孩子一起运到家来。烧柴紧张，一根柴火棒子也是好东西，不能丢在坡里。

潘忠地出村就听到抽水机的“隆隆”声。他来到地里，潘忠新正提着马灯照着，李长安改垄沟口。他看到李长安还穿着半截袖的褂子，就说：“长安，你没回去拿件衣裳？”

李长安说：“长友叫荣利回去一块拿的，他把我的棉袄拿来了，在机井屋放着，一会儿冷了就披上。”

潘忠地说：“赶紧去披上吧，别感冒了。”

李长安说：“没事，刚吃完饭，来回跑得还冒汗哩。”

潘忠地又问：“他们两个呢？”

潘忠新说：“他俩上半夜先睡觉，下半夜替换俺俩。这会儿可能还在机井屋里跟强子说话哩。”

下午临收工，李长友找到潘忠地，说：“刚才我问强子，他说要洇完估计得傍明天。白天看水两个人就行，晚上得增加两个人，好替替班。我来，还得再找一个。”

正好张荣利在跟前，潘忠地看着他说：“那就让荣利来吧。告诉他们，晚上加班多记点工。”

李长友说：“我考虑今晚上给他们记一个半工。”

张荣利说：“什么工不工的，咱又不是常加班。我吃了饭就回来。”

李长友又说：“如果吃晚饭的工夫不停机，能够提前个把小时。别人可以换腾着回去吃饭，可强子离不开。能不能让庆江大老爷多做点饭，让强子和他一块吃，以后咱再还他粮食。”

潘忠地说：“行啊。走，咱去给他说说。”

他俩来到饲养棚一说，李庆江答应很痛快，并且说：“我那面缸里还有几斤白面，咱轻易不加班的，连看水的一块在这里吃吧，我给他们烙几个盐饼。”李庆江窝了一锅子烟，又说，“恁两个也在这里吃吧。”

潘忠地说：“长友不走了，我回去还有事。”

李长友说：“大老爷，用多少面你称称，种完麦子还能剩些麦种，到时候就还你。”

李庆江说：“就这么一顿恁还能吃多少！你又不是不知道，一年三百六十天，我是天天记整工，向河都说我比大队书记的工还高，下到生产队里，分的粮食也就多。恁看看我那瓮里，吃不清，不用还。”

潘忠地说：“这是公事，怎么能吃你个人的！”

李长友笑着说：“就是啊，该还的还得还。你要粮食多吃不了，抽空请请大伙，让人们都操操心，快点娶个大奶奶。”

李庆江装着生气的样子，说：“你个混账小子，跟谁学的，也敢取笑我？别贫嘴了，去抱柴火，一会儿我和面，你烧火。还得做锅糊涂，我一个人忙不过来。”

李长友说：“我去叫荣利过来给你帮忙，他娘娘们们的，比我在行。”

就这样，他们五个都没用回家吃晚饭。

潘忠地来到机井屋，三个人正嘻嘻哈哈说笑。李长友说：“你怎么又来了？俺几个在这里就行。”

潘忠地说：“我得把种植布局图画出来，白天没空，晚上正好清静。恁两个不是睡上半夜吗？快到饲养棚躺一会儿吧。就是强子没法休息了。”

强子说：“我不用睡，只要加好油，困了就在这里眯盹一会儿，抽水机要真出毛病，动静一变我就醒了。其实都不用睡了，下午动手早，又一直没停机，差不多半夜就洇完了。”

李长友说："你赶紧去弄吧，这里不用你管了，过会儿俺就替他俩来歇歇。要不我先去给你帮帮忙？"

"不用了。"潘忠地自己去了办公室。

公社今天召开了全体大队干部会，重点部署秋种和秋粮征购工作。为了加快这两项工作的进度，党支部连夜召集生产队长和会计，开会进行研究。以前大队召开生产队干部会，从来没让试验队参加过，这次张发树提出："是不是通知忠地来参加会？"

展明尧说："刚才我碰上他，他说去试验田，今天晚上加班洇地。"

潘士金考虑了一下，说："这次就算了吧，他刚去。再说，试验队没有征购任务，秋种的任务也不大，别叫他回来了。"

大队开会就这样，从来不计时间，尤其是晚上，开起来就没个头。大队干部讲了，各生产队还要发言，不知不觉两个多小时过去了。散了会，潘士金叫住张发树，说："走，咱到试验队看看去。"

看水的几个人正要换班，他两个一来到，就都没离开。潘士金问："你们怎么晚上洇开地了？"

李长友说："忠地说赶紧洇完，别耽误耕地播种。"

张发树又问："今天晚上能洇完吗？"

李长友说："还有不到一方地，再有两顿饭时的工夫就差不多了。"

强子正在机井屋门口伸懒腰，听到他们说话，也过来了。潘士金说："这个办法好，一晚上起码能顶大半天。刚才队长们还说，洇地太慢，影响秋种进度。发树，明天通知各生产队，连同三队的抽水机，黑白都不能停。"他又看了看强子，说，"强子，你看怎么样？"

强子说："我没事，三天五天的能坚持住。就是怕机器撑不了，时间长了机身就发热，如果几天几夜不停，别把零件烧坏了。"

潘士金说："这倒是个问题。你说需要怎么个停法？"

强子想了想，说："一天一夜得停两次，每次半小时就行，让发动机凉下来。"

潘士金说："那好吧，傍天明停一次，中午头停一次，每次一个小时左右，你也好休息休息。"他看看潘忠地不在，就问："忠地不是来了吗，他呢？"

李长友说："在办公室画图哩。"

他二人朝办公室走去。

潘忠地进门后，他摸着门后边的电灯开关拉绳，轻轻一拉，吊在屋梁上的电灯亮了。灯泡不小，大概是一百度的，猛一亮照得人简直睁不开眼。他满屋睃了一遍，哟，这么脏呀！上午往里搬磷肥，下午还又进来两趟，都没注意。别说屋顶上了，就连墙角里，电灯线上，全缠满了蜘蛛网。再看那办公桌和凳子，像是从来没人用过，上面落了厚厚的一层灰。他到饲养棚端来一盆水，拿来抹布和扫帚，想简单地收拾一下。李庆江听说他要清扫办公室，跟着过来一块下了手。两个人费了大半个小时的劲，才算使屋里清亮了些。

潘士金和张发树进来时，潘忠地正趴在桌子上，一手摁着大三角板，一手用红蓝铅笔画着格子。他听到有人来，以为是看水的换班了，过来玩的，就没抬头。李庆江在一旁吸着烟，见他们进来，说："黑更半夜的恁俩怎么来了？来，尝尝我这烟。"说着把烟包递给潘士金。

潘忠地这时也直起身，给他俩搬凳子。

潘士金接过李庆江的烟包，从口袋里摸出张纸条子，边卷烟边说："刚散了会，听说你们加班泅地，过来看看。"

张发树进门就感到眼前一亮，四下看看，到处都干干净净的，十几袋磷肥垛在西墙根儿，几杆红旗竖在西南角，办公桌靠北墙，电灯扯到了桌子上方，两把椅子两条板凳都一尘不染，地面也打扫过，还泼了点水，潮乎乎的。他说：“这才像个办公室的样子。”他又走到桌子前看了看，问，“这是画的什么？”

潘忠地说：“画个作物种植布局图，哪方地里搞的什么试验，都标出来，贴到墙上，来人一看就清楚。”

张发树说：“就贴到东墙毛主席像下边。”他说着看了看东墙，“这张主席像太旧了，还是刚盖上房子时贴上的，得换一张。”

潘忠地说：“行，有去刘集的叫他们到书店捎一张来。”

潘士金说：“别光弄张图，我见县农场那些地头上都插着小牌子，哪块地种的什么品种上面都写得明明白白。”

潘忠地说：“那样更好。就是需要十多个木牌，得找木匠现打。”

张发树说：“这个容易，你设计个样子、尺寸，我去找木匠，很快就打出来。”

几个人都站着说话，潘士金吸完一支烟，准备要走，又问了一句：“你们准备什么时候开耧？到播种的时候了。”

潘忠地说：“后天就可以开始。今天洇完地，三四天差不多能耕完。只要开了耧，最多五天就耩完了。”

张发树说：“还有个事哩，这伙子小青年没有会摇耧的，往年都是找生产队的扶耧手，得凑人家的空。忠地，早给生产队打个招呼。”

潘忠地说：“这事我还不知道哩。”他停顿了一下，又说，“到时候再说吧。”

李庆江说：“其实也不用找人，我和发田都能干了。”

张发树说：“恁两个耕地的耕地，喂牲口的喂牲口，靠你们不耽误事呀！”

李庆江说：“还有个人能行，潘忠国，他摇耧也撑一气。”

潘士金好像想起了什么，看看张发树，又看着潘忠地，说：“忠国今天态度怎么样，没说什么吧？”

潘忠地说："没说什么，上午发树哥一走，他就接着走了，说是身体不舒服，下午也没再露面。"

潘士金说："看来他是有些想法。这样吧，明天我找他谈谈。"

潘忠地说："你别找他，还是过一天我登门去请他。"

潘士金说："也好。天不早了，忠地，咱一块回去吧。"

潘忠地说："您先走吧，我快弄完了，几个格里填填数，再用毛笔写上个标题就行了。"又对李庆江说，"大叔你也歇着去吧，等洇完地我和他们一块走。"

他们三个走了，潘忠地继续忙自己的。

这两天潘忠国一直闷在家里没出门，烟是一支不离一支地卷着吸，也不和老婆孩子说句话。他老婆刘玉兰气愤愤地说："看你这熊样，什么大不了的事儿，不就是潘忠地顶了你的窝了！一个二十郎当岁的孩子，能有多大能耐？用不了多长时间，他干不下去了还得让给你。这点事都想不开，你还真要憋屈出病来！"他听了觉得老婆的话有一定道理，但也没结伙着说。

潘忠国当年刚从部队回来那阵子，因为心里藏着"小九九"，参加劳动还是挺像样的，什么脏活、累活、技术活，没有不干的，并且是拿得起放得下，社员们都称赞。自从当了大队干部，整天不是开会就是地头转转，再不就是串串门，凑合着给人家陪陪客，慢慢变馋变懒了，手上的茧子早就褪了个一干二净。挨了处分以后，成了一般社员，不能老在家闲着，必须到生产队参加劳动。这时候不仅身体不适应了，面子也拉不下来。好在生产队长原来就和他关系不错，不好意思直接派他干这干那，就征求他的意见，他愿意干点什么就干点什么，工分也不少记。这样坚持了一段时间，即便没听到其他社员的闲话，他也觉着不是个长法。思来想去，想起了试验队一直没有队长，就想去顶这个窝，于是找潘士金提出了自己的想法。潘士金当时考虑，人犯了错误也不能一棍子打死，他毕竟是多年的干部，答应他的要求，也算是适当安排。党支部商量时，多数同志不同意明确他担任队长，先让他负责，以后看情况再定。潘士金把决定的意见告诉他后，他很高兴，心里想，叫不叫队长无所谓，反正原来也没队长，是张发树兼管，他这一来张发树就不管了。在外人看来，他也算又成了大队一级的干部，面子上挽回了一些。更重要的是不用操心出力，还能记全工。没想到突然来了个潘忠地，还直接公布为队长，让他一时难以接受，感到颜面全丢尽了。

这样在家糗着也不行啊！可是，要回试验队，怎么也得找个台阶下。眼下正是秋耕秋种紧要时节，先等两天，看看潘忠地捣鼓个啥样再说。

就在第三天下午，潘忠地来了。他一看心中暗喜：看样子是来请我出山了。

潘忠地进门就说："大哥，身体好些了吧？我这刚去，什么也摸不上头，这两天也没能来看你。"

潘忠国心里话：怎么样，知道摸不上头了？想让我帮你，没门，你先作作难吧。嘴里却说："我也没什么大病，从秋收开始就有点感冒，加上整天大事小事离不开，也没能休息，身子就像散了架似的。这不，在家躺了三天，连门也没出，还是没歇过来，感觉浑身乏力，没点劲儿。"

潘忠地说："我和长友商量，打算明天开始播种。你也知道，那些年轻的都不会摇耧，想请你去扶扶耧，不知道您身体行不行。"

潘忠国一听，脸立时拉下来了，想：你小子是拿我当正经八百的劳力派了，我能听你使唤？又考虑不能来明的，就装出为难的样子，说："这倒是实情。摇耧是个技术活，我虽然算是个二八架子，毕竟以前干过，本来应该去，可是，你看我这样子，估摸还得歇息个三天五天的才能行。往年都是找生产队的扶耧手帮忙，你没提前给生产队说说？"

潘忠地说："没有。我是想咱应该自力更生，试验队有二十多个劳力，不能这点事还麻烦生产队。"

潘忠国说："对，就得有这么点志气。这样吧，我再休息几天，能撑着劲了就去，不用你再来叫了。”他心里想的是：你就等着吧！节令不等人，违误了农时，看是谁的责任。

潘忠地也看出来了，他这是拿糖。其实来以前他心里就考虑了两手：你潘忠国要是乐意承担这事儿，最好不过；如果你不干，就请李庆江和张发田轮流当当师傅，通过这一季播种，一定培养出两个年轻的扶耧手来。

潘忠地回到试验队，耕地的两个人在地头休息，李庆江也在那里和张发田说话，他过去把自己的想法说了说，两个人都同意。

李庆江说：“都觉得摇耧怪难，学起来也没什么难的，只要两手端平，脚步走匀，下种就能深浅一致，种子也能摆均匀了。就是定耧有些讲究。”

张发田说：“定耧也好学，找块旧葫芦片作耧板，一边磨平，挖个半圆的下种孔，根据用种量，决定下种孔的大小。再好的摇耧手也得先称称种子试一遭，要是下种少了就再稍微挖挖孔，多了再磨磨底边，让孔变小些。经验几回，用手指头肚量量孔的大小，就能定个八九不离十。”

李庆江说：“想让谁学呀？”

潘忠地说：“我算一个。再找个人，您看谁合适？”

李庆江没加思考，说：“荣利就行，别看他少言寡语的，干活挺仔细，人也实在。”

张发田说：“荣利这孩子不赖，去喊喊他，到敞棚里把耩子扛过来，先摇空耧试几遭，明天再正式播种。晚上我弄个耧板，误不了事。”

就这样，五六天过去了，试验田六十多亩小麦播种完了，潘忠国一直没有来。

公社组织了个巡回检查组，到各大队检查秋种情况。王士友站长被抽回去，担任巡回组组长。因为他对汶水滩情况熟悉，又有工作组的其他同志在，所以排在了最后。巡回组来时，全大队已经秋耕百分之九十，播种百分之七十多，试验队耕种全部结束。根据巡回组掌握的情况，不论是进度还是质量，汶水滩秋种工作在全公社都是最好的。尤其是试验田这几十亩，真正是地平如镜，梗直如线，土细如面。所有试验项目，地头上都插着整齐的木牌，漂亮的毛笔字介绍着试验的内容。开始播种的部分已经出苗，因为底墒好，苗齐苗壮。谁看了都是赞不绝口。

在试验田里，王士友把潘忠地叫到身边，边看边说："忠地，干得好！这个弄法才像个试验田的样子。"

潘忠地说："多亏你和魏书记指导。"

"魏书记来看过了？"

"我们开耧后那几天他天天来，还叫我们增加了个用种量的对比试验，在前边那方地里，按每亩用种从十斤到二十斤，分了六组，分别相差二斤。现在还没出苗，看不出来。"

"阴书记、胡社长来看过吗？"

"没有。魏书记前天回去了，说是阴书记叫他一块到其他大队看看。估计这两天可能转过来。"

"党委想开个现场会再促一促，因为多数大队进度还比较慢，到昨天的统计，全公社才耕了接近百分之六十，种了还不到百分之四十。"王士友回头看了看潘士金，又说，"潘书记，今天晚上我们巡回组要向党委汇报各大队的情况，大概三两天里要开现场会，很可能到咱汶水滩来开，你要有思想准备。"

潘士金说："没问题，我们再加把劲，不超过五天保证耕种全部完成。"

第二天上午就接到通知，下午公社召开秋种现场会。参加人员：各大队党支部书记，巡回组及各驻队工作组全体成员。地点：汶水滩大队。魏书记和王站长上午就回来了，要潘士金准备大会发言，还要潘忠地介绍试验队的情况。

潘士金叫张发树去找潘忠地，一是让他准备发言，二是把试验队的犋子调出来，去支援比较慢的生产队。还有第三生产队秋种也快结束了，让潘忠良马上抽出两犋子牲口，支援其他队。所有大队干部立即到各生产队进行安排，确保下午的现场不能出任何纰漏。

张发树到了试验队，又给潘忠地增加了几件事：一是让他把屋里那张种植布局图揭下来，贴到机井屋外面的东墙上，这样来参观的人都能看到；二是把那几面红旗插到地头上去。潘忠地说："又旧又脏的，插上不好看。"张发树拿起红旗看了看，说："那就算了吧。"又看到墙角还有剩下的几个木牌子，就让潘忠地写上字，插到各生产队搞磷肥试验的地头去。潘忠地说："第一件事好办，把图钉取下来钉到外面去就是。再弄牌子来不及了，现成只有三个，还需要再打五个。再说，上午宫老师正在上课，没法给写。"

张发树说："牌子好办，我这就去找木匠，一顿饭的工夫就打完了。不用找宫老师，你写写就行。"

潘忠地说："那可不行，我那毛笔字拿不出门去。你赶紧去找人打牌子吧，打好牌子我去找宫老师，中午一定都插好。"

潘忠地叫了两个小青年，带着做好的牌子，又去买了张新闻纸，一块拿着去了学校。宫老师还没下课，潘忠地把他喊出来，一说这事急，宫老师回教室安排学生们先自习，就去办公室写起来。写完牌子，潘忠地交代那两个青年，分头到各生产队插到施磷肥的地头上去。他又裁下一条新闻纸，说："我画了张试验田种植布局图，原来贴在办公室里，没外人看，我将就着写的题目。这要贴到外面去，你得重写了我回去换上。"

宫老师边写边说："忠地，你应该练练毛笔字，以后还是有用处的。"

潘忠地说："上三年级时还盖着仿影写过大仿，从四年级再没摸过毛笔，现学不中用了。"

宫老师说："怎么不中用？俗话说，'字无百日工'，只要有恒心，坚持每天认认真真地写它几十个字，要不了多久，一定能见成效。"他写完放下毛笔，从抽屉里拿出一本柳公权《玄秘塔碑》字帖，给潘忠地，"送给你本字帖，找些旧报纸照着练习就可以，写一段时间就有体会了。"

潘忠地说："那我就拜您为师了。试试吧，到时候向您交作业。"

宫老师笑了笑。

潘忠地从学校出来，先到试验队把那张图贴好，接着急匆匆回了家。他要凑中午饭的时间，准备个下午发言的提纲。拉开抽屉拿稿纸时，忽然发现王士霜的信。哎呀，收到十多天了，这一段忙得黑不是黑白不是白，竟忘了回信。不行，无论如何今天晚上要给她写封信，明天就寄出去。

开山打石

潘忠良的媳妇死了。前几天李庆龙还对潘忠良说："你要有个思想准备，看来侄媳妇的病没好头了。衣裳什么的要提前预备下，免得到时候抓瞎。但是，说话做事都要注意，别引起她疑心，加重她的病情。"潘忠良问："还能撑乎多久？"李庆龙说："弄不好吃不上年三十的饺子了。"说这话才过去十来天，刚进腊月，这人说走就走了。

俗话说，"当事者迷"，什么事情摊到自己身上往往就犯糊涂。别人家婚丧嫁娶，只要潘忠良在场，他都能帮着安排得头头是道。老婆死了，他却一时不知道怎么办了。眼看着女人慢慢咽了最后那口气，他还拽着她的手，蹲在床前一个劲地流泪，竟忘了找人来帮着给她换上衣裳。闺女桃花和弟弟吃完晚饭，喂好猪，堵上鸡窝，过来问问娘想吃点什么，好给她做。看到爹这样，趴到床头喊了两声"娘"，没动静，立时吓得哭了起来。套子正在外边做作业，听到姐姐哭，也过来大哭起来。邻居们听到两个孩子的哭声，赶来一看，人已经全身冰凉了，这才叫潘忠良赶紧找出给她准备好的送终衣裳，费好大劲儿才给她穿上，然后抬到外间屋，停放好。

三队队委的其他人都来了。把死者安排停当，李光斗说："拿纸来，先给她烧几张倒头纸，让两个孩子磕个头，哭两声。"其实桃花和套子一直不住声地哭，李春莲在里间屋拦着她姐弟俩，劝也没用。狗剩拿过半刀草纸，又从窗台上找出香，抽出三根，一并点着，说："桃花、套子，过来给恁娘磕头。"李春莲这才把他俩领过去。

潘忠良还蹲在一边啜泣。李庆祥说："忠良你也别太伤心了，侄媳妇也不是一天两天的病了，又没断打针吃药，没耽误了。人的寿限到了，神仙也拉不住。"

李光斗说："是呀，你得挺住，还得拉扯着两个孩子过日子哩。来坐下，先说说这丧事怎么办？"

潘忠良起来坐到板凳上，擦了擦眼，说："按道理她这才刚过四十的人，不该发大丧。可套子也十一二了，就这么不声不响地埋了，怕外人笑话。另外，您也知道，她病这么长时间，没少花钱，实在没多少钱操办丧事了。我真是没了主意，该怎么办，您商量商量，一切都听您的。"

当地习俗，小孩子死了当天就撂出去，没结婚的青年死了也不举行什么仪式就埋，中年人死了，尤其是上边还有老人的，一般只发三天丧。如果下边孩子大了，老人又比较开通，也有发一期丧的。

李庆祥说："你两个老人都早就过世了，侄媳妇也不是很年轻了，草率地埋了可不行，要那样她娘家人来了也不同意。依我看还是得一期丧，雇几个吹鼓手，好好发送她。"

李光斗说："庆祥说得在理。钱的事你别担心，队里还有点钱，先给你垫支着，收了丧礼就还上，真要差点以后再说。这不队委的人都在，恁说怎么样？"

几个人都表示同意。

李光斗又问："还没准备棺材吧？你是打谱买现成的，还是现打？"

潘忠良说："现成的太贵，我想把院子里那棵椿树和那棵槐树刨了，前几天让木匠来看过，说能打个四寸的。"

李庆祥说："那明天一早就得叫木匠，多找两个，四五个木匠最快也得三天。”

李光斗说：“这样吧，生产的事这几天让狗剩管管，庆祥你就靠在这里，帮着忠良安排安排。春莲你也多往这儿跑跑，照应照应两个孩子，帮桃花做做饭。明天早晨我叫几个劳力来，先把树刨了。”

说话间潘士金、张发树来了，问了问情况，张发树说：“找木匠的事您别管了，我一会儿就去通知他们，来五个六个都行。”

潘士金又问：“给她娘家送信了吗？”

潘忠良说：“还没有，明天一早送吧。”

潘士金说：“那不行，这才刚黑天，又不远，只有四五里路，这就得去人，她的弟兄们听说了连夜就得来。再说，她娘家还有老人在，信送晚了人家拿邪。”

李光斗说：“狗剩，你马上去安排人，黑灯瞎火的，去两个。”

狗剩答应着出去了。

潘士金又说：“待会儿去把您孝彦大老爷叫来，潘家门里就他是个老族长了，打他个‘知’字，有什么事到时候让他出出面就好办了。”

李春莲说：“我去喊他吧。”

潘士金说：“你不能去，得让忠良亲自去。”

潘忠良起身说：“您先喝着水，我这就去。”

潘忠良来到祠堂，跪下给潘孝彦磕了个头，边磕边说：“大老爷，您孙子媳妇走了。”

潘孝彦叹了口气，说：“苦命的人，还是没熬过这个年。走，我去给她烧两张纸。”说着找出一卷草纸，夹在胳肢窝里，跟着潘忠良来了。

潘孝彦一进门，其他几个人都站了起来。他没跟他们说话，先在屋门口里边点着纸，嘴里嘟念道：“孙子媳妇，你怎么走得这么早啊！我给你烧几张纸，你安心走好，以后保佑两个孩子平平安安的。”

听到这话，桃花和套子又大声哭起来。

潘忠地是在潘忠良媳妇去世的第二天傍晚才听到消息，听说后急忙赶了回来。

这一段潘忠地一直靠在彩云山上，和几个年轻人开了个石料场，已经打出百来立方石头了。大队决定让他们开山打石，是为了在村东干渠上架座桥，以方便渠东那片地的耕种。

秋种结束后，潘忠地和潘士金说了说，便带领试验队十几个人，用了三天的时间，把汶河大堤上那些紫穗槐的叶子全都收集了来，在饲养棚附近，掺些土和牛马粪，堆在一起，准备周围用泥封好，顶上留个坑，灌上水，沤制成肥料，明年春天用。这天他们正忙活着，魏书记、胡站长和潘士金来了。

胡站长问："忠地，现在就积造明年用的土杂肥了？"

潘忠地说："是啊，今年秋种施的粗肥太少了。刚种完麦子没多少活，我们去把河堤上那些紫穗槐叶子弄来，就是时间偏晚了，枝上的叶子不多了，连同落了的才收集了这些。天渐渐冷了，要是沤不好就明年夏天施。"

魏书记说："紫穗槐叶子是柴草中含粗蛋白比较多的，沤肥效果好。"

潘忠地说："如果是鲜叶子更好，直接撒到地里就行。明年我们早动手，夏秋两季可以撸几茬。"

"好啊，河滩上那片地归团支部管，河堤两边斜坡上那么多紫穗槐，试验队也管起来，条子也别再分给生产队割了，过几天你们割回来，冬天找几个人学学编条筐，卖了钱算你们的收入。"没等潘忠地回话，潘士金又说，"忠地，走，去恁办公室，有件事魏书记和咱一块商量商量。"

潘忠地喊李庆江烧壶开水，魏书记说不用了，没人喝水。来到办公室坐下，先让潘士金说了说情况。

原来前几天魏书记叫着潘士金、展明尧到干渠东看那片地，说起种地不方便，需要在渠上建座桥，潘士金说忠地回来不久就提过这个想法，当时杨书记很赞成，说暂时有困难，条件成熟时再建。回到工作组，又议论这事，都觉得该建。但是，花钱太多，大队现时还没这个能力。魏书记让胡站长到县水利局求求援，看能不能给些帮助。昨天胡站长到了水利局，找到局长，说了下情况，局长们当即商量后给了答复。因为这是大队的生产用桥，应该以大队投资为主，水利局只能给予适当补助。这样，所有石料和用工由大队负责，水利局提供所需水泥。如果大队自己开石头，水利局再补助些炮药、雷管、钢钎。另外，水利局派个技术员帮助搞搞设计，建设过程中作些指导。胡站长回来向魏书记汇报后，立即把党支部成员叫到工作组，听了这情况，都认为水利局的态度算是很大的支持了，必须抓住这个机会。又有人提议，如果自己开山打石，花钱就更少了。最后研究决定，从试验队抽调四五个人，组成个打石组，到彩云山开山打石。争取年前备足石料，年后就动工建设。

潘忠地听了很兴奋，说："我们正琢磨冬季没多少活，能搞点什么副业，这下好了，打石头的事试验队包了，到时候我带队去。要是边打边运，就得需要十来个人。"稍微一思考，又说，"彩云山归周围几个大队管理，咱去打石头人家同意吗？再就是都没干过，缺个这方面的技术人员。"

这时候李庆江正进来给大家倒水，听到这话，看了看潘忠地，说："咱试验队的展春朋会打眼放炮。大前年他家盖房子，山前村他舅来叫他去，还有他表哥们帮忙，不到一个月就打了盖四间屋的石料。山前村的人多数都会开山打石，春朋也跟着学会了。这事我知道，我给他拉过几趟石头。"

潘忠地说："那太好了，把他算上一个，再找几个人。"

潘士金说："石场的事今天让明尧到山前村去了，他和山前大队的孙书记是表亲，他们石场多，估计让给咱一块没问题。就是离咱村太远，二十多里路，去了就得找户人家住下，不能来回跑。这个活太累，又要单独做饭吃，大队每人每天补助一斤半粮食，不足的再从各人家里带点。"

潘忠地说："没问题，带上铺盖和吃的，找个户家住下就是。"

魏书记又嘱咐，一定要注意安全，如果遇到什么困难，公社可以出面找找山前大队，让他们帮助解决。

事情就这么定了下来。

展明尧去山前村这一趟，不仅看好了一片石场，还找好了住宿的地方。山前大队的孙书记很支持，还答应派个打石的匠人帮助几天，保证把去的人教会。两天过后，潘忠地和张荣利、展春朋等六个年轻人，来到彩云山安营扎寨，干了起来。因为展春朋有基础，山前村派的匠人只指导了三天就撤了。

这天是张荣利回来取口粮，遇上潘士金，潘士金说："荣利你回去叫忠地家来待几天，忠良媳妇死了，他两家是近房，忠良又没有亲兄弟，让他回来帮几天忙。"张荣利本来和潘忠地说好第二天回去，听说这个事，当天下午就回去了。

潘忠地立即赶回来，直接去了潘忠良家。几天来，他一直在丧事上忙活，没再考虑石料场的事。因为临来已经安排好了，那五个人中有两个是团员，其中张荣利是试验队团小组的组长，做事又比较认真仔细，所以让他临时负责，放心。万万没想到，就在出丧这天，那里出了大事。

从来到山前村住下，他们就是轮班在家做饭，因为做饭轻快些，相当于轮流休息。潘忠地以不会做饭为由，只把其他五个人排了班。后来，还有一个人不能在家做饭，就是展春朋。因为开工以后，山前村的那位匠人说："打眼、破石人人都要学会，装药、点炮一个人掌握就行。你们就需要百把二百方石头，两三个月就完成任务了，装药、放炮是细心活，乱了容易出问题。"展春朋原来就干过，潘忠地当时就说让他负责这事，展春朋答应很痛快。就这样，展春朋也是天天到工地，特别是每天下午，打好了炮眼，其他人就可以休息了，展春朋一个人装好炸药，再放了炮，其他人才过去清理场地，破石头。

这几天潘忠地不在，张荣利他们几个照常干得很起劲。每到装炮点炮

时，张荣利都在跟前看着，觉得没多少诀窍，就替展春朋弄了一次，成功了。第二天，他对展春朋说：“今天你别上山了，在家做饭，也算歇一天，下午我放炮。”这天还是打了四个炮眼，到了放炮时间，张荣利装好炮，依次点着，就迅速跑到一边，和其他几个人一起隐蔽起来。不大会儿，炮响了，不过只听到三声响，有人说：“是不是出了个哑炮？”另一人说：“也可能有两炮响在一起了，等一会儿再去看。”张荣利没再等，起身去看，刚接近跟前，炮响了，随着一阵乱石尘土飞扬，张荣利像个破棉袄，腾空后又落了下来。其他三人都傻了眼，反应过来立即跑过去，一看，张荣利躺在地上，连喊带晃就是不吱声。三个人当即分了下工，一人在这里守护着，一人去叫展春朋，一人回汶水滩告诉潘忠地并向大队报告。

展春朋听到这情况，一时吓得不知如何是好。房东在一旁说：“这可了不得，恁赶紧到大队办公室找找书记，让他帮恁去看看怎么办。”

两个人跑到大队办公室，正巧孙书记和大队会计在，听了后急忙一块去了石料场。这时张荣利已经坐了起来，右边脸上血糊糊的，不住声地“哎哟”。孙书记动了动他的腿和胳膊，说：“不好，右胳膊可能骨折了。这样吧，去个人跟着我找辆排子车，抓紧送医院。咱这里离公社医院和县医院差不多远，直接去县医院吧。”回头又对大队会计说，“你回去先拿几十块钱，让他们带着，有什么事以后再说。”

回汶水滩的那人跑到家，已经太阳落了。这时忙丧事的人都从坟地上回来了，准备吃丧主家的答谢饭。潘忠地正跑前跑后地忙着，听到身后有人叫他，回头一看，问道：“你怎么回来了？”

“有个急事，你过来。”

两个人走到大门外，那人说：“荣利让炮崩了。”

“怎么搞的，厉害吗？”

“昏过去了，我来的时候还不省人事。”

“放炮没藏到一边去？怎么就出事了！”

“有一炮没响，他去看看，还没走到跟前就响了。”

“春朋又不是不懂，怎么能让他去呢？”

“春朋在房东家做饭，是荣利点的炮。”

“真是胡闹！快走，咱去看看。”

“得给大队领导报告一下吧？”

潘忠地这才意识到，这么严重的事故要立即向领导汇报，说：“你在这里先等一等。”转身进了大门。

原来这时潘士金和张发树都在潘忠良家。潘忠地向他俩简单说了说情况，潘士金说：“发树，你赶紧去找向河，带上点钱，骑车子过来，咱一块去，我这就去推车子。”

张发树麻利地走了。

潘忠良在一旁都听到了，说：“忠地，你骑上我那个破车子。另外，恁几个都还没吃晚饭，你到厨屋包点干粮带上，路上吃。”

潘忠地说：“不用了，没觉着饿。”

潘士金说：“带着吧，还不知道是个什么情况。”

潘忠地去包了十几个窝窝头，推出潘忠良的自行车，到门口等了等他们两个，一起上了路。四个人，三辆自行车，张发树主动驮着那个青年，急匆匆赶往山前村。

展春朋和另外两个伙伴，轮换拉着排子车，一路小跑，到了县医院时正赶上医生们下班。他们把排子车放到门诊室外边，一个看着，两个进去找人。这时从里面出来一个中年男人，其他人都给他说话，喊“院长”。展春朋赶紧走到这人跟前，说：“院长，俺送来个急病号，您看看得找谁？”

“恁是哪里的，什么病号？”院长边问边走向排子车。

展春朋说：“俺是汶水滩大队的，在彩云山打石头，放炮时受的伤。俺先来了，大队领导随后就到。”

院长看了下情况，立即叫住下班往外走的两名医生，说："恁两个过来帮帮忙，这人伤得不轻，抓紧送急诊室，让值班的马上处理。"回头又对展春朋说，"你去给他挂个号。"

潘士金他们来到山前村房东家，听说已经去县医院了，没停脚就赶往县医院。来到时，展春朋他们三个都在急诊室门口站着，潘士金问："怎么样？"

展春朋说："来到后就给他透视了，听医生说内脏没事，就是胳臂断了。这会儿正在接骨，人家不让俺在跟前。"

张发树问："多长时间了？"

展春朋说："有顿把饭时了。"

几个人只好在那里等着，没过大会儿，急诊室的门开了，出来一个医生一个护士。张发树上前说："俺是汶水滩的。"又指了指身旁的潘士金，"这是俺大队潘书记。"

潘士金和医生握了握手。医生说："恁过来吧，我给恁说说病号的情况。"

潘士金、张发树和潘忠地跟着医生去了值班室。医生让他们坐下后，说："这个人伤得不是很严重，经检查，头部和内脏都没问题。右侧面部有些皮外伤，很轻，不用包扎。就是右前臂尺骨和桡骨都骨折了，刚给他打上石膏，今天晚上需要输点消炎药，以预防感染。最好在这里观察一两天，没恶化情况再出院。回家休息一段时间，取石膏时再来一趟就行了。"

张发树问："不会落什么后遗症吧？"

医生说："一般不会。骨折那地方恢复时间要长一些，起码三个月以内右胳臂不能负重。"

潘士金说："那是，'伤筋动骨一百天'，骨头要长好没那么快。谢谢您了医生，俺这过去看看他行吗？"

医生说："去吧。恁也不用这么多人在这里，留下两个陪护就行，输液时跟前要有个人。"

来到急诊室，张荣利躺在病床上，已经滴上了吊瓶。展春朋他们几个围在床前，一看他三个进来，都让开了。张荣利想起身，潘忠地赶紧过去摁住他，说:“躺着别动。”

潘士金上前给他掖掖被子，又摸摸他的头，说:“刚才我们问过医生了，没大事，就是小胳臂断了，打上石膏很快就长好了。医生说用点消炎药，过两天就可以出院。现在很疼吧？”

“倒是有点疼，不厉害。”张荣利看看潘忠地，又说，“这事全怪我，没别人一点责任。”

展春朋在后面说:“怨我，我不该在家里做饭让他放炮。”

潘忠地说:“别说责任的事了，往后咱接受教训，一定要格外小心，再不能出任何事故。”

张发树不想让他们说下去，就岔开话题:“荣利，你放心，医生说了，不会留任何后遗症。”

张荣利也不想让大家为他担心，就说了句开心话:“就是没这根胳臂了也没事，孩子都快一岁了，媳妇跑不了了。”

后边几个年轻人都笑了。

潘士金说:“对了，明天叫恁媳妇或恁爹他们来一趟，看看就放心了。”

张荣利急落落地说:“可别告诉他们，更不能让他们来，他们来了这事那事的，烦人。反正都知道我在山上打石头，等我出院回去再给他们说。”

潘士金说:“那也好。大后天出院，叫恁发树叔来驮你。”

张荣利说:“不用他驮，我走回去就行，腿又没毛病。”

张发树说:“反正那天我得来，不让我驮你到时候你驮我。”

张荣利说:“我才不驮你哩，胖得和肥猪似的，差不多有我两个沉。”

这又惹得几个人和一旁的护士都笑了。

张发树说:“好你个浑小子，就不该叫你伤了胳臂，该伤了嘴巴头子，省得再能骂我。”

潘士金说："别胡闹了，刚才医生交代留两个人就行，恁看看留下谁，其余的咱一块回去吧。"

潘忠地说："今晚上俺几个都不走了，明天一早回去三个，让春朋带领先干着，荣利出院时我再回去。"

潘士金说："要这样俺俩就先回去了，有什么事再捎回信去。"

张荣利说："不用都在这里，有个人给我说说话就行。"

张发树说："你别管了，听忠地的。"又对潘忠地说，"我带来一百块钱，给你留下，明天一早先去把押金交上。"

展春朋说："山前大队孙书记让会计给了俺五十块，押金交上了。"

潘士金说："过几天我得亲自去感谢孙书记，到时候再还人家钱。这些钱要不够用，出院时让发树再带点来。"

护士在一旁插话："住个三天两天的用不了多少钱，总共四五十块足够。"

潘忠地说："要回去恁趁早走吧，这也不早了，到家得半夜多。"送他们到门外时，看到车子上的窝头，又说，"还有带来的窝窝哩，恁吃个再走吧，早得饿了。"

潘士金说："恁几个吃吧，俺俩回家再吃。"

送走他们，潘忠地把窝头拿进屋里，说："都吃点吧，荣利你也吃个，明天再给你弄点好吃的。"

张荣利这阵子又疼得头上冒出了汗珠，说："先给我一个，饿不饿的吃两口遮遮疼。"

护士说："您把炉子捅旺点，烤热了再吃。那边暖瓶里有开水，都喝点吧。"又对张荣利说，"你要是疼得撑不住，我再给你打一针，止止疼。"

张荣利说："别打了，我从小第一次打针，打针也够疼的，将就一会儿就好了。"

潘忠地把第一个烤热的窝头递给了张荣利。

“听说了吗？荣利受伤了，在县医院住院，不知道伤得重不重。”

“那还能轻了，据说是放炮时炸的。”

试验队这几天除了几个人在办公室里学编筐篓，其余的都集中锄耧麦子，休息时挤伙到饲养棚里避风暖和，有人在那里议论。

李长友说：“别瞎叽咕了，今天一早我就去问发树叔了，他说伤得不重，明天就能出院。”

潘忠国独自在一旁吸烟，这时咳嗽一声清了清喉咙，说：“伤得轻了还用去县医院！我早就说了，咱汶水滩老辈里没有开山打石的，就为了建座桥，去打的什么石头？不会花钱买呀！”

李庆江听不下去了，说：“别站着说话不腰疼，这么座大桥得用多少石头？要是买得花多少钱？你出钱呀！那天魏书记和胡站长都说了，自己去打石头能省下好几百块。”

潘忠国不服气，接着说：“省钱？这下就省了，等着瞧吧，省下的钱不够这么一个伤号花的。”

李长友也觉得潘忠国的话不在理，说：“谁没个长疮生病的时候？不去打石头也有住院的，有病吃药就得花钱。”说到这里还想再戗他一句，“当然了，要是没病装病用不着吃药打针，一分钱也不用花。”

都听出来了，这是说的潘忠地刚到试验队时，潘忠国在家里装了十来天的病，种完麦子了才出门。潘忠国听得更明白，气得脸红脖子粗，心里话：在台上时恁谁敢这样对待我？真是落地凤凰不如鸡，虎到平川被犬欺，连这喂牲口的、小记工员，都不顾我的脸面这么顶撞我，有朝一日我得了势，看我怎么收拾恁！可眼下当着众人的面不能发火，“哼”了一声，出去围着地头转悠去了。

几个年轻人笑出了声。

就在他们议论的第二天上午，张荣利回来了。

这天张发树一早吃了饭就去了县医院，走到时潘忠地刚办完出院手续。

潘忠良的自行车还在这里，出了医院大门，张发树停下车子，说："忠地，忠良那车子不大行，让荣利坐我的。"

张荣利说："真的不用，恁俩骑车子先走，俺俩慢慢地跑回去。"

张发树说："犟的么！跑着什么时候到家？咱一块走好把你送家去，我和忠地还得给恁爹恁娘解释解释。"

潘忠地说："上去吧，咱快点回去。"

张荣利坐到后架上，张发树蹬起车子走了，边走边说："你注意保护好右胳臂，别再把它弄断了。"

张荣利说："放心吧，歪了车子摔着你我也没事，我坐得牢稳着哩。真没想到今天叫老叔受累了。"

张发树说："你可要记到心里，过些年我老了你得好好孝顺我。"

张荣利说："没问题，你死了让我给你打幡摔盆子都行。"

张发树说："别想好事了，你是看中我那几间瓦房了吧，没门儿，俺家恁两个弟弟也不答应！再说了，你比我小不了十岁，你死了我也死不了。"

……

就这样，他两个不停地嗑着牙，潘忠地两个在后面紧跟着，没觉着大会儿就到了汶水滩地界。进村要路过试验队，老远就有人看到了，说那不是荣利回来了？随后就都往路边迎过去。张荣利看到这情况，没等张发树停下车子就蹦了下来。人们围上来，问："怎么样，伤得不轻吧？"

张荣利说："就擦破点皮，脸上抹点药水，胳臂包了包，过几天就好了。"

有些人还问这问那，张发树说："快干活去吧，让荣利回家休息休息。"

大伙就都散了。

回到张荣利家里，他爹娘都在堂屋，老爷子正坐在椅子上吸烟，老太太哄着孙子玩。他几个一进来，老爷子起身让座，一看张荣利吊着个胳臂，说："这是咋弄的，怎么挂彩了？"

张发树说："在山上摔倒把小胳臂折断了，没大碍。"

老太太撂下小孙子，来到张荣利跟前，轻轻抚摸着打着石膏的胳臂，说：“哎呀，摔得这么厉害，那得多疼呀！”说着眼里含起了泪花。

张荣利说：“一点也不疼了，在县医院接好的，还给打了消炎针，过不多久就好了。”

老爷子边给张发树拿烟笸边说：“要长好得几天。我那年上屋晒玉米，从梯子上掉下来，就是胯骨裂了个纹，还躺了那么长时间，耽误好几个月没能挣工分。”

张发树说：“你这么大年纪了，骨头长得慢。他年轻轻的，恢复起来快。”他点着烟，又说，“党支部研究了，治疗费药费大队出，不能出工这段时间大队记全工。”

老爷子说：“那些都不打紧，可别落下瘥坏。”

张发树说：“你放心吧老哥，县医院的高级医生给治的，我问了，人家说保证好得跟没伤一样。”

老爷子说：“你看光顾说话了，我给恁泡茶。”

潘忠地说：“都不渴，不喝水了。”

张发树说：“俺回去了，也让荣利歇歇。”

一家人把他们送出大门外。

下午，潘忠地回到了彩云山。

说亲

这个春节潘忠良过得心绪不宁没滋没味。

别看妻子病这么长时间，有时候也侍候得有些心烦，可真的这个人走了，家里像塌了大半边天。往年到了年跟前，需要忙什么基本不用他操心。现在好了，孩子们不懂，抬手动脚都是他的事。办完丧事的第二天，队委会成员来到他家里，都说年前这一段让他在家里歇歇，过了年再出门。他把丧礼全部拿出来，说是还上队里垫支的钱还差十来块，不足的明年决分时再扣下。大伙当即商量，给他留下十几块过年花，算欠队里三十块，以后慢慢还。这些天他不仅没管队里的事，连趟集也没赶，几样过年必需的东西都是让别人捎来的。村里戏班子和玩杂耍的，都比去年组织得早，进腊月就整天“叮叮当当”地排练，大人孩子没事都跑过去看热闹，要是以往他早不知凑过去多少回了，今年却一直没偎边。

按习俗，亡人的“五七纸”和“百日纸”都不能跨过年三十烧，他跟丈人家的人商量，提前到腊月二十八一块烧了。这天午后，他和几个至亲，还有两个孩子，一起来到坟地，摆上供品，烧纸焚香，然后小辈的跪下磕头大哭，他往新坟上添了几锨土。祭奠完，亲戚们说到年了，都挺忙的，不再回家坐了，就都各自走了。桃花还在一个劲儿地哭，他也心里难受，套子虽然仍在啜泣，已经没了眼泪，站在一旁不动弹。毕竟还是个孩子，娘死了没多长时间，就该吃的吃，该玩的玩，不再怎么当回事了。

“咱走吧，我都冷了。”套子说。

“走。桃花，别哭了，你早晨和的面快发好了，咱回家蒸馍馍去。”潘忠良说着收拾供品，桃花也止住哭端起托盘，套子提着酒壶，一起回家。

前几天下了一场大雪，道路及田间畦埂上的积雪已经融化，春田及麦畦里还被白雪覆盖着，整个原野干净利落。天空是淡淡的蓝，就连西斜的太阳照得他爷仨又长又瘦的身影也是淡淡的。地里没有了高秆庄稼，路旁树木光秃秃的，抬眼就能看到老远。南边的彩云山独自矗立着，好像近了许多。潘忠良看着彩云山，突然说：“不知道恁忠地叔他们几个回来过年了吗？”

桃花说：“回来了。昨天傍晚我去他家给大奶奶要面头，正遇上忠地叔背着铺盖卷回来。”

走到村头，几个孩子围在一起放炮仗，套子停住脚步，想看会儿热闹。潘忠良回头喊道：“套子，快回家，你不是冷了吗，别感冒了。”

套子不情愿地跟上来。走了几步，说：“爸，我想买挂炮仗。”

潘忠良说：“恁娘刚走了，咱家里不能放。不光不能放炮仗，门对子也不能贴。”

桃花说：“咱今年不贴门对子了？”

潘忠良说：“谁家死了人三年内都不能贴红对子，你看看恁忠地叔家，他爷爷、奶奶死了都没过三年，也不能贴，要贴得买蓝纸写。”

桃花说：“用蓝纸？那多难看！”

潘忠良说：“是呀，干脆咱什么都不贴了。”

说话间进了家门。桃花到厨屋看了看发的面，朝堂屋大声说：“爹，面开得可好了，一满盆。”

潘忠良说：“端堂屋来揉，这里暖和。”

桃花把面盆端过来，潘忠良又说：“闺女，能行不？要不找个人来给咱揉。"

桃花说:"不用，俺娘蒸干粮时我帮过忙。"说着开始和面。

面发得像蜂窝，暄暄的，桃花费了好大劲才抓到面板上。她两手都粘满了黏黏的面，怎么也弄不利索，急得头上冒出了汗珠。潘忠良刚想下手帮忙，王桂兰提着个兜儿来了。

潘忠良说:"家里都这么忙，你怎么过来了？"

"我差不多忙完了，来看看有什么活需要帮你拾掇的。"王桂兰说着把兜放到八仙桌上，"这是我刚炸出来的鱼和丸子，叫两个孩子尝尝。快拿个碗倒出来，一会儿里边的纸就油透了。"转脸看到桃花在和面，有些惊讶的样子，说，"哎呀，桃花这是揉馍馍呀！"

王桂兰来到桃花跟前，一看她两手是面，摆弄不下来，又说:"才十来岁的孩子，哪里就能干这种活！怎么不去叫我一声？"

桃花说:"我以前帮俺娘揉过，都是她先和好面，抓好剂子。"

王桂兰说:"是啊，这面要先用劲多揉几遍，馍馍才筋道好吃。剂子也不好抓，不能个大拉小的，得抓匀。醒好下了锅也不能像平时做饭那样烧火，开始就要大火，锅里圆了气再烧半顿饭时工夫，停了火还得捂一会儿出锅，那样蒸出来一定既白生个儿又大。"说着已经洗洗手挽起了袖子，"来，我教给你。你看你手上粘那么多面，还怎么揉？先粘点干面，把湿面搓下来。"

潘忠良说:"桃花，叫恁大奶奶帮你揉吧，你好好学学。"

"别大奶奶小奶奶的，那不把我叫老了？咱又不是一姓，以后让孩子叫我姨，那样多亲近！"王桂兰说着朝潘忠良笑了笑，见他没理会，又觉得有些不好意思，接着说，"套子，快去吃块鱼，还热乎哩。"

套子答应着过去伸手抓了一块，潘忠良说:"馋猫，也不洗洗手，得用筷子！"

套子龇龇牙，没听他的，站到一边吃起来。

潘忠良坐在一旁卷起一支烟，还没点着，潘忠地进来了，看到王桂兰在那里揉面，说：“大婶子在这里忙活呀。”

“我刚来，碰上桃花和面，帮帮忙。”王桂兰没停手里的活。

潘忠良站起来让潘忠地坐下，说：“你不是昨天傍黑才回来吗？大队、试验队那么多事，还有空往这儿跑！”

潘忠地说：“本来上午我就想来坐坐，听说有客，就没来。”

潘忠良说：“刚才我都没想起来，得给干活的泡壶茶喝呀！”于是站起来拿茶壶。

王桂兰头也没抬，说：“我在家喝了的，泡上恁兄弟俩喝吧。”

潘忠地说：“我也不渴，大婶子要不喝就别泡了。”

潘忠良还是泡上了。他正要刷茶碗，看到那碗油炸的东西，说：“这是大婶子拿来的，忠地你尝尝。”

“吆，大婶子动手真早，俺娘说后天上午才炸哩。好，吃一个解解馋。”潘忠地说着捏起来一个丸子放到嘴里。

套子咋呼：“俺忠地叔没洗手！”

潘忠地说：“我在家刚洗了，手不脏。”

套子又说：“在家洗的我没见，不算数。你也没用筷子。”

潘忠地说：“谁说我没用筷子？我用的是两双半。”

套子疑问：“你手里哪有筷子？”

桃花说：“真憨，五个手指头还不是两双半？”

套子明白了：“咳，还是用手抓呀，我说没看见筷子呢。”

都笑了。

潘忠良倒茶，潘忠地端起第一碗，过去递给王桂兰，边递边说：“唉，俺庆富叔走了，这边俺嫂子也走了，恁两家要是搭伙一起过多好！”

王桂兰接过茶碗打了下他的手背，嘟囔道：“你个熊孩子，怎么也给我胡闹！”

桃花看了看王桂兰的脸，不像生气的样子，就没吱声。

潘忠地本来没犯寻思地随口一说，忽然意识到这句玩笑话过分了，担心潘忠良生气，脸立时红了起来，赶紧回到座位上坐下。

潘忠良见他这样子，装作没听见，端起茶碗喝了口茶，说："恁几个打多少石头了？年后还用去吗？"

潘忠地说："水利局的张技术员算了算，说还得差三四十立方。前几天士金叔和明尧叔、发树哥一块去看孙书记，商量年初二带着咱的杂耍队、戏班子去热闹一天，孙书记很高兴，听说还差几十方石头，年后还得再去打一段时间，就说，'别再来了，俺三四个石场，需要多少恁来拉就是，就算山前大队支援汶水滩大队了。'士金叔就说那得拿钱买人家的，孙书记说，'别提钱了，恁要觉得不好意思，就把钢钎子，还有剩下的炮药、雷管都留下，带回去恁也没用，算是顶石头钱吧。'其实咱那些东西统共不值二十方石头钱。这样我们就不用再去了。"

潘忠良说："孙书记真是高姿态。"

潘忠地说："那可是。荣利伤着去医院，也是孙书记安排先拿出了五十块钱，这次士金叔他们去才还人家。"

喝了几碗水，潘忠地说："秀菊姑还叫我去学校，看看排节目的，我得走了。"

潘忠地那句不经意的话，惹得潘忠良心里翻腾起来，当晚一直思虑这事儿。忠地不是好胡闹的人，不可能是无意说的，也许别人跟他议论过，今天遇上王桂兰了，先透个话看看她的态度。还有王桂兰，都正忙年的时候过来帮忙，还让孩子改口叫她姨，什么意思？莫非她已经有这想法……不行，桃花她娘死了还不到一个月，就想这样的事，太对不起她了，也对不起两个孩子。虽然有人死了老婆急着另娶，依老辈说法，起码也要等到过百天。就算是以后真再找一个，能要王桂兰吗？这么近的街坊，按庄乡还得叫她婶子，李姓人家反对不说，其他人也得说三道四。再说了，她以前那么不检点，尽管李庆富死后改得好像换了个人，可名声早就坏了，不能半道里再戴个绿帽子。别胡思乱想了，以后找不找人也无所谓，两个孩子慢慢长大了，桃花既懂事又勤快，有没有女人这日子没多大难处。

王桂兰今天到潘忠良家是有想法的。潘忠良媳妇死了后，她到他家去了两趟，看到桃花和套子哭得那么伤心，做饭、喂猪、喂鸡都是桃花的事儿，想：原以为大宝和二宝成了没爹的孩子，命够苦的，看看这没娘的孩子，以后的日子更苦。本来李庆富出事后，觉得自己是伤男人的命，下决心不再找主了，并且把持住自己，好好为人处事，争取博得个好名声。但是，这一年多尝够了没男人的难处。家里外头，有些活自己干不了，还得找人帮忙。以前李庆富不在家，也免不了找人，那时候没什么顾忌，现在不行，找谁不找谁要考虑考虑，为了不落外人的话把儿，必须找性格稳当口碑好的。这还不打紧，平时有几个男人时不时给她套近乎，她是过来人，心里明白，这是想占她的便宜。尤其那个潘忠国，贼心不死，有好几次窜到家来，尽管每次都想法把他支走了，没让他得逞，时间长了难免又起闲话。于是，改嫁的念头冒了出来。可是，带着两个孩子，又是四十多的人了，到哪里去寻个合适的主儿？也许这是天意，潘忠良死了媳妇，撇下两个孩子那么可怜，双方个人、家庭都知根知底，真能结合到一块倒是件好事。这些天她也想到，潘忠良和李庆富不是一个辈分，可潘、李是两姓，没必要那么讲究。当然，这只是一厢情愿，潘忠良会怎么想呢？他还当着队长，个人以前那点破事他都清楚，会不会看不上自己？借着快过年了，到他家串个门，顺便试探一下，他要有意，过几个月就正式给他提出来。他要没这个意思，那就拉倒，以后连想也不想了。结果很不错，先是让孩子改口叫姨那句话，他虽然没表示赞成，也没说不行。后来潘忠地那句话，算是说得很明白了，他听了又没反对。看来他是有意了。当然，老婆走的时间太短，又当着孩子的面，他不能立时表态，只能以后再说。王桂兰回到家里，越想越恣悠悠的。

年三十这天上午，先是潘忠民提来了两碗炸好的东西，有鱼，有酥肉，有丸子，进门就说是他娘让送来给桃花和套子吃的，倒下就走了。接着，秀花又叫着两个姑娘，来帮着桃花包水饺，一直忙到中午饭时才走。到了傍晚，狗剩又来了，手里还提着一瓶酒。潘忠良正因为给两个孩子没话说，有些躁得慌，看到狗剩一进来，就说："桃花，快去炒菜，先把切好的白菜炒锅里，再放上点熟肉，炸鱼和丸子也盛一碗炖里边，一锅煮就行，我和恁狗剩叔喝两盅。"接过狗剩的酒瓶子，又说，"咳，以后不能守着孩子叫你狗剩了，得喊大名。"

狗剩说："我那大名就是上学时老师叫过，那是他给起的，当时还说，'李向海呀李向海，我给你起的这个名好啊，向海向海，向往大海，心胸开阔，将来一定有出息！'你说我出息了吗？高小都没考上！还向往大海，到现在大海什么样咱都没见过。"

潘忠良说："那也不能到七老八十还叫你狗剩呀！"

狗剩说："这个名就不孬。你知道，我上边一个哥哥一个姐姐，都是一两岁就死了。俺娘说过，'头两个孩子都喂狗了，这个起名叫狗剩吧，小鬼一听是狗吃剩下的，就不再勾他的魂了，保准能长寿。'你看，这都二十多了，活得多壮实！"说着还拍了拍胸脯。

桃花和套子在一旁都笑了。套子说："我和姐姐没叫狗剩，也壮实。"

"你小小孩子懂什么！恁姐姐叫桃花，你看春天盛开的桃花多漂亮，桃花变成人就是仙女，小鬼想亲近还捞不着呢，还敢惹她！给你起名叫套子，就是怕你老早走了，把你牢牢地套住。"狗剩这时从口袋里掏出一挂炮仗，递给套子，又说，"别在这里接大人话把了，快去放炮仗吧。"

套子说："俺娘刚死了，不能放。"

狗剩说："没事，不能在家里放，可以到街上放去。"

潘忠良说："恁叔给你买来了，放去吧，小心别崩了手。"

套子接过炮仗，点了根香，跑出去了。

两个人喝了会儿茶，桃花把菜端上来，还盛了两大碗。潘忠良说："咱是用盅子还是用茶碗？”他知道狗剩的酒量比自己还大。

狗剩说：“用盅子吧，过年了，咱慢点喝。来，把酒壶给我，天冷，烫热乎再喝，我负责倒酒。”

套子在外边放了几个炮仗就回来了，狗剩让他过来趁热吃点菜，潘忠良叫他到厨屋暖和去，说等会儿煮了扁食一块吃。套子拿起那封破扑克牌，和姐姐玩“赶毛驴”去了。

两个人数算一阵子来年的生产，又扯一会儿张家长李家短，不知不觉一瓶酒喝光了，潘忠良又从里间屋拿出一瓶。狗剩说别喝了，潘忠良说：“再倒一壶，这个壶小，一满壶还不到三两酒。今天喝得痛快，这些天了我还是头一次喝这么多，还没觉着上头哩。”

狗剩接过瓶子又烫上一壶。再倒上时，他犹豫一阵子不端盅子，潘忠良说：“喝呀！”他手扶盅子，看着潘忠良，说：“大哥，我不是喝多了，有句话说出来你别生气。”

潘忠良自己喝了一盅，说：“咳，有话就说，咱哥俩谁跟谁？”

狗剩接着给他倒上，说：“人们常说，家里没个主事的女人不算个家。俺嫂子这一走，今后你怎么办？桃花和套子还上学，你整天忙队里的事，恁爷仨吃饭都成问题。你得赶紧寻觅个人呀！”

“不行，这还不是考虑这事的时候。”

“我知道，嫂子走的日子太短，怎么也得过了百日。我是先撂下这个话，你要有了目标，告诉我一声，我好找个人在中间撺掇撺掇。”

“现在连想都不该想，哪里还有什么目标！”

“我倒是觉得有个人可以，不知道你看着怎么样。”

“谁呀，哪里的？”

狗剩端起盅子喝下去，笑了笑，说：“这个人你熟悉，远在天边，近在眼前。”

“你说的是王桂兰吧？”

“你这不也没喝醉啊！”

“可不行，整天低头不见抬头见的，又不一个辈分，别说大人了，今后桃花、套子和她家的大宝、二宝怎么论？”

“什么辈分？她是俺李姓人家的媳妇，你姓潘，咱村里这两姓论起辈分来都乱套，要按北街那几户李家，我得叫你叔。咱这样的杂姓庄子，只能各亲各论。孩子们的事更好说，都还这么小，大宝、二宝要是愿意改姓就姓潘，不愿意改就继续姓李。”

“你别说了，那也不行。”潘忠良没让狗剩，独自喝下去一盅，正色道：“这事你是不是跟别人叽咕过？”

“没有！”狗剩也喝了一盅，很认真的样子，说：“这种事可不是闹着玩的，实话给你说吧，十来天前我就有了这么个想法，没听听你的意见，对谁也不能说呀。开始我还想先给王桂兰透个气儿，一寻思，她那个脾气咋咋呼呼的，行与不行嚷嚷出去不好。所以还得先看看你的态度，只要你同意，下一步我再找人做她的工作。你问这话什么意思，是觉得我办事不牢靠还是有人给你透过活？”

“前天忠地来坐了一会儿，半路里冒了这么一句，当时王桂兰也在场，我没接他的话茬。”

“王桂兰怎么说？”

“她正帮着桃花揉馍馍，也没吱声。”

“这不就结了！忠地这样说，是和我想一块去了。她没反对，就是同意。你也别犹豫了，我知道你是因为她以前跟潘忠国相好过，其实那都是过去的事了，你看现在人家多本分！那还是秋天，有一天中午我看到潘忠国灰溜溜地从她家出来，接着就去了，装着给她派活，顺便问一句‘潘忠国又来干么了？’你猜她怎么说？”狗剩倒上两个人的酒，端起喝了，继续说，“她气呼呼地给我说，‘潘忠国不是好人，还想来找老娘的好事，没门！他来不是一次了，我没给他好气，都是接着撵走他。放心吧，他以后不会再来了，刚才我骂了他了。’并且还对我说，‘狗剩你看着，恁婶子我一定改邪归正，做个正经人，再不能让外人小看咱。’我后来还真是注意了，再也没看到潘忠国上她家去过。再说了，王桂兰现在够先进的，出工干活是好样的，还把钱借给队里买抽水机，说起来谁不夸她！”

“好了，以后再说吧，咱还是喝酒。倒上你的，你多喝一盅。”

狗剩倒上自己的盅子，说：“来，最后一盅，快到上供的时候了，我得回家。”一口喝干，站起来又说，“今天这话说到这儿，抽空我再跟忠地商量商量，俺两个一定把这事办妥当。”

潘忠良没再说别的，起身送他，又朝厨屋里喊：“桃花，恁狗剩叔回去了，出来送送他。”

春节过后开始动工建桥。除了从各生产队抽调了十几名劳力，上山打石头的几个年轻人继续参加。由于试验队事情多起来了，又是麦田管理，又要搞玉米制种，党支部就没安排潘忠地再上建桥工地，决定让展明尧、张发树负责。

这天潘忠地正和几个人在春田里撒粪，狗剩来了，老远就喊：“忠地，我找你有点事。”

潘忠地提着锨走过来，说：“什么事啊，还让你亲自跑到这里来，叫别人给我捎个话还不就行了。”

狗剩看看周围，附近有不少干活的人，小声说：“这事只能咱俩个别说。”

潘忠地看他神神秘秘的样子，就说：“走，到办公室说去，那里清静。”

来到办公室，狗剩说：“也没别的事。你看忠良嫂子一走，忠良哥又当爹又当娘，整天还忙队里的事，真够难的，咱得给他介绍个人呀。”

“那倒是，要是有合适的你给他说说。”

“我觉得桂兰婶子就挺合适，就是我这拙嘴笨腮的，不知道怎么个说法，所以来给你商量商量。”

“你没先问问忠良哥愿意不？”

“年三十晚上俺两个一块喝酒，我提了提，他开始不同意，后来好像不反对了，只是说得过几个月再说。你不是也给他说过这事吗？”

“咳，可别提了，从彩云山回来第二天我去他家，正好桂兰婶子在那里帮桃花揉馍馍，当时我也没考虑，突然冒了这么一句，幸亏忠良哥没接话，弄得我差点下不来台。”

“桂兰婶子什么态度，生气了吗？”

“她就说我‘胡闹’，也没生气。”

“我这一段观察，他两个好像都有意思，要是有人说合说合，保准能成。”

“你再抽空跟桂兰婶子说说。”

“我不能给她说，俺们是一李家，我要出面准得挨骂。另外，都说‘寡妇门前是非多’，最好找个女的去说。”

“叫春莲去。”

“不行，她一个小妮子，还没婆家，可不能说这种事。”

潘忠地琢磨一会儿，说：“要不叫秀菊姑。”

“那太好了，妇女主任出面，比谁都强。那得你给秀菊姑说。”

“没问题，吃了晚饭我就去找她。”

当晚，潘秀菊听潘忠地一说，当即就答应了。第二天在大队办公室，她又个别和潘士金说了说，潘士金嘱咐她：“这倒是件好事，不过，一定要稳妥。王桂兰要是同意，得叫她做好本家人的工作，免得到时候李姓的出来闹事。”

“没问题，王桂兰这边我负责，忠良那里你给他说吧。”

“这事我掺和不好。你可以找忠良，要不叫发树找他也行。”

“好吧，包给我和发树了。”

但凡男女双方都同意的婚事，媒人的工作就成了戏台上转圈圈——走走过场。潘秀菊和张发树没费什么口舌，分别到两家一说，就都答应下来了。只是潘忠良当时提出，这事只要王桂兰没意见，我同意，但是，得等到年底，也就是过了桃花她娘的祭日再办。张发树说："那是你跟王桂兰的事了，恁俩商量，我们不管，只要到时候别忘了叫我们来喝两盅喜酒就行。"

事情就这么定下来了。

两家四个孩子虽然还都算不上成人，两个人私下商量时，王桂兰说还是得提前给他们说一声，让他们高高兴兴的。大宝、二宝没一点阻力，王桂兰凑在饭桌上一说，就都表示听她的，她愿意怎么办就怎么办。潘忠良给两个孩子说时，套子没态度，桃花一听就噘起了小嘴，说："我怎么着都行，就是不能给俺弟弟找个后娘。"

潘忠良一听懵了，不能给恁弟弟找后娘，还不就是你不要后娘吗？愣了一会儿，说："后娘怎么了？你又不是不了解她，到时候她会像对待大宝、二宝一样疼你和套子。"

桃花说："别听她现在说的好听，你数算数算，有几个后娘是好的？都是只疼自己亲生的。套子还这么小，我不能看着他以后受欺负。"

潘忠良说："怎么会呢，不是还有我吗！再说了，恁两个还都上学，我整天在外面忙，家务活顾不过来。"

桃花说："人家外人说了，有后娘就有后爹，套子要是吃气你也管不了。你要觉得家里的活没人干，我就不上学了。"

"不上学可不行。算了，听你的，这事咱不定了。"潘忠良嘴上这么说，心里想，这孩子有个小脾气，不能太强迫，以后找人慢慢开导她。

隔几天潘忠良找到潘忠地，给他说了桃花的情况。潘忠地又找了潘秀菊和李春莲，让她俩隔三岔五地给桃花拉拉。他还找了学校的宫老师，让宫老师抽空也给桃花谈谈。经不住这么多人使劲，过了没几天，桃花的工作做通了，主动跟她爹说她同意。

这么一折腾，这事几乎全村人都知道了。多数人议论，真能成了是件好事，对两个家庭都好。也有人以为不妥，但事不关己，说说而已，不去管那闲事。有一个人不这么想，他要千方百计把这事搅黄。这个人就是潘忠国。

潘忠国听说后，立即产生了这种念头。可是，怎么才能挡下呢？他不能直接去找潘忠良，更不能去找王桂兰。考虑半天，决定去找潘孝彦，让老族长出面，肯定能行。这天上午他提前从试验田回来，转悠着去了祠堂，看到老头坐在门口老爷地儿里晒太阳，走过去掏出烟包，说："您老人家歇着哩呀，来，我给您装一袋，尝尝我这烟。"

潘孝彦把烟袋递给他，说："你怎么得空来了？"

"试验田没大事，好长时间没跟您老人家说说话了，就过来了。"

"屋里有小凳子，我给你拿去。"潘孝彦说着要起身，潘忠国赶紧说："您别动，我自己拿。"他到屋里拿出个小板凳，和潘孝彦对面坐下。

"大老爷，忠良那事你听说了吗？"

"什么事啊？"其实他猜出了潘忠国说的什么事，因为前几天潘忠良叫着潘忠地来，给他说了要和庆富媳妇成亲的事，他当时就表示支持。今天是故意装作不知情，想看看潘忠国有什么话说。他早就清楚，潘忠国这个人口碑不好，为人不忠厚。

潘忠国以为他消息闭塞，真的没听到信儿，于是说："您看他们这事弄的，忒不靠谱了！忠良要和王桂兰成亲，就是李庆富的老婆，太不像话了。"

"好啊，孤男寡女的，结合起来大人好，孩子们也好。"

"好什么好！您老人家听不到，闲话多了，一个生产队，忠良是队长，这不是欺负人家李家的寡妇吗？另外，他还叫她个婶子，真要成了，人家还不说咱潘姓的人不懂事啊？俺这些小辈的无所谓，外人真笑话的是你这老族长。"

"笑话什么？寡妇改嫁，男人再娶，这是古来就有的事。也不能说是不是同辈，咱村里潘家和李家本来就好几种论法。谁要对潘家门里有意见，叫他对着我，到时候我去给忠良当主婚人。”潘孝彦朝脚底板上磕了磕烟锅，又说，“你看着忠良他爷仨这么熬日子好啊？”

“那倒不是，忠良是该再成个家。我的意思是如果找个外村的，就没人说三道四的了。”

“哪有那么合适的？王桂兰就不孬，两个人年龄也相仿，脾气性格都摸底，多好！别管外人说什么，只要咱潘家门里别闲言碎语的就行。”

潘忠国挨了个窝脖，知道再说下去也没用，起身走了。他并不死心，想，这事李家人一定反对，庆富家血缘最近的是李光斗，他又是长辈，点点他的火，也许管用。他没有回家，逛荡着去了李光斗家。

李光斗刚从坡里回来，两个人扯了几句闲篇，潘忠国引向了正题，他说：“听人讲王桂兰要改嫁跟忠良，这可不好。我和忠良是本家，这话不该说，庆富两个男孩都不小了，本来是李家的血脉，那样不就成潘家的子孙了吗？”

李光斗一听就知道他葫芦里卖的什么药，所以没给他好气，说：“王桂兰虽然是李家门里的媳妇，要想改嫁，亲爹亲娘也挡不住。再说，庆富死了，她拉扯着两个孩子也不容易，应该另找个主，如果找到外村去，还不如找个跟前的好。至于孩子以后姓什么，得随他们自己的便，就算改姓潘，只要懂事，一辈子也忘不了每年给他亲爹上上坟。我是庆富的叔，不能出面当这个媒人，可也不能反对他们。我说忠国，你就别咸吃萝卜蛋（淡）操心了。”

一席话弄得潘忠国脸红脖子粗，再也没了答言，只好悻悻地走了。

到了年底，潘忠良和王桂兰把婚事办了。不少人撺掇，让他们雇了班子吹鼓手，着实热闹了一番。

金榜题名

王士霜第一志愿就填报了泰山农学院。班主任根据她平时的成绩，动员她报山东大学或山东师范学院，她没有听。高考结束，她虽然感到考得比较理想，可回到家里，仍是整天惴惴不安，到生产队里干点活也不多言不多语的。听说几十人才录取一个，结果实在难料。本来想给潘忠地写封信，告诉他考试的情况，拿起笔又觉得还是有了结果再说吧。这天下午邮递员送来了录取通知书，终于一块石头落了地，当然是满心欢喜，立即就想尽快把这消息告诉潘忠地。当晚她写好了信，打算第二天一早到公社邮政所寄出去，同时顺便到农技站给哥哥说一声，让哥哥也高兴高兴。刚把信装进信封，忽地想起来，邮政所每天下午才检信，还不是天天到各大队送，潘忠地收到信起码要两三天以后，时间太长了。到了刘集，再到汶水滩就算是走了一半的路程，干脆，从公社直接到汶水滩去一趟。这么长时间没见潘忠地的面了，去看看他，有些话也好当面说说。

第二天早晨，母亲还没做好饭，她就急着吃了点干粮，说是去她哥哥那里，骑上自行车走了。到公社农技站一问，农技员小庞说王站长在汶水滩蹲点，好几天没回来了。她一听高兴了，想，原来还考虑去汶水滩没个借口，这下好了。

日头还没有直照，骑车行走在乡间道路上，微风拂面，凉爽熨帖。路旁杨柳树的叶子婆娑摇动，在阳光下散发着熠熠绿光。庄稼地里到处绿意盎然，预示着丰收的希望。蝈蝈们藏在田间豆棵里比赛似的使劲叫唤，知了们躲在树上枝叶间不住声地鸣唱。偶尔有只蝴蝶，大概把王士霜的红碎花褂子误认成盛开的鲜花了，跟着飞了好一阵子，才又跑到路旁的草丛中去。

这情这景，谁置身其间都会觉着心里格外舒坦，何况喜事在心！

王士霜不紧不慢地蹬着自行车，内心深处有股按捺不住的兴奋，嘴里哼着“学习雷锋，好榜样……”，不知不觉进入了汶水滩地界。她突然看到，路边竖着个大牌子，上面用红磁漆写着“汶水滩科技试验田”，于是下了车子，想，潘忠地一定在这里，先见见他，再到工作组找哥哥。她看到大柳树底下有两个人说话，推着车子走过去，刚想问“潘忠地在这里吗”，话到嘴边却变成：“工作组的王站长在这里吗？”

“刚来没大会儿，和大队书记，还有俺队长，一块去看玉米制种了。那不，就是高粱围着的那方地里。”一个年轻人边说边用手指给她。因为是找王站长，以为是公社来的人，没引起他两个的注意。

王士霜来到制种田，看到周围一圈三四行高粱，中间是一大片玉米。这玉米也跟其他地方的不一样，每隔四五行才有一行都挑着雄穗，其余的顶上全部光秃秃的，只剩下叶子。她正在纳闷，地里的王士友发现了她，大声说：“吆咳，士霜怎么来了？”说着从里面拨拉着玉米叶子往外走。潘士金、潘忠地跟了出来。

来到地头，王士友介绍：“这是潘书记，这是我妹妹。忠地就不用介绍了。”

王士霜和潘士金握了握手。

潘忠地也上前和她握手。两个人眼瞪眼看着，还没说话，潘士金问：

“怎么，你们认识？”

王士友说：“他们是初中的同学，经常有联系。”

潘士金说："噢，怪不得你说不用介绍了。"

王士霜有些不好意思，想岔开话题，说："这片玉米怎么这样呀，四周还围了堵墙。"

王士友说："这你就不懂了吧，这是制种田，培育杂交种子的。为什么这样种植，让忠地给你解释解释。"

潘忠地犹豫一会儿，看着王士霜真想弄明白的样子，只好简要地说："这是从县农业局买来的原种，保留雄穗的是父本，去掉雄穗的是母本。为了保证育种产量，全部是人工授的粉。周围种这几行高粱，起个挡风的作用，是为了避免附近其他地块春玉米的花粉刮过来，影响育种质量。其实过了授粉期就不起作用了，所以现在把它们的叶子都劈了劈，便于给玉米通风透光。"

王士霜微微点了点头，好像没完全听懂。

潘士金说："好了，别在这日头地里晒着了，到办公室里坐坐吧。"

王士友说："别去办公室了，跟我回工作组吧。今天高主任在家，也好告诉她多做个人的饭。"

"哥，你先走，我给忠地说句话再去。"王士霜看着潘忠地，想把自行车给他。

潘忠地接了过去。

潘士金好像也看出了道道，说："王站长，咱先走，让他们同学俩说说话。"

"那好。忠地，一会儿你把士霜送到工作组去。"

王士友正转身要走，王士霜又喊住他："哥，你先看看这个。"说着掏出录取通知书递给他。

王士友接过去一看，立时两眼放光，嘴角也翘了起来，抑制不住心里的高兴劲儿，说："呵，了不起，我妹妹成大学生了！"说完把王士霜拉到跟前，使劲揽到怀里，好像当年对待那个扎着豆芽辫子的小姑娘。这一来弄得王士霜红了脸，王士友也感到有些失态，随即松开手，把通知书递给潘士金，说，“恁看看，这是农学院的录取通知书。士霜可是俺村里头一个大学生。”

“咱汶水滩还没一个大学生哩。大前年一块考上两个中专生，外村都馋得慌。结果没赶上好时候，学校下马都回来了。”潘士金看了看通知书，又给了潘忠地。

“您回去吧，我和士霜到办公室喝点水。”潘忠地接过通知书，推起自行车朝办公室走去。

干活的人们看到只有他两个去了办公室，都叽叽喳喳议论起来。

潘士金跟在王站长后面没走多远，发现那边几个人在割韭菜，就让王士友先走着，过去对正在分菜的张发田说：“发田，给我几斤韭菜，回去包扁食吃。”

张发田两手掐起一大把，说：“这些行不？”

潘士金小声说：“王站长的妹妹来了，就是刚才在忠地后边的那个姑娘，过会儿去工作组吃饭，他们五六个人，这些少点。”

“咳，给工作组的同志吃呀，这可不够。”张发田说着又拿了两把，用麦草绳捆好，递给潘士金。

这个过程被地那头的潘忠国看在了眼里，心里嘀咕起来。当然，他什么话也没说，装作没看见的样子。

潘士金加快脚步，撵上了王士友，说：“赶巧了，他们正割韭菜，我要了点，中午给你妹妹包扁食吃。”

“好啊，给人家钱了？”

“什么钱不钱的，他们又不卖，都是试验队全体人员分了吃。”

工作组里高淑娴正洗茄子准备炖菜，王士友进门就说：“高主任，潘书记给咱拿韭菜来了，包水饺吃吧。多和点儿面，我妹妹来了，让潘书记和忠地一块在这里吃。”

“没问题，还有几个鸡蛋，韭菜鸡蛋馅，又鲜又香，好吃。魏书记、许干事和小柳今天上午回不来，不用包太多。”高主任接过韭菜，问，“你妹妹呢？”

“在试验田里，待会儿忠地领她过来。”王士友蹲下帮着高主任择韭菜。

高主任又问：“我记得你妹妹今年该高中毕业了吧？”

“是啊，考上大学了，今天是专门来给我报喜信的。”

“哟，那今天得喝几盅，为恁妹妹庆贺庆贺。”

“喝什么，缺酒少菜的。过几天回公社再喝吧，我请客。”

“还要什么菜？炖茄子，现成有土豆，我再炒个土豆丝。其实没菜也一样，‘饺子酒，古来有’，恁几个就着饺子也能喝斤把。等一会胡站长、曲站长回来，让他们到代销点买酒去。”

潘士金在一旁卷了支烟，刚点着，听到这话，说：“就是，今天得喝点。我家里有酒，顺便再拿点菜来。”说完起身要走。

高主任说：“您家里有姜吗？要是有捎一块来。这里只有一小块了，仅够炒菜用的。韭菜馅里得多放点姜，不然，有的人吃了容易拉肚子。”

潘士金答应着走了。

其实潘士金家里没有酒，他是怕说去买王站长不让去。他先回到家里，拿了两张粉皮，十几个鸡蛋，两大块姜，一看还有几根黄瓜，一并拿上，又找出两个酒瓶子，到代销点打了二斤酒。回到工作组时，胡站长、曲站长都回来了，正围在一起包水饺。一看他拿来这么多菜，胡站长说：“哎呀，来就来吧，怎么还买这么多菜？空手来怕不让你进门啊！”

潘士金知道他是闹着玩，就说：“要是我肩膀扛着嘴来，就算死皮赖脸上了桌子，恁也得夺我的筷子。”

大伙都笑了。

高主任说：“恁几个慢慢包吧，我去做菜。”

潘士金说：“我也洗洗手帮忙。”

曲站长说:“你刷刷茶碗倒茶吧，壶里泡上一会儿了，就等着你来喝头一碗了。”

潘士金说:“那才胡闹哩，恁都是国家大干部，我这当社员的怎么敢喝头一碗！”

胡站长说:“你这话就不在理了。我们刚来时领导就交代，工作组必须在党支部的统一领导下开展工作。你是书记，我们都接受你的领导。”

潘士金说:“好啊，你们都得服从我领导，等会儿喝酒我让谁喝多少谁就得喝多少，不许耍赖。”

胡站长说:“可不行，书记也不能强迫命令，尤其在喝酒的问题上。酒凭量饮，我就一两酒的量，你灌我二两不就要我的好看了！”

高主任说:“不能跟这个人一般见识，每次喝酒都是他最滑头。有一次下雨没事，工作组全体都在，一起喝点酒，他几盅下去就死活不喝了，魏书记让他喝他都敢顶住。”

胡站长说:“我那也比滴酒不沾的强。”

高主任说:“我是从来没喝过。你一个大老爷们，好意思跟个女的攀比呀。”

这边打着嘴仗，那边潘士金倒上了茶，第一轮还是先端给了他们几个。

潘忠地把自行车放到办公室门口，问王士霜喝不喝水，要是喝就喊饲养员来烧一壶。王士霜说不喝，坐一会儿就去工作组。

进了办公室，潘忠地擦擦椅子让王士霜坐下，看看通知书，问:“你们班今年考上几个大学生？”

“具体情况还不清楚，我是昨天刚收到。前几天去学校，听班主任说，按平时学习情况分析，好了能考上七八个。”

“我就知道你一定有把握。不过，按你的成绩不该报考农学院，报个更好点的大学也没问题。”

“农学院怎么了？这正合我的理想。你搞农业我学农，将来咱还是在同一条战线上，多好啊！”

“哪是哪呀！你毕业后起码分配到县里的农业部门工作，我是在村里种庄稼，天上地下的事儿。对了，公社的魏书记就是农学院毕业的。”

“就是你在农校的那个班主任？”

“是呀。别提农校了，要不是赶上学校下马，今年我就能分配工作拿工资了。”潘忠地羡慕王士霜，又突然生出些后悔的感觉。初中毕业时再困难也该咬咬牙考高中，那样的话，现在也许同样能拿到大学录取通知书了。

“那怨谁呀！当初你要听我的话，继续读高中，考大学肯定比我考得好。”

“咱没有先见之明啊，谁知道能是这一步！你当时不是也想考农校来吗？要是考了农校也早就回来干活了。”

“真要那样就好了。咱要一块回来，我就直接迁到恁大队来，跟着你当社员。”

“现在来也不迟呀，我们举双手欢迎！别去上你的大学了，到我们试验队来干活吧。你看过《朝阳沟》那出戏吗？人家银环高中毕业就到朝阳沟当社员了。汶水滩虽然不是山区，照样是‘空气好实在新鲜’！”潘忠地知道王士霜说的是玩笑话，也就顺着她这么说。

“那行，我当银环，你就是拴保。快回家叫恁娘给我准备三表新的花被子。”

“没问题，新被子起码给你套两床。”潘忠地说得脸上热乎乎的。

“别胡闹了，说正经的吧。我以前说过，你能不能好好复习一下，明年考大学试试？听我哥哥说，你平时可注意学习了。”

“我这两年倒是基本上把农校后两年的教材自学完了。可那些内容和考大学没多大关系，再想考学，一点门儿也没有。”

王士霜觉得他说的也是实情。可是，李向东都能出去当工人，潘忠地在家里当一辈子社员实在太可惜了。她又不想提李向东的事，于是说："凭你的基础和现在的劲头，可以自修大学的课程呀。别灰心丧气的，将来肯定有机会走出农村。"

潘忠地叹了口气，说："没那个妄想了，我是打谱老老实实在农村干一辈子了。再说，自修也不那么容易。这是给你说了，我把农校那套教材自学下来，你知道下了多大决心费了多大劲呀！白天要参加劳动，还有大队、试验队那么多杂务事，晚上有时候还开会，只能靠多熬夜。去年到彩云山打石头，我还把书带了去，每天晚上都在煤油灯下看几个小时。再说，光靠自学没人指导也不行。这是中专的课程，还经常碰到看不懂的，有不明白的我就抽空问王站长。要不，他怎么知道我的学习情况呢。要想自修大学的课程困难就更大了，一是买不到系统的教材，再就是遇到看不明白的没地方请教。唉，说说算了，这事连想也别想。不过，看书的习惯还是得坚持下去。"

王士霜听了这番话，从心里更加佩服潘忠地了。她说："只要想学就有办法。教材的问题好办，我入校后就先问问，看能不能多订一套。如果能行就给你买，真买不到就把我学过的再给你看。你要不明白的就告诉我，我不懂还可以问老师。这样，我毕业时你也差不多把全套教材读下来了，说不定到时候你的成绩比我还好呢。"

王士霜这么一说，潘忠地还真的有些动心了。他问："你准备学什么专业？"

"报志愿时填的农学系，我哥哥建议我学作物栽培和管理。"

"好呀，我记得魏书记说过，他可能也是读的这个专业。"

"那更好了，他不是也在这里驻队吗？你不懂的可以问他呀。"

"不行，还是你当我的老师吧。魏书记倒是平易近人，可当领导的太忙了，平时也很少靠在这里，怎么好意思打扰他呢。另外，就是自修也不可能把你们的课程都学了，只能选择那些与农业生产联系密切的内容看看，咱又不求什么名堂，学点实用的就可以了。"

“这么说你是同意我的想法了。好吧，我就算收下你这个徒弟，到时候你可得听话呵！”

潘忠地笑了笑，说：“师父在上，徒儿这里先表个态，今后一定听从师父教诲。如有违抗，任凭师父发落。”

“贫嘴！这又是从哪本古书上学的？”

“好了，咱走吧，再晚了恁哥哥他们该等急了。”

“走，看看他们做什么好吃的。”

来到工作组，几个人已经包完水饺了。一进门王士友就说“这是士霜”，回头又把工作组的几个人向她作了介绍。没等王士霜和曲站长、胡站长打招呼，高主任就把她拉过去，说：“来，先坐下喝杯水，等会儿咱俩下水饺，让他们喝酒。”

胡站长说：“你真不会安排，士霜是客人，又是未来的大学生，怎么能让人家干活呢！”

高主任说：“就你会说话，什么未来的大学生？王站长刚才不是说了，士霜是拿到录取通知书来给哥哥报喜的，已经是正式大学生了。”

胡站长说：“别老是挑我的毛病，我的话没错。只要没到学校报到，就还不能算正式的。对吧，士霜？”王士霜只笑了笑没接话。他又说，“恁哥哥没说清楚，考的哪个大学？是北大还是清华？”

这回王士霜接话了，说：“我哪里有那么大的本事，还北大清华哩，考的是农学院。”

胡站长说：“农学院也很厉害呀！你看我们这几个，包括恁哥哥，都才是个中专生。”

曲站长在一旁说：“还我们这几个，整个公社机关，就只有魏书记一个本科毕业的，咱这中专生算是好的，有好几个不就是高小文化程度吗！”

这时候高主任把锅里的茄子炖粉皮盛了一小盆，端到桌子上，说：“别只顾说话了，菜齐了，快拿筷子，喝酒。”

潘忠地起身想走，潘士金说：“别走了，咱都一块在这里吃吧。”

潘忠地说：“我又不会喝酒，还是回家吃吧。”

王站长说：“不会喝酒吃水饺，高主任专门多和的面。你怎么也得陪陪恁同学呀。”

胡站长又打趣说：“吆，恁两个是同学呀！怪不得士霜在试验田待这么长时间。不赖，咱忠地有眼力……”

没等他说下去，高主任截住他的话，说：“快闭上你那臭嘴！抽空我到百货公司买条拉链，把你那嘴缝上，不到吃饭的时候不给你拉开，省得你整天嘴上没有把门的。”

曲站长说：“不用拉链，找块膏药给他糊上也行。”

其实胡站长这时候也看到潘忠地和王士霜的脸都变成了绯红色，意识到不该开这个玩笑，就自打圆场，说：“我刚才是说溜嘴了，该打！以后我的话语权交给恁了，恁什么时候让我说话我再张嘴。”

潘士金已经倒上了酒，说：“都快点坐下，开始喝酒，待会儿菜就凉了。”

高主任、王士霜和潘忠地都没喝酒，其余他们四个，没费多大事就把二斤酒喝下去了。煮熟水饺，高主任往外捞，王士霜、潘忠地往桌上端。刚开始吃，潘秀菊进了门，高主任说：“来早不如来巧，快坐下吃水饺，韭菜馅的，可香了。”

潘秀菊说：“我刚放下饭碗，肚里饱饱的，再香也吃不下去了。”

这时潘忠地、王士霜站了起来，王士友说：“这是我妹妹士霜。”

“不用介绍，认识。”潘秀菊说着看到王士霜的脸立时红了，就想到她上次来可能其他人不知道，接着改口说，“我是快收工时去试验田找忠地有事，发田告诉我，王站长的妹妹来了，忠地送她到工作组来的。进门一看我就知道，这么个漂亮姑娘一定是您妹妹了。”

这一说王士霜的脸更红了，赶紧搬个凳子让潘秀菊坐，潘忠地也过来给她倒了杯水。潘秀菊说：“恁俩快吃饭去吧，不用管我。”

潘秀菊坐在一旁翻报纸。等他们都吃完时，赶紧起来帮着刷碗。王士霜也过来抢着刷，高主任说：“恁俩都歇着去，这是我的活。”

胡站长走过来拿起刷帚，潘秀菊说：“胡站长你还动手呀！”

胡站长掐下一段刷帚苗子，说：“恁仨都别争了，等会儿我刷。”

高主任说：“你也就那张嘴甜欢人！来工作组这么长时间，就连你自己的碗筷你刷过一回吗？还你刷哩！”

曲站长说：“别看不刷碗，可挑水、扫地人家老胡都是抢着干。”

胡站长站到一旁用刷帚苗子剔着牙，说：“是呀，你别不知足。要是咱俩一块过日子，我保证大活小活都不让你下手。”

高主任说：“又胡吣，还守着客人，你就不能老实点！”

潘士金卷了支烟递给胡站长，说：“来，吸口烟歇歇嘴。”

潘秀菊刷着碗“扑哧”一声笑了，王士霜也忍不住笑了。这时潘忠地倒上了水，一碗碗分给大家。

洗刷完擦擦手，王士霜说要回去。潘秀菊说：“住下吧，明天再走，下午我领着你到大汶河看看，恁那里没有河。”

高主任也说：“是啊，今天别回去了，晚上咱到秀菊家住。她家里可清静了，就她和婆婆娘俩。给我拾掇了一间屋，宽宽的铺，你去了咱俩住一块儿。”

王士霜说：“不行，我明天一早得去学校。”

王士友说：“对，到学校好好感谢感谢那些任课的老师们，尤其是班主任。让她走吧，放了假再来呀。”

王士霜出门推起自行车，大伙起身送她，潘士金说：“忠地，送送恁同学。”

王士霜说：“都别送了，恁忙吧。”

大伙把她送到大门外，潘忠地懔躲到后边，没说话。

潘士金朝工作组的几个人说："恁都回去休息会儿吧，喝了点酒，我也得回家歇歇。"

潘秀菊叫着潘忠地去了大队办公室。

大队办公室还没来别人，一进屋潘秀菊就问："王士霜今天又来找你了？"

"她是来找王站长。农学院的录取通知书下来了，她来给他说一声。"

潘秀菊笑了笑，说："找她哥哥是幌子吧，不找你怎么先去试验队了？"

"今天上午王站长和士金叔都去了试验队，俺一块在地里看杂交玉米种，她就找去了。"

"你熊孩子别巧辩。实话告诉我，恁两个是不是一直没断联系？"

"哪里呀！就从前年她来那一次，一直没再见过面。"潘忠地虽然拿潘秀菊不当外人，但不想把实情告诉她。说了这话，脸却火辣辣的，烧得厉害。

潘秀菊知道他脸皮薄，没再追问，说："我早就说过，别看她对你有意思，将来根本不可能。她现在又考上大学了，女大学生多稀罕呀！将来人家怎么着也得找个般配的，这样的高枝你攀不上。别再跟她藕断丝连的了，过一段我正式把春莲给你介绍介绍，恁两个赶紧定下来，省得再想三想四的。"

"可别，都年轻轻的，又是一个生产队。以后再说吧。"

"还年轻！到年底你就够结婚年龄了，春莲还比你大一岁。你是不是相不中春莲？还想找个什么样的？"

"什么样的？"潘忠地装着考虑的样子，突然脱口说："和你这样就行。"

潘秀菊一听脸马上红了。她走到潘忠地跟前，想抱住他亲一口。伸出手又止住了，只轻轻抚了抚他的头，轻轻地说："胡说，我是恁姑！"

这一抚摸让潘忠地全身感到麻酥酥的，接着燥热起来，老大一会儿说不出话来。

这时院子里出现了脚步声，潘秀菊一听就知道是展明尧，赶紧退到一边坐到凳子上，说:“当前为秋种备肥是全大队的大事，忠地，你也不能只管试验队，应该从团支部这个角度全面抓抓。”

潘忠地明白她的意思，就收回心接上话，说:“党支部召开队长会后，我们开了个全体团员青年会，作了部署。想等生产队的事情告一段落，再组织几次义务劳动，集中把路边的杂草、场间的烂柴火收集起来，沤制些土杂肥。”

展明尧进来听到了他们的话，接上说:“这个想法不错。去年把各家各户的杂肥清理得差不多了，今年就得多想点别的门路。不过，这事得赶早，秋耕地就用，晚了就沤不好了。”

潘秀菊说:“要不咱一块开个团小组长、妇女队长会，统一发动发动？”

潘忠地说:“那行，今天晚上开吧。恁先忙，我回试验队还有点事，完了就去下通知。”

潘秀菊说:“妇女队长的通知还用我下吗？”

“不用，我一块下就行了。”潘忠地说着走了。

偷猪贼

这事真是奇怪了。前几天夜里，三队饲养院里的猪圈门不知什么原因开了，七八头猪都跑了出去，第二天全体劳力四处寻找，费很大劲也没找全，结果少了一头，至今没有下落。昨天晚上七队又出现这种情况，五头猪找回三头，有两头没了踪影。怎么就那么巧呢？以前可从来没有过这种事呀！

潘士宝这两天一直没闲着，喂完牲口就到坡里转悠。玉米地，高粱地，谷子地，只要能遮挡住猪的高秆庄稼地，他都挨着钻进去，嘴里还不停地“唠、唠、唠”呼唤。全村所有地块都找遍了，又到邻村地里找，遇上人就问，恁见没见一头八九十斤重的大黑猪？回答都是没见过。累得他腰酸腿软，心里沉沉的，侍弄牲口也没了精神。

潘忠良说：“大叔，别找了，眼下满坡都是庄稼，到处有它吃的，藏到哪儿它都不愿意出来，不好找。过个把月净了坡它就藏不住了，说不定到时候它长得比圈里的还肥。”

潘士宝说：“我是担心被人昧起来了。”

潘忠良说：“不可能，这又不是鸡鸭，这么大头猪不好藏，谁逮了去也容易被外人发现。”

潘士宝“吧嗒吧嗒”吸着烟，说：“那倒是，这窝子猪一块长这么大了，乍和别的猪关一块不搁群，得叫唤几天。”吸了口烟又说，“你听到什么反映没有？大伙得怪我呀！”

潘忠良说：“咳，没听到，集体的东西谁操那份心！就是有说三道四的也别管，你又不是成心的。”

潘忠良这个态度，让潘士宝宽了宽心。

这才过去三天，突然又听说七队的猪也少了两头，并且少的形式和三队的一样。潘士宝觉得这事不那么简单了，他找到张发树，说：“七队的猪也少了两头？”

张发树说：“是啊，我去看了看，也是夜里把圈门拱开跑出去的。这时候庄稼棵子高，进了地就难找。”

“你说是不是太蹊跷了？俺队里刚出这事，没隔几天他们又出了。饲养院没有大门，可是我每天傍晚喂完猪都把圈门吊别上，关得好好的。你也见了，门吊和门框上的铁鼻子都没坏，那猪在里边怎么拱也拱不开呀！七队那圈门是怎么堵的？”潘士宝装上一袋烟，又把烟包递给张发树。

“也是个栅栏门，他们是用块大石头从外面撑住的。”张发树接过烟包卷了支烟，点着，寻思一会儿，又说，“对呀，我看那块石头足有四五十斤，斜撑着劲可大了，就是人在里面想推开也难。”

“会不会这是人为的？”

张发树好像醒悟过来，说：“有可能。一定是有人想偷猪，悄悄把圈门打开，猪跑出来又不那么听话，只能是撵走几个算几个。你想想，为什么偏偏少恁这两个队的？因为恁的饲养院都在村头，离坡近，动静小。”

“真要这样，大队可得好好查查。”

“没问题，我这就去找士金叔，还有光恩大老爷，现在是让他兼着治安主任。我们一块研究研究，一定把偷猪贼找出来。”

张发树找到李光恩，叫着他一块去了大队办公室。正好潘士金和展明尧都在，他说了说情况和自己的想法，展明尧说：“如果真像你说的那样，下一个就该轮到八队了。”

张发树说：“我也是这么想，全村就这三个队的饲养院在村头，挨着庄稼地。是不是抓紧开个会，全面发动一下，让各生产队仔细排查排查，尽快把这个贼挖出来，不能再让他得逞了。”

展明尧说：“这个贼也不一定是咱村的呀！”

李光恩说：“有可能是外村的。不过，外村人来偷也得有内线，不然的话他摸不清情况。另外，不论什么人偷了去，要销赃也不敢在附近集市上卖。”

潘士金边听边认真琢磨着，他们几个都不吱声了，才说：“先不要开会。发树，你和恁光恩老爷分头了解一下，一是摸摸咱村里有没有可疑对象，譬如最近跟外村人接触多的，或是赶过远集的。二是看看这一段有没有外村人多次来过，包括走亲戚的，要是来踩点，不可能只来一趟。要注意方法，对外就说都是圈门没关好，猪跑出去暂时没找回来。另外，发树安排几个牢靠的民兵，晚上轮班在八队饲养院附近守候。只要别惊动了小偷，他以为没被咱发现，过不了几天就会再下手，最好能现场抓住他。”

张发树说：“三队和七队饲养院也得派人守候吧？”

李光恩说：“不用，贼聪明着哩，不会连续偷同一个圈。他知道这两个队少一回了，饲养员会加强戒备。另外，猪受过一次惊吓，再有动静就会乱叫唤，容易引起人注意。只要小偷上钩继续作案，很有可能要偷八队的。”

张发树说：“那行，摸情况我负责一二三四队，大老爷你负责五六七八队。晚上值班我再叫上忠地，俺两个一人上半夜，一人下半夜，每班再派上两个民兵。”

潘士金说：“就这样吧，一定要注意别声张。这事也先别给工作组的同志汇报，等弄清情况再说。”

秋天的午夜是寂静的。村庄静静的，田野静静的，人、畜都进入了深度睡眠状态。虽然有几只虫儿“啾唧”叫着，只能是衬托得夜更加寂静。上弦月早已落山，满天繁星，闪闪烁烁，放射出清冷的微光，窥视着世间的一切。秋露格外重，潘忠地和另外两个青年民兵刚蹲到玉米地里没大会儿，就感到身上凉飕飕的，摸摸头发，已是湿漉漉的了。

他们三个藏身的地方，离八队饲养院不足二百米，如果有人从村外来或是从村里过来，老远就能看清。这已经是第四个晚上，几天来一直没发现任何情况，都有些懈怠了。一个民兵问另一个民兵："有火吗？我这里有烟，忘带火，咱吸两口，暖暖嘴驱驱困神。"另一个说："火倒是有，发树不是嘱咐不让吸烟吗？"潘忠地也说："对，别吸，说话也小声点。"这个民兵把掏出的烟包又放进口袋，压低声音说："我看没事，真有偷猪的也不会再来了，他不能逮着个甜枣吃起来没完啊。"

就在这时，潘忠地看到有个人从村里走了出来，他说："别说话，恁看那边过来个人。"

他两个定睛一看，都发现了，这个人溜着墙根，影影绰绰，来到八队饲养院附近停住了脚步。他两个二话没说，一起窜出了玉米地，跑到了这人跟前。潘忠地想拦也来不及了，随后跑着跟了过去。

原来这人是李长久。李长久，四十多岁，因十几岁时头上长秃疮，头发都掉光了，所以人们都叫他"秃子"。他虽然贫农出身，可好吃懒做，老婆也不是会过日子的那种人，同样分口粮，别人家还有吃的他家就断顿了。有时候领到救济粮，理应俭省着吃，他却偷偷摸摸不是换斤豆腐就是换两张粉皮，老早又揭不开锅了。平常他两口子手脚不干净是出了名的，不过也就是偷几个玉米棒子或是几块地瓜几把花生的，没听说偷过什么大东西。他看到这几个人突然冒了出来，先是一惊，接着稳了稳神，说："哟，这么晚了恁几个还没睡觉，在这里干什么？"

一个民兵说："干什么，等你呀！这黑更半夜的你跑这里来干什么？"

李长久说："别胡闹了，恁怎么能是等我呢！我睡着睡着肚子疼，起来转转，不知不觉地就走到这里来了。"

潘忠地说："你家是四队，离这里老远哩，怎么就能转这里来了？"

另一个民兵说："别听他胡扯淡，叫他到大队办公室说去。"

李长久说："凭么叫我去办公室？我就是出来走走犯什么错了？"

"犯什么错你知道，不敢去那就是做贼心虚。"

"是不是还想让我们把你捆起来？"

两个民兵说着上去拉扯他。潘忠地说："去吧，有事没事到那里给发树哥解释一下。"

"去就去，反正我没犯法。"李长久跟着潘忠地，两个民兵在后面跟着他，一起去了大队办公室。

从一开始轮流守候定好了的，六个人都在大队办公室休息，万一有事，就到办公室喊人，便于照应。潘忠地他们三个是夜里十二点换的班，现在张发树他们三个正在办公室里睡觉。来到大门口，潘忠地说："恁在这里等等，我先去把他们喊起来。"

潘忠地进去敲了敲屋门，同时喊了一声，屋里的灯立时亮了。张发树起来开了门，一看只有潘忠地自己，问："有什么情况吗？"

潘忠地把刚才事情的经过小声说了说，张发树说："你们太慌张了，该等到他进去动手的时候再逮他，那样他就没话说了。"

"是啊，没等我说话他俩就冲过去了。"

"他人呢？"

"在大门外边等着哩。"

张发树对一旁的两个民兵说："去，把他弄进来。"

李长久进来了，睃了睃屋里几个人，站到一边不吱声。张发树走到他跟前，上下打量他一遍，说："秃子，你不老老实实在家里睡觉，半夜三更的出去转悠么？"

李长久说："我肚子疼，到外面……"

没等他说下去，张发树抬腿给了他一脚，他趔趄了一下，虚张声势地可

着嗓子“哎哟”一声。张发树说：“别装样了，老实说吧，是不是三队、七队都得了手，今天又瞄着八队的猪圈了？”

李长久说：“你这是说的哪里话？我可是天天在生产队里干活，一天工不缺，什么也不知道，不信恁去问问俺队长。”

一个民兵说：“秃子你老实点，不然吊到你梁头上去，看你交代不交代。”

张发树说：“对，拿根绳子去。”

听了他的话，两个民兵出去了。潘忠地拽了拽张发树的衣襟，去了里间屋。张发树知道潘忠地有话说，进去就关上了门。

潘忠地悄悄地说：“还真把他吊屋梁上去呀？现在还不能确定是他干的，那样行吗？”

“也就是吓唬吓唬，不能当真拾掇他。”张发树也是小声，接着又大声说，“忠地你不用撵我回家休息，我不困。等会儿他们拿绳子来把他捆上，拉梁头上狠狠揍他一顿，不给他点儿厉害他不会说实话。”他是有意让外间屋的李长久听到，说完朝潘忠地使了个眼色，一块出去了。

李长久刚才蹲到了地上，见他两个出来，赶紧站起来，说：“连长，你了解我，以前我是偷过队里的庄稼，生产队罚过我，你也训过我，那都是挨饿逼的。可是，我从来没敢犯过大事，三队、七队的猪真不是我偷的，我要偷了能藏哪里？要不您上我家里看看，圈里就那两头小猪崽。您就是揍死我我也是冤枉的。”

张发树说：“秃子，你说的是实话？”

李长久咬牙切齿地说：“我要有半句瞎话，天打五雷轰！”

张发树说：“那好，就信你这一回。回去吧，要是查清是你偷的，看我怎么收拾你！”

李长久刚出门，那两个民兵拿着根麻绳回来了。张发树说：“恁两个跟着他，看他是不是回家。”又对潘忠地说，“恁三个抓紧再过去，也可能不是他干的，另有别人。”

潘忠地他们三个说着话，一起往八队饲养院走，快要到了的时候，忽然发现有个人影跑向村外。三个人赶紧追过去，撵出村不远，这人拐了个弯不见了。他们到路两边庄稼地里找寻一阵子，没有人影。潘忠地说："先回去看看猪少了没有。"

三个人回到饲养院，一看猪圈门关得好好的，知道小偷没有得手，是发现他们过来吓跑的。潘忠地说："咱再到坡里找找，估计这家伙还跑不远。"

这时候饲养员听到动静起来了，看到是他们几个，问清怎么回事，说："哎呀，我还不知道这几天恁在这里站岗哩。按恁刚才说的，这个人早跑远了，再去找也白搭，快到屋里来歇歇吧。"

潘忠地说："不了，俺得去给发树哥说说情况。"

他们又回到了大队办公室。张发树刚刚入睡，又被喊醒了，起来听了听，懒洋洋地说："贼被你们吓唬跑了，今天晚上他是不敢再来偷了。"转身坐到铺沿上，说，"来，挤挤睡一会儿吧。"为了轮班睡觉，他们在办公室里临时安了两张床，靠西墙一顺头摆着。

潘忠地说："俺上半夜睡了，还是恁睡吧。俺再到外边转转，这个人要是咱村的，反正得回家，进村时逮着他他也没话说。"

张发树一听，来了精神，说："对。恁刚追了他一阵子，他不敢接着回来，可天亮以前一定得家去。离明天还有个把小时，咱都去，把进村的几个路口全看住，一定能堵着这小子！"

六个人分散到村四周，把守住了所有路口，一直守候到太阳露头，也没发现有人进村。张发树找到潘忠地，说："让他四个都回去吧，你去叫士金叔，我喊着光恩大老爷，咱再到办公室商量商量下一步怎么办。"

潘忠地把夜里的情况详细说了说，李光恩听着好像自言自语："这就对了，一定是这两个东西！"

张发树问："大老爷你咕哝的什么？"

李光恩说："前天就有人给我讲，曾经在集上看到李长久和汪继业在一起瞎叽咕，一看到咱村的人就躲开了。这两天我一直在想，会不会是他两个合伙做的事？忠地这么一说就对上茬了，跑的那个可能就是汪继业，恁一追他早跑回汪家坪去了，所以您等了个空。"

潘士金问："是不是就是那个展春达？"

李光恩说："就是他。据说这个人在他村里也是不务正业，经常偷偷摸摸。如果真是他两个，别看李长久这些天没离开村子，可能是让汪继业把猪赶走了，叫他卖了两个人再分钱。"

汪继业、展春达是同一个人。他是展春旺的亲弟弟，原名叫展春达，七岁那年才去了汪家坪他表叔家，改名换姓叫汪继业。展家虽然就他弟兄两个，可当时正值土改，他的父母时不时被拉出去批斗，弟兄俩在街上也经常遭孩子们围攻，喊着他俩"地主羔子"，唾沫吐，坷垃砸，他每次想反抗，都被哥哥制止住了。坡里土地被分，家里财产被抄，房屋、家具也只留下很少一部分，日子一落千丈，简直从天堂坠入地狱。一次他表叔来，看到这情况，对他爹娘说："到了这一步，孩子也跟着遭罪。不如让老二跟我去吧，我家里就他三个表姐，没有男孩，亏待不了他。他以后要是愿意回来，随他的便。"他爹当即表态："那太好了，这孩子就算过继给你了，今后随你的姓，不能再回来了。"尽管他娘不乐意，也不好说什么。展春达当场都听到了，心里很高兴，管他姓什么叫什么，只要不挨欺负吃得好就行。当大人们问他愿不愿意去时，他是满口答应。就这样，展春达从此成了汪姓家的人，更名为汪继业。在展家娇生惯养，到了汪家更是受溺爱。从小娇纵惯了，长大后没人能管得了他。后来继父继母相继去世，三个姐姐也先后出嫁，他光棍一人过日子，二十好几了还从未有人给他介绍过对象。这几年他没断到汶水滩来，大都是因为断顿了来找他哥哥要吃的。展春旺是老实人，碍着兄弟情面，自己再困难也想法接济他点。每次回来他都是在村里转悠半天，遇上人就主动打招呼，嘴甜着哩。汪家坪离汶水滩五六里路，相互的亲戚好几家，所以对他的情况很多人都知道。

听李光恩这么一分析，张发树说："一定是他两个干的。我带着两个民兵去把汪继业弄来，家里也把秃子看起来，分头一审这事就结了。"

潘士金说："那可不行，咱手里没有证据，他两个要都咬着牙不承认怎么办？我看不如这样，光恩叔你先到汪家坪去一趟，找找大队的负责人，让他们帮咱了解了解。真要是他俩干的，汪继业窝赃销赃，不可能不被本村人发现。也许现在还没来得及出手，要能把猪找着他们就更没话说了。"

李光恩说："那行，汪家坪的大队书记和我姑奶奶家是邻居，他陪我吃过饭，一定能帮咱的忙。"

正如李光恩所料，汪家坪大队的领导很配合。李光恩去了找到大队书记，说明来由，大队书记立即叫来治安主任，让他抓紧去了解一下，看看汪继业有没有可疑的地方。治安主任先去找了汪继业的左右邻居，一个说他这几年从来没喂过猪，最近是听到他家圈里有猪的动静。另一个说这一段没见他下过地，今天却看见他老早就扛着锄头干活去了。治安主任到了他家，一看大门锁着，便差人爬墙进去，发现圈里的确有两头几十斤重的大猪。

治安主任回到大队办公室，说了说情况，大队书记说："看来是他干的，把他叫来问问。"治安主任到坡里把汪继业找来了，一进办公室书记就问："继业，你家里那两头猪是从哪里弄来的？"

汪继业一看李光恩在，估计可能事情败露了，仍不露声色，硬着头皮说："买来的呀，怎么了？"

书记又问："从哪个集上买的？哪天买的？花了多少钱？"

汪继业说："买来老长时间了，花了三四十块哩。"

李光恩突然插话："不是三头吗，那一头呢？"

汪继业没犯寻思，顺口说："那一头卖了。"

治安主任说："别胡编了，这个人你认识吗？"

汪继业说："那还能不认识！光恩大老爷，俺老家那村的。"

书记笑了笑，说："行了，你从汶水滩两次偷了三头猪，人家都调查清楚了，你跟着恁大老爷去一趟，一定要老实交代，争取宽大处理。不然的话，送到公安局没你的好果子吃。"

汪继业拧着脖子说："猪是我买的，不是偷的，我不去。"

治安主任说："还嘴硬，是不是偷的去了再说。你要不老实就找两个人把你捆起来送去。"

书记说："不用捆，去叫两个民兵来，把他押过去，别让这熊孩子半路上跑了。"

事情很快就弄清楚了。在大队办公室里，潘士金、张发树和李光恩你一言我一语地问，潘忠地在一旁记录，没费多大劲儿，汪继业就把整个过程交代了个一清二楚。

半月前汪继业去赶集，遇上了李长久，李长久把他叫到一边，问他想不想弄两个钱花。他说，那还能不想，怎么个弄法？李长久就说，汶水滩有几个饲养院在村头，圈里都喂着几头大肥猪，夜里去偷偷撵几头，到集上卖了还不就是钱？当天两个人商量好，第二天晚上动手，半夜后汪继业过去，在村口与李长久接头。第一次只顺顺当当赶走一头，李长久把他送出去一里多路，嘱咐他隔三天再来偷七队的。第二次赶走了两头，临分手时汪继业问李长久，还来不来，李长久说多隔一天，第四天晚上再来，下次偷八队的。要是发现被干部们怀疑了，就给他捎信，不让他来了。几天里没听到李长久的回音，以为肯定是没事，所以昨天晚上就又来了。半夜多来到村口，没看到李长久，等了一会儿也没等着，就直接去了八队饲养院。刚要进院子时，看到村里出来几个人，赶紧扭头就跑，幸亏跑得快才没被逮着。李光恩问他，你两次赶回去三头，怎么你家里只有两头？汪继业说，第一头当天就赶到集上卖了。问他卖了多少钱，把钱放哪里了？他说，卖了二十八块，放家里了十五块，剩下的十三块第二次来时给李长久了。因为说好的卖了钱两个人对半分，他给李长久说卖了二十六块，自己多留了两块。又问他这两头为什么没卖？他说李长久嘱咐的，不能接着卖，那样容易被人怀疑，先在家里喂一段时间，看看没什么动静再卖。

汪继业交代完了，潘忠地把记录给他看了看，问他记得对不对，他说没错，就是这么回事。张发树到里间屋拿出会计用的印泥盒，让他摁上手印，然后装进了口袋。潘士金把几个人招呼到院子里，说喊几个民兵来，先看着汪继业，再把李长久叫到试验队去，在那里审问他。

李长久正在地里干活，李光恩叫着他来到试验队办公室，开始他是胡搅蛮缠，死活不承认。潘士金说已经把汪继业逮来了，你们怎么预谋，怎么作的案，他都一一讲出来了，你还抵赖什么？张发树接着把汪继业的口供记录掏出来，翻到最后一页，让他看看汪继业名字上的手印。李光恩说三队那头你已经分了十三块钱，七队那两头你让汪继业喂一段时间再卖，你还说没你的事？他这才意识到真是露馅了，终于认了账。

潘士金说："你先回去把那十三块钱送来交给发树，然后在家里老实待着，听候处理。"

李长久走了后，张发树问："汪继业怎么办？"

潘士金说："让恁光恩老爷带两个人，把他送回去交给汪家坪大队，他如果还办过其他坏事，人家好一并处理。顺便把他卖猪的钱和那两头猪弄回来。"

张发树说："这就算没事了？太便宜他们了吧！"

潘士金说："不能算完，晚上咱开个支部会，商量商量下一步怎么处理。等会儿我去工作组汇报下情况，也得听听他们的意见。"

到了工作组，魏书记和其他几个人都在。听了潘士金的汇报，魏书记说："怎么处理由你们党支部定吧。不过，这件事性质挺严重，一定要严肃对待，不要太草率。"

潘士金说："俺村里还从来没出过这种事，我心里真没个数，您能不能帮我们出出主意？”

魏书记考虑了一会儿，说：“这样吧，让许干事去列席你们的支部会，帮恁一块研究研究。”

潘士金说：“那太好了。我想开会时让三队、七队的队长参加，还有四队的队长，因为李长久家是四队。审问他俩时忠地作的记录，也得参加。”

魏书记说：“可以。今后你们只要研究重大事项，就叫上忠地，他还兼着团支部书记，多参加些活动对他本人是个锻炼。”

潘士金答应着起身走了。日头已经偏西，他还没吃中午饭哩，得赶紧回家喂喂肚子。

潘士金让李光恩把案情详细作了介绍，然后请许干事讲话。许干事说：“刚才光恩同志把这两个人作案的经过讲得很清楚了，看来李长久是主谋。魏书记说，这个案子性质很严重，必须严肃处理。还是请大家都发发言，谈谈自己的意见。”

展明尧说：“说起来这个问题的确不轻，现在是偷猪，说不定下一步他们就敢偷牛。不过，赃款赃物都追回来了，又是初犯，开个社员大会让他们作个检讨，狠狠地批判一下，以观后效。”

张发树急火火地说：“那不行。这个秃子一贯偷偷摸摸，这次又是主谋，不能轻饶了他。还有汪继业，应该叫展春达，虽然在汪家坪是个中农成分，可本质是地主，是个标准的地主子弟，敢跑老家来偷集体的猪，得好好地整整他。依我看，应该让派出所把他俩送到公安局去，起码判他个三年两年的，放回来就老实了。”

潘忠良接着说：“对，得送公安局。七队的猪皮毛没少弄回来了，可俺那头猪只追回来二十八块钱，要是正常去卖，起码得上去三十块，好了能卖到三十四五块。”

许干事不明白汪继业怎么又叫展春达，家庭成分是中农又是地主，这里还是他的老家，就问了一句，潘士金向他作了解释。

这时四队队长说："不光秃子不是好东西，他老婆也是三只手，两口子是弯刀对了瓢切菜，瞎驴驮个破布袋，一路货色。平常只要有机会，就顺手牵羊捞一把，生产队拿他没办法。这回就得狠整他一下，再给秃子戴上个帽子，今后大队把他管制起来，我们也省心了。"

李向河说："你说得轻巧，恁管不了大队怎么管他？还是送公安局让劳改队管他几年，也许能教育好了。"

潘秀菊和七队队长也都说该送公安局。

李光恩往鞋底上磕了磕烟锅，慢声慢语地说："按他俩犯的事来说，是该送公安局，可是，咱汶水滩从老辈里还从来没有蹲过局子的，这要是破了例，传到外村去咱村的名声就坏了。不如给李长久戴上坏分子的帽子，和地富分子一样接受管制，改造好了就给他摘帽，不老实就长期戴下去。至于汪继业，这次全是听了李长久的话，算是个从犯，把他弄来后态度也不错，交代得很彻底。再说，他已经出继十多年了，现在是属于汪家坪的人，人家大队书记表示一定好好管教他，咱就别管了。"

许干事立即跟上，说："大家说的都有道理。这是明目张胆地盗窃集体财产，公开搞破坏活动，我们必须站在阶级斗争的高度来看问题。"

大家闷缸了，都看着潘士金，想听听他是什么态度。

潘士金起初看到大家的意见不太一致，心里也没个数。听了李光恩的发言，他觉着在理，想接着表态同意，可许干事把话接过去这么一说，他的话就咽了回去，又认真思考起来。"阶级斗争"这个词，至今他还没完全弄明白。近年来在公社召开的会议上，领导几乎每次讲话都强调要抓阶级斗争，甚至说"阶级斗争要年年讲，月月讲，天天讲"，怎么个抓法讲法？不就是斗斗地主分子富农分子吗？今天讨论的两个小偷的问题，难道也属于阶级斗争？刚才李光恩说得对，全大队没有过犯罪判刑的，每当和周围村的人说起这事来，总是觉得脸上有光，非常自豪。为了全大队的名誉，不能送公安局。可是，只给他戴上坏分子帽子算不算抓阶级斗争？又一想，应该算是。“四类分子”就是指的地、富、反、坏，原来全村只有几个地主和富农分子，这再增加个坏分子，一块管制起来，还不就是抓阶级斗争！这样分析可能符合许干事说的意思。想到这里，他轻轻咳嗽一声，说：“许干事说得好，咱不能只看到他们偷了几头猪，要认识到这就是阶级斗争。光恩叔说了，不送公安局，给李长久戴上坏分子的帽子，严加管制，我赞成这么做。因为这是在我们大队出现的阶级斗争动向，不应该推给上级，我们要亲自抓，亲自管，这也正是对我们党支部和全体贫下中农的考验。另外，汪继业罪过轻些，就让汪家坪大队处理吧，他们帮咱破案，这样也体现咱对他们的尊重。”他看了看许干事，又说，“许干事，您看这样行吗？”

许干事说：“很好。我回去再向魏书记汇报一下，他要没别的意见就这么定了。”

张发树说：“得开个群众大会吧？叫秃子亮亮相，检讨检讨，同时宣布给他戴上帽子。”

潘士金说：“当前生产这么忙，别开群众大会了，等请示了魏书记，咱就开个全体大小队干部会宣布。”

李光恩说：“是得让群众都知道。要不派两个民兵弄着他游游街？”

许干事说：“这个办法好，给他戴上个牌子，全村转转，既灭灭坏人的威风，对广大群众也是个教育。”

潘士金表示同意。

整个会议潘忠地一言没发。开始听了几个人的发言，他认为，不论是送公安局还是把李长久定为坏分子，是不是都有些偏重？后来许干事和潘士金这么一讲，他更想不通了。阶级斗争应该是对阶级敌人的斗争，他两个只是偷了几头猪，目的是弄点钱花，尽管问题严重，能算是阶级敌人吗？回到家里，找出最近从大队办公室拿回来的几份报纸，因为他记得有几篇关于“农村社会主义教育”的文章中都提到了阶级斗争，他想弄明白，当前强调抓阶级斗争到底是怎么回事。翻过来看过去，折腾大半夜，他脑子里仍是一盆糨糊。当然，他不知道，在场的所有人，包括许干事、潘士金，也不清楚阶级斗争的真正含义。没过几年，就连大队干部们和生产队长也成了阶级敌人，跟四类分子一起挨批斗，更是他没有想到也弄不明白的了。

『四清』运动

公社下了通知，要召开全体大队干部和生产队队长、会计、贫协组长参加的会议，时间七天。开这样规模的会，很少。开这么长时间的会，还从来没有过。接到通知人们就议论，大概是因为入冬以后农活不那么紧张了，把干部们集中起来学习学习，提高提高。有的却说，阴书记被抽到工作队，到试点县参加社会主义教育去了，魏书记主持公社党委的全面工作，很可能是想出点花样，树树自己的威信。有人当即反对，魏书记咱又不是不熟悉，按他的处事风格，不可能这么办，一定是上头有什么新精神。

会议开了半天，人们就明白了。会议的规模和时间，是县委统一部署的，各公社都必须这么办。会议内容也不是一般性的学习，是全面动员，开展面上的社会主义教育运动。会议采取会内会外相结合的开法，同时要把全体党员和社员群众发动起来。会议暂定七天，必要时还可能再延长。

第一天上午，会议首先传达了县委书记在公社党委书记会议上的讲话，然后，魏书记作了动员报告。他讲到在社教中抓的五个重点问题时，重复了两遍，要求大家听明白记清楚，那就是："阶级斗争、社会主义教育、依靠贫下中农、四清、干部参加集体生产劳动。"其中，最基本的是抓好阶级斗争。这一星期的会议，主要是统一大家的思想认识，开展好以"清账目、清财物、清仓库、清工分”为主要内容的“四清”，纠正大队、生产队干部中存在的挪用公款、铺张浪费、多吃多占、贪污盗窃、脱离群众等行为。这些内容，所有参加会议的人员都觉得很新鲜，也有些震惊。有人边听边嘀咕：又要搞运动了！

会场设在公社礼堂。这是人民公社刚成立时建的，说是礼堂，开始时只是个大敞棚。因为当时建筑材料紧张，只有西面主席台后边垒了墙，其他三面都敞着。所需木料是从全公社无偿调集的，要建能装一千多人的大房子，到哪里去找那么高的大树作梁？只好在里面多垒砖柱，用砖柱顶着屋梁接头的地方，这样，里边就竖起了十二根四面各八十厘米宽、五米多高的大砖柱。两年后才又垒了剩下的三面墙，并安上了门窗。门是木板门，窗是木棂窗。夏天开会，为了通风凉快，窗子不糊，门开着，里面还亮堂些。要是冬天，为了避风保暖，那就要糊好窗户关上门，尽管屋顶上垂下几个发着橘红色光的灯泡，主席台上的人也难以看清下面听众的脸。砖柱还挡着视线，有不少听会的就在背影里叽叽咕咕、吸烟、睡觉，自由自在了。台上台下全是土地面，没座位，参加会议的人要自带小凳子，到得早的都抢着围在砖柱周围，开起会来好依着砖柱打瞌睡，轻快舒坦。以往的会议，开不多长时间下面就有些人磕头打巴，有的甚至响起了鼾声。这次会议不同，一上午几乎没一个睡觉的。

会议安排，当天下午以大队为单位组织讨论，主要是让与会者领会精神，先不涉及具体问题。第二天，各大队回去分别召开党员会和群众大会，发动大家给干部们提意见。同时，所有与会人员都要好好反思，作好准备，从第三天开始，集中检讨个人的问题。会议还要求，为了便于群众检举揭发，各大队都要设置一至三个意见箱，挂到显要位置。并且讲，县里和公社的意见箱已经挂出去了。要告诉群众，有意见可以当面提，也可以写成材料投到意见箱里，还可以越级反映，直接投到公社或县里的意见箱。特别强调，绝不允许干部打击报复。

驻队工作组的同志全部撤回了公社，连同其他公社机关干部、社直部门负责人一起，作为联络员，分派到各大队，每个大队一人。团委书记柳新水被分到汶水滩。

这么多人集合到公社，没法安排住宿，都是上午九点正式开会，参加会议的人员在家吃完早饭再来，傍晚回家吃晚饭。这样，中午饭还必须在公社驻地吃。多数大队都是通过亲戚朋友找户房东，带个做饭的，集中一块吃。也有的大队不统一安排，让大伙随便找地方吃。为了便于组织讨论，公社要求，最好还是以大队为单位集中就餐。汶水滩大队有一个生产队会计、两个贫协组长请假，参加会议的还接近三十个人。他们找的是八队队长的姑家，因为这家房屋宽绰，有新盖的三间屋还没住人，讨论时坐得开。饭食也很简单，各生产队凑玉米打成面子带来，每人每天还可以报销两毛钱，集中起来作为炭火费和菜金，每顿饭都是蒸两锅玉米面窝头，炖一锅大白菜，再烧锅咸汤。

第一天下午还没开始讨论时，柳新水就来了，他提出要有个负责记录的，特别是个人检讨问题时，必须清清楚楚记下来，既是为了向公社汇报，也便于会后逐条对照落实纠正的情况。潘士金说让忠地记录吧，他工作时间短，没什么可检讨的。柳新水同意，就这么定下了。潘忠地问怎么记，柳新水说后天带本稿纸来，把大家发言的大体内容记下来就行，需要上交时咱再整理整理。

傍晚回村时，柳新水和潘士金一起骑自行车来了，在路上，柳新水说：“明天的会议倒是好开，你把今天魏书记讲的主要精神传达一下就可以了。后天回来就涉及个人实际问题了，从下午讨论的情况看，不少同志有顾虑，有的认为这是又要整人了，也有的不当回事，说是没搞女人没贪污，爱怎么整就怎么整。抱有这样的态度，就不可能主动检查自己的问题。回去后是不是重点做一两个人的思想工作，打消顾虑，到时候能带头作自我检讨，对其他同志也起个引导作用。”

潘士金说："这个办法可以，晚上咱和明尧一块商量商量。"

房东抱进来两捆秫秸，说："新屋阴凉，日头还没照进来，恁点着火烘烘吧。"

潘士金说："大姐你别忙活了，这几天还不算冷。"

张发树起身接过秫秸，说："大姑都抱来了，咱就别客气了，暖和暖和好发言。"说着把秫秸放到中央，又把凳子拿过来坐下，点着火，一把一把地慢慢烧。有几个人围过来，坐到火跟前。

烤了会儿火，吸了会儿烟，七嘴八舌说了会儿闲话，柳新水看了看表，说："潘书记，进入正题吧，快九点半了。"

"开始。"潘士金掐灭烟头，清了清嗓子，"大家都别瞎扯了，说正经的。从今天上午开始，我们按照魏书记要求的，认真检讨个人的问题。不要有什么顾虑，有点毛病甚至犯了错误都不要紧，只要主动讲清楚，认真改正，就是好同志。如果自己不讲，等群众揭发出来，那性质就不一样了。"他稍一停顿，又说，"下面谁先发言？"

吸烟的照常吸烟，烤火的继续烤火，满屋没一个接话的。展明尧用胳膊捅了捅身旁的潘忠良，示意让他发言。因为昨天晚上在大队办公室给他说好了的，叫他今天带个头，当时还帮他梳理了梳理要检讨的内容。

潘忠良看了看展明尧，说："好，我先说两句，来个脱了褂子割尾巴，把所有的破事都交代出来。"

他话音没落就都笑了起来。

"笑什么？我说的是真话，检讨不彻底了大家再帮助我。"

李向河说："魏书记讲的割尾巴不是脱褂子，是脱裤子。"

潘士金说："都别笑了，让忠良说。"

潘忠良一本正经地说："先脱褂子，再脱裤子，反正只要是问题咱都摆出来。第一件事，我老婆死了发丧时，暂时用的队里的钱，收的丧礼还上后，还欠三十块，两年多了，至今没还，这是仗着当队长，占集体的便宜，再不还就算是贪污了。第二件事，就是参加集体生产劳动太少，整天这里转转那里看看，越来越懒，再也放不下架子和社员同劳动了，这是严重的脱离群众，今后只要有空儿，就得拿起家伙和大伙一样干。第三，和王桂兰结婚时，为了给她做个新褂子，我从光斗大老爷那里拿了七尺布票，那是生产队往食品站卖肥猪奖励的，本来说的年底给五保户做衣裳，让我多占了，等发下明年的布票来我先退赔。先说这几条吧，想起来再说。”

潘士金说：“不错，就这样讲，大家接着说。”

屋里又静下来，只听到秫秸火的“噼啪”声。

潘忠地把稿纸递给柳新水，说：“柳书记，你看看这样记行吗？”

柳新水接过去，看到上面写着：

潘忠良：

1.发丧借生产队三十块钱，至今未还。

2.参加集体生产劳动少，严重脱离群众。

3.占用了生产队七尺布票。

“这样记就行。”柳新水把稿纸交给潘忠地，向全屋扫了一眼，接着说，“忠良同志深挖思想，主动讲出了自己的问题，并且表明了纠正的态度，很好。其实这几个问题性质都是比较严重的。随意借款，借布票，长期不还，那就是贪污行为，一般社员能这样吗？不能，只有当干部的才有这个特权。再就是不参加集体生产劳动，也是非常危险的，‘懒、馋、占、贪、变’，由懒开始，沿着这么一条路子发展下去，最后就可能变到阶级敌人的行列中去。人犯错误不可怕，怕的是不敢正视，缺乏改正的勇气。敢于承认自己的错误，就是迈出了改正的第一步。只要认真纠正了，就能得到组织和群众的谅解，依然是一个好干部。希望大家像忠良同志这样，认真检讨自己存在的问题。”

这时李光斗接过话：“刚才忠良说的不对。”这句话一出口，不少人都愣了。他继续说，“他家里办完丧事算账，是欠了队里三十块钱，当时是队委会研究同意的。再说，现在不是他欠生产队，是队里欠他钱，我们买抽水机时借了王桂兰八百块，光利息还这点账早就绰绰有余了，我还想建明年的新账时就把他这笔借款冲出去。还有那几尺布票，也是……”

张发树截住了他的话，说：“‘铁头’大老爷，你别打横炮呀！忠良是忠良，王桂兰是王桂兰，两个人不能穿一条裤子，忠良讲的是他个人的问题，你不能把王桂兰扯进来。至于怎么走账，那是你会计的事。”

潘秀菊在后面推了他一把，说：“胡闹也不分场合，恁大老爷那外号你也敢叫！”他扭头龇了龇牙。

潘忠良说：“是呀，我和王桂兰是各账各算，横河不能挡竖水，要用她那钱还我的借款，还不知道她同意不同意哩。”

李光斗“哼”了一声，心里话，“好心做了驴肝肺”，“吧嗒吧嗒”吸了几口烟，不吱声了。

后面有人嘀咕：“都一个被窝睡这么长时间的觉了，还各算各的账，谁信？”

柳新水听出了新的问题，生产队借个人的钱还计利息，是不是高利贷？于是问：“你们借社员的钱怎么还有利息？”

李庆祥在一旁说：“没利息怎么行？到银行贷款也少不了利息，咱还贷不来呢。这事也是队委会集体研究定的，当时王桂兰准备把钱存到信用社去，我们借过来用了，就按信用社存款的利息给她算账。”

这个情况虽然多数人不知情，潘士金却是一清二楚，就说：“别再扯这个事了，大家继续发言，还是检讨个人的问题。”

就这样讨论了三四天，也没人检讨出什么重大问题。潘忠地的记录写满了五页多纸，内容无非是参加劳动少了，多吃多占了，还有几个人检讨也借过生产队的钱，有的几块，有的十几块，没能及时归还。当最后只剩下潘忠地没发言时，柳新水说：“忠地你也得讲讲，虽然当干部时间不长，也不能一点问题没有。”

潘忠地说：“我就是参加生产劳动太少了。至于其他方面，还没想到，请大家多给我提提。”

潘忠良说：“忠地你别说了，别人不清楚我还能不清楚，要说你参加劳动少，不说大队干部们，就是我们这些生产队干部，三个人加起来也不如你干的活多。”

张发树说：“我赞成这说法。有问题说问题，没问题也不能硬往身上拉。”

柳新水没再说什么。

村里在大队办公室门口和村中央十字路口，分别挂上了意见箱，每天晚上由李光恩负责开锁查一遍，看有没有群众投进去的东西。结果，里面片纸没有。

关于清仓查库、清理现金和工分账目，按照公社部署，会后回去再搞。

就在第七天上午大会总结结束后，公社纪检干部老栗找到潘士金，说：“县纪检委一早来电话，下午有两个同志去你们汶水滩，准备找部分干部、群众和驻队工作组的同志了解下情况。我陪他们一块去，你做好准备。工作组的同志你不用管了，我通知他们，没要紧事的下午都回去。”

潘士金问：“座谈哪方面的内容？”

老栗说：“电话上没说，包括找哪些人谈，等下午去了再定。”

从上午天空就雾蒙蒙的，中午开始飘洒起雪花，越下越紧了。县纪检委的老邢和小冯午饭前就到了公社，老栗安排他们吃了午饭，没休息就往汶水滩赶。工作组的高淑娴、王士友和许永和跟他们一起走的，其他几个同志下午还有事，去不了。

这是入冬以来的第一场雪。雪片一团团一簇簇，纷纷扬扬，旋转飞舞，好像不情愿落到这不干净的大地上。道路和田野已经分不清界线，许干事骑车在前面带路。横飞的雪花迎面扑来，无声地落到身上，使衣衫的前面变成了白色。落到脸上眼睫毛上的立即化了，擦一把，接着又落上来，让人眼都难睁。空中白茫茫一片，什么也看不清楚了，只有一层又一层如撕碎的棉絮，不断头儿地飘扬着，弥漫了整个原野。自行车轧在积雪上，发出“咯吱咯吱”的响声。

几个人吃力地蹬着车子，耳朵冻得生疼，身上却感到热乎乎的。老栗紧跟许干事，小心翼翼，老担心摔倒，看到他摇头晃膀奋力向前的样子，说：“老许，走慢一点，小心滑倒。”

“没事，想骑快也不可能。这雪还没化，下面没结冰，不滑，就是费点劲儿。”许干事上气不接下气地答话。

他们直接去了工作组。一进屋，高主任赶紧拿过两条毛巾，让老栗和县里的两个同志擦把脸，拍打拍打身上的雪。王站长没进屋就先到西墙根扒了扒雪，掏出两把引火柴，抱到屋里开始点炉子。许干事拿过茶壶茶碗要洗，高主任说先别洗了，等会儿水开了烫烫。

都喝起茶来，老栗说：“老邢，你看怎么安排？通知哪些人座谈？在这里也行，到大队办公室谈也可以。”

老邢说：“这雪还下着，先别叫其他人了。他们三位都长期住在这里，有些情况可能比较了解，让他们先谈谈吧。”

老栗说：“也可以，看来今天是回不去了，正好工作组有几个同志没回来，有现成的床铺。下午给他们扯扯，要是需要找别人明天再说。你先介绍下情况？”因为在公社时老邢只告诉他有封关于潘士金的人民来信，领导交代到村里核实一下，具体内容也没给他说。

老邢说：“事情是这样的。我们在县委门口设置了个意见箱，昨天开箱时发现有封人民来信，是以‘汶水滩一名共产党员’的名义写的，检举党支部书记潘士金同志的问题。纪检委周书记看了后，认为信的内容有些算不上什么事儿，但有一条涉及阶级路线问题，如果属实性质比较严重。当前农村的社教刚刚开始，周书记让我和小冯来了解了解，如有必要再向公社党委汇报。咱都是机关干部，我就不介绍具体内容了，轮着看看原信吧，相信大家会注意保密的。小冯，你把信拿出来。”

小冯从提包里拿出信，递给老栗。

老栗接过去认真看了看，没说什么，接着给了高主任。王站长忙着不是倒水就是捅炉子，最后一个看的。他看完把信放到老邢跟前桌子上，站在那里气呼呼地说：“这是哪个王八蛋这么缺德，全是胡编乱造！说亲眼看到潘士金从试验队拿了三四斤韭菜，这账应该算到我头上！那天是我和老潘在试验队，我妹妹来了，正巧试验队割韭菜，他就过去要了几斤，回这里来包的水饺。这事高主任最清楚，还有老曲、老胡，当时他们也都在。人家老潘不仅没把韭菜拿家去，还回家拿来了酒、菜，一块在这里吃的。我知道是没交钱，老潘说他们不是卖的，试验队的全体人员分了吃。就算这是多吃多占，账也不能这么算呀！您看看信上说的，一次拿的韭菜合一毛多钱，一年三百六十天，一天贪污一毛多，当了两年多的支部书记，累计起来就是上百元。谁家地里冬天还有韭菜？有的时候也是一茬一茬的，还能天天割？就是有，潘士金天天往家抱一抱韭菜干吗？喂猪呀！”

高主任笑着说：“我们都吃韭菜了，可我们不是猪，就你一个人是。”

小冯也笑了。

老栗说：“老王你坐下，有话慢慢说。”

老邢说：“我们也觉着这一条不是问题。还有那句话，说潘士金当队长、书记五六年，往少处算也得贪污个三百块五百块的。这种没根没据的说法不足信，也用不着落实。可是，关于包庇、重用地主子弟那一条，有名有姓的，需要核实一下。”

许干事说：“展春达的问题我清楚，整个处理过程我都参与了。首先得纠正，他不能算是地主子弟，因为新中国成立前他就过继到汪家坪去了，当时才六七岁，名字改成了汪继业，那里的家庭成分是中农。”他接着把当时党支部研究的经过简单说了说。

老邢问：“怎么信上说展春达没作处理就被送回了汪家坪，与他合伙偷猪的那个贫农却戴上了坏分子帽子，还进行了批斗？”

许干事说：“这个贫农叫李长久，是个惯偷，大队、生产队多次处理过他。关键是这次偷猪他是主犯，主意是他出的，汪继业是他叫来的。对他实行管制后，我了解过一些人，干部、群众对这样处理是非常拥护的。汪继业也不能说没作处理，弄清问题后，治安主任带着两个民兵把他送回去，交给了汪家坪大队，并且取回了全部赃款赃物。另外，党支部讨论的结果我回来就向魏书记作了汇报，他也完全同意。”

高主任说：“展春旺当民办教师的事我们也知道。原来有个民办教师到煤矿当工人去了，因为没有合适的人选，空了一个多学期。公社教育组多次催，还让我和新水同志给党支部捎过信。后来还是根据学校负责人提议党支部决定的，全大队除了潘忠地，展春旺是文化程度最高的了，高小肄业，平时表现也不错，为人处事老实实在，就确定了他，并且是报教育组批准的。信上说为什么不选潘忠地而让地主子弟干？的确潘忠地出身好，文化程度高，可是，他是试验队队长，还兼着团支部书记，抽不动。”

王站长接过话茬，说：“我认为写信的这个人别有用心，他是想把忠地拱到一边去，好接这个试验队队长。”

许干事也说：“我也觉得这封信可能是那个人写的。”

老邢问：“你们分析的这个人是什么情况？”

他们把潘忠国的情况说了说。老栗听着笑了，说：“这人办得出来。原来张义生担任书记时，就有过人民来信，经调查，反映的问题全是无中生有。那次我和杨书记就分析是他写的。”

正说着，潘士金来了。

从公社回来的路上，潘士金就对展明尧说，下午老栗领着县里的人来，你通知党支部成员和忠地都去办公室等着。展明尧问来干什么，他说，老栗只说是来了解些情况，具体了解什么不知道。估计可能是座谈下一步“四清”运动如何搞法，因为公社要求，会后各大队要迅速行动，把清账目、清仓库、清财务、清工分的工作开展起来。

吃过中午饭就都陆续去了办公室，等了大半下午，没见人来。外面的雪越下越大，风也响起了哨儿，几个人围着炉子拉呱，潘忠地坐在一旁看报纸。张发树站到门口看了会儿雪，回头说：“我看咱别等了，这样的天气他们还能来？”

展明尧说：“会不会直接去工作组了？”

张发树说：“不可能，这几天工作组没人，锁着门他们怎么进去？”

潘士金说：“有可能，老栗说叫着工作组的同志一块来。您先再等等，我去看看。”

潘士金还没进门，许干事就看到了，说：“士金同志来了。”老栗立即住嘴，并示意大伙不要说了。潘士金在门口跺跺脚，拍拍身上的雪，边进门边说：“哎呀，这么大的雪，路上很难走吧？”

老栗说：“起身时下得还小点，风也没这么大，路还不滑。”随后把老邢和小冯向他作了介绍。

高主任倒了一碗茶给他，他接过茶碗，说：“下午我们没安排别的事，党支部全体成员都在大队办公室等着哩。”

老栗说：“老邢同志看着这雪一直不停，天又不早了，今天下午不想座谈了。反正得住下，需要找哪些人谈明天再说，你回去让他们都回家休息吧。”

潘士金说：“那好。还用我安排住的地方吗？工作组的同志这几天都回去开会，这里缺这少那的，吃饭怎么办，需要我弄点什么？”

许干事说："在这里住就行，他们几个没回来，还闲着四张铺哩。"

高主任说："吃饭的事也不用你管了，有现成的大白菜，还有面条、白面，临来时从公社伙房要了两斤肉，几斤馒头，不缺么了。"

因为对县里的两个同志不熟悉，潘士金不好再说什么。出门后他心里纳闷：纪检委的人来到底是什么事？看刚才他们几个人的神态，好像有话避着我。特别是王站长，坐在一边一言不发，脸上也不好看，像是生气的样子。难道涉及我什么事？又一想，管他呢，为人不做亏心事，不怕半夜三更鬼叫门。公社开会这几天反复思考过，当干部这些年尽心尽力，虽然工作上不是十全十美，可也从没做过出大格的事。

回到办公室，他说："散了吧。他们来了，工作组的高主任、王站长、许干事一块来的。可能有点累了，老栗说今天下午不座谈了，明天再说。"

展明尧问："明天上午咱还都过来？"

潘士金说："不用，各干各的事吧，另听通知。"

张发树和潘秀菊顺路一起回家，张发树说："我怎么觉得这事不对劲啊！下这么大的雪他们还赶来，一定是有急事，可来干什么也不说。你看士金叔刚才那样，好像心里憋着事。"

潘秀菊说："是啊。不论什么事，晚上我问问高主任就清楚了。"

吃完晚饭，潘秀菊打发婆婆睡下，在外间屋纳着鞋垫等高主任。她已经做好了两双鞋，准备再纳两双鞋垫，过几天去部队探亲时给丈夫带着。原来张义明是说今年回来过春节的，可后来又来信说，部队有任务，不允许请假，让她去部队，可以住两个星期。纳着纳着，针扎了手，一看，指头肚出血了，赶紧用劲捏住。这时大门响了，她迎了出去。

高主任说："你还没睡啊？"

潘秀菊说："等你呀，知道你回来了。"

进了屋，潘秀菊把火盆弄旺，说："先坐下烤烤吧，雪一停了更冷。"

"风也停了，还不是多冷，明天早晨才冷哩。"高主任说着坐到火盆跟前烤起手来。

潘秀菊问：“听说县纪检委来了两个同志，什么事呀？”

“没什么大事，他们收到关于士金同志的一封人民来信，来了解了解情况。”

“士金哥这样的干部还有人民来信？问题严重吗？”

“没什么大问题，都是些鸡毛蒜皮的事儿。今天下午我们都解释清楚了，明天他们再找个别人谈谈就回去。好了，睡觉吧，天不早了。”

第二天早晨，院子里的麻雀刚“唧唧喳喳”叫了几声，高主任就起来了。潘秀菊说：“在这里吃早饭吧，天这么冷。”

高主任说：“不行，我得回去帮他们做饭。”

高主任前脚走，潘秀菊后脚也出了门。她要去潘士金家。

潘忠地老早就起来了，把院子里的雪扫成两大堆，接着又到街上去扫。正干得身上热乎乎的，头上冒热气，潘秀菊老远喊他，他放下扫帚过去，说：“姑，这么早你干么去，有事啊？”

潘秀菊小声说：“县里的人是来落实人民来信的，有人告恁士金叔。”

“告他什么？”

“具体事高主任没说，反正没什么大事。你扫去吧，我去给他说一声，让他心里有个数。你知道就行了，千万别对别人讲。”

“我知道。”潘忠地答应着回身继续去扫雪。

这时候各家都陆续打开大门扫外面的雪了。村里就这样，雪后不用人安排，都是先清扫自己的院子，随后扫大门外边的。虽是各人自扫门前雪，这家那户之间是要扫通路的。个别无劳力的，邻居会主动帮他扫。如果雪下得太大，团支部就召集一伙年轻人，帮助那些困难户扫。一般情况，早饭前全村的道路就都清扫干净了。

潘士金听了潘秀菊说的情况，没感到吃惊，也没怎么当回事。因为昨天夜里他就考虑到这种可能了，纪检委的同志和老栗一起来，就应该是落实党员干部问题的。谁的问题？不会是其他人，一定是他这个当书记的。自己的肠子自己知道长短，有没有问题个人最清楚。想到这一层，心里也就坦然了。送走潘秀菊，他照常扫了一阵子雪，吃完早饭就去了办公室。

一会儿展明尧也来了，问："工作组那边没动静？"

潘士金说："没有，咱等着吧。"

展明尧点炉子，潘士金吸着烟，说："不知道这段时间干渠东打井进度怎么样了。"

展明尧说："会前有五个队开始了，其中有两个队进展比较快。这几天在公社开会，估计那三个队还没开始。"

潘士金说："这件事不能放松，干渠上的桥建好了，那片地就成庄头子地了，只要多施点肥，再浇上水，明年肯定大增产。"

展明尧说："是呀，今天我再找队长们催催，保证开春前每个生产队都得完成一眼井。"

两个人正说着话，张发树慌慌张张进了门，没落脚就说："我刚听说，早饭前许干事就把光恩大老爷叫到工作组去了，恁知道吗？"

潘士金说："可能是叫他去了解些情况。"

张发树说："什么事啊，不找书记副书记，怎么先找他呀！"

潘士金说："他是贫协主任，还管着治安，先找他谈谈是正办。"

展明尧摇了摇头，说："不对，不管了解哪方面的情况，也应该先和你通个气。"顿了顿又说，"难道有人写黑信告你状了？"

潘士金说："有问题没人告也藏不住，没问题谁告也贴不到身上。"

张发树说："那可不行，你忘了那年义生叔的事了？要真再有这事，非得把写信的那小子找出来，狠狠地治治他！"

展明尧说："你治谁？纪检委能把这人告诉你？要照你说的那样办，才真要犯错误哩。你没听魏书记在大会上讲，不允许干部打击报复。"

张发树想再说什么，李光恩进来了。潘士金问：“他们都问了些什么？”

李光恩说：“就是偷猪的那个案子，问当时咱怎么处理的。”

展明尧说：“你怎么说的？”

李光恩说：“许干事去叫我时就给我说好了，让我实事求是，咱怎么办的就怎么说。我简单说了一遍，那个姓邢的同志就让我回来了。我出门时听到，他们又让许干事到学校去喊宫老师。”

潘士金说：“别管他们叫谁了，你还没吃早饭吧？快回家吃饭去吧。”

李光恩走了。展明尧、张发树两个继续议论这事，潘士金坐在一边吸闷烟，不插言。没过多大会儿，许干事来了，说让潘士金到工作组去一趟。

走在路上许干事就说：“潘书记你放心，问题都了解清楚了，没事。”

潘士金答应着，没说别的。

到了工作组，老邢说：“士金同志，我们这次来就是了解一封人民来信反映的问题。昨天下午工作组的同志都谈了，为了进一步核实一下，今天又找光恩同志和学校的宫老师谈了谈，他们说的都完全一致。你们在处理展春达和使用展春旺的事儿上都没问题，其他方面更没事，你放心大胆地工作就是了。这件事就算过去了，你要正确对待，不要有思想负担。我们和工作组的同志对你的看法是一样的，认为你党性原则强，有水平有能力，这几年工作很出色。相信你们在工作组的帮助下，今后的工作一定能干得更好。你有什么想法，也可以说说。”

潘士金说：“我没什么想法。反映问题是人家个人的权力，个别人怎么看无所谓，只要组织上对我信任就行了。也请组织上放心，工作我该怎么干还怎么干，绝不会受什么影响。”

老邢说：“那好，就这样吧，我们回去了。”

潘士金说：“吃了午饭再走吧，路上正化雪，不好走。”

工作组的同志也留他们。老栗说：“下午结了冰更难走，我们回公社吃去。”

他们三个走了，工作组的几位又给潘士金说了说情况，高主任说：“潘书记你别怕，以后有机会你还是拿点韭菜来，咱吃，不让王站长吃，他不是人，是猪！”

潘士金不知道这话的由来，也不想掺和他们的玩笑，没接话。许干事却在一旁笑弯了腰。

哑巴打人

潘忠地一直思虑着一早潘秀菊给他说的那件事儿。吃完早饭，父亲用粪筐往外面坑塘里倒腾院子里的雪，他帮着背了两筐，说了声试验队有事，就出去了。

雪后天晴，碧空如洗。灿烂的阳光，平展展铺散到一望无际的银白色大地上，折射出金灿灿的光芒，令人目眩。放眼原野，整个世界晶莹皎洁，纯净无瑕。微风偶尔吹落路边树枝上的积雪，打在脸上冰凉冰凉。村外路上还没有人的脚印，只有小动物夜间走过，留下一两行桃花瓣似的痕迹，没多远就延伸到田里消失了，不知道是野猫还是野狸。一群鸟儿扑棱棱飞过来，落到树上，四下寻觅一阵子，接着又飞走了。这时候它们不是怕人，而是专朝有人的地方飞，因为它们以为只有有人的地方才有食物可觅。潘忠地正走着，忽然看到，麦田里不远处有一小块雪融化了，好像露出了黄褐色的土地。他有些好奇，想过去看个究竟，还没走到跟前，就看清是卧着只兔子，正啃麦苗。小家伙听到了动静，抬起头，竖起两只尖长的耳朵，三瓣嘴唇上还耷拉着几片麦叶，两只粉红色的眼睛警惕地瞪着“侵犯者”。他又往前走了一步，第二步刚抬起脚，它就跃起来跑了，像一个灰色的绒球抛向远方。“跑什么，我又不伤害你。”他自语。

自然界多和谐呀。大地，雨雪，动物，植物……万事万物各自依照老天的安排，互不侵扰，各行其事。再看这一马平川的田野，皑皑茫茫，敞开着无私的胸怀，多洁净！人类怎么就不行呢，为什么有的人生就的灵魂那么肮脏？

潘忠地边想边走。他已经六七天没到试验田里来了。其实这时候来也无活可干，只是心里有些烦躁，在家里待不住，想去个清静地方，找个比较合得来的人说说话。他发现那方进行品种对比试验的麦田里，好像散落着几个新坟头，便过去看了看，背风的一面雪盖不严实，是几堆粗粪。想，要是雪前撒开就好了，那样肥效好。这样老堆着可不行，麦苗如果捂时间太长了，容易变黄甚至烂叶，必须得抓紧撒开。他朝饲养棚走去，屋前边场地上的雪已经清理干净，去办公室的小路的雪也扫了。这时，李庆江正往外牵牲口，看到潘忠地，说："这坡里还没路影，冷呵呵的你怎么来了？快屋里暖和暖和。"

"不用，日头一照不是多冷。"潘忠地说着进屋拿出了铁锨。

"拿锨干么？"

"那边麦田里有几堆粪没撒，我撒开去。"

"咳，急什么，那是昨天上午才运进去的，下午长友带着几个人撒，后来雪下大了，就剩下这么几堆。你这会儿可不能撒，经过一夜冻得当当的，过了中午头化了冻才行。你别管了，下午我去撒，几锨的活儿。快进屋烤烤，你看你那鞋，都灌进雪去了。"

两个人进了屋，李庆江拨了拨火盆里的灰，又捧过几捧干草渣，从一边掖进去。回头从床底下拿出双鞋，说："合适不合适的先换上，把你那鞋架到火盆上，一会儿就干了。"

还有一头牛拴在槽上，李庆江边解缰绳边说："你先暖和着，我把它也牵出去，让它们晒晒，舒坦舒坦身子。"随手拿起挂在门后边墙上的铁刷子，出去把牛拴到木桩上，然后逐个给它们刷身上的毛。牲口们很听话，任凭他拾掇。这么一刷，一个个来了精神，昂头晃脑，东瞍西望，阳光之下，全身油光光的。

潘忠地换上鞋，稍大点，还将就。他把自己的鞋烤上，起身拿起锨，开始清理栏里的粪便。栏后边墙上有个洞，洞外面就是粪坑。墙洞用草苫子堵着，他摘下草苫子，把粪一锨锨扔出去。清理干净，再把一边备下的干土撒上垫匀。刚撒了两锨，李庆江进来了，上去就要夺他的锨，说："你歇着去吧，这点活还是我干。"

潘忠地没给他，说："马上就完了，我又不累，别换手了。"

李庆江从腰里抽出烟袋，装上一锅子，弯腰在火盆上点着，坐下吸了几口，说："好了，不用垫忒多了，有薄薄的一层就可以，明天好往外敛粪。"

潘忠地答应着把撒开的土又拨拉拨拉，放下锨，坐到火盆旁，默了一会儿突然说："大叔，你说士金叔怎么样？"

这句没头没脑的话把李庆江问懵了，他朝鞋底上磕了磕烟灰，带着疑惑的目光看了看潘忠地，说："挺好的个人呀，怎么了？"

"没怎么，我是说他这书记当得还可以吧？"

"可是没说的！他上来这几年咱村里变化多大呀，养猪积肥，架桥修路，打机井建水渠，原来就是他带领的恁三队生产还行，社员口粮也高，现在各个生产队都增产了。今年我分的口粮又比去年多了四五十斤，和三年前比起来，多一百多斤了，赶集、走亲戚和外村的人拉起呱来，他们都馋得慌。要是让义生干着，到不了这个样。"老百姓不懂多少大道理，分析问题时往往忘不了自己的切身利益。

"义生叔也是好人。"

"是呀，论人品义生也不孬，可论搞生产的门道他就比不上士金了。再说，他当书记那几年帮手不行，忠国是大队长，别说支持他工作了，不使绊子扯他的后腿就不错了。"

"忠国哥这人到底怎么样？"

“咳，别看他当过几年兵，还是个党员，没学好。这当干部呀，本事大点小点不打紧，有时候吃喝点群众也能谅解，但是，心眼要正，对人不能使坏。他不行，满肚子没有好心眼。全村谁不知道，那年就是他想当书记，把人家义生弄下台的。凭他那德行能干上了？没门！自己老毛病又不改，结果被撸到底了。”

潘忠地仔细听着，知道他说的“老毛病”是什么意思，不接话。李庆江又装上烟，点着吸一口，继续说：“我早就看出来了，你一到试验队来他就不高兴，还不就是因为没当上这个队长！发田那天给我拉起呱来还说，‘人家忠地哪一条也比他强百倍。’你放心，别看咱这里大都是些年轻人，没一个不服你。”

正说着李长友来了。他脚上穿着胶皮水靴，进门坐到火盆旁边，脱下来把脚伸到火盆沿上。李庆江说：“长友什么时候弄这么双水靴子啊，怎么没见你穿过？”

李长友说：“穿过几回。这是那年俺舅从关外回来，我去东乡火车站接他，当时车站外边全是些卖旧东西的，很贱，但是不收钱，要粮票，再就是可以用吃食换。咱哪里有粮票啊，我就用几个煎饼换了这双靴子。”

李庆江说：“那几年到处闹饥荒，逃荒的多，有的用二斤胡萝卜就换件新褂子。”

潘忠地岔开他们的话，说：“你不在家歇着，来干吗？”

李长友说：“我到恁家里找你，大老爷说你上这来了。你知道不？有人往县里写信把士金老爷告了。”

潘忠地问：“你听谁说的？”

“吃完饭我去光恩老老爷家帮忙扫雪，一去了老奶奶就说，‘一早工作组的人就把恁老老爷叫去了，到这时还没回来吃早饭。’我都把他院子里的雪快清扫完了他才回来，我问这时候工作组找他什么事，他说县里收到封人民来信，告士金老爷的，来了两个同志调查调查。”李长友看了眼李庆江，又说，“我估摸着这事又是潘忠国干的。公社开大会的时候，他有两天没来试验队，不知道干什么去了。你说他还能生出好狗来了？”

潘忠地又问：“他是哪两天没来？”

李长友说：“就是咱开了群众会的第二天、第三天。”

李庆江听到这里，明白了刚才潘忠地为什么问起潘士金怎么样，于是接上话：“我就说吗，这个人不地道。忠地，你给恁士金叔说说，对这样的人可得提防着点。”

潘忠地说：“没事，身正不怕影子斜。士金叔一心为了工作，对自己要求也严，不犯什么错，他告也告不出毛病来。”

“没事归没事，那也得心里有个数，不能让小人得势。”李庆江看了看阳光照进屋里来的位置变化，又说，“天不早了，恁两个中午在这里吃吧，我切点葱花、姜末、白菜头，咱烧疙瘩汤喝。”

潘忠地说：“不了，回去还有事。”说着换上自己的鞋，把李庆江的鞋又放回床底下。

他两个起身走到外边，潘忠地说：“地里那几堆粪下午得撒开，庆江叔说他撒，还是你安排个人来，别让他干了。”

李长友说：“我原来也是想下午叫个人一块来撒，你忙你的去吧，我来。”

潘秀菊也是放心不下，快到做午饭的时候了，她又去了大队办公室。这时潘士金已经从工作组回来了，展明尧和张发树还等着他听听结果，他刚说了几句，潘秀菊进门就问：“怎么样，恁三个都去谈了？”

潘士金说：“他两个没去，他们只找光恩叔和老宫去谈了谈情况。”

潘秀菊说：“学校的宫老师？让他去说什么？”

潘士金接上刚才的话，把工作组的同志向他介绍的信的内容，以及老邢找他谈的，都简单说了说。潘秀菊一听，气呼呼地说：“真是瞎胡敛和，这算些什么问题呀！八成又是潘忠国捣鼓的，得整整他，不能让他装没事人。”

张发树说:“怎么样，我和秀菊姑俺俩的心是相通的吧，我也是这么个意思。”

潘秀菊瞪了一眼张发树，“谁和你的心相通！”

展明尧说:“别说气话了，这种情况怎么整他？不是说过吗，对待群众的意见就得‘有则改之，无则加勉’。”

潘士金说:“是呀，纪检委的老邢还嘱咐我要正确对待这件事。别管他了，事情到此为止，以后都不要再提了。他费他的心机，咱干咱的工作，阴沟里的泥鳅翻不了多大浪。快到饭时了，都回去吧。”又对展明尧说，“下午咱俩分头找找队长们，干渠东打井得抓紧动工。”

展明尧说:“没动手的还有二队、四队、五队，昨天晚上我找五队了，他们答应明天就开始。二队、四队你去说说，其余的我找他们。咱统一要求明天都上工吧？”

潘士金说:“行啊，大雪对这样的活没什么影响。”说完几个人一块走了。

潘秀菊进门刚洗洗手准备做饭，潘忠地来了。潘秀菊知道他来什么事，没停手里的活，说:“县里的人和老栗都回去了，信上反映的事都算不上什么问题，就是个别人使坏。”

潘忠地还有些不放心，问:“你见到士金叔了？”

“我刚从办公室回来，明尧和发树也在，工作组的同志全给他讲了，县里他们临走前把他叫去谈了谈，说了解清楚了，不仅没什么问题，还充分肯定他的工作哩。什么狗屁信，都是些没影的事儿，胡乱给他扣几个帽子。”

“在试验队里说起这事来，庆江叔和长友都觉得是潘忠国写的。咱开完党员会、群众会以后，他有两天没去试验田，估计是进城来。”

“不是他还能是谁！你整天和这种小人在一块，今后也得注意点，别让他抓你的小辫子。”

“我不怕，咱不犯错，又不得罪他，他还能怎么着！”潘忠地说着拿起桌子上针线笸里快纳完了的鞋垫子，看了看，说，“姑，你的针线活真好。”

潘秀菊笑着说："春莲做的也不孬呀！怎么样，她给你纳的鞋垫合适不？"

李春莲前几天偷偷给他拿家去双鞋垫子，扔下就走了，他以为外人都不知道。刚才看桌子上的鞋垫，也是因为想起了春莲给他纳的那双。一听潘秀菊这话，脸立时红了，嗫嗫嚅嚅，小声说："合适。你怎么知道的？"

"憨蛋，我能不知道吗！等着吧，过几天就把鞋也给你做好了，鞋样子还是我给你铰的。"

老太太在里屋发话了："别光顾说话，多做点饭，让忠地在这里吃，下雪了又不能干活去。"

潘忠地说："不用了大奶奶，我从试验田回来还没回家哩，家里人得等着我。"说着要走。

潘秀菊说："那就回去吧。"潘忠地刚出屋门，她又说，"还有个事儿忘告诉你，大后天我就去部队看恁叔去，十来天就回来。"

潘忠地愣了愣，回头说："不是说俺姑父回来过年吗，怎么你又去？"

"原来是说今年他可以休假，正好回来过个年。前一段来信又说部队忙，不能回来了，让我春节前去一趟。"

"那我送你去车站吧。"

"不用，又不带多少东西，就是点大枣、核桃、花生米，总共也不到二十斤。我骑车子去刘集，在那里坐上汽车去火车站，车子放高主任办公室里，回来时好再骑。"

潘忠地悻悻地走了。不知为什么，听到这事，他突然生出一种说不上来的感觉，就是心里难受。回到家，吃饭都觉得不香不甜的，没滋没味。

事隔几天，公社又召开大队党支部书记会，进一步部署深入开展农村"社教"运动。不过，领导讲话的调门儿和七天大会时有些不同。这次会议提出，面上"四清"不能搞人人过关，要相信绝大多数基层干部是好的和比较好的。要相信和依靠群众，通过开展“回忆对比”“忆苦思甜”等活动，对广大干部群众进行社会主义教育。特别强调，搞运动不仅不能影响生产，而且要调动大家的积极性，进一步促进生产。魏书记还对冬季麦田管理、农田水利基本建设、往春田运肥等农活详细讲了意见。

会后第二天，工作组的同志全部回来了。为了配合党支部抓好当前的工作，魏书记提议，工作组重新调整分工，柳新水、高淑娴和许永和负责抓“社教”，其他几个同志抓生产。魏书记在工作组商量完事情后，就推着自行车去了大队办公室。大队干部们正在开会，潘士金传达公社昨天的会议精神。他坐下问问这一段的工作情况，然后叫着潘士金和展明尧，说到打井工地看看。

出了办公室没多远，魏书记突然说：“老栗都给我汇报了。士金同志，对那封人民来信不要当回事，也不要猜疑信是谁写的。”

潘士金说：“魏书记你放心，我能正确对待。其实谁写的大家都清楚，工作组的同志也都明白。支部里有几个同志听说后有些火气，想把这个人找出来整一整，明尧当时就做了做他们的工作，已经都没事了。”

魏书记说：“这样做就对了。通过这么件事，也算是给你们敲敲警钟，今后工作更加谨慎就是。其实一个单位有个把对立面不全是坏事，能促使我们时刻保持警惕，严格要求自己，避免工作上犯错误。”

潘士金说：“您说的是，我们不会对这人怎么样。”

说着到了工地。他们三个转了转，和干活的攀谈了几句，魏书记接着回公社了。他说阴书记不在家，这几天要和江秘书一块跑几个大队，看看面上的情况。

魏书记他们出门后，张发树说：“忠地，你排个名单，把戏班子和玩杂耍的人员组织起来，一进腊月咱就排练。”

李向河说：“今年可以早开始，下这场大雪后，生产队的活不多，好调人。”

李光恩说："是啊，早点动手，多排出大戏唱唱。"

潘忠地说："人好排，还是原来那些人，有个别特殊情况的再调换就是。秀菊姑这几天不在家，是不是等她回来再开始。"

张发树说："不能等她，她这一去不知道待多长时间，说是十来天，待高兴了也可能过了年才回来。"

正说着，柳新水、高淑娴、许永和来了，他们起身给他三个让座。

柳新水说："两个书记都不在呀！"

张发树说："魏书记叫着他俩到干渠东看打井的去了。"

柳新水说："关于下一步'社教'工作如何开展，俺几个商量了些初步想法，想听听你们研究的意见。"

张发树说："士金叔刚传达完公社会议精神，还没说我们怎么办魏书记就来了，随后又一块走了。等他俩回来再说吧。"

话刚落音，他两个进门了。柳新水又把刚才说的意思说了说，潘士金说："这件事怎么个抓法我心里真没数，这下好了，恁三个出路子，我们认真落实。干脆，你说说你们的意见，咱再商量怎么抓。"

高主任说："这个办法也行，让柳书记先说说，不合适的咱再商量。"

柳新水说："工作组重新分了下工，魏书记让我们三个协助支部抓社会主义教育，三个站长抓生产。根据县里最近几个会议的要求和外地的一些做法，我们认为近期应该把这样几件事抓起来：一是物色几个苦大仇深的老贫农，让他们在群众大会上'诉苦'，联系自身实际，讲一讲旧社会是如何受压迫、受剥削的，再对比新社会的幸福生活，控诉旧社会，赞美新社会，使广大群众，特别是年轻人受到教育。二是做顿'忆苦饭'，集合全体社员都吃一点，让人们不要忘掉以前的苦日子，进一步激发大家，珍惜现在的美好生活。"

张发树插话："'忆苦饭'怎么个做法？"

许干事说："那还不好做？蒸几锅糠菜窝窝就行。"

潘士金说:“让柳书记说完再议，先别打岔。”

柳新水接着说:“第三，组织大家学唱革命歌曲。我从团县委带来十几首歌，这是要求在团员青年中普及的，我们发动全体社员都学唱，引导群众更加热爱社会主义。这几件事搞起来，我们汶水滩的‘社教’工作就能开展得有声有色。”说完从口袋里掏出一沓油印的歌曲，递给潘忠地。

潘忠地接过去翻了翻，有《社会主义好》《歌唱祖国》《没有共产党就没有新中国》《唱支山歌给党听》《众手浇开幸福花》《不忘阶级苦》《学习雷锋好榜样》……一共十五首，多数都是原来会唱的，有几首没学过。

柳新水说:“尤其那首《不忘阶级苦》，一定要让各生产队都唱起来。”

潘忠地说:“这首歌我还是第一次见哩。”

柳新水说:“好唱，不难学。”随后哼了起来，“天上布满星，月牙儿亮晶晶……”

张发树说:“还真好听来，你先教教咱这伙子吧。”

高主任说:“今天不是学唱歌的时候，你要想学容易，每天晚饭后没事了就去工作组，要是柳书记没空，我教你。咱得先说下，以后组织大合唱，你得领唱。”

张发树说:“没问题！不是吹，论嗓门恁谁也比不上我高。”说完听到潘忠地在背后笑，又说，“还有忠地，他不光能唱，还会吹笛子哩。”

潘忠地说:“到时候你来个独唱，我给你伴奏。”

李向河说:“对了，咱组起戏班子来也得学学唱歌，演出时先唱几首歌再唱戏。”

展明尧说:“咱还是按柳书记讲的，一条一条商量吧。”

潘士金说:“这几件事都好办。就是第一条，苦大仇深的人不难找，可是，要找几个能到大会上讲讲的，恐怕就难了。”

展明尧也附和:“是啊，都是些普通庄稼人，谁在大会上发过言？乍上台腿肚子都得抽筋。”

柳新水说："任何典型都靠培养。选好人以后，可以让他们到办公室来试讲一下，我们这伙人先听听，同时帮他们梳理梳理。开始多选几个人，多试上几遍，最后从中确定几个能上会讲的。"

潘士金考虑一会儿，说："我看不如先以生产队为单位搞，他们开个社员会也就几十个人，让谁讲都是跟平常拉呱似的，不打怵。咱分下工，分头到各生产队去听，从各队选出能行的来，咱再集中听一次，准备好了再开大会，那样能保证效果。"

许干事说："这个办法好，各生产队都组织，面还宽，便于选拔。"

柳新水说："也行，抓紧开个生产队干部会，一定让队长们重视，做好充分准备。这种会不论规模大小，都要开得严肃认真，不能稀里马虎。有的干部旧社会受苦比较多，也可以带头讲。"他看到李光恩这一阵子老是坐在一旁吸烟，一言不发，又说，"老李，你是贫协主任，你说说这个办法行吗？"

其实李光恩一直认真听着，他是觉得这样搞没什么意思，都是一个村的，谁什么根底都一清二楚，还用讲吗？但是，这是"运动"，又是工作组提的办法，可不能反对。听到点他的名了，就说："行，行。不过，吃那个'忆苦饭'也得叫生产队搞，要是全大队集合起来吃，那得蒸多少锅糠窝窝？天这么冷，抬到会场来都冻成冰蛋子了，还怎么吃！"

张发树笑着说："让你吃热乎乎的白馍馍还叫'忆苦饭'啊！"

展明尧说："光恩叔说得有道理。另外，那些年龄大的，有病的，不能让他们吃了。"

潘士金说："我看这个忆苦饭只组织青年们吃就行，他们没受过多少苦，让他们体验一下有好处。"

柳新水说："可以，这件事就交给团支部办吧，忠地你说怎么样？"

张发树抢着说："基干民兵也都是青年，民兵连和团支部一块搞。"

潘忠地也说："好啊，俺两个负责。"

潘士金说："组织群众唱歌也是恁俩的事。还有秀菊，等她回来恁三个一块抓。”

张发树从大队办公室出来往家走，拐到后街十字路口，遇上了哑巴。哑巴兴冲冲地截住他，比画着“啊啊”了一阵子，张发树明白了，意思是说，他在饲养院用筛子逮着了几只麻雀，饲养员已经烧上了，叫着他一块去吃。张发树也打起手势，说得赶紧回家吃饭，下午还有事，不能去。哑巴不干，拽着他的胳膊不松手。

哑巴名字叫张发音，是张义生的叔伯侄子。他天生聋哑，三四岁时他爹领着他到了学校，请老师给他起个大名。老师看着这孩子这么大了还不会说话，就说他是发字辈，就叫张发音吧，意思是能够早点正确发音，正常说话。他爹很满意，心里话，还是当老师的有学问。其实起了这么个名字也没管用，这都二十多岁了还是个哑巴。

哑巴有两个姐姐、一个妹妹，没有哥哥弟弟。一家人对他十分疼爱，生活再困难也没让他饿着。他除了不会说话，再没有其他毛病。论长相，个头五大三粗，五官端正；论行事，心眼实在，聪明能干。在生产队里，队长安排什么活都下死力干，从不挑拣，样样干得很好。就是有一点，好打抱不平。要是遇上两个小孩子打架，他不管谁是谁非，一定要帮那个弱的。他对人是敢爱敢恨，爱憎分明，自己认为是好人的，怎么着都行，要脑袋也给半个；要是不顺眼的，见了面连腔也不答。

全村哑巴最信服的有三个人，一个是张发树，再就是潘士金和潘忠地。这都是有原因的。张发树和他家是隔墙邻居，从小喜欢领着他玩，有了什么好吃的好玩的，也总忘不了他。后来当了民兵连长，看戏、看电影都负责维持秩序，每次总把他安排个好地方。在哑巴心里，张发树是对他最好的人，某些方面甚至超过了爹娘。潘士金当队长时哑巴就很佩服，认为这是全村最有能耐的队长，因为三队的庄稼长得最好，社员分的口粮最多。潘士金当了大队书记后，汶河滩上栽满了树，需要找个踏实的人去看护，党支部选中了哑巴。这个差事不累，只要靠得住就行，还能记全年整工。哑巴以为这是书记照顾他，从此，对潘士金一直存有感激之心。团支部在河滩树林空当里种植花生、大豆，收了后换成钱，作为团员青年的活动经费。因为平时让哑巴顺便看管，每年收刨花生时，潘忠地都把他喊来，给他十来斤，作为报酬。另外，村里不少人好开哑巴的玩笑，他虽然不当真，可也很不是滋味，总觉得自己是残疾，低人一等。潘忠地从来不，见了他客客气气，还叫他发音哥。更让哑巴感动的，是一次他爹病了，到卫生室去拿药，包好药交钱时，差一毛多，李庆龙叫他回家拿够钱再来取药，他有些急，比画着说家里没钱了，能不能先拿了过几天再把钱送来。李庆龙不答应。当时正好潘忠地也在，就掏出钱给他垫上了。几天后他找潘忠地还钱，潘忠地说这么点钱不用还了，推让半天坚决没收。所以他认为潘忠地是大好人，值得尊重。

两个人正拉扯着，潘忠国过来了，张发树和他打了声招呼，哑巴没理他。潘忠国刚过去，哑巴又比画起来，意思是不让张发树跟这种人说话，他坏，当年告过义生叔。也是张发树多事，接着比画着告诉他，潘忠国现在又告潘士金了。哑巴还没弄清是说的潘士金还是潘忠地，但是在他心里，这两个人告谁都不能答应，于是放下张发树，跑了几步赶上去，“啊啊”着伸手抓住潘忠国脖子后的领子。潘忠国刚扭回头，哑巴跟上就是照腰间一拳，把他打了个仰八叉，躺倒在路旁的雪堆里。张发树已经跑过来，上前把他拉起来。潘忠国气得浑身打战，嘴里骂着：“你个混蛋，凭什么打我？”想还手打哑巴。张发树拉住他，说：“他是个哑巴，不懂事，别跟他一般见识。”

“他是哑巴不懂事，你也不懂事？你怎么挑唆的他？”

“你怎么张口乱咬人？我挑唆他什么了？”

“不是你挑唆的还能是谁？刚才就恁两个在一块，我过来时还没事，为什么才一瞬的工夫他就跑来打我？”

“为么打你是恁俩的事，你心里有数，别人怎么知道！”

哑巴看着他两个争吵起来，又上去抓挠潘忠国。张发树拉住他，说：“别再闹了，快回家吃饭去。不怕丢人呀！”后边这一句是说给潘忠国听的，说完拽着哑巴走了。

潘忠国吃不下这个哑巴亏。回到家里，想：哑巴一定是受张发树的指使，可为什么呢？难道是因为那封人民来信的事？前几天县里来人调查，不声不响就回去了，看来那封信没起什么作用，可起码都知道这事了。但是，也没涉及你张发树呀。另外，谁能说信就是我写的？不行，得找他说理去。又一想，张发树绝不会承认是他让哑巴动的手。想了一阵子，觉得不能白白挨一拳就算了。不行，去工作组说说。因为屁股上沾了些泥，幸亏棉裤外边还套了条单裤，这时老婆还在厨屋做饭，自己到里间屋找出条单裤换上，接着出去了。

工作组的几个人正忙着做饭，许干事让他坐下，问：“老潘你有事啊？”潘忠国把挨打的过程说了一遍，最后说：“许干事，他虽然是个哑巴，也不能无故打人呀，恁得出面处理。”本来想说是张发树挑唆的，又考虑没有真凭实据，就没再那样说。

许干事说：“肯定是事出有因。不过，他又不会说话，你说怎么处理？”

王站长在一旁听明白了，说：“忠国同志，你也当过多年的干部，处理这种纠纷有经验，我们出面好吗？都说一个巴掌拍不响，你先从自身找找原因不就结了？”

潘忠国一听没有给他争理的，气哼哼起身走了。

后来潘士金听说了，在办公室把张发树批评一顿。展明尧却说：“揍他两拳也好，让他长长记性。”

忆苦思甜

冬季的夜来得快。人们刚放下工具，喝了几碗稀饭，繁星就闪烁着缀满了天空。田野异常静谧，一群群大雁分布在麦田里，除了站岗的警惕地观察着周围的动静外，其余的都趴下睡着了。家家户户鸡进窝，猪归圈，狗也蜷缩在大门后边打起了瞌睡。有小孩子的女人们，哄孩子进了被窝，在灯下做起了针线。

这时候，各生产队饲养棚里陆陆续续传出了歌声。

> 天上布满星，月牙儿亮晶晶。生产队里开大会，诉苦把冤伸。万恶的旧社会，穷人的血泪恨。千头万绪，千头万绪涌上了我的心。止不住的心酸泪……

这几天每到晚饭后，各生产队都把社员们集合到饲养棚里，学唱这首《不忘阶级苦》。饲养棚里有十几头大牲口，锅底下还生着火，温着饮牲口的一大锅热水，门上挂着厚厚的谷草苫子，再挤一满屋人，进去就感到热烘烘的。跟开社员会一样，通知每户必须至少到一个。第一天晚上都到得比较齐，第二天晚上就不行了。一些年轻人还愿意来，会唱不会唱的凑个热闹，反正比在其他地方暖和。年龄大点的可没这兴趣，从小哪唱过什么歌，别说让自己学了，听着别人瞎咋呼心里就烦，不如在家里老早地钻被窝清静，不去了。队干部再挨门叫，也不管用，有的甚至反问干部："你说恁这是胡作腾什么？庄稼人唱的哪门子歌呀，唱歌是能唱出粮食来还是能顶吃顶喝？"问得干部们无言以对。又过去一两天，每个生产队也就只剩下十来个人。

张发树叫着潘忠地，每晚上跑几个队，算是检查。发现人越来越少了，张发树就逮着队长狠狠地批，弄得队长们急落落的。还是潘忠良有办法，挨了批以后，就定了条规矩，凡参加的每晚上记二分工，不来的倒扣二分工。社员最计较工分，如果不参加，一反一正，一晚上就等于丢掉四分工，那是冬季干半天活才能挣到的。到了后张嘴不张嘴是另一回事，在一旁睡觉也不要紧，只要挨上两顿饭时的工夫，就能给记上二分工，这样的便宜事谁不干？人也就全了。张发树把三队的办法传给了其他生产队，又都能到齐了。

人是组织得挺好，可那学唱的进度实在不理想。五六个晚上下来，没有一个生产队能完整地唱下一段来。队长们也都厌烦了，责怪教歌的不行。负责教歌的这些人的确水平有限，他们是从青年中挑选出的十来个人，先集中到大队，由柳新水教唱了两天，就分到各生产队当"老师"去了。这些人有的只上过两三年小学，识字不多，乐理知识更是一点不懂，虽然把歌词抄了下来，会念就不错了。自己都唱不好，怎么能教好别人？张发树和潘忠地去了工作组，汇报这个情况，说实在是没办法了。

柳新水说："钢梁磨绣针，功到自然成，慢慢学。"

许干事说："这确实是个问题，都快一星期了，每天不落，到晚上就把社员们集合起来，叫谁也烦。"

正说着，潘秀菊推门进来了。张发树有些突然，说："哎呀，你什么时候回来的？走了还不到十天，我还以为你得在那里过年哩。"

潘秀菊说："昨天下午就到家了。过哪里的年，只待了六七天，部队有紧急任务，让我提前回来的。"

张发树装作一本正经地说："别瞎编了，肯定是跟义明叔吵架了，挨了顿揍被撵回来的。"那个"揍"字加重了口音。

潘秀菊两眼瞪着他说："揍得还不轻哩，回来就是叫你带着人给我出气去。"

高主任说："你个发树真不懂，人家才去了几天呀，亲热劲儿还没过去，怎么会吵架呢！别胡闹了，商量正事吧。"

潘秀菊说："恁商量事，我到办公室看看去，给士金哥他们说一声。"

张发树说："你可不能走，支部定的，咱们跟忠地三个人负责唱歌和吃'忆苦饭'，这一段光俺两个抓了，帮你干了不少活，下一步你得多出点力。"

高主任说："一块听听吧，先别去了。"

潘秀菊问："唱什么歌？"

潘忠地把这几天各生产队学歌的事说了说，潘秀菊说："部队里那些战士也学这首歌。"

张发树说："你学会了吗？"

潘秀菊接着唱了几句，还挺准确。随后又说："那几天他们下午、晚上学唱歌，都是叫上我。不光学会了这个，还学了《打靶回来》。"

许干事给她纠正："不是《打靶回来》，是《打靶归来》。在县武装部参加军训时我学过。"

潘秀菊红着脸说："我记错了，是《打靶归来》。"

柳新水说："看来我们定的这事没错，团县委部署唱，部队也都唱，咱必须唱好。真不行让生产队里停一停，先把团员青年组织起来，集中学几天。如果年轻人都会唱了，就能带动起全村来。"

张发树说："我赞成。戏班子也晚几天排戏，先学唱歌。这一段生产队活儿少，咱就全天学，晚上也学，学上五六天，不信一首歌还学不会。"

柳新水说："不仅要学会这一首，起码还得把《社会主义好》《学习雷锋好榜样》也学会。忠地，你负责教。"

潘忠地说:“《社会主义好》以前团支部组织学过，基本上都会唱。《学习雷锋好榜样》我可以教,《不忘阶级苦》还是你教，我唱不准。”

柳新水说:“可以。”

许干事说:“《打靶归来》也得学，这首歌唱起来可有劲头了，让秀菊教。”

潘秀菊说:“我五音都不全，可不能教，还是你教。”

许干事说:“没问题，这个歌我负责。”

柳新水说:“就这样吧，从今天下午开始，用五至七天的时间，学会这四首歌。”

学了几天歌，柳新水提出该准备吃顿“忆苦饭”了。

张发树说:“这事好办，秀菊姑回来了，让她弄，她会做饭。”

潘秀菊还不明白具体是怎么回事，问:“怎么个吃法？”

柳新水说:“原来想让全体社员一起吃，党支部研究时，觉得天太冷，老弱病残就不参加了，只组织青年们吃一次。”

潘秀菊有些惊讶，说:“哎哟，那样人也不少，到全了得有一百多口子。做什么吃呀？”

高主任说:“就蒸几锅糠窝窝菜窝窝，每人能吃上一个就可以了，目的是让青年人了解旧社会穷人吃什么，启发大家珍惜现在的生活。”

潘秀菊说:“这么多糠可没有，一家一户倒是都碾点谷糠，早就喂猪喂鸡了。野菜也不好办，大冬天的，坡里有荠菜也不多，柳树叶槐树叶的也得开春才发芽。”

张发树说:“你真是揣着元宝要饭——死心眼子，各队饲养院里都有成垛的地瓜秧子，翻开垛拣些干地瓜叶子还不容易！另外，多数户家还有晾晒的萝卜缨子。前些年生活困难的时候咱又不是没吃过，把这些东西凑合起来，用水缸泡泡，只要泡透剁碎，蒸出来很好吃。”

潘秀菊说："那也得掺点粮食面子。"

高主任说："是得放点粮食面，要不捏不成窝头。"

许干事说："还得加点盐，让大家能咽得下去才行。"

张发树说："咱仓库里有存的玉米，明天就安排几个人，少轧点面子。盐也好办，代销点刚进来供应社员过年的盐，还没开始卖，先留出几斤来。"

柳新水说："准备这些东西发树同志和忠地还得下手，不能让秀菊同志一个人忙活。具体怎么做法，让高主任帮恁策划。"

筹备了三四天，定下这天中午吃"忆苦饭"了。虽然原先说的是只让青年参加，柳新水又提议，最好让大队干部和生产队长也参加，还有工作组的全体同志，也都得来。青年们到得比较齐，因为多数人不知道"忆苦饭"是什么样子，来尝个新鲜。

潘秀菊带着八个生产队的妇女队长，又找了几个女青年，选了靠近大队办公室的两户人家，从头一天就一遍遍地淘洗那些泡软了的地瓜叶子，洗干净了又"乒乒乓乓"地剁碎，这天上午老早地就开始捏窝窝，不到十点就上了笼。大队院里集合起人来，潘忠地指挥着一遍一遍地唱歌。张发树沉不住气，一趟趟去看蒸窝窝的情况。

"快下笼了，开始开会吧。"张发树回来说。

潘士金主持会议，简单讲了几句，然后说："下面欢迎柳书记讲话。"

柳新水拿出头天晚上准备好的讲话提纲，认认真真讲了十几分钟。

窝头蒸好了，潘秀菊他们用两个大箩筐抬了上来，热气腾腾。潘士金宣布："现在开始吃'忆苦饭'，每人一个菜窝窝，吃下去好好体会一下滋味，对比对比我们今天的好日子。"

张发树指挥着，让大伙按顺序上来拿窝头。最后还是剩下几个人没拿到。张发树吆喝："分开，两个人吃一个，都得尝尝。"

工作组的同志和干部们先吃下去了。下面有些人吃了，有的咬了一口没咽就偷偷吐了，剩下的装进口袋，或是攥在手里藏到身后，不让别人发现。

还有的在一旁嘀咕："这东西谁没吃过？还旧社会，前几年闹春荒，这样的窝窝也吃不上。"有人接话："别说前几年，明年春天还会有个别人家粮食接不下来，还得靠野菜、树叶子充饥。"又有人说："就应该让那些当官的多吃点，叫他们别忘了好好领导搞生产，别再让老百姓饿肚子！"

当然，这些话前面的干部们听不到。

张发树转了一圈，回来说都吃完了。柳新水又领着唱了一遍《社会主义好》，然后宣布散会。

有些人临走时把藏起来的窝头扔在了地上。张发树发现后，大声喊："不行，都得回来，把扔窝窝的找出来，踩碎了也得叫他吃下去！"

人们都出了大门，有的回了回头，但没人回来。

李光恩说："你咋呼什么，叫回来你就能找着是谁扔的了？"又对潘忠地说，"忠地，你找个家什，敛和起来回家喂猪去。"

工作组和大队干部们一块搭配分工，分头参加各生产队的"忆苦思甜"会。大队召集生产队长进行专门安排时，队长们都说没开过这样的会，不明白怎么开法，也不好找发言的。当时潘士金说："恁不记得土改时咱召开的斗地主大会了？每次会上都有控诉地主分子的，还有喊口号的，就那么个开法。各队都有些老贫农，找几个苦大仇深的还能没有？只要是能说几句就行。要不然，队长先带头。当然，有的队长没给地主扛过活也没要过饭，可起码受过旧社会的苦。忆苦思甜，就是拉拉旧社会的苦日子，讲讲新社会的幸福生活，谈谈个人的切身体会，有什么难的？关键是要高度重视，会前做好充分准备。工作组和大队的同志都分到各队去，帮助你们组织。"大家都不吱声了，算是接受了任务。

工作组和党支部都当成大事，队长们也不敢当儿戏了，都动脑子想办法，认真准备。但是，正式开起会来，还是讲得五花八门，有的甚至闹了笑话。

许干事、张发树参加第六生产队的活动。队长是个老实人，虽然对生产很精通，工作也心中有数，就是不大愿意讲话。平时生产队开社员会，都是让副队长或会计先讲，最后他说几句算完。这次不行了，他想，如果只有发树在场，自己讲不讲的无所谓，可还有许干事，让工作组的同志提出批评来就不好了。讲什么呢？家庭出身是上中农，回忆起来，小时候还真没挨过饿，更没有逃过荒要过饭。又一想，书记说了，是旧社会受的苦就可以诉。两岁多时亲娘就去世了，晚娘毕竟是晚娘，虽说不上对自己虐待，可怎么也比不上对她那几个亲生的好。反正爹娘都死了多年了，就说说那时候受的难为吧。人都集合齐了，张发树对队长说："开始吧，按原来安排的，你先说。"

队长清了清嗓子，说："按照工作组和党支部的布置，今天开个'忆苦思甜'会。咱先带个头，有说得不对的地方，许干事，还有发树，恁再给咱纠正。老少爷们都知道，旧社会咱家里过的日子算是中等，虽然赶不上地主家富裕，可从年头到年尾也没断过顿。但是，忆苦会就得讲那时候的苦。要说起咱受的苦来，还真不轻。"这是他说话的习惯，往往把"我"说成"咱"。说到这里他又咳嗽两声，看了眼坐在一旁的同父异母的弟弟，接着说，"俺亲娘死了后，俺爹又续了房。后娘开始待咱也不错，可自从她有了亲生的……"

没等他说下去，他弟弟气哼哼起身走了。许干事不知道他们的关系，想拦住这个人，张发树赶紧拽了拽他的胳膊，小声说："让他走吧，这就是他弟弟，两个人一直不合槽，别吵起来了。"又对队长说，"你继续讲。"

"自从她有了亲生的，对咱就隔层皮了。好吃的没有咱的份儿，好衣裳也不让咱穿。咱那时还小，拉屎她也不管，都是自己跑到院子里拉，拉完了就唤俺那个大黄狗来吃，再撅起腚来让它舔干净。有一次咱正拉着狗就过来了，拉得不如它吃得快，那熊东西还一个劲地拱咱的腚，差点把咱的小鸡鸡咬了，吓得咱那个哭呀……"

下面的人终于忍不住了，一阵哄堂大笑。

张发树站起来，大声制止："笑什么，都严肃点！"

许干事说："好了，你歇会儿，让其他人讲吧。"

队长算是解脱了，坐下边装烟边点了两个人的名，说："前天咱就说好了，下面恁两个讲讲。"

后面两个老贫农虽然也没讲很好，总算没离大题。

高主任和潘秀菊负责第八生产队，会议开着开着，队长和发言的竟吵了起来。有一个老贫农，曾经在汶河北一家大地主家里扛过多年的活。他开头讲得还可以，说当时家里五六口人，总共不到二亩地，常年缺吃少穿，为了一家人糊口，只能去给人家当长工。说当长工如何不容易，长年累死累活出苦力，还整天提心吊胆，怕惹东家生气不让干了。有个青年插话："光说干活累，让吃饱肚子吗？"

他说："要讲吃的不算好，倒也饿不着。跟东家没法比呀，人家是吃香的喝辣的，平常就叫扛活的吃杂面窝窝，有时连点咸菜也没有。只有每年割麦子的时候，才能吃几张粗面饼，就棵大葱，偶尔还有个咸鸡蛋。那是争麦夺秋，为了叫给他多干活呀！"这些说的还不算离谱，后面讲着讲着就有些不着调了。

"他家里平常雇五六个人，忙时再雇短工，我干了一年后成了长工。其他人到了'九月九'，秋场归完垛，就都走了，我继续留下，一直待到腊月二十三才让回来，年后过了正月十五就得再回去。不过，这后来的活不累，就是喂喂牲口，扫扫院子。饭食也好多了，东家曾经叫我上桌和他家人一起吃饭，那怎么行？我可不干，人家吃剩下的我再吃也不孬。临回家过年时东家还管顿酒，除了工钱，每年还给块布，让我带回来给老婆做个褂子，或是给孩子做身衣裳。"

队长截住他的话："那是地主的手段，收买你的心。"

这人平常就看着队长整天不干活，还动不动熊这个熊那个，一直不顺眼，一听这话来了气，说："你也使使手段买买大家的心！大伙一年到头听你吆喝，你分给多少粮食？前几年有几家够吃的？别说给个褂子的布了，那年你每人才给二尺半布票，够做个裤头子的吗？”

队长的性格本来就暴躁，立时气红了脸，站起来伸胳膊撸袖子，指着他说：“你这是诉新社会的苦！想变天呀？”

这人也站起来，大声说：“是你让我实话实说的，我说的有假吗？”

眼看二人吵了起来，潘秀菊过去把那人按到座位上。高主任也拉队长坐下，说：“好了，今天的会开到这里吧。”

第二生产队有个发言的，素材不错，也是讲到后来变味了。他开始讲自己逃荒的过程，说得挺好，后来队长提示：“你不是给日本鬼子建过大桥吗？咱村里还死了人，说说那一段。”他停顿了一下，说：“那年日本鬼子在大汶河上建桥，就在咱村西北上，不到二十里路。他们在周围十几个村子抓夫，二鬼子帮小鬼子的忙，挨村找年轻的，找不够年轻的就抓年龄大的凑数。咱村里被抓去俺四个，其中就有后街梆子他爹。那叫个苦呀，当时还没开春，往水里抬石头、背石头，水没到大腿，刺骨的凉，几趟下来两腿就没知觉了。那天我和梆子他爹一块抬，他在前我在后，走到水里没多远，不知道他是腿抽筋还是被什么绊了一下，突然倒下趴到了水里，把我晃了个趔趄。我刚想过去拉他，有个小鬼子‘哇啦哇啦’跑过来，朝他背上砸了几枪托子，接着还砸了我一下子。我不管小鬼子那一套，把他拉起来，一看把我吓坏了，他的脸蜡黄，脑袋歪着，喊也不答腔。周围几个人过来帮我把他抬到岸上，有人说赶紧给他往外控水。把他放到斜坡上，头朝下控了一阵子，肚子里哪里有水？一定是几口水就呛死了。咱村的俺三个找小鬼子说理，外村的一些人也围过来帮腔，那群畜生不讲理呀，架起机关枪来想‘嘟嘟’俺。没法子，就把他抬回来了。当时他家里有个老娘，再就是梆子他娘俩，那年梆子才两三岁，发不起丧，也买不起棺材，隔一天就用席片卷了卷埋了。”说到这里他擦了擦眼里的泪花，接着说，“人就是个命呀，再苦再累也不至于死吧。再说，时间不长八路军就过来跟小鬼子打了一仗，把那个半拉子桥炸了，小鬼子也被赶跑了，出夫的都跑回了家。你说他怎么就熬不了这几天？”

王站长和潘忠地参加他们的会，王站长接过话去，说：“不是命不命的事，这都是侵略者造成的。如果没有日本鬼子侵略咱们，不被抓去出苦力，能出这种事吗？旧社会有三座大山压迫着我们，这笔账就得记在帝国主义头上。”王站长的这番话才又把会议引向正题。

各生产队同一晚上开的会，第二天在大队办公室凑情况，都分别说了说，这几件事惹得大伙不断地发笑。其他队虽然没出这样的问题，可也没几个讲得很好的。

潘士金说：“我看算了吧，大队这个会就别开了。”

柳新水说：“那可不行，前天我回公社向魏书记汇报了，他说大队开会时要来参加。如果效果好，这个做法要在全公社推广。”

潘士金说：“那得排出几个来，一个个地帮帮他们，讲什么，怎么讲，都得交代好，到了大会上可不能乱说。”

展明尧说：“光恩叔，你想想当年斗地主的时候都是谁上台讲过？不行再让那些人讲。”

李光恩说：“那是什么阵势？地主分子站到一边，有冤仇的抢着上来，有的就说说某个事，还有的骂几句就完。现在还能那个开法！”

张发树说：“咱开大会时也得把四类分子弄到前边来站着，灭灭他们当年的威风。”

柳新水说：“那倒可以，诉苦应该有活靶子。还是按潘书记说的，排出几个在生产队讲得好些的，咱再帮着加加工，准备好了再开。”

连续试讲了三四天，终于选出了五个比较好的。商量好了会议的开法，柳新水又回公社找魏书记汇报。他先说了说准备的情况，最后试探着问了一句：“我个人有个想法。到开会的时候，能不能让各大队的团支部书记也参加听听？”

魏书记考虑了一会儿，说：“不仅团支部书记，还可以通知党支部书记一块参加。我给胡社长及其他党委成员通通气，如果他们同意，就开成一个现场会。会议分成两个阶段，第一阶段听汶水滩大队贫下中农忆苦思甜的发言，第二阶段留下党、团支部书记，党委部署下一步的工作。你回去再好好安排安排，一定要准备充分。”

柳新水又问：“大体定在哪天？”

魏书记说：“离春节还有个多月，不能再拖了。后天开吧，让办公室明天下通知。你这就去把胡社长叫来，抓紧定一定。”

胡社长来了，柳新水说：“恁商量吧，我回汶水滩。”

胡社长说：“先别走，有什么事你也听听，过几天就是恁两个主事了。”

这句话让柳新水成了丈二和尚，摸不着头脑。他以疑惑的目光看着魏书记，站在那里没动。魏书记说：“坐下吧。”又对胡社长说，“县里告诉我，那个意见已经报地委组织部了，还没批回来，是不是县委公布了再说？”

胡社长说：“咳，文件下来也就是三五天的事，变不了，先给新水同志通个气，对外保密就是。”

魏书记说：“那你就说说吧。”

胡社长说：“是这样的，县委决定让我到县水利局任党委书记，虽然是平用，这也是组织上照顾我，年龄大了，过几年退到县城比在公社强。社长由魏书记兼任，县里让我们再推荐一名副书记，电话征求了阴书记的意见，又经党委研究，最后决定报的你。”

柳新水红着脸说：“我可不行。现在党委成员中就有江秘书、老邵、老栗，他们都比我资历老，能力更比我强。”

胡社长说：“他们几个是都不错，可县里要求，必须从培养革命事业接班人的角度考虑，让我们推荐年轻一点的。他们年龄都偏大了，学历也不如你高。”

魏书记说:“你先知道这么个事吧，只要没见到正式公布令就还不能算数。好了，咱研究开会的事。”接着他把在汶水滩召开个现场会的想法说了说。胡社长完全赞成，说:“新水他们抓得不错，对农民进行社会主义教育，是不能只停留在念念报纸上。吃‘忆苦饭’，召开‘忆苦思甜’大会，这类活动见事见人，联系实际，是实实在在的教育。尤其对年轻人，效果会更好。”

魏书记说:“留下党、团支部书记开会时你讲讲吧，没有特殊事情春节前也就开这么个会了，把年前年后的工作安排一下。”

胡社长说:“我不能讲，别说我马上就离开刘集了，就是不走也得你讲，我主持会。”

魏书记说:“那我就再跟党委其他几个同志说说，定下来好让江秘书安排下通知。”

柳新水接着回了汶水滩。一路上他心里翻腾着，尽管西北风吹着哨子，一阵阵迎面扑来，骑车很费劲，他不仅没感到累，也没感到冷，全身热乎乎的。两位领导透露给他的这个消息太突然了。原来也有过想法，因为全县有两三个公社的团委书记已经是党委委员，自己在这个位子上也干了四年多了，分析各方面的条件，比他们也差不了哪去，领导应该有所考虑。不过，当时想，最多能进党委就很好了。想归想，可从来没敢向任何人说过。涉及个人职位问题，怎么能向领导提要求呢？那不仅违背组织原则，也是个人不成熟的表现，会给领导留下不好的印象。没想到这一下子能当上党委副书记，这种破格提拔在全县也很少见。得感谢这些老领导，尤其是魏书记对自己的关心爱护，今后只有加倍努力工作才能对得起他们，对得起组织。后天这个会，更要细心准备，绝不能出任何纰漏。

会议开得非常成功。没等到正式开会，对其他大队来参加会议的同志就是个震撼。首先是集合很有秩序，全体社员都自带小凳子，排队落座，团员青年集中在会场中间，其他人按生产队顺序坐在两侧，四类分子站在一边。人差不多到齐后，潘忠地指挥着唱了几首歌，不仅青年们整齐地大声唱，有些年龄大点的社员也跟着唱，特别是大队干部们和工作组的同志，大都一起引吭高歌。

会议开始后，潘士金主持，五个老贫农依次发言，有几个讲得很动感情，边讲边哭，有时候甚至泣不成声，引起下面不少人流泪。张发树、潘秀菊和潘忠地，轮番带领大家高呼口号：

"不忘阶级苦！"

"牢记血泪仇！"

"打倒地主分子！"

"社会主义好！"

"中国共产党万岁！"

"毛主席万岁！"

……

整个会场不断掀起高潮。

第一阶段结束了，留下各大队党、团支部书记继续开会。魏书记讲话也很简洁，干巴巴强调了几个问题：第一，各大队要认真推广汶水滩的做法，充分发挥民兵、妇女和团组织的作用，通过学唱革命歌曲，吃"忆苦饭"，召开"忆苦思甜"大会等形式，把社会主义教育工作扎扎实实地开展下去；第二，春节临近，各大队要重新排一排各家各户的生活情况，对烈、军属及困难户，一定要给予照顾，确保每户都能吃上过年饺子；第三，关于节前和明春的生产。这个问题他讲得稍多了些。首先说了说冬季农田基本建设，尤其是兴修水利的工作不能停。麦田管理，开冻后要锄耧保墒，提升地温，年后根据苗情及时浇水追肥。随后，他对推广良种的问题重点作了强调。提出，汶水滩通过这两年的试验，今年秋种已全部用了比较好的品种，部分大队也调换了种子，明年麦季各大队要早作准备，以大队为单位组织，首先从自己现有品种中选留，没有好品种的及早联系调换。再就是玉米，全公社种植杂交玉米还不到一半，这也要学习汶水滩的经验，在试验田留出制种田，自己培育自己种。明年春天多数大队都要安排制种田，由公社农技站负责调集原种，争取两年内普及杂交玉米。还有地瓜，既是高产作物，也是全公社的当家作物，现在种植的都是传统品种，据说泰西县有几个公社推广了一种地瓜，不仅产量高，出干率也高，这件事农技站也要抓紧去一趟，如果真是这样，开春育种时尽量调进些种子来，尽快推广开。

胡社长根据魏书记的讲话，又进一步作了强调。支部书记们都说，听魏书记的意思，几项工作都重要，但是，归根结底还是要把生产搞好，粮食增产了才算本事。

引进良种

公社召集全体机关干部和社直部门负责人开会，县委组织部冯部长亲自来参加，在会上宣读了县委关于刘集公社部分同志职务调整的决定，并代表县委对调整后的领导班子提出了要求，同时强调，全体党员、干部都要拥护县委的决定，支持领导班子的工作。与会人员对胡社长调县城，魏鹏程副书记兼任社长，都觉得是情理之中的事，很顺茬，可柳新水的提拔就有些出人意料了。机关上脱产干部四十多，仅这站那室的负责人就十多个，资历比他长的有得是，能力比他强的也大有人在，论年龄，他又是三个最年轻的之一，工作经验太少了。另外，副书记这个职位以往除了上级直接派人，如果从本单位挑选，一般也是从党委成员或副社长中提。他由团委书记一下子当上了党委副书记，真是一步登天了。好在这人平时口碑不错，不仅工作积极认真，在人面前也很谦虚，不论对领导还是一般同志，都很尊重。有个别人说两句风凉话，议论一阵子也就过去了。会前，冯部长和魏书记都专门给柳新水谈话，提出了严格要求。柳新水的当即表态也令领导满意。在以后的工作中，他是十分卖力，处事也格外谨慎，所以很快树立起了威信。那是后话。

党委研究分工，让他负责群团和政工工作。为了使他尽快熟悉情况，进入角色，决定把他从汶水滩工作组抽回来。第二天他去驮铺盖，工作组的其他同志都说，要一起吃顿饭喝点酒，给他祝贺祝贺，如果回机关再搞就不好了，那样容易落闲话。他开始也觉得一块蹲点时间比较长了，并且相互处得挺好，现在一个人要离开，大家热热闹闹吃一顿，也是人之常情。可又一想，刚提拔就喝什么祝贺酒，传出去影响不好，就说急着回公社有事，想推辞。这时潘士金和展明尧来了，他两个一听也极力挽留，他也就不好意思强走了。许干事说现有的菜太少，再去买点菜，王站长说去买酒，潘士金说："恁都别忙活了，今天既是给柳书记祝贺，也算是送行，这几年了柳书记还没吃过我们一顿饭，酒菜我和明尧出。"又对展明尧说，"你先去我家里把那只大公鸡逮来，顺便叫恁嫂子给你捞几个咸鸡蛋，看有什么菜再拾掇点。"

展明尧说："我家里还有上个集刚买的几条咸带鱼，再去茂泉家称几斤豆腐，凑合凑合就够了。"说着起身走了。

高主任说："我去把秀菊叫来，让她帮咱做饭。"

柳新水说："你一块把忠地找来，我临来时魏书记交代件事，让给他说说，看看他的态度。"

高主任说："好办，我知道他们都在学校排节目。"

高主任走后，柳新水看着潘士金有些疑惑，又不张口问，就说："潘书记，是这么回事，昨天地区生资公司领导给魏书记来电话，说他们想要忠地，去了安排到办公室写材料。但不是正式的，他们暂时争取不到招工指标，只能先聘作临时工，将来有机会再转正。并且说，如果公社同意，他们近期就来人办理手续，能行的话让他年前就去。魏书记的意思，征求一下忠地的意见，看看他本人的态度再给人家回话。"

许干事说："这一定是我那个表弟推荐的。咱帮他们搞磷肥试验时，总结材料是忠地写的，他当时看了就给我说过，忠地是个人才，不仅字写得漂亮，材料写得也不错，如果有机会能够去他们办公室一定是个好帮手。那时候他是办公室主任，我前段时间听说现在提为副经理了。”

柳新水说：“电话就是他给魏书记打的。”

王站长说：“要是临时工上他那里去干吗？咱农技站小庞调走后就我一个人了，我给农业局领导反映过多次，领导答应有机会再派一个来。可这两年分来的学生少，一直没给咱。前几天去开会我又找局长，局长说可以先找个临时工，县局负责发工资。我这段时间一直在想，忠地要能去最合适不过，就是担心大队的工作脱不开，所以还没给潘书记说。”

潘士金说：“说起来这是个好事。上次煤矿有个招工指标，当时够条件的就忠地和向东两个，因为向东主动找我们要求去，忠地就没跟他争。这次虽然是临时工，干好了将来也可能有转正的机会。他走了大队的工作是有些折手，可也不能耽误年轻人的前途。只要他本人同意，我看就让他走吧。”

曲站长说：“转正也是工人身份，在办公室工作只能是以工代干。”

胡站长说：“那不一定，有可能直接转成正式干部。就算是先以工代干，上级单位转干的机会少不了。”

王站长说：“要是他本人同意就留在农技站，不能去地区生资公司。现实都是临时工，先干着，说不定哪天上头出台政策，在咱这里照常能转成正式干部。咱公社有几个同志，包括胡社长，就是当年不脱产的乡干转正的。”

柳新水说：“那你得给魏书记汇报，听听他的意见。”

王站长说：“我开始就想给他说来，就是还没考虑成熟。忠地如果愿意，下午咱就一块回去找魏书记。”

正说着，高主任他们回来了。张发树也跟了来，一进门就说：“听说柳书记提拔了，要回公社，今天这个场我得参加，可以吗？”

许干事说：“当然可以，就是多双筷子多个碗的事儿。”

潘秀菊说：“你就是属葱花的，盘里碟里都少不了你。”

张发树说："我是葱花你是盐，咱两个搭伙一块儿才有滋有味哩。"

潘秀菊说："也不撒泡尿照照你的脸，就你那丑八怪，谁稀罕和你搭伙！"

大伙都笑了。这时，展明尧左手提着只大公鸡，右手提着满满一篮子菜进来了。张发树迎上去接过鸡，说："好了，有我的活了。"

展明尧说："你先别杀鸡了，到代销点拿酒去吧，我支好钱了，四斤。"

潘忠地说："他杀鸡在行，让他杀，我去拿酒。"

几个人一齐动手，很快就把菜摆满了桌子。除了高主任、潘秀菊和潘忠地，其余人用茶碗倒上酒，一开始就轮流给柳新水敬酒，以示祝贺。因为都知道相互的酒量，柳新水不是很能喝，所以先讲好，一轮下来，每个人碗里的酒都得干了，第二轮再倒时，根据酒量区别对待。第一轮喝完，潘士金提议吸口烟歇会儿，高主任也说："您别喝太快了，慢慢来。"

吸着烟扯了几句明年的生产，王站长看着柳新水一直没提潘忠地的事，沉不住气了，说："忠地，别在大队干了，去我们农技站吧。"

突然这么一句，潘忠地不知道怎么回事，半天没回话。柳新水接过话去，说了说魏书记交代的意思，最后说："咱公社农技站也缺人，王站长想让你去，这两个地方都可以。反正都是临时工，将来能不能转正，什么时候转正，谁也不好打保票。你考虑一下，去还是不去，是去地区生资公司还是农技站，定下来下午我们回去好向魏书记汇报。"

潘忠地一时心里没有主意，说："这事得听士金叔和明尧叔的，我个人怎么着都行。"

潘士金说："这是关系你一辈子的大事，还得你自己决定。"

潘秀菊说："还犹豫什么？就是个临时工，不能去。说是以后能转正，谁给保证？'大跃进'时期出去那么多人，还不是都又回来种地！前两年在县机关大院当临时工的，也有个别正式的，还有那些干部的家属，正吃着国库粮，说下放就都又回家当社员了。”

张发树说：“你是书记还是忠地的什么人？你能当他的家吗？”

潘秀菊说：“我什么人？我是他姑，怎么不能当他的家？”

张发树说：“别充大人吃瓜了，都出了好几服的个姑，七八竿子都打不着，忠地凭什么听你的？叫我说，出去就比在家里当这个社员强！”

潘秀菊说：“出多少服我也是他本姓的姑，你个外姓人插的什么嘴？想让他走是怕以后夺你这个连长的位子吧？”

张发树说：“你这是裤子里放屁——响（想）两岔去了。我是说凭忠地的本事，出去熬上几年，当不了公社书记，也得弄个团委书记、党委副书记的干干，憋屈在家里有什么出息？当然，要是考虑咱大队的利益，我首先不赞成他走，也不怕他顶我这个破连长。你瞧瞧，等过些年士金叔老了退下来，全大队老的少的都算上，谁能接班？明尧叔只比士金叔小几个月，向河，你，还有我，虽然年龄小点，谁有那个本事？就连各生产队的队长会计都排排，也找不着个能行的，只有忠地是最理想的人选。可这是只为咱汶水滩着想，是本位主义。”

展明尧说：“发树后边这几句还算是人话。听说柳书记任命为党委副书记后，我就生出了个想法，还没来得及给士金哥说。忠地入党转正也一年多了，能不能进支部，直接当个副书记？如果公社党委不同意配两个副书记，就把我这个副书记免了，这不仅能早一点让忠地得到锻炼，更是对咱的工作有利，同时也符合上级关于培养革命事业接班人的精神。所以我个人认为，忠地暂时不能走。要是直接去当个脱产干部，就算干着书记我也支持他走。”

潘秀菊说：“我觉得明尧哥说得在理。”

王站长说：“我想让忠地去农技站的想法也不是一天两天了，之所以没向魏书记和潘书记透，也是考虑到这层意思，一直有些犹豫。今天要不是有地区生资公司这件事，我还不会提出。魏书记说要看忠地的态度，忠地就得表个态了。”

柳新水也说："是呀，他们几个都说了，去有去的道理，不去有不去的理由，忠地你怎么想的就怎么说，我们都会尊重你个人的意见。"

潘忠地被逼到了墙角，不得不表态了。他说："我知道各位领导对我都很关心，说的这些全是为我好。刚才我也认真考虑了，就说说自己的想法吧。回来这几年，我是真正体会到，农村是个大课堂，有学头，有干头，作为有点知识的年轻人，理应铺下身子，扎扎实实干下去，为改善农村的面貌作出贡献。可是……"说到这里他停顿了一下。

潘秀菊以为他"可是"后面要来个一百八十度的转折，说出想离开农村的话，就抢过话头："还'可是'什么？那就老老实实在家里干吧，别想三想四的了。"

张发树说："你又打断人家的话，让他说完呀。"

潘忠地说："不想三想四，我是考虑，千万不能说让我接班的话，现在也不能进支部，更不能当副书记。我就把试验队和青年工作做好，跟着恁几位多学点东西。就是将来，恁谁当书记都可以，我绝对服从领导，安排我什么事我都会听话，努力干好。"

大家都不吱声了。静了老大一会儿，柳新水说："看来忠地是打算在农村干一辈子了，这个决心下得好，我支持你。至于目前进不进支部，这不是你个人考虑的问题，党支部可以好好研究一下，有了具体意见再向魏书记汇报。"

潘士金说："好了，就按柳书记说的办。这事就算过去了，以后都别再提了。来，继续喝酒。"

王站长说："我还有件事，说完再喝。魏书记让我们到泰西县联系地瓜良种，我想后天就去一趟，能不能让忠地和我一块去，来回最多两三天。"

潘士金说："这还算什么事！别说忠地，你想让谁去给你帮几天忙都没问题。不过，调换来好种子咱得先留下点，全大队三百多亩地瓜，一直用的是老辈子传下来的种子，还没换过一回哩。"

王站长说："那还用说，我首先考虑的就是咱汶水滩。忠地，你准备准备，我明天到县农业局写封介绍信，后天咱就去。"接着端起酒杯，"下面我敬大家一杯。"

张发树本来想说这几天排练节目正紧张，潘忠地脱不开身，一听潘士金的态度，不好再说什么，也就随着大家端起杯，喝了一大口。

王站长和潘忠地去泰西县出差很顺利。一早从刘集坐上长途汽车，两个多小时就到了泰西县城。下车后他们直接去了农业局，说来也巧，进了大门就看到有个人从厕所里出来，王站长上前想问问局长办公室在哪，一看觉得这人挺面熟，两个人相互瞪了一瞬儿眼，呵，想起来了，原来是老同学丁兆生。他们自从农校毕业没再见过面，突然相见，都有些意外。丁兆生立即领他两个去了办公室，又是泡茶，又是递烟。坐下后王站长把潘忠地作了介绍，就问他："原来听说你也是在公社工作，什么时候来的局里？"

丁兆生简单说了说这几年的经历。刚毕业时他也是被分配到公社农技站，当时，农学院的几个老师在他所在的公社设有联系点，发现有几个大队种植的地瓜品种很好，经过认真选育，试验示范后，认为各项性能都表现不错，建议县里在全县推广。因为丁兆生一直参与这项工作，县领导就把他调到农业局技术推广站担任站长，专门抓这件事。

王站长问："给这个品种定名了吗？"

丁兆生说："定了，叫'胜利一号'。开始议论定什么名字时，有人提议叫'丰收一号'，教授们说'丰'字号的农作物品种太多了，容易混淆。当时县委书记在场，说这个品种能这么高产，大面积推广后，对促进全县粮食增产将起很大作用，可以说是个伟大的胜利，就叫'胜利一号'吧。就这么定下来了。"

王站长又问："它有什么特点？"

丁兆生说："主要是'两高'：一是产量高，大田种植一般亩产在三千多斤，有的地块达到四千斤，比其他品种能增产百分之三十左右；二是出干率高，它含淀粉比较多，含糖分少一些，如果是春地瓜，收刨后接着切晒，用不了二斤半就能晒一斤瓜干。就是秧子有些短，饲草少。”

潘忠地说：“秧子短不是缺点，那样更便于管理。”

丁兆生说：“是啊，教授们也都这么说。我们追求的主要是粮食产量，不是柴草。”

王站长越听越高兴，便说明了来意，要求老同学一定帮忙。随后掏出介绍信放到桌子上，又说：“要知道你分管这方面的工作，我就不用带介绍信了。”

丁兆生说：“有个信好，我也得给局长打个招呼，公事公办。恁要是秋天来就好了，收刨地瓜时我们在全县统一进行调剂，可以顺便给你们留出一部分来。现在都是各生产队按自己的需求留存的，再收集起来有些困难。不过，开春育苗时想法凑几百斤没什么问题。明年早下手，要多少都满足你们。”

“几百斤太少了，怎么也得给我们弄几千斤。我想先选十个左右的大队进行试验，每队至少得几百斤。另外，我跟着书记在汶水滩蹲点，试验队队长和我一块来了，他们起码得要千把斤。”王站长觉得跟老同学说话担事，有什么想法就竹筒倒豆子，全捅出来了。

“你这可是给我出难题了。好吧，我尽量办。走，咱去给局长说一声，回来到我家里吃饭。”丁兆生拿着介绍信，起身后又对潘忠地说，“忠地同志，你先喝着水。”

他们两个出去了，潘忠地看到东墙上贴着两张图纸，走到近前仔细看起来。上面写着“地瓜育苗回龙炕示意图”，一张是平面图，另一张是烟道和炉口图。第一张一看就明白，可也太大了，从标的尺寸上看，比以往他们育苗垒的火炕大一倍还多。第二张图就复杂了，竖的好像是四条烟道，横的还有两条，道子的深度差别很大，看半天也没弄明白。他看到桌子上有本稿纸，拿过来照着图纸画起了草图。正认真画着，他们两个回来了。

丁兆生一看他在画图，就说："吆，你这是看中这种回龙炕了？今年春天我们才开始推广，每个公社先从三分之一的大队搞起的，效果相当好。前一段县政府召开专门会议，要求明年春天地瓜育苗时，淘汰原来那种火炕，全部改成回龙炕，春节前基本把炕建完，开春就主动了。"

潘忠地说："这些烟道标的数字挺复杂，我还没看明白，请您解释一下。"

丁兆生说："你不用画了，我们编印了部分小册子，上面的说明很详细，一看就清楚。"说着从橱子里找出两本，递给潘忠地。

王站长也认真地看墙上的图纸，边看边问："这种火炕是你们发明的？有什么优点？"

丁兆生说："这也是农学院的老师们根据外地的做法，经过试验改良的，和原先的火炕相比优点不少：一是育苗多，一炕能上一千八到两千斤地瓜；二是温度好掌握，出苗整齐，采秧时间便于把握，这样就能保证春地瓜插秧的进度和质量了；三是出苗多，同样的瓜种比原来的火炕多出苗三分之一左右。但是，它用煤比较多，一个炕大约需要一千五百斤煤炭。"

王站长说："多烧点煤也划算。现在是过了春节就发动建炕，要求惊蛰瓜种上炕，清明后就陆续插秧，结果是哪一年也做不到。由于多数炕温度上不去，有的四十多天还出不齐苗，别说立夏前插完秧了，到了小满还插不完，春地瓜变成夏地瓜了，能不影响产量！建这种回龙炕技术难度大吗？"

丁兆生说："没多大难度，关键是烟道要严格按尺寸建，因为炉子烧出的热气要走个来回才能冒出烟来，所以挖的道子要有一定的坡度，不然，热气走得不顺畅，炕的温度就不匀，会影响出苗。再就是炉子很重要，加上煤就要封上炉口，七八个小时炉火不灭，一般从开始到结束只点一次火就行。找个会垒锅灶的，一说他们就明白。按我们印的这个小册子办，很简单。"

潘忠地把另一本小册子给王站长，王站长说："能看明白吗？"

潘忠地说："明白，上面的说明很好懂。"

丁兆生说："小册子你们带着，到时候有什么问题再打电话问我。不行我去一趟给你们当当技术员也可以。走吧，回家吃饭。"

王站长说："不去了，下次来运地瓜时再去认门吧。对了，我们来的正事得定下来，刚才局长很干脆，说这事让你全权负责给我们办好，你到底能给我们弄多少？另外，需要多少钱？是到时候一块带来还是提前给你汇过来？"

丁兆生说："局长不是说了吗，他蹲点的那个大队留的地瓜种多，十个生产队，凑两三千斤没问题。我再多跑几个队，想办法给你们弄够五千斤吧。钱就不用带了，我们调剂时都是用粮食换的，要是用小麦，一百斤地瓜五十斤麦子，用玉米是七十斤。这样，往外调的沾点光，双方都满意。你们也按这个路子走吧，过了正月十五拉着粮食来，接着把地瓜拉回去。"

王站长说："那不行，地瓜存放这么长时间，斤两有损耗。这样吧，到春天小麦可能都没了，我们就拉玉米来，起码按一百斤地瓜八十斤玉米，要不再多点也可以。"

丁兆生说："好吧，就按你说的，八十斤玉米，我也好做工作。你也别推辞了，今天必须到我家去，不只是认认门，好不容易来一次，你也得去看看那个老同学，不然，让她知道了我得挨训。"

王站长听着糊涂了，说："哪个老同学？"

丁兆生笑了笑，说："就是咱班的孙庆芝呀，俺是一家子了。"

王站长恍然大悟，说："好你个小子，咱班的一枝花让你抢到手了。她在哪里工作？得去，看看你小家庭怎么样。"

丁兆生说："开始她也在下边公社，结婚以后，领导照顾我们，把她调到城关公社农技站了。还一枝花哩，孩子两岁多了，她也变成庄户娘儿们了。"

走到街上，争扯半天王站长还是到供销社买了两瓶酒、两斤点心，让潘忠地提着，一起去了丁兆生家。

从泰西县回到刘集，王站长让潘忠地先回村，他要找魏书记汇报工作。正好几个领导都在党委办公室开会，魏书记叫他先说说情况。大家听了后当即商量，决定还是少安排几个大队，给汶水滩留下两千斤，另外再选三个大队，各一千斤。农技站要认真抓好这几个点，明年再推向全公社。说到泰西县推广回龙炕的事，魏书记说："如果是农学院的老师们帮着搞的，效果一定错不了。你让忠地先弄起一个来，能行就开个小型现场会，在部分大队先试一试。"

第二天上午，王站长回到汶水滩，先找潘士金说了说党委的意见。潘士金说召集大队干部商量一下，两个人就一块去了办公室。商量的结果，定在试验队集中育苗，插秧时再往各生产队分苗子。并且决定，需要的煤炭大队负责买。说到换地瓜种的粮食时，李向河说大队仓库里只有千来斤麦子，没有玉米了。展明尧说这点麦子不能动，过年时还得照顾烈军属五保户，所需的玉米由各生产队分摊吧，一个队才二百斤，不成问题。潘士金担心有的生产队没多少存粮了，提议开个队长会，把这事讲下去，让各队把玉米准备好，没有的自己借一借，能行就年前凑起来，先存到大队仓库里，到时候直接拉着去。大家都赞成这么做。

接着分头下通知，把队长们集合了来。潘士金让潘忠地先说了说情况，王站长又作了些补充，大伙一听都很高兴，认为是件好事。潘士金说："王站长给人家定好了，到时候拉着玉米去换地瓜种，八十斤换一百斤。咱总共需要一千六百斤玉米，每个队摊二百斤，明后天都把玉米送到大队来，年后去换地瓜种时就省事了。"这时有人却提出，八十斤玉米才换一百斤鲜地瓜，太不合算了。还是潘忠良会算计，他说："算大账就合算了。明年全公社推广这个品种，咱第一茬苗子全部再育上苗，多施肥多浇水，多出些秧子，争取每队种上二三十亩夏地瓜，秋后留足咱的种子，各队至少还能调出个五六万斤去，那得换回多少麦子、玉米呀！"他这么一说，再没人说别的。好在各生产队都还有存的玉米，就这样决定了。

队长会散了后，王站长对潘忠地说：“得马上着手建回龙炕，建好后公社还要开个会，在部分大队也试验一下。”

潘忠地说：“我也想立即动手。建起来必须先烧烧试试，要不行还得联系请教丁站长。”

王站长说：“他们那个小册子我仔细看了，没什么问题，一定能成功。”

潘士金说：“有王站长指导着，你抓紧安排几个人动工，让你明尧叔也靠一靠，有什么事恁商量着办。”

当天下午，三个人一起到了试验田。首先要选个合适的地方，潘忠地说：“就在饲养棚南边这块空地上，把那个柴草垛往西挪挪，挨着麦地边建，不用毁庄稼，场地足够。”

王站长过去步量了一下，说：“可以，挺宽绰。北边不远就是饲养棚，正好挡风。”

李长友开始就跟着，接着喊来几个人，立即搬柴草垛。李庆江也过来了，说：“要挪就远一点，烧炕得生火，柴草离得近了不安全。”

李长友说：“你指挥着，看挪到哪里合适。”大伙就一齐动了手。

展明尧问还需要准备什么物料，王站长说：“一是棚烟道要几百斤秫秸，二是建炉子要七八根一米左右长的炉条，再就是煤炭，说是需要一千五百斤，咱得准备一吨。”

潘忠地说：“秫秸不用了，这里有现成的紫穗槐条子，比秫秸好。”

展明尧说：“炉条得找铁匠打，我明天就安排，很快就能打出来。煤炭还真是个事，公社分给社员的生活用煤，每户还摊不到二百斤，煤票早分下去了，大队没留机动数，再从社员手里要可是个麻烦。”

潘忠地说：“去年咱打石头建桥时，公社给过两吨生产用煤指标，今年一点没给咱吗？”

展明尧说：“咱没有工程了还能再给啊！”

王站长说：“我回公社找领导问问，如果还有指标就要一吨。准备好钱，也得抓紧买来，建好炕就得点火试一下，成功了再开会。没几天就过小年了，时间上得打紧。忠地，你先带着人挖道子，严格按尺寸办，挖好先别封顶，等我回来看看再说。”

潘忠地说：“炉子得垒起来吧？”

王站长说：“挖好道子就垒炉子。对了，还得找个会垒锅灶的，这是个技术活。”

展明尧说：“这没问题，向平他爹就很在行，全村只要有红白事，都找他去垒锅灶。”

潘忠地把李向平喊过来，说：“你回去给大叔说一声，明天上午咱把头上的壕子挖好，叫他下午来帮咱垒砌炉子。”

李向平说：“咳，这点活不用叫他，我就干了。”

展明尧说：“你熊孩子别吹，有把握吗？”

李向平说：“俺家的锅头就是我垒的，俺娘说比俺爹垒的还好烧。不信你去看看。”

潘忠地说：“那好，你就试试，不行再叫大叔来。”

集中人手，第二天一上午就把道子挖好，周围的墙也打了起来，四十公分高的两个小烟囱也垒好了。垒炉子需要几十块砖，展明尧说大队院里还有建房时剩下的一二百块，潘忠地安排两个人去拉了来，顺便到铁匠那里把炉条也拿了来。下午，李向平带来了瓦刀，开始垒炉子。正忙活着，王站长回来了。潘忠地接过他的自行车，展明尧上前问：“王站长回来了，怎么样，魏书记答应给咱指标了吗？”

“没用找魏书记，我给陈兴胜副社长说了说，他分管这一块，接着就给批了。他还说咱弄好后马上开现场会，到时他来参加。我们商量定了三十来个人，总共排了十二个大队，都是试验队搞得比较好的，每个大队来两人，大队长和试验队队长，有的还可以带个技术员。”王站长说着掏出买煤的介绍信交给展明尧，随后围着炕转了一圈。潘忠地在后面跟着，说："完全按材料上要求的尺寸挖的。"

王站长说："把尺子给我。"

潘忠地从口袋里掏出米尺递给他。他下到道子里，前后左右量了几处地方，又要过小册子看了看，说："不错，就这个样子。"

潘忠地说："开始棚起来吧？"

王站长说："可以，棚好后上面漫层泥，再少盖些土，开会时让大家先看看炉子烧火的情况，然后扒开一边，再看道子是怎么挖的。"

潘忠地说："最好也能发给他们这样的小册子。"

王站长说："我那本留给陈社长了，管委办公室有油印机，让他安排统计员照着印几十份，开会时每个大队发一本。"

潘忠地喊来几个人，着手用一旁准备好的紫穗槐条子棚烟道，这边刚干完，李向平在那边说："好了，炉子行了，点火试试吧。"

临时没有煤，李庆江抱来两捆玉米秸，李向平接过去，点着烧起来。大伙都在那里看着，烧了一阵子，烟老是从炉门往外窜，两个烟囱一丝烟也不冒。潘忠地下去帮着他烧，李向平急得抓耳挠腮，说："是不是烟道有堵死的地方？"

潘忠地说："不会，刚才上泥上土我亲自看着来，绝对堵不了。"

王站长也下到壕子里，看了看说："还是炉子的问题。算了吧，快黑天了，明天上午再改炉子。"

潘忠地说："也行，俺家里有点煤，明天我背一筐来，试试烧煤怎么样。向平，你把大叔叫来，让他给咱掌掌眼。"

李向平答应着，拿起瓦刀交给李庆江，说："叔，先放你屋里，明天还得用。"

临散工时展明尧又对大伙说："谁家里还有煤，明天上工时捎点来，都过过秤，公社开过会咱再去拉，拉来就还恁。"有好几个人都说有。

第二天上午，潘士金和展明尧一起来了，工作组的几个同志也都来了。李向平和他爹来了后，潘忠地先说了说烟道的情况，爷俩都下到壕子里，老爷子仔细看了看，说：“这烟道走向坡度小，又这么长，炉口进风得通畅才行。”

李向平说：“我留的炉门不小啊！”

老爷子瞪了他一眼，说：“光炉门大顶什么用，这又不是做饭的锅灶，炉底这么平怎么进风？快把炉条拆下来，再和点泥。”

李向平赶紧拆炉条，上边几个人和泥。潘士金说：“这么大个炕，咱运两千斤地瓜种来，一炕就差不多吧？”

王站长说：“就是。按人家的经验，这样的炕起码能上一千五六百斤地瓜，正常应该是两千斤。”

这时潘忠良跑来了，一听这说法，说：“往年咱都是建四五个小炕，明年大队给点苗子，再建这么一个炕就足够了。忠地，过两天你去指导着，咱也建个这样的。”

展明尧说：“你接受新事物还挺快哩。”

潘忠良说：“我就知道，只要上级领导提倡的东西，一定错不了。”

王站长说：“潘书记，公社来开会时你让咱村的生产队长也参加吧，能不能每个生产队都建一个。”

潘士金说：“那倒没问题，就是用煤太多，不好办。”

王士友说：“咱给公社领导汇报汇报，作为试点，多要点煤炭指标，也许能给解决。”

他们正说着话，李向平在下边说：“好了，点火吧。”

已经凑起来二百多斤煤，展明尧说：“直接把煤引着，看看怎么样。”

点着火不到几分钟，两个烟囱都缓缓地冒出了青烟。展明尧说：“向平，你好好孝顺恁爹，让他把技术都传授给你，别和那猫教老虎似的，自己还留一手。”

众人都笑了。李向平红着脸说："不是他不教，是咱没正儿八经学。"

王站长说："别停炉了，把炕也盖好，坚持把炕的温度烧上来。我抓紧回去找领导说说，争取后天就开会。忠地，你把温度计拿来，注意观察，记一记温度上升的情况，再就是看看整个炕的温度匀不匀。"

潘忠地指挥着搬来草苫子，盖了两层，又对李向平说："向平你先烧一会儿，临走封好炉门。晚饭后咱俩再过来，不行今晚就睡在饲养棚里。"

李向平说："没问题。"

买煤

潘忠地正在梦乡，被“嘭嘭嘭”一阵敲门声惊醒了，随后听到李向平喊：“忠地，快起吧！”他回了声“起来了”，立即麻利地穿上衣裳，边系扣子边出去打开大门。

潘忠地说：“天还没明，是不是太早了？”

“不早了，长友喊起我来先去试验田了，他说看看庆江叔喂好牲口了没有。”李向平跺着脚，唏唏呵呵地说。

“那好，我去拿煎饼。”

“不用拿了，长友拿了不少。”

“再拿点吧，昨天晚上都包好了，说不定中午饭也赶不回来。”

潘忠地回到厨屋拿起煎饼，出来带好外门，两个人往村外走去。

这隆冬的夜，虽然没有风，依然是彻骨的寒。满天疏疏拉拉的星星，也怕冷似的，闪耀着微弱的光。四处黑乎乎的，周围的房屋、树木都影影绰绰。他两个的脚步声，不断惊动路旁人家的狗，接力赛般一个没停另一个又叫起来。刚出村，不知谁家的鸡领了个头，全村的大公鸡都跟着引吭报晓了。

李向平说：“看来天快明了，鸡都叫了。”

“早哩！这时候夜长，老人们讲鸡叫五六遍天才明。”潘忠地说着在前面加快了步子。

“咱这么早就起身，也算出一天的工？”

“再早也是算一天，庄稼人做事起早摸黑，都算是当天的活儿。”

“也是这么个理儿。那年俺奶奶有病，俺爹去泰山烧香还愿，说是一百二十来里路当天打个来回，其实头天傍黑喝点汤就起身了，第二天上午爬到朝阳洞烧了香，接着往回赶，来到家时又开始鸡叫了。你说那也能算一天？”

“如果按白天十二个小时算账，那就够两天多了。”潘忠地考虑到今天其他劳力都不干活了，还让他赶车去拉煤，就又跟上一句，“不过今天特殊，你是赶车的，叫长友给你多记半个工。”

李向平立即跟上话：“那才胡闹哩，恁俩记多少我就记多少，得一样。”

“好吧，回来再说。”

说着话进了饲养棚，李庆江说：“快进来暖和一会儿，喝碗咸汤再走，晚不了。”

潘忠地说：“牲口吃饱了吗？”

李长友说：“咳，我来到时大老爷不仅喂饱牲口了，还给咱烧好了咸汤。”

李向平说：“别喝了，恁两个带这么多煎饼，什么时候饿了什么时候吃。赶早不赶晚，套车吧。”

李庆江说：“不用慌，今天是腊月二十三，都忙着赶年集，也许拉煤的不多，用不着挨号。汤里我专门多放了点姜，喝了驱寒。”说着拿碗给他们舀。

本来说好公社开完现场会第二天就去买煤的，没想到当天夜里就飘起了雪花，第二天沸沸扬扬下了一整天。展明尧把介绍信和钱交给潘忠地，说：“看来这两天是不能去了，等雪化了路好走些再去吧。什么时候去你和长友商量着定，真不行就过了年再去拉，耽误不了地瓜上炕就行。”潘忠地回试验队把钱和信交代给李长友，让他先存放起来，并说了说展明尧的意思。

昨天下午李长友找到潘忠地，说：“明天就小年了，路上的雪也差不多化没了，咱把煤买来吧。越到年跟前事越多，过了年更忙，拉来就省心了。”

潘忠地说：“好啊，明天都想赶个年集，别安排别人了，咱俩去，你再给发田大哥说一声，让他赶车。”

李长友说：“我问过发田叔了，他说得去卖猪。让向平去吧，他赶车也能行了。”

潘忠地说：“可以，你告诉他，早一点走，听人讲买煤的很多，有的去晚了得排大半天的队。”

李向平也是想去赶集的，虽然买年货有他爹，想去看看热闹。可一听长友说让他赶车去拉煤，当即就答应了。因为他学使牲口时间不长，新鲜劲儿还没下去，特别是赶车走这么远的路，这还是头一次，耽误了赶集也很高兴。

每人喝了两碗汤，全身都暖和了。他们开始套车，李庆江把装好的草料放到车上，又拿出两条空麻袋，说：“坐到车上脚冷，带着它盖上。”

二十多里路，太阳还没露头他们就赶到了。哎呀，还是来得太晚了，大车小辆，头尾相接，像一条长龙，从煤矿院子里拐出来，排了足足有一里多路了。他们刚挨上不大会儿，后面又排上了几辆车。

李长友说：“看来是大伙儿想到一块去了，都认为今天是小年，买煤的人少，结果可能比平时还多。”

潘忠地说：“别管多少了，慢慢等吧，今天早晚能拉回去就行。不知道什么时候才开始卖？”

“恁在这里看着车，我到前边打听打听。”李向平说着向前面走去。沿途和几个人扯了扯，都说等着吧，还早哩。一直到了卖煤的窗口，门窗还都关着，他趴窗户上看看，里面没人。回头看到不远处有个警卫，问了问，那人告诉他，八点开始。回来把这消息告诉他两个，接着说：“咱就是昨天晚上不睡觉就起身也赶不了最前头，前边有十几辆车是昨天等了一天，挨到最后下班也没买上，就没再回去，夜里在这里住下的，大车、排子车挨着号，人去马车店睡了一晚上。”

李长友说：“那咱今天也说不准买上买不上了。”

李向平说：“我问那些人了，他们说咱来的这个时间没问题，昨天他们都是早饭后才来的。”

三个人闲着没事，李向平掏出烟包，用纸条子卷了支烟，给潘忠地，潘忠地说不吸。给了李长友，自己又卷一支吸起来。李长友吸了几口烟，摸出两毛钱给李向平，说：“按规定今天咱每人补助三毛钱，吃饭的时候有带的煎饼，一人买碗杂烩菜就可以了，花不清，等会儿门市部开了门你去买盒烟吸吧。”

“这去买就行，刚才我看见矿门口那个小卖部已经开门了。”李向平接过钱乐呵呵地跑了去，没大会儿，手里拿着两块糖一盒烟回来了，说：“买了盒一毛九的‘金菊’，剩下一分钱要了两块糖，给忠地吃。”

潘忠地说：“我又不是小孩，吃什么糖！”

李向平笑着把糖递给潘忠地，说：“不吃不行，你不吸烟再不吃糖，那成俺两个吃独食了。”

李长友说：“我这烟也很松，半天不吸也不上瘾，这盒烟全归你了。”

“那好啊，不过也得给你一支尝尝，平时你哪里能吸上这么好的烟！”李向平拆开烟，抽出两支，给李长友一支，然后把烟盒装到口袋里。

这时听到前后挨号的凑到一起聊天，一个说：“没有比排队挨号这种情况时间过得再慢的了。”

另一个说：“在车站上等车，感觉时间也过得挺慢。”

又一个说：“恁俩说的都不对，过得最慢的时候，是订了婚选好了日子，媳妇还没进门，那个等才让人心急哩！”

李向平给人家接上话：“这位大哥说的也不对，只要定了日子，不用急媳妇也快来了，如果连对象还没有，盼媳妇的日子才叫难熬哩！”

那个人说："看来这位兄弟还没对象啊，请请老哥，我给你介绍一个！"

李向平说："我孩子都两三岁了，俺这老弟二十多了还没订婚，你给他操操心吧。"说着拍了拍潘忠地的肩膀。

这时候前面的车辆开始挪动了，潘忠地说："别胡闹了，快赶赶咱的车，往前挨挨。"

在这里排队的，基本上都是社员来买家庭用煤的。因为县里和公社机关，以及工厂用煤，都是用汽车来拉，直接从南大门进去，买单子、过秤，有另外的地点，还有专门的装车队。东门这边是大车、小车、排子车，买的数量不大，也都不愿意再花装车费，全是自己动手装，所以进度快不上去。

社员能买到煤，也是这几年的事。农村遇上荒年，不仅缺粮食，烧柴也紧张。锅上的没了犯愁，锅下的没了照样作难。县煤矿近几年生产形势好，产量不断提高，县里决定，供应群众一部分生活用煤。开始每年每人三十斤，从去年增加到每人四十斤。每年供应一次，都是年初，也就是接近农历腊月，煤票才分到社员手中。为了方便群众，县里规定，离煤矿超过五十里的几个公社，由燃料公司把煤运到供应点上集中销售，离煤矿比较近的这几个公社，就直接到矿上来买。一户社员一般只有两三百斤，人口少的不足百斤，不好一家一户来买，都是几家凑一凑，合起伙来，千斤左右的用辆排子车，再多的借用生产队的大车。因为进了腊月农活少了，再就是趁过年都筹措了点钱，所以这一阵子来买煤的是天天排队挨号。

临近正午，潘忠地他们离矿门口还有百多米。李长友到前面转了一圈，回来说："大门里边还有二十来辆车，咱下午挨到也早不了。"

李向平这时突然说："向东不是在矿办公室工作吗？咱去找找他，看能不能走个后门。"

潘忠地说："别去，他就是个一般工作人员，找到他也是让他作难。"

李长友说："可以去试试，能行就行，不行咱继续挨。"

李向平说："忠地，你看着车，俺俩去。"

李向东和吕冰洁正要下班，他两个进了办公室。李向东一看，问："恁怎么这个时候来了？"说着给他们倒水。

李长友把情况说了说。吕冰洁在一旁听了，说："恁是汶水滩的？向东的老乡啊！"

李向平说："不仅是老乡，我是向东没出五服的哥。外边还有个看车的，是向东从小学到中学的同学。"

吕冰洁说："中学同学，叫什么名字？那和我也是同学啊。"

李长友说："叫潘忠地。恁怎么称呼？"

吕冰洁说："叫我小吕就行，我和向东是同事，都在办公室工作。"

李向东说："这事还真不好办，销售部的人我都不熟悉，要是何主任在就好了，让他给说说话，可他今天有事没来上班。"

吕冰洁说："这点小事还用麻烦何主任？我给别人办过好几次了。别在那边挨号了，恁把大车从南门赶进来，再有个人跟着我去买单子。"

李向平说："那可真是给你添麻烦了，这就去吗？"

吕冰洁说："这个时间他们刚交接班，也正是买煤的人比较少的时候，抓紧去吧。"

李向平对李长友说："我去赶车，你跟小吕同志去吧。"出了门，他又把李长友拉到一边，小声说，"你带的钱有余数吗？要是能行先借给我点，回去就还你。"

"倒是多带了几块，干什么用？"

"俺那二百斤煤票我带着哩，我想一块买出来，车上有麻袋，另装上捎回去。"

"行，又不多，车上也装得下。你把煤票给我，好一块写出单子来。"

李向平掏出煤票交给李长友，跑着去赶车。

来到售煤处，的确很清静，一个拿单子的也没有。吕冰洁说："恁两个在外边等等，我进去看看谁值班。”进门一瞬就在门口喊，“进来吧。”

李向东和李长友进去，吕冰洁指着李向东介绍：“老陈，还有小孟，这是咱办公室的李向东同志，以后有什么事找恁别装不认识。今天就是他老家大队里来买煤。”

老陈说：“哪里话，和吕同志一块办公的，我们想巴结还没机会哩。来吧，买多少？”

“一吨。”李长友说着把介绍信递给他，另外又给他煤票，“这二百斤另写个单子，是向平个人的。”

老陈写好单子，给小孟，说：“到他那边交钱。”

办完手续出来，李向平和潘忠地赶着车也来到了。李长友把单子交给过磅员，过磅员让把空大车赶到地磅上称了称，然后叫他们去装车。李长友说：“那个二百斤用麻袋盛，单独过磅。”过磅员说：“没问题，给你加上几斤皮就是了。”

刚把车赶到煤堆旁，几个装车工围上来，吕冰洁说：“哎，咱先说好了，俺自己装也行，恁给帮忙也可以，反正我们没有装车费，抽空到办公室吸烟喝茶去，我请客。”

几个人当中有人认识她，说：“给吕同志帮忙，要是提钱的事那不就见外了！”说着动了手。

一伙人七手八脚，很快就装好了。过完秤，潘忠地说：“谢谢恁二位了，恁去忙吧，俺回去了。”

李向东说：“天不早了，吃了饭再走。”

潘忠地说：“不用再麻烦了，我们到外边饭店里简单吃点就行。”

吕冰洁说：“去饭店干吗，咱矿食堂正是开饭的时候，饭菜可比饭店里强多了。走，一块去吃，我还得和你这个老同学叙叙哩。”

李向平说：“去呗，咱也尝尝矿上的饭。”

潘忠地看看李长友，李长友说：“在这里吃也行，反正到饭时了。”

潘忠地没再说什么。李向平把车赶到路旁树荫下，把牲口卸下来拴到树上，给它们喂上草料，几个人一块去了餐厅。潘忠地叫李长友把两包煎饼拿上，李向东说："别拿煎饼了，咱吃馒头。"

吕冰洁说："哟，恁带这么多煎饼呀，太好了！向东，说好了，今天的饭菜我负责，这些煎饼就都得归我了。俺爸可愿意吃煎饼了，在城里买不到。"

进了餐厅，好些吃饭的都跟吕冰洁打招呼。李向东找了个地方让他们坐下，李长友掏出钱要去买饭，吕冰洁说："这里不收钱，用菜票馒头票。"

潘忠地说："向东你去买吧，钱你留下。"

李向东说："恁来了我还能管不起一顿饭啊！恁等着吧，我去买。"

吕冰洁笑着说："我刚才都说了，就算用恁这些煎饼换顿馒头，觉着吃亏也不能反悔了。"

李长友知道她是说笑话，把钱装进口袋，说："要知道吕同志想吃煎饼，我们多带点来呀！"

"这些就不少。"吕冰洁说着转身去了。李向东跟着她，两个人没去窗口，直接进了伙房，进门她就问："今天几样菜？"

伙房的工人大都认识她，卖菜的说："就两样，一个白菜粉条肉，一个萝卜肉。"

吕冰洁说："俺有几个客人，找两个小盆，一样给盛一盆。"

卖菜的问："几个人？"

吕冰洁说："一共五个人，你看着舀就行。"她回头又问李向东，"要多少馒头？"

李向东说："他们每人起码得一斤，我还是吃两个。"

吕冰洁朝卖馒头的说："先用笼布给俺包十五个馒头，不够一会儿再来拿。"随后找了五双筷子，又说，"吃完一块给恁算账。"

李向东端起一盆菜，提着馒头，说："你走吧，我再回来端。"

"不用，这盆我端着就行。"吕冰洁端起另一盆菜，一块出来了。潘忠地看见，赶紧迎上去接过来。

吕冰洁说："尽管吃，不够咱再要。"

李向东回去拿来五个碗，说："那边小锅炉里有开水，谁喝就去接一碗来。"

李长友拿两个碗去接开水，李向平也起身去，吕冰洁说："少来一碗，我不要。"

吃着饭，吕冰洁和潘忠地、李向东说起在一中上学的事，李长友和李向平插不上话，只顾吃。不大会儿，李长友吃完三个馒头，放下了筷子。李向东让他再吃，他说饱了。潘忠地吃了两个，也不再吃了。吕冰洁只吃了一个，菜也没吃多少。李向平已经吃了六个，桌上还剩一个。李向东说："别剩了，平哥你吃了吧。"

"我也饱了，再吃就撑得慌了。"李向平说归说，还是拿起馒头，掰了掰放进菜盆里，蘸着菜汤吃起来。

吕冰洁说："都真的吃饱了？"

李长友说："不作假，都够了。"

吕冰洁起身去了伙房。李长友说："这个姑娘真够厉害，这么多人都跟她熟。"

李向东说："她来矿上好几年了，一直在办公室，又是县煤炭局吕局长的女儿，很少有人不认识她。"

潘忠地说："她是不是去交票了？还能真让人家管饭！"

李向东说："没事，俺两个关系不错，我要争着去交她一定得发火，这人就这么个脾气。"

李长友说："我早看出来了，恁两个是不是在谈恋爱？"

李向东说："哪里呀，就是在一起工作，比较合得来。"

潘忠地看到吕冰洁从伙房出来了，朝他俩使了个眼色，他俩都止住了。

这时李向平不仅吃完了那个馒头，还把两个盆里的菜汤都倒到碗里喝了。李向东把碗、盆和筷子敛起来，拿起笼布，要送回伙房去。吕冰洁说：“笼布不送了，我给他们说了，得用它包煎饼。”

李长友赶紧把两个包打开，帮她把煎饼包好。李向东回来让他们再到办公室喝点水，潘忠地说：“不去了，我们抓紧回去。小吕，再一次谢谢你。”

吕冰洁说：“你这个老学兄可别这样，有向东在这里，这都是我们应该做的。”

太阳还没平西他们就到了家。李长友说先到村里把向平家的煤卸下来，省得他再找排子车往回拉。街上很清静，祠堂那边锣鼓喧天，正在排练节目，孩子们都去那里玩了。今天还是家家户户打扫卫生的日子，大人们也大都在家里忙活。来到李向平家门口，刚抬下麻袋，潘忠国倒背着手，不慌不忙地过来了，说：“拉煤来了？”

潘忠地说：“哎，试验队烧地瓜炕的。”

潘忠国偎到车跟前看了看，说：“这煤不孬，都是些整块的，还没矸石。”

李长友不搭理他。

李向平也是一时高兴，掏出那半盒烟抽出一支，递给潘忠国，“大哥没事啊，来吸一支。”

这时向平他爹出来了，帮着把煤抬进大门，李向平说：“这是试验田的麻袋，你先别倒，我回来再说。”他的意思是麻袋太重，一个人不好弄，等他回来帮着抬到厨屋里再倒。他爹没听明白，因为向平原来也没说捎带着把自家的煤买回来，就理解成这是试验田的煤，先存放在这里。

潘忠国在一旁吸着烟，这话也听了个半半拉拉。他们三个赶着车走了，他在街上转悠着，想：这事不对头。试验队买的一车煤，怎么先卸下来两半麻袋？李长友倒显得和往常一样，看见我待搭不理的。李向平倒是机灵，马上给我递烟，平时他对我没这么亲热过，是不是心里有鬼，想巴结我？也许是他们商量好先扣下点，暂时放向平家里，以后再分？要是向平家买的，从矿上回来路过试验队，也应该先把公家的卸下，再把这点送家来。可能是半路上装好的，趁这时候街上没人，先回来放下，免得卸煤时被李庆江看出问题来了。看来向平他爹不知情，要不向平不会嘱咐他先不能倒。他们也不会想到被我遇上……就这么颠三倒四地想着来到了祠堂。今天生产队都放假，上午多数人都去赶集，下午一些没事的年轻人也围过来看热闹，有几个人大概看烦了，蹲在门台子跟前，扯着闲篇子晒暖。潘忠国看到展春朋在，就把他叫到一边，说："今天没让你去买煤？"

"买煤？不知道。"

"试验队去矿上拉煤，没让你去？这可是个好差事，坐着大车累不着，在饭店里吃一顿，还能弄盒烟吸。"

"我赶集去来，没人派我。"

"你到向平家里看看，问问他爹，是不是他家的煤票买回来了？"

"问那个干吗？"

"你别管了，问清楚回来我再告诉你。"

展春朋是个老实人，在他眼里，潘忠国当过大队干部，后来又在试验队负责，潘忠地什么事还都让着他，他的话不听不好，就算有些不情愿，还是得去一趟。刚转身，潘忠国又嘱咐："装着没事似的，随便问一句就行。"展春朋答应一声去了。

在路上他就想好了走到怎么问，进门看到李向平他爹在扫院子，就说："向平不在家呀，我想问问他恁家的煤拉来了吗？要是去拉咱凑一块，再凑合两家，值当找个车。"

向平他爹说："今天给试验队拉煤去来，刚回来不大会儿，卸车去了，你问他吧。"

"没把恁家的捎来？"

"可能是不好捎，临走也没带钱。刚才他几个卸下来两半麻袋，说是试验队的，不知道放这里干么。"

“好吧，明天我见他俺再商量。”

回到祠堂，潘忠国迎过来问：“怎么样，买来了吗？”

“没有。向平他爹说，刚才他们卸下了两半麻袋，是试验队放那里的。”

“这就对了，一定是他三个预谋好，把公家的煤留下了一部分。”

“不会吧，他们还能偷偷私分？”

“怎么不会？那是一吨煤，少个百把二百斤的看不出来。”

展春朋摇头，还是觉得这事不可能。潘忠国又说：“这样吧，明天你去试验队，就说看着拉来的煤不够秤，找几个人称称，那不就露馅了！”

“我不去，要去你去。”

“这种事我不能出面。”潘忠国掏出九分钱一盒的葵花牌烟，里面只有两支了，抽出来给展春朋一支，然后把烟盒撕开展平，再叠起来放口袋里，准备以后擦屁股。等展春朋给他点着，吸了一口慢慢把烟吐出来，又说，“你一个人也不行，我再找两个和你一起去，让他们先说，如果最后发现少了，你再说那两麻袋的事。弄清情况就到我家来说一声。”

展春朋答应了。

潘忠国转悠着琢磨半天，又去找了两个人。他选的这两个都是直肠子，愣头青，经他如此这般一煽乎，这火就点起来了。

第二天吃过早饭，张发树去找潘忠地，说：“忠地，你今天不要去试验队了，我已经安排了几个人，得开始搭戏台，我必须靠那里。排节目的也离不了人，你去那边。”

潘忠地说：“秀菊姑呢？她不是在那里吗？”

张发树说：“你没看出来呀！昨天我说了，要是喂个牲畜摊上她这样的就好了，到部队待那么几天就怀上了。要不是穿着棉袄，她那肚子早就腆得老高了。我让她在家里歇着，可不能再胡跑乱颠的，得保好胎，生出个健壮的小兵来。”

忠地妈在一旁听了，骂道：“发树你真是个浑头，这么没大没小的，这样说恁姑，就不怕老天爷劈了你！”

张发树说：“婶子你不懂，‘没大没小，日子越过越好’，我这样说秀菊姑才高兴哩！”

潘忠地说：“可别贫嘴了，快走吧。”两个人一起走了。

李向平一早拿着钱到了李长友家，把钱还给了他。李长友说：“这么急干么，试验队又不等着花。你上午有事吗？”

“没事，房子、院子俺爹都打扫干净了，不用我干。”

“没事去试验田。我通知借给煤的那几个人，上午就还给他们。昨天咱卸煤时庆江老爷说，煤堆在那里开春下雨容易冲。还有建地瓜炕垒炉子时剩的砖，咱去把周围砌起来，一了百了，以后就省心了。”

“行，我吃了饭就去。”李向平说完回家吃早饭。

借给试验队煤的那几个人来了，潘忠国发动的那几个人也来了。李长友把磅秤推过来，说：“来，恁几个都是多少？自己报个数。”

有人说：“你不是有记的账吗，还用我们报数？”

李长友说：“这才几天的事儿，不看账也都忘不了，叫恁说是尊重恁。开始称吧，一份份的来。”

称到最后，李长友又说：“还有忠地的四十六斤，也称出来，走的时候给他捎回去。”

那两个愣头青和展春朋一直在一旁站着，看着都称完了，一个说：“咱这是拉来多少煤？怎么看着这么一小堆！”

李长友说：“一吨。这东西和石头差不多，不显眼。”

另一个说：“哟，两千斤呀，可不够称，一定是矿上坑咱少给了！”

李向平说：“别胡扯淡，人家是国营煤矿，怎么能坑咱？过完磅还又叫装上好几锨，保证够秤。”

那一个又说：“别嘴硬，够不够再称一遍就知道了，有现成的磅秤，咱称称试试？”

李长友看着他两个像是找碴儿，就说：“恁要是不相信就称吧。”

他两个就开始装筐称，又喊展春朋帮忙。李庆江在旁边听了，说了句“没事找事”，生气扭头走了。其余几个人都背着自己的煤回去了，只剩下李长友和李向平气乎乎地在一边看着。

他三个按一筐一百斤称，数着数，连装筐带倒筐，累得满头大汗。称了十七筐，地下还有接近一筐，李长友说：“怎么样？再称称那些，看看够不够六十多斤，刚才还账已经称出去二百三十多斤了。”

他三个都傻了眼，不再动手。李向平说：“快点装，我拿扫帚来扫干净，称称到底是多少。”

这一筐净重还有七十二斤。李向平说：“怎么样？人家没少给吧，总数还多六七斤哩！”

李长友说：“刚才恁也都看到了，还他们几个的煤时，我看的秤，都是高高的，每份至少多斤把，实际上咱这吨煤不仅不少，还得多十来斤。”

一个说：“他娘的，潘忠国这小子点火咱，得找他算账！”

另一个说：“他不出头，挖个坑让咱跳，不能饶了他！”

李长友和李向平都听出了意思，李向平说：“恁是猪脑子啊，潘忠国一肚子坏水，他叫干什么恁就听呀？”

李长友说：“算了，没事都回去吧。春朋，你留一留。”

那两个愣头青走了后，经李长友和李向平好说歹说，展春朋把来龙去脉一五一十都讲了出来。李向平听了气得摩拳擦掌，拉着展春朋就走，说：“你当证人，我找这个小子去！”李长友想拦没有拦住。

来到潘忠国家里，潘忠国正在院子里吸烟，他一看李向平的架势，就知道坏事了，赶紧让他两个进屋。李向平没理他这一套，大声问：“潘忠国，你凭什么说我扣下公家的煤了？”

潘忠国说：“这是哪里话？我什么时候说过你扣公家煤了？”

李向平说："你没说过？是谁叫春朋到俺家里问的？又是谁发动他三个到试验队去过秤？你到矿上查查，我那二百斤煤是单独买的单子，单独过的磅，就是用试验队的车顺便捎了来。你问问他三个，试验队那一吨煤少一斤了吗？"

潘忠国拿眼瞪了瞪展春朋，扔掉烟头，说："你别听这几个熊孩子胡说，都是他们叽咕的，没我的点事。"

展春朋说："怎么没你的事？就是你挑动的！"

李向平上去抓住他的领子，说："你就是头顶上长疮，脚底板上淌浓，坏透了！这些年你一直不干好事，就疑心别人也干坏事，我看你就是欠揍！"说着给了他一拳头。

那两个愣头青回到家里，都觉得上了潘忠国的当，其中一个又把另一个从家里叫出来，商量着来找潘忠国说道说道。一进门就看到了李向平这一拳，立即上前助威："揍他，狠狠地揍，让他长长记性！"

潘忠国看到他两个这劲头，知道要吃亏，就挣脱开李向平，要进屋。这时他老婆刘玉兰咋呼着出来了："这是干么呀，跑俺家来打架啊！"

"没你的事，回屋去！"潘忠国不想让她再激那几个人的火，说着推了她一把。没想到这一把把她推倒了，胳膊正好硌在了门槛上。她"哎哟"着爬起来，感到左胳膊疼得厉害，就吆喝："不好了，我的胳膊断了！"

李向平说："刘玉兰你别瞎掺和，今天揍的是潘忠国！"

就在这时，潘忠地和李长友进来了。原来李长友没拦住李向平，担心他找到潘忠国打起架来把事情闹大，就赶紧去找潘忠地。到了大队办公室，不在，有人说可能在祠堂，他又去了祠堂，果然在那里。他把整个过程给潘忠地说了说，两个人就到潘忠国家来了。潘忠国进屋去了，那几个年轻人也要进屋，李长友上前挡住他们。刘玉兰在一边抱着胳膊"哎哟"，潘忠地朝屋里喊："大哥，快到卫生室给嫂子看看去。"

潘忠国在屋里说："我不管，他们打的让他们给她看去。"

李向平说："谁打的？明明是你推倒的她，你诬赖谁？"

展春朋也说："我看得清清楚楚，没人戳她一手指头。"

潘忠地说："别管谁的责任了，恁几个都回去，有事以后再说。长友，架着恁婶子，咱去卫生室。"

刘玉兰说是不用架，跟在他俩后边，不住声地"哼哼"着。潘忠国看到都走了，也出来跟了去。进了卫生室，正好李庆龙在，潘忠地说："嫂子不小心歪倒把胳膊摔着了，大叔你给她瞧瞧。"

李庆龙让她把袖子褪下来，轻轻捋了捋她的胳膊，疼得她龇牙咧嘴。李庆龙说："不好，可能是骨折了，快去公社医院吧。"

潘忠地说："长友，你去找辆排子车，拉着恁大婶子一块去。"

李长友说："试验队那边还有点事，另找个人去吧。"他是不想去。

潘忠国说："不用，我用自行车驮着她去就行。"

两口子吵了一路子。到了医院，检查完打上石膏，回来了。潘忠国垂头丧气，知道这个年也过不安生了。很快大伙儿都知道了事情的真相，除了潘忠地来问问治疗情况，邻居们没个人来看刘玉兰。好在那几个年轻人经过潘忠地做工作，没再来找潘忠国的麻烦。

订婚

一望无际的麦田泛荡着层层碧波，沉甸甸的麦穗在微风中摩挲，发出悦耳的“沙沙”声。它告诉人们，大半年的汗水没有白流，今年一定是个大丰收。

潘秀菊拖着沉重的身子，转了几片麦田，最后来到了自家的自留地地头。她看到这几畦麦子穗头齐整，地里湿乎乎的，心里挺舒坦。今天是婆婆撵她出来的。吃过早饭，婆婆说：“秀菊，你到自留地里看看，咱那点麦子长得怎么样？”

“不用看，前天傍晚忠地刚叫着几个人给咱浇了。”

“这我知道。我是说你不能这样老是在家里忙活，整天闲不住，身子这么重了别累着。可也不能老是躺着蹲着的，还得活动活动，到外面走走对肚子里的孩子有益处。”

“好吧，过会儿我就去。”潘秀菊说着喂完猪，喂上鸡，就到坡里来了。

这段时间她不愿意出门。队干部们不让她干活了，她说干点轻活也没人安排。大队里开会也不再叫她，有些事情都是潘忠地来给她传传话。潘忠地已经担任党支部委员了。党支部研究时是想让他直接当副书记的，潘士金叫着展明尧一块到公社汇报，柳新水表示同意，魏书记说忠地是我的学生，我们又在那里驻队，太急了不好，还是过渡一下，先进支部当委员，锻炼段时间再担任副书记比较稳妥。近来，潘士金看着潘秀菊活动越来越不方便，就不再让她参加支部会了，如果研究了重要事儿，就叫潘忠地去给她说说。另外，高主任还在她家里住，晚上过来不断给她讲讲外面的情况，并嘱咐她好好在家休息，工作也暂时不要管了。啥事不让干还出去干什么？再说了，没想到怀孕才七个多月身子就这么难看，衣裳也都不合身了，外人见了多不好！这是婆婆让出来，婆婆的话不能不听，更重要的是婆婆说出来走走对孩子有好处，所以才来到坡里。但是，她还是躲着干活的人们，专朝没人的地方转。一句话，不想见人。

她刚要往回走，潘忠良哼着小曲过来了。

“哎哟，大姑，这一段吃什么好东西了，才几天没见你，怎么这么胖了？”

“你个忠良，别装傻了，我什么好东西也没吃，就是你这个小表弟长得太快了。”

“先别吹，还说不定是表弟表妹哩，你要能给我生个小表弟就算有本事！”

潘秀菊也和他闹着玩，说：“你这是重男轻女！别管男孩女孩反正你生不出来。”

潘忠良笑了笑，说：“你算说准了，这一条咱是没本事，不如恁这些娘们。说正经的吧，小满过去三四天了，再过十来天就得开镰收麦，恁自留地这几垄麦子你不用管了，也不用找恁队里，到时候我安排人给你收了。要是接着种玉米，你准备好种子，没种子也不要紧，俺队里的玉米种有余数，一块给你种上。”

他两家不属于一个生产队。

“不用麻烦你，我也不找队里，恁大奶奶说了，让俺大哥大嫂给帮帮忙。”

“你可别提他两口子，张义光是出了名的怕婆子，什么事都当不了老婆的家。梁玉芳不光不孝顺，还好沾光，给生产队干活不出妄力，四邻有事她也从不偎边，要是叫他两口子帮忙一定得给你脸子看，还不够生闲气哩！”

正说着潘忠地和李长友过来了，听了他们这话，李长友说：“忠地早就说了，这点活我们全包下来，也算是帮助军属搞点义务劳动。前天下午在试验田里收了工，说声来浇地，一吆喝就来了好几个人，小伙子们劲头足，那二人拧快赶上半部抽水机了，没用我和忠地下手，半顿饭时的工夫就浇完了。”

潘忠良说：“那好啊，试验队里年轻人多，收麦的任务也不重，紧紧手就把这点事办了。这样就不用我管了。”

李长友说：“别，到时候你最好来伸伸手，干多干少都算你参加我们团员青年的活动了，末了给你记上一功。”

潘忠良说：“你拿恁大叔我当憨蛋耍啊，我这四十多的人了，跟恁这些毛蛋孩子搅和什么！”

李长友说：“哟，你这才几天不穿开裆裤？也就比我大个十岁八岁的，充什么大人！”

潘忠地在一旁笑，不插言。潘秀菊看着他们闹腾起来没完，说：“别闹了，该干么干么去吧，我得回家了。”

中午潘忠良回到家，给王桂兰说：“今天我见着秀菊姑了，她那肚子鼓鼓的，走路都不方便了。”

“她得怀上七八个月了吧？是该挺显眼了。”

“谁知道几个月！恁娘们的这些事，我又没问。”

“还用问啊，她去年九月去的部队，这又快进五月了，算算就知道。我该去看看她了。”王桂兰说着把鸡蛋罐子搬出来，把鸡蛋往篮子里拾。

“咱这鸡蛋别都卖了，留着点端午节吃，孩子们也得一人给他两个。”

“谁说卖来？我是看看有几个，给秀菊姑送去。”

“她这还没生，也不能提前看月子啊！”

“你懂什么！临生前这几个月就得注意保养身子，多吃点好的不仅能让孩子发育好，生了后大人的身体也恢复得快。”

“怪不得你原来身材挺受看，生个孩子以后就胖一圈，结果生成个胖娘们了。”

“胖怎么了？胖了身体壮实！”

“对，我就喜欢胖的，胖了肉多，不硌人。”王桂兰瞪他一眼，他龇龇牙，又说，“她娘俩关系处得那么好，大奶奶还能不让她吃好点！”

“那是她自家的事，这是咱的心意。人家娘俩待咱都不错，我生那两个孩子，大奶奶都去看我。咱两个结婚那阵子，秀菊姑在后边没少帮咱说好话，咱不能昧良心。”

“那是，该去。”

王桂兰数了数鸡蛋，说：“一共二十九个，得凑个双数，给她二十八个吧。”

潘忠良说：“咱那鸡今天就不下蛋了？凑三十个多好！”

“是啊，现在鸡窝里就得有两个，好了下午那个大黄鸡还能下一个，凑三十二个。我傍黑天去，也免得碰上些人。”王桂兰把篮子放到一边，到外边鸡窝里看看，果真取出来两个鸡蛋。

傍晚，王桂兰放下饭碗，对潘忠良说：“锅、碗我先泡上，回来再刷，你等会儿别忘了堵好鸡窝再出去。”随后找了块毛巾盖上篮子，提着去了潘秀菊家。

潘秀菊也是刚吃完饭，正在院子里喂猪，见她进来，赶紧接过篮子让她进屋。老太太在里间屋听到动静，出来说：“庆富家里呀，你怎么有空过来了？”

王桂兰一听就笑了，说：“大奶奶您真是老糊涂了，不是庆富家里了，是忠良家里！”

潘秀菊说："老人家脑子不好使，你别生气。"

王桂兰说："咳，生什么气，老人家说什么咱都不能怪，她又不是故意的。"

老太太说："你看我这嘴，刚才听到你和秀菊说话，我就想着是忠良家里，说出来又错了。"

王桂兰说："没事，你快点坐下吧大奶奶。"

潘秀菊说："你来坐会儿就来吧，还拿这么多鸡蛋！"

王桂兰说："不多，把今天下的也都拿上了，才这点。你先吃着，我再给你攒，过几天再给你送来。"

潘秀菊说："可别，俺有喂的好几只母鸡，这段时间俺娘一个鸡蛋也不让卖，都攒着哩。"

王桂兰说："不能老攒着，现在就得吃，我经验过的，这时候好好补养补养，孩子生下来壮，大人也身体好。大奶奶，你说是吧？"

老太太说："理是这么个理，以前想吃没有啊！现如今有了，秀菊又舍不得吃，老是惦记着我，让她煮几个鸡蛋吃，煮三个她得叫我吃两个，她才吃一个。你说这孩子，就是孝顺，会过日子。"

王桂兰说："那不行，得多吃个，不能亏待了肚里的孩子。"

潘秀菊说："多吃也不用你拿了，俺喂的鸡不少，够吃的。"

正说着，潘忠地来了，进门就说："嫂子在这里呀。"

"我来一会儿了，看看咱姑。我说忠地，你怎么还不快点娶媳妇，给我生个小侄子呀！"王桂兰半当真半开玩笑地说。

一句话把潘忠地说了个大红脸。老太太在一旁答腔了："恁大嫂说得对，都二十好几了，该成亲了。"

潘忠地说："大奶奶，我今年才二十一，不慌。"

老太太说："二十一还小啊，我娶过来那年恁大老爷才十六哩！"

他三个都笑了。潘秀菊说："娘，你那是旧社会，现在婚姻法规定，男二十女十八才到结婚年龄哩。”

王桂兰说：“大奶奶说得在理，忠地已经够结婚年龄了。”

潘秀菊说：“那你这当嫂子的还不操操心，赶紧给他介绍一个！”

王桂兰说：“大姑你忒官僚了，谁没看出来呀，春莲早就相中他了，你看平常两个人多近乎！人家已经自由到一块去了，这心不用咱操。真要是两家大人那里需要个牵线的，也得你这当姑的出面，我拙嘴笨舌的可不行。”

潘秀菊说：“可别谦虚了，你那嘴巧得跟八哥似的，不想出这个力就是了。这样吧，他两个的工作我负责，两家大人的工作你去做。”

王桂兰说：“我真不行，不过这个差事我应下来，回去给忠良说说，让他出面，他保准答应。”

潘忠地不想让她俩顺着这事拉下去，就说：“姑，我是来问问你，自留地收了麦子是种玉米还是秧地瓜？”

潘秀菊说：“就那几垄地，往年都是种玉米，秧地瓜干吗？”

王桂兰说：“忠良说俺那自留地就秧地瓜，他说这是新品种，产量高，秋后公社朝外调种子，一百斤地瓜就能换七八十斤玉米。忒合算了，你也秧地瓜吧。”

潘忠地说：“就是这个意思，各生产队都想多秧点夏地瓜，工作组里他们也赞成。你要想秧，试验队有育的秧子，又用不了多少，好提前留下点。”

潘秀菊说：“种什么都行，到时候你看着办吧。”

潘忠地说：“那好。我得走了，大队里还有事。”

王桂兰说：“走也行，刚才说的那事就这么定了呵，我回去就给恁大哥说，让他正经当回媒人。”

潘忠地没回话，只笑了笑，起身走了。

尽管这几年收成越来越好，分配的口粮逐年有所提高，可到了麦收前这段时间，多数人家已经没有多少余粮了。再过几天就进入三夏大忙，各项农活都要紧张起来，到那时不仅得吃饱，还要尽量吃好些。所以这些天里，有点粮食也要俭省着吃，晚饭一般就没有干粮了，喝几碗稀的，撑撑肚子完事。白天开始热起来了，但不像伏里天，黑白都热得难受，这个季节夜间仍十分凉爽，适宜休息。人们劳作了一天，饭后没什么事，大都早早地躺下，很快进入了梦乡。

宁静的夜晚显得幽沉、安谧。潘忠地从大队办公室回来，没有接着睡觉，独自在西屋翻了会儿书，却什么也看不下去，胸膛里老是像有许多只小老鼠抓挠。傍晚秀菊姑和桂兰嫂子说的那事，一直在心里翻腾着。

按理说是可以结婚了。村里不少青年都是过二十就结婚的，也有先娶后登记的，不到二十就把媳妇娶了家来，够了法定年龄再去领结婚证。还有个别的，生了孩子以后才去公社办理登记手续。奶奶临死前就嘟囔过，想看上一眼孙子媳妇，当时母亲只好劝说："过了这一阵子咱就找人给忠地介绍个对象，抓紧让他们完婚，您老人家快点好起来，还得叫孙子媳妇侍候你几年哩。"结果老人家也没能等到这一天。母亲这两年虽然没明说，也老是话里有话，想把儿媳妇娶进门。

忠民已经进城读书了，住校，一个星期才回来一趟。石榴今年也该考初中了，家务活基本上撂给母亲一人。她身体又不是很壮实，真够累的，是该有个帮手了。好在春莲经常过来，看到有什么活就帮着忙活一阵子。也就为这，母亲从心里喜欢春莲。尤其是她做了那双鞋，虽然是偷偷送来的，还是被母亲发现了。母亲别的不说，就是一个劲地夸："春莲家里外头干活都是好样的，针线活做得也不差，你看这鞋，千层底纳得多匀和。"

李春莲的确是个好姑娘。她担任妇女队长，还兼着团小组长，工作一直做得挺出色，士金叔和工作组的几个人没少夸她。脾气性格也好，这些年来，从未见她跟别人红过脸，老的少的都能合得来。如果结了婚，家里这日子一定过得比现在还要好。另外，两个人的工作也能相互支持……可是，虽然相处这么长时间了，这句话还没有点透，现在突然提出来结婚，她能答应吗？也许她早有这想法，听了会很高兴。

另外，两家的老人大概也清楚这事，估计不会反对。外人呢？有几个人的意见是得听的。一是秀菊姑，她早就有意撮合这事，从今天的口气里也能听出，她是拥护的。再就是士金叔，他不仅仅是书记，还是本家叔，必须得听听他的意见。从以往的情况看，他对春莲的看法也不错，当年让春莲当妇女队长就是他的主意，对这事一定会赞成。还有魏书记，按理说这样的事用不着向他汇报，可他既是公社领导，还是当年的班主任，自从来刘集工作，一直对自己格外关心，还在这里驻着队，三天两头地过来，这样的终身大事还是该给他通个气好。可怎么给他说呢？对，让士金叔给他说，不会有问题。

要不要告诉王士霜一声？前几天她还来信，说是下学期的书定上了。自从她上了农学院，每学期都把大部分她学的教材寄了来，虽然自己没能全部认真学，可也系统地看了不少，有些内容不太明白，除了问王站长，偶尔还请教过魏书记，更多的还是通过书信与她交流。要不是学习这些知识，这几年试验田的工作不可能这么得心应手。虽然相互通信都是只讲些学习的事，可两个人的感情非同一般，应该说是深厚的。以前曾经想过，如果将来能和她结合到一块，当然是最理想的。但是，现实状况决定了，根本不可能，和她的关系只能维持在朋友的层面上，绝不能再有那样的念头。这事怎么对她开口？还是不给她说了吧。又一想，不说她也会很快知道，因为有王站长在这里，他不可能不告诉她。要是她知道了追问起来，自己更不好解释，那就有些对不住她了。还是告诉她，相信她是明事理的人，也不会反对。

潘忠地找出信纸，开始给王士霜写信。

王桂兰当晚就把这事给潘忠良讲了，并且说：“这个差事我可是替你应下了，你可得放心上，抓紧办。”

潘忠良琢磨一阵子，说：“我去说不好，特别是春莲那头，她爹有个犟脾气，别一句话堵回来，那样就不好办了，也显得都没面子。”

王桂兰说：“没事，他不憨不傻的还能看不出来？春莲对忠地早就有意了，就是爹娘不同意也挡不下，你再把话说明白点，他不会不答应。再说，你是队长，你说了他还能不听！”

潘忠良说：“你懂么，这又不是派活，队长算个屁！要不这样，忠地家大叔大婶我去说，春莲家里我再另找个人。”

王桂兰问：“找谁呀？”

潘忠良说：“你别管了，保证办成就是。”

第二天潘忠良老早地吃完晚饭，接着去了李光斗家。李光斗也是刚放下饭碗，其他队委会成员都还没来，潘忠良坐下就说：“大老爷，有件事还得你亲自出面哩，你可不能推托。”

“什么事啊？”李光斗拿起烟袋装上一锅子，又把烟笸递给潘忠良。

潘忠良边卷烟边说：“你看忠地和春莲他两个，多般配，平时他们走得也挺近乎，虽然现在时兴自由恋爱了，可中间没个人说说，两边的老人都拉不下面子。这两个孩子都是你看着长大的，你得操操这个心。”

李光斗“吧嗒”两口烟，说：“你是叫我当媒人啊，我这辈子可没干过这种事儿！要知道，媒人不好当，弄不好两头都落不出来。这两个年轻的倒是都不错，挺合适，真要说还是你去。”

潘忠良说：“怎么就落不出来了？他两个都同意，两家的情况也都清楚，咱既不用夸，也不用瞒，直来直去说说这个事就行。我去说也行，忠地家里没问题，可你知道春莲她爹那脾气，我担心我去说僵了。你是恁李家的大辈分，平时有事他听你的，你去了也就是一句话的事儿。”

两人说话这过程狗剩进来了，他也在一边撺掇：“大老爷，你就答应呗，这可是成人之美的好事。”

老太太在一旁说话了：“狗剩都说该去，你个老头子就别推三推四的了。这两个孩子要是成了，多好啊！”

潘忠良说："不能叫狗剩，得叫李向海！"

狗剩说："咳，大奶奶叫什么都行。"

这时李春莲和李庆祥都来了，李光斗说："好吧，这边我去说，那边忠良你去说，是个什么情况咱两个再碰头。"

狗剩就看着李春莲笑，李春莲不知道什么事儿，没理他。潘忠良说："狗剩，这事还没个准头，你那嘴别跟粪叉子似的，到处乱讲。"

狗剩说："你又是狗剩狗剩的，你要再这样叫我就喊你空烟锅！"

几个人都哈哈起来。

现在的老人都想得开了，年轻人的婚事主要由他们自己做主。再说，双方的家庭情况都了解，都是忠厚老实人家，算得上门当户对，所以李光斗和潘忠良分别到两家一说，没有不乐意的。只是春莲她爹提出，现在定下来可以，不能急着娶，就这么一个闺女，怎么也得准备几件嫁妆，过几天把大门外边那棵梧桐树和院子里的槐树杀了，找木匠解开板晾着，秋后打家具好些。忠地爹也说，春莲过了门不论是住堂屋还是住西屋，这房子都多年没拾掇了，就算用不着翻盖，里外的墙皮也得见见新，过了麦买点石灰，找人泥一遍。双方的态度一凑，潘忠良说："看来两家的想法差不多，干脆让他们定下来，到七月底或八月初，收完麦子种完秋，挂了锄勾农活就不忙了，也都准备好了，到时候给他们热热闹闹地办。"两个人又分头说了说，都表示赞成。

潘忠良把这话告诉王桂兰，王桂兰又去找潘秀菊，说："我的任务完成了，两家都同意，眼下都先着手准备准备，秋后就让他们结婚。"

潘秀菊说："那好，我再给他两个把话说透，让他们再等几个月。"

潘秀菊差人叫来李春莲，一说，李春莲就说："大姑，我听你的，你说怎么着就怎么着。"

潘秀菊笑着说："这还差不多。等以后结了婚，恁两个都不能把我这当姑的忘了。"

“怎么会呢，到什么时候我也得依靠你。”李春莲看了看潘秀菊的肚子，又说，“姑，你快生了吧？我想给娃娃做双小鞋，你铰个样子。”

潘秀菊说：“这我可不行，小孩子的穿戴我都没做过，回去叫恁娘铰，她在行。我就知道小孩的鞋底不能用麻线纳，得用棉线，稀稀地纳一遍，穿起来软和。”

李春莲答应着走了。

这天晚饭后，潘忠地到大队办公室待了一会儿，没什么事，又觉着天还早，就去了潘秀菊家。他还有件烦心的事，想让潘秀菊给他拿拿主意。老太太已经睡下了，高主任在工作组还没回来，潘秀菊一个人在灯下做针线活。她正在给孩子缝红兜兜，潘忠地过去看了看，说：“姑，你这是给小弟弟做衣裳了？”

“这是个小兜兜，裤子褂子恁大奶奶裁剪好了，还没做。”潘秀菊放下手中的活，把身旁的凳子朝跟前拉了拉，又说，“来，坐这里，你看看怀的是小弟弟还是小妹妹？”

“这怎么能看出来呀？”潘忠地挨着坐下，有些不解。

“老人们都说，肚子有尖是男孩，要是平平的就是女孩。我自己一低头就看不准了，你帮我看看。”潘秀菊说着掀起了褂子。

潘忠地赶紧把脸扭到一边，说：“我不看。”

“你个熊孩子，怕什么，又不是外人。要不趴过来听听，人家说动静大了是男孩，如果是女孩就没大动静。”潘秀菊伸手揽住潘忠地的脖子，把他的头摁到自己的肚子上。

潘忠地的脸贴到潘秀菊的肚子上，感到热乎乎的，又突然闻到一种非香非甜说不清楚的味道。这味道很熟悉，猛然间又想不起在什么时候什么地方闻到过。他一动不动，仔细体味，想起来了，小时候在娘怀里吃奶，就是这种味道。潘秀菊抚摩着他的头发，问：“怎么样，有动静吗？”他真想多闻一会儿这味儿，没认真听，撒谎道：“听到了，动静大着哩！”说完把头抬了起来。

潘秀菊却转了话题：“收完秋你们就该成亲了，男大当婚，女大当嫁，谁也留不住。”说完长出了一口气。

潘忠地说：“到时候再说吧，也不一定今年就办，都还这么年轻，再过两年也行。”

潘秀菊稳了稳神，有些不带好气地说：“怎么着，还想变卦？你心里还惦念着那个王士霜啊，是不是她又跟你联系了？”

潘忠地说：“联系倒是没断，不过，这事跟她没关系。她每次来信只是给我寄些学习材料，谈谈与学习有关的问题，没说过别的。”

潘秀菊说：“我早就说过，她现在是大学生，将来吃国库粮，在城里工作，她对你再热乎也不会有什么结果。下决心甩了她，不能藕断丝连的，得彻底。以后别让她给你寄这寄那的了，男女之间交往长了不好，真需要什么书你自己不会到县城书店买去！”

潘忠地刚想解释，外门响了，潘秀菊说：“高主任回来了，你出去告诉她，先别插闩。”

潘忠地起身说：“我走吧，天也不早了。”

“行，回去吧。”潘秀菊说着把跟前的凳子挪到了一边。

高主任正在关门，潘忠地过去说：“高主任来了。”

高主任说：“哎，忠地呀，怎么这就走，不坐坐了？”

“不坐了，我已经待一会儿了。”潘忠地说着出了大门。

潘忠地有些后悔，刚才不该给潘秀菊说“再过两年也行”那样的话。也是由于当时正想着这事，没怎么寻思就说出来了。虽然解释和王士霜没关系，其实脑子里这想法，就是因为今天收到王士霜那封信引起的。

潘忠地把准备结婚的事写信告诉了王士霜，并介绍了李春莲的情况，王士霜接着就回信了。信比较长，开头对他表示祝贺，并且说，虽然现在城市里多数青年都是二十四五结婚，也有二十七八岁才结的，但是，农村里还是早婚的多。特别是老人们，思想比较旧，都想让子女早点成家，也是可以理解的。你们青梅竹马，相互知根知底，结婚后应该是幸福的。可往下的内容和开头就有些矛盾了。她讲了很多道理，无非是说忠地不能混同于农村那些无知识的青年，应该有远大理想，现在是一生中学习提高的最佳时机，必须集中精力学习和工作，不要被男女感情的事耽误了自己。不论将来能不能跳出农门，起码要有干一番事业的抱负。如果急于组建小家庭过日子，那就会影响学习，影响发展，对个人的前途不利。等以后明白过来，什么都晚了，会后悔的。

看了这些，潘忠地还觉得她讲得有些道理，完全是为自己好。可最后那几句话，又让他糊涂起来。王士霜说："论年龄你比我大不了几天，怎么就这么急着结婚呢？就算是等到我毕了业，也还不算老呀！如果你们真要办，定下日子一定要提前告诉我，到时候我去参加你们的婚礼，也好亲眼看看你百般夸奖的那位美人！"

这话到底是什么意思？如果不赞成现时结婚是担心影响我的学习和工作，那好理解，可为什么又要等到你毕业呢？并且口气还有些难听。明明是反对，又不直说，难道真是想让我等着你？那可能吗？潘忠地脑子里像一盆糨糊，越想越不知道该如何给她回信。

秋后和李春莲结婚这件事几乎全村人都知道了。两家的老人都在做准备，爹已经到彩云山石灰窑定了两千斤石灰，过了麦就去拉回来。春莲她爹也找人把两棵大树刨了，还找了两个木匠，正在解木头。李春莲这几天更是喜形于色，别人再给她开这方面的玩笑，她也不红脸了。尤其是给士金叔说了后，他不仅十分赞同，还凑着去公社开会正式向魏书记作了汇报，魏书记也是很同意，并说到时候要来喝喜酒。事情到了这个份上，还能有更改的余地吗？至多找理由拖一段时间，那样好吗？

本来今天晚上是想给秀菊姑说说这意思，让她帮着拿拿主意。没想到刚刚引了个头，她就表示对王士霜那么反感，没法再说下去了。当时也只好改口，说这事跟王士霜没关系。可下一步怎么办呢？

潘忠地犯了大难。

布谷鸟的叫声划过了长空。眼看就要开镰收麦了，试验队有很多事情需要抓紧着手。今年试验田种植的小麦，有一部分是县农业局交给的试验任务，还有培育的两个优良品种，都必须认真收打，作好总结。不能再考虑这些事了，等收完麦子种好秋庄稼再说吧。

婚礼

汶水滩今年增种了不少夏地瓜，总面积超过了以往任何一年。根据土质条件，大都集中在了西坡、西北坡。各家各户自留地仍和往年一样，有的是蔬菜，有的是玉米，没有种地瓜的。潘秀菊家的自留地里也种了玉米。

那是开镰后的第三天早晨，李长友对潘忠地说，秀菊姑奶奶家那几垄麦子熟了，昨天傍晚我路过她家，进去告诉她，这一两天就帮她收了，她还说什么时候割给她说一声，她好给咱送点茶水来。潘忠地说她身子都那样了还送什么水，不用给她说，今天咱就给她收了去。上午提前收了会儿工，他们叫着几个青年，李向平还赶来了大车，大伙七手八脚，割的割，捆的捆，随后把麦个子扔到车上，总共还没半车。李向平问拉到哪里去，潘忠地说拉到试验田场院里，先在一角垛起来，最后再打轧。正准备走时，潘忠良腰里别着镰刀，手拿草帽“扑嗒扑嗒”地扇着，和几个社员一起过来了。潘忠良停下看看地里，说：“趁墒情好，下午得接着种上玉米。”

潘忠地说：“给秀菊姑说好了，过几天种夏地瓜，试验田有育好的秧子。”

潘忠良说：“那可不行，还是给她种玉米吧。”

潘忠地说：“怎么不行，嫂子不是说恁自留地里也种夏地瓜吗？”

潘忠良说：“你听她胡说！原来我是说过这话，那是你和王站长到泰西县调换地瓜种回来，我说着玩的，哪能真种。咱队里育的秧子是多些，可首先得保证队里用。都知道这是为了繁育种子，秋后换粮食有好处，我要这么一带头，其他社员都想种怎么办？如果秧苗满足了各户，生产队的计划就得落空。再说，她娘俩这自留地、饲料地总共不到半亩，这么窄窄，边上再留下爬秧子的地方，也就够两个地瓜垄背，多浪费地呀，不如种玉米，能到头到边的，多种两畦子。”

潘忠地觉得这话有道理，说：“那行，我回去再给秀菊姑说说，种玉米。”

潘忠良说：“要不我派人来给她种上？”

潘忠地说：“不用。试验队收了一半多了，已经抽出一帮人开始抢种，下午来个犋子，一会儿就完了。”

各生产队都早就算透了账，秋后公社往外调地瓜种，换成粮食，一亩差不多能顶二亩的收成。春天试验田把第一茬地瓜苗分到各生产队时，都跟着三队学，没有栽种春地瓜，全都育上了秧苗。麦收期间，也没误了追肥浇水，所有秧苗长得又壮又旺。这样一来，西坡、西北坡翻土压沙的那些耕地，多数都种上了夏地瓜，并且全部是引进的新品种。经过这几年的耕种，这片地的土质有了很大改善，但是，由于底部是沙层，抗旱能力还是不如南坡的黄土地。虽然各队也打了几眼井，一般年份还将就，遇上大旱就不好办了。大队和第三生产队打的机井都在南坡，顾不到这边来。

说起来地瓜是耐旱作物，可苗期不行，起码要有适宜的水分保证还过苗来。这阵子老天也邪门了，自从麦收期间下了场小雨，一直就瞪起了眼。常言说，“有钱难买五月旱，六月连阴吃饱饭”，农历五月不下雨，有利于小麦收打，也有利于夏苗蹲苗和田间锄草，可这快到“七夕”节了，还滴雨不下，夏地瓜就有些撑不住劲了。因为是收完麦子才扶垄背，一折腾底墒没了，栽地瓜时又浇水不多，一般是一棵苗半瓢水，日头这么火辣辣地晒，七八天过去就干成了土蛋蛋。如果继续旱下去，再跟不上浇水，别说苗子正常生长了，保住不死都难。

这段时间，大队和工作组的同志们集中抓抗旱，抽水机黑白不停，水车也全部动了起来。南坡和干渠东没什么问题，可这片地瓜成了难点。前期是没太引起生产队重视，都是先保玉米，看到地瓜苗子蔫了，这才动起手来。大水灌沟浇一遍当然好，可井太少，水位又下降，那样进度太慢，浇不过来。只好采用老办法，发动男女老少上阵，肩挑人抬，一棵地瓜一瓢水，劈头浇。这种办法进度是快些，但是，浇一遍只能管三四天，必须跟上第二遍。有的生产队组织不太好，简直是顾头顾不了尾。试验田地不多，又有抽水机，抗旱任务不重，潘忠地就让李长友先负责试验田的事，他带着大部分劳力去支援生产队。

十几天来，潘忠地带领其他青年，靠在西坡挑水抗旱，每天都要比其他人多挑几担，到了晚上，全身就像散了架，懒得动了。因此，这些天里他没有到潘秀菊家里去。这天下午，他正挑着空水桶从地里往外走，张发树老远喊他："忠地，过来一下。"

"什么事？"潘忠地走过去问。

"大奶奶差人找你，叫你赶紧到她家去一趟。"

"哪个大奶奶？"

"还能哪个？秀菊姑她婆婆呀！"

潘忠地放下水挑子，跑着回了村里。来到潘秀菊家门口，老太太正倚在大门门框上张望，潘忠地赶紧上前问道："大奶奶，找我有事啊？"

"我知道你忙，恁大姑生了，叫你家来一趟。"老太太笑嘻嘻的，回头往家里走。

潘忠地慌慌张张地听成"恁大姑要生了"，以为是叫他来去找接生婆，就说："我去喊人吧，找谁来呀？"

"不用了，接生婆已经走了，顺顺当当生下来的，娘俩都躺着哩。你到堂屋看看，我去给她熬点水喝。"老太太说着去了厨屋。

潘忠地进了堂屋，看到潘秀菊在里间屋床上躺着，站到里间屋门口，说:“姑，生了呀！”

“生了，给你生了个小表弟。”潘秀菊有气无力地说。

“好啊，我看俺大奶奶可高兴啦！”

“进来瞧瞧吧，看看这孩子像谁？”

潘忠地迟疑着来到床前，看到一个婴儿躺在潘秀菊里边，身上盖着单被子，脑袋露在外边，黑乎乎的头发，胖乎乎的小脸，眯缝着眼。潘秀菊动了动他，他睁了睁眼，又眯上了。

“你看着像谁？”

“脸面像姑父，眼睛像你。”

“你给他踩了生，将来他的脾气性格就像你了。”

“什么是‘踩生’？都说孩子的脾性随自己的老人，也有的说‘三年不离姥娘门’，得随舅舅，怎么能随我呀！”

潘秀菊笑了笑，问:“谁让你这时候来的？”

“我正在西坡浇地瓜，发树哥去喊我，说大奶奶叫我来。”

“这就对了。小孩子出生以后，第一个外人到家来的就是‘踩生’，谁给孩子踩了生，这孩子长大了就随谁。刚才接生婆要走时，恁大奶奶让她托人找找你，叫你来一趟，人家明白这意思，答应着走了。可能是遇上了发树，让他去喊的你。”

潘忠地听得有些莫名其妙，说:“这么多讲究，要是碰巧来个憨蛋傻子的怎么办？”

“要是憨蛋傻子踩了生，孩子长大后也伶俐不了。一般谁家刚生了小孩，都有人在大门上看着，来了不三不四的人不让他进门。”

“怪不得我来时大奶奶还在大门口等着。这事不可信，没点科学道理。”

“别不信，老辈子传下的说法，都这么讲。要不恁大奶奶叫你来干吗，你又帮不上什么忙。”

这时老太太端着碗进来了，说:“我熬了碗益母草红糖水，慢慢喝下去。

别老是说话，说多了伤元气。”

潘忠地说：“大奶奶我回去吧，好让俺姑歇着。”

老太太说：“忙你的去吧，恁都是忙身子。”

久旱必有大雨。人们正忙着抗旱，老天说阴就阴了，紧接着电闪雷鸣，雨点子瓢泼似的落了下来。这雨一开了头，便紧一阵，慢一阵，停一阵，下一阵，喘气似的，连着下了三天三夜。大伙紧张了这么些天，这才算松了口气。庄稼人就这样，只要能换来好收成，苦点累点没怨言。见了这大雨，都兴奋地说，今年麦子大丰收，别看秋苗子旱了这么长时间，保下来了，有了这场雨，秋季的收成还是孬不了。

这天傍晚，三队队委会的人都在李光斗家，商量着积造土杂肥，为秋种做准备的事，潘士金突然来了。大伙站起来给他让座，李光斗说：“你怎么有空来了，有事啊？”

潘士金看着李春莲也在，想着的话有些不好意思开口了，就说：“没什么事，就来坐坐。”他接过狗剩端过来的茶碗，喝了口水，看了看李春莲，还是想把要说的事儿引出来，便说，“春莲，你和忠地的婚事是定在七月二十八吧？”

李春莲“嗯”了一声。

潘忠良说：“对啊，你看这阵子忙的，把这大事都忘了。春莲你也不提醒一声，该抓紧准备了。”

李光斗说：“要等你想起来，黄花菜都凉了。前天我去看，春莲她爹把家具都给她油漆好了，衣柜，三屉桌，两把椅子，还有梳妆台、脸盆架，总共六件，全是新打的，挺好。她娘还说，被子、褥子也找人套好了。”

潘士金说：“我就是为这事来的。春莲家里好准备，关键是忠地家里。这方面的事忠地又不懂，他爹老实，不好张口，这总共还有十来天的空儿，恁得帮他合计合计，该着手忙活了。”

李庆祥说："是不早了，前些日子他家拉来了石灰，忠地他爹说想把屋墙上遍灰，这活不能再拖了。"

潘忠良说："好办，这几天队里没什么要紧活，积肥的多个人少个人不打紧，明天就派几个劳力过去。春莲，你想住哪个屋？保证给你泥得好好的。"

狗剩说："住哪间屋她能说了算呀，得听忠地的。"

李春莲说："忠地和我说好了，现在老人住在堂屋，小民回来也叫他住堂屋，俺就住西屋。不过老人也说了，这次堂屋也上灰，都见见新。"

李庆祥说："我看着拉来的石灰不少，堂屋西屋里外墙都泥一遍也足够。"

潘忠良说："没事，多派几个人，一天的活。"

李光斗说："忠良你得亲自过去，给他爷俩商量商量，结婚是大事，需要提前准备的，好好排排，忠地和春莲都不是外人，咱一定得帮着办好。"

潘忠良说："放心吧，明天我就去找士敏大叔说说。"

第二天早饭后，潘忠良就去了潘忠地家。忠地刚吃完饭，他爹还没放下饭碗。潘忠地把爹的烟袋递给他，潘忠良接过去坐下，从口袋里掏出纸条子，从烟包里倒出烟，边卷烟边说："大叔，忠地结婚的日子快到了，昨天晚上士金叔还说，有些事咱得提前准备，你看看需要干什么，我好安排人。"

潘士敏说："其他事不急，就是我买来两千斤石灰，已经糟好轧好了，想把这堂屋和西屋的墙泥一遍，不盖新屋也新鲜新鲜。你看忠地整天在外边忙，要是我自己动手这活干不了。我正想找你，让你派几个人来帮帮忙。"

潘忠良说："这没问题，明天就来五六个人，挑选几个在行的，中午管他们顿饭，一天就干完了。"

潘士敏说："一顿饭可不行，叫恁婶子下午就蒸锅卷子，咱得让他们吃三顿，早饭就过来吃，晚饭再喝点酒。"

潘忠良说:“那忒好了,叫狗剩带着来,保证干得利利落落的。我让大宝他娘也过来,好帮着婶子做饭。”

忠地娘在一旁听了,说:“那不叫他桂兰嫂子又受累了!前几天给忠地套新被子时,她就来忙了大半天。”

潘忠良说:“咳,又不是外人,她乐意。在家里我说起忠地结婚的事,她就问有需要她干的活吗,要有就来帮你忙活忙活。”停了停又说,“大叔,到时候得候多少客?现在就该盘算盘算了,面、菜的好有所预备。再就是钱,怎么样?要是不够先从队里借点。”

潘士敏装了袋烟,点着吸了几口,说:“咱的客不多,到那天春莲她娘家那边男客女客得各候一桌,别的亲戚我不想给他们说了,就忠地他两个舅,还有他姑、姑父,必须得请来喝喜酒。再就是咱近门的老人们,怎么着也得请两桌。今年分的麦子不少,泥完墙借队里的牲口来拉两天磨,有百来斤面足够了。钱也能行,家里还有点,圈里那两头猪都百多斤了,我想下个集卖一头。铺盖他娘都准备好了,候客的物料和其他零星东西,到临跟前那两个集再买也不晚。”

潘忠良说:“你算计的只是亲戚,忠地现在是大队的人,大队、试验队,还有各生产队的干部们,还能不请他们来喝个喜酒?要是范围小点,也得三四桌,如果范围大了,下不来十来桌。这个季节别的菜好买,就是肉用得太多,不好办。怎么着咱也得摆‘四八’席吧,我听厨子说过,要单做一桌,七斤肉也紧巴,桌数多了省点,平均一桌也得五斤半肉。”

潘士敏说:“这事我也想过,要是托个人到食品站一次买十斤八斤的肉还行,再多了人家不会答应。真不行就把那头猪杀了,猪头下水好出菜,还能省点钱。”

潘忠地坐在旁边,一直听着,他们说的这些事,他心里一点数没有。听到这里,沉不住气了,说:“别搞那么复杂了。我和春莲商量过,我们就来个新式办法,到那天去公社把结婚证领来,最多叫我舅我姑父来一块吃顿饭就完事了。要是请那么多客，那得花多少钱？咱就喂着两头猪，卖一头杀一头，那不空圈了？再说，候客全吃馍馍，要是候十几桌，把存的那点麦子全磨成面还不知道够不够，春莲进门就多了张嘴，一家人还得吃饭吧！”

潘忠良笑了笑说：“你这说法可不在理，还能让媳妇进门带口粮来呀！你当过咱队的副队长，现在又是大队干部，春莲也是队干部，恁两个的喜事咱可不能办得太小气了，不能叫外人笑话。粮食的事你放心，我给士金叔说说，让大队帮助解决点，不够的咱队里出，今年咱多存了一千多斤麦子，还没动过头哩，队委会其他人不会反对。”

潘忠地说：“现在提倡新事新办，不能太铺张了，更不能用队里的粮食，那样影响不好。”

潘忠良说：“有什么影响不好的？大队早有规定，办丧事都有补助，办喜事也有照顾的，咱不是头一家。也不能算是铺张，就是请几桌喜酒，谁家办喜事也少不了。依我原来的想法，还得雇几个吹鼓手，好好热闹热闹。也不能让春莲直接家来，登记回来先回她的家，虽然离得近，咱也得套上大车，叫她坐上围着村转一圈再家来，那才是送新媳妇那回事。她那边的男女送客，咱这边的男女迎客，都必须有。熟悉归熟悉，事该怎么办还得怎么办，春莲家的亲戚、近门，想来的也不能推，这都是要面子的事，要不人家有意见。”

潘士敏说：“恁大哥说得对，吹鼓手不要了，其他的还得按规矩办。是得尽量省着点，也可以新旧结合，但不能破了例，该请的客还得请，再穷咱也丢不起这个人。”

忠地娘也说：“听恁大哥的，以前时兴坐花轿，现在都坐大车，谁家的闺女都是一辈子坐这么一回，得让她娘家人高兴，外人看了也像那个样子。”

潘忠地知道再拗也没用，就不说话了。

潘忠地这几天还愁着一件事，就是王士霜说要来参加他的婚礼。上次王士霜来信，让他推迟几年结婚，他犹豫了几天，最后还是给她回信说，不好推迟了，不仅老人们催着办，大队书记、公社书记也知道了，都同意，再变对他们也不好解释。并且告诉她，日子都已经定好了，农历七月二十八，是秋种前农活不太忙的时候。王士霜大概觉得也不好强说别的，回信说到时候一定来当面表示祝贺。潘忠地收到信就想，她真要来了怎么办？要是男同学还好说，一个女的来参加婚礼，春莲会怎么想？就是做通春莲的工作，外人会怎么看？一定会胡乱猜疑，说三道四。在农村最忌讳男女之间的事情，如果给人们落下这么个坏印象，以后还怎么做人？但是，要回信坚决不让她来，还真没个恰当的理由，这话不好开口。真是左右为难。

眼看时间就要到了，这事还没有解决办法，愁得潘忠地吃不好饭，睡不好觉。他父母看在眼里，还以为他是考虑结婚的事，也就没问。

这天下午，王站长来到了试验田，潘忠地陪着他转了一圈。走着走着，潘忠地突然说："王站长，有件事我想给你说说。"

"什么事？说吧。"

"你知道，我马上就要结婚了，这事我告诉了士霜，她回信说要来参加我的婚礼，我觉得不大好。"

王站长停下脚步，一脸严肃地说："那才胡闹哩！一个女孩子，怎么能来参加你的婚礼？这不是在城市或机关，农村可不兴这个。我知道恁两个没断联系，她还经常给你寄学习材料，我是觉得你们同学之间比较了解，虽然男女有别，交个普通朋友也没什么，所以我是支持你们的。但是，做事得有个分寸，过分了可不行，她要来了别人会有看法。"

潘忠地红着脸说："我也是这么想的。可是，我又不好直接回绝她。"

"这事你别管了，今天晚上我就回公社给她写信，明天发快件寄出去，不让她来。现在正是假期，放暑假时她来信说学校有事，一直没回来，就算到时候回来了，我也不让她到恁家来。她很多事都尊重我的意见，这回也能听我的。"

潘忠地见他说得这么坚决，算是一块石头落了地，说："那就谢谢你了王站长。不过，你好好给她解释解释，她也是好意，没有别的想法。"

王站长说："放心吧，我知道。"

离结婚的日子还有三天，一大早，王站长和许干事来到潘忠地家，拿来了两个红色大花铁皮暖瓶，一个凤凰牡丹图案带双喜字的脸盆，两个枕头，一对枕巾。一家人见了不知所措，接过东西放下，潘士敏赶紧拿条几上放的一盒"大生产"牌香烟，潘忠地说："别吸那个了，屋里有。"说着到里间屋拿出一盒"泉城"，拆开递给他们二位。潘士敏又忙着刷茶壶，王站长说："大早晨不喝茶，坐一会儿我们就回去，都还没吃早饭哩。"

许干事说："忠地，枕头是魏书记给你买的，他这几天忙，没空过来了，让我捎话对恁全家表示祝贺。暖瓶、脸盆是我们工作组同志们的意思，他们委托我昨天去刘集供销社买的，你看看怎么样？"

潘忠地说："谢谢了，恁还花钱干吗！"

潘士敏说："平常恁对忠地那么关心，这就不该再破费，到时候来喝喜酒就行。"

许干事说："我们商量好了，喜酒就不来喝了，叫忠地给我们送几块喜糖吃，反正大家同喜。"

王站长说："这两块枕巾是士霜捎来的，她虽然放假了，可学校里还安排一些事，不能回来向你当面祝贺了。"

这话只有潘忠地明白，他听了很高兴，说："也谢谢她了，以后我再对她当面表示感谢。"

许干事说："哪一间是新房？咱先看看。"

"西屋，我现在就住着。"潘忠地说着领他们去看。

来到西屋，许干事说："挺好的，这墙都是新上的石灰？"

潘忠地说："前几天刚泥的，都干透了。"

他两个来到院子里，许干事又问："还没写对联？"

潘忠地说："买了几张红纸，我拿学校去了，请宫老师写，他说今天抽空写出来，误不了后天贴。"

王站长说："我看你的毛笔字就不错，怎么还让别人写？"

潘忠地说："我那字差远了，还是宫老师写得好。"

许干事说："那是，新婚对联不能将就，是得找个写得好的。"

二人说着往外走，一家人把他们送到大门外。

还没吃完早饭，潘忠良又过来了，进门就说："大叔，今天赶集我和你一块去，我还安排砖头和瓦子也去，让他俩挑个挑子，把该买的咱都得买回来。"

潘士敏说："小民和石榴都放假回来了，我想让忠地和小民去来，有砖头和瓦子他两个就行了，他兄弟俩在家里拾掇拾掇院子吧。你也别去了，队里事多，不能耽误你的公事。"

潘忠良说："队里没什么事，劳力都搞积肥，狗剩带着他们干。买东西你不如我会讲价，去了你说买什么，我负责讨价还价，你在后边支钱，保证能省几个。"

潘忠地说："是啊，你当年贩卖过菜，这方面肯定在行。"

忠地娘说："哪里贩过菜？恁大哥就贩了几次烟叶，还叫大队批判了一阵子。"

潘忠良说："婶子，你怎么老是提'漏壶'呀，都过去多少年了，你这一说我就脸红了。"

砖头和瓦子已经进来了，听了这话，砖头说："你那脸上都糊了狗皮了，就算是再给你戴上高帽子游街，也红不了。"

嘻哈了一会儿，潘忠地从屋里拿出三盒"大生产"，一人给他们一盒。潘忠良说："我不吸这个，还是大叔的烟叶有劲。"说着拿过烟笸，装了半烟包。

潘士敏说："你多装点。"

潘忠良说："不少了，这些就够我吸一天的。"说完起身，四个人一起走了。

来到集上转了一圈，潘忠良什么也不让买，只是问问价就走，他说这是先看看行情，回头再买就有数了。然后找了个茶馆，看来潘忠良和老板娘很熟，走到门口就给人家打招呼，并且说等会儿回来喝茶，因为办喜事，需要置办的货物多，买了让两个年轻的先送过来寄放下。老板娘说："没问题，我给恁擦好桌凳，泡好茶等着。"

砖头和瓦子把担子放到茶馆门里边，一人提个筐跟在后面。买好几样东西潘忠良就让他们送回茶馆去，说是这样轻快。转了大半上午，他两个来回跑了三四趟，总算是买齐全了。回到茶馆，老板娘忙着给他们倒茶，潘忠良说："喝碗茶吧，咱歇会儿再走。"

喝了两碗水，潘忠良让砖头和瓦子装挑子，准备走。潘士敏说："留多少茶水钱？"

潘忠良说："两毛就行。"

潘士敏掏出两毛钱，老板娘在一旁说："队长兄弟领着来喝茶，不该收钱的。"嘴里这么说着，手已经伸过去把钱接过来了。

潘忠良说："你就是嘴甜，我哪回来也没少收钱。"

老板娘扑闪着手说："大兄弟你记住，下次来保证白送你一壶上好的茶。"

瓦子已经挑起挑子，砖头手里拿着几样装不下的东西，一起往外走了。老板娘说着"您走好"，回身忙别的去了。

来到村头，潘忠良说："大叔，是不是还落了样东西没买？"

"什么呀？"

"还得买两个新尿盆吧！"

"你不说我还真忘了，恁先走着，我回去买。"潘士敏说着就要回头。

潘忠良说："你别再跑了，你和砖头找个树荫歇歇，给我几毛零钱，我和瓦子去。"

潘士敏给他三张共五毛钱，他两个急急忙忙回到集市，找着卖盆子罐子的，潘忠良挑了两个尿盆，问卖主："多少钱？"

卖主说："买一个一毛五，要买两个让你五分钱，两毛五。"

潘忠良拿出两毛钱扔给人家，说："别说那五分了，这两个我都要了，就两毛钱。"

卖主摇了摇头，没说什么。

瓦子一手拿一个盆子往回走，潘忠良说："别慌，先去茶馆。"

"还去茶馆干吗？"

"有点事，你别管了。"

回到茶馆，潘忠良进门就跟老板娘要剪子，老板娘一看他两个那架势，笑着问瓦子："这是什么人结婚？"

瓦子嘴巴朝潘忠良努了努，说："他本家的弟弟。"

老板娘说："你这人真够呛，老大伯头子也敢胡闹啊！"

潘忠良龇龇牙，没说什么，接过剪子，从瓦子手里要过一个尿盆，在底上钻了一个小窟窿。瓦子问："你这是干吗？新盆子弄坏了还怎么用？"

潘忠良说："你知道什么！去，到院子里把那个花盆里的湿土弄点来。"

瓦子按他的吩咐，挖来点黏土，潘忠良接过去，把窟窿堵上，又沾了点刚才钻出来的土黄色细沫沫，里外抹了抹，说："好了，走吧。"

瓦子接过去，不仔细看还真看不出毛病来。往回走着，瓦子说："好好的个盆子，你弄个窟窿糊上泥巴，能结实吗，漏了还怎么用？"

潘忠良笑着说："这点窍门你还不明白？只要不用，泥巴掉不了，一般情况也看不出来。新尿盆都是结婚后第一晚上才用，别管新郎新娘谁拿到床上撒尿，稍微一滋润就漏了，一泡尿起码漏半泡。第二天新媳妇不好意思晒褥子，怕让别人知道了丢人。让他小两口作难吧！"

瓦子说："忠地和春莲又不是外人，知道是咱俩办的这事，恼了怎么办？再说，两个老人发现了也得生气呀！"

潘忠良说："不会，闹新房绝不会恼。老人还希望多几个人闹哩，因为闹得越厉害，将来小两口就越和睦。"

瓦子说："还有这种说法啊！"

潘忠良说："那是。你可别告诉别人呵，到时候去看笑话就行。"

瓦子没吱声。

回到集头，潘忠良把剩下的三毛钱交给潘士敏，说："走吧，天不早了。"四个人挑的挑，拿的拿，边走边说闲话，很快回到了家。潘士敏留他们吃午饭，潘忠良说："今天就不在这里吃了，后天还得叫他两个来忙活，到时候再吃吧。"走到门口又问，"大叔，杀猪的人找好了吗？"

潘士敏说："找好了，明天一早就过来。"

到了临近，婚事的一切安排潘忠地插不上话了，他爹也没了主张，大事小事基本上都是潘忠良拿主意。潘士金来过几次，问了问情况也没说别的，因为有些事潘忠良和他打了招呼。

这天到公社登记很顺利。潘忠地骑着潘士金的自行车，李春莲骑的是李光斗的自行车，张发树领着他们到了民政所，张发树先掏出一盒烟给了助理员，又把盖着大队公章的证明信给了他。助理员一看两个青年是一个村的，和张发树又很熟，就走了走过场，简单问了几句话，无非是年龄啊，你们是不是自愿的，也没再核对户口，接着就拿出两张结婚证，填上他们的名字，让他俩分别按上手印，各自收好。又叫潘忠地交了四毛钱，算是买结婚证的钱，一张两毛。这就算把手续办妥了。

回到村里，张发树和潘忠地回忠地家，李春莲回自己家。李春莲家门口已经套好了大车，堂屋里坐了一满屋人，李光斗和李庆祥他们正在喝茶，还有几个婶子大娘在里间屋说话。大伙一看李春莲回来了，就让她赶紧喝口水歇会儿，准备上车。李光斗说：“把红头绳拿过来，该拴的抓紧拴上。”

春莲娘从里屋拿出截好的红头绳，李庆祥接过去，递给李光斗一根，自己也抽出一根拴到胸前扣子上，然后给李光斗老婆两根，说：“今天送春莲的没外人了，我和大叔俺两个是男送客，你是女送客，抱鸡的是您孙子小兵，也给他拴上一根。”随后又喊过两个赶车的，让他两个都拴上，并且给三头拉车的牲口笼头上各拴一根。还有几个抬嫁妆的，也每人给了一根。所有嫁妆上春莲爹都提前拴好了，李庆祥又看了一遍，发现屋门口篮子里那只大母鸡还没拴，过去也在它翅膀上系了一根。

又过了一会儿，李光斗说：“怎么样了？春莲，准备好就上车吧。”

李春莲说：“就这两步路，还坐什么车，走过去还不行啊！”

李庆祥说：“可不行，走过去哪像送闺女的样子，那样显得咱娘家人忒没面子了。按忠良说的，坐上车先围着村子转一圈，那就不是几步路了。”

几个抬嫁妆的小伙子说：“俺还跟着转呀，车回来时抬过去不就行了。”

李庆详说：“恁就知道偷懒，光想等着中午喝酒啊！都得跟在车后边，一块走。”

李春莲从里间屋出来，有人说：“怎么没有蒙头红啊？”

春莲娘说：“不用了，忠良那天过来说，按新式的，不要蒙头红，去了也不拜天地了，在毛主席像前鞠个躬，再给忠地爹娘鞠个躬就完了。他们年轻的跟形势，咱也得随上。”

送亲的队伍出发了，不少孩子都跟上来看热闹，拥拥挤挤一长溜，很是壮观。

那边迎亲的也都准备好了，所有参与的人胸前都系着红头绳，按照分工，各负其责。石榴搬个凳子在门口等着，大车一到，她就把凳子放到车跟前，让车上的人踩着下来。小民早就用竹竿挑着长长的一挂炮仗，大车刚停下，砖头就帮他点着，“劈劈啪啪”放了起来。

潘士金、潘忠良作为男迎客，潘士金老婆算是女迎客，还有一伙相关的人，听到炮仗响一起迎到大门外。尽管都整天见面，还是点头哈腰，请安问好寒暄了几句，然后进家。李春莲微笑着，走在两个女人中间。桃花抱着个大红公鸡，与小兵抱的母鸡交换过来，跟在大人们后面进了家门。堂屋正中北墙上新贴了张毛主席像，条几上点着了一对红蜡烛，张发树让其他人先站在一旁，把潘忠地和李春莲叫到八仙桌前，郑重其事地喊道："一鞠躬，再鞠躬，三鞠躬！"随后让潘士敏老两口坐到椅子上，叫两个新人给父母再三鞠躬。

新房里的床铺一早就铺好了，是潘忠良叫着张发树铺的。这是老规矩，床铺要由新娘的大伯哥铺。有的好胡闹，铺床时做手脚，在床单下面撒几个蒺藜什么的，那样的话新郎新娘就要遭罪了。忠地娘怕他两个捣鬼，叫小民和石榴过去看着。潘忠良撵他两个走，他两个站在一旁不说话，一直等到铺完才一块出门。这时候堂屋里举行仪式，这边把嫁妆抬了进来，小民指挥着摆放好。新郎新娘到新房来了，孩子们都跟着往里挤，石榴挡在门口，小民拿出一大包糖发给他们，张发树过来说那样多麻烦，要过去一把一把地往院子里撒开了，孩子们便咋咋呼呼地抢起来，抢到糖就各自回家了。

女送客女迎客也到新房来了。她们还有个任务，就是比赛装枕头。因为她两个各代表一方，如果送媳妇的装得快，预示着将来新娘能当家；她要装慢了，那就有可能永远是新郎当家。张发树把一筐麦秸提进来，放到床前，说开始吧。两个老太婆各拿一个枕头皮，相互示意了一下，从桌上盘子里各拿起三个红枣、三个桂圆和三个栗子，先装进去，意思是"早生贵子"，然后开始装麦秸。都不慌不忙，临结束最后一把，又相互看了看，一起装了进去。比赛结果，分不出高低快慢。张发树说："恁两个老妈子心眼忒多了，都不想得罪人，这是叫他两个今后商量着当家了。"

其实潘忠地和李春莲都不在乎这个，一屋人都笑了。

这时潘忠良在院子里喊："发树，那边怎么样了？马上就要开席了。"

张发树说："差不多了。"

李春莲起身说：“我去厨屋帮帮忙吧。”

张发树说：“你今天不能出门，有尿也得憋着。”

两个老太婆都说：“是不能出去，这叫坐帐。”

潘忠地要走，张发树说：“你也不能走，得喝了交心酒再出去。”

“忠良哥早就说了，这个程序免了。”潘忠地说着走出了屋门，张发树也跟着出去了。

宴席

潘忠地和李春莲举行完婚礼，从第二天就开始请客，一直忙活了五六天。潘忠地事前没有料到会是这样，他爹也没有料到。除了亲戚，本村那些来喝喜酒的，都是潘忠良张罗的。

潘忠地家正在忙着泥墙的那天，潘忠良找到展明尧，说："忠地这几年在生产队、大队都干得不赖，现在要结婚了，怎么招呼贺喜的人？这事不好问士金叔，我得听听你的意见。"

展明尧说："是得好好办办。忠地和春莲这两个孩子都不错，两家的老人也都忠厚老实，在全村没有说闲话的。这样吧，大队党支部的这几个我负责通知，各生产队你跑一跑，给队长或会计说一声，让他们联络联络，有几个算几个，这种事不能办不好。"

"本村的喝喜酒又不好带礼物，现在时兴提前拿个恭喜钱，一个人拿多少？有个统一说法好。"

"近两年这种事一般都是五毛钱，个别关系好的愿意多拿点也行。这次大队的几个人每人一块吧，我给他们说。其余的你找找队长们，和他们商量着办。"

"那就每人五毛，少了拿不出门来，多了有原来的例子，也不能破了规矩。”

潘忠良到各生产队跑了一圈，都说忠地的喜酒是该喝，多凑些人，热闹。这天傍晚，李长友又找到潘忠良，说：“忠良叔，我听说你安排喝喜酒的事，忠地是试验队的队长，忘了我们可不行。”

潘忠良说：“哪能忘了，我正想明天找你哩，那边你负责邀吧。不过要注意，一定是自愿，谁乐意参加就参加，千万不能硬派，虽然五毛钱不多，也有不愿意拿的。另外，生产队里都有安排，一家人只要有个参加的就行了，别重复了。”

李长友说：“这个我知道，你放心好了。”

潘忠良还是找潘士金说了说情况，潘士金说：“你看着办吧，只要忠地他爹同意就行。”

潘忠良说：“他觉得没几个喝喜酒的不好看，是他叫我邀的。”

就这样，各生产队加试验队，凑起来一百二十多人，钱是接近七十块。潘忠地临去登记的前一天晚上，潘忠良过来把钱和名单交给潘士敏，说：“今天下午才凑齐，大队干部们除了士金叔是咱近门不用送，其余的每人一块，其他人都是五毛。我也没想到会有这么多人参加，这下可好了，总共一百二十三人，咱村里从古至今谁家办喜事也没有这么多喝喜酒的，最多的也就四五十个，这就看出咱平常的为人了。”

潘忠地说：“秀菊姑也不能拿钱。”

潘忠良说：“她怎么不能拿？她代表的是义明姑父，姑父虽然不在家，她可以抱着孩子来坐席。到时候不来是她的事，咱请了就不算失礼。再说，作为亲戚，她也该来喝喜酒。”

潘忠地说：“要论亲戚更不用拿了，她早就送来了礼物，给春莲买了香皂、雪花膏，还把从姑父那里带回来的钢笔送给了我。”

潘忠良说：“别管那些了，这是明尧安排的，拿了就收下。”

潘士敏刚才一听潘忠良说的数目头就懵了，吧嗒了几口烟，静静脑子算计了一下，说："太多了，算上咱自己的客人，得二十多桌。咱准备的酒、菜，至多够候一半客人的。肉也差多了，咱杀的那头猪总共还不到八十斤肉。"

潘忠良说："不要紧，每桌多坐几个人，挤一挤可以坐十个，就能省下几桌。菜也可以孬一点，只要酒管足就行。末了酒菜不够咱再去买点。肉也好办，发树和食品站的人熟，让他跑一趟，能多买点。"

潘士敏说："多坐人可不行，八仙桌八仙桌，一桌最多坐八个人，还要有个陪客的，客人只能坐七个。另外，桌数再多酒菜也不能差了，但凡来的对咱都是尊敬，可不能慢待了人家，落下话把儿。"

潘忠地说："我看算了吧，把钱都退回去，咱不请了。"

潘忠良一听急了眼，说："哪有你这样办事的？退回去，是嫌人家拿的钱少啊！五毛钱是不多，都按一块也就够半桌酒菜钱，可这是情分，退回去就等于打了人家的脸，你把这么多人都得罪透了，以后在村里还怎么处事？"

潘士敏说："没有退的理儿，再多也得应下。这样吧，下个集就得再去买菜。钱也不够了，你从队里先借给我几十块，这个事过去了再慢慢还。"

潘忠良说："钱的事您放心，原先我就给光斗大老爷他们打过招呼，需要多少明天我就拿过来。"

潘士敏说："先借四十块吧，加上你今天拿来的，也许差不多了。"说着把名单递给潘忠良，又说，"这几天就得你受累了。当天来不及请客，从第二天开始，每天中午两桌，晚上两桌，每桌七个客人，咱近门的恁几个轮换着陪。第一天中午是亲戚们来，人不多，我想把几个老人叫来，凑一块。咱潘家门里孝字辈的没几个了，别忘了恁孝彦大老爷和孝寅大老爷，大辈分过六十的就他俩了，不能把他们放后边。其余的你排排，挨着来。完了事你再把单子给忠地，这是人情，咱得记住，以后有机会还得还哩。"

潘忠良说："几个老人今天晚上我就通知到，其他人从前街到后街，挨着来。这几天我靠这里，误不了事。买菜咱都没空去了，我交代给砖头和瓦子，让小民跟着他俩去。”

潘忠地心里犯了嘀咕，可事已至此，也不好再说什么。

婚礼这天既热闹又圆满，所有事务有潘忠良和张发树两个人吆喝，潘士金也一直在场，没出任何纰漏。晚上，一伙年轻人来闹新房，闹腾到半夜多才被忠地娘撵走。第二天李春莲老早就起来了，没洗脸就去了堂屋，站在门口喊：“娘，您起来了吗？我把尿盆端出去。”

这是前几天在娘家她娘嘱咐好的，当了新媳妇早晨千万别起晚了，起床后第一件事就是给公婆端尿盆，古来都这么做，不然，人们会说媳妇不懂事。忠地娘听到喊声，系着扣子出来了，说：“快回恁屋去，咱不兴这个，我和恁爹又不是七老八十，用不着你端。”娘俩争持半天，春莲也没端成。她只好回西屋抓紧梳洗完，到厨屋帮着做早饭。

一家人急急忙忙吃早饭，还没洗刷完，厨子就到了，随后潘忠良也来了。潘忠良刚进门，李春莲就说：“大哥你来了，先别坐下，我正等着你来晒褥子哩，你快去西屋抱出来给俺晒上吧。”

潘忠良心里笑着，脸上却一本正经，说：“恁看这孩子，怎么这么不懂事！你是正式的兄弟媳妇了，我这当大伯哥的可不能上你那屋去，以后咱得一字一板的。”

李春莲说：“我不管那些，反正你办的好事，我把褥子弄湿了，你就得给我晒。要不我就抱恁家去，把你和嫂子的褥子换来。”

这时候王桂兰来了，她是来帮忙做饭的，没听明白刚才的话，就问：“春莲，什么事啊？怎么要换我的褥子？要是嫌婶子套的褥子不好，你早说呀，前些时我刚套了床新的，准备冬天铺，我给你抱来去？”

李春莲说：“不是褥子不好，是叫俺大哥给弄湿了。”

潘忠良说：“你别诬赖好人，当新媳妇的睡觉不注意，别说褥子湿了，就是发大水把床漂起来，也不能怨我这个大伯哥！”

李春莲说："你偷偷在俺那个新尿盆底上钻了窟窿，还糊上泥巴，你说不赖你赖谁？"

王桂兰指着潘忠良说："你也忒没点正经样了，忠地和春莲结婚，你也敢这个闹法？"

厨子在一旁说："这种事常有，要说干这种事，外人偎不上边，只有近门的才能办得成。忠地抱出来晒晒，没人笑话。"

潘忠地说："晒什么，那个尿盆根本没用，还在磨道后边放着哩。"

潘忠良说："一定是瓦子这熊孩子藏不住话，我还专门嘱咐他，不能告诉任何人。他要不说，你那褥子还真得湿一片。"

李春莲说："真湿了我就薅你的胡子。"

潘忠良说："薅吧，因为你们过喜事我前天下午才刮了脸，胡子还没长出来哩。"

李春莲说："胡子抓不着也得薅你几绺头发。"

王桂兰说："对，要那样我帮你薅。"

都笑了。

潘忠良说："这回完了，露馅了。我这么早过来就是想看看办的这事成没成，你要不说我就去西屋检查检查，找找你把褥子藏哪里了。"

忠地爹说："别胡闹了，忠地，快去泡上茶，叫恁哥先喝着。"

潘忠良说："先别泡，客人到还早哩。今天上午这两桌重要，和士金叔俺俩陪，我先出去看看干活的，待会儿过来。"

原来那天赶集回来，潘忠良看着瓦子想和潘忠地说悄悄话，就喊着他一块走了。结果到了傍晚，瓦子又回来了，把潘忠地叫到一边，整个过程全都说了。临走还说："你看仔细点，那个窟窿他用黄泥糊上了，不注意看不出来。"昨天晚上，闹新房的走了后准备睡觉，李春莲说去拿尿盆，潘忠地说："别拿了，这么晚了也用不着。要拿也只能拿一个，有个坏的我放一边了。"李春莲问怎么还有个坏的？潘忠地就把事情的真相告诉了她。其实李春莲也没当回事，她知道潘忠良好胡闹，所以今天一见到他，就想当着别人的面把他办的这事揭开，让他下不来台。

潘忠良出门后，厨子就交代忠地娘，哪些青菜需要洗出来，山药和藕先拿多少削皮，等等。没等婆婆吩咐，春莲就动起了手。王桂兰说：“春莲，你刚过门，这两天歇着吧，我帮婶子就行。”

李春莲说：“咳，我又不累，还是叫俺娘歇歇吧，这几天她老人家够累的。”

王桂兰说：“婶子，你看看娶的这媳妇，多孝顺！”

忠地娘只是抿着嘴笑，没说话。

石榴也过来帮着择菜，小民点着炉子烧开水。王桂兰看到他两个都穿着新鞋，说：“哟，兄妹俩这鞋是恁嫂子做的吧？”

石榴说：“不光俺俩的，还有俺爹的一双，昨天晚上春莲姐就给俺了。”

王桂兰说：“以后不能叫姐了，得改口，叫嫂子。恁嫂子这是偏心眼，怎么没给恁娘做呀？”

石榴说：“娘是裹过脚的，她那种鞋谁会做？有给她买的一块方巾。”

忠地娘在一边接上话：“你说这孩子，花钱给我买块方巾做啥？我又不出门，还围着那个了！”

王桂兰说：“这是春莲的心意！婶子你要围不着，送给我。”

忠地娘说：“行，你走的时候拿着。”

王桂兰说：“我也就是说句玩话，可不能真要，这是孝顺你的，我哪能担当得起！”

潘忠地没事干，就来到厨子跟前，说：“大叔，我跟你学做菜吧。”

厨子说：“做菜没什么学的，只要物料全，也就讲究个刀口、味道，还有外形要好看。再就是上菜顺序，分什么席，先上什么后上什么，不能乱了。咱这是‘粉四八’，开始四个果碟，坐席前就得摆好，这四碟点心不能差了，恁爹买的是‘鸡骨、寸金、粘果、草糖棍’，一般都是这几样。开席再上四个凉菜碟，猪下水为主，拌上点芫荽、芹菜、藕丝什么的。接着是四个大菜，一鸡、二鱼、三丸子、四扣肉，鸡是整鸡，鱼是整鱼，肉是方子肉，因为后边还有红鸡、鱼块、菱角肉。中间是汤、饭，要用海碗、大盘，俗称‘两大件’。汤要加鸡丝、鸡汤，少下点淀粉，再放些芫荽末、青红丝，讲究的还要放瓜子、核桃仁。也有做银耳莲子汤的，那要加蜂蜜或白糖。饭以前都是用糯米、红枣蒸，现在图省事，上盘饼干或口酥的就顶了。这‘两大件’上去要停一会儿，让客人出去吸袋烟，上上茅房，回来再上另外四个大菜。下个菜就讲点技术了，拔丝山药，没把握的厨子不敢做。”

“都说拔丝山药可不好做了。”

“也不是很难，关键是掌握好熬糖的火候。要看用什么糖，如果是面糖，化开后一气熬到能拔丝。要是沙糖，熬不大会儿就要结块，不懂的就急着下山药，那就坏了，拔不了丝，必须继续用勺子研，等它再化开，很快就行了。还要分用什么化糖，要是时间紧，就用油，化得快。现在都为了省油，用水化，也就是慢点，做出来一样。糖熬得轻了拔不成丝，熬过了就发苦了。”

“真复杂！怎么能知道不轻不过？”

“要精心看，糖的颜色变成橘黄，闻闻有香味，用勺子底沾着提一提，开始扯成丝就是行了。这时要赶紧下山药，慢了就容易过。再就是山药也不能炸得过早或过晚，早了就凉透了，挂不住糖。晚了也不行，糖不能等山药。所以要用两个锅，那边山药炸个半熟，这边就开始熬糖。盘子也要准备好，盘子底上要用油擦一擦，不然粘到盘子上弄不下来。盛到盘里就要赶紧往上端，工夫儿大了就成了琉璃山药。为么端上去就马上吃？也是这个理儿。这道菜吃完，就该主家去敬酒了。”

“这个菜一时半会儿学不会。”

“好学，到时候你看着点，我再给你说说，用不了几回就明白了。”

“为什么叫‘粉四八’呢？”

“因为这是冻粉打头的‘四八席’。冻粉是俗名，也有叫洋粉的，书本上叫‘琼脂’，是用海里的石花菜做成的，挺稀罕，价钱很贵。第一个大菜的鸡头鸡身上要放几条冻粉，如果冻粉准备得多，凉菜碟里还可以放点。‘四八’就是说的两种碟子各四个，大碗八个，上菜一拨一拨的，每一拨上四个。以前有过做‘重四八’的，每样菜都上两份，那是富人家摆阔气，一桌七八个人吃不了那么多。还有‘参四八’，也就是第一个大菜里用海参切成丝，代替冻粉，其余的菜都一样。东西少也有做‘秃尾巴四八’的，那是候普通客，没有果碟和‘两大件’，也不用冻粉和海参，鸡、鱼有整的用整的，没有整的用成块的也可以。所有‘四八’席就最后一道菜没定规，叫‘跟饭菜’或‘上饭菜’，这是个青菜，冬天一般是五花肉炖大白菜，这个季节没白菜，可以用茄子顶。这道菜是等着客人说吃饭了才往上端。”

“加上这个‘跟饭菜’，第二拨不就是五个大碗了？”

“不能是五个。刚才说了，不拿手的不做拔丝山药，如果做拔丝山药，红鸡，也就是炸的鸡块就可以不上了。也有的因为准备的鱼少或肉少，不上鱼块或菱角肉的。”

潘忠地听得津津有味，他想，这几天一定要学会做拔丝山药。这时厨子又说：“你帮我把冻粉泡上吧，先泡好放着，免得到时候忘了。别泡多了，恁爹买来的这些要分够这几天的酒席。”

“那不太少了？”

“这东西无所谓多少，就要它个名声，一小绺就行。”

潘忠地到堂屋提来了暖瓶，厨子说：“可不能用热水，热水一烫就化成泥了。用凉水也不用泡太大会儿，一袋烟的工夫就可以捞出来。”

潘忠地拿碗泡好放到一边，厨子站起来装烟，说：“好了，我吸袋烟歇歇，你装碟子。先装果碟，中午就两桌，每样装两碟，不要盛太多，像那粘果，就放十粒，一人一粒还能剩两粒就行。凉菜把我拌好的各分到两个碟里，顶上再放点鸡蛋皮、芫荽叶和染红的麒麟菜，这叫菜帽，图个好看。”

潘忠地按厨子说的，认认真真地装碟子。厨子吸完一袋烟，拿过香油瓶，用一根筷子伸进去沾了沾，每个凉菜碟里滴了一两滴，嘴里说：“香油不用放多了，也就是要那个味儿。”

功夫不负有心人。几天下来，潘忠地还真掌握了一些做菜的门道。尤其那个拔丝山药，最后一天他炒了两锅，竟成功了。王桂兰在一旁看了说：“吆，忠地兄弟真了不起，这几天就跟着大叔学成个‘二把刀’了。”

厨子说：“聪明人学什么都快，我那两个徒弟跟了半年也不敢炒这个菜。”

堂屋里摆了两张八仙桌，每天候四桌客人，就是三十多个人喝酒吃饭，一家人忙前跑后，不得停歇，还老是担心出什么差错，怕外人笑话。好在潘忠良两口子一直在这里帮忙，客人按顺序来，有条不紊。每场结束，客人们都觉得挺排场，夸奖饭菜好，酒也喝得足。酒是代销点往这儿送，前后共喝了接近一百斤。尽管喝得不少，这种场合都能把握个度，没有一个喝醉的。

中间也出了点小波折，倒是没闹腾起来，大伙见怪不怪，也都没当回事。那是请客的第四天早晨，展春才找到潘忠良，说：“你看这事弄的，公社集合全体公、民办教师培训，一个星期，昨天下午才结束，回来再以学校为单位集中三天备课。昨天晚上宫老师说，把忠地这事马虎了，怎么也得有所表示，虽然晚了点儿，随上也是个心意。”说着拿出了四块钱，“宫老师两块，我和春旺每人一块。”

潘忠良接过钱，说：“你们不在家，忠地不会怪。这也不晚，还得候两天的客，明天晚上恁来喝喜酒吧。这钱多点，你和春旺一人五毛就行，宫老师最多一块。”

展春才说：“宫老师说了，不能随村里其他人，得多点。我和春旺孬好也顶个老师的名，就这些了，不多。另外，宫老师说他不来喝喜酒了，因为都是本村人，他觉得掺和进来不好。”

潘忠良说：“还是叫他来好，明晚就剩试验队的一伙，都熟悉，也就是一块坐坐，热闹热闹。”

展春才说：“我回去再给他说说，估计他不会来。”

潘忠良到忠地家一说，潘忠地就说：“钱太多了，每人按五毛，多的给他们退回去。现有的客人都安排好了，那还得再增加一桌。”

潘忠良说：“收下了不能退，拿多少是人家的心意。也不用加桌，明天晚上的两桌只有十一个人，加上他仨正好。宫老师还不想来，他要不来还剩个座位哩。”

忠地爹说：“不来可不行，一个外乡人还有这份心，咱不能慢待了。”

潘忠良说：“真不来也没事，昨天秀菊姑就没来，工作组的也都不参加了。”

忠地爹说：“人家是当老师的，和他们不一样。忠地你上学校去一趟，一定得把宫老师请来。”

正说着话李向东来了，进门就说：“大叔，我来给您道喜了！忠地，你也不提前告诉我一声，昨天傍晚回来我才听说。”

潘忠地给他倒水，潘忠良说：“这听说也不晚，学校里他几个也是才知道。你是休班呀？”

李向东说：“我两个月没歇班了，这次回来待几天。”说着掏出来两块钱，递给潘忠地，“我也没能给你买东西，表示点意思吧。”

潘忠地坚决不接，说：“咱是老同学，用不着这个。”

李向东说：“那可不行，你不要就是嫌少了。”

潘忠良接过钱，说：“可不少，宫老师才拿了两块。这是向东的心意，得收下。”把钱放到桌子上，又说，“这样吧，向东明天晚上也过来，一块喝喜酒，最后一场了，不再找陪客了，我一个人陪恁两桌，不空座位。”

李向东说：“喜酒我就不来喝了，我又不能喝酒。”

忠地爹说：“能喝不能喝的也得来，有学校的老师们，也把宫老师叫来。”

李向东说："那好，我来。"

潘忠地中午去了学校，好说歹说宫老师才答应了。

八仙桌座次很讲究，在堂屋摆就是坐北朝南，北面两个座位为上座，其中东边又为上手。东西两边四个人也按顺序坐，要是两个陪客的就都坐南面，一个陪客的坐南面的东边。这又是并排摆了两桌，东边的那桌为上，两桌的上手又分出了上下。本村人喝喜酒，一般是按辈分、年龄，到一块都知道自己该坐哪里，不用陪客的操心。这天晚上学校他三个就宫老师年龄大些，试验队除了潘忠国，其余也都是年轻人。宫老师来得早，潘忠良让他坐东边桌的上手，他坚持坐到了西边桌。喝了会儿茶，潘忠国来了，一看宫老师在，就让宫老师坐到东边桌上去。宫老师执意不去，说："我比你年轻两岁，还是你坐那边。"

潘忠国说："你是当老师的，又是外乡人，得你坐。"

这时展春才插了句话，说："忠国大哥，你就别让宫老师了，你不还当过大队干部吗？"

潘忠国一听这话恼了，说："这是从谁家裤裆里露出来的？存心来寒碜我呀！"

展春才听他口出脏活，忽地站起来，说："我是裤裆里露出来的，你是从石头缝里蹦出来的？"过去要抓潘忠国。

李长友赶紧拉住他，把他摁到座位上，说："快坐下，没你的事，别说话。"

潘忠良一看这情况，先是朝宫老师使了使眼色，让他坐到东边桌上去，宫老师去了。他又拉着潘忠国，说："大哥，别跟年轻的一般见识，生什么气？你说得对，是该让宫老师上坐，来，你也坐下。"说着把他拉到西边桌的上手位子上。回头朝外面喊道："小民，人到齐了，开始上菜。"

李向东开始和其他人说话，他们吵起来他一直没插言。

喝起酒来，大家都不言语，只默默地吃，默默地喝。幸好有潘忠良陪着，他一看这情况哪像喝喜酒的样子，就引着说些闲话，才算是没冷了场。潘忠国随着大伙端端盅子，动动筷子，基本不吃不喝。中间忠地爹来敬酒，他才满满喝了一盅。等到潘忠地和李春莲来敬酒，潘忠地倒上端起来给他，他推托喝多了，连盅子也不接。李春莲不知道刚才的事，以为他这是对忠地有成见，要过盅子，说："大哥，我不管你和忠地恁两个之间有什么事，今天你是来喝喜酒的，我给你端这三盅酒必须得喝，剩一滴也不行！"潘忠国怕新媳妇说出更难听的话，那样就真下不来台了，于是接过去，接连喝了三盅。有几个人低下头偷偷笑了。直到散场，潘忠国也没再说一句话。

总算是把客人候完了。潘忠地没再管家里的事，第二天就去了试验田。马上就要收秋庄稼，还要抓紧做好秋种的准备，事情挤到了一块，一连忙活了四五天。这天晚饭后，他对李春莲说："咱到秀菊姑家坐坐吧，老长时间没过去了。"

忠地娘听到了，说："是该去，喜酒她也没过来喝，恁带上点糖。春莲，你走吧，我刷锅就行。"

潘秀菊刚给孩子喂完奶，李春莲进门就抱过来，看了看说："这孩子长得真快，才几天不见呀，这小脸又胖了不少。"

潘忠地也站到跟前哄孩子，问："说是让姑父给他起名，起了吗？"

潘秀菊说："起了，前几天来信说叫'志国'。立志报效祖国的意思。"

李春莲说："名字再好也不管用，还是得从小教育他，跟着好人学，多念几年书，长大了出去吃国库粮。你看那个叫'忠国'的，还忠于祖国哩，净干些坏事。"

这时孩子哭了起来，潘忠地说："你看看，志国都知道好话孬话了，你这么一说他就不同意了。"

潘秀菊笑了笑说："还神童了呢！给我吧，他该睡觉了。"

李春莲把孩子给她，到里间屋去和老太太说话。

潘秀菊问："这两天你没见恁士金叔吗？"

"没有。我一直在试验田，没去大队办公室。"

"昨天上午开了个支部会，工作组许干事让开的，因为是研究你的事，没让你参加。"

"研究我什么事？"

"许干事说，根据县委的部署，公社党委准备提拔几个年轻的党支部副书记，排的第一个就是你。柳书记安排让他给支部说说，报个意见。"

"那次士金叔说，魏书记的意思是过段时间再说。我觉得也是不能太急了，这才当支部委员几个月，可不行。"

"行不行不是你说了算，党支部也决定不了，最后还得公社党委定。"孩子睡了，潘秀菊把他抱进屋放到床上，出来又说，"潘忠国去没去喝喜酒？"

"去了，那天晚上全是试验队的。对了，还有向东和学校的他三个。别提了，我也是后来听长友说，当时因为春才说了句不在行的话，忠国哥骂了他，两个人差一点打起来。我和春莲过去敬酒，我给他他不喝，春莲将了他一下才喝下去。"

"这更能证明是他办的。"

"什么事啊？"

"许干事说，柳书记交代，有件事必须单独形成材料，一块报公社。因为有人反映，你结婚大操大办，收了上百人的钱，请了几十桌客，其中有地主子弟，还有富农分子。"

"收礼请客是不假，要说有地主子弟，那就是指春旺，可没有富农分子呀！"

"怎么没有？宫老师家里是富农，不过够不上分子，也是属于子弟。"

他们说的话李春莲在里屋都听到了，出来气乎乎地说："这是哪个混蛋捣鼓的？要是潘忠国我去找他，我不怕这个狗东西！"

潘秀菊说："有你什么事？今后一定要记住，不论忠地工作上发生什么事，都不准你瞎掺和，这是规矩。”李春莲坐到一边不说话了。

潘秀菊又说：“是不是潘忠国反映的也没证据，大家分析着可能是他。那天明尧问许干事，是人民来信还是有人去找领导说的？许干事说他没问，柳书记也没说。不过也不是什么大问题，当时恁士金叔就说，这事没有忠地的责任，是他安排忠良具体操办的，恁爹同意，你当不了恁爹的家。并且让向河如实写一写，报给公社。散会后明尧还说，叫着恁士金叔一块去公社，找魏书记当面汇报汇报，不知道他俩今天去没去。”

潘忠地说：“汇报么？我当时就不同意请这么多客，还想让忠良哥把钱退回去，他和俺爹都不干。结果是多花了钱，圈里的猪也没了，还借了队里几十块。自己赚麻烦不说，还惹下这么个事。其实也无所谓，当什么副书记，现在就挺好。”

潘秀菊说：“你沉住气等着就是，千万别再问其他人，就装不知道，该干么干么。还有春莲，你也不能给任何人讲。”

他两个都答应：“知道。”

牺牲

前些天还是炎阳炽烈，干起活来挥汗如雨，立秋过后下了几场小雨，天气就变凉了，一早一晚人们穿上了厚衣裳。田野里的蝈蝈树上的蝉，好像一夜之间都蛰了起来，销声匿迹了。坑塘里的水也变得清澈见底，蛙声也没有了。

生产队开始搞秋季分配，进而着手全年决算。社员们都算计自己全年的口粮，等着队里张榜公布，看看还能再分多少粮食、柴草，再看看工分值，最后到底是余款还是缺款。个别人口有增减的户，会计那里都有了数。这一点马虎不得，因为分配口粮还是按‘人七劳三’，人头占大头。

这天晚上，潘忠地从大队办公室开会回来，堂屋里没了灯光，爹娘已经睡下了。西屋里李春莲还在做针线，潘忠地知道是在等着他，进门就说：“快睡吧，天不早了。”

李春莲放下手中的鞋帮，边整床铺边说：“有件事我想给你商量商量。”

“什么事啊，说呗。”

“我想让光斗大老爷把今年我的口粮调到咱家里来。”

潘忠地根本没用考虑就说：“那不行。一般新过门的媳妇，上半年娶的参加下半年的分配，下半年娶的参加下一年的分配。到明年麦季再说吧，不然，其他社员会有意见。”

“什么意见？你说的那是从外村娶来的，牵扯到多占队里的粮食。我这不论从哪边分配，都不出咱三队，也影响不着别的户。”

“那也不行，这么一来，咱家的粮食分得多了，你娘家那边就少分好几百斤。”

“我就是看着咱家的粮食少才这么想的。前一阵子光候客用了多少呀，虽然大队、生产队各补助咱五十斤麦子，加上人来人往吃的，最多也就够一半。我这一过来又多个碗，你不算算，明年春天能不断顿啊！”

潘忠地想了想，说：“可是你再算算，咱家原来就我和爹两个人挣工分，不算你五口人参加分配，按去年的情况，余款过不了十块钱。听忠良哥说今年想多拿出三四百块钱搞分配，一平均每人还合不到两块，好了咱能余二十来块。到时候咱一分不要，也只够还队里一半的账。要是把你的口粮调过来，很可能就成缺款户了，还怎么还账？”

“明年还呀，加上我的工分，明年一定能余四五十块，一次就还上了。”

“咱两个都是干部，不能老拖欠队里，今年无论如何也得还上一半，免得大伙说闲话。这样吧，你回去给老人说说，把结婚后这两个月的工分调过来，他们那边粮食照常分，就是最后余款少几块，还成不了缺款户。我也想过，过几天收了地瓜，外村的用粮食来换地瓜种，折合起来咱比去年的口粮还能多一二百斤，只要俭省着吃，明年春天断不了顿。我现在考虑最难的事，就是怎么想法抓紧买两头小猪，不能老空着圈呀！”

“工分早记到咱家里来了。候完客我刚开始干活，光斗大老爷就说，你已经过门了，工分得记到这边来。”李春莲说着打开衣柜，找出来一个小包，是手绢包起来的，递给潘忠地，“这是差两毛不到十块钱，你到集上看看，能不能买两头小点的？”

潘忠地接过去放到桌子上，说：“哟，你还有存的私房钱啊！”

“什么私房钱，这是我抽空掐草帽辫积攒下来的。你看看村里那些女孩子，哪一个不是靠这点手艺买件新衣裳！”

“咱娘有空也掐，卖的钱都给小民和石榴上学用了。好吧，我给爹说，到时候卖了猪再还给你。”

“你是想惹老人家生气啊！一家人过日子，什么还不还的，千万别说这样的话。要是咱爹这样说，你也得说不用还。就是少点，不知道够不够。”

“我打听过了，十来斤重的小猪，四毛多钱一斤，咱就买十斤左右的，明年夏天就能长到一百多斤。明天我把钱给爹，叫他后天集上就去买。”

隔一天，忠地爹兴冲冲从刘集背着两头小猪回来了。在村头遇上潘忠良，放下筐，从腰里抽出烟袋，把烟包递给潘忠良，说：“你瞧瞧，我买的这两头小猪怎么样？”

潘忠良边卷烟边看了看，说：“不赖，看这骨架，是长大肥猪的坯子。多重了，花多少钱？”

“一头十二斤半，一头十二斤，人家要十块，讲讲价，给了他九块五。”

“不贵，还合不到四毛钱一斤。您怎么这就有钱买了？我知道办喜事花空了，咱队里那头母猪再有个把月就生，我还想着到时候先赊给你两头。这能买来更好了，不能老空着圈。”

“我哪里还有钱？加上你从队里借来的，候完客还剩两三块，小民和石榴开学时都要书钱，全给他们了。这是春莲自己攒的钱，不到十块，都给我了，说是先买两头小猪喂着。”

“我就知道这小妮子是过日子的好手，有心计。”

“是个好孩子。”忠地爹笑眯眯地背着筐，回家去了。

今年的秋种有了很大改革。刚开始秋收，公社就召开了专门会议，提出，为了提高小麦产量，必须适当增加播种量，肥水条件好的地块，每亩用种要在二十至二十五斤，最低不能少于十八斤。如果再用原来的老三腿耩子下种，行距太宽，株距又太小，不利于小麦成穗。根据外地的经验，可以采取沟种加耩种，就是前面耥沟撒种，后面再骑着沟用两腿耩子耩一遍。这种种植方式有个好听的名字，叫“二龙骑虎”。公社已经安排农具厂抓紧生产两腿耩子，保证每个生产队先供应一把，并搬到会场两把让大家看一看。领导讲完话分开以大队为单位讨论时，潘士金就叫张发树去农具厂，先定下九把耩子，除生产队外，试验队也要一把。张发树说：“那不义生叔还在门口和魏书记说话哩，我这就去找他。”

张发树跟着张义生去农具厂，路上张义生说：“你不找我我也想找你们说一声，是得赶紧来买。现在所有木工都集中干这个活，要是全公社每个生产队都来买，还有十天左右的时间，恐怕难以打出来。刚才魏书记交代，要黑白加班，不能影响秋种。我担心没把握，还是早买回去放心，别到时候误事。另外，第一批打的几十把用料好些，耧斗板用的梧桐木，其余全是槐木，以后再打就是杂木的了。”

张发树说：“就是，你在这里当领导，咱怎么也得沾点小光呀！”

来到厂里，张义生先领着他去了车间，喊一个木工过来，帮着挑选了九把，搬到了办公室门口。张义生说：“先进来喝杯水吧，等会儿他们讨论完了叫队长们捎回去。”

喝着水，张发树问：“多少钱一把？”

张义生说：“十八块。”

张发树说：“这么贵呀，十五块还不行？”

张义生说：“你个发树就是好胡闹，咱厂里的产品还用还价呀！这不会计在这里，你叫他说，这个价格是公社领导帮我们定的。”

张发树说：“别管谁定的，最后还不是你这个书记一锤定音？咱这是头一份，算是给你们开张，在集市上买东西第一份也都是让点钱，你怎么也得给我点面子吧！”

张义生瞅了瞅坐在一旁的老会计，老会计也看出他的意思来了，说：“我看发树同志说得有道理，你毕竟在汶水滩干过书记，他们又是第一家来买的，十五块可以，以后就都按十八块了。”

张发树放下茶杯，来到会计办公桌前，说：“你看吧，还是老同志和我们有感情，会办事。我这就回去拿钱，您把单子写出来，写九张，各队好下账，一会儿就来提货。”说完笑着走了。

来到会场，张发树说：“耩子挑好了，现在就凑起钱来，我去交上钱写好单子，走的时候都驮回去。”

有的问多少钱一把，张发树说：“定价是十八，义生叔照顾咱，按十五块。都不能对外人讲呵，其他大队知道了会有意见。”

有的又说来时不知道买耩子，没带这么多钱。展明尧说：“谁有钱先垫上，回到家里再算账。”说着掏出来十块钱给张发树。

张发树说：“对，有钱的都拿出来，凑够一百三十五块就行，回去我负责给恁找补。”

凑足钱，张发树叫着李向河一块回农具厂，并且说：“你把单子带回去，让各生产队的会计到你那里领，把没交钱的收起来，还给临时垫钱的。”

李向河说：“没问题，刚才谁拿多少我都记住了。”

会场这边继续讨论，有的队长说：“用这么多种子行吗？往年咱都是每亩地十四五斤，要是用到二十多斤，出来苗子那么密，能增产？”

又有人说：“用种多了不一定能增产，‘大跃进’那年有的搞试验，一亩地下了一百斤种子，结果怎么样？还不是没到抽穗就都铺地里了，颗粒不收！”

潘士金说：“那时候是瞎胡闹，翻地还翻到一米深哩，都是教训。刚才魏书记讲了，要合理密植，还要根据地块的肥水条件，应该没问题。”

潘忠地说：“前几天我听王站长说，他跟着魏书记到外县参观过，这是成功的经验，不用担心。”

这时正好王站长和许干事过来了，王站长又给大家讲了些相关的道理，这才都表示回去就这么办。

回去第二天，潘忠地到工作组叫着王站长，来到试验田，准备提前试试这种新耩子的用法。有耕耙好的几方地，他叫李长友喊过张发田和几个青年，并把耩子和犁扛到地头，又让张发田摘下犁镜子，在犁铧上边绑好草把。王站长说："草把子得绑小点，沟不能太宽。"

张发田问："是耥挨沟还是大宽垄？"

王站长说："小挨沟，每两沟留个畦背。"

张发田又问："这耩子还怎么个耩法？"

王士站长说："沟里撒上种，耩子再骑着沟耩一遍。"

李长友说："明白了，这办法就是把种子下得宽满些，空地少点。"

潘忠地说："就这个意思。"

张发田弄好犁套上牲口，又拃量了一下耩子腿的宽度，说："小挨沟不行，那样来回耩子有一腿重合了。"

王站长说："那就再离得稍宽点，一畦内两大沟，中间不仅不能重合，还得留出一拃多的锄耧空间来。"

张发田说："那也就是比大宽垄稍窄一点。"

潘忠地说："先按你说的试一遭看看。"

因为不下种，前边耥沟，后边跟上耩子，试了三个来回，把中间的畦背整起来，都说还行，就是畦子比原来的种法宽了些，浇水费点劲。这时潘士金和展明尧来了，展明尧说："这样用种量怎么掌握？沟里撒的和耩子下的各占多少？"

王站长说："这一点去参观的时候我问过，大体各占一半。"

潘士金说："这个办法是不错，可也带来个新问题，就是耩起来太慢了。按耩子算账，这两腿的比原来三腿的就慢了三分之一，耥沟再耽误些时间，很难赶进度，弄不好寒露前就完不成秋种任务了。"

潘忠地说："试验田这几十亩地好完成，我们种完就把耩子借给生产队用。另外，各生产队可以再到农具厂买一把，要不然找咱的木匠打，到开楼播种还得六七天，时间还来得及。”

展明尧说：“再买是不可能了，听发树说，公社要求农具厂按每个生产队一把耩子安排的，他们加班加点也难以按时打出来。咱自己打可以，村里有两个会打原来那种耩子的木匠，有买来的做样子，肯定能行。”

潘士金说：“明尧你回去马上通知几个木匠，集合到大队院里，突击几天，给每个队再打出一把耩子来。木料让发树去想法，借也行，买也行，同时叫他靠在那里，尽快完成任务。”

张发树和几个木匠正起早贪黑，突击打耩子，完成了还没一半，展明尧忽然来让他们停下来，说是赶紧打口棺材，后天中午就要用。张发树问：“谁死了，这么急？”

展明尧说：“义明在国外执行任务，牺牲了。部队首长只带回来他的几件衣裳和用品，家里只能发空丧了。他老娘还在，也不能隔时间长了，今天得到的信，后天算是三天。”

在场的听到这个消息，都感到太突然了。

潘秀菊这段时间心里一直没着没落的，白天老是恍恍惚惚，夜里睡觉也不踏实。就连孩子哭闹，她也没心绪哄他。

十几天前的一个晚上，她躺在床上给孩子吃奶，不大会儿孩子睡了，她也迷迷糊糊没再起来。忽然，有个声音出现在里间屋门口：“小志国在哪里？我看看他。”

她费力地听了听，是张义明，就问：“你怎么回来了？也不提前来信说一声。”

“我在很远的地方执行公务，不是给你说过吗，寄信不方便。抽这一瞬儿的工夫家来一趟，接着就得走。”

潘秀菊想，是啊，孩子出生后给他去信，一个多月才收到他的回信。可是，已经回来了，还站在门外边干什么？时间再紧也不差这两步呀！于是

说:“孩子在我身边睡了，你过来看呀。”

“我不能到恁娘俩跟前去，我这个样子怕吓着孩子。”

“什么样子？你这是怎么了？”

“别问了，以后你会知道的。要不你闭上眼，我看一眼志国就走。”

“行，你过来吧。”潘秀菊想趁他过来睁开眼，看看他到底什么样子。可是，她的眼皮沉沉的，使再大劲也睁不开。后来右眼好像睁开了一条缝，隐隐约约看到他脸上血糊糊的，鼻子眼睛都分不清楚。她立即想起身拉住他问个究竟。

她醒了，出了一身冷汗。她坐起来四下寻摸，满屋黑漆漆的，什么动静也没有。又伸手摸着火柴，点着灯，来到外间屋看看，屋门关得好好的。回到床边坐下，一点困意也没有了。

这一夜，她没再熄灯。

这一夜，她没再躺下。

她翻来覆去琢磨这件事。怎么就做了这样一个梦呢？是我想他想的，还是他想孩子想的？一定是他想孩子了。但是，想孩子也不应该这个样子托梦给我呀！难道他受伤了？受伤应该来个信呀……不行，得写封信，问问他近来是个什么情况。不论快慢，让他收到信就立即回信。第二天一早，她把封好的信拿到大队办公室交给李向河，同时给他八分钱，让他等邮递员送报纸来时捎走，还千叮咛万嘱咐“别忘了”。

从那天开始，这个梦一直在她脑子里转来转去，怎么也抹不掉，弄得吃饭不香，睡觉也不安生。这都快二十天了，她天天盼着丈夫的回信。虽然心里明白，不会这么快，可还是侥幸地想，也许这次能够快点。

前天晚上她又做了一个梦，梦见张义明衣冠齐整地回来了，并且进门就说:“这次回来就不走了，在家里侍候老娘，也好好照顾恁娘俩。”

有了这个梦，潘秀菊心里宽松了许多。今天吃完早饭，给孩子喂完奶，她正想把孩子交给婆婆，到生产队里干会儿活，潘士金和展明尧突然来了。

后面还跟着好几个人，有三个穿军装的，还有公社武装部的刘部长，工作组的许干事、高主任，潘忠地跟在最后边。潘秀菊赶紧放下孩子，给他们搬座位。

潘士金介绍说：“这是义明部队的辛教导员、蒋指导员，这是县武装部的程副政委。咱公社的几位领导你都认识，不用介绍了。”

蒋指导员握着潘秀菊的手说：“秀菊同志，还记得吗？上次你去部队时我是副指导员，义明同志提拔为连长，我担任了指导员。”

潘秀菊说：“记得，记得，您快坐下，我给您泡茶。”

潘士金说：“你也坐下吧，让忠地泡。”

展明尧和潘忠地泡茶的泡茶，刷茶碗的刷茶碗。

都坐下了，潘秀菊这才发现，所有的人都拉着个脸，没一点喜兴意思。她意识到，一定是张义明出什么事了，心里立时收得紧紧的。

这时程副政委说：“秀菊同志，你是共产党员，大队干部，今天给你带来个不幸的消息，你一定要挺住。义明同志出国执行任务，在前线牺牲了，这是我们县的光荣，也是你们大队、你全家的光荣。具体情况请部队首长给你说说。”

潘秀菊一听这话，几乎瘫倒在地上。高主任坐在她旁边，伸手揽住了她。她那泪水泉涌一般，扑簌扑簌地落下来。

辛教导员说：“张连长是个好同志，他是在带领战士们抢修公路时，遇上了敌人的炮弹轰炸，和另外两名战士不幸牺牲了。营里为他们开了追悼会，团首长亲自参加。但是，由于路途遥远，加上战事紧张，我们只好把他安葬在当地的烈士陵园了。”

老太太刚才看到来了这么多人，躲在里间屋一直没出来，外面的情况听了个大概，坐在床沿上啜泣起来。潘士金听到动静给潘忠地使了个眼色，潘忠地进屋扶着老太太，也流起了眼泪。

潘士金说：“秀菊，事情已经这样了，你一定要想得开。人死不能复生，不为死的为活的，家里上有老下有小，你要不坚强起来，怎么照顾他们！”

蒋指导员说：“按国家政策提的补助费，我们带来了。老人和孩子的抚恤金，县里会按规定及时拨到公社民政。”说着把钱从兜里掏出来放到桌子上，又说，“另外，以后你有什么困难或要求，可以直接给部队去信，也可以找公社武装部反映，让他们转达，我们一定尽力帮助解决。”

程副政委说：“义明同志的遗物首长也带来了。许干事，你到车上拿下来。”

许干事出去，和司机一起把东西拿了进来。潘士金说：“先放到里间屋吧。”

潘秀菊强打精神，抽抽搭搭地说：“别往里边放……放条几上。”

几个人都站了起来，展明尧把条几上的杂物拾掇到桌子上。背包，崭新的衣帽，一双没上过脚的布鞋，水壶，搪瓷缸，还有牙膏、牙刷、笔记本、钢笔，全都摆到了条几上。有一个大镜框，里面是部队开追悼会时放大的张义明的照片，许干事放到了条几的正中间。

辛教导员说：“老人在里屋吗？我们去看看老人家。”

潘士金领他们进了屋，老太太已经躺在床上，听到他们进来，想起身，刘部长上前把她按住，说：“您老人家别动，部队首长来看您了。”

辛教导员说：“大娘，您养了个好儿子，他不幸光荣牺牲，我们都很悲痛，您一定要保重身体。我代表义明同志所在部队的全体官兵，给您老人家敬礼了。”

大伙都随着鞠躬。随后又安慰老太太几句，潘士金说：“咱外边喝水吧。”

来到外间，蒋指导员说：“孩子在哪里？我得看看。”

潘秀菊起来领着他来到床前，高主任也进来了。蒋指导员抱起孩子，说：“是叫志国吧？这是他爸爸起的名字，当时还跟我商量了一阵子。”说着眼泪止不住流了下来。孩子认生，“哇哇”地哭起来。高主任把孩子接了过去。

辛教导员说：“潘书记，我们回去了，今后义明同志家庭的事情，全靠你们关心照顾，我代表部队先谢谢你们了。”

潘士金说：“都是我们应该做的，请首长放心，我们一定安排好。”

刘部长说：“我陪首长们一块回公社，许干事和高主任在这里，有什么事你们商量着办。”

临走，蒋指导员又从口袋里掏出一封信，递给潘秀菊，说：“这是前几天我们收到的你写给张连长的信，他没能看上，我带回来了。”

潘秀菊接过信，哭得更伤心了。

原来早饭后潘士金和展明尧都去了试验田，工作组的几个同志也来了，他们正和潘忠地说着开耧种麦的事，看到南面来了辆吉普车，就迎到了路边。刘部长分别作了介绍，说明来意，潘士金说：“大队院里木匠们正干活，挺乱，咱先到试验队办公室坐坐。”

在办公室里，部队的两位同志详细说了说情况，商量了一下如何与家属见面，几个人就一块来到了潘秀菊家。

送走部队的同志，他们又回到屋里，把老太太架出来，让她坐到椅子上，同时对她婆媳俩劝说了一阵子。后来潘士金说：“忠地，你去把您义光叔找来，看看下一步怎么办。虽然是在部队牺牲的，家里也得发丧啊。”

潘秀菊说：“人都没回来，还发什么丧？”

老太太说：“怎么能不发？他又不是很年轻，也有了儿子了，得发丧。别看他身子没回来，人家把他的衣裳送回来了，他的魂也就跟家来了。古来有埋衣冠墓的，打口棺材，把他的衣物装进去，葬到老林里，志国大了也好有个给他爹上坟的地方。”

展明尧说：“老人家说得是，应该这么办。”

这种事传得快，坡里干活的人们几乎都知道了。张义光听说后，立即叫着他老婆梁玉芳赶了来，潘忠地刚出门，就遇上了他两个。

张义光进门看到弟弟的遗像，扑到八仙桌前痛哭起来，梁玉芬也跟着呼天嚎地地哭。过了一会儿，潘士金说：“别哭了，再哭恁娘心里更难受。”

张义光擦干眼泪，说：“秀菊，家里还有香吗？先给他烧炉香。”

潘秀菊说：“还有过年时剩下的，在条几上面窗台上。”

潘忠地踩着凳子，把香和香炉一块拿了下来。张义光接过去，香炉里盛上小米，点着三炷香插进去。

潘士金说：“义光你坐下，刚才恁娘说要给义明发丧，咱商量商量怎么办。”

张义光说：“娘怎么说就怎么办。这不你和明尧哥在这里，恁怎么安排怎么是。”

潘士金说：“我考虑，不能发大丧，恁娘还健在，三天丧就可以。今天算头一天，就定在后天。”

张义光说：“行。就是担心棺材打不出来，还得现凑和木料。”

潘秀菊说：“把院子里和大门外边这两棵大树杀了吧。”

展明尧说：“现杀树不行，木头太湿，时间来不及。要不这样，发树和木匠们都在大队里打耩子，让他们停下来，立即动手打棺材。木料的事我和发树转转，看哪个生产队或是户家有的，先借来用，是还木头还是还钱以后再说。”

这时梁玉芳插了一句：“志国还小，到时候叫小冬给他叔打幡。”

老太太说话了：“用不着，孩子小有他娘抱着，不是没儿子，这个幡不能别人打。”

满屋人都不吱声了。过了会儿，展明尧说：“婶子，棺材咱打几寸的？”

老太太说：“四寸的就行。他爹走的时候才占了个四寸的，不能超过他爹。”

潘士金说：“就这样，明尧你抓紧去安排。”

展明尧答应着起身，许干事也站起来，说：“高主任，咱也先回去吧。”

高主任说："你先回吧，我再陪陪大娘和秀菊。"

许干事与展明尧一块走了，出了大门，许干事说："怎么梁玉芳让他儿子打幡老太太还不同意？"

展明尧说："这是老规矩。没有儿子的都是从近门过继个男孩，不仅喊爹叫娘，死了还得打幡摔盆，当然，要继承所有家产。像他们家这种情况，义明的儿子小，如果让他哥哥的孩子打幡，两家关系好可以没什么说法，可要是以后闹了别扭，就有理由要一半的家产。老太太明白，她是怕将来他们找秀菊的麻烦。"

"哎呀，农村这些道道真多！"许干事说着回了工作组，展明尧去了大队。

展明尧来到大队一说，木匠们都觉得这事得抓紧办。有的说，扯出两个灯泡来，晚上也得干一阵子，要不打不出来。也有的说，用哪里的木料？赶紧弄来动工。展明尧说看谁家有先借来用。随后叫上张发树和一个在行的木匠，找木料去了。

过了秋分的天气，已不再那么闷热。天空又阴乎乎的，日头躲在云层里不露头，就更显得凉爽了。和其他正常的丧事一样，各生产队都出人出物，昨天下午搭好了灵棚，一大早人们就陆续到齐了。灵棚里摆上八仙桌，桌正中摆上牌位，上写着：烈士张义明之位。牌位后面的棚壁上挂着遗照，照片中的张义明凛然英姿，一双大眼睛炯炯有神，好像目视着所有前来吊唁的人们。牌位前面的香炉里，升起三股轻烟，直冲棚顶，然后缭绕开来。灵棚前边的空地上，不间断地燃烧着草纸，一阵微风吹过，纸灰像一群黑色的蝴蝶，飞向苍穹。

张发树指挥着几个木匠，把棺材抬了进来。他问张义光放在哪里。张义光说："按道理有俺娘在，不能停放在堂屋里。不过，这事得俺娘定。"回头对潘士金说，"大哥，你去给俺娘说说，免得她老人家生气。"

潘士金进屋对老太太说："婶子，棺材别往屋里停放了，院子里有灵棚，是不是入殓后就停在棚里？"

老太太说："恁看着办吧，怎么着都行。"

潘士金又对潘秀菊说："秀菊，你把义明的遗物准备好，一会儿咱就入殓盖棺，到时候你抱着志国出去磕个头。"

潘秀菊说："部队里送来的挺全，军衣、军帽、衬衣都有，背包里有铺盖，还有蚊帐，这双布鞋也是新的，我去部队时给他带去了三双，我看了，这双还没穿过。"

潘士金问："家里还有他用过的什么东西吗？"

潘秀菊说："就是还有他一身旧衣裳，当兵临走时换下来的，我还给他放着。"

老太太说："一块放棺材里吧，让他穿上那身衣裳才是咱家里人的样子。"

潘秀菊又说："相片还放进去吗？"

老太太说："不放，这相片留着挂墙上，以后看见了是个念想。"

正午过后，随着三声土炮响过，吹鼓手也吹打起来。起灵了，村里男女老幼都围拢来，当看到潘秀菊身穿孝衣，腰扎孝绳，怀里抱着孩子，肩上还抗着引魂幡，哭得死去活来时，引起人群中一片啜泣声。其实潘秀菊已完全不能自制，全靠李春莲和另外两个女青年架扶着，缓慢地迈动着沉重的两腿，跟随着撒纸钱的引路人，向坟地走去。她后边跟着几个近门小辈分的男子，张义光两口子走在一边。

四寸的棺材本来不是太重，里面又没有尸体，就更不重了。但是，抬棺材的还是六路杠子，十二个人，人人都怀着沉痛的心情，迈出的每一步都好像很吃力。

来到林上刚要下葬，天空突然飘下了连绵的雨丝。阵风吹来，人们身上凉丝丝的。有人说："老天有灵，为义明流泪了。"大伙不慌不忙，按程序埋葬好，最后把引魂幡插到了坟头正中央。李春莲早已要过孩子，用褂子裹得严严的，抱在怀里。人们拉起了潘秀菊，劝她止住了哭声。张义光说：“秀菊，你回去吧，别冻着孩子。”

“不，咱娘这卷纸我得亲自烧，她老人家嘱咐过的。”潘秀菊说着要过张义光手里的那卷草纸，在坟前放好，张义光把火柴递给她。由于下着雨，又有风，潘秀菊划了几根火柴都没点着。张义光蹲下，用身子挡住风，又把两手支在潘秀菊的手上方，终于点着了。潘秀菊边用一根树枝拨拉火边说：“义明，这是咱娘专门给你的纸钱，你收好。到了那边，一定要想着咱娘和孩子。”

张义光的泪水也又流了下来，他也朝着坟头说：“义明，你放心走吧，不管是咱娘还是志国他娘俩，以后我一定照顾好。”他这是说给潘秀菊听的，也是出自内心的真情话。

潘忠地一直站在一边，看到纸烧完了，把潘秀菊架起来，说：“姑，咱回家吧。”

时光像江河中的水，不管风吹日晒星移斗转，永不停歇地向前流淌着。转眼大半年过去了，小志国已开始蹒跚学步，可潘秀菊仍沉浸在悲痛中，一直解脱不出来。这些日子，她简直不知道是怎么过来的。家里的事倒是照常忙活着，做饭、洗刷、喂猪、喂鸡，一样也不少干。大队的活动也照常参加，只是少言寡语，很少说话，更没了往日的活泼劲儿。没事的时候，她就抱着孩子或自己瞅着墙上张义明的相片，独自发呆。看她那身体，像变了个人似的，几乎瘦了一圈。外人也没少劝说，可没有用。婆婆看在眼里，疼在心里，也只能是唉声叹气。

刚知道丈夫牺牲的那段时间，她是强打精神，硬撑着应付丧事，还不时劝婆婆不要过于悲伤。不少人背后说，秀菊的心真够宽的，出了这么大的事也能顶得住。自从发完丧又烧过“五七”纸，她再也撑不住了。白天不能流泪，因为怕婆婆见了伤心。到了晚上，儿子睡了，她那心里就开始像有种什么东西撕扭着，忍不住心在打战，在流血。她拼命地抑制住呜咽声，眼泪却像断线的珍珠，一个劲地滚落出来，那枕头不知道湿过多少遍。

潘忠地隔三岔五地就来坐坐，有时是和李春莲一块，有时是他一个人。来了也是引着潘秀菊说些大队、生产队的事，有时候也天南地北地扯些闲篇，目的就是想分散分散她的心，让她别老是纠缠着这事，把身体拖垮了。每当这时，潘秀菊也顺着拉几句，偶尔还笑一笑。可潘忠地看得很明白，她这是装的，因为内心的痛苦是掩饰不住的。为此潘忠地很伤脑筋，他不知道用什么办法才能使她走出阴影，开心起来。

这天傍晚，潘忠地和李春莲又来了，看到潘秀菊正在拾掇院子，小志国跟在她屁股后边，“呀呀”地指画。潘秀菊让他们先屋里坐，李春莲蹲下拉住志国，哄他玩，潘忠地进屋去了。

老太太一个人在屋里，见潘忠地进来了，说：“忠地呀，我知道你和春莲对恁姑好，可你看她那样子，恁再劝说她也听不进去。我琢磨着呀，她是党里的人，孬好还是个干部，常去大队开会，你给恁士金大叔说一声，让他瞅个空儿开导开导她。”

潘忠地说：“大奶奶你是不知道，士金叔、明尧叔他们都没少说了，就连工作组的高主任他们也劝过她不止一次了，就是不管用。”

“也不能眼看着这样下去啊，什么时候是个头？你看她那身子骨，原先壮得和牛样，这都成什么样子了？真要是她病了，这个家不就完了！”老太太说着开始抹眼泪。

“我觉得这事还得您说话。俺姑最怕您老人家生气了，不行你就给她放狠话，发发火，你要是装着真生气的样子，她也许就听了。”潘忠地觉得这也是没法的法子。

其实老太太生怕惹潘秀菊加重心里的负担，这些日子说话做事一直小心着。她听潘忠地这么一说，寻思了一会儿，说：“那就照你说的试试。”

过会儿潘秀菊他们进屋来了，老太太说：“秀菊，你也不能叫忠地、春莲老是往这跑，他们家里家外都有摊子事，还能光顾咱呀！”

潘秀菊说：“是呀，恁两个别来这么勤了。忠地，你是副书记了，暂时还兼着团支部书记、试验队队长，和以前不一样，需要你考虑的工作太多了，不能老为我分心。恁两个放心吧，我没什么事。”

老太太说："还没什么事？他们就是不放心你！我是不愿意说你，你没事照照镜子看看，自己都瘦成什么样子了？你这是成心不打算过日子了！"

李春莲一听这话，一时转不过弯来，说："大奶奶你也不能这样说，俺大姑是因为姑父走了心里难受，还有些缓不过劲来。"

"她难受，我这当娘的就好受了？我要是像她这样，整天思虑那死的，不为活的，还不早躺到床上不能动了！"老太太停了停，又对着潘秀菊说，"我真要病了，谁受累？还不是你！我自己给自己宽心，为了谁？还不是为了让你到外边能安心做事，回家来照顾好孩子吗？事儿都过去这么长时间了，你还在整天想不开，以后咱还怎么过日子？我知道，你反正是有自己的主心骨，怎么想的你说呀，真要是觉得我是个累赘，你就赶紧另找个主儿走，没了丈夫改嫁是常有的事，我和志国俺娘俩过，省得整天看着你这个难受的样儿！"

潘秀菊听婆婆这么一说，眼泪哗哗地淌了下来，说："娘，您老人家别生气，我这一辈子哪里也不去，就侍候您，把志国培养成人。您放心，我一定好好的，不再思念他了。"

"好不好是你的事，走不走也是你的事，我这都黄土埋脖子的人了，还能活几天！"老太太说完起来到里间屋去了。

李春莲跟了进去，说："大奶奶，你可不能生俺姑的气。"

老太太悄声说："没事，只要她好起来，我什么气也没有。"

李春莲出来看到潘秀菊还在哭，就拿了条毛巾递给她。小志国见娘这个样子，有些害怕，老实地依在潘忠地跟前，两眼滴溜溜地转，没动静。

潘忠地说："大姑，你是不能再这个样子了，你看大奶奶气得那样，她也是恨铁不成钢，没别的意思。一般人家也有遇上天灾人祸的，过后还不都是打起精神奔日子，别人能行，咱还能就做不到啊！"

李春莲也说："是呀，姑你是不知道，外边多少人为你担心啊！俺爹俺娘听说你这情况，都老是挂念着你，经常撵忠地俺两个来看看。"

潘秀菊擦干了眼泪，长出一口气，说："我从心里感谢恁两个，这些天里，恁姑父的影子老是在我眼前转悠，恁来坐一会儿还好点，恁要不来我心里更是空落落的。唉，他都狠心撇下咱不管了，还想他干吗！放心吧，恁姑我不是想不开的人，从现在开始，再也不想他了，好好过咱的日子，不能叫恁大奶奶为我生气，也不能叫那么多好心人为咱操心了。"

潘忠地想，这招可能管用了，她以前可从来没说过这样的话。

潘秀菊说话算话，从那往后，她总算是回过神来了，不仅愁眉苦脸的样子逐渐消失了，有时候还主动地跟张发树他们说句笑话，回到家里也有说有笑。老太太看到这情况，才算是一块石头落了地。

自从"三夏"大忙结束，很长一段时间工作组的同志都没大来，有时来了也是当天就回去，不住。听说，公社机关干部集合起来，一连几天集中学文件，念报纸。领导人也都参加，很少到下边跑了。

公社领导人事又发生了变化。社教工作组都撤回来了，阴法同书记没再回公社工作，直接留县里担任了农办主任。魏鹏程担任了党委书记，原副社长陈兴胜接替他担任了社长。这天魏书记和江秘书来了，和以往来时不一样，没有在坡里转，而是直接骑着车子到了大队办公室。办公室里只有李向河在，他让李向河去把潘士金、展明尧和潘忠地找来，说是有事商量。李向河通知到他三人以后，就没再回办公室，他认为，魏书记只让叫书记和副书记来，自己只是个支部委员，在场不好。

魏书记问了问当前的生产情况，然后从包里拿出本小册子，交给潘忠地，说："这是几个月前发表的长篇通讯，《县委书记的榜样——焦裕禄》，还有《人民日报》配发的社论，《向毛泽东同志的好学生——焦裕禄同志学习》，现在出单行本了，你们学习过吗？"

潘忠地说："报纸来到我就看了，事迹太感人了，读着都想流泪。"

魏书记说："是呀，焦裕禄同志是县委书记，可他身上体现的那种精神，值得我们所有党员、干部学习。你们党支部要组织大家坐下来好好学学。”

潘士金说：“行，支部成员先学，然后再组织全体党员学。忠地，到时候你给大家念。”

魏书记说：“最近报纸陆续发表了一些重要文章，你们都要注意认真看看。但是，重点是学习焦裕禄同志的事迹，发扬艰苦奋斗的精神，坚持群众路线，切实把大队的工作搞好。”

潘忠地说：“我看到不少文章是关于学习焦裕禄的，再就是‘文化大革命’的，还有批判《海瑞罢官》《燕山夜话》等，登在报纸上的位置都很显要。这‘文化大革命’到底是怎么回事？”

展明尧说：“我也看了几篇，不过，有些内容咱弄不懂。我怎么觉着好像是又要搞运动了，这样的事涉及不到农村吧？”

魏书记说：“前些时我到县里开会，县委传达了中央《五一六通知》，党中央是要发动‘文化大革命’。总的看这次运动是社会主义教育运动的继续，重点还是解决两种思想、两条道路、两种路线的问题。但是，具体怎么搞法，我们心里也没个数。所以这一段公社机关干部也集中学习，目的是让大家及时领会中央的精神，紧跟部署，避免在运动中犯错误。至于农村搞不搞，现在还说不清楚。不过你们要记住，不论来什么运动，一是要加强学习，除了注意学习报纸上的重要文章，再就是毛主席著作。书店里最近进来部分单行本，像《为人民服务》《纪念白求恩》《愚公移山》，你们买几本来，好好读一读。二是要坚持抓好生产，不管这运动那运动，在农村就要落脚到促进农业生产上，一定要争取逐年增产，彻底改变落后面貌，不断提高群众的生活水平。”

江秘书说：“最近魏书记多次给我讲这个观点，今天来也是为了交代你们，如果下一步运动波及农村，你们一定要记住魏书记的话，千万别影响了生产。汶水滩是魏书记亲自抓的点，你们要是生产下降了，那就辜负了领导的关心爱护。”

潘士金说："请领导放心，这几年我们在工作组的帮助下，生产刚刚有了些起色，社员们的口粮也提高了不少，无论如何也不能再回到前几年的样子，让群众再饿肚子。"

魏书记他们走了后，潘士金安排："忠地你中午通知一下，下午咱就开支部会，晚上再开全体党员会，组织大家学习。这方面的事你多考虑，我和恁明尧叔还得抓生产。"

展明尧说："不仅党支部、党员的学习要抓，团员、青年的学习也要抓起来。"

潘忠地说："我抓可以，就是试验队的事有些顾不过来了，是不是把那边的队长明确了，我老兼着不好，时间长了会误事儿。"

展明尧说："也倒是，你觉得谁干合适？"

潘忠地说："我考虑有两个人选，一个是长友，他对试验队的事很熟，工作也认真，就是组织能力弱一些。再就是忠国哥，这多半年他也改了不少，能和大伙一样铺下身子干了。"

潘士金说："还是叫忠国当这个队长吧，毕竟放他这么长时间了，也该适当安置一下。他只要接受了教训，认真抓，还是能干好的。"

展明尧说："恐怕支部会上通不过，原来那几件事不说，后来又出了忠地的人民来信，大家都认为是他弄的。这个人忒不厚道，毛病改不了。"

潘士金说："那件事是冤枉他了。我问过公社纪检委员老栗，他说，不像是忠国写的，从字体上就能看出来。另外，用的是县煤矿上的公用信封和稿纸。我当时就琢磨，很可能是向东那孩子捣鼓的。"

展明尧说："李向东？这熊孩子一步登天了，还能干这种事？"

潘忠地没再吱声，他万万没有想到，李向东会对他这样。真是"人心隔肚皮"呀，从小光屁股的伙伴，还是多年的老同学，见了面都是挺好的，怎么背后干这种事呢？

潘士金看到他沉思的样子，说："忠地你也别当回事，当时的情况我和恁明尧叔都向魏书记和柳书记汇报清楚了，他们也都认为主要责任不在你，要不就不会提拔你当副书记了。至于向东为什么写这封信，我估摸着就是看着你进步快，有些嫉妒。”

展明尧想，当年多数人同意让潘忠地去煤矿，潘忠地高姿态，主动让他去了，如今却办这种事，真是恩将仇报。于是气乎乎地说：“李向东再这么胡来，咱就到矿上找他领导说说。”

潘士金说：“别管他，他又不经常回来，影响不了咱的事。”

潘忠地却说：“也不一定就是他写的。就算真是他写的，人家反映的问题也对。再说了，他在那里干得挺好，咱千万别给他找麻烦，耽误他进步。”

展明尧吸了两口烟，说：“那试验队队长就让忠国干？”

潘士金说：“叫他干吧，定下来以后咱两个找他好好谈谈，让他真正从正面接受教训。忠地，到支部会上你先提出来。”

潘忠地说：“可以。我还考虑，如果让他当队长，是不是明确长友当会计，现在他就是记工员，有些账目也是他管着。这几年试验队的现金、财务账不算少，该有个正式会计。”

展明尧说：“好啊，长友当会计，对忠国也是个制约。”

潘士金说：“这个想法好，就按这个意见提交支部会研究吧。”

全大队的学习活动抓起来了，除了党支部、团支部集中搞了几次学习，在一次团支部会议上，潘忠地提出，各团小组长下坡要带上学习材料，利用劳动休息的空间，给大伙念念，让全体社员都听听。这么一来，生产队长们也很支持。

这天下午，县长杨森林和公社的魏书记、王站长一块来了。在田间看到一些干活的，还发现有一伙人在地头休息，正听一个年轻人念《愚公移山》，都感到很新鲜。潘士金和展明尧迎到他们，领他们去了大队办公室。杨县长进屋就说：“在路上看到，有的生产队利用休息时间还组织社员学习哩！”

潘士金说："团支部抓的，忠地安排各团小组都这样组织。"

杨县长说："噢，潘忠地，就是当年农校下马回村的那个青年？当团支部书记了？"

潘士金说："已经是党支部副书记了，还兼着团支部书记。"

杨县长说："他干什么去了？把他叫来，见见面。"

潘士金说："他在西坡地瓜地里拔草，差人喊他去了。当年您就嘱咐我们要注意培养他，这孩子还真不错，进步挺快。"

杨县长笑了笑，说："是呀，那时我就发现这是个好苗子。对了，当时士金同志还是三队的队长，明尧同志是大队会计吧？你们两个是一块提拔的，都干得很有成绩呀！"

展明尧说："杨县长干得更好，那时候您还是俺公社的书记，后来当了副县长，现在是县长了，全县的一切大事都归您掌管哩。"

杨县长说："可别这么讲，党是领导一切的，大事还得县委决定，我只是主持县政府的工作。"

正说着潘忠地进来了，杨县长站起来和他握手，潘忠地激动得不知说什么好，赶紧让杨县长坐下，接着端起茶壶，给大家倒水。

魏书记说："杨县长很忙，因为明天有省里的领导要到汶水滩来视察工作，他是专门来安排一下。有些需要准备的事情请杨县长讲讲。"

杨县长说："是这样的，省农业厅的陈厅长今天到咱县来了，上午给他汇报工作时，他提出明天要到恁大队来看看。因为下午孙书记陪他去看化肥厂的筹建情况了，孙书记让我先来通知恁一声。他来到后除了到田间看看生产，还要听听你们的汇报，士金同志，你要准备个汇报材料，到时候就是不照稿子念，也要讲得条理些。"

展明尧说："俺村里可从没来过这么大的官，他怎么知道俺汶水滩了？"

魏书记说："他当然不会知道，一定是杨县长推荐的。"

杨县长说："那倒不是。恁不记得去年地区农业局来过两个同志搞调研了吗，他们回去后把恁的情况写了个材料，报给了省农业厅。那个材料也给县里了，我看过，总结得不错，把你们试验施用磷肥，推广良种，尤其是翻土压沙改良土壤的经验，都反映出来了。陈厅长对那个材料印象很深，上午孙书记汇报到今年秋种要在全县大力推广施用磷肥时，他就说起那个材料，问到你们汶水滩，我给他简要说了说你们的情况，他当即决定明天一定来看看，并且说争取能在这里住几天。”

王站长说：“住没问题，工作组那边有现成的床铺，就是被褥都是我们自己的，时间长了不太干净。”

杨县长说：“我已经安排县政府办公室田主任了，让他找县招待所，傍晚送几套新被褥来。”

魏书记说：“他们几个人？要住多长时间？”

杨县长说：“住几天没说，估计不会长，也就三天两天的。他们就三个人，还有陈厅长的秘书小周和司机。另外，如果孙书记不陪他住，我就得住这里。老魏你也得陪着。”

魏书记说：“我一定全程陪，还有王站长，他情况比较熟悉，也靠上。”

潘士金一直考虑着汇报的事，觉得有些怵头，说：“杨县长，明天叫忠地汇报吧，材料得他写，到时候念起来顺溜，要是我念吭吭哧哧的，多不好！”

魏书记接过话，说：“那不行，材料可以让忠地写，汇报还得是你的。”

杨县长跟上说：“你是书记，应该你汇报，那样也显得对领导尊重。搞个材料你提前看看，是为了心中有数，特别是一些数字，别临时想不起来。其实谈起来不要用材料，怎么干的就怎么说，和拉家常似的，随便一些更好。”

潘忠地问：“都写些什么内容呀？这种材料我可从来没写过，是不是请王站长帮我们写写。”说完看着王站长。

王站长说：“我也没写过，要论文字水平，我还不如你哩。”

杨县长说：“这类东西好写，也不用太长了，就弄个提纲似的。一是大队的基本情况，总户数，总人口，多少党、团员，还有近两年的产量情况，包括亩产、总产；再就是对国家的贡献和社员分配，要体现出逐年增长的情况。二是当前的生产和今年的总体形势，要把秋季的增产措施和秋种的准备工作都说说。三是明后年的一些打算，主要谈谈指标，可以简单些。”

魏书记说：“还要给各生产队部署一下，出工的劳力要多，各项农活安排好，干活的质量也要注意。另外，村里街道的卫生要打扫打扫，别到处都脏乎乎的。”

展明尧说：“要不要让学校放几天假，叫孩子们都下地，显得出工的人多。”

杨县长说：“别影响孩子们上课，小孩子又干不了什么活，就是凑个热闹，领导一看就烦。农活该怎么干就怎么干，卫生可以简单整理一下，劳力集中的地方也可以插杆红旗，显得有生气。一定注意，必要的形式可以要，但千万不能搞形式主义。”

潘忠地说：“这段时间我们组织团员、青年利用田间休息的时候学习，是不是停下来？”

杨县长一听高兴地说：“这事很好呀，不仅不要停，还要组织得更好。这又是一条好经验，领导看了一定满意。”

潘士金说：“这样吧，您先喝水，我和明尧抓紧去下通知，立即开个队长会。忠地，你也赶紧去写材料吧，写出来晚上我还得看看。”

杨县长说：“你们开会吧，我和老魏回去，今天我住在公社，明天上午陪陈厅长一块来。”

魏书记说：“王站长你别回去了，住下帮他们安排安排。”

王站长答应着，起身一起送他们二人走。

晚上杨县长和孙书记通了电话。因为地委召开县委书记会议，孙书记不能陪陈厅长来了，让杨县长一定陪好。杨县长当即与公社的领导们商量，明天魏书记提前去汶水滩，再看看准备情况，直接在那里等着。陈厅长来到后，由社长陈兴胜和副书记柳新水接待，在办公室喝点水就去汶水滩。

第二天一早，魏书记叫着许干事来了。田间浇水、锄地的，村头积肥的，男女社员们都在生产队干部带领下，干得热火朝天。他两个和遇上的人们打着招呼，有人问厅长什么时候到，魏书记说上午就来。又有人拉住许干事，悄声问，厅长是多大的官，比县长还大吗？许干事解释，比县长大多了，论级别与地区专员是一样的。问的人听了惊讶不已。进了村，到处都干干净净，有的街道还洒了水，给人一种清新的感觉。来到大队办公室，李光恩和李向河还在打扫院子。魏书记放下自行车，问："他们几个去哪儿了？"

李光恩说："我们分了下工，明尧、忠地和发树去检查各队的生产了，王站长和士金、秀菊先在工作组那边拾掇拾掇，一会就过来。"回头又对李向河说，"向河，你去工作组喊喊他们。"

许干事说："恁赶紧忙吧，我去，要是没完我也帮帮忙。"

许干事到了工作组，王站长说："永和你怎么这么早就来了，杨县长和魏书记呢？"

许干事说："杨县长在公社等着陈厅长。县里孙书记不来了。杨县长要陪着一块来，我和魏书记先来的。魏书记让我也来住下，说是厅长在这里住几天，安全保卫的事要弄好。"

潘士金说："还是魏书记考虑周到，这么大的领导住咱这里，可不能出什么岔子。这样吧，让发树靠上，要不晚上安排几个基干民兵值值勤。"

许干事说："你们忙别的吧，这件事好办，过会儿我和发树具体商量商量。"

潘秀菊正在铺床，许干事问："哟，这是从哪里弄来的铺盖，还都是三表新？"

王站长说："昨天傍晚县招待所的人送来五套，正好把咱用的全部替换下来。"

许干事说：“咱这些被褥放哪里？”

王站长说：“放大队办公室去，咱俩得住那里，这里让省里的他三个，还有杨县长和魏书记他们住。”

许干事说：“魏书记还在大队办公室等着，咱过去吧。”

潘秀菊说：“恁顺便把换下的铺盖捎着吧，我还得把锅碗瓢盆的都用碱水刷一遍，完了我就锁上门。”

潘士金突然想起了什么，说：“还有件大事哩，他们住下吃饭怎么办？恁这一段又没来住，我看着这里就剩点白面和面条，菜是一点没有。”

王站长说：“就是啊，走，给魏书记说说，不行得安排人赶紧到集市上去买。”

魏书记在大队办公室正和李光恩、李向河说话，潘士金进来就说：“昨天下午您走了后，我们接着开了个队长会，大家一听说来这么大的领导，都很重视，回去立即动起来了，天黑前就把全村的街道打扫了一遍。忠地也把材料写好了，昨天晚上就给了我，您看看行不？”说着从口袋里掏出几张纸交给魏书记。

魏书记接过去，粗略看了看，说：“挺好，比较全面，就是明年的增产措施，到时候你还得多说几句。另外，这种汇报是座谈的形式，他很可能边听边问，问到什么你就实事求是地回答就行。让明尧和忠地也参加，万一你说不上来的他们可以插话。还有王站长，这里的情况你也熟，特别是问到农业技术方面的事情，你可以说。”

潘士金说：“要是这样我就放心了。您不知道，我一夜都没睡好觉，老是担心别汇报砸了，给您和杨县长丢脸。”

魏书记说：“没事，我昨天晚上也把全公社的一些数字又翻了翻，虽然没说让汇报公社的工作，说不定他问上一句，我也不能瞎蒙。”

潘士金说：“还有件事，他们住下吃饭怎么办？要是在工作组那边吃，得抓紧去买点菜。”

魏书记说："要两手准备，如果他们同意在工作组吃最好。许干事你回去一趟，到公社食堂带点菜和干粮来，缺的再到集市上买。陈厅长要提出到农户家去吃，你们就要考虑谁家合适，提前给人家说一声。一定选户贫下中农，还得是思想进步的，家里比较利索的。"

潘士金想了想，说："那就定光恩叔家吧，贫协主任，家中人少，大婶子做饭也在行。让向河跟许干事去吧，该买的东西多买点。"回头对李向河说，"向河，你带上钱，跟着许干事一块去。"

李光恩在一旁说："那我这就回家准备准备，也得扫扫院子。"

魏书记说："好啊，就这样吧。光恩同志，饭菜你先别做，还不知道陈厅长是什么想法，他们来了再定。走，咱到坡里转转，看看农活安排得怎么样。"

受表扬

没白没黑地忙活了四五天，陈厅长他们总算走了。

这几天里，社员们早出工，晚收工，一早一晚还要各自清扫门口街道。生产队干部们不仅要起早睡晚吆喝社员，还要和大伙一起参加劳动。大队干部们分了工，潘士金、展明尧和潘忠地一直靠在陈厅长那里，跟随活动。李光恩、李向河在大队办公室值班，应付杂事。张发树白天休息，没事也待在办公室，他的主要任务在晚上，要彻夜带着几个民兵站岗巡逻，既保证厅长的安全，又要保证村里的治安不能出任何问题。陈厅长同意在工作组吃饭，就由潘秀菊负责做饭。潘秀菊担心一个人忙不过来，许干事主动提出给她打打下手。其实最紧张的还是潘忠地，从陈厅长来到的当天晚上，就安排他写个总结材料，走的时候要带着，白天晚上不停工，先后改了三遍，才算是交了差。

如果说以往潘忠地在杨县长、魏书记及工作组的同志们面前，是从内心里尊敬，这次和陈厅长接触几天，对人家简直是佩服得五体投地了。尽管比别人都累了些，但是，他实实在在地感到受益良多。

那天上午，陈厅长他们坐的吉普车是十点多到的。来到试验田南边，杨县长看到魏书记带领着潘士金他几个在路边等候，就招呼司机停车，下车后一一作了介绍。魏书记说，先到村里喝杯水休息休息吧。陈厅长说，刚在公社喝了，不渴，直接到坡里转转看看。进了试验田，潘忠国迎上来，潘士金说这是我们试验队队长。陈厅长边看边问，这几年你们都搞了些什么试验？潘忠国说，我这个队长才干了几天，原来是忠地兼着，让他汇报吧。潘士金回头说："忠地，你到前边来，给领导汇报汇报试验队的工作。"潘忠地本来在后面跟着，听到叫声，来到陈厅长跟前，边走边把这几年搞试验的情况详细作了介绍，陈厅长听了很满意。

这期间魏书记在后面问杨县长，吃饭是安排在户家还是工作组？杨县长说，在公社我问了，陈厅长说，别搞那些形式主义，在贫下中农家里吃顿饭就算是联系群众了？咱一去这么多人，只能是给人家增添麻烦，村里有工作组，平常工作组的同志怎么吃咱就怎么吃。魏书记说，村里他们还不知道，那得抓紧回去人说一声，让他们准备。杨县长说，起身前我看到了许干事，给他交代了，估计他们快回来了。王站长说，刚才我看到许干事和向河回村了，潘秀菊在工作组等着哩。

展明尧带着司机，把车开到了大队办公室院子里。村里人还没见过吉普车，有些在村头积肥的社员和一些孩子就跟过来围着看，张发树跑过来咋呼："都快点干活去，就是辆小汽车有什么看头？以后咱也买几辆，都叫恁坐坐。"不让别人看，他却趴到窗子上往里瞧。人们笑话张发树吹牛，纷纷走了。

陈厅长他们又在南坡看了几方地，杨县长说："厅长，咱下午再看吧，回村休息一会儿就该吃午饭了。"

陈厅长兴致很高，说："那好，下午把汶水滩大队的所有地块都转一圈。"

到了下午，潘士金他几个去了工作组，陈厅长午休刚起来，周秘书给他泡了杯茶。都坐下后，杨县长说："厅长，是不是让士金同志把大队的全面情况汇报汇报？"潘士金听到这话，立即掏出了那几页材料。

陈厅长说："不用正式汇报了，看的过程就可以随便谈谈。另外，明后天要参加劳动，还可以边干活边和群众扯扯。”看到潘士金拿出的材料又要装进口袋，又说，“还有准备的材料呀，拿过来，我抽空看看，这样就更不用汇报了。”

潘士金站起来，周秘书过去接过材料，交给陈厅长。

来到西坡时，杨县长说原来这片地全是沙地，没有一眼井，经过这几年的改造，全都变成了良田，庄稼也快赶上南坡的了。陈厅长问怎么改造的，总面积是多少，上阵多少劳力，当时干部、社员是些什么态度，干了多长时间，改造前后的产量变化，一条一条，问得非常详细。到了河堤上，他指着河滩上的树林，问这片林是什么时候造的，有多少面积，多少棵树。潘士金一一回答，他听了后说：“了不起，有了这片林子就能把河里的沙封住了。还有你们田间道路上的树，规划得也不错，基本实现了林网化，这样一来，不仅起到了防风的作用，还等于建了个绿色银行，每年都在生钱呀！”

从河边回来，日头还老高，潘士金提议再到干渠东看看。到了后潘士金介绍，这片耕地土质很好，可原来没有桥，耕作不方便，收成一直很差，在县水利局的帮助下，去年春天建起了这座生产桥，又打了八眼井，这才逐渐好起来。回到桥上时，陈厅长问：“水利部门怎么帮助你们的？”

潘士金说：“我们组织人去开山打石，水利局给我们解决了钢钎、炸药，还解决了一部分建桥用的水泥。另外，建桥时来了位技术员，帮我们设计，并一直住在这里进行技术指导。”

陈厅长听了点了点头。

吃晚饭时，陈厅长说：“老魏，你们这个点抓得不错。你一直带着人住在这里？”

魏书记赶紧解释：“哪里，原来是杨县长抓的点，翻土压沙、植树造林就是那时搞的。另外，这两年我也只是挂个名，偶尔住个一两天，倒是其他几个同志靠得比较紧。”

陈厅长说：“怪不得老杨情况这么熟，原来是你的老根据地呀！”

王站长说："当年杨书记和现在魏书记都抓得很紧，经常来，具体工作都是他们帮助村里研究定的，我们几个就是和支部一块抓抓落实。"

陈厅长说："很好，培养出这么个典型，一定是大家齐心协力，坚持一个目标，连续多年努力的结果。"

饭后，陈厅长翻了翻那几页材料，还没放下，潘士金他们三个就来了。陈厅长问："士金同志，这个汇报提纲是你写的还是大队会计写的？"

潘士金说："我可没那个本事，会计写材料也不行，是忠地写的。"

陈厅长看完材料，说："挺好，内容比较全面，也很有条理。这字写得真漂亮，周秘书，你看看，比你那字都秀气。农村有人才呀！"接着又问潘忠地什么学校毕业的，回村几年了。没等潘忠地回答，魏书记就把当年农校下马的情况说了说。

大家吸烟、喝水，发现陈厅长好像思考着什么，就没人再说话。过了一会儿，陈厅长说："今天看了大半天，田间所有作物都长势很好，一派丰收景象。你们也介绍了不少情况，我非常高兴，汶水滩的确是一个'学大寨'的好典型。毛主席、党中央号召全国农业学大寨，你们落实到行动上了。你们去大寨参观过吗？"

杨县长说："他们都没去过，我去了，是地委组织去的。我们准备秋后组织公社党委书记去一趟。"

陈厅长说："应该去，实地参观能增强感性认识。要取到真经，学习大寨艰苦创业的精神。其实你们这几年做的，就充分体现了这一点。"他喝了口水，接着说，"忠地同志，我交给你个任务，你把你们大队这几年的工作好好总结一下，写出个经验性的材料。我虽然才待了大半天，感到你们的工作成绩很突出，创造了一些好经验。首先是思想政治工作抓得好，这几年干这么多大事，干部群众的思想不统一是干不成的。群众的思想工作不是靠一两个会就能解决的，关键是坚持经常性教育，我看到有些社员在干活休息时还凑到一块学习，这种做法非常好。其次，就是相信和依靠群众，充分发动群众，像翻土压沙改良土壤，上阵那么多劳力，坚持那么长时间，足以证明，只要把群众动员起来，什么困难都能克服，什么奇迹都能创造出来。另外，你们研究落实了一些好的政策措施，像发展养猪，积造土杂肥，都是靠政策调动了群众的积极性。还有，坚持科学种田，不断推广优良品种和先进的耕作技术。再就是加强领导班子建设，发挥党、团员的带动作用，这是把工作搞上去的关键。总起来讲，你们发扬了自力更生、艰苦奋斗、不怕困难、奋发图强的精神，这就是响应了'农业学大寨'的号召。"

潘忠地早已拿出小本子认真记着。杨县长说："怎么样忠地，厅长已经把提纲给你列出来了，没问题吧？"

潘忠地说："我试试吧。"

陈厅长说："我包里有几份关于学大寨的典型材料，周秘书去拿出来，让忠地同志带着参考参考。"

潘忠地当天晚上先认真翻阅了那几份材料，又根据陈厅长讲的那几个方面，大体列了个提纲才睡觉。第二天一早，到大队办公室给李向河说了说，就把自己关在里间屋写了起来。到了饭时，李向河喊他回家吃饭，他说不回去了，让李向河给他捎几个煎饼来。李向河饭后给他拿来几个煎饼两块咸菜，他吃完喝杯开水，接着再写。就这样，三顿饭没回家，一直弄到点灯，总算是结了尾。接着看了一遍，个别字句改了改，就去了工作组。

陈厅长正和几个人说话，看到潘忠地拿着十几页材料进来了，说："呵，这么快呀，一天的工夫就写出来了！"

潘忠地说："刚完成个初稿，也没誊清，想请您看了以后再修改。"

陈厅长说："小周，你先看看。恁两个到那边屋里去，一块商量商量。"

两个人去了东边那间厅长住的屋，周秘书认真看了看，说："先别改了，还是让厅长看了听听他的意见再说吧。"

回到堂屋，周秘书说了说意思，把材料交给了陈厅长。陈厅长看得很快，一会儿就看完了，然后把他两个叫到跟前，说："总体路子可以，就是内容有些空了。这样的材料不能只简单地讲些道理，重点是要写具体做法。有些理论性的东西不用多说，用事实说话，把做法讲清楚了，读者自会明白。另外，要多用些群众语言。昨天是谁说的来？杨县长吧，说是在翻土压沙动员大会上，有位发言的虽然只讲了几句话，但劲头很足，其中有句是'说干就干，明天就动手，带上双套家伙'，我还问什么双套家伙，说就是指的大镢和铁锨。像这样的话，听一遍就记住了，原汁原味写进去，多生动呀。平时只要留心，就能积累不少这样的语言。不论正面的反面的，不要把老百姓的话变成书生的话，那样文字就平沓沓的没点活泼意思了。忠地，是不是你再好好充实一下，然后再叫周秘书帮你改改。"

潘忠地说："行，我这就回去改。"

潘忠地出门后，陈厅长说："没想到能写出这个样子，这个年轻人思路很清楚，平时也一定注意学习，不错。"

家里李春莲和石榴正一人一边抱着磨棍在推磨，娘在旁边"哐当哐当"箩面。石榴说："嫂子，你知道我最不愿意干什么吗？"

"什么呀，割草？"李春莲明明知道她指的什么，故意朝别的方面说。

"不是。"

"烧锅？"

"也不是。"

"那就是做作业了？"

"咳，更不是！我就是不愿意推磨。"

李春莲笑了笑，说："那你别推了，去歇歇早睡觉，明天还得起早上学。用不大会儿就完了，我自己推吧。"

"可不行，你在坡里干了一天活，多累呀！"

"我不累，整天这样习惯了。"

"你累不累是小事，不能累着俺小侄子。"

“傻妮子，你怎么知道的？他在我肚子里才几个月，怎么就累着他了。”

“那天咱娘跟大婶子说你怀上了，我在一旁听到的。”正说着潘忠地进了门，李春莲说：“好了，恁哥哥回来了，叫他替你推。”

“不行，我得赶紧写材料，陈厅长等着要。”潘忠地说着去了西屋。

忠地娘说：“行了，下净磨上的那点都歇着吧，明天再推。”

潘忠地进屋就埋头沉浸在材料中。李春莲进来说：“昨天就熬了大半夜，今天还熬啊！”

潘忠地说：“没事，按刚才陈厅长说的改一遍，差不多得重写。”抬起头看了看李春莲，又说，“你也得注意休息，孩子都两三个月了，别强撑。”

“我这身子不要紧。有些人怀孕后不能吃这，不能吃那，还吐得厉害，我是跟平常一样，一点反应没有，都说我身体棒。这段时间我也注意了，和原来同样干活没感到怎么累。”李春莲说着铺开被子躺下了。

鸡叫了，李春莲翻了个身，说：“天都快亮了，还不睡一瞬儿，不会明天再写啊！”

潘忠地说：“快完了，有些地方得誊誊，睡你的吧。”

已经大天亮明，李春莲起床了，潘忠地起身打了个哈欠，说：“我得睡一会儿了，吃早饭时喊喊我。”

吃完早饭，潘忠地急慌慌去了工作组。陈厅长说：“小周，上午你别下地了，恁两个在家里改材料吧，我中午回来再看。”

杨县长说：“厅长，你不是明天就得回去吗？今天别再参加劳动了，在家里看看材料，也休息一下。”

陈厅长说：“再干一上午，下午请大队支部的同志都过来，咱一块座谈座谈。”

魏书记让潘士金早点下通知，大伙儿别缺席。

他们下地了，周秘书坐在八仙桌旁边，字斟句酌，认认真真地改了大半上午，潘忠地不住地给他倒水、点烟。改完后他交给潘忠地，说：“你再看一遍，我改动了些地方，不行咱再商量。”

潘忠地接过去，特别是修改的一些地方，仔细揣摩，边看边想：还就是人家水平高！看完以后说：“太好了，这样更充实，比原来那样也顺畅多了，我抓紧誊誊。”

周秘书说：“先别誊，厅长看了一定还有改动，他改完再誊。”

“陈厅长原来是干什么的？对文字材料很在行啊。”

“厅长对材料要求可严格了。他就是做文字工作出身，原先当教师，后来在县委办公室干秘书，当过办公室主任、县委书记，再后来又当过地委秘书长、地委副书记、专员，两年前调到农业厅当厅长。”

“怪不得，对基层的情况也这么熟悉。”

许干事和潘秀菊在一旁忙活做饭，一直没掺和他们的事，这时听到他两个说闲话了，许干事凑过来说：“那是当然，这么大的领导，一定是多面手，干什么都得有一套。”

周秘书说：“也不尽然。接触过一些领导，有的政治水平很高，工作能力也挺强，文字材料却一窍不通。像陈厅长这样的不是很多。”

正说着，陈厅长他们回来了。周秘书赶紧给厅长倒洗脸水，许干事忙着泡茶。陈厅长擦了把脸，周秘书把材料递给他，说：“我们改了一遍，您看看，定了稿再让忠地同志誊。”

潘秀菊问：“菜已经炒好了，现在是不是烧锅下面条？”

陈厅长说：“等一会儿，我改完材料再吃饭。”说着给周秘书要过钢笔。周秘书站在一旁，潘忠地也偎过来。陈厅长先粗略看了看，然后才从头改，不仅文字，连一个标点符号也不放过，还边改边解释，为什么这样改。周秘书不住地点头，潘忠地更是从心里服气。

改完后，陈厅长说：“忠地同志，你再受受累，誊清一份给我，底稿你留着，杨县长如果要你再多誊一份。”

潘忠地说："我回去吃了饭就誊，半下午就差不多。"

魏书记说："忠地，能不能晚上誊？别耽误厅长带着就行。下午最好来参加会，一块听听厅长给我们的重要指示。"

潘忠地说："没问题，下午我来参加。"

下午的会议，主要是陈厅长讲了。他充分肯定汶水滩的工作，同时介绍了不少外地的好做法，对下步工作也提出了几点具体要求。他说，今年秋种你们还可以再引进个小麦品种。这几年胶东大面积种植的"油包"很不错，秸秆矮，抗倒伏，穗头整齐，增产潜力大。我给你们写封信，栖阳县的县长原来跟我当过秘书，去找找他，调一些来。如果在你们这里表现好，明年就可以大面积种了。

魏书记在一边交代王站长："厅长写了信你负责收好，过两天抓紧去联系。"

陈厅长还又交代了个具体任务，他说，县里和公社要帮助汶水滩大队搞出个远景规划，五年的，十年的，二十年的，特别是五年和十年的，内容要具体。村庄建设，按社会主义新农村的设想，将建成什么样子；粮食产量，以及油料、蔬菜，达到多少；畜牧养殖，尤其是养猪业，发展到多少头；林业不要只栽用材树，还要发展部分果树；再就是社员的收入分配，都要定出个实实在在的奋斗目标。搞这么个规划，既是为了一年年、一届届按这个方向干下去，也是为了鼓舞群众的士气。因此，要让全体党员、干部参与讨论，还要让广大社员都了解。为了群众便于接受，不能只写成文字，最好搞些图片，弄成展板，挂到办公室里，组织社员来看，给大家详细讲解。并且说，以后这里也是他的联系点了，说他争取每年来一两趟，如果有机会，再来时就多住几天。

杨县长、魏书记点头称是，支部里有几个人几乎听得一头雾水。

散会后，他又个别对杨县长说："那天下午我去看了看你们化肥厂的厂址，听了几个同志关于筹备情况的介绍，可能最大的困难是资金不足。这几天我琢磨，是不是发动全县群众集点资，如果平均每户集到一两块钱，就是一笔不小的数目。厂子建成后，再逐年归还老百姓。”

杨县长说：“这个办法好，我回去就向孙书记汇报，尽快落实。”

魏书记在一旁听了，说：“就是不归还老百姓也不会有意见，建成自己的化肥厂，今后农业增产就有把握了，人人都受益。”

陈厅长说：“也不要平均分摊，有条件的户多拿点，困难户可以少拿或不拿。另外，大队、生产队集体条件好的，也可以代替群众拿。”

杨县长说：“我们一定认真研究，制定个具体实施办法。”

送走陈厅长，杨县长、魏书记和大队的同志们商量下步工作。杨县长说：“你们要开个党员和生产队干部会，把陈厅长这几天讲的意见好好给大家说说，并让各生产队传达给社员，让群众清楚这是领导对我们的关心。今后的工作要下决心干得更好，不能辜负了领导的希望。以后汶水滩不只是公社的点，要作为县里的点，陈厅长的点，创造出更多更好的经验。”

魏书记说：“听到了吗？杨县长又要亲自抓你们大队了。”

杨县长说：“现在还不能这样说，我得和孙书记商量一下，厅长都提出作为他的点了，县里不能不挂个号。孙书记要是同意来，那更好，如果他不挂帅，我就经常往这儿跑跑。为主的还是公社工作组。”

潘士金说：“您整天那么多工作，只要每年抽空来一两趟我们就很高兴。您和陈厅长住这几天，社员们劲头可足了。照您说的，今天晚上我们就开会。”

杨县长说：“关于搞规划的事，你们支部要坐下来好好讨论讨论，先拿出个初步方案。规划目标既要鼓舞人心，又要切实可行，指标定低了不行，太高了无法实现也不行。就像摘桃子，不能是站在地上不费劲就摘下来，要跳一跳或是跷跷脚才能够得着。要通过努力，到时候能够实现。”

潘士金说：“这事可不好弄，以往咱都是闷着头子干，只要一年比一年好就知足了，哪里有什么规划。别说十年二十年的，就是五年的也不好琢磨。陈厅长还说让搞成什么‘板’，咱都从来没听说过。忠地，你觉得能搞不？”

潘忠地说：“可不行，我也没弄过，不知道学校的宫老师怎么样，可以叫他帮帮忙。”

展明尧说：“宫老师写个毛笔字还可以，弄这个恐怕不中用。”

杨县长说：“你们先商量规划指标，拿出来后让魏书记他们帮恁研究，到时候我来一趟，咱再一块定。搞展板的事是有难度，这样吧，我回去安排让县文化馆来几个同志，他们写写画画的有人才，去年搞了个全县农业成就展览就不错。”

潘士金说：“那太好了，他们来了吃住我们都包下来。”

杨县长又对魏书记说：“老魏，联系麦种的事要不要让县农业局的同志去？”

魏书记对这个问题早已考虑好了。如果这个品种适宜在全县推广，一两年内就需要大量繁育种子。小麦育种不像玉米，育种的过程就能增产，再作为种子往外调剂，一般是一百三十斤至一百五十斤普通小麦换一百斤麦种，那又能增加不少粮食。再有个把月就秋种了，这个时候去联系种子，尽管有厅长的信，人家也不会有多少多余的储备，能给个万儿八千斤的就不错。因此，这个事不能让县里插手。听到杨县长这么问，于是说：“不用，我想让陈社长和王站长这两天就去，粮所也去个人，通过粮食部门调换好办。我们选几个大队作为育种基地，明年就可以在全公社推开，还可以调给其他公社一部分。”

展明尧说：“叫忠地也跟着去吧，俺好多要点。”

王站长说：“那次到泰西县联系地瓜种，是因为我一个人去，叫着忠地好作个伴，这次就不用了。你放心，不论弄多少来，首先得满足咱汶水滩用的。”

杨县长说：“你们去也可以，不过老王要注意，一定要了解清楚这个品种的特性。因为还没听说咱附近这几个县有种这个品种的，胶东的气候条件和咱这里差别比较大，不知道适合不适合咱这个地区。”

王站长说：“那是，要想在全县大面积推广，起码得经过一两年的试验、示范。”

当天晚上，党支部召开了全体党员和生产队干部会，把陈厅长及杨县长这几天讲的意见全面作了传达。散会后，潘忠良却迟迟不走。展明尧说：“忠良怎么还不走，有事啊？”

潘忠良说：“刚才听士金叔说，陈厅长推荐了个小麦新品种，公社最近就去调换，运来后可得多分给俺三队点，能行我们就全种这个。”

展明尧说：“你小子就是会算计，那年往外调地瓜种，数恁三队种的夏地瓜多，得多赚了好几千斤粮食吧！”

潘忠良说：“咱那也是为兄弟单位作贡献呀！我估摸着厅长介绍的种子一定错不了，肯定能增产，所以得争取多种点。”

潘士金说：“到时候再说吧，魏书记说让粮所的同志一块去，估计咱得拉着麦子到粮所去换，还不知道能给咱多少指标。”

潘忠良走了。

过了一会儿，大队的几个人也都散了。潘忠地没有回家，直接去了潘忠良家。进门王桂兰就忙着给他倒水，潘忠地说：“嫂子你别忙了，我给大哥说句话就走。”

潘忠良让他坐下，说：“是不是麦种的事儿？”

“就是。我是觉得你先不能急着多要，还不知道王站长他们能联系到多少，就是多给咱一部分，也不可能太多。那天听魏书记的意思，可能公社要多安排几个大队种植，作为繁育种子，明年再推广。”

“我琢磨的也正是这意思，你说人家农业厅长让种的，还能不增产！要是明年朝其他大队调种子，咱又能多赚点。”

“按理说是这样，厅长介绍的不会有错，肯定是个好种子。但是，这种好事各生产队都会很积极，你领头多要，让士金叔作难。再说，一个新品种，不经过本地区试种，不能说就有把握增产。就是增产性能再好，种植的品种也不能太单一了，因为天气的情况不好预测，今年适宜这个品种，说不定明年就不如别的品种。这几年经过调整，全大队现在是两三个当家品种，这种种植方式就比较好。如果大面积种这一个品种，又摸不清它的特性，风险太大。"

"我明白了，你现在是副书记，要是单独多给咱三队，你和士金叔恁两个都不好说话，外人也会有意见，刚才明尧就说话给我听了。我当时是为了表个态度，想尽量多要点，才说是全种这个。其实就算能满足咱的要求，也不能全种它，原来留的那几样种子还都得种点。"

王桂兰在一旁插嘴："你好好听忠地兄弟的，别看他年轻，论什么也比你强。"

潘忠良说："那是当然。我听说了，这次陈厅长来，一个劲地表扬忠地。"

"别听他们胡说，厅长是表扬咱大队的工作。恁歇着吧，我得回去了。"潘忠地说着起身走了。

难产

这十来天汶水滩算是热闹起来了，整天人来人往，陆陆续续全公社所有大队都有人来了。来的人都是参观的，一是看他们的近期及远景规划展览，二是看坡里的生产情况。这是公社党委统一安排的，要求各大队都要通过参观，认真向汶水滩大队学习，尤其要抓好当前的麦田管理、春种等各项生产。

展览图片是春节前搞完的。县文化馆的三四个同志，集中弄了好几个月，经杨县长审查通过，然后固定在展板上，临近春节才送了来。开始杨县长是想让他们来汶水滩画，安排在大队办公室或工作组都可以。几个人来到一看，缺这少那，连个画案都没有，很不方便，提出把资料带着，回文化馆画。当时来的同志说需用的物料花不少钱，文化馆自身经费不多，怎么办？意思是想让大队拿点钱。杨县长当即表态：你们回去搞个预算，我给县财政局打个招呼，让他们拨点专项经费。

过了正月十五，大队的几个同志将办公室清理得干干净净，把所有展板挂到了墙上。先是组织生产队干部们看了看，接着又让各生产队组织社员们分批参观。大队会计李向河负责给大家讲解。讲解不费劲，也就是念念每幅下面的文字说明。其实大伙也很少认真听，都在观赏那一幅幅逼真的图画。

你看画的那一群群猪、马、牛、羊，鸡、鸭、鹅、兔，好像要从墙上跑下来的样子。还有小麦、玉米、谷子、大豆，白菜、萝卜，苹果、大枣……活灵活现，简直就像真的。尤其那幅新村全景图，是两张半新闻纸接起来的，一排排红瓦房鳞次栉比，街道笔直，道两旁有花有树，还有路灯，最前边像是进村的路口，一个大花池，中间还有假山。人们边看边啧啧赞叹：将来要真变成这样，还不是神仙住的地方！

后来一些来看的，李向河就不讲解了。但是，一些老人听说后陆续来了，李向河不想念也得简要作些解释，因为他们问这问那，问得还挺仔细。学校里的学生是老师们带着来的，老师指定个学生念给大家听。半个多月过去，大队院里才算清静下来。

自从春节前后，工作组的同志一直没再回来。这天魏书记和江秘书来了，在坡里找到潘士金，先去看了看新引进的小麦生长情况。清明已过去好几天了，麦子全已拔节，长势正旺。这个品种还真是表现不错，虽然个头比其他品种稍矮些，可秸秆较粗，叶片宽厚肥壮，看着煞是喜人。特别是三队那一片，足有一百多亩，满地褐绿，明显好于周围地块。魏书记问："三队怎么种了这么多？"

潘士金说："当时王站长通知我们，让拉着六千斤麦子，到粮所去换四千斤种子。我们给试验田留了二十亩地的，其余平均分给了各生产队。但是，多数生产队都没有多余的麦子了，要动用原来存的麦种，如数换来种子总数就不够用了，只有三队除留的种子外，库存还有千把斤麦子，忠良又想多要，这样，我们让各生产队都必须种点，起码不能少于十来亩，剩余的就都叫三队换来了。"

江秘书说："全公社总共才一万斤，就给了你们四千斤，其他五个大队每家才一千二百斤。"

潘士金说："我们心里有数，这是领导照顾俺，所以各队都种到了南坡最好的地块里。除了三队种得最多，还有两个生产队各种了四五十亩。"

这时展明尧、潘忠地也过来了，他们一起又到其他地块转了转，看到总的生产形势很好。麦田浇水的，地瓜插秧的，春田运肥的……到处是干活的劳力。魏书记很高兴，又问规划展览搞起来了没有。潘士金说，所有展板都挂上了，全大队男女老少基本都去看过，有些老人看了不止一遍。来到大队办公室，江秘书边看边说："还是文化馆这些人有本事，搞得真好，该让机关上和其他大队的同志来看看。"

李向河已经给他们倒上了水，魏书记坐下喝了几口水，说："眼下想开个大会都开不成了，县里中学的学生一来闹腾，公社驻地完小的学生也跟着乱了起来，整天跑到公社院里，不是贴大字报就是呼口号。近来机关上有些人也起来'造反'了，弄得啥事也没法干了。听说有的大队小学也停了课。你们这里怎么样，还稳定吧？"

潘士金说："俺大队没事，孩子们正常上课，前几天老师们还分班带着学生来看了展览。老宫工作很认真，不会胡来。"

魏书记沉默了一会儿，对江秘书说："老江，你回去拟个通知，我和党委的其他几个同志通通气，明天发下去，让各大队分别组织全体大、小队干部到汶水滩来参观一下，既要看规划展览，更要看田间生产。通知要提出几点具体要求，让各大队千万把当前生产抓好，不能误了农时。机关上的同志暂时算了，以后再组织来看吧。"

江秘书答应着。魏书记又对大队的几个人说："你们除了再进一步发动发动生产，还要分分工，搞好接待。来了参观的要有人领着，并且准备些开水，对兄弟大队的同志一定要热情。另外，新引进的小麦品种地头上插个牌子，让来的人都看看，大家心里有了数明年就好推广了。"

说完要起身走，潘士金留他们回家吃饭，江秘书说："还是回去吧，天又不晚。如果有人找魏书记，找不到又得有意见。"

走到院子里魏书记又嘱咐："你们一定要坚定一条，别管'文化大革命'怎么发展，作为基层，绝不能丢了生产。人误地一时，地误人一年，减了产我们没法对老百姓交代。”

潘士金他们连连答应。

公社通知排了顺序，每天来三五个大队，接连十多天，汶水滩每天都要接待。各村的干部们相互之间大都熟悉，见了面无话不谈。有的问潘士金：“老潘，怎么光让我们来参观，公社也不来个人招呼招呼？要是往年，早开过几个生产会了，今年开春以来一点动静也没有。长年在您村里蹲点的那几个干部呢，也不在吗？”

潘士金说：“年后他们也都没来，听说机关上正在搞‘文化大革命’，领导们大概没精力管生产了。”

有的说：“恁是没去看看，忒胡闹了，公社大院里贴满了大标语、大字报，满院子整天咋咋呼呼的，领导哪里还有心思抓生产！前天我领着俺侄子去登记结婚，费好大事才找着民政办公室的人。”

有的说：“据说县城闹腾得更厉害，一中成立了红卫兵组织，一些孩子都进驻到县委大院了。”

有的说：“再怎么闹吧，没饭吃什么也闹不成。反正闹不到咱农村，咱还是得种好庄稼，不能让大伙再饿肚子。”

潘士金说：“还真难说，不是有的大队小学也不上课了？”

就在说这话过去没几天，汶水滩学校来了个新负责人。

来的这位老师姓雷。后来人们才知道，他原来是刘集完小的少先队辅导员，是县里第一批到首都大串联的人员之一。去串联的这伙人回来后，在教育系统成立了“八一八”造反兵团，他是重要骨干。接着公社成立了“八一八”战斗队，他是队长。至于他当上县兵团的副总指挥，那是一年以后的事了。他骑着自行车驮着铺盖卷，直接来到大队办公室，正赶上党支部开会，进门先作了番自我介绍，然后说：“全国的‘文化大革命’轰轰烈烈开展起来了，多数地方都是先从学校发动的，咱县咱公社也不例外。汶水滩是公社多年的点，理应动得早一些、好一些。但是，这里的学校至今还是死水一潭。当然，这不能怪大队党支部的同志们，主要是老宫这个人不行，他出身不好，思想有问题。我们专门叫他去个别谈过，可他无动于衷。我这次来就是接替他，帮你们点点火，把汶水滩的‘文化大革命’迅速掀起高潮。”

张发树说：“点火？怎么个点法？”

他说：“点火就是发动的意思。”

张发树说：“噢，我说呢，要是随意点火那不引起火灾呀！”

他说：“看来这位同志政治水平太低了，希望大家都要好好学习，不要在运动中掉队。”

张发树还要说什么，展明尧瞪了他一眼，示意他不要再争辩下去，然后说：“雷老师，宫老师这个人教书还是不错的，调他到哪里去？”

他说：“这不是教书孬好的事儿，是路线问题。暂时不能安排他工作，先让他回家反省，以后视认识态度再作安排。”

潘士金说：“有什么事以后再说吧，明尧，你先领雷老师到学校去休息休息。”

他们刚走，潘秀菊就说：“发树你胡啰啰的什么，还引起火灾，是不是还发大水呀！”

张发树笑了笑，说：“我还能不知道他说的什么意思？我是看着这小子不地道，想戗他几句。你不记得那年宫老师来报到，提前给了咱通知，还是公社教育办公室的人送来的，他倒好，一个人屁颠屁颠地就跑来了。”

李向河说：“看来是来者不善、善者不来呀！以后咱村里也别想再平静了。”

李光恩说：“他还能怎么着？他搞他的‘文化大革命’，咱种咱的地，至多在学校乱腾乱腾，耽误孩子们念书。再说，学校里也不是他一个人，还有春才和春旺哩。他如果真胡闹，我们就到公社找领导反映反映，调走他。”

潘忠地觉得事情没这么简单，说：“从最近报纸上看，全国都在搞‘文化大革命’，咱怎么搞法公社党委也没安排。这个时候公社让他来当学校负责人，肯定领导有意图，不能和他搞僵了。”

潘士金说：“忠地说得有道理，先顺着他，看情况发展再说。不行我到公社找魏书记问问，听听他的意见。”

当天下午潘士金就去了公社，没见到魏书记，遇上了柳新水。潘士金向他汇报姓雷的去接替宫老师的事，柳新水听了有些愕然，说：“这不是党委的意见，也不是教育办公室安排的，一定是他们造反战斗队捣鼓的。要是教育办公室定的，他们会给我这个分管书记打招呼。你看，教育办公室门口都换成他们战斗队办公室的牌子了。”

潘士金说：“怎么能这样，还有没有组织纪律？”

柳新水说：“你看乱成这样子，还讲什么组织纪律！别管他，他爱怎么闹就怎么闹，你们既不要和他顶牛，也不要掺和他的事，只管抓好生产就是。”

潘士金说：“那我不再找魏书记了，你给他说一下吧。”

柳新水说：“魏书记这一段也很心焦，你回去吧，我把恁这事给他说说。”

潘士金回来给大家一说这情况，都只是摇头，没了主意。

就在姓雷的来后第三天早晨，大队办公室院门外贴出了两张大字报。第一个发现的是李向河，他一早来到办公室，看到姓雷的贴上刚走，就认真看起来。还没看完，潘忠地过来了。李向河说：“你看看，这是开始点火了。”

潘忠地仔细看了看，毛笔字写得不怎么样，但内容挺有煽动性。前半部分写的是全国‘文化大革命’的大好形势，后半部分直接提出，公社党委这些年执行了一条错误路线。汶水滩是党委多年抓的点，一定流毒很深，大队干部们受错误路线影响，只顾低头拉车，不知道抬头看路。最后敦促党支部及全体大、小队干部们，要提高觉悟，认清形势，迅速回到毛主席的革命路线一边来。号召贫下中农要立即行动起来，高举毛泽东思想伟大红旗，积极参与轰轰烈烈的‘文化大革命’。后面署名是：汶水滩小学革命师生。

潘忠地问："士金叔知道了吗？"

李向河说："还不知道，我过来的时候姓雷的领着两个学生才贴上。"

正说着张发树来了，他还没怎么看就说："恁两个还犹豫什么，趁着没干，还不赶紧撕下来！"

潘忠地说："可别，人家刚贴上，你撕下来不是惹事啊！"

张发树说："惹什么事？这是大队的院墙，不能让他们随便乱贴乱画。"

这时潘士金和大队的其他几个人都来了，接着，一伙社员也围上来看，张发树吆喝："别看了，两张破纸有什么好看的？都赶紧干活去！"

社员们散了。潘士金看了一遍没说什么，去了大队办公室。其他人跟了进来，李光恩掏出烟包递给潘士金，说："这事得想想法子，不能让他胡来。"

展明尧说："是啊，这样下去，还不知道他下一步要干什么哩！"

潘秀菊也说："他一个公办老师，还自称接替宫老师，那就是学校负责人，应该好好教书，怎么管起大队的事来了？这不是狗逮老鼠吗！"

潘士金卷起支烟，狠狠地吸着，不说话。

潘忠地说："这个人一定有来头，如果是他一个人的想法，他不敢这么办。恁没看，那上面直接点出公社党委执行了错误路线，要是没人支持他能这样说吗？我觉着还是不能主动找他，等他找上门来再说。"

潘士金说："是呀，柳书记交代不要给他顶牛，就贴两张大字报也惹不起什么事。"

这里话音刚落，姓雷的进来了，进门掏出盒烟，抽出一支给潘士金，随后又给别人分，潘士金接了。展明尧说俺吸旱烟习惯了，不吸这个，其他人也都没接。他对潘士金说："潘书记，我写了两张大字报，请你们看看，有什么意见提出来。"

潘士金说："我们刚看了，这还没商量哩。"

他说："你们商量以后如果有意见就去找我。我来还有件事，学校里要成立红卫兵组织，革命师生都要带上红卫兵袖章，请大队给我们解决点经费。"

潘士金吸了两口烟，说：“可以。不过，大队也很困难，拿不出多少钱。向河，你看看还有没有，给雷老师几块。”说着朝李向河使了个眼色。

他说：“几块太少了，怎么也得三十块二十块的。”

李向河进了里间屋，从抽屉里拿出八块钱，出来递给姓雷的，说：“就还有这些，大队再有事一分钱也没了。”

姓雷的接过去数了数，正要再说什么，潘忠良慌慌张张地跑了进来。他没管是不是在商量事，脚还没迈进门槛就急落落地说：“不好了，咱那麦子都上丹（锈病）了，可厉害了，恁说怎么办吧！”

展明尧说：“别慌，你喘口气，好好说说，到底怎么回事？”

潘忠良说：“就是新换来的那个品种，狗剩领着人在那里浇地，找到我说上丹了，开始我还不信，去了一看，不得了了，叶子全变了颜色，黄乎乎的，旗叶上都有了。多少年没见过这种情况了。”

姓雷的看到这架势，知趣地说：“潘书记，我先拿着这些，您忙吧。”说完走了，也没人送他。

潘士金说：“走，咱到地里看看。”

来到南坡，他们顺便看了几块其他生产队种的这个品种，最后来到三队这块，正如潘忠良说的，锈病的确很严重。再看看别的品种，基本没发生。李光恩说：“这麦子都开始抽穗了，如果这丹继续上，就成了‘锁口丹’，影响产量可就大了。”

展明尧说：“看来就是这个品种的问题，原来咱种的那几个品种都不要紧。”

潘忠地说：“恁不记得？王站长从胶东回来时就说，据人家介绍，这个品种好是好，唯一的弱点就是不抗锈病，并且是三锈都容易感染。”

潘秀菊问：“什么是三锈？”

潘忠地说：“三锈指的是叶锈、秆锈、条锈，现在的情况就是这样。”

张发树说：“这样的品种怎么还叫咱种啊？”

潘忠地说：“王站长当时也说了，他来咱公社工作这些年，还没发生过严重的锈病，也许咱这里不打紧。咱这本身也是个试验。”

潘忠良说：“要是试验光在试验田种还不行啊，我一家伙种这么多，那不亏老鼻子了！”

展明尧说：“你也别后悔，当初你也是想沾光来！”

潘士金说：“对付这个东西老辈里都没办法。忠地，你赶紧去趟公社，找找王站长，问问他有没有好法子。最好能请他亲自来一趟。”

张发树说：“回去骑上我的自行车，快一点。”

王站长一听这情况，也着了忙。他查了手头一些资料，没找出解决的办法。后来说：“忠地，咱去找魏书记说说。”

魏书记正在开党委会，王站长进去说有个急事汇报，把他叫了出来。潘忠地简单说了几句，王站长接过去说：“关键是我和忠地商量半天，没想出解决的办法。”

魏书记说：“幸亏我们引种不多，那也得抓紧防治。我记得大概是去年介绍过一种新农药，专门针对锈病的，叫什么名字来？”想了一阵子没想起来，又说，“老王，你电话问问县农业局植保站，他们应该明白。”

回到农技站，王站长接着打电话，县植保站的同志说，是有一种抗锈病的农药，叫敌锈钠，要喷施两至三遍效果才好。不过，这种农药很少用，不知道生产资料公司有没有进货。另外还有种办法，就是配制石灰硫黄合剂，平时都是用于防治果树上越冬的病菌及介壳虫，对防治小麦锈病和白粉病也有一定效果。如果用于小麦，浓度要低一些，一般在零点五至零点八度就可以。

这边电话里讲着，潘忠地拿张稿纸在一边记。王站长挂了这个电话，接着又给县生资公司联系，人家办公室的同志又问了门市部和仓库管理员，回话说从来没进过这种农药。

潘忠地说："士金叔让你去一趟，咱回去先用石灰硫黄合剂，也许管用。"

王站长说："我是得去。已经到吃午饭的时候了，走，先到伙房吃点饭，吃完给魏书记说一声就走。另外，还得问问林业站曲站长，配制石灰硫黄合剂他在行，果园里年年都用。"

他们先去了林业站，王站长说了说意思，曲站长说："很简单，果园里的技术员都会。对了，我原来印了部分小资料，上面配制和使用方法都有，给你找找。"说着从橱子里翻出一份，给了王站长。

回到村里，大队干部们和部分生产队长都在地头等着，潘忠国也在。潘忠良看到王站长老远过来了，像有了救星，迎上去问："王站长你可来了，有什么好法子？"

王站长下了自行车，走到大伙跟前，说："有种新农药专治锈病，但是，我问了县生资公司，没有货。县植保站的同志说，用石灰硫黄合剂能行，得安排人去买石灰、硫黄。"

潘士金当即叫李向河回办公室带上钱，叫潘忠国从试验队找几个腿脚麻利的青年，赶紧去刘集买硫黄，去彩云山买石灰。买东西的走了，王站长让人在三队地头准备好大锅、水缸，潘忠地叫狗剩到试验田拿来喷雾器。买硫黄的路程近，回来得快，买石灰的回来时已经日头偏西了。王站长说先少配点试一试，说着动手按比例配制好，接着让狗剩喷起来。潘士金说："就这一部喷雾器，各队都算起来接近二百五十亩，那得多长时间喷完？"

王站长说："今天先少弄点，明天就得多安排劳力，采取三队那次叶面施肥的办法，用刷帚洒，争取明天一天全治一遍。"

潘忠良说："没问题，明天我们把其他农活都停下来，全力以赴，都干这个。"

因为配的药液不多，只喷了两畦半就没了。这时也到了收工的时间，王站长说："今天就到这里吧，明天看看效果怎么样，接着干。"

潘士金说："王站长，跟着我回家吃饭去。"

王站长说：“不用，我回工作组随便做点吃就行。”

潘忠良说：“那可不行，工作组这么长时间没动烟火了，缺这少那的，你能做什么吃？走，上俺家去。其他人就算了，忠地，你得去陪陪站长。”

潘忠地说：“行啊，我去打斤酒，恁两个喝点。”

第二天天刚明，潘忠地和潘忠良就来到了地里，两个人拨拉着昨天喷过药的麦垄，仔细查看。一会儿王站长也来了，来到问：“怎么样，有效果吗？”

潘忠良说：“我怎么看着不大管用呢！”

潘忠地也说：“效果是不明显。”

王站长说：“这才一个晚上，应该两三天以后效果才陆续显现出来。另外，隔上六七天还得再喷一次。”

潘忠良说：“这个东西真厉害，就两三天的工夫，说上全上来了。王站长，你说就是现在治下去也得影响产量吧？”

王站长说：“减产是成定局了。不过，如果能控制住锈病不再发展，跟上浇水，损失能小一些。”

潘忠良垂头丧气，说：“这个熊种子是不能留了，你看别的种子都没事。我算是倒血霉了，原来还想朝外调种子能多得点麦子，这么一来连去年的总产也保不住了。”

王站长笑了笑，说：“你是吃点亏，可也是为公社做出了贡献。”

潘忠良说：“你可别笑话我了，还贡献哩，我这是贪小便宜吃大亏！”

王站长说：“要没有你今年吃亏，如果明年在全公社推广了，大面积遇上这种情况，问题不更严重吗！”

潘忠地说：“咱抓紧配药吧，劳力们快到了。”

三队的社员们都来了，人人拿着盆子和刷帚。这里还没开始分药，其他生产队也陆续来了些劳力。他们是来取药液的，因为昨天下午几个队长来看了，都想快一点防治本队那些上丹的麦田。潘忠良一看急了，说：“那可不行，这些配药的家什是我弄来的，得俺队治完了恁再用。”

这时大队的几个人已经到了，潘士金说：“这样吧，明尧，你和忠地去试验田，在那里也配药，三队面积大，其他队都到试验田领药。”

展明尧和潘忠地一块去了试验田。他们刚走，李春莲腆着个大肚子，手里拿着盆和刷帚，拖拖嚓嚓地来了。潘忠良一看就说：“春莲啊，你可别给俺添麻烦了，快回家歇着去吧，你看你那个样子，累着了谁能负起这个责？”

狗剩给她闹着玩，说：“春莲，别听他的，这活不累人，你一个人干也得让老会计给你记两个人的工分，肚里的孩子也跟着来回跑呀！”

李春莲没理他。潘秀菊走到她跟前，说：“别干了，我记得按日子推算该快生了。”

李春莲说：“谁知道怎么回事，要是按你那次帮我算的，已经过了好几天了。前几天桂兰嫂子问我，她说你那个算法对。”

潘秀菊说：“拖个几天也属正常，不过不会拖太久。你得回去，不能到处乱跑了，这里也不差你一个人。”

李春莲听了潘秀菊的话，回家去了。

潘忠地在试验队配了一上午药，临收工时潘忠国说，这几个年轻的看明白了，下午你不用来了。回到半路，潘忠良又喊住他，让他继续跟着去陪王站长吃饭，他就没再回家，下午接着去了三队田里。忙活了一阵子，王站长说：“方法你们都掌握了，我得到其他五个大队跑跑，他们都种了几十亩这个品种，估计情况差不多，也得让他们抓紧采取措施。”

王站长走了没大会儿，魏书记来了。他把自行车放到地头，问了问情况，看了看洒药的进度，说：“前些天杨县长给我通电话，问到这个小麦品种的事，我还说目前长势不错。没想到它这么不抗锈病。现在只能这么办了，抓紧治，并且要注意加强后期管理，争取把损失控制在最低限度。”随后叫上潘士金，到其他生产队看了看。

大伙正在忙着，王桂兰慌慌张张跑来了，没到跟前就上气不接下气地喊："忠地，不好了，春莲要生了，这都半下午了孩子不露头，接生婆说得赶紧去医院。"

听到的人都愣了，潘忠良说："忠地，还不快去，到饲养棚拉上排子车。"

潘忠地跑着走了。潘秀菊跟着王桂兰往回走，边走边问："你怎么知道的？"

王桂兰说："下午我刚洗刷完要下地，出门遇上大婶子，问她干么去，她说去找接生婆，我一听知道是春莲快生了，就让她先回家了，我跑到后街叫着接生婆来的。"

潘秀菊说："还用上医院，到底怎么回事？"

王桂兰说："别提了，费了不少劲，春莲疼得'嗷嗷'叫，也流了不少血，孩子就是生不下来。接生婆说，很可能是横位，没办法了。"

潘忠地把排子车拉到大门口，他娘铺好被子，几个人抱的抱抬的抬，把李春莲弄到车上盖好。这时李春莲已经少气无力，脸黄黄的全是汗水，潘忠地拉起车子就走。忠地娘想跟着去，潘秀菊说："你别去了，我去。"

王桂兰说："我也去，婶子，不用你去了。"

魏书记和潘士金回到三队地头，潘士金说："刚才看着忠地跑着回村了，什么事？"

潘忠良说："春莲难产，得赶紧送医院。"

潘士金说："发树，你抓紧回去，骑上车子去一趟。"

张发树说："秀菊姑去了，我一个大老爷们，去不好吧？"

潘士金说："医院那边你熟，提前去安排安排。"

魏书记说："恁都别去了，我也该回去了，顺路先到医院给院长说一声。"

潘忠地拉着排子车，一路小跑，潘秀菊、王桂兰两边跟着，也是气喘吁吁。王桂兰一遍遍地说，春莲，你坚持住，马上就到了。潘秀菊也说，春莲别害怕，这种情况有的是，人家妇产科的医生经验多，没事。

因为魏书记亲自来打了招呼，范院长立即作了安排。送走魏书记，他就在大门口一直等着，妇产科的医生、护士也做好了一切准备。潘忠地他们赶到，接着把李春莲抬进了产房。医生没让他三个进去，范院长叫他们去办公室喝水，潘秀菊说：“忠地，你跟院长去歇歇吧，我和恁桂兰嫂子在门口听听动静，有事喊你。”

刚过一会儿医生就出来了，潘秀菊问了句：“怎么样？”人家没回话，急着去了院长办公室，把范院长叫了出来。两个人来到院子中央，潘秀菊偎过去，医生看了她一眼没吱声。范院长说：“你说吧，这是他们大队的妇女主任，不要紧。”

医生说：“需要剖腹产。来得太晚了，看情况母子都保住没把握，得征求一下她家人的意见，是保大人还是保孩子。”

范院长说：“我去给忠地同志说说。”

潘秀菊说：“别问他了，这时候他也拿不出主意，这个家我当了。能保住娘俩最好，真不行就千方百计保大人。”

范院长回到办公室，潘忠地正在屋里来回走着，范院长说：“不要紧，就是要剖腹产，如果能早点来更好了。”

潘忠地不懂剖腹产什么意思，但理解就是开刀，又不好问，只能是又担心又急躁。范院长让他坐下喝水，他刚坐了一瞬儿又起来了，说：“院长，我到院子里走走。”

范院长说：“去吧，你沉住气，用不了多长时间。”

潘忠地来到院子里，看到潘秀菊和王桂兰在病房门口的石凳子上坐着说话，就没过去，自己转悠着去了门诊房外边。他后悔中午没回家吃饭，更后悔不该听春莲的话，没提前来医院。前天晚上他还对李春莲说，预产期到了还不生，不如到医院查查，需要住院就在那里生。李春莲坚决不同意，说：“你看看村里那么多生孩子的，有谁去医院了？还不都是在家里找个接生婆就生了。我这身子没那么娇贵，用不着。”潘忠地知道她不想办的事劝也没用，就依了她。这下好了，得做手术，那要受多大的罪呀！

日头已经落尽，暮色渐渐浓了起来，医院后面的山上还被晚霞映得有些亮色，下面的村庄全被苍茫烟流笼罩了。潘忠地心里沉沉的，想：这几天是怎么了？全是一些不顺心的事儿。学校来了个姓雷的，在大队门口贴了大字报，还不知道往后会惹出什么事来；新引进的小麦品种上了锈病，还没有特效办法，影响产量是一定的了；春莲生孩子又遇上这种情况……“老天保佑，让她母子平安吧！”

潘忠地默默祷告着，向潘秀菊她们跟前走去。

2009年10月3日—2011年6月6日完成初稿

2011年8月第一次修改

2011年10月第二次修改

2014年12月第三次修改

2015年5月第四次修改